국조시산연구총서
1

# 국조시산 연구

國朝詩删

임미정

보고사
BOGOSA

# 머리말

『국조시산』은 조선의 대표적인 문인이자 비평가였던 교산 허균이 편찬한 조선 시선집이다. 이 시선집은 조선 문인들에게 공평한 선발 결과로 인정받았고, 그 평가는 편찬 400년이 지난 지금도 여전히 유효하다. 『국조시산』은 한국 한시 연구자가 접할 수 있는 가장 공신력 있는 자료집이자, 조선 초·중기 작가 연구의 중요한 지침서로 알려져 있다.

『국조시산』이 '허균의 뛰어난 안목으로 공평하게 시를 가려 뽑은 책'이라는 점은 재론의 여지가 없을 것이다. 그러나 필자는 『국조시산』에 대한 기존의 인식이 사실은 허균의 명성이나 당대 문인들의 평가에 기댄 것일 뿐, 이 책을 제대로 분석하고 이해하려는 시도가 없었음을 확인하였다. 허균이 왜 『국조시산』을 편찬했는지, 어떤 자료에 의거하여 어떤 방식으로 시를 선별하였는지, 다른 시선집과는 어떤 차이점이 있는지, 왜 최고의 시선집인지에 대한 궁금증을 해소할 수 없었던 것이다. 무엇보다 이본 연구도 되어 있지 않아서, 수많은 필사본과 목판본을 놓고 어떤 본을 대상으로 공부해야 할지도 알 수 없었다.

따라서 필자는 『국조시산』이 '어떤 책'인지를 문헌학과 텍스트 내부 비평, 비교 문학의 방법론을 통하여 논증해 보았다. 먼저 『국조시산』의 이본을 정리하여 허균이 편찬한 원본을 재구함과 동시에 연구 대상 자료를 확정하였다. 『국조시산』을 이해하기 위해서는 무엇보다도 편찬 배경에 대한 명확한 이해가 선행되어야 한다. 이에 허균의 한시 비평 활동과 중국 문인과의 교류를 통해 이 시선집이 출현했음을 밝혔다. 선본 확정과 편찬 배경을 정리한 뒤에는 이를 바탕으로 본격적으로 국조시산의 분석을 시도하였다. 수록된 시와 작가에 대한 검토, 선행 시선집과의 대비를 통해 허균의 선시 방식, 의도, 시선집의 성격까지 논하였다. 특히 허균이 시에 붙인 비어에 주목하였고, 비어의 양상과 형식을 중국 문단의 비평 방향과 연결 지어 논증했다. 마지막으로는 조선 시선집사에서 『국조시산』의 위치와 의의를 살펴보았다.

이 연구는 박사논문으로 조선 시선집사를 계획하고, 개별 시선집을 검토하던 과정에서 시작된 것이다. 따라서 최초의 문제의식도 시선집으로서의 『국조시산』의 성격을 규명하는 것이어서, 분석의 결과와 방향이 허균의 문학 내에서 논의되지 못한 것은 한계로 지적할 수 있다. 책의 제목을 '허균의 국조시산 연구'라고 이름 붙이지 않은 것도 이 때문이다. 그러나 이 연구에서 밝힌 선본, 정밀하게 분석한 자료들, 국조시산을 제대로 읽으려는 고민의 결실들은 앞으로 허균 연구나 조선 시선집 연구, 나아가 조선 중기 한시 비평 연구에 있어 활발한 토론의 장을 마련할 것으로 기대하고 있다.

이 책이 나오기까지 많은 분들의 지도과 도움이 있었다. 지도교수이신 허경진 선생님의 학은(學恩)은 표현할 수가 없다. 조선 시선집사를 연구하겠다고 시간을 보내다가 결국 선생님께 배운 허균으로 박사논문을 쓰게 되었다. 기다려주시고 붙잡아주신 은혜에 고개 숙여 감사의 인사를 올린다. 이윤석 선생님과 박무영 선생님의 오랜 가르침이 있어 논문의 형식이라도 갖출 수 있었다. 박사논문을 심사해 주신 심경호 선생님, 윤호진 선생님은 필자가 밝히지 못했던 부분을 깨우쳐주시고, 여러 오류도 잡아주셨다. 김영봉 선생님께 배우고부터 지금껏

선생님을 본보기로 공부했다. 공부하는 과정에서 도움을 주신 여러 선생님들께 깊이 감사드린다. 함께 공부한 선후배들도 큰 힘이 되었다. 공부하는 딸, 며느리, 아내, 엄마로 지내오면서 사랑하는 가족에게 많은 짐을 지웠다. 앞으로 부끄럽지 않은 연구자가 되겠다는 약속으로 고마움에 대한 인사를 대신한다. 수익성도 없는 이 책을 〈총서〉로 출판해주신 보고사 김흥국 사장님, 박현정 편집장님, 황효은 선생님께 감사드린다.

2017년 5월

임미정

# 차례

# 제1장 서론

## 1. 연구 목적

이 책은 허균의 시선집『국조시산』에 대해 살펴본 것이다. 다방면으로『국조시산』을 분석하여『국조시산』이 '어떤 책'인지를 밝히는 것을 일차적인 목표로 하였고, 궁극적으로는『국조시산』을 통해 조선 중기 한시 비평의 방향과 성과를 확인하고자 하였다.

주지하다시피 허균은 역모 죄로 죽은 후 끝내 신원(伸冤)되지 못한 문제적 인물이다. 따라서 그의 이름과 저작을 공개적으로 논하기 어려운 상황이었음에도『국조시산』만큼은 당시 문인들에게 조선 최고의 시선집이라는 평가[1]를 받으면서 널리 읽혔고, 허균의 저작 중 유일하게 목판본으로 간행되었다.

그러나 이 '조선 최고의 시선집'에 대한 연구자의 관심과 연구 성과

1)『국조시산』에 대한 조선 문인들의 평가는 다음과 같다. 洪萬宗,『詩話叢林』,「證正」"惟許筠國朝詩刪, 澤堂諸公, 皆稱善揀. 詩刪之盛行於世, 蓋以此也." ; 金萬重,『西浦漫筆』"然其識鑑當爲近代第一, 澤堂與其子弟言, 每稱許筠爲知詩云" ; 南龍翼,「箕雅序」"東文選, 博而不精, 續則所載無多. 青丘風雅, 精而不博, 續則所取不明. 近代國朝詩刪, 頗似詳核."

는 의외로 소략하다. 『국조시산』 연구에서 『국조시산』을 단독 연구 대상으로 한 논문은 손에 꼽을 정도이며,[2] 풍성한 성과를 보여주고 있는 '허균 문학 연구'에서도 『국조시산』은 거의 언급되지 않았다. 『국조시산』은 시선집 연구에서 조선 중기의 대표적 시선집으로 몇 차례 소개되거나,[3] 한시 비평 영역에서 『국조시산』의 '비어(批語)'에 주목한 성과들이[4] 『국조시산』 연구의 거의 전부였다.

이렇게 『국조시산』 연구가 미진했던 이유에 대해서는 두 가지 요인을 지적할 수 있다. 먼저 문헌 연구가 선결되지 못했기 때문이다. 『국조시산』 연구는 허균이 편찬한 '원본'이 아닌 후대에 만들어진 '목판본'을 통해 이루어졌다. 문제는 목판본이 원본을 있는 그대로 간행한 것이 아니라, 간행자가 서문(序文)에도 밝혔듯이[5] 추가로 여러 시화(詩話)에서 비평을 찾아 보완한 재편집본이라는 점이다.[6] 이 밖에도 목판본

---

2) 『국조시산』을 표제로 한 연구 성과는 다음과 같다.
박수천, 「『국조시산』의 선시관 연구」, 서울대학교 석사학위논문, 1986; 강석중·강혜선·안대회·이종묵, 『허균이 가려뽑은 조선시대의 한시』 1~3, 태학사, 1999; 윤호진, 「『국조시산』의 간행과 그 반향」, 『한문학보』 1, 우리한문학회, 1999; 박철상, 「허균 수정고본 『국조시산』의 출현과 그 가치」, 『한국문화연구』 12, 2007.

3) 조선시선집과 관련된 연구에서 『국조시산』에 대해 논의한 논문은 다음과 같다.
민병수, 「역대 한시선집의 문학사적 의미」, 『관악어문연구』 7, 서울대 국어국문학과, 1982; 이종묵, 「조선 중기의 한시선집」, 『정신문화연구』 20권 3호(통권 68호), 1997; 최은주, 「17세기 시선집 편찬에 대한 연구」, 경북대학교 박사학위논문, 2006.

4) 김연수, 「한시 풍격 연구: 허균의 『국조시산』 비와 평에 근거하여」, 고려대 석사학위논문, 1996; 최우영, 「허균의 시관과 비평 양상 연구」, 연세대학교 박사학위논문, 1997; 윤호진, 『국조시산』에 보이는 신선시 비평의 두 층위, 『한문학보』 32권, 우리한문학회, 2015.

5) 朴泰淳, 『東溪集』, 「國朝詩刪序」(『韓國文集叢刊』 續51輯). "於是廣求諸本, 頗加證定, 又取諸家詩話, 以類補綴, 繕寫爲幾卷."

6) 목판본의 재편집 정황에 대해서는 일찍이 지적되었다. 최웅, 「조선 중기의 시학」, 『한국고전시학사』, 홍성사, 1979, 301면; 민병수, 「歷代 漢詩選集의 文學史的 意味」, 『관악어문연구』 제7집, 서울대학교 국어국문학과, 68~69면, 1982. (민병수, 『한국한

에는 작자 누락, 오각(誤刻) 등도 많아[7)] 이 간본을 통해 '허균'의 『국조시산』을 연구하기란 쉽지 않은 일이었다. 목판본의 여러 문제나[8)] 원본과의 편차는 일찍이 인지되었지만,[9)] 허균이 편집한 '원본'을 찾지 못한 이유로[10)] 선행 연구에서는 목판본을 통해 연구를 진행할 수밖에 없었

---

문학개론』, 태학사, 1996; 민병수, 『한국한시사』, 태학사, 1996. 재수록) ; 박수천(1986), 「『國朝詩刪』의 選詩觀 研究」, 서울대 대학원 국어국문학과 석사학위논문, 12~13면 참조.

7) 목판본의 문제 양상은 제2장에서 별도로 장을 마련하여 논의하였다.

8) 이종묵, 위의 논문, 86면. "그러나 현재 유통되고 있는 『국조시산』은 상당한 오류가 있는데, 작자 문제가 특히 그러하다."

9) "다만 한 가지 『국조시산』의 내용 중에 『국조시산』보다 연대가 늦은 『지봉유설』 소재의 평을 소개하고 있는 부분이 종종 있어서 그 편찬연대에는 의심이 가기도 한다. 그러나 역시 박여후의 전게 서문중의 '於是 廣求諸本 頗加證定 又取諸家詩話以類補綴繕寫爲幾卷'이란 기록을 볼 때 다른 시화소재의 평의 소개는 허균 자신이 원래부터 한 것이 아니고 박여후가 보충한 것임이 드러난다고 하겠으며, 아울러 박여후 때에 이르러서는 『국조시산』의 원형이 그대로 보존되지 못하고 있었음도 드러난다고 하겠다. 따라서 『국조시산』이 허균이 찬술한 것과 1607년에 이룩된 사실은 변함이 없겠으나 현존하는 『국조시산』이 본래의 원형은 아이라는 것은 분명히 밝혀두어야만 하겠다."(최웅, 「조선 중기의 시학」, 『한국고전시학사』, 홍성사, 1979, 301면.) "판각본에 간혹 보이는 시화들은 『己卯錄』 『芝峯類說』 『於于野談』 『東人詩話』 『西厓雜著』 『五山說林』 『惺叟詩話』 『霽湖詩話』 『遣閑雜錄』 등인데, 허균이 『국조시산』을 1607년에 편집하였다고 하면 그가 직접 볼 수 없는 책들이 대부분이다. 이러한 시화의 기록은 박태순이 삽입한 것으로 보아야 하므로 이 논문의 대상 자료에서는 제외하도록 한다. 또 판각 과정에서 생긴 오류도 고려하여야 한다."(박수천, 위의 논문, 12~13면.) ; "본 연구에서 기본자료로 선택한 박태순의 판각본은 허균이 처음 선집한 원본과 100년 가까운 시간적 거리가 있기 때문에, 앞으로 보다 광범한 자료조사와 정밀한 검토로 보완되어야 할 점이 적지 않을 것이다."(박수천, 같은 논문, 84면.)

10) 1981년에 간행된 이화여자대학교 고서목록에는 수택본인 『국조시산』 필사본 9권 3책이 일찍이 등재되어 있어서 예전부터 소장된 상황을 확인하였으나, 다음 장에 언급될 필자가 발굴한 원본 계열의 『국조시산』들은 대개 예전 목록에는 없던 책들이다. 1981년 간행된 동국대학교 고서목록에는 목판본만이 수록되어 있으며, 2006년 증보된 목록에서야 원본 계열 10권 2책본이 확인된다. 1987년에 간행된 계명대 고서목록에도 목판본만이 등재되어 있는데, 2004년 증보된 고서종합목록에서 필사본 1책(이 논문에서 계명대(A)본)이 보인다. 필사본 2권 2책본은 여전히 고서목록에는 빠져있으며 웹상에서만 확인가능하다. 동경대학교 아천문고 소장본의 경우는 해외에 있는 전적이기에 선행

다. 이러한 문헌상의 한계는 텍스트에 대한 실증적인 연구를 어렵게 하였고, 이로 인해 『국조시산』에 대한 기본적인 분석, 나아가 종합적인 고찰도 지금까지 시도되지 못하였다.

또 다른 이유로 시선집에 대한 연구자의 경직된 시선을 지적할 수 있다. 그동안 시선집을 보는 연구자의 관심은 '선(選)'보다는 '집(集)'에 경도되어 있었다. 시선집을 편집 주체의 문학관이나 취향이 반영된 '비평의 결과물'이 아닌, 단순히 여러 작품의 '집합체'로만 바라보면서, 『국조시산』을 비롯한 여러 시선집들은 연구 대상으로서 주목받지 못하였다.[11] 이가원(李家源)은 일찍이 그의 『한국한문학사(韓國漢文學史)』에서 시선집을 '선학(選學)'으로 규정하였는데[12] 이는 전통적인 문학 분류기준에서도 시선집이 비평 활동의 산물로 인식되고 있음을 보여준다.[13] 특히 『국조시산』은 관찬(官撰)이 아닌 사찬(私撰) 시선집이라는 점에서 개별 작품 이상으로, 이를 선별하고 엮어낸 허균에 주목할 필요가 있다.

현 시점의 『국조시산』 연구는 전술한 문제들로 인해 돌파구를 찾지

---

연구에서 논하기 어려웠던 것으로 여겨진다.

11) 현재까지도 조선의 대표격 시선집-『東文選』·『青丘風雅』·『續東文選』·『大東詩林』·『續青丘風雅』·『箕雅』-에 대한 각론은 거의 제출되어 있지 않다.

12) 李家源, 『韓國漢文學史』, 민중서관, 1961.

13) 작품을 분별하고 선택하는 과정이 일종의 비평의식 속에서 이루어지고, 이를 비평활동으로 논할 수 있다는 것에 대해서는 일찍이 중국의 곽소우가 '비평가(批評家)와 선가(選家)'의 연결 고리에 대해 논한바가 있다. "비평과 선집 작업은 어느 정도 구별이 있어야 한다. 그러나 좋은 것은 선택하고 나쁜 것은 버리는데 있어서는 그 나름대로의 안목이 없을 수 없는데 바로 비평의 안목이다. 동시에 그 나름대로의 표준이 없을 수 없는데, 이러한 표준 또한 바로 비평의 표준이다. 그래서 비평가와 선가가 이 방면에서 하나로 결정된다.[批評和選集是應當有些分別的. 但是, 選擇好的, 淘汰壞的, 不能不有一些眼光, 就是批評的眼光, 同時也不能不有一些標準, 這標準也就是批評的標準. 因此, 批評家與選家, 在這方面就結成一體了.]"(郭紹虞, 『中國古典文學理論批評史』 上冊, 人民文學出版社, 1959, 3면. 최웅, 위의 글, 299면. 재인용.)

못한 채 정체되어 있다. 문헌 문제도 명료하게 정리되지 못했고, 『국조시산』이 어떤 책인지, 왜 조선 최고의 시선집인지에 대해서도 논증된 바가 없다. 상황이 이렇다보니 『국조시산』이 어떤 배경에서 기획되었는지, 수록된 시들은 어떤 과정과 방식으로 선별되었는지, 이 모든 작업을 기획하고 수행한 허균의 의도는 무엇이었는지, 최종적으로 이 『국조시산』은 조선 문단에 어떠한 영향을 끼쳤는지도 여전히 밝혀지지 못했다. 본고는 『국조시산』에 대한 이와 같은 기본적인 질문의 답을 찾기 위해 마련되었다.

## 2. 연구사 검토

지금까지의 『국조시산』 연구는 이 시선집만을 대상으로 살핀 개별 작품론보다는, 조선시선집 연구나 한시 비평 분야에서 『국조시산』이 부수적으로 혹은 관련 자료로 다루어졌다. 곧 『국조시산』에 대한 실증적·종합적인 고찰이 진행되기도 전에, 다른 방면의 연구를 보조하거나 설명하는 방식으로 이 책이 활용되면서, 『국조시산』 연구는 '국조시산'을 이해하고 분석하는 목적에서 기술된 논고보다는 다른 연구 주제에서 필요에 따라 『국조시산』이 언급된 것이 대부분이다. 또한 이런 논문들의 다수는 선행 연구의 설명을 답습하거나 피상적인 논의를 보이고 있고, 심지어 성급한 판단으로 제출된 결과가 고착화되기도 하여서, 이 같은 성격의 선행 논문들을 모두 연구 성과로 인정하고 정리하기에는 어려운 점이 있다. 본고에서는 『국조시산』 연구의 현실을 고려하여, 『국조시산』 관련 논문을 낱낱이 제시하기보다는 시기별로, 연구 분야별로 나누어 포괄적으로 연구사를 검토하였다.

『국조시산』은 국문학 연구의 초기부터 주목받았던 작가인 '허균'의 저작으로서 일찍이 문학사에 등장하였다.[14] 그러나 연구의 시작부터 작품 분석을 통한 평가가 아닌, 허균의 저작이라는 점에 치중하여 『국조시산』은 허균의 문학적 재능이 투영된 결과물로 쉽게 논의되어왔다. 그 과정에서 『국조시산』은 허균의 시화집 『학산초담(鶴山樵談)』『성수시화(惺叟詩話)』와 함께 조선 중기 한시 비평의 정수로, 조선 중기 비평 수준을 보여주는 문학물로 아울러 소개되었다.[15] 『국조시산』은 분석 이전부터 이미 조선에서의 명성을 이어받아, 허균의 문명(文名)과 함께 그의 조감(藻鑑)에 의한 최고의 시선집으로 일찍이 문학사에서 자리매김 되었던 것이다.[16]

이후 『국조시산』에 대한 관심은 한시 비평 연구가 활발하게 이루어지는 분위기 속에서 시선집이 조명되면서 영인본의 간행으로 이어졌고,[17] 이 작품에 대한 해제가 제출되었다.[18] 영인본의 저본(底本)은 서울대학교 도서관 소장 가람문고본으로 9권 4책의 목판본이었고, 이후 이 목판본은 선본(善本)으로 인식되어 『국조시산』 연구의 기본 자료로 다루어졌다. 해제에서는 시에 부재(附載)되어 있는 허균의 비평을 통해 『국조시산』을 "격조 높은 당시(唐詩)의 성격과 학당(學唐)의 시사

---

14) 이가원, 『한국한문학사』, 민중서관, 1961, 268~269면.

15) 최웅, 「조선 중기의 시학」, 「한국고전시학사」, 홍성사, 1979, 300~302면.

16) 李家源, 『옥류산장시화』(『연세논총』 6집, 1969.). "我國選學鲁莽, 獨其國朝詩刪精覈鷙悍, 雖善言者, 不能摘其短也."

17) 『국조시산』은 역대 한국 시선집 중에서 정평이 나있는 시선집을 묶은 기획물 『韓國漢詩選集』(1980)의 제1권으로, 김종직의 『청구풍아(靑丘風雅)』와 함께 묶여 출판되었다.(韓國學文獻硏究所 編, 『靑丘風雅 國朝詩刪』, 『韓國漢詩選集』 1, 아세아문화사, 1980.)

18) 민병수, 「『國朝詩刪』 해제」, 『靑丘風雅 國朝詩刪』, 『韓國漢詩選集』 1, 아세아문화사, 1980.

적(詩史的) 의미를 명쾌하게 진술하여 조선후기 시학(詩學)의 높은 경지를 과시"[19]한 시선집으로 이해하고 있다.

그러나 영인본 간행 이후에도 여전히 『국조시산』은 독자적인 연구 대상이 되지는 못하였다. 이후 『국조시산』의 전체적인 윤곽을 정리하고 특히 비평 부분의 분석이 시도되었지만,[20] 이 또한 한시의 문학성을 탐구하기 위한 방편으로 시선집에 주목한 결과였지, '국조시산'의 분석이 목표는 아니었다. 박수천의 연구에서는 『국조시산』이 선집(選集)으로서 당시의 문학에 대한 보편적인 인식을 담고 있다고 보았고, 허균이 뽑은 시와 허균의 비평을 분석하여 허균의 선시관(選詩觀), 곧 조선 중기의 한 시론(詩論)에 대한 논의를 이끌어내었다. 논문의 목표는 결국 『국조시산』 자체는 아니었지만, 논의 과정에서 『국조시산』의 실상이 구체화되고 정리된 성과가 있어서 『국조시산』 연구의 선구적 역할을 담당한 의의가 있다.

한편, 『국조시산』은 학계에서 조선의 대표적인 시선집으로 인정되면서 목판본을 대상으로 번역(飜譯)과 교감(校勘) 작업이 시도되었다.[21] 이 역주본은 『국조시산』의 시를 번역하는 것은 물론, 전후 시선집과 시화집, 해당 시인의 문집까지도 함께 검토하면서 수록시를 분석하고자 한 역작이다. 그러나 이 교감번역본은 완간되지 못하고 저본인 목판본을 기준으로 전체 9권 중에서 1~3권까지만 간행되어 전체를 살필 수 없는 아쉬움이 있다. 이후 『국조시산』 자체를 분석한 것은 아니지만, 목판본 『국조시산』의 간행과 폐간을 둘러싼 논란을 정리한 논문도

19) 민병수, 위의 해제, 9면.
20) 박수천, 「『국조시산』의 선시관 연구」, 서울대학교 국어국문학과 석사학위논문, 1986.
21) 강석중·강혜선·안대회·이종묵, 『허균이 가려뽑은 조선시대의 한시』 1~3, 태학사, 1999.

제출되었다.[22)]

근래에는 『국조시산』의 원본(原本)이 발굴되어 『국조시산』 연구의 전기(轉機)를 맞이하게 되었다.[23)] 전승 여부가 확인되지 않았던 원본이 이화여자대학교에 소장되어 있었다는 사실이 고서해제 작업 과정에서 밝혀졌기 때문이다.[24)] 이로 인해 지금까지 확인할 수 없었던 허균의 원본, 『국조시산』의 '원형'이 공개되었고, 더불어 그동안 『국조시산』 연구의 주 텍스트였던 목판본이 사실상 원본과는 많은 차이가 있다는 사실이 알려졌다. 이상의 연구가 『국조시산』을 표제로 한 논고의 전부이다. 『국조시산』이 '감식안이 뛰어난 허균이 편찬한 최고의 조선시선집'이라는 점은 누구나 인정하고 있는 듯하다. 그러나 『국조시산』에 대한 기본적인 이해를 목표로 작품을 작가/시대와 관련하여 분석하려는 시도는 없었다.

지금까지 『국조시산』은 단독 연구 주제보다는 부수적으로 논의되어 왔다. 먼저 조선시선집 연구 방면을 들 수 있다. 『국조시산』은 시선집 연구에서 빠짐없이 언급되었다.[25)] 시선집 연구에서 『국조시산』은 허균의 안목으로 뽑았기 때문에 비평사상 가장 높은 시학의 수준을 과시하고 있다는 평가를 받아왔다. 『국조시산』이 시선집이면서 다양한 비평을 함께 보여준다는 점을 독창적인 것으로 판단하였고, 수록된 시들이 특정 시풍에 얽매이지 않고 시사(詩史)의 실상을 잘 보여주고 있으

22) 윤호진, 「『國朝詩刪』의 간행과 그 반향」 『한문학보』 1, 우리한문학회, 1999.

23) 박철상, 「허균 수정고본 『국조시산』의 출현과 그 가치」, 『한국문화연구』 12, 2007.

24) 박철상, 『이화여자대학교 중앙도서관 소장 고서해제』 1, 이화여자대학교 한국문화연구원 편, 2008, 469~478면.

25) 민병수, 「역대 한시 선집의 문학사적 의미」, 『관악어문연구』 7, 1982; 이종묵, 「조선 중기의 한시 선집」, 『정신문화연구』 68, 1997; 최은주, 「17세기 시선집 편찬에 대한 연구」, 경북대학교 박사학위논문, 2006.

며, 허균이 작가의 개성을 존중하는 선발 방식을 취했다고 논의된 바가 있다.

또한 시선집 연구에서는 『국조시산』의 편찬 이후까지 검토하여 조선 문사들에 의해 좋은 선집으로 인정받은 사실과 목판본의 간행 과정, 목판본에서 확인되는 작자 문제까지 두루 살핀 성과가 제출되어 있다.[26] 그리고 17세기에 편찬된 조선시선집의 하나로 논의되는 과정에서 시체(詩體)별 비중이나 작가수와 작품수를 분석하는 방법을 통해 허균의 당풍 선호 경향이 시선집을 통해 드러났다고 보았으며, 이를 토대로 『국조시산』을 허균의 개인적인 취향을 반영한 순수 문예 지향적인 시선집으로 평가하기도 하였다.

다음으로는 허균의 시관(詩觀)이나 허균의 비평에 대한 관심에서 『국조시산』이 언급된 경우를 들 수 있다.[27] 곧 한시 풍격의 개념과 형성 요소에 대한 고찰 과정에서 『국조시산』의 비평이 활용되거나, 허균의 시관과 비평 양상의 유기적인 연관성의 탐구 과정에서 허균의 시관이 실제 비평의 현장에서 전개된 사례를 확인하면서 『국조시산』이 연구된 것이다. 전자는 허균을 감식안이 뛰어난 비평가로 보고 한시 비평의 실제 사례로 『국조시산』을 선택한 것이며 후자는 개인의 시관에 대한 탐색 과정에서 시관의 분석 결과가 실제 시 비평에서는 어떻게 구현되었는지를 살피면서 『국조시산』을 활용한 것이다. 이 방면의 연구는 『국조시산』에 대한 새로운 사실 발견이나 방법론의 개척과는 거리가 있어서, 『국조시산』을 방편적으로 운용한 연구들이라고 평가할 수 있다.

---

26) 이종묵, 위의 논문, 1997.

27) 김연수, 「한시 풍격 연구: 허균의 『국조시산』 비와 평에 근거하여」, 고려대학교 국어국문학과 석사학위논문, 1996; 최우영, 「허균의 시관과 비평 양상 연구」, 연세대학교 국어국문학과 박사학위논문, 1997.

마지막으로 주목할 만한 연구 성과로 『국조시산』을 포함한 허균의 시선집 편찬을 중국 문단과의 접촉의 산물로 살핀 연구가 있다.[28] 이 역시 『국조시산』에 초점을 둔 서술은 아니지만, 『국조시산』을 비롯한 허균의 여러 시선집 제작이 중국 서적을 읽고 중국 문인을 의식한 결과라는 관점에서 허균의 문학 성과를 개인·사회·역사적인 배경을 통해 살피려는 문제의식을 보여주고 있어서 중요하다.

## 3. 연구 방향

이상 살펴본 바에 의하면, 『국조시산』 연구는 허균 문학 연구, 시선집 연구를 포함하는 한시 비평 연구에서도 사각지대에 놓여있다고 보인다. 그동안 문집을 중심으로 진행되었던 허균 문학 연구에서는 문집 밖의 자료인 『국조시산』은 조명되지 않았고, 한시 비평 영역에서도 『국조시산』의 편찬 배경이나 형성 과정, 무엇보다 이 책의 성격은 고려되지 않은 채, 뛰어난 문학가의 저술로 쉽게 판단되거나 다른 연구 주제에서 부분적으로 『국조시산』의 수록 시나 비어를 취사하여 분석했던 것이 사실이다. 시선집 연구에서는 '자료집'인 시선집의 성격 규명에 집중한 나머지, 허균의 문학 비평 활동으로서 섬세하게 고찰되지 못했고, 전후 시선집과의 관련성도 논의되지 못했다. 또한 문헌 연구에서는 '원본'이 소개되는 성과가 있었지만, 이대본은 결질이기 때문에 결질을 보완할 수 있는 추가 자료의 발굴과 원본의 재구(再構)가 필요한 상황이다. 또한 원본의 재구가 이루어진다면 기존 연구 대상이었던 목

---

28) 노경희, 『17세기 전반기 한중 문학교류』, 태학사, 2015.

판본은 원본과의 정밀한 대비를 통해 차이가 정리되어야 하며, 목판본으로 연구한 『국조시산』의 선행 성과들은 원본과 목판본의 거리를 감안하여 재고(再考)되어야 할 것이다.

현 시점의 『국조시산』 연구는 처음부터 다시 시작할 필요가 있다. 우선적으로는 원본을 재구할 문헌 고찰부터 이루어져야 한다. 원본 계열의 이본 발굴과 현전 이본들을 정리하여 앞으로의 『국조시산』 연구에 활용될 선본을 다시 확정하는 작업이 요청된다. 또한 『국조시산』의 저작 배경에 대해서도 허균의 활동과 관련한 심도 있는 논의가 필요하다. 그리고 『국조시산』의 분석도 이 책의 성격을 파악하기 위한 작업으로서 허균이 참조했던 자료들을 알아보고 선시(選詩) 과정과 편집 방식 등도 검토해야 한다. 그리고 선행 연구에서 주로 언급된 허균의 비어(批語)도 허균의 시관, 선시관과 연결 지어 논하기 전에, 비어 부기의 의미, 비어의 전체적인 양상을 살펴서 실상을 정확하게 정리해야 할 것이다.

이 모든 과정을 통해 『국조시산』이 '어떤 책'인지에 대해 논할 수 있다면, 『국조시산』이 조선 문단에 끼친 영향, 조선 문단의 『국조시산』에 대한 반응도 사실에 가깝게 읽어낼 수 있을 것이다. 그리고 이러한 『국조시산』의 기본적인 부분에 대한 연구는 최종적으로 허균 문학에서의 『국조시산』의 위치와 의의, 조선시선집사에서의 『국조시산』의 위상에 대한 모색으로 귀결되어야 할 것이다.

이 책의 순서는 다음과 같이 진행하였다.

제1장 서론에 이어, 제2장에서는 『국조시산』의 문헌 고찰을 시도하였다. 이 장은 본격적인 논의에 앞서서 앞으로의 연구에서 활용될 문헌을 확정하고자 마련한 것이다. 먼저 선행 연구에서 소개된 원본이

결질이기에, 이를 보완할 목적에서 『국조시산』의 현전 이본을 가능한 한 모두 조사하였다. 그리고 허균이 직접 문집에 남겼던 『국조시산』에 대한 기록을 근거로, 원본의 모습을 보여주는 이본들과 그렇지 않은 이본들을 나누어 두 계열로 정리하고 소개하였다. 더불어 지금까지의 『국조시산』 연구가 목판본을 통한 성과임을 고려하여 두 계열을 대비하고 차이점을 자세하게 고찰하였다. 마지막으로는 현 이본 상황에서의 한계와 목판본에 대한 연구 방법에 대해 제안하였다.

제3장에서는 『국조시산』의 저작 배경에 대해 검토하였다. 먼저 『국조시산』과 같은 '대작'의 편찬에는 허균 개인의 문학적 능력이 중요하게 작용하였다고 보고, 허균의 이전 한시 비평물을 검토하여 이전 작업과 성과들이 『국조시산』에 어떤 방식으로 연관되고 적용되었는지를 고찰하였다. 또한 허균의 중국 문인과의 문화 교류가 『국조시산』 출현의 직접적인 동기가 되었다고 보아서 허균의 중국인과의 만남의 과정과 행적에 주목해보았다.

제4장에서는 『국조시산』의 성책 과정과 비선(批選) 양상을 논하였다. 이 장에서는 먼저 『국조시산』이라는 저작이 이루어진 과정부터 살피고, 이어서 수록된 시와 비어의 양상을 구분하여 논의를 전개하였다. 『국조시산』의 성책 과정은 선시 방식과 비어의 부기(附記) 과정, 편집의 방법으로 나누어 살펴보았다. 허균이 『국조시산』을 기획하고 편찬한 방식을 재구하고 비어가 부기된 사실, 편집 방식까지 정밀하게 검토하고, 선시와 비어의 양상을 분석하는 과정까지 거쳐서 허균이 의도했던 『국조시산』이 어떤 책인지를 논하고자 하였다.

제5장에서는 『국조시산』이 문단에 끼친 영향을 고찰하였다. 먼저 『국조시산』에 대한 조선 문단의 여러 반응을 살펴서, 『국조시산』이 어떻게 인식되고 수용되었는지를 정리해 보았다. 특히 문단의 긍정적인

평가를 목판본 간행 '사건'과 연결시켜 논의하였으며, 특히 목판본의 재편집 양상-시화 부기와 편집 방식의 변화-을 통해서 당시 문인들의 『국조시산』에 대한 보편적 인식과 기대를 탐색해 보았다. 이어 『국조시산』 편찬이 허균 개인의 이후 문학 비평 활동과 어떤 관계를 맺고 있는지에 대해 논해보았고, 마지막으로는 시선집사(詩選集史)에서 『국조시산』 출현의 의미를 찾아보았다.

제6장 결론에서는 이상의 논의를 요약·정리하면서 남은 문제들과 앞으로의 과제를 제시하였다.

제2장

# 『국조시산』의 문헌 고찰

허균이 1607년에 편집을 완료한 『국조시산』은 오랜 기간 필사본으로만 전승되다가, 1695년 목판본으로 간행되었다. 현전하는 『국조시산』의 이본들 역시 다수의 필사본과 목판본 한 종이 여러 기관과 도서관 등에서 확인되고 있다. 이 『국조시산』의 이본들은 필사본과 목판본이라는 형태상의 차이도 눈에 띄지만, 필사본들 간에도 편차가 커서 이본 간 상세한 검토가 필요하다. 특히 『국조시산』의 목판본은 후대의 간행자가 필사본으로만 전해지던 이본들을 수합하여 편집하는 과정에서, 여러 시화를 인용하여 비어를 보완했기 때문에[29] 목판본의 비어 부분은 원본과의 편차에 대해 더욱 주의를 요한다.

목판본의 재편집 양상에 대한 점검을 포함한 문헌 고찰은 『국조시산』 연구에서 가장 우선적으로 검토해야 할 부분이라고 생각된다. 그럼에도 지금까지의 『국조시산』 연구는 별도의 문헌 고찰 없이 '재편집본'인 목판본만으로 『국조시산』를 보아왔다. 물론 선행 연구에서도 목

29) 朴泰淳, 『東溪集』, 「國朝詩删序」(『韓國文集叢刊』 續51輯). "於是廣求諸本, 頗加證定, 又取諸家詩話, 以類補綴, 繕寫爲幾卷."

판본의 비평 부분에 보이는 몇몇 시화들이 허균 사후에 만들어진 점을 고려하여 이 판본이 허균의 편집본과는 다르리라는 짐작을 해왔지만,[30] 원본에 대한 단서를 찾지 못한데다가 이본 조사에 대한 성과도 없었기에[31] 간본인 목판본에 의지하여 『국조시산』을 연구했던 것이다.

이러한 상황에서 근래 박철상에 의해 원본에 가까운 『국조시산』이 소개되었다. 그는 이화여자대학교에 소장된 『국조시산』 필사본 9권3책(이하 이대본으로 약칭함)을 발굴하였고, 이로 인해 『국조시산』 연구의 방향이 원본 중심으로 재편되고 활발해질 것은 분명하다. 그러나 여전히 『국조시산』의 문헌 문제는 보완되어야 할 부분이 있다. 원본의 모습을 보여주는 이대본은 마지막권이 빠진 결질로 전해지고 있어서[32] 이본 조사를 통하여 결본을 보완하고 원본을 재구할 필요가 있다. 더불어 그동안의 『국조시산』 연구가 목판본에 기댄 성과임을 고려한다면 목판본과 원본이 어떻게 달라졌는지 구체적으로 정리되어야 할 것이다.

---

30) 목판본의 재편집 의혹은 『국조시산』을 본 연구자들이 늘 지적하던 문제이다. 최웅, 『한국고전시학사』, 홍성사, 1979, 301면; 민병수, 「歷代 漢詩選集의 文學史的 意味」, 『관악어문연구』 제7집, 서울대학교 국어국문학과, 1982, 68~69면.(『한국한문학개론』, 1996, 태학사; 민병수, 『한국한시사』, 1996, 재수록); 박수천, 「『國朝詩删』의 選詩觀 研究」, 서울대 대학원 국어국문학과 석사학위논문, 1986, 12~13면 참조.

31) 이 논문에서 처음 소개되는 원본 계열 필사본들은 예전 고서목록에는 없는 것들이 대부분이다. 1981년에 간행된 이화여자대학교 고서목록에는 필사본 9권 3책이 등재되어 있어서 예전부터 찾아볼 수 있었으나, 1981년 간행된 동국대학교 고서목록에는 목판본만이 수록되어 있으며, 2006년 증보된 목록에서야 원본 계열 10권 2책본이 확인된다. 1987년에 간행된 계명대 고서목록에도 목판본만이 등재되어 있는데, 2004년 증보된 고서종합목록에서 필사본 1책(이 논문에서 계명대(A)본)이 보인다. 필사본 2권 2책본은 여전히 출간된 고서목록에는 빠져있고 웹상의 목록에서만 확인가능하다. 동경대학교 아천문고 소장본의 경우는 해외에 있는 전적이기에 선행 연구에서 논하기 어려웠던 것으로 여겨진다.

32) 선행연구에서는 이대본을 완질로 보았지만 본고에서는 결질로 판단하였다. 그 근거는 36~37면에서 논하였다.

본고에서는 『국조시산』에 대한 본격적인 분석 이전에 문헌에 대한 문제부터 검토하고자 한다. 현전하는 『국조시산』의 여러 이본들을 발굴하고 조사하여, 허균이 편집한 원본의 전모(全貌)를 모색해보고 본고에서 활용될 '선본'에 대해서도 결론을 내려 보고자 한다. 논의의 순서는 이본 조사에 앞서 허균이 남긴 『국조시산』에 대한 기록을 검토하여 원본에 대한 실마리부터 확인하고, 이 단서를 근거로 원본의 모습을 보여주는 이본과 그렇지 않은 이본들을 분류하고 계열화할 것이다. 최종적으로는 각 계열을 대비하여 각 계열의 성격과 의미까지 알아보기로 한다.

## 1. 허균이 밝힌 『국조시산』의 모습

허균은 시선집 편찬을 완료한 후 '국조시산'이라 명명하고 「제시산후(題詩刪後)」를 썼다. 이 글은 목판본 『국조시산』에는 함께 묶여 전하지 않고 허균의 문집인 『성소부부고(惺所覆瓿藁)』에서 볼 수 있는데, 허균이 『국조시산』의 산정을 마치고 작성한 글이어서 주목할 필요가 있다.

> 우리 동방의 시를 뽑은 것은 여섯 종이니, 그 책들은 곧 전후의 『풍아』와 『문선』, 『시부선』이다. 제공은 모두 대단한 분들이었지만 혹 수많은 선비의 글을 수집하자면 애초에 정신을 소모했을 것이다. 나와 같은 천견박식이 중설을 모아 취사하였으니, 산삭하기가 수고로울 것은 당연한 일이었다. 비록 그렇지만 격에 맞지 않아서 바다 속에 버린 것을 가지고 혹자는 구슬을 빠뜨렸다고 한탄하는 경우도 있을 것이다. 그러나 법도에 부합되지 않는 것을 올려놓은 것은 없으니, 물고기 눈

> 알과 진주가 섞였다는 책망은 면할 것이다. 산삭한 분량도 적다고 할 수는 없다. 모두 10권에 1000편이나 되니 조선의 시는 여기에 다 있다고 하겠다.[33]

위의 글은 허균이 편집 과정에서 참조했던 선대의 시선집, 이 시선집을 취사 선택한 시 선발 방법, 또 『국조시산』의 체재에 대한 정보들을 제시하고 있다. 여기서 주목하고자 하는 것은 원본 『국조시산』의 모습이 '10권에 1000편'으로 이루어졌다는 사실이다. '제시산후(題詩刪後)'라는 글의 제목에서 짐작할 수 있듯, 위의 글은 허균이 『국조시산』의 편집을 끝낸 후에 쓴 글이다. 따라서 '10권에 1000편'이라는 체재는 허균이 편집한 최초의 『국조시산』 '완성본'에 대한 것임을 알 수 있다.

이에 비해 선행 연구에서 주로 활용되었던 목판본 『국조시산』은 9권으로 이루어져 있다. 허균이 편집했던 10권의 체재가 목판본에서 9권으로 축소된 것이다. 이 상황은 목판본에 이르러 시가 누락된 것 아니면 편집을 달리한 결과이다. 우선 목판본에 수록된 시의 편수는 844제 953수이니[34] 허균이 밝힌 '1000편'과는 크게 차이가 없다. 따라서 편집 방식을 달리했을 가능성이 높다. 목판본과 원본의 차이에 대해서는 뒤

---

33) 許筠, 『惺所覆瓿藁』 卷13, 「題詩刪後」(『韓國文集叢刊』 74輯). "……(上略)……選東詩者六家, 卽前後風雅文選及詩賦選是已. 諸公皆鉅公, 或多士其裒集, 初亦費心. 以余之薄識淺見, 會衆說而去就之, 宜刪其之勞. 雖然有不合而棄之滄海, 或歎其遺珠也. 至於不合度而進之者, 則無有焉, 庶免魚目相昆之誚也. 刪之毋曰狹焉. 爲卷凡十, 而篇凡千, 足以盡之也."

34) 필자는 허균이 『국조시산』의 시 편수를 1000편이라고 한 것에 대해 허균이 「허문세고」까지 포함시킨 것으로 보았다. 허균은 공평한 선발을 중요시했기 때문에 불필요한 오해를 미연에 방지하기 위해 허씨 일가의 시를 권필에게 뽑게 하였고, 또 비평까지 부탁하였다. '부록'으로 배치한 「허문세고」 역시 허균이 일가의 시를 자신이 편집한 시선집에 넣는 수단으로 고안된 것으로 보이기에 『국조시산』의 전체 시 편수를 논할 때에는 「허문세고」 수록 시까지 포괄하여야 할 것이다.

에서 구체적으로 논할 것이기에, 여기에서는 『국조시산』이 '10권에 1000편'이라는 사실에 일단 주목하여 앞으로의 원본 판별에 있어 중요한 준거로 삼기로 한다. 허균의 기록을 추가로 살펴서 원본과 관련된 사실을 더 알아보도록 하자.

> 신이 정미년(1607, 선조 40) 겨울에 혼자 보려고 본조의 시를 뽑으면서 정도전과 권근은 모두 국초 사람이기에 자료를 살펴 써 넣다보니 자연스럽게 두 사람을 앞에 수록하게 되었습니다. 이것이 어찌 감히 그 사람들을 사모하여 굳이 뽑아서 앞에 실은 것이겠습니까? 지금 『동문선』과 『청구풍아』 등의 책에도 국초의 시문은 정도전의 작품이 반드시 제일 앞입니다. 어찌 신이 다른 사람을 버리고 반드시 이 사람들을 첫 머리로 삼았겠습니까?[35]

위의 인용문은 기준격(奇俊格, 1594~1624)이 허균을 역적으로 지목했을 때, 허균이 이에 대해 항변하는 상소문 중의 일부이다. 허균은 『국조시산』을 편집하면서 정도전의 시를 제일 앞에 배치하였고 이로 인해 곤욕(困辱)을 치른 모양이다. 이 상소문에서 본고가 주목한 부분은 『국조시산』이 '정도전과 권근의 시부터 시작'된다는 기록이다. 허균의 증언과는 달리 목판본은 정도전이 아닌 성석린(成石璘, 1338~1423)의 시로 시작한다. 목판본과 원본의 시 수록 순서가 다르다는 사실을 이 인용문을 통해 알 수 있다.

또 한 가지 논증할 부분은 이 시선집의 편찬 년도에 대한 기록이다.

---

35) 許筠, 『惺所覆瓿藁』 卷26, 「左參贊許筠上疏」(『韓國文集叢刊』 74輯). "臣在丁未冬, 選抄本朝詩, 以自觀, 鄭道傳·權近, 俱係國初人, 故按此書塡, 自然以二人首題, 此豈敢慕其人而必拈爲首哉? 今『東文選』·『靑丘風雅』等書, 國初詩文, 道傳之作(次:일기), 必居其先, 豈(此:일기)臣之棄他人而必以此爲冠也." ; 『光海君日記』 光海 10年 5月 3日)

허균은 정미년 겨울에 『국조시산』을 완성하였다고 한다. 허균의 생몰년 내에서 정미년은 1607년인데, 허균이 1609년 10월 윤훤(尹暄, 1573~1627)에게 편지를 보내어 빌려준 『국조시산』을 돌려달라고 한 사실,[36] 1611년에 편찬된[37] 『성수시화』에서 『국조시산』을 논한 것으로 보아서,[38] 『국조시산』이 1607년 겨울에 편찬된 사실은 재론의 여지가 없을 것으로 생각된다.[39]

이상 허균이 남긴 『국조시산』에 대한 몇 가지 기록을 통해서 『국조시산』의 원 모습에 관한 중요한 정보를 확인할 수 있었다. 『국조시산』이 (1) 1607년 겨울에 완성되었고, (2) 10권 1000편의 규모이며, (3) 정도전과 권근의 시부터 시작한다는 사실이다. 이에 비해 그동안의 연구 대상이었던 목판본은 '1695년 간행, 9권의 규모, 성석린의 시부터 시작'한다. 허균이 편집한 『국조시산』이 88년 후에 간행된 목판본에 이르러서는 많은 부분들이 달라졌던 것이다. 이제 현전하는 『국조시산』의 여러 이본들을 조사하여 허균이 남긴 『국조시산』에 대한 위의 기록과 일치하는 이본이 있는지를 확인해보자.

---

36) 許筠, 『惺所覆瓿藁』 卷20, 「與尹次野己酉十月」(『韓國文集叢刊』 74輯). "詩刪想已熟覽矣, 可付權生回否."

37) 許筠, 『惺所覆瓿藁』 卷25, 「惺叟詩話引」(『韓國文集叢刊』 74輯). "辛亥歲, 俟罪咸山, 閑無事, 因述所嘗談話者, 著之于牘, 旣而看之, 亦自可意, 命之曰詩話, 凡九十六款. 其上下八百餘年之間, 所蒐出者只此, 似涉太簡, 而要之亦盡之已, 觀者詳焉. 是歲四月之念日, 蛟山題."

38) "고죽의 시가 편편이 다 아름다운 것은 반드시 갈고 닦아서 마음에 미흡함이 없는 다음에야 내놓았기 때문이다. 내가 이가(二家 최경창과 백광훈)의 시를 골라서 『국조시산』에 넣은 것이 각기 수십 편인데 그 시들은 소리의 절주가 정음에 들어맞을 만하나, 그 밖의 것은 뇌동함을 면치 못하고 있다.[孤竹詩, 篇篇皆佳, 必鍊琢之, 無歉於意, 然後乃出故耳. 二家詩, 余選入於詩刪者, 各數十篇, 音節可入正音, 而其外不耐雷同也.]" (許筠, 『惺所覆瓿藁』 卷25, 「惺叟詩話」(『韓國文集叢刊』 74輯))

39) 이종묵(1997), 78면에서도 『국조시산』의 편집 완료 시점을 허균의 여러 기록을 근거로 하여 1607년으로 보고 있다.

## 2. 두 계열의 『국조시산』

『국조시산』의 이본은 공개되지 않은 개인 소장본을 제외하고서도, 꽤 많은 수량의 목판본과 필사본들이 국내외 도서관과 기관에 소장되어 있다. 이 중 목판본은 1695년 박태순이 광주부윤 시절에 간행한 것으로, 이후 추가 간행은 이루어지지 않았다. 따라서 확인되는 목판본 『국조시산』은 모두 동일한 형태로 한 종의 목판본만이 전해진다. 그러나 필사본의 경우는 사정이 다르다. 우선 『국조시산』은 88년 동안은 필사본만이 만들어졌는데, 이 필사본들은 목판본이 간행된 뒤에도 목판본의 영향을 받지 않고 계속 필사되었다.[40] 여기에다 『국조시산』이 목판본으로 인출되면서부터는 목판본을 저본으로 한 필사본까지 만들어졌다. 곧 『국조시산』의 이본은 형태상으로는 필사본과 목판본으로 나누어지나 이 분류는 『국조시산』의 유전 과정과 변이 양상을 설명하기에 적합하지 않다. 따라서 허균이 편집한 원본을 필사한 계열, 원본과는 다른 체재를 보이는 목판본과 목판본을 저본으로 한 필사본 계열을 고려한 계열 구분이 이루어져야 함을 알 수 있다.

본고에서는 각 대학의 도서관이나 기관에 소장된 『국조시산』의 주요 이본들을 소개하되, 이를 두 계열로 나누어 살피고자 한다. 허균이 편집했던 원본의 모습을 보여주는 이본은 '원본 계열'로, 목판본과 목판본을 모본으로 재필사한 이본들은 '목판본 계열'로 명명하고 정리해 보았다.

---

40) 원본의 모습을 보이는 동국대본은 1850년에 필사된 것이며, 마지막장에서 밝힐 성효기(1701~?)의 『古今詩選』(전남대학교 소장, OC 4A2 고18 v.1-5)에 수록된 『국조시산』을 봐도, 목판본 간행 이후에도 원본이 유전되고 있는 정황을 보여준다.

### 1) 원본계열

#### ① 이대본

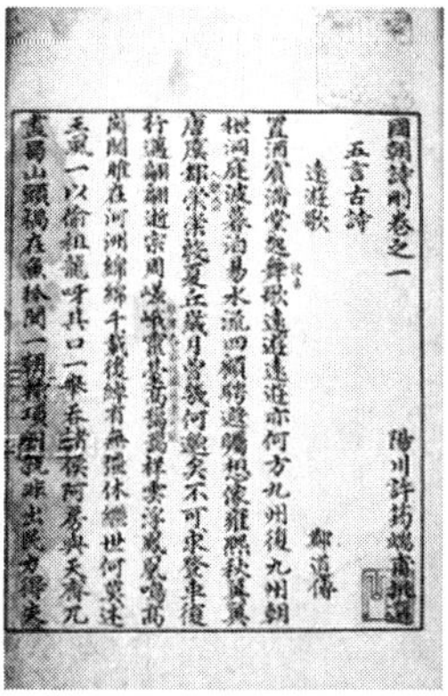
國朝詩刪卷之一
五言古詩
遠遊歌
陽川許筠端甫批選

〈그림 1〉 이대본 권수제면

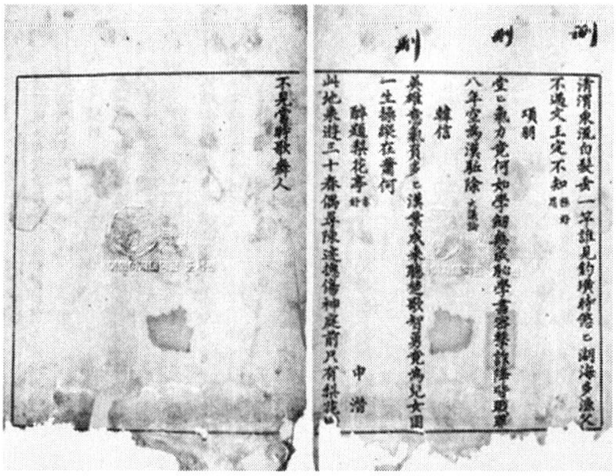

〈그림 2〉 이대본 권9 마지막장

이대본은 허균의 장서인(藏書印)이 찍혀있는 필사본으로, 박철상에 의해 이미 소개가 된 이본이다.[41] 이화여자대학교 중앙도서관에 청구기호 811.1085허 17a로 소장되어 있으며 충북 음성의 농촌 운동가였던 민광식(閔光植)이 기증한 책이다.[42] 반곽(半郭)은 18.7×12.5cm, 무계, 10행 21자의 형태를 보여주고 있다. 이 책은 특히 허균과 동시기에 명필로 유명했던 사자관(寫字官)인 이해룡(李海龍), 송효남(宋孝男), 이희철(李希哲), 신여탁(申汝擢), 이경량(李景良), 이유생(李裕生)이 한두 권

41) 이대본에 대한 소개와 정리는 박철상의 논문(2007)에서 상세하게 설명하고 있어서 본고에서는 이본의 성격과 관련하여 필요한 부분만을 기술하였다.

42) 이대본은 충북 음성(陰城)의 농촌 운동가였던 민광식(閔光植)이 소장하고 있던 것을 이대에 기증한 것이다. 그가 약 23년간 수집한 『무자기재장서목록』과 이대본 앞표지 안쪽의 장서인에는 민광식이 수집할 당시부터 이대본이 9권 3책의 모습이었음을 알려준다.(김영봉, 「무자기재장서목록」, 『이화여자대학교 고서해제』 1, 평민사, 2008 참조)

씩 맡아서 필사하고[43] 서명(署名)을 남긴 귀중본이다.[44] 더불어 첫 장의 "국조시산권지일(國朝詩删卷之一)"이라는 권수제 바로 아래에 "양천허균단보비선(陽川許筠端甫批選)"이라 하여 허균이 시를 뽑고 비평을 붙였음을 보여주고 있다.[45] 또 편자명 위에는 "교산(蛟山)"이라는 인장(印章)이 찍혀있다. 이대본에서 보이는 이러한 특징들은 이 책이 허균 생전에 만들어지고 허균이 소장했음을 짐작케 한다.

이대본은 모두 9권 3책이며 제1책은 권1~3, 제2책은 권4~6, 3책은 권7~9로 되어 있다. 권1은 오언고시인 정도전의 〈원유가(遠遊歌)〉, 〈오호도조전횡(嗚呼島弔田横)〉, 권근의 〈효소주사이사인안주서견방(效蘇州謝李舍人安注書見訪)〉으로 시작된다. 앞에서 확인했던, 『국조시산』이 정도전과 권근의 시로 시작한다고 했던 허균의 발언과 이대본의 모습이 일치하는 것을 알 수 있다. 다만 허균이 10권이라고 했던 체재는 이대본과 차이가 있다. 이대본의 편차를 살펴보면, 권1 오언고시, 권2 칠언고시, 권3 잡체시, 권4 오언율시, 권5 오언율시, 오언배율, 권6 칠언율시, 권7 칠언율시, 칠언배율[46], 권8 오언절구, 육언절구[47],

---

43) 허균은 이미 『국조시산』 편찬 이전에 사자관에게 자신이 편찬한 중국시선집 『溫李艶體』의 필사를 맡긴 바가 있다. "余在遼山, 夏月民事簡, 輒採二家詞, 合三十九首爲一帙, 倩石峯書之, 藏巾衍中. 異日歸田, 携酒徒憑高按歌, 要亦不可無此." 『惺所覆瓿稿』 卷13 「題溫李艶體後」(『韓國文集叢刊』 74輯)

44) 이해룡과 송효남은 허균과 1602년과 1606년 등 수차례 중국 사신 접견 시에 함께 다닌 사실이 『성소부부고』에 기록되어 있으며, 이희철도 비슷한 시기에 중국에 사자관으로 다녀왔다. 신여탁과 이경양도 16세기말 17세기 초에 활동하였다. 이 사자관들은 중국에까지 명필로 알려져서 글씨를 구하는 이도 많았다. 따라서 이대본이 여러 사자관들에 의해 필사된 사실을 통해서 특별히 공을 들여 중국에 보내고자 제작했을 가능성도 열어둘 수 있다.

45) 『국조시산』의 편자에 대한 기록은 앞으로 살필 모든 이본 계열 중에서 이대본에만 보인다.

46) 권5의 오언배율과는 달리 권7의 칠언배율에는 소자로 '附'가 붙어있다.

47) 육언절구의 경우는 '附六言絶句'로 되어 있다.

권9 칠언절구로 되어있어서 모두 9권만이 전하고 있는 것이다.

이대본이 현재 9권으로 전해지는 상황에 대해서 선행 연구에서는 결질(缺帙)로 판단하지 않고 10권본 완성 이전에 만들었을 초고본으로 보았다. 그러나 앞서 살폈듯 허균은 『국조시산』 편집을 완료한 후에 제명을 붙이면서 쓴 「제시산후」에서 자신이 편집한 『국조시산』이 모두 10권임을 밝혔다. 책을 만드는 과정에서는 10권이 아닌 초고본이 존재했을지 몰라도 최종 완성본은 10권인 것이다. 더군다나 이대본은 '일반 필사본'이 아니라 허균의 장서인이 찍혀있으며 당대의 명필 사자관들 6명이 한두 권씩 맡아서 정사(淨寫)한 특별한 모습의 책이다. 허균은 『국조시산』 편찬에 앞서서도 책을 완성한 후 사자관이었던 명필 석봉 한호에게 자신의 저술에 대해 필사를 부탁한 바가 있다.[48] 이 책 역시 완성된 후 보관이나 증정의 목적에서 만든 정사본(淨寫本)으로 보아야 할 것이다.

또한 이대본의 마지막권인 제9권은 칠언절구에 해당하는 시가 수록되어있고 신잠(申潛, 1491~1554)시로 끝난다. 그러나 각권마다 생몰년 순으로 작가가 수록된 『국조시산』에서 각체의 마지막 작가는 생몰년이 허균과 비슷한 권필(權韠, 1569~1612)이거나 양경우(梁慶遇, 1568~1638)이다. 목판본이나 다른 완질본에는 칠언절구부분에서 신잠(申潛) 이후의 시 수백 수와 「허문세고」가 수록되어 있는데 이대본에는 이 부분이 모두 빠져있다. 또한 이대본은 동국대본에 영향을 준 모본인데[49]

48) 許筠, 『惺所覆瓿稿』 卷13, 「題溫李艶體後」(『韓國文集叢刊』 74輯). "余在遼山, 夏月民事簡, 輒採二家詞, 合三十九首爲一帙, 倩石峯書之, 藏巾衍中."

49) 이대본을 필사한 사자관 6인은 이대본 각권 첫면에 자신의 서명을 기록해 놓았는데, 이 서명이 동국대본에도 보인다. 이를 보아서 이대본을 최초로 베낀 필사본이 이대본의 서명까지 필사하였고 이는 다시 동국대본까지 이어진 정황을 짐작하게 한다. 동국대본은 완질본이기에 이대본 역시도 10권 완질이었을 것이다.

동국대본이 완질이기 때문에 이대본 역시 완질로 보아야한다. 여러 정황을 검토한 결과, 이대본은 허균 생전에 전10권으로 만들어진 완질본이었으나, 전해지는 과정에서 마지막권인 제10권이 빠진 채 9권3책으로 남아있는 결질본이다.

그럼에도 이대본은 앞으로의 『국조시산』 연구에서 가장 중요하게 활용될 필사본이다. 허균의 소장본으로 추정되기에 현전하는 모든 이본 중에서 시기적으로 가장 앞서는 것은 물론, 시에 부기된 비평 부분이 다른 이본과는 달리 온전히 전해지고 있기 때문이다. 다만 이대본의 아쉬운 점은 결질이라는 점과, 필사 과정에서 생긴 것으로 추정되는 몇몇 오사(誤寫)들이다. 결질의 문제는 완질본을 통해 보완하면 될 것이며 오사의 경우는 수록 시인의 문집을 아울러 검토하거나 선행 시선집과 대조하는 작업을 거쳐서 신중하게 판단해야 할 부분이다.[50]

### ② 동국대본

동국대본은 이 연구에서 처음 소개하는 이본으로, 동국대학교 도서관에 소장된 『국조시산』 10권 2책본을 칭한 것이다. 이 본은 현재까지 확인한 바로는 원본 계열 필사본 중에서 유일하게 완질이다. 동국대본은 동국대학교 중앙도서관에 청구기호 811.9082 허17ㄱ 1-2로 소장되어 있고, 반곽은 23.0×18.5cm에 무계, 12행20자의 형태이다. 또 각 권 표지에 '乾', '坤'으로 씌어있어 2책으로 장정하였음을 알 수 있다.

---

50) 권4 오언율시 이첨의 〈登州〉에서 제4구"乞火孝康船"의 '孝康船'은 '孝廉船'으로, 김인후의 〈華陽序〉은 〈華陽亭〉으로, 권9 칠언절구 성현의 〈帶雨題淸州東軒〉의 제1구 "畵屛高枕掩罷幃"에서 罷는 羅로, 이우의 〈羽溪〉의 비평 "蕭宗有趣"는 "蕭索有趣"로, 신광한의 〈崔同年鏡浦別野次昌邦韻〉의 '別野'는 '別墅'로 바로잡아야 한다. 이 오류들은 필사자가 비슷한 글자로 오인한 결과로 여겨지며 이대본에만 보이는 것들이다.

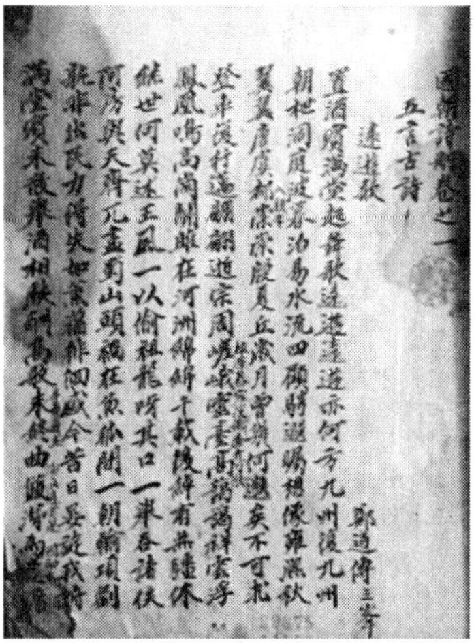

〈그림 3〉 동국대본 권수제면

제1책은 1~6권까지, 제2책은 7~10권까지 수록되어 있다. 이 동국대본은 허균이 밝혔던 『국조시산』 10권의 체재를 그대로 보여준다. 원본 『국조시산』의 전모를 확인할 수 있다는 점에서 매우 중요한 이본이다.

동국대본의 제1권은 오언고시로, 첫 시는 정도전의 〈원유가(遠遊歌)〉이다. 1권부터 9권까지 남아있는 이대본과 대조해보면 시의 순서가 같다. 특히 동국대본에서는 이대본에서 살필 수 없었던 제10권의 면모를 확인할 수 있다. 권10의 칠언절구 부분은 소세양(蘇世讓, 1476~1528)부터 양경우(梁慶遇, 1568~1638)까지의 시가 수록되어있으며,[51] 각 시에는 허균이 붙인 비어(批語)도 온전하게 전해지고 있다. 시에 이어서는 〈허씨세고고략(許氏世系考略)〉이 보인다. 〈고략〉의 말미에는 "詔使朱之蕃梁有年爲著序文云"으로 되어 있어서 허균이 『국조시산』을 집필하기 한 해전인 병오년(1606)에 주지번(朱之蕃)과 양유년(梁有年)을 만나서 『양천세고』를 보여주고 글을 받은 정황을 보여주고 있다.[52] 또 "國朝詩刪附錄"이라 하여 「허문세고(許

51) 실제 권10의 마지막 시는 실명씨의 시로 끝나고 있으나, 생몰년으로 따져보았을 때에는 양경우가 하한이다.

52) 『惺所覆瓿藁』 「丙午紀行」에 따르면 1606년 4월 20일에 『陽川世藁』의 서문을 주지번에게 받았고, 4월 26일에는 양유년에게 부탁하여 다음날 『世藁』의 서문을 받았다고 한다. 이때에 받은 글들은 『陽川世稿』에 편입되어 전해지고 있으며, 주지번의 글을 보면 이 당시 허균이 주지번에게 보여주었던 世稿는 증조까지의 시문만이 수록된 것으로 부친과 형, 누이의 글은 편집하기전이었다.(朱之蕃, 『陽川世稿』, 「題陽川世稿」. "…

門世藁)」가 이어진다. 이렇게 부록으로 배치한 허균 집안의 시들는 권필(權韠)이 뽑고 비평을 가한 것이기에 "永嘉權韠汝章批選"이라 기록되어 있다.

「허문세고」의 체재도 『국조시산』 본문의 각체 배열과 동일한 '오언고시-칠언고시-오언율시-칠언율시-오언절구-칠언절구'의 순서로 편집되었으며 권필이 붙인 비어가 소자(小字)로 부기되어 있다. 마지막 시 〈유선사(遊仙詞)〉에는 주지번과 양유년의 시평(詩評)이 있는데, 이 역시 허균이 1606년에 두 조사를 만나 『난설헌집(蘭雪軒集)』을 보여주고 받았던 평가를 『국조시산』에 반영한 것이다.[53)]

또한 동국대본에는 "當宁元年庚戌六月二十二日謄出華南精舍[54)]"라는 필사기(筆寫記)가 있어서 이 책이 1850년에 필사된 것임을 알 수 있다. 목판본이 1695년에 간행되었음에도 이 동국대본은 목판본의 영향을 전혀 받지 않았다. 17세기 초반에 만들어진 원본이 목판본과는 별도로 19세기까지 이어지고 있음을 확인할 수 있다.

이 동국대본에는 주목할 만한 흥미로운 사실이 있다. 동국대본 제6권의 첫 장 왼쪽 하단의 '申汝擢', 제8권의 첫 장 왼쪽 하단의 '李景良'이라는 작은 글씨가 그것이다.

---

(上略)…將附以父曄兄篈及其妹氏遺稿…(下略)…")

53) 『惺所覆瓿藁』「丙午紀行」에 따르면 허균은 1606년 3월 27일에 주지번의 요청으로 난설헌의 시집을 그에게 주었고, 4월 20일에 시인(詩引)을 받았다. 이 날 받은 글은 허균이 편찬한 『蘭雪軒詩集』에 주지번의 〈蘭雪齋詩集小引〉과 양유년의 〈蘭雪軒集題辭〉가 수록되어 있다.

54) '화남정사(華南精舍)'에 대해서는 비슷한 시기 규장각에 소장된 『아아록(我我錄)』에 1849년 화남정사에서 필사했다는 필사기가 보인다. 동일 인물의 필사본인 듯 하나 누구인지는 확인하지 못하였다. 1840년대 안종문(安鍾文)과 안종익(安鍾翊) 형제가 거주했던 광주 안씨(廣州 安氏)의 고택에서 '화남정사'라는 당호(堂號)를 썼다고는 전해지나 좀 더 고찰할 필요가 있다.

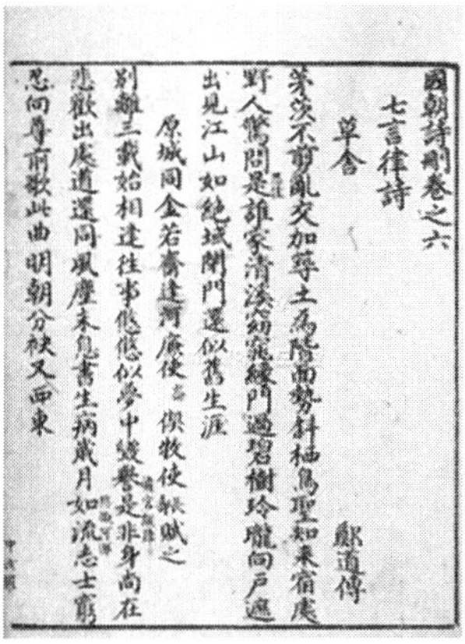

〈그림 4〉 이대본 사자관 서명

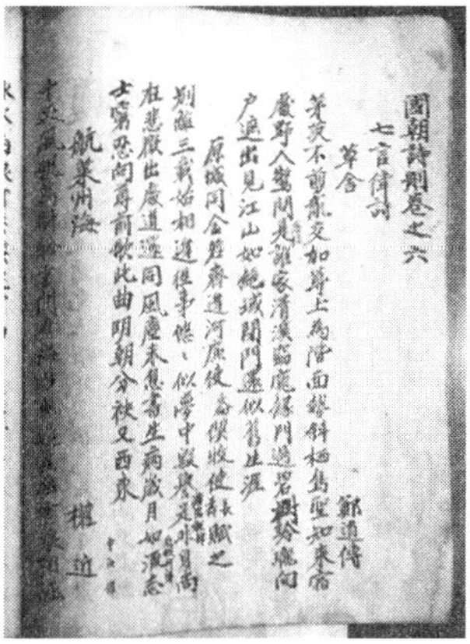

〈그림 5〉 동국대본 사자관 서명

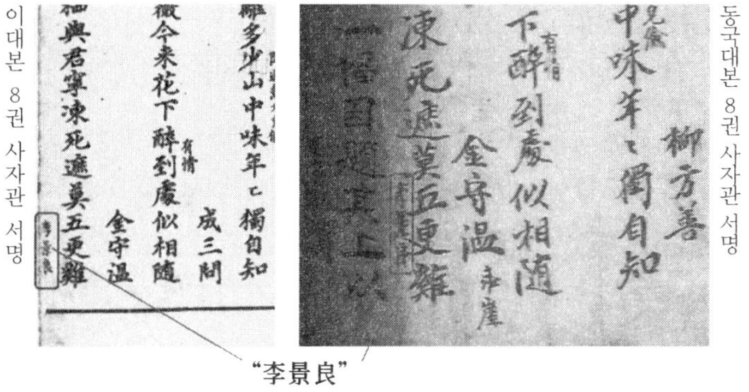


〈그림 6〉 두 이본의 동일한 사자관 서명

〈그림 4, 5, 6〉에서 확인되는 '신여탁'과 '이경량'은 이대본을 필사했던 사자관(寫字官)으로, 전술한 것처럼 이대본에는 각 사자관이 자신이 맡은 해당 권의 첫 면에 서명(署名)을 하였다. 이 서명이 동국대본에도 같은 위치에 보인다는 것은 동국대본의 저본이 이대본을 모본으로 하면서 서명까지 그대로 베꼈던 본임을 알려주고 있다. 두 본 사이에 다른 본이 개입되었다고 본 것은 두 본의 시간차가 200년 이상이며, 이대

본의 오자나 실수를 동국대본이 답습하지 않았기 때문이다. 어쨌든 동국대본에서 확인되는 사자관의 서명으로 인하여 두 본의 친연성을 확인할 수 있고, 동국대본이 완질이라는 점에서 이대본 역시 완질로 만들어지고 유전되었으리라는 추정이 가능하다.

허균의 장서인이 찍혀있으며 허균 당시의 명필 사자관 6인이 필사를 맡은 이대본이 '원본'에 가장 가까운 형태임은 부인할 수 없다. 그러나 이대본에서 누락된 제10권의 시 편수는 부록인 「허문세고」를 합쳐서 235수로, 이는 『국조시산』의 약 1/4에 해당하는 분량이다. 현 시점에서 유일하게 '완질'로 전해지는 동국대본의 가치는 연구 대상 자료를 재구할 수 있게 한다는 점에서 이대본 이상의 의미가 있다.

동국대본은 시 말고도 허균의 비어(批語)까지 충실히 필사된 상태여서 중요한 이본이지만, 이대본과 마찬가지로 필사 과정에서의 오류가 확인되기 때문에 주의할 필요가 있다. '畫'를 '書'로 '序'를 '亭', '尹'을 '君'으로 한 실수부터 권1에서 남효온, 김정, 권4에서 이첨, 최수성, 권8 성삼문의 성명이 빠진 것이 눈에 띄는 오점이다. 그러나 문제가 되는 오류들은 모두 교감하여 교정할 수 있는 범위의 것들이며, 시는 한 수도 누락된 것 없이 953수가 온전하게 필사되어 있다.

또 이대본이나 목판본과의 대조 결과 이이(李珥)의 칠언율시 〈초출산증심경혼장원(初出山贈沈景混長源)〉에 대해 동국대본이 편집을 가하고 있는 사실은 주목할 부분이다. 원래 이 시는 이이의 문집에는 없고 허균의 『국조시산』에만 유일하게 전하는 시이다. 이 시는 이이가 출가했음을 보여주는 시인데, 박태순이 목판본을 간행할 때 이 시를 삭제하지 않고 그대로 간행하여서 큰 논란이 있었다. 결국 목판본은 이 시로 흠을 잡혀 훼판이 되었다.[55] 이를 의식한 결과인지, 동국대본에는 원 제목에서 '初出山'을 뺀 〈贈沈景混長源〉이라 기록하고 있으며, 이 시에 달린 허균의 비어도 원래는 "本集不載, 以爲三四諱之, 然絶佳詩"라고 되어있으나 동국대본에서는 "本集不載, 然絶佳詩"라고 하여 이 시에 대하여 제목의 일부와 3,4구의 내용에 주목하게 하는 비평도 삭제하여서 이이의 행적과 관련한 오해를 일으키지 않도록 편집한 것이다. 이러한 편집은 이 동국대본이 목판본 간행 후에 만들어진 후대본이기에 가능한 양상이다. 이본간의 출입에 대한 부분은 『국조시산』의 정본(定本)을 만들 때 재론되어야 할 것이며 이 논문에서는 여러 중요한 이본을 소개하고 연구에서 활용될 선본을 탐색하는 선에서 논의를 마무리하였다.

### ③ 단국대본

단국대본은 단국대학교 율곡기념도서관에 청구기호 고 851.905 허509ㄱ로 소장된 『국조시산』의 필사본으로 역시 본고에서 처음 소개하는 이본이다.[56] 책의 형태사항을 살펴보면 크기는 28.0×19.5cm, 무계, 10행20자로 필사되어 있으며, 원래 전체 2책으로 만들어졌으나 현재 불분권 1책으로 전해지는 결질이다. 이 책은 분권을 별도로 하지 않은데 다가 앞부분이 일실된 채 전해지고 있지만, 원본의 순서인 '칠언율시-오언절구-칠언절구-허문세고'로 되어 있고 비어의 위치나 표기방식, 인명 표기[57]가 모두 원본 계열의 특징을 그대로 보여주고 있다.

---

55) 목판본의 훼판 과정에 대해서는 윤호진, 「『국조시산』의 간행과 그 반향」, 『한문학보』 1, 우리한문학회, 1999 참조.

56) 단국대학교 율곡기념도서관에는 또 다른 2책의 『국조시산』 필사본이 있으나, 이 책은 표제만 『국조시산』이며 본문은 『국조시산』과 관련이 없는 『東律精選』이란 책이다.(청구기호:고 851.35 허509ㄱ 卷1-2)

57) 계열 간 인명표기방식의 차이는 〈표 6〉 참조.

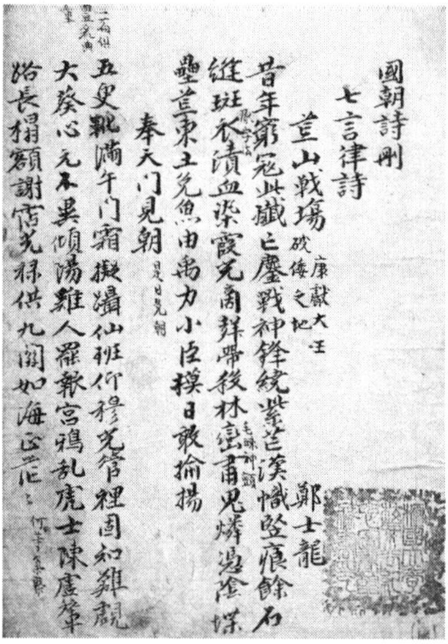

〈그림 7〉 단국대본 하권 권수제면

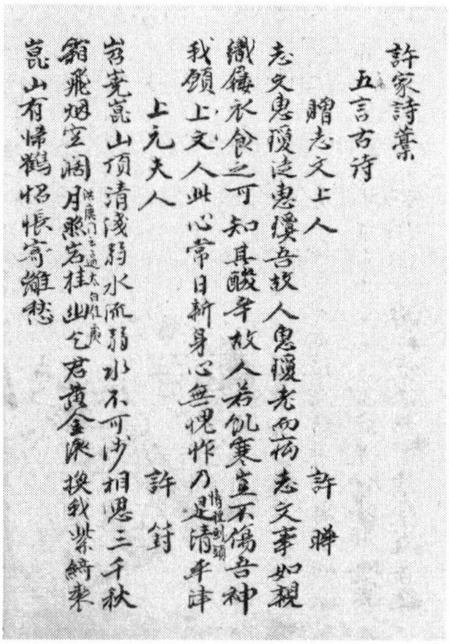

〈그림 8〉 단국대본 「許家詩藁」

단국대본은 원본 계열의 제7권~부록에 해당하는 뒷부분이어서 이대본의 누락된 제10권과 부록 부분을 동국대본과 함께 보완할 수 있는 중요한 이본이다. 또한 〈그림 7〉에서 볼 수 있듯이 허균의 비어도 완벽하게 필사하여 완성도가 높다.

그리고 부록인 「허문세고」도 오언고시부터 시작하여 칠언절구까지 이어지는 순서여서 원본과 같으며, 작자나 시 누락 없이 41제 64수가 모두 필사되어 있다. 다만 단국대본은 부록에 붙은 허씨 일가의 시들에 대해 〈그림 8〉과 같이 '허가시고(許家詩藁)'라고 하여 기존 목판본이나 동국대본의 '허문세고'와는 다른 제명을 붙였다. 이대본에서 이 뒷부분이 누락되어서 알 수는 없지만, 목판본과 동국대본이 후대본이라는 점에서 혹 허균이 의도한 부록의 제명이 '허가시고'로 되어있을 가능성도 배제할 수는 없다. 이 부분은 원본 계열 중에서도 시기가 앞선 이본이 추가로 발견되면 다시 검증되어야 할 것이다.

단국대본은 간혹 시의 순서가 바뀌어 필사된 부분이 있고, 필사 과정에서 생긴 작자 누락의 실수도 몇 군데 확인된다. 그러나 허균의 비어가 비교적 온전하다는 점과, 결본이지만 책 후반부가 전해지고 있어서 이대본에서 빠진 권10과 부록 부분을 보완할 수 있는 중요한 이본이다.

### ④ 동경대 아천문고본

동경대(東京大) 아천문고본은 현재 일본 동경대학교 아천문고에 청구기호 E45-1375로 소장되어 있는 『국조시산』의 필사본을 칭한 것이다. 필자는 동경대에서 이 이본을 직접 열람하지는 못했고 국립중앙도서관에 소장된 복제본(청구기호 古3643-529)을 보았다. 이 책의 크기는 24.4×16.8cm, 무계, 11행 21자의 형태를 보여주고 있으며, 두 책으로 만들어졌으나 현재 1책(권1~6)만이 전해지는 결질이다. 제1책이 권1에서 권6까지 편집된 모습은 동국대본과 같으며, 정도전의 오언고시 〈원유가(遠遊歌)〉가 첫 시로 되어 있는 원본 계열이다. 권차는 각체별로 권1 오언고시, 권2 칠언고시, 권3 잡체시, 권4 오언율시, 권5 오언율시, 오언배율, 권6 칠언율시로 되어 있어서 시의 순서는 앞서 살핀 이대본, 동국대본과

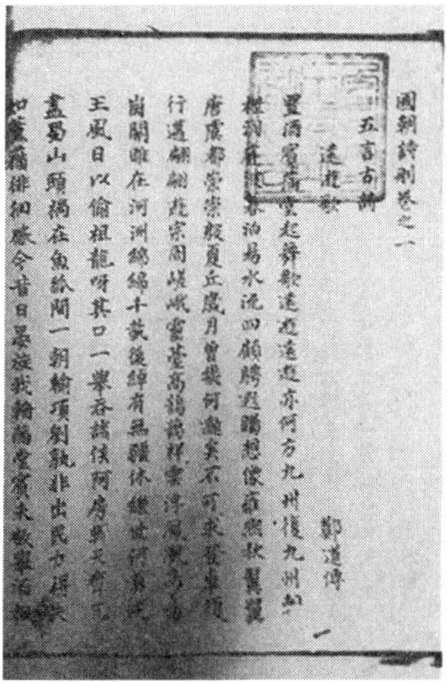
國朝詩删卷之一
五言古詩
遠遊歌
鄭道傳

〈그림 9〉 동경대 아천문고본 권수제면

같다.

다만 동경대 아천문고본은 이대본, 동국대본과는 몇 가지 다른 특징이 있다. 먼저 〈그림 9〉에서 확인되듯 허균의 비어가 모두 누락되었고, 허균이 부록으로 배치했던 친족들의 시가 본문에서 확인된다는 점이다. 허씨 일가의 시는 시 형식과 생몰년을 고려하여 각권에 적절히 배치되어 있다. 이밖에도 이대본·동국대본과는 달리 시가 몇 수씩 누락되어 있으며[58] 오사(誤寫)도 많이 확인된다.[59] 결국 이 책은 제2책이 빠진 결질인데다가 발췌본이며, 『국조시산』에서 중요하게 여겨지는 비평부분이 모두 누락되어 사실상 원본과는 거리가 있다. 그러나 목판본의 영향을 전혀 받지 않은 원본 계열의 한 이본이라는 점만으로도 주시할 만하며, 또 이러한 편집본은 『국조시산』이 후대로 전승되면서 수용자에 필요나 편의에 의해 재편된 양상으로 읽을 수 있다.

### ⑤ 계명대(A)본

계명대학교 동산도서관에는 두 종의 필사본 『국조시산』이 소장되어 있다. 하나는 1책으로, 다른 하나는 2책으로 구성되어 있는데, 본고에서는 1책본을 계명대(A)본, 2책본을 계명대(B)본으로 이름 붙이고 살펴보았다.

계명대(A)본은 청구기호가 (고) 811.1 허균ㄱ 으로 책 크기는 25.0×17.0cm이며 無界, 10行21字의 형태를 보여주고 있다. 1책으로 전해

58) 발췌본의 취사선택 의도는 잘 드러나지 않지만, 주로 다수의 시가 수록된 시인의 시를 발췌한 경향 정도가 확인된다.

59) '金麟厚'를 '金麟原'으로 한 것을 보면 학식이 높은 필사자는 아닌 듯하다. 필사 과정에서 빠뜨린 글자도 많으며, 빠뜨린 것을 교정한 흔적을 자주 찾아볼 수 있다.

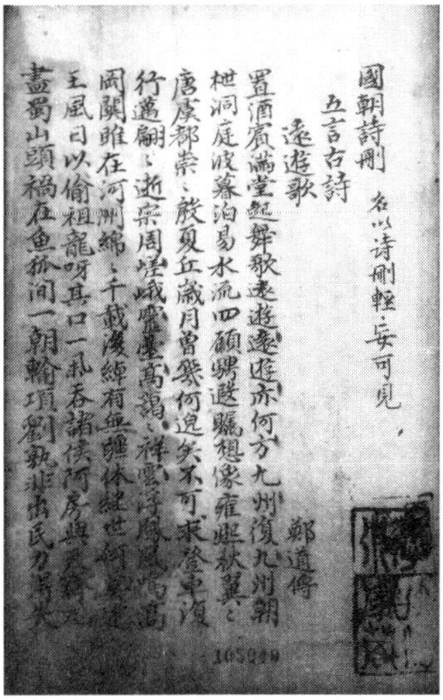
國朝詩刪
五言古詩
遠遊歌
鄭道傳

〈그림 10〉 계명대 (A)본 권수제면

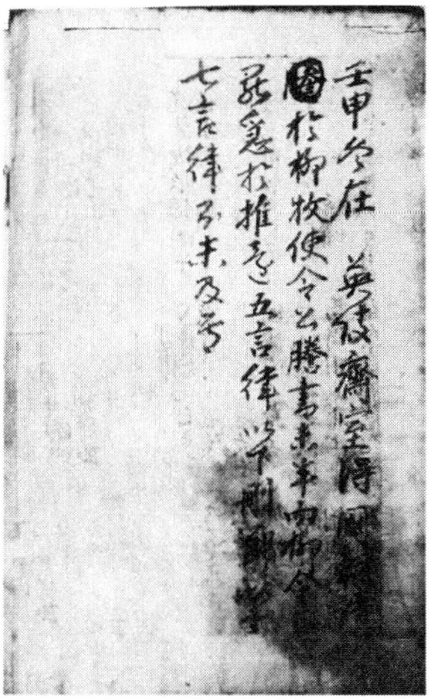
壬申冬在 英陵齋室得國朝
詩删於柳牧使令公謄書未半而柳令
見罷急於推還五言律以下删節以書
七言律則未及焉

〈그림 11〉 계명대 (A)본 필사기

지고 있지만 결질은 아니며, 『국조시산』의 전반부만 필사한 미완성본이다.

이 본은 〈그림 10〉과 같이 정도전의 오언고시 〈원유가(遠遊歌)〉로 시작되고 있고 시 제목과 같은 행 하단에 작자를 기재하는 방식 등 원본 계열의 특징을 그대로 보여준다. 분권은 하지 않았지만 시 형식이 바뀔 때마다 해당 시체(詩體)를 명시해 놓았고, 시의 순서도 다른 원본 계열과 같다.

이 책에는 필사기가 남아 있어서 주목된다. 먼저 〈그림 10〉과 같이 앞표지 안쪽에 "壬申冬, 在英陵齋室, 得國朝詩刪於柳牧使令公, 謄書未半而柳令見罷, 急於推還, 五言律以下刪節以書, 七言律則未及焉."라고 하여, 필사년도와 이 책과 관련된 정보를 읽을 수 있다. 필사자는 임신년 겨울에 영릉재실(英陵齋室)에서 근무하였고, 당시 그 곳의 목사

(牧使)였던 유 목사(柳牧使)에게서 『국조시산』을 빌렸다고 기록해놓았다. 이를 근거로 임신년에 영릉재실의 소재지인 여주에서 목사를 역임한 '유씨(柳氏)'를 조사해보니, 1692년 6월 16일부터 1693년 1월 2일까지 여주목사를 역임한 유정휘(柳挺輝, 1625~1695)를 확인할 수 있었다. 따라서 필사기에 기록된 임신년이 1692년임을 확정하였고, 이 계명대(A)본이 목판본이 간행되기 3년 전에 만들어진 책임을 알 수 있다. 또 필사기에 따르면 필사자에게 『국조시산』를 빌려줬던 유 목사가 갑자기 여주를 떠나게 되면서 책을 급히 돌려줘야해서 오언율시 이하는 필사하지 못하였다고 기록하고 있다. 필사자의 설명대로 이 책은 '오언고시－칠언고시－잡체시－오언율시 일부'까지만 필사되었다. 이대본이니 동국대본과 대조해보면, 권차로는 10권 중 1~4권의 절반 정도까지 베낀 것이다. 이 책의 오언율시 뒤에는 '絶句'라 하여 『국조시산』의 오언절구를 추후에 몇 수 발췌하여 보완해 놓았고, 이후로는 낙장(落張)이 있어 전후 맥락을 파악할 수는 없지만 임유정(林惟正)의 〈제개골산장연사집구(題皆骨山長淵寺集句)〉를 비롯한 칠언율시 몇 수가 이어져 있다.[60]

그리고 〈그림 11〉에서와 같이 권수제 아래에 "名以詩刪, 輕妄可見." 라고 하여 '시산'이라고 이름붙인 것에 대해 경망하다고 기록하고 있다. 원래 『국조시산』은 이반룡이 편찬한 시선집인 『고금시산』의 제명을 모방한 것인데 이반룡이 붙인 '시산'의 의미는 '관지(觀止)'와 같은 뜻으로 '고금의 시는 더 이상 다른 것을 볼 필요가 없다'는 뜻에서 쓴 것이다.[61] '시산'의 배경을 잘 알고 학식이 있던 필사자가 위와 같이

60) 칠언율시는 『동문선』 권13에서 발췌한 것으로, 『국조시산』의 칠언율시를 베끼지 못하였기에 『동문선』의 칠언율시라도 보충해 놓은 듯하다.

61) '시산'의 의미에 대해서는 제3장에서 설명하였다.

허균에 대한 평가를 필사 과정에서 개인적으로 한 셈이다.

이 계명대(A)본은 목판 간행 전인 1692년에 여주에서 필사된 원본 계열로 『국조시산』의 앞부분만 필사되었고, 허균의 비어도 모두 누락되어 있다. 권차 구분도 없어서 앞서 살펴본 이대본이나 완질인 동국대본에 비해 자료로서의 가치는 분명 떨어진다. 그러나 필사기가 함께 전해져서 정확한 필사 시기를 알 수 있고 『국조시산』이 주변인을 통해 필사되는 정황도 확인할 수 있는 원본 계열이라는 점에서 주목되는 이본이다.

### ⑥ 계명대(B)본

계명대(B)본은 계명대학교 동산도서관에 소장된 『국조시산』 2책본을 칭한 것이며 청구기호는 (고)811.1 국조시ㅅ-1-2이며, 책 크기는 30.4×20.5cm, 무계, 항자수는 12행20자이다. 불분권 상하 2책으로 구성되어 있어서 형태상 완질로 보이지만, 발췌본이다.[62] 계명대(B)본은 책의 상태로 보아서는 20세기 초에 필사된 책으로 추정된다.[63]

계명대(B)본의 제1책에는 〈그림 12〉와 같이 「국조시산시인성명(國朝詩刪詩人姓名)」이라는 항목 아래 『국조시산』에 수록된 시의 작가들을 별도로 묶어두었다. 이어서 오언율시와 칠언율시부터 필사되어 있으며, 제2책에는 오언절구, 육언, 칠언절구, 오언고시, 잡체시, 「허문세

62) 이 책 역시 발췌 양상에 있어서 특별한 의도가 탐지되지 않는다. 역시 다수의 시가 수록된 시인의 경우 몇 수만 뽑는 정도의 경향만을 보인다. 이런 부분들은 추후에 더 고찰할 필요가 있다.

63) 권수제 면에 "安東人權丙軾重明印"이라는 장서인을 보아서는 1952년 3월 26부터 1952년 10월 29까지 7개월간 예산군수를 역임했던 권병식(權丙軾, 1907~?)이라는 인물로 추정된다.

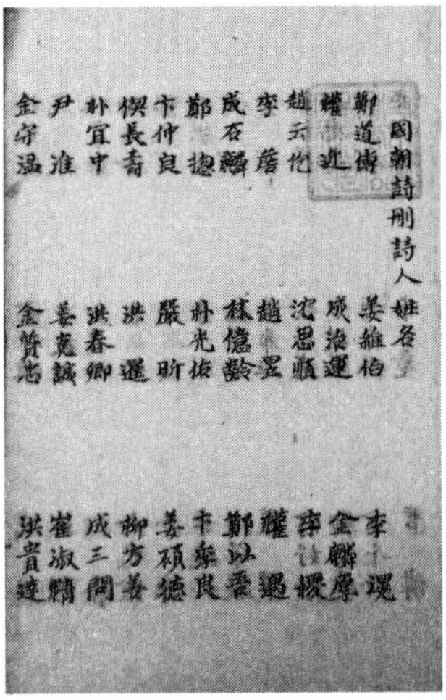

〈그림 12〉『국조시산』시인성명

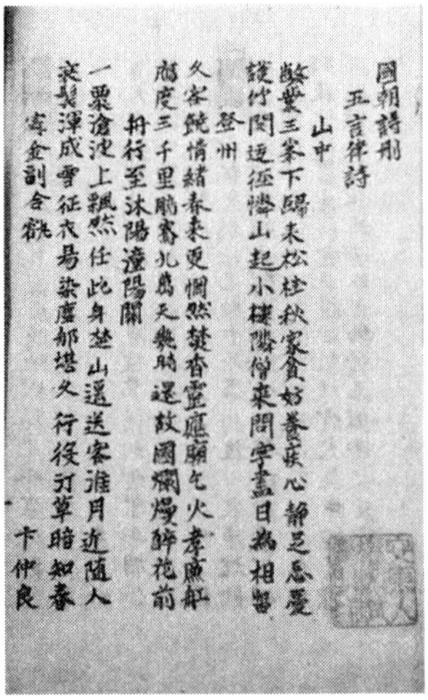

〈그림 13〉 계명대(B)본 권수제면

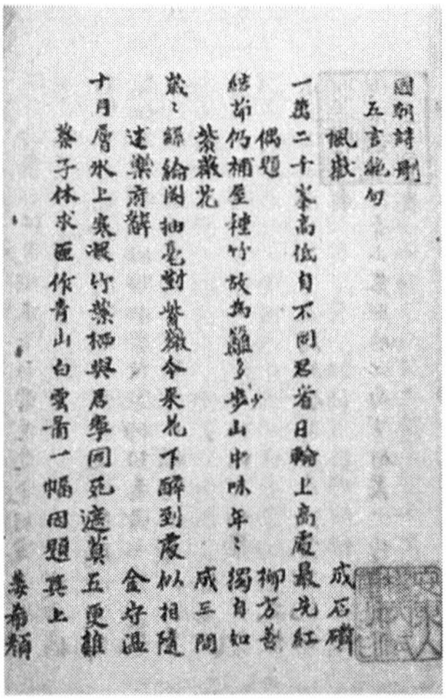

〈그림 14〉 계명대(B)본 하권 권수제면

고」가 필사되어 있다. 이 책은 우선 원본에는 없었던 「국조시산시인성명」이 추가되어 있는데, 이 목록은 앞서 살핀 여러 이본에서는 전혀 확인되지 않는 목록으로, 필사되는 과정에서 추가된 것으로 추정된다. 목록 부분을 제외한 본문은 모두 앞서 살펴보았던 원본 계열의 특징을 그대로 보여주고 있으며, 부록 「허문세고」의 순서도 오언고시부터 시작되는 원본 계열을 따르고 있다.

계명대(B)본에서 주목할 점은 기존본과는 다른 편집 양상이다. 원본 계열이 오언고시 정도전의 시부터 시작하는 것과는 달리, 이 책은 오언율시로 시작하고 있으며 정도전과 이첨의 시에 대해서는 작자명을 누락 시키고 시만 필사한 것을 확인할 수 있다. 또한 칠언고시의 경우에도 정도전의 시 7수가 빠진 채 김종직의 시부터 시작한다. 이는 정도전을 수위(首位)로 배치한 편집이 허균 당시부터 문제가 되었기 때문에 이를 의식하여 의도적으로 정도전을 은폐한 결과로 판단된다. 원본의 모습을 특정한 목적이나 필요에 따라서 재편한 것은 계명대(B)본의 경우만은 아닐 것이다.

### ⑦ 전남대본

전남대본은 전남대에 소장된 『고금시선(古今詩選)』에 수록된 『국조시산』을 칭한 것이며 『고금시선』의 청구기호는 OC 4A2 고18 v.1-5이다. 이 『고금시선』은 모두 5책으로 중국과 조선의 시를 수록하고 있는데, 이 책의 제3책에 『국조시산』이 필사되어 있다. 전남대본은 다른 이본들처럼 『국조시산』만이 단독으로 필사되어 전하는 것이 아니라 5책으로 된 시선집의 한 부분이다. 이렇게 되면 특정 시선집에 수록된 『국조시산』를 별도로 하나의 이본으로 볼 수 있는가에 대해서 논란의 소지가 있지만, 이 『고금시선』이라는 시선집은 일관된 편집 기준으로 '시선(詩選)'을 한 결과물이 아니다. 아직 정리되지 않은 모습으로 여러 문집과 선집을 베낀 형태여서 필사자의 집안 내에서만 유전된 책으로 추정된다. 특히 『국조시산』의 경우는 '국조시산(國朝詩刪)'이라는 소제목 하에 원본 『국조시산』의 제1권에서 3권까지 해당하는 내용을 그대로 전재해놓았기에 본고에서는 원본 『국조시산』을 필사한 하나의 이본으로 소개하고자 한다.[64]

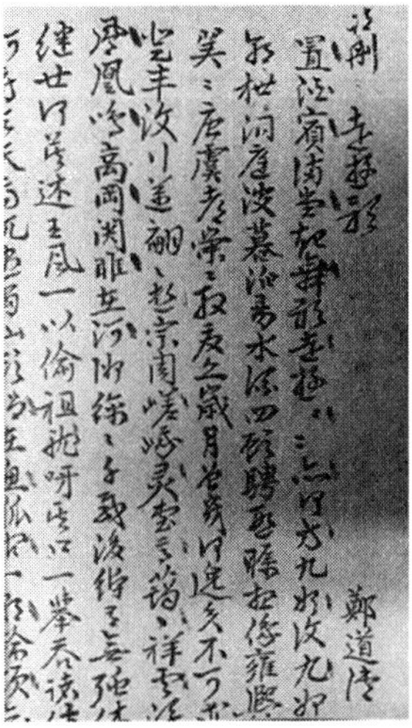

〈그림 15〉 전남대본 권수제면

『고금시선』의 5책 중 제3책은 「익재난고(益齋亂藁)」 「간이시초(簡易

詩抄)」「읍취시초(挹翠詩抄)」라 하여 이제현과 최립, 박은의 시를 뽑아서 수록하였고, 뒤를 이어 『국조시산』이 필사되었다. 『국조시산』이 시작되는 첫 면에는 서명(書名)이 기재되어 있고, 정도전의 〈원유가(遠遊歌)〉가 첫 시여서 원본 계열을 저본으로 필사했음을 알 수 있다. 필사된 범위는 원본 계열의 권1~권3까지여서 완질이 전해지는 현 상황에서 자료적인 가치는 떨어지지만, 전남대본의 경우는 필사자와 필사 시기까지 확인 가능하기 때문에 추가로 더 살필 필요가 있다.

우선 중국시를 뽑아놓은 『고금시선』의 제1책과 2책에는 '昌寧成璟叔玉' '成璟叔玉'이라는 인장이 있어서 성경(成璟, 1641~?)이라는 인물이 이 시선집의 편집을 하였으리라 여겨지며, 『국조시산』이 수록된 제3책에는 '成孝基印', 조선 시를 뽑아놓은 제4책에는 '百源'이라는 인장이 있어서 백원 성효기(成孝基, 1701~1770)가 3, 4책을 필사하였으리라 짐작된다. 이들 편집자는 조손의 관계이기에 성경이 중국시를 선발한 것에 성효기가 뒤를 이어 조선의 시를 뽑아 붙였음을 짐작할 수 있다. 이러한 정황은 『국조시산』의 수록 작가 중에서 창녕 성씨 집안의 어른인 성현(成俔)에 대해서만 이 필사본이 성명 대신에 '허백당(虛白堂)'으로 기록하여 피휘했기 때문에 필사자에 대해서 보다 분명하게 확인할 수 있다. 요컨대 『고금시선』이라는 시선집에 수록된 『국조시산』은 18세기 초중반에 창녕 성씨 집안에서 필사된 것으로, 목판본이 유통된 후에도 원본 계열이 지속적으로 유전된 정황을 확인할 수 있는 이본으로서 논할 수 있다.[65]

---

64) 『고금시선』에 대해서는 2014년 8월 13일 우리한문학회 하계학술대회 "조선조 한시선집의 재조명"이라는 기획주제에서 필자의 발표문인 「『국조시산』의 두 계열에 대하여」이 발표집 각주 87번에 소개되었고, 같은 날 임규완 선생님이 「18세기 한중 통합 시선집에 대하여」라는 발표문(별지)에서 『고금시선』을 소개하였다.

지금까지 『국조시산』의 이본들 중에서 원본의 모습을 보여주는 본들을 조사하여 이들을 '원본 계열'로 묶어서 정리해 보았다. 허균의 기록에 의한 원본 『국조시산』의 특징은 정도전의 시로 시작한다는 것이었다. 실제 원본 계열의 이본들은 공통적으로 정도전의 〈원유가(遠遊歌)〉가 첫 시로 수록되어 있었고, 더불어 원본 계열 각체의 차례도 〈원유가〉가 속한 오언고시부터 시작함을 알 수 있었다. 다음으로 허균이 밝힌 '10권에 1000편'이라는 『국조시산』의 체재와 총 시수에 대한 기록은 완질로 전해지는 동국대본을 통해 전모를 확인하였다.

본고에서는 원본 계열 이본들을 소개하는 방향으로 논의를 진행하였고 동일 계열 이본 간의 대조는 본고의 방향과 관련하여 유의미한 결과가 예상되지 않기에 더 살피지 않는다. 전술한 바, 이대본은 현전하는 원본 계열 이본들 중에서는 필사 시기가 가장 앞서 있으며 완성도도 상당히 높다. 마지막 권이 빠진 것만 제외한다면 1~9권까지는 이대본을 주 연구 대상으로 선택하여야 할 것이며, 이대본에서 빠진 제10권과 부록 「허문세고」의 경우는 동국대본과 단국대본을 통해서 보완하면 원본을 재구할 수 있다. 그 외의 원본 계열들은 비어도 거의 누락되었고 발췌본이거나 미완성본이어서 연구 대상으로서 자료적인 가치는 낮지만, 원본의 전승 상황이라든지 수용자의 필사 목적에 따라 편집된 후대본의 다양한 양상들은 여러 목적에서 활용 가능할 것이다.

이해를 돕기 위해 원본 계열 각 이본의 서지사항은 대조가 쉽도록 〈표 1〉로 만들어보았다.

---

65) 성효기는 성대중의 부친이기도 하다. 그는 박학다식하여 『사례집설(四禮集說)』을 지었다. 그의 행적을 고려한다면, 그가 목판본 대신에 원본을 수록한 것을 통해 18세기 인물이지만 허균의 작업과 박태순의 작업을 분별했으리라 본다.

〈표 1〉『국조시산』 원본 계열 이본 조사표

| 이본명 | 판종 | 권책수 | 필사년도 | 특이사항 |
|---|---|---|---|---|
| 이대본 | 필사본 | 9권 3책(결질) | 1607~1618년<br>(허균 생전) | 허균의 장서인과 친필 메모,<br>명필 사자관 6인의 필사본 |
| 동국대본 | 필사본 | 10권 2책 | 1850년 | 완질본 |
| 단국대본 | 필사본 | 불분권 1책(결질) | 미상 | 부록을 '許家詩藁'라고 함 |
| 동경대<br>아천문고본 | 필사본 | 6권 2책(결질) | 미상 | 부록 「허문세고」에 실린 작품들이<br>본문에 편입 |
| 계명대(A)본 | 필사본 | 불분권 1책 | 1692년 | 여주목사 유정휘 소유 『국조시산』<br>를 빌려 필사 |
| 계명대(B)본 | 필사본 | 불분권 2책 | 20세기 초 | 정도전의 시에 대해 은폐 시도 |
| 전남대본 | 필사본 | 불분권 1책(결질) | 18세기 | 성효기(成孝基, 1701~1770) 필사 |

이어서 원본 계열에서 중요한 두 이본 이대본과 동국대본의 수록 시를 대조한 결과로 두 본의 수록 시와 시의 순서는 차이가 없지만 칠언율시가 권6, 7의 두 권에 걸쳐 수록되면서 이대본은 정사룡의 〈황산전장(荒山戰場)〉을 7권의 첫 시로, 동국대본은 6권의 마지막 시로 배치한 것이 달라졌음을 확인해보았다. 이에 대해서는 〈표 2〉로 정리해 보았다.

〈표 2〉『국조시산』 원본 계열 주요 이본의 수록 시 대조

| | 시 형식 | 이대본 | 동국대본 | 아천문고본 |
|---|---|---|---|---|
| 卷1 | 五言古詩 | 遠遊歌(鄭道傳)<br>~感興(誠侃) | 遠遊歌(鄭道傳)<br>~感興(誠侃) | 遠遊歌(鄭道傳)<br>~感興(誠侃) |
| 卷2 | 七言古詩 | 公州錦江樓(鄭道傳)<br>**~鬪狗行(無名氏)** | 公州錦江樓(鄭道傳)<br>**~鬪狗行(權韠)** | 公州錦江樓(鄭道傳)<br>**~鬪狗行(權韠)** |
| 卷3 | 雜體詩 | 農謳(姜希孟)<br>~四禽言(權韠) | 農謳(姜希孟)<br>~四禽言(權韠) | 農謳(姜希孟)<br>~四禽言(權韠) |

| | | | | |
|---|---|---|---|---|
| 卷4 | 五言律詩 | 山中(鄭道傳)<br>~次陰城東軒韻(尹潔) | 山中(鄭道傳)<br>~次陰城東軒韻(尹潔) | 山中(鄭道傳)<br>~次陰城東軒韻(尹潔) |
| 卷5 | | 十六夜感歎成詩(盧守愼)<br>~送日本僧文溪奉教作(釋卍雨) | 十六夜感歎成詩(盧守愼)<br>~送日本僧文溪奉教作(釋屯雨) | 十六夜感歎成詩(盧守愼)<br>~送日本僧文溪奉教作(釋屯雨) |
| | 五言排律 | 柳岾寺(成任)<br>~送北評事李瑩(林悌) | 柳岾寺(成任)<br>~送北評事李瑩(林悌) | 柳岾寺(成任)<br>**~送評事李瑩(林悌)** |
| 卷6 | 七言律詩 | 草舍(鄭道傳)<br>**~偶吟(曺伸)** | 草舍(鄭道傳)<br>**~荒山戰場(鄭士龍)** | 草舍(鄭道傳)<br>**~偶吟(曺伸)** |
| 卷7 | | | | 단국대본 |
| | | **荒山戰場(鄭士龍)**<br>~題琵琶背(失名氏) | **奉天門見朝(鄭士龍)**<br>~題琵琶背(失名氏) | **荒山戰場(鄭士龍)**<br>~題琵琶背(失名氏) |
| | 七言排律 | 嶺南樓觴席…(朴祥)<br>~謝徐牧使益小室惠題額大字書(李媛) | 嶺南樓觴席…(朴祥)<br>~謝徐牧使益小室惠題額大字書(李媛) | 嶺南樓觴席…(朴祥)<br>~謝徐牧使益小室惠題額大字書(李媛) |
| 卷8 | 五言絶句 | 楓嶽(成石璘)<br>~題壁(無名氏) | 楓嶽(成石璘)<br>~題壁(無名氏) | 楓嶽(成石璘)<br>~題壁(無名氏) |
| | 六言絶句 | 致齋昭格殿次東坡祭太乙韻(姜希孟)<br>~六言(李達) | 致齋昭格殿次東坡祭太乙韻(姜希孟)<br>~六言(李達) | 致齋昭格殿次東坡祭太乙韻(姜希孟)<br>~六言(李達) |
| 卷9 | 七言絶句 | 癸酉正朝奉天門口號(鄭道傳)<br>~醉題梨花亭(申潛) | 癸酉正朝奉天門口號(鄭道傳)<br>~醉題梨花亭(申潛) | 癸酉正朝奉天門口號(鄭道傳)<br>~~贈僧(失名氏) |
| 卷10 | | | 題玉堂山水屛(蘇世讓)<br>~贈僧(失名氏) | |
| 附錄 | 許門世藁 | | 贈志文上人(許曄)<br>~遊仙詞十六首 (許氏) | 贈志文上人(許曄)<br>~遊仙詞(許氏) |

지금까지의 이본 조사 결과, 현전하는 원본 계열 이본들만으로도 '허균'의 『국조시산』 연구를 진행할 수 있는 토대가 충분히 마련되었음을 알 수 있었다. 본고에서 문헌 고찰을 시도한 목적도 궁극적으로는 연구 대상으로 어떤 이본을 선택할 것인가의 문제였기 때문에 이 문제는 해결되었다고 할 수 있다. 『국조시산』의 문헌과 관련되어 남은 문제

는 원본 계열의 이본들을 중심으로 하고, 각 시의 출처를 문집이나 선행 시선집과 모두 대조한 결과를 반영한 '정본(定本)'을 만드는 일이다. 그리고 현전하지 않는 이대본 제4책의 행방을 알 수 있다면 사실 『국조시산』의 문헌 문제는 재론의 여지가 거의 없을 것이다.

이제 원본 『국조시산』에 이어 목판본과 목판본을 저본으로 하여 만들어진 필사본들을 점검해 본다. 이미 원본 계열 조사를 통해서 연구 대상에 대한 해답은 찾았지만, 지금까지의 『국조시산』 연구가 목판본을 통해 이루어진 점을 고려한다면 목판본이 원본과 무엇이 어떻게 다른지에 대한 검토도 필요하다. 따라서 목판본 계열의 이본을 소개해 보고, 마지막으로는 원본 계열과 목판본 계열을 대조하여 두 계열간의 차이에 대한 논의까지 진행해볼 것이다.

### 2) 목판본 계열

#### ① 목판본

목판본은 필사본으로만 전해지던 『국조시산』을 박태순이 광주 부윤(廣州府尹) 재임(1695년 6월~1697년 4월) 때인[66] 1695년[67]에 목판에 새겨 간행한 것을 가리킨다. 이 목판본은 율곡(栗谷)이 불교에 귀의했다는

---

66) 『肅宗實錄』 肅宗 26年 2月 26日. "朴泰淳作尹廣州時, 所刊國朝詩刪.…(下略)"

67) 그동안 박태순이 광주부윤에 부임한 시기를 1697년으로 파악하여, 목판본의 서문 작성 시기(1695)를 인정하지 않고 2년이 지난 1697년에 간행되었다고 본 경우도 있었다. 그러나 1695년 11월의 『숙종실록』 기록(『肅宗實錄』 肅宗 21年 11月 2日)을 보면 이미 1695년 11월에 박태순이 광주부윤이었음을 알 수 있으며, 또 『남한지』에 따르면 박태순의 광주부윤 재임 기간에 대해 "朴泰淳 乙亥六月以通政拜 丁丑四月利拜大司諫"으로 명시하고 있어서 박태순이 1695년 6월부터 1697년 4월까지 광주부윤으로 재임하였음을 확실히 알 수 있다. 따라서 목판본의 서문을 썼을 때에 이미 광주부윤이었기 때문에 서문의 기록을 따라 1695년을 간행 연도로 확정해도 될 것이다.

내용의 시를 삭제하지 않고 그대로 간행한 것이 문제가 되어 결국 훼판(毁板)이 되었다. 따라서 현전하는 목판본은 한 종만이 확인되며 모두 동일 판본이다. 『숙종실록』에는 『국조시산』의 폐기와 관련된 상소가 보이는데, 이 상소에서 밝힌 대로라면 목판본이 3책으로 만들어졌음을 알 수 있다.[68]

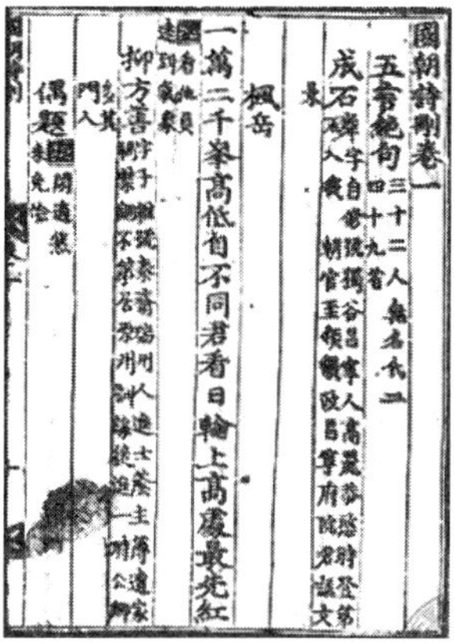
國朝詩删卷一
五言絶句
成石璘
楓岳
一萬二千峯高低自不同君看日輪上高處最先紅
偶題

〈그림 16〉 목판본 권수제면

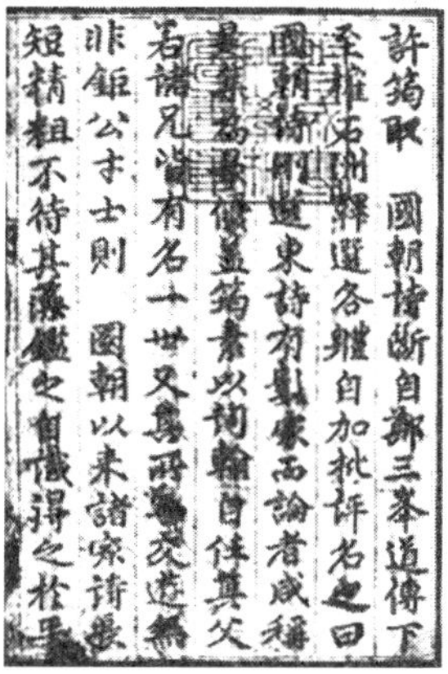
許筠題 國朝詩删自鄭三峯道傳下

〈그림 17〉 목판본 서문

현재 확인되는 목판본의 형태도 3책(9권)이 대부분이며, 다만 장정(裝幀)에 따라 4책으로 만든 것도 전해진다. 목판본은 9권 3책, 반곽은 20.6×13.7cm, 유계, 10행20자, 주쌍행, 내향이엽화문어미로 되어있으며, 제명과 권수제, 판심제 모두 '국조시산(國朝詩刪)'이다. 특히 목판본에는 원본 계열에는 없는 간행자 박태순의 서문(序文)이 본문에 앞서 위치하고 있다.[69] 각 권을 간단히 살펴본다.

---

68) 『肅宗實錄』 肅宗 26年 2月 26日. "國朝詩刪三冊謄本, 流傳已久…(下略)"

69) 박태순의 서문에 이어 권수제 면에는 허균이 편집한 사실이 드러나 있지 않기 때문에 기존 고서 목록에는 목판본 『국조시산』의 편찬자에 대해서 서문을 쓴 박태순을 저자로

권1은 오언절구 47제 49수, 육언절구 2제 2수, 권2는 칠언절구로 132제 147수, 권3은 칠언절구로 155제 169수, 권4는 오언율시 152제 153수, 오언배율 6제 6수, 권5는 칠언율시로 101제 110수, 권6은 칠언율시 109제 116수, 칠언배율 3제 3수, 권7은 오언고시로 53제 56수, 권8은 칠언고시로 33제 36수, 권9는 잡체시로 10제 42수로 여기까지는 803제 889수이다. 부록으로 「허문세고」 41제 64수가 이어지는데 「허문세고」까지 더하면 844제 953수이다.

이 목판본의 모습은 앞서 살핀 원본 계열과는 큰 차이가 있다. 간행자인 박태순이 서문(序文)에서 밝혔듯 "필사되어 전하던 허균의 『국조시산』 여러 본을 널리 구하여 고증하고 확정하였으며, 또 제가의 시화를 모아 분류하여 보충하고 베껴 써서 몇 권의 책을 만든"70) 결과물이기 때문이다.71)

國朝詩刪許門世稿 五人 附為一人
七言古詩 八首
觀書堂前溪夜飲
永嘉 權韠 汝章 批選

〈그림 18〉 목판본 허문세고

목판본을 원본 계열과 대조하여 목판본에서 달라진 부분에 대해 정리해 보았다.

---

보거나, 부록인 「허문세고」 권수제 면에 기록된 권필을 작자 및 편찬자로 잘못 파악하기도 하였다.

70) 朴泰淳, 『東溪集』, 「國朝詩刪序」(韓國文集叢刊 續51輯). "於是廣求諸本, 頗加證定, 又取諸家詩話, 以類補綴, 繕寫爲幾卷."

71) 박태순은 당시 유전되던 원본 계열 필사본들을 많이 수집하고 검토했지만 이대본은 접하지 못한 듯하다. 이대본의 권3과 권4는 이해룡의 필적인데, 박태순이 이해룡의 글씨를 보고 싶어서 두루 수소문한 정황이 그의 문집에 보이기 때문이다.(朴泰淳, 『東溪集』 卷7, 「題李海龍千字書」, 『韓國文集叢刊』 續51輯)

(1) 본문 이전에 박태순의 서문(序文)이 6면에 걸쳐 있다. 서문의 말미에는 "時乙亥淸和潘南朴泰淳汝厚甫敍"라고 하여 박태순이 을해년(1695)에 목판본을 만들었음을 알 수 있다.

(2) 각체(各體)의 순서가 오언절구-칠언절구-오언율시-칠언율시-오언고시-칠언고시로 되어있으며, 성석린(成石璘)의 오언절구 〈풍악(楓岳)〉이 첫 시이다.

(3) 각체(各體)의 시작에 앞서 시체(詩體)를 기록한 후 바로 아래에 소자(小字)로 시인 수와 각체의 시 편수를 밝히고 있다.

(4) 모든 시에 앞서 시인의 자, 호, 본관, 간단한 이력을 소개하였다. 이때 작자 표기에 있어서 종실(宗室) 인물인 경우 실명(實名)은 피하고 군호(君號)를 밝혀 놓았다.

(5) 시에 부기된 비어(批語)에 대해서 '비(批)'와 '평(評)'의 두 항목으로 구분하여 서술했다.

(6) 비어 중에서 원본에는 없는 수록 시와 관련된 시화(詩話)나 잡록(雜錄)이 추가되었다.

(7) 제9권의 마지막 시에 이어서 〈허균여석주서(許筠與石洲書)〉, 〈석주답허균서(石洲答許筠書)〉라는 제목의 허균과 권필의 편지가 편입되어 있다.

(8) 「허문세고」의 시체별 배열 순서도 원본과는 달리 칠언고시-오언고시-오언절구-칠언절구-오언율시-칠언율시의 순서로 되어 있다.[72)]

---

72) 원본 계열은 시 본문과 부록인 「허문세고」의 각체별 순서가 '오언고시-칠언고시-오언율시-칠언율시-오언절구-칠언절구'의 순으로 동일하다. 목판본의 경우는 본문과 부록의 각체별 순서가 다르며, 원본을 따르지도 않았다.

이상 목판본과 원본 계열과의 차이점에 대해 편집의 차이를 중심으로 정리해보았다. 사실 이러한 문제들은 시 외의 부수적인 부분을 보완하거나 재편한 것이기에 『국조시산』의 수록 시만을 보고자 할 때에는 목판본을 보아도 크게 문제될 부분은 없다. 그러나 연구 대상으로서, 특히 허균의 저작으로 『국조시산』를 고찰할 때에는 목판본의 재편 양상과 여러 오류들은 허균의 작업과 관련하여 잘못된 판단을 하게 할 소지가 있다. 특히 간행 과정에서 생긴 여러 실수들은 『국조시산』의 완성도 문제에 대해 고민하게 하며, 더 문제되는 부분은 박태순이 추가한 비평에 대해 허균의 작업으로 오인할 수 있다는 점이다. 이러한 사항들은 목판본 계열의 이본을 정리한 다음에 원본 계열과의 대조를 통해 좀 더 상세히 살펴볼 것이다.

현재 이 목판본에 대해 국내외의 기관과 대학 도서관 등을 조사해보면, 주로 낙질(落帙)로 전해지며 완질(完帙)은 드물다. 필자가 조사한 완질 목판본으로는 국민대 1종(청구기호 811.9-허01), 규장각 2종으로 (①가람古819.53-G995g-v.1-4, ②상백古811.5-H41g-v.1-9[73]) 이 중에서 가람문고본이라고 칭해지는 ①은 1980년 아세아문화사에서 『한국한시총서(韓國漢詩叢書)』로 영인(影印)되었다. 이 밖의 낙질들은 고려대, 계명대, 경상대, 성암고서박물관, 중국 운남대, 중국 절강도서관, 미국 버클리대 동아시아 도서관에 흩어져 전하고 있다.

### ② 목판본의 필사본

목판본 『국조시산』은 간행된 지 몇 년 지나지 않아 훼판(毁板)을 당

73) 제3책의 말미에 두 장이 낙장이어서 완벽하게 보존되지는 않았다.

하였고, 간행된 지도 300년이 지나서 현전하는 수량이 많지는 않다. 그러나 『국조시산』에 대한 관심과 수요를 방증하듯, 목판본을 저본(底本)으로 한 필사본들은 다수 전하고 있다.

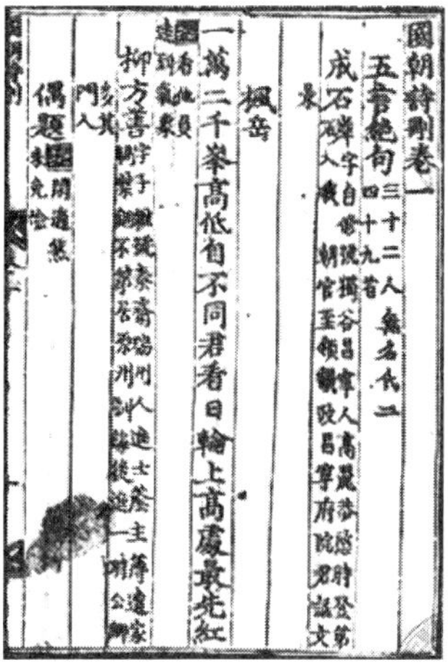
國朝詩刪卷一
五言絶句
成石磷
楓岳
一萬二千峯高低自不同君看日輪上高處最先紅
柳方善
偶題

〈그림 19〉 목판본 권수제면

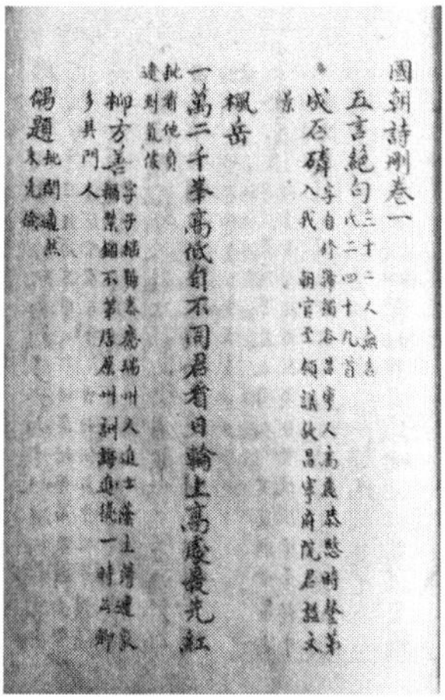
國朝詩刪卷一
五言絶句
成石磷
楓岳
一萬二千峯高低自不同君看日輪上高處最先紅
柳方善
偶題

〈그림 20〉 목판본계열 필사본①

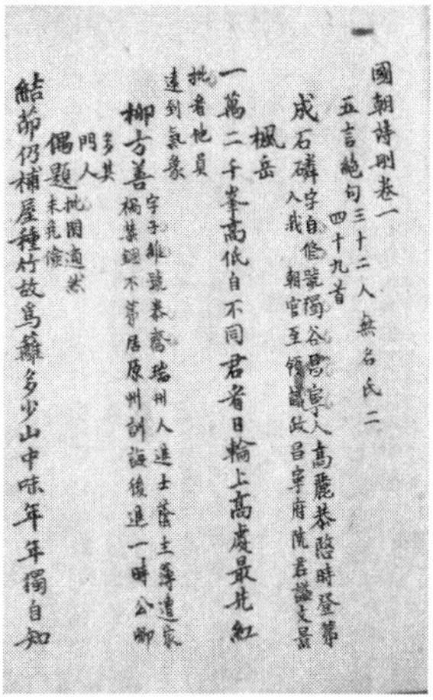
國朝詩刪卷一
五言絶句
成石磷
楓岳
一萬二千峯高低自不同君看日輪上高處最先紅
柳方善
偶題
結茆仍補屋種竹故爲籬多少山中味年年獨自知

〈그림 21〉 목판본계열 필사본②

이 필사본들은 이미 간본(刊本)이 완질로 확인되고 있어서 문헌 자료로서의 가치는 떨어지나, 『국조시산』 이본의 대부분이 이렇게 목판본을 필사한 형태이기도 하고, 이 이본들은 목판본의 확산과 『국조시산』에 대한 열독 분위기를 확인하게 한다는 점에서 중요하다. 〈그림 19, 20, 21〉에서 확인되듯 목판본 계열의 필사본들은 대개 모사본(模寫本)이라고 지칭해도 될 정도로 목판본과 비슷한 모습이다.[74] 또 제1권부터 필사된 이본들은 박태순이 목판본에 붙인 서문도 함께 필사하고

74) 따라서 이러한 형태를 보여주는 필사본을 목판본의 선행본이라고 볼 수는 없을 것이다. 특히 목판본은 박태순이라는 인물이 특정 시기에 재편집하여 간행한 것이기에, 이전에 통행하던 본을 저본으로 했다고 보기는 어렵다.

있다. 이러한 모습은 원본 계열 필사본에서는 전혀 확인되지 않는 것들이다.

목판본을 필사한 이본들 중에서 완질은 (1) 일본 천리대학교 소장 9권 3책본(929.1 -タ231 1-3) (2) 충남대학교 도서관 소장 9권 2책본(고서모운 集.詩文評類-韓國 2392 1) (3) 전남대학교 소장 9권 4책본(OC 4A1 국75ㅎ v.1-4) (4) 한국학중앙연구원 소장 9권 3책본(K4-69 1-3) 등이 현전한다. 이 이본들은 10행 20자의 행자수(行字數), 권차(卷次)는 대개 목판본을 그대로 따르고 있지만 장정(裝幀)은 2책, 3책, 4책 등으로 자유롭게 하였다. 목판본 계열 필사본의 낙질들은 동국대학교, 이화여자대학교, 국립중앙도서관, 규장각, 성균관대학교, 고려대학교, 영남대학교, 단국대학교, 일본 애지대학부속도서관, 중국 저장도서관 등에 널리 소장되어 있다.[75)]

이 계열의 책들은 실본(實本)을 확인하지 않고도 고서목록상의 서지만으로 목판본의 필사본임을 쉽게 알 수 있다. 필사본이면서 서문(序文)이 있다면 모두 목판본 계열이다. 원본 계열에는 박태순이나 허균의 서문이 없기 때문이다. 서문이 누락된 경우는 책을 직접 확인해야 하는데, 권1을 살펴서 위의 〈그림 19〉와 같이 성석린(成石璘)의 〈풍악(楓岳)〉부터 시작하면 목판본 계열이다. 권1이 빠진 경우라도, 앞서 목판본의 특징으로 정리한 (1)~(9)의 양상들을 참조한다면 어느 계열인지를 쉽게 확인할 수 있다. 다만 『국조시산』을 발췌하여 수록한 경우는 형태적인 특징보다는 목판본에서만 보이는 오각이나 목판본만의 특징

75) 또한 장서각에는 서명은 『기아초(箕雅抄)』이나 내용은 목판본 『국조시산』으로 된 책도 있다. 서명뿐 아니라 박태순의 서문 첫머리인 '許筠取國朝詩'를 '許筠取箕雅'로 바꾸어놓기도 하였다. 이와 같이 다른 제명으로 된 『국조시산』도 더 존재할 것이기 때문에 이본 목록은 추가될 여지가 있다.

이 확인되는 지를 살펴서 저본의 계열을 확정해야 한다.[76)]

마지막으로 이본 문제와 관련해서 살필 것은 두 계열간의 대비이다. 이본 조사를 통해 허균의 원본을 재구할 수 있다는 결론에는 도달했지만, 지금까지 『국조시산』의 연구 대상이었던 목판본이 무엇이 문제인지, 원본과 어떻게 다른지에 대한 문제는 해결하지 못했다. 이에 대한 보다 구체적인 논의가 있어야만 목판본에서 원본 계열로 선본을 교체하는 명분도 뚜렷해질 것이다. 따라서 두 계열을 대비하여 목판본이 원본을 편집한 양상과 그 의미들을 짚어보기로 하자.

## 3. 계열간의 대비

지금까지 『국조시산』의 이본들을 조사하고 계열을 나누고 형태적인 특징을 확인해보았다. 이제는 두 계열이 구체적으로 어떤 차이를 보이는지에 대해서 살펴보고자 한다. 이는 목판본이 원본을 어떻게 편집하였는지에 대한 고찰이기도 하다.

이 부분은 선행 연구에서 이대본을 소개하며 목판본과의 차이에 대

76) 일례로, 국립중앙도서관에 소장된 『동문시선전집(東文詩選全集)』(古3643-410)은 『국조시산』을 적극적으로 참조하였으나, 편집 체재가 『국조시산』과는 다르기에 어떤 계열의 『국조시산』을 보았는지 쉽게 판단되지 않는다. 다행히 참조한 『국조시산』의 편목을 '오절-칠절-오율-칠율-오고-칠고'로 하였기에 목판본 계열임을 알 수 있었고, 더불어 이영(李嶸)의 〈僧軸〉의 작자명 옆에 '一作權韠'이라는 소주(小註), 권근의 〈春日城南卽事〉에서 작자명 옆에 '一作上人'이라고 한 것이 확인되는데, 이 교감주는 목판본의 오류에 대한 교감이기에 이 책이 목판본의 오류를 교감한 후대본을 참조했으리라는 것을 알 수 있다. 따라서 『동문시선전집』의 사기(寫記)인 "癸酉三月始"에서 계유년은 해제에서 밝힌 1633년이 아니라 목판본이 간행된 1695년 이후의 계유년, 즉 1753년 이후에 제작된 책임을 알 수 있는 것이다.

해 형태적인 특징을 정리한 적이 있지만,[77] 결질 이대본에서 확인되지 않는 제10권과 부록 「허문세고」 부분은 목판본과의 차이를 살필 수 없었다. 앞서 밝혔듯 권10과 「허문세고」에 수록된 시는 『국조시산』의 1/4에 해당한다. 따라서 결질인 이대본만으로 목판본과 대비한다면, 차이의 양상을 정확하게 제시할 수도 없으며, 많은 부분들이 문제 제기 차원에 머물 수밖에 없다. 본고에서는 완질인 동국대본, 제10권과 「허문세고」가 전하는 단국대본으로 이대본의 결본을 보완하여서, 원본의 전권(全卷)을 토대로 두 계열의 차이를 자세하게 논해 보았다.

### 1) 체재

먼저 『국조시산』을 구성하고 있는 각 권의 수록 시체(詩體)를 보면, 원본 계열은 권1이 오언고시, 권2 칠언고시, 권3 잡체시, 권4 오언율시, 권5 오언율시, 오언배율 권6 칠언율시, 권7 칠언율시, 칠언배율[78], 권8 오언절구, 육언절구[79] 권9 칠언절구, 권10 칠언절구로 되어있으며, 이어서 「허씨세계고략(許氏世系考略)」과 「허문세고(許門世考)」[80]가 이어진다. 목판본 계열은 박태순의 서문부터 시작하고 권1이 오언절구, 육언절구, 권2 칠언절구, 권3 칠언절구, 권4 오언율시, 오언배율,

---

77) 박철상, 앞의 논문, 20~26면에서 목판본과 이대본의 차이점을 1)권차 배열 순서 2)목판본 권3이 이대본에는 누락된 문제 3)수록 작자의 수 4)수록된 시제수 5)작자명 표기의 차이 6)작자명 표기 방법과 위치 7)비와 평이라는 이름 설정과 위치 문제로 살펴보았다.

78) 권5의 오언배율과는 달리 권7의 칠언배율에는 소자로 '附'가 붙어있다.

79) 육언절구의 경우는 '附六言絶句'로 되어 있다.

80) 허씨 문장가의 시만 모아놓고 붙인 제목이 목판본과 동국대본에는 '허문세고(許文世藁)'이지만, 단국대본에는 '허가시고(許家詩藁)'로 되어 있어서, 허균이 본래 붙인 제목이 무엇인지는 알 수 없다. 일단 본고에서는 완질본 동국대본을 따라 '허문세고'라고 하였다.

권5 오언율시, 권6 칠언율시, 칠언배율, 권7 오언고시, 권8 칠언고시, 권9 잡체시, 부록으로 「허문세고」가 이어진다.

〈표 3〉 권차별 수록 시체

| | | 권1 | 권2 | 권3 | 권4 | 권5 | 권6 | 권7 | 권8 | 권9 | 권10 | 부록 |
|---|---|---|---|---|---|---|---|---|---|---|---|---|
| 원본 | | 오언고시 | 칠언고시 | 잡체시 | 오언율시 | 오언율시<br>오언배율 | 칠언율시 | 칠언율시<br>칠언배율 | 오언절구<br>육언절구 | 칠언절구 | | 허문세고 |
| 목판본 | 서문 | 오언절구<br>육언절구 | 칠언절구 | 칠언절구 | 오언율시<br>오언배율 | 칠언율시 | 칠언율시<br>칠언배율 | 오언고시 | 칠언고시 | 잡체시 | | 허문세고 |

〈표 3〉에서 확인되듯, 두 계열은 각 권별 시체(詩體)가 다르게 배치되어 있다. 결국 이 차이는 수록 시의 순서와도 관계되어 두 계열은 시는 구성은 같으나 그 순서가 시작부터 끝까지 전혀 다르게 되었다. 또 원본 계열은 전10권, 목판본은 전9권으로 전체 권수에서 차이가 있는데, 10권이 9권으로 축소된 것은 오언율시에 대해 원본은 권4와 권5의 두 권으로 나누었지만, 목판본은 권4 한 권으로 편집했기 때문이다.

이 체재의 차이에서 생각해볼 점은 오언고시부터 시작되는 원본의 순서를 굳이 목판본이 오언절구부터 바꾸어 배치한 이유에 대한 것이다. 이에 대해서는 목판본이 임란을 전후로 하여 만들어진 시선집이나 문집의 각체별 배열 순서, 곧 당대에 시를 배치하는 유행에 따랐을 것이라는 추정이 제기된 바가 있다.[81] 여기에서 생각할 수 있는 것은 두 가지이다. 하나는 목판 간행자가 간행을 위해 수집하고 참조했던 『국조시산』의 상당수 필사본들이 목판본과 같은 순서로 되어 있었을 것, 다른 하나는 간행자가 특정한 의도를 가지고 일부러 배치를 바꾸었을

81) 박철상, 앞의 논문, 23면.

가능성이다. 일단 첫 번째 가설은 현전 이본의 대개가 오언고시로 시작하는 원본의 모습을 그대로 보여주고 있고, 또 목판본과 같이 오언절구로 시작하는 필사본들은 모두 박태순의 서문까지 필사하며 목판본의 특징들을 그대로 드러내고 있기 때문에, 현 이본 상황으로는 목판본 간행 이전에 목판본과 같은 순서의 필사본이 존재했으리란 추정이 쉽지 않다. 그렇다면 방향을 달리하여 박태순이 특정 의도를 가지고 시의 순서를 수정했다고 생각해볼 필요가 있다. 이 문제는 『국조시산』에 대한 허균 생전의 평가나 이본의 양상을 보면 어느 정도 추정이 가능하다. 허균은 생전에 『국조시산』이 정도전의 시로 시작한다는 이유로 곤욕을 치른 적이 있다.[82] 이러한 사건을 목판 간행자인 박태순이 몰랐을 리 없다. 또 앞서 살핀 이본 중에서 계명대(B)본과 같이 정도전을 은폐하는 방향으로 편집한 이본이 존재하는 것을 떠올린다면, 목판본의 현 모습은 정도전의 시를 뒤로 배치하기 위해 마련된 방식일 수도 있다.[83] 또 「허문세고」의 각체 순서를 보면, 원본 계열은 본문과 부록의 순서가 같지만, 목판본은 본문이 절구-율시-고시의 순서인 것에 반해 목판본에 붙은 「허문세고」는 원본의 순서(고시-율시-절구의 순)를

82) 『光海君日記』 光海 10年 5月 3日 참조.

83) 박태순이 『국조시산』의 편집을 완료하고 서문을 쓴 시점이 1695년인데, 그는 3년 전 비슷한 작업을 한 적이 있다. 『玉溪生集纂解』가 그것이다. 이상은(李商隱)의 시집에서 시를 뽑아 비평을 덧붙이면서 원본의 시체 순서를 그대로 따랐다. 저본이 된 『李商隱詩集』의 권차별 시체는 권1이 오언고시, 권2가 칠언고시, 권3,4가 오언율시, 권5,6이 오언배율, 권7,8 칠언율시, 권9가 오언절구, 권10이 칠언절구로 '고시-율시-절구'의 순으로 이어지는 원본 『국조시산』과 동일하다. 비슷한 시기에 先人의 시를 편집하면서 『국조시산』에 대해서는 원본의 순서를 따르지 않고 달리 했는지, 유행탓으로만 단정하기에는 어려워 보인다. 박태순의 『玉溪生集纂解』 작업은 박철상, 위의 논문, 16~17면에서도 소개한 적이 있고, 강찬수·양은선의 논문(「조선본(朝鮮本) ≪옥계생집찬해(玉溪生集纂解)≫와 그 가치 -고려대(高麗大) 한적실(漢籍室) 소장본을 중심으로」, 『중국어문논총』 46, 2010.)에서도 확인된다.

따르고 있다. 목판본에서 본문은 적극적으로 원본의 순서를 재편한 것에 비해, 부록은 5,7언 고시의 순서만 교체되어 있다.[84)]

〈표 4〉 허문세고의 각체 순서

| 계열 | 시 형식 | 양상 |
|---|---|---|
| 원본 계열 본문 순서 | 오언고시 칠언고시 오언율시 칠언율시 오언절구 칠언절구 | 원본 계열은 본문과 부록의 순서가 동일함 |
| 원본 계열 허문세고 순서 | 오언고시 칠언고시 오언율시 칠언율시 오언절구 칠언절구 | |
| 목판본 본문 순서 | 오언절구 칠언절구 오언율시 칠언율시 오언고시 칠언고시 | 목판본은 본문과 부록의 순서가 상이함. 허문세고의 순서는 원본에 가까움 |
| 목판본 허문세고 순서 | 칠언고시 오언고시 오언율시 칠언율시 오언절구 칠언절구 | |

이렇듯 두 계열의 상이한 체재는 수록시의 순서가 완전히 달라지는 것이어서 원본과 목판본의 가장 큰 차이점이라고 할 수 있다. 이러한 방향으로 편집된 것은 앞서 논의했듯 목판본 편집 당시에 박태순이 수집했던 원본 계열의 선행 필사본들에서 정도전의 시를 빼거나 뒤로 배치하는 양상이 확인되었을 가능성이 높다. 그러나 현 상황에서 이와 관련된 증거는 없기 때문에 좀 더 자료가 확보된다면 재편의 목적과 방향에 대해 진전된 논의를 할 수 있을 것이다.

84) 허균의 원본은 본문과 부록이 각체별로 편집된 순서가 동일하나 목판본의 부록은 원본 계열에서 크게 벗어나지 않았고, 본문에서만 시체 배열을 달리하였다. 혹 본문에서 정도전을 의식하여 편차를 바꾸는 편집을 한 게 맞다면, 부록에는 정도전의 시가 없고 허균 일가의 시만 수록되어 있기에 굳이 편차를 바꾸지 않아도 되었던 것이다. 「허문세고」의 편집 양상까지 고려한다면 박태순이 정도전을 의식한 편집을 시도했으리라는 가능성이 커 보인다.

## 2) 수록 시와 작가

논의의 편의를 위해 시 형식별 권차(卷次)와 작자의 수, 시의 편수를 먼저 제시해보았다. 『국조시산』의 논문마다 시수나 작자 수 기록에 차이가 있어서 본고에서는 원본을 토대로 시제수를 모두 바로잡았다. 실명씨의 시는 각각 개별 작자로 보아서 작자수를 실명씨의 숫자대로 하였다.

〈표 5〉 시체별 작자 수와 시제수

| 시 형식 | 계열 | 권차 | 작자수 | 시수 | 비고 |
|---|---|---|---|---|---|
| 오언고시 | 원본 | 권1 | **30인** | 53제 56수 | 작자수 차이: 목판본 권7에서 변계량 1인 누락 (–1) |
| | 목판본 | 권7 | **29인** | 53제 56수 | |
| 칠언고시 | 원본 | 권2 | **23인**[85] | 33제 36수 | 작자수 차이: 목판본 권8에서 박순 1인 누락 (–1) |
| | 목판본 | 권8 | **22인** | 33제 36수 | |
| 잡체시 | 원본 | 권3 | 6인 | 10제 42수 | 동일 |
| | 목판본 | 권9 | 6인 | 10제 42수 | |
| 오언율시 | 원본 | 권4 | 42인 | 90제 91수 | 분권의 차이: 오언율시를 원본은 4,5권의 두 권으로, 목판본은 4권 한 권으로 배치<br>시수의 차이: 목판본 권4 권필의 〈客中上元書懷〉와 〈示玄翁〉은 목판본에만 보이는 시이다. (+2) |
| | | 권5 | 16인 | 60제 60수 | |
| | | | 58인 | **150제 151수** | |
| | 목판본 | 권4 | 58인 | **152제 153수** | |

85) 칠언고시 〈투구행(鬪狗行)〉의 작자에 대해 이대본은 '무명씨(無名氏)'라고 기록하였기에 선행연구에서는 무명씨를 포함하여 24인이라 했으나, 이대본을 제외한 다른 원본 계열에는 이 시에 대해 작자 기록을 해놓지 않아서 앞 시의 작자인 권필의 시로 되어 있다. 원본 계열의 『국조시산』을 참조했던 『기아』에도 권필의 시라 하였으며 권필의 문집에도 이 시가 보인다. 따라서 필자는 '무명씨' 표기를 한 이대본을 따르지 않았고, 동국대본을 비롯한 타 원본계열을 참조하여 23인이라고 하였다. 또 한 가지, 이 무명씨 기록이 사자관의 실수로 보인다는 점이다. 허균은 실명씨의 시에 대해서는 "失名氏一人"과 같은 분류를 미리 해놓고, 다음 행에 시제목과 시를 수록하였는데 유독 이 시에만 작자명을 기록하는 위치에 "무명씨"라고 기재한 것이다. 이는 사자관의 실수가 아니라

| 시 형식 | 계열 | 권차 | 작자수 | 시수 | 비고 |
|---|---|---|---|---|---|
| 오언배율 | 원본 | 권5 | 6인 | 6제 6수 | 동일 |
| | 목판본 | 권4 | 6인 | 6제 6수 | |
| 칠언율시 | 원본 | 권6 | 36인 | 101제 110수 | 동일 |
| | | 권7 | 41인 | 109제 116수 | |
| | | | 77인 | 210제 226수 | |
| | 목판본 | 권5 | 36인 | 101제 110수 | |
| | | 권6 | 41인 | 109제 116수 | |
| | | | 77인 | 210제 226수 | |
| 칠언배율 | 원본 | 권7 | 3인 | 3제 3수 | 동일 |
| | 목판본 | 권6 | 3인 | 3제 3수 | |
| 오언절구 | 원본 | 권8 | 34인 | 47제 49수 | 동일 |
| | 목판본 | 권1 | 34인 | 47제 49수 | |
| 육언절구 | 원본 | 권8 | 2인 | 2제 2수 | 동일 |
| | 목판본 | 권1 | 2인 | 2제 2수 | |
| 칠언절구 | 원본 | 권9 | 55인 | 133제 148수 | 〈원본 권9와 목판본 권2〉<br>작자수 차이: 목판본 권2에서 권근과 창수 누락, 원본 마지막 신잠의 시는 목판본이 다음 권으로 배치하여 3인의 차이 생김.<br>시수의 차이: 신잠의 시를 뒷 권으로 배치한 결과 1수 차 생김. |
| | | 권10 | 65인 | 156제 170수 | |
| | | | **120인** | **289제 318수** | |
| | 목판본 | 권2 | 52인 | 132제 147수 | 〈원본 권10과 목판본 권3〉<br>작자수 차이: 목판본 권3에서 홍적, 이영, 신응시의 작가명이 누락되었으나(-3), 목판본은 실명씨의 시가 한 수 추가되고 신잠의 시 한 수가 권3의 첫 수로 배치됨.(+2)<br>시수의 차이: 목판본 권3에서 신응시의 수 2제 2수 누락(-2). 정작의 시 1제 1수가 누락(-1), 신잠의 시 목판 3권에 배치(+1), 실명씨의 시 목판에 한 수 추가(+1) 결과적으로 목판본이 1수 적게 수록됨. |
| | | 권3 | 64인 | 155제 169수 | |
| | | | **116인**[86] | **287제 316수** | |

면 전체적인 편집 방향과도 맞지 않는 것이다. 이 시가 또 마지막 시이며 새로운 면에 필사를 시작한 것을 보면 여러 정황상 오기의 가능성이 커 보인다.

86) 기존 연구에서는 '실명씨의 시 5수'에 대해 작자수를 1인으로 처리하였으나, 원본 계열

| 시 형식 | 계열 | 권차 | 작자수 | 시수 | 비고 |
|---|---|---|---|---|---|
| | 원본 | 全10권 | | 803제 889수 | |
| | 목판본 | 全9권 | | 803제 889수 | |
| 부록<br>허문세고 | 원본 | 권10 | **7인** | 41제 64수 | 작자수 차이: 목판본에서 칠언율시의 첫 시의 작가 허종(許琮)을 허침(許琛)으로 오인하여 누락시킴.<br>**허문세고 포함 전체 시제수: 844제 953수** |
| | 목판본 | 권 9 | **6인** | 41제 64수 | |

〈표 5〉에서 먼저 살펴볼 것은 시의 편수이다. 원본과 목판본 모두 803제 889수이며, 부록까지 포함시킬 경우 844제 953수이다. 결과적으로 두 계열의 총 시수는 동일하나, 각권을 자세히 살펴보면 작품의 출입이나 작가명을 누락한 것이 있어서 실제로는 두 계열이 같은 모습이 아니라는 것은 알 수 있다. 위의 표에서 밝힌 차이를 포함, 두 계열을 대조하여 수록 작가나 시수에 대한 문제들을 자세하게 알아보자.

(1) 목판본 권3: 칠언절구 신응시(辛應時)의 시 〈제문암폭포(題門巖瀑布)〉 〈영아중행화(詠衙中杏花)〉 2수가 누락되었다. 단국대본에는 이 시에 대해 작자명과 두 수의 시가 제대로 수록되어 있으나 동국대본에는 작자가 빠져있고 시만 전하고 있다.[87] 1660년에 간행된 신응시의 문집 『백록유고(白麓遺稿)』에는 이 두 시가 등재되어 있어서 그의 시임이 확실하다.

(2) 목판본 권3: 정작(鄭碏)의 시 〈과망우고택(過亡友故宅)〉[88] 이 누락

---

에 실명씨를 시를 수록하기 전 "失名氏者四人"이라 하여 각 시별로 작자수를 더했기 때문에 이를 따라서 목판본의 실명씨의 시 5제 5수에 대해 5인으로 계산하였다.

87) 동국대본에는 신응시의 작자를 누락시켜 앞 시의 작자인 정작(鄭碏)의 시로 오인하게 하였고, 목판본에는 시 전체가 누락되어 있다. 혹 박태순은 동국대본과 같은 모습의 필사본을 참조하다가 정작의 시가 아닌 것을 확인하면서 시를 일부러 누락시켰을 가능성도 있다.

되어 있다. 동국대본과 단국대본에는 모두 정작의 시로 양경우의 시에 이어 등장한다.

(3) 목판본 권3: 원본 계열에는 실명씨(失名氏)의 시 4수가 수록되어 있으나, 복판본에는 원본에는 보이지 않는 실명씨의 시 〈봉래승소작망기명(蓬萊僧所作忘其名)〉 1수가 추가되어 실명씨의 시가 모두 5수이다.

(4) 목판본 권4: 권말에 권필의 시로 〈객중상원서회(客中上元書懷)〉와 〈시현옹(示玄翁)〉이 보이는데, 이 2수의 시는 원본 계열에는 없는 시로 목판본에만 보이는 시이다.

(5) 목판본 권2: 목판본에는 정도전 시 6수에 이어 조운흘의 시가 등장하나, 원본 계열에는 정도전의 다섯 번째 시 〈격옹도(擊甕圖)〉와 여섯 번째 〈춘일성남즉사(春日城南卽事)〉는 권근의 시로 되어 있다. 목판본에서 권근을 누락시켜 권근의 시를 정도전의 시로 오해하게 한 것이다.

(6) 목판본 권2: 김천령의 시로 되어 있는 〈영제도중(永濟道中)〉과 〈효기정강재(曉起呈强哉)〉의 문제이다. 두 번째 시에는 시 제목 아래 이어지는 비어에서 "동문선에는 이 시를 종실 창수의 작품이라고 하였는데, 이강재의 시대로 고증해보니 맞지 않다.[東文選以此詩爲宗室昌壽作, 而以李强哉時世考之非是.]"라고 기록되어 있다.[89] 원본 계열을 살펴

88) 다만 〈過亡友故宅〉은 생몰년순의 작자 배치에서 원래의 정작의 순서가 아닌 해당 권에서 생년순으로 가장 뒤에 위치한 양 경우 다음에 이 시가 등장한다. 칠언율시에서의 정작의 순서는 이순인과 신응시의 사이에 위치하는데, 아마 원본 계열의 선행 이본에서 정작의 시 한 수를 누락하였다가 나중에 추가로 보완했을 가능성을 생각해볼 수 있다. 이러한 본이 단국대본이나 동국대본까지 영향을 미친 것을 보면 원본 계열의 초기 유전과정에서의 문제가 확대된 것으로 추정된다. 더군다나 이 시에는 허균의 비평까지 필사되어 있어서 후대에 필사자 누군가가 임의로 추가하였다고 보기는 어렵고, 필사 과정에서의 문제로 보는 편이 타당할 것이다.

89) 이 고증은 재고될 필요가 있다. 허균이 원본에 표기한 원 작자인 창수는 1517년에

보면 〈효기정강재〉의 저자를 이대본은 창수(昌壽), 동국대본은 '종남부사(終南副守) 창수(昌壽)'로 기록해 놓았을 뿐, 작자 문제와 관련한 기록이 붙어있지 않다. 이 부분은 목판본에만 확인되는 것이다. 허균은 『국조시산』을 편찬할 때에 조선 초기의 시에 대해서는 선행 시선집을 많이 참조하였는데,[90] 허균이 참조한 『속동문선』에도 이 시의 작자는 창수로 되어 있다. 목판본에서는 작자에 대한 의문을 제기하는 위의 비어를 덧붙이면서 이 시에 대해 작자 표기를 따로 하지 않았다. 이 때문에 결국 목판본에서 이 시는 바로 앞 시의 작자인 김천령의 시로 오인하도록 편집된 것이다.

(7) 목판본 권3: 서익(徐益)의 시로 되어 있는 〈제승벽(題僧壁)〉 〈증승(贈僧)〉이 원본 계열에는 〈증승(贈僧)〉이 홍적(洪迪)의 시로 되어 있다. 목판본에서 홍적의 작자명을 누락시켜 앞 시의 작자인 서익의 시로 오인하게 하였다.[91] 〈증승〉은 홍적의 문집인 『하의유고(荷衣遺稿)』에 〈증산인(贈山人)〉이라는 제목으로 수록되어 있고[92], 곽열(郭說, 1548~1630)도 『서포일록(西浦日錄)』에서 홍적의 시로 이 시를 인용하고 있다.[93]

---

세상을 떴고, 시를 받은 이강재(李强哉 이려)는 1484년생으로 1512년에 죽었다. 생몰년으로 따져보아도 둘은 동시대에 살았음이 분명하다.

90) 허균이 『국조시산』을 편집할 때에 참조한 서적에 대한 수용 양상은 『국조시산』에 대한 본격적인 연구 이전에 해명되어야 할 부분들이다. 이에 대한 논의는 제4장에서 논하였다.

91) 서익의 후손은 후대에 문집을 간행하면서 『국조시산』의 목판본을 보고 홍적의 시를 서익의 시로 잘못 수습하여 다음과 같이 문집에 수록해 놓았다. 徐益, 〈贈僧入國朝詩删〉『萬竹軒先生文集』 卷1, 『韓國文集叢刊』 續5輯) "郊外逢僧坐晩沙, 白巖歸路亂山多. 江南物候春猶冷, 野寺叢梅未着花."

92) 洪迪, 〈贈山人〉『荷衣遺稿』(『韓國文集叢刊』 續6輯). "郊外逢僧坐晩莎. 白巖歸路亂山多. 江南物候春猶冷, 野寺叢梅未作花."

93) 郭說, 「西浦日錄」『西浦集』 卷7(『韓國文集叢刊』 續6輯). "洪迪贈山人詩, '郊外逢僧坐晩沙, 白巖歸路亂山多. 江南物候春猶冷, 野寺叢梅未着花."

(8) 목판본 권3: 권필의 시로 〈승축(僧軸)〉, 〈과송강묘유감(過松江墓有感)〉 〈임처사창랑정(林處士滄浪亭)〉 등이 계속 이어지나, 첫 번째 시 〈승축(僧軸)〉의 경우는 원본 계열에는 이영(李嶸)의 시로 되어 있다. 실제로 권필의 문집에는 이 시가 없기에 목판본에서 이영을 누락하여 권필의 시로 오인하게 한 사실을 확인할 수 있다. 『기아(箕雅)』 역시 〈승축〉을 수록하면서 이영의 시로 기록하고 있다. 이를 보아서도 『기아』가 『국조시산』의 원본 계열과 관계 있음이 확인되며, 한치윤(韓致奫, 1765~1814)의 『해동역사(海東繹史)』에도 이영의 시로 〈승축(僧軸)〉을 기록하고 있는데[94] 그가 밝힌 시의 출처는 『명시종(明詩綜)』이어서 허균이 일찍이 오명제가 『조선시선』을 편찬할 때에 이 시를 전달했음을 짐작할 수 있다.[95]

(9) 목판본 권4: 〈추풍(秋風)〉과 〈삼전도(三田渡)〉가 정희량(鄭希良, 1469~?)의 시로 되어있으나, 이 시들은 원본 계열에서 서거정(徐居正)의 시로 되어 있다. 허균은 이 시들에 대해서 1611년에 쓴 『성수시화』에서도 서거정의 시로 인용하고 있으며, 신위(申緯, 1769~1845)와 이유원(李裕元, 1814~1888)도 『성수시화』를 보고 서거정의 위 시에 대해 논하고 있는 것을 확인할 수 있다.[96] 『속동문선』에는 〈삼전도도중(三田渡途中)〉이라는 제목으로 『기아』에는 〈삼전도〉라는 제목으로, 두 시가 모

---

94) 한치윤 편, 『국역해동역사(國譯海東繹史)』, 제48권 「예문지(藝文志)」 7(민족문화추진회 역, 1996.)에도 해당 내용이 보인다.

95) 허균이 외워서 준 시를 기반으로 『조선시선』이 만들어진 것도 『국조시산』에 수록된 시들을 분석할 때에 참조해야 할 부분들이다. 이 『조선시선』이 『열조시집』에 수용되고 『명시종』에까지 이어졌기 때문에, 허균의 '시산' 작업을 검토할 때에 함께 고려되어야 한다.

96) 이유원은 「華東玉糝編」(『林下筆記』 卷33)에서 허균이 『성수시화』에서 이 시를 인용한 부분을 그대로 가져와서 기록하였고, 신위도 「東人論詩」(『警修堂全藁』 冊17)에서 서거정의 위의 시를 논하였다.

두 서거정의 시로 되어 있다. 1705년에 간행된 서거정의 『사가시십보유(四佳詩集補遺)』에서 이 시가 수록되어 있으나 『속동문선(續東文選)』에서 시를 수습한 것이어서 작자의 진위 문제나 수록 시기의 문제를 논할 때에는 주의할 필요가 있다. 어쨌든 목판본에서 서거정의 시를 정희량의 시로 본 것은 원본 계열이나 먼저 편집된 『속동문선』과도 다른 모습이다.

(10) 목판본 권4: 정윤희(丁胤禧, 1531~1589)의 시로 수록된 〈풍영루(風詠樓)〉와 〈차운수황경문(次韻酬黃景文)〉이 원본 계열에는 유영길(柳永吉)의 시로 되어 있다. 『기아』 역시 〈차운수황경문〉를 〈수황경문(酬黃景文)〉이라는 제목으로, 유영길(柳永吉)의 작품으로 수록하고 있기에 작자 기록에 있어 두 계열이 차이를 보이고 있다.

(11) 목판본 권5: 〈주천현(酒泉縣)〉이 기준(奇遵)의 시로 되어 있으나, 원본 계열은 신광한(申光漢)의 시이다. 목판본에는 〈주천현〉 다음 시가 신광한의 시이다. 목판본의 편집 과정에서 작자 배치를 잘못했음을 알 수 있다. 이 오류는 홍만종(洪萬宗)이 『시화총림』에 붙인 부록 「증정(證正)」에서 이미 지적된 것이기도 하다.[97]

(12) 목판본 권7: 변중량(卞仲良)의 시로 〈유자음(遊子吟)〉, 〈감흥(感興)〉이 이어지는데, 원본 계열에는 〈감흥〉이 변계량(卞季良)의 시로 되어 있다. 목판본에서 〈감흥〉의 작자인 변계량을 누락한 것이다. 변계량의 『춘정집(春亭集)』에는 〈감흥〉 7수가 보이는데 이 중 제6수가 『국

---

97) 洪萬宗, 『詩話叢林』 「證正」(허권수·윤호진 교정, 『원문 시화총림』, 까치, 1993, 278면.) "凡纂書者, 必考據精實, 勿之有疎, 然後可以傳信, 而朴汝厚泰淳, 尹廣州也, 刊行許筠所纂國朝詩刪, 其中酒泉縣七律, 乃申企齋光漢詩, 而係於奇服齋遵. 蓋詩刪元本, 服齋詩, 次在企齋之上, 想汝厚誤錄企齋名於其第二作, 故此詩自爾上係服齋之作矣. 企齋此詩, 旣昭載於本集, 且釘板於縣壁, 而其謬如此."

조시산』에 수록되었다.

(13) 목판본 권8: 권벽(權擘)의 시로 〈효행(曉行)〉에 이어 〈어부사(漁父詞)〉가 수록되었으나 원본 계열에는 〈어부사〉가 박순(朴淳)의 시로 되어 있다. 박순의 문집에도 〈어부사〉가 보인다. 목판본에서 박순의 작자명을 표기하지 않아서 〈어부사〉를 앞 작가의 시로 오인하게 한 것이다.

(14) 목판본 부록 「허문세고」: 칠언절구를 보면 목판본에는 '허침(許琛)-허집(許輯)-허한(許澣)-허엽(許曄)-허봉(許篈)-허씨(許氏)'까지 모두 6인의 시가 수록되어 있지만, 원본 계열에는 칠언절구의 첫 시인 〈야좌즉사(夜坐卽事)〉가 허종(許琮)의 시로 되어 있다. 목판본이 허종의 시 〈야좌즉사〉를 허침의 시로 잘못 기재하였는데, 이러한 오각은 '종(琮)'과 '침(琛)'의 글자 형태가 비슷하여 생긴 실수일 것이다.

이상 두 계열의 수록 시와 작가를 대비해보았다. (1)~(4)는 두 계열 간의 시 출입 양상을 정리한 것으로, 원본 계열에는 보이는 시가 목판본에서 누락되거나, 원본 계열에는 없는 시가 목판본에서는 확인되는 사례를 정리한 것이다. (1),(2),(3)의 경우, 원본 계열의 마지막 권인 제10권에 수록된 시이기에 현재 완질인 동국대본과 권7부터 남아 있는 단국대본을 통해서만 확인할 수 있다.

먼저 (1)의 신응시(辛應時)는 동국대본에서도 작자명이 누락되어서 정작의 시로 오인하게 되어 있다. 이 때문에 목판 간행 시점에는 정작의 시로 잘못 전해지면서 박태순이 교감 과정에 작가 확인이 안 되어서 제외했을 가능성이 있다. 나머지 시들은 추가로 이본이 발견되어야 논의할 수 있는 문제들이다. (4)는 목판본에서 권필의 시가 추가로 수록된 양상인데, 권필의 시는 『국조시산』에서 수록된 시인들 중에서 생몰년을 기준으로 배치하였을 때 하한에 위치한다. 아마도 허균의 산정(刪定) 이후, 유전 과정에서 시 몇 수가 추가되었을 가능성이 커 보인다. 이 부분도 이본이 추가로 발견되어야 해결할 수 있는 문제로 본고에서는 차이만 밝혀놓았다.

(5)~(14)는 원본 계열과 목판본의 작자 차이를 정리한 것이다. 이 경우는 대개 목판본의 오류로, 목판본에서 작자를 누락시키거나 배치를 잘못하고, 또 원 작자가 아닌 다른 작자로 기록한 문제들이었다. 이러한 작자 문제는 선행 연구에서 허균의 실수나 잘못된 판단으로 정리되었다. 그러나 두 계열의 대비를 통해 작자 오류는 목판본에만 보이는 문제임을 확인할 수 있었다. 『국조시산』에 오류가 많다는 인식은 모두 목판본을 연구 대상으로 삼았기 때문이며, 허균이 편집한 원본 계열과는 관계없는 논의라고 하겠다.

덧붙일 것은 두 계열의 대비만으로는 드러나지 않는 작자 관련 문제들이다. 두 계열에 동일하게 홍언필의 시로 기록된 〈봉화희락정견기(奉和希樂亭見寄)〉는 김안로(金安老)의 시인데 허균이 잘못 기록한 것이다.[98] 또 허균이 가야선녀(伽倻仙女)의 시라고 한 〈제영남루(題嶺南樓)〉는 『기아(箕雅)』에서는 무명씨(無名氏)로 처리하면서 제목 아래에 "도길부의 작품이라고도 하고 가야선녀의 작품이라고도 한다.[或云都吉敷所作, 或云伽倻仙女]"라고 하여 이 시의 작자에 이견이 있음을 밝혀놓았다.[99] 여기에 대해 이제신(李濟臣)은 『청강선생시화(淸江先生詩話)』에서 도길부(都吉敷)의 시를 요녀가 잘못 전달한 것이라고 하였고, 『동국여지승람(東國輿地勝覽)』과 『동시총화(東詩叢話)』, 『시화총림(詩話叢林)』

98) 이종묵, 앞의 논문, 1997, 87면.

99) 남용익 편, 『箕雅』(국립중앙도서관 소장, 古3641-1, 권5)

등에서는 도원흥(都元興)이 임춘(林椿) 등 여러 사람의 운을 차운한 시라고 기록해놓아서 진위는 현재 가릴 수 없다. 또 어무적(魚無迹)의 시로 기록된 〈미인도(美人圖)〉에 대해서는 윤근수(尹根壽)가 『월정만필(月汀漫筆)』에서 그의 장인인 조안국(趙安國)이 왜구의 배에서 얻은 그림에 붙어 있던 시로, 중국 당인(唐寅)의 작품으로 전한다고 기록하고 있기도 하다.

이상의 작자 논란이 있는 시들은 『국조시산』의 완성도 문제로 접근할 것이 아니라 전후의 시선집과 해당 작자의 문집, 잡록 등을 두루 검토할 필요가 있으며[100] 수록 시를 다른 여러 자료와 정밀하게 대조한다면 위와 비슷한 예들을 추가로 더 확인할 수 있을 것이다. 그러나 이러한 시의 작자 문제는 시가 유전되는 과정에서 흔히 보이는 일이기 때문에 이 문제는 보다 신중하게 접근해야 한다.

또 작자 문제와 관련지어 추가로 살필 볼 것은 두 계열의 작자 표기 방식에 대한 것이다. 원본 계열은 종실(宗室) 인물에 대해 성을 뺀 본명만을 기재해놓았지만, 목판본 계열은 군호(君號)로 표기해 놓았다.

〈표 6〉 종실 인물의 작자명 표기

| | | | | | |
|---|---|---|---|---|---|
| 본명 | 李婷 | 李深源 | 李賢孫 | 李誠胤 | 李棣 |
| 원본 | 婷 | 深源 | 賢孫 | 誠胤 | 泰山守 棣 |
| 목판본 | 月山大君 | 朱溪君 | 鳴陽正 | 錦山君 | 泰山守 |

100) 원본을 중심으로 하는 『국조시산』에 대한 교감은 차후에 보완되어야 할 작업임에 분명하다. 이러한 광범위한 교감을 『허균이 가려뽑은 조선시대의 한시』(태학사, 1999)에서 시도하였으나, 목판본을 중심으로 한 것이며, 목판본의 권1~3만 부분적으로 출간되었기에 이러한 작업이 전권에 걸쳐 원본을 대상으로 다시 이루어질 필요가 있다.

원본 계열에서 '정(婷)'으로 기록된 인물은 성종의 형인 풍월정(風月亭) 이정(李婷)으로 목판본에서는 군호 '월산대군(月山大君)'이라 되어 있다. 목판본을 필사한 이본들은 모두 '월산대군'이라는 작자 표기를 쓰고 있으며, 원본 계열은 모두 '婷', '月山大君 婷', '婷月山大君'과 같은 모습을 보이고 있다. 원본은 이본에 따라 월산대군을 병기하기도 하였지만 본명을 분명히 밝혀두었다. 반면 목판본이나 목판본을 저본으로 한 필사본에는 '정(婷)'이라는 명명이 전혀 보이지 않는다. 허균이 '정(婷)'으로 표기한 것은 선행 시선집인 『속동문선』에서부터 본명을 사용했기 때문에 그대로 따른 결과라고 생각되며, 『국조시산』의 독자를 조선인으로 한정하지 않았기 때문에 종실 인물의 실명을 그대로 표기하였을 가능성도 생각해볼 수 있다.

반면 목판본은 중국 독자를 의식한 것이 아니라 조선에 이 시선집을 널리 보급하는 목적에서 만들어졌기에 조선에서 일반적으로 종실들을 지칭했던 군호를 그대로 사용했다고 여겨진다. 이러한 양상은 〈표 6〉에서와 같이 효령대군(孝寧大君) 이보(李補)의 증손인 이심원(李深源)이 원본 계열에서는 '심원(深源)'으로, 목판본에서는 '주계군(朱溪君)'으로 되어있으며, 태조의 4세손인 명양정(鳴陽正) 이현손(李賢孫)에 대해서는 원본 계열에는 '현손(賢孫)', 목판본에는 '명양정(鳴陽正)'으로 기록하고 있다. 또한 이성윤(李誠胤)의 경우에는 원본 계열에서 '성윤(誠胤)'으로 목판본에는 '금산군(錦山君)'이다. 마지막으로 태산수(泰山守) 이체(李棣)는 원본 계열에서 '태산수체(泰山守棣)'[101]로 목판본에는 '태산

---

101) 태산수의 시는 원본의 권10에 해당하기에 동국대본에서만 확인할 수 있다. 동국대본이 19세기에 만들어진 필사본이기에, 실명에 태산수를 보완하여 위와 같이 기록하였을 가능성이 있다. 또 이대본의 표기 양상을 고려한다면, 아마도 일실된 이대본의 권10에는 '棣'로 기록되었으리라 생각된다.

수(泰山守)'로 되어있어서 원본 계열은 작자명을 반드시 실명으로 표기하거나 군호를 쓰더라도 실명을 함께 기재했음을 알 수 있다.

군호의 문제는 아니지만, 작자 표기 방식과 관련된 것으로 목판본 권4에 '석둔우(釋屯雨)'로 기록되어 있는 승려의 이름도 함께 살펴보자. 이대본은 '석만우(釋卍雨)', 동국대본이나 아천문고본은 '석둔우(釋屯雨)'로 되어 있는데, '만(卍)'과 '둔(屯)'의 자형이 비슷한데서 생긴 오사(誤寫) 문제로 생각된다. 승려 만우(卍雨)에 대해서는 이미 『동문선』이나 『조선왕조실록』에서도 여러 번 등장하고 있다. 따라서 만우로 보는 것이 맞을 듯하나, 현재 『국조시산』의 이본들은 이대본을 제외하고는 모두 '둔(屯)'으로 되어있으며 『기아』의 필사본이나[102] 활자본도 모두 '屯'으로 되어 있다. 다만 『기아』의 이본중에서는 '屯'을 '卍'으로 수정한 본도 있어서[103] 후대에는 '만우' 쪽으로 합의되었던 것 같다. 이 승려의 이름에 대해서는 이덕무도 '屯雨'가 아닌 '卍雨'로 고증한 적이 있고,[104] 법명을 '屯雨'에서 '卍雨'로 개명했다고 한 논고도 있어서 참조할 수 있다.[105]

---

102) 남용익 편, 『箕雅』, 『韓國漢詩選集』 2, 아세아문화사, 1980.

103) 남용익 편, 『箕雅』(국립중앙도서관 청구기호 古3641-1)에는 기존의 '屯'을 지우고 '卍'으로 고친 흔적을 확인할 수 있다.

104) 李德懋, 『靑莊館全書』 卷57, 「盎葉記」4 (『韓國文集叢刊』 257~259輯). "高麗詩僧卍雨, 傳寫譌作'屯雨'."

105) 심경호, 「詩僧 卍雨와 義砧」, 『한국한시의 이해』, 태학사, 2000, 249면.

### 3) 시 제목과 시구

#### ① 시 제목

한시 작품에서 제목은 문헌에 따라 글자의 출입이 흔히 나타난다. 『국조시산』에서도 이러한 양상이 다수 보이는데, 두 계열간의 글자의 출입은 대개가 목판본에서 오각했거나 글자를 누락한 양상으로 나타났다. 본고에서는 목판본의 완성도를 살피는 정도에서만 두 계열을 대비한 결과로 몇 가지 사례를 선별하여 지적하고자 한다.

(1) 목판본 권1: 정용(鄭鎔)의 〈춘효(春曉)〉는 이대본, 동국대본, 아천문고, 모든 원본 계열 이본에 〈춘면(春晩)〉으로 되어 있으며, 『학산초담(鶴山樵談)』과 『성수시화(惺叟詩話)』에도 정용이 시마(詩魔)에 걸려서 뛰어난 절구 〈춘만(春晩)〉을 지었다고 소개하고 있다. 목판본만이 제목을 〈춘효(春曉)〉라 하여 달리 명명하였음을 알 수 있다.

(2) 목판본 권2: 정도전(鄭道傳)의 〈방김거사야(訪金居士野)〉는 원본 계열에 모두 〈방김거사야거(訪金居士野居)〉로 되어 있다. 정도전의 『삼봉집』에도, 『동문선』에도 이 시 제목은 모두 후자여서, 목판본 간행 시에 '居'를 누락한 사실을 알 수 있다.

(3) 정이오(鄭以吾)의 〈차운기정백형(次韻寄鄭伯亨)〉의 경우, 모든 원본 계열과 『기아』, 정이오의 문집에 〈차운기정백용(次韻寄鄭伯容)〉으로 되어 있다. 목판본의 제목에서 거론된 정백형는 작자인 정이오와 동시대 인물이 아니다. 목판본이 '용(容)'을 '형(亨)'으로 잘못 판각하였음을 알 수 있다.

(4) 목판본 권3: 신노(申櫓)의 〈임진유월이십육일작(壬辰六月二十六日作)〉은 원본 계열에는 '二十六'이 아닌 '二十八'로 되어 있다. 시 제목에

서 가리키는 날짜는 명종(明宗)의 기신일(忌辰日)이기 때문에 정확하게 6월 28일이 되어야 한다. 따라서 목판본의 '六'은 '八'의 잘못이다.

(5) 목판본 권4: 백광훈(白光勳)의 〈송이택만부경(送李擇萬赴京)〉은 원본 계열과 백광훈의 문집 모두 〈송이택가부경(送李擇可赴京)〉이다. 특히 『옥봉집(玉峯集)』에는 이택가(李擇可)에 대해서 '名惟謹'이라는 소주(小註)까지 붙여놓았다. 목판본이 '이택가(李擇可)'를 '이택만(李擇萬)'으로 오각하였음을 알 수 있다.

(6) 목판본 권5: 신광한(申光漢)의 〈삼월삼일기모동박대구(三月三日寄茅洞朴大口)〉는 원본 계열과 신광한의 문집 모두 〈삼월삼일기모동박대구(三月三日寄茅洞朴大丘)〉이다. 박대구(朴大丘)는 신광한의 문집인 『기재집(企齋集)』에서 박덕장(朴德璋)으로 확인된다. 『해동역사(海東繹史)』에도 이 시가 박대구(朴大丘)에게 주는 것으로 되어 있다. 목판본이 '丘'를 '口'로 잘못 판각한 것이다.

(7) 목판본 권6: 정작(鄭碏)의 〈송금사이종지평양(送琴師李鍾之平壤)〉은 원본 계열에서 〈송금사이수종지평양(送琴師李壽鍾之平壤)〉으로 되어 있는데, 이수종(李壽鍾)은 악사의 이름이다. 허목(許穆)의 기록을 참조했을 때,[106] 목판본이 '이수종(李壽鍾)'을 '이종(李鍾)'으로 잘못 표기했음을 알 수 있다.

(8) 목판본 권8: 서거정(徐居正)의 〈춘규곡(春閨曲)〉은 원본 계열과 문집에는 〈춘규원(春閨怨)〉으로 되어 있다.

(9) 목판본 권9: 이달의 〈만랑가(漫浪歌)〉는 원본 계열과 『손곡시집(蓀谷詩集)』, 『성수시화』(惺叟詩話)』에 두루 〈만랑무가(漫浪舞歌)〉로 기

---

106) 許穆, 『記言』 卷67, 「鏡銘」(『韓國文集叢刊』 98-99輯). "赤松琴, 爲吾家有最舊. 先公常樂彈鄭希文古調, 稱之曰'東方正音', 其弟子李壽鍾, 變新曲, 後世無傳焉."

록되어 있는데, 목판본만이 '舞歌'를 '歌'로 표현하고 있다.

(10) 목판본 부록 「허문세고」: 허난설헌(許蘭雪軒)의 〈강남악(江南樂)〉은 원본 계열 동국대본과 『난설헌시집(蘭雪軒詩集)』에는 〈강남곡(江南曲)〉으로 되어있어서 목판본에서만 제목을 달리하였다.

이 밖에도 제목이 달라진 경우는 무수히 많다. 목판본 권2의 신광한의 〈독직내조야우(獨直內曺夜雨)〉는 원본 계열과 문집, 『기아』 모두 〈독직내조문야우(獨直內曺聞夜雨)〉이며, 목판본 권3 유영길의 〈잠부(蠶婦)〉는 문집과 동국대본에서 〈잠(蠶)〉으로 되어 있다. 목판본 권4의 정윤희의 〈부용포향사응제(芙蓉抱香死應製)〉가 원본계열에는 모두 〈부용포향사응제작(芙蓉抱香死應製作)〉이며, 권필의 〈초추야좌독서(初秋夜坐讀書)〉는 원본 계열과 문집은 〈초추야좌서회(初秋夜坐書懷)〉로, 목판본 권6의 이황의 〈제임사수관서록후(題林士遂關西錄後)〉는 원본 계열과 『퇴계집』 모두 〈제임사수관서행록후(題林士遂關西行錄後)〉로 되어 있다.

이렇게 목판본에서 달라진 시제는 대개가 목판본의 '오류'이지만, 전부 그러한 것만은 아니다. 허균이 『국조시산』을 편집할 당시에는 미간(未刊) 상태였던 개인의 문집들이 허균 사후에 간행되면서 제목이 달라지고, 이를 목판본에서 반영한 것도 확인된다. 1607년에 편찬된 원본 『국조시산』에 수록된 최경창의 〈차도확도운(次陶穫稻韻)〉은 1683년 간행된 그의 문집에는 〈차도확도운광기의(次陶穫稻韻廣其意)〉라는 제목으로 되어 있다. 목판본 『국조시산』은 최경창의 문집과 같은 제목을 보여주고 있어서, 박태순이 목판본을 편집하면서 기간(旣刊)된 문집과 대조하면서 살폈거나, 문집의 제목이 반영된 『국조시산』의 한 이본을 참조했을 가능성을 생각해 볼 수 있는 것이다.

그러나 대체로 목판본의 시제는 오류가 많다고 할 수 있다. 제목에 붙은 원주(原註)에 대해서 원본 계열 『국조시산』은 엄격하게 소자(小字)로 기록하고 있으며, 작자의 문집에서도 이 부분은 지켜지고 있다. 그러나 목판본에서는 원주(原註)에 대해 기준 없이 편집하여서 원주(原註)가 시 제목에 편입되어 대자(大字)로 판각된 경우가 많다. 이 문제는 〈표 7〉로 몇 가지 사례를 제시해보았다.

〈표 7〉 목판본의 원주 처리 문제

| 권차 | 작자 | 목판본의 제목 | 제목 중 원주 부분 |
|---|---|---|---|
| 목판본 권2 | 朴宜中 | 〈次金若齋九容韻〉 | 九容 |
| | 姜碩德 | 〈秀菴上人卷子〉 | 上人 |
| | 趙云仡 | 〈丘山驛江陵〉 | 江陵 |
| | 李承召 | 〈留義州次朴判書元亨韻〉 | 元亨 |
| 목판본 권3 | 盧守愼 | 〈許太史篈家吟示諸人〉 | 篈 |
| | 朴淳 | 〈贈無爲僧天然〉 | 僧天然 |
| 목판본 권4 | 盧守愼 | 〈贈大谷成運〉 | 成運 |
| 목판본 권6 | 鄭士龍 | 〈朝謁是日頒曆〉 | 是日頒曆 |
| | 黃廷彧 | 〈題許端甫竹帖石陽正畵竹而朱天使畵蘭〉 | 石陽正畵竹而朱天使畵蘭 |

이상으로 두 계열 간 시제(詩題)의 대조를 통해 원본 계열과는 달리 목판본에서 많은 오각과 글자 누락, 여러 유형의 실수들이 보이는 것을 정리해보았다.

### ② 시구

원본 계열 『국조시산』과 목판본 『국조시산』은 시구(詩句)에서 특히 차이를 보이고 있다. 이 역시 시 제목과 마찬가지로 한시의 필사 과정이나 유전 과정에서 흔히 발생하는 문제지만, 원본이 존재하고 이를 간행하는 입장에서는 굳이 기존의 시구를 임의로 편집할 근거는 없다. 본고에서는 두 계열의 시구가 어떻게, 왜 달라졌는지 정도만 확인하는 목적에서 몇 가지 사례를 제시하였다.

(1) 목판본 권2: 강희맹(姜希孟) 〈참성단(塹城壇)〉에서 제2구 "風吹沆瀣凝露溥"는 원본 계열에 "風吹沆瀣露凝溥"로 되어있어서 '露凝'의 자리가 교체되었다. 이는 목판본에서 잘못 판각한 것으로 목판본을 따르면 제2자가 평성(平聲)이고 제6자가 측성(仄聲)이어서 평측에도 맞지 않는다. 『속동문선』과 『기아』에도 이 시가 수록되어 있는데 원본 계열과 같은 모습이다.

(2) 목판본 권2: 이승소(李承召)의 〈유의주차박판서원형운(留義州次朴判書元亨韻)〉에서 제4구 "五月猶看芍藥花"는 원본 계열에 "五月初看芍藥花"로 되어 있다. 문집인 『삼탄집』, 『속동문선』, 『기아』 모두 원본 계열과 같은 모습이다.

(3) 목판본 권2: 남효온의 〈몽안자정(夢安子挺)〉은 "邯鄲一夢暮山前, 魂與魄逢是偶然. 細雨半夜春寂寞, 杏花無數落金錢."으로 되어 있으나, 원본 계열에는 '魂與魄'이 '魂與魂'으로, '半夜'가 '半庭'으로, '金錢'이 '紅錢'으로 되어 있는데, 번역을 해보아도 평측을 따져보아도 원본 계열이 맞으며, 『속동문선』, 『학산초담』, 『기아』, 남효온의 『추강집』에서도 원본 계열과 같은 모습이다.

(4) 목판본 권2: 김안국(金安國)의 〈도중즉사(途中卽事)〉의 제2구 "千里思家未到家"는 원본 계열에서 '思家'가 '思歸'로 되어 있다. 김안국의 『모재집』과 『기아』에서도 '歸'이다.

(5) 목판본 권2: 신광한(申光漢)의 〈송당질원량지임간성(送堂姪元亮

之任杆城)〉의 제3구인 "踈雨落花鳴玉路"는 원본 계열에서 '落花'가 '落霞'로 되어 있다. 『속청구풍아』와 『기재집』, 『기아』까지 원본 계열과 같은 모습이다.

(6) 목판본 권3: 소세양(蘇世讓)의 〈제상좌상진화안축(題尙左相震畫鴈軸)〉의 제4구 "不知雲水萬里深"은 원본 계열에서는 '萬里'가 '萬重'으로 되어 있다. 『양곡집』과 『기아』도 원본 계열과 같은 모습이다.

(7) 목판본 권3: 임억령(林億齡)의 〈화산폭포도(華山瀑布圖)〉의 제1구 "急雨暮崖掛白龍"은 원본 계열에서 '暮崖'가 '蒼崖'로 되어 있다. 『箕雅』에는 이 시가 수록되지 않았고, 문집은 원본 계열과 같다.

(8) 목판본 권3: 박순(朴淳)의 〈여산군별행사상인(礪山郡別行思上人)〉의 제3구 "金馬石城相送處"는 원본 계열과 『사암집』에 '石城'이 '古城'으로 되어 있다. '石'은 '古'의 오각으로 여겨진다.

(9) 목판본 권3: 양응정(楊應鼎)의 〈과어양교(過漁陽橋)〉의 제1구가 "樹色烟光盡大平"인데 원본 계열에는 "盡大平"이 "畵大平"으로 되어 있다. 이 시가 수록된 『속청구풍아』와 『송천유집』도 '畵'로 되어있어서 '畵'를 '盡'으로 오인한 것임이 분명하다.

(10) 목판본 권3: 고경명(高敬命) 〈어주도(漁舟圖)〉의 제4구 "宿鳥飛起渚烟中"은 원본 계열에서 '宿鳥'가 '宿禽'으로 되어 있다. 『제봉집』과 『기아』에도 '禽'으로 되어 있으며 또 평측을 고려해 봐도 '禽'이 맞다.

위와 같은 원본 계열과 목판본 간의 시구의 차이는 두 계열에서 무수히 많이 확인된다.[107] 『국조시산』이 어떤 시를 수록하고 있는지만 보고

---

107) 목판본의 시구에 대한 이와 같은 교감 작업은 이미 시도된 바가 있다. (강석중·강혜선·안대회·이종묵, 『허균이 가려뽑은 조선시대의 한시』 1-3, 태학사, 1999.) 그러나 목판본을 기준으로 한 것이기에 이 교감본은 원본을 중심으로 하여 다시 이루어져야

자 할 때에는 시어의 교체나 오류 등이 크게 문제되지 않을 수 있겠지만, 전후 시선집이나 문집과의 관계를 고려한 대비 과정에서는 이 작은 차이들이 중요한 변별점이 된다. 지금까지의 연구 대상이었던 목판본을 통해 전후 시선집과 대조를 한다면 『국조시산』은 선행 시선집과도, 바로 이어서 등장한 『기아』와도 전혀 관련성이 포착되지 않는다. 그러나 원본 계열은 위에서 확인하였듯이 『속동문선』이나 『기아』와 거의 동일한 시제와 시구로 되어 있다. 따라서 『국조시산』이 어떻게 만들어졌는지, 허균이 참조한 서적은 무엇이었는지, 이 『국조시산』이 『기아』를 비롯한 후대 시선집에 어떻게 수용되었는지를 탐색하려면 목판본이 아닌 원본 계열을 통해야만 사실 관계 파악이 가능함을 알 수 있다. 마지막으로 비어 부분을 대비해보고, 본고에서 활용할 이본에 대해 정리해보고자 한다.

### 4) 비어

『국조시산』은 허균의 안목으로 엄선된 시뿐 아니라 허균의 단문 비평까지 함께 수록된 시선집이다. 허균이 『국조시산』의 첫 면에 자신의 작업을 '비선(批選)'으로 표현한 것[108]을 보면, 그가 『국조시산』을 기획하고 편집하면서 비어(批語) 부기를 처음부터 고려하고 작업했음을 짐작할 수 있다.

비어는 두 계열에서 확연한 차이가 나타나는 부분이다. 목판본을 간행한 박태순이 서문에서 밝히기도 했지만[109] 시화나 잡록에서 시와 관

---

한다.

108) 이대본의 권수제 아래에는 "陽川許筠端甫批選"이라고 하여 편집자와 그의 작업 범위(批選)를 밝히고 있다.

련된 부분들을 추가한 것은 물론, 출전 표기도 없이 자신의 생각을 덧붙인 비어도 있다. 따라서 목판본의 비어는 이본 대교를 통해서 어디까지가 허균의 글인지를 구분할 필요가 있다. 더불어 목판본은 비어 부분의 오각도 많기 때문에 여러 면에서 연구 대상으로 적절하지 않은 판본이라고 하겠다. 본고에서는 두 계열간의 비어 대비를 통해 목판본에서 추가된 비어, 비어가 굳이 '비(批)'와 '평(評)'으로 구분되어 규정된 점, 비어의 위치 문제까지 짚어보도록 하겠다.

### ① 목판본에서 추가된 비어

원본 계열과 목판본을 대비하여 허균의 비어와 목판본에서 추가된 비어가 무엇인지, 어떤 양상인지 확인해본다. 이 부분은 제5장에서 자세하게 논할 것이기 때문에 여기에서는 두 계열의 차이에 집중하여 간단하게 살펴보기로 한다.

박태순은 목판을 간행하면서 『기묘록(己卯錄)』, 『지봉유설(芝峯類說)』, 『어우야담(於于野談)』, 『동인시화(東人詩話)』, 『청강시화(淸江詩話)』, 『서애잡저(西厓雜錄)』, 『오산설림(五山說林)』, 『제호시화(霽湖詩話)』, 『견한잡록(遣閑雜錄)』 등에서 『국조시산』의 수록 시와 관련된 내용을 뽑아서 비어 부분에 붙여 놓았다. 이 시화들의 대부분은 허균이 『국조시산』을 편집할 당시에는 볼 수 없던 책들이며, 목판본에서도 이 부분은 인용 후 출처를 밝히고 있다.

목판본의 비어 중에서 문제가 되는 부분은 인용처 표시가 없으면서 목판에서만 확인되는 기록들이다. 예를 들면, 목판본 권6 이현욱(李顯

109) 朴泰淳, 『東溪集』, 「國朝詩刪序」(韓國文集叢刊 續51輯). "於是廣求諸本, 頗加證定, 又取諸家詩話, 以類補綴, 繕寫爲幾卷."

郁)의 〈차허혼증승운(次許渾贈僧韻)〉 시의 제목 아래에는 “이 시는 『양명집』에 보이니, 편집할 때에 잘못 살핀 것이다.[此詩見陽明集, 編次時失考.]”라고 하였는데, 이 비평글은 원본 계열에 없다. 허균은 『학산초담(鶴山樵談)』에서 이현욱이 시마(詩魔)에 걸렸을 때 지은 시로 위의 시를 소개하였고, 『국조시산』에도 이 시를 이현욱의 시로 등재하였다. 따라서 위의 글은 허균이 썼을 리가 없다. 『기아』도 위의 시를 ‘羽士一人’이라 하여 이현욱의 시로 올렸다. 추가된 비평은 원본 『국조시산』이 나온 이후, 위의 시가 왕양명(王陽明)의 문집에 수록되었다는 논의가 있었기에,[110] 박태순이 추가한 비평이라 여겨진다.

또 목판본 권1에 나식(羅湜)의 시로 〈여강(驪江)〉이 수록되어 있는데, 목판본에는 시의 제목 아래 “혹 정허암의 작이라고 한다.[或云鄭虛菴作]”라는 비어가 붙어 있고, 또 『지봉유설(芝峯類說)』의 기록을 끌어와 작자를 최수성(崔壽峸)이라고 보는 의견도 있음을 기재해 놓았다. 이러한 복잡한 비어는 목판본에만 보이는 것으로, 원본 계열에는 나식의 작자명만 기록되어 있을 뿐 작자에 대한 어떤 비어도 확인되지 않는다. 허균은 『학산초담』에서도 이 시를 소개하면서 나식의 시라 하였고, 『기아』 역시도 『국조시산』의 원본 계열을 참조했기 때문에 나식의 시로 표기해 놓았다. 또 앞서 작자 문제로 예시를 들었던 창수(昌壽)의 〈효기정강재(曉起呈强哉)〉와 같은 경우, 원본 계열에는 작자에 대한 설명이 추가로 없으나, 목판본은 작자명을 삭제하고 “東文選以此詩爲宗室昌壽作, 而以李强哉時世考之非是.”라는 글을 추가로 붙여 놓은 사실이 확인된다.

허균은 시와 작자를 확정한 후에 『국조시산』을 편집했기 때문에 작

110) 金鎭圭, 『竹泉集』 卷17, 「代湖南儒生論辨國朝詩刪僞詩疏」(『韓國文集叢刊』 174輯). “其所謂鬼李顯郁之作, 乃明儒王守仁集中之詩也. 竊於守仁, 無所愛憎, 猶且剽竊其詩, 詐稱鬼作.”

자 문제와 관련한 비어를 부기하지 않았다. 작자에 대해 여러 의견이 있다면, 정확하지 않은 사실을 본문에 등재하기보다는 '무명씨(無名氏)'로 배치하여 작자 논란이나 추측 등을 불식시켰다. 원본의 오언절구 말미에 배치된 무명씨의 〈제원벽(題院壁)〉에는 "疑虛菴作云"이라 하였고, 또 다른 무명씨의 〈제벽(題壁)〉에는 "云是猿老之作, 與前篇姑存之."라고 한 것만 보아도, 조금이라도 의심이 가는 작자에 대해서는 무명씨로 배치하여 신중한 태도를 취했음을 원본 계열을 통해 살필 수 있다.[111] 그러나 목판본에는 무명씨의 〈제원벽〉에 대해, 허균이 붙였던 "疑虛菴作云"이라는 중요한 비평을 누락하여서 허균이 무명씨로 편집한 의도를 알 수 없게 하였다. 또한 목판본에는 '一作○'와 같은 문구로, 글자에 대한 교감도 확인되고 있는데 원본 계열에는 전혀 보이지 않는 형태이다.

위의 비어들은 그동안 허균의 글로 받아들여졌다. 원본을 접하지 못한 상황에서 단지 문맥과 정황만으로는 허균의 비어인지를 알 수 없었기 때문이다. 허균이 『국조시산』을 편집하면서 고민 끝에 확정했던 시구와 작자, 일관성 있는 편집 방향은 목판본에서 여러 가지 방향의 비어가 더해지면서 허균의 편집 의도를 흐리는 결과를 가져왔다.

다음으로 작자나 교감 문제가 아닌 목판본에만 보이는 비어를 몇 가지 더 살펴보자. 김극검(金克儉)의 오언절구 〈규정(閨情)〉에 대해서 목판본에는 "悲切"이라 평가했는데, 원본 계열인 이대본과 동국대본에는 이 비어가 없다. 칠언절구 양사언의 〈국도(國島)〉에도 목판본에는 "脫凡"이라는 비어가 붙어 있는데, 역시 원본 계열에는 찾아볼 수 없

111) 원본의 칠언절구 말미에 배치된 '失名氏'의 경우에도 허균은 시 제목 아래에 실명씨의 시를 입수하게 된 경위를 설명하고 있다.

다. 원본에도 없는 비어가 이렇게 목판본에 보이는 것은 박태순이 목판본 간행 당시에 저본으로 삼았던 『국조시산』의 이본 중에서 이러한 비어가 붙은 이본이 있었으리라는 추정을 할 수 있다. 그가 비어를 통해 고증이나 설명은 보완하였지만 시에 대한 직접적인 비평을 하지는 않았기 때문이다. 현 이본 상황에서는 위 문제를 해결할 방안이 없지만, 이본들이 추가로 발견된다면 이본 간 비어의 출입 양상에 대한 논의도 가능해질 것이다.[112]

목판본에서 추가된 비어는 허균이 의도한 『국조시산』을 연구하기에는 적합하지 않지만 달리 생각해 볼 면도 있다. 목판본은 허균의 원본이 편집된 지 88년이 지나서 만들어진 것이기에, 허균 당시보다 시와 관련된 논의들이 더욱 풍성하게 축적되었다. 박태순은 공간(公刊)을 기획한 입장에서 허균과는 다른 목적에서 『국조시산』을 편집하였을 것이다. 따라서 허균 사후에 출현한 시화들을 두루 검토하여 수록 시와 관련된 내용을 삽입하고, 작자명만 기재한 원본 계열과는 달리 작자에 대한 정보를 상세하게 제공하여서 작자와 시를 이해하기 쉬운 방향으로 편집했던 것이다. 이와 관련한 내용은 제5장 1절에서 자세하게 다루었다.

### ② 비어의 누락과 오각

두 계열을 대비하면 목판본이 원본의 비어를 누락하거나 오각한 부분도 상당수 확인된다. 목판본에서 비어가 누락된 것은 대개 원본의

112) 다만 1675년에 편찬된 홍만종의 『소화시평』에서 양사언의 〈國島〉에 대해 "脫去塵臼"라고 평한 것이 있는데, 목판본에 붙은 비평과 뜻이 같다. 이렇듯 목판본에서 추가된 비평은 기간(旣刊)된 시화와도 연관 지어 볼 수 있을 것이다.

비어 부분이 제대로 전승되지 못했을 가능성이 높다. 현전 원본 계열의 이본을 보면 비어가 온전한 본이 거의 없다. 비어보다는 선발된 시만 보고자했던 독자층, 필사 시간의 부족, 시는 허균의 시가 아니지만 비어는 '허균'의 글이라는 의식 등, 여러 이유로 『국조시산』의 비어는 처음 모습 그대로 전승되기 어려웠을 것이다. 원본 계열의 이본 중에 동국대본은 이대본을 모본으로 한 후대본인데, 동국대본이 시 부분은 오자도 거의 없이 완성도가 높지만 비어 부분은 간혹 누락된 것이 확인되고 있다. 박태순이 목판을 간행하기 위해 수집했던 『국조시산』의 필사본들도 분명 원본만큼의 완성도를 보여주지 못했을 것이다.

비어의 누락도 문제지만 또 고려할 것은 목판본의 오각 문제이다. 목판본의 비어는 비슷한 글자로 잘못 새긴 오류가 매우 많다. 비어가 단문(短文)으로 이루어진 점, 시와는 달리 교감할 문헌이 없다는 점에서 비어의 오각은 원 문구의 형태를 추측하기가 쉽지 않기 때문에 목판본의 문제는 간단하지가 않다.

(1) 목판본 권1: 최경창(崔慶昌)의 오언절구 〈제고봉군상정(題高峯郡上亭)〉의 제2구에 이어지는 비평은 "楂梨橘柚, 各有等味."로 되어있지만, 원본 계열에는 '等'이 '其'로 되어있어서 목판본이 비슷한 형태의 다른 글자로 오각한 것을 알 수 있다.

(2) 목판본 권1: 규수(閨秀) 김씨(金氏)의 〈증인(贈人)〉의 제2구에 붙은 평은 "非常之也, 責之也."라 하였으나, 원본 계열에는 '責'이 '貴'로 되어 있다.

(3) 목판본 권2: 유방선(柳方善)의 〈서회(書懷)〉의 말미에는 "想其抱窮, 愁詩自好."라 하였는데, 원본 계열에는 '愁'가 '然'으로 되어 있다.

(4) 목판본 권3: 이언적(李彦迪)의 〈무위(無爲)〉의 제4구 말미에 "悟

通之言.”으로 되어있으나 원본 계열에는 “悟道之言.”이다. 대개의 오류가 비슷한 자형에서 비롯된 것임을 알 수 있다.

(5) 목판본 권2: 황형(黃衡)의 〈해운대(海雲臺)〉의 제목 아래에 “庚午破倭後, 登次韻”으로 되어있으나, 원본 계열에는 “登次韻”이 “登此次韻”으로 되어 있다. 같은 발음의 ‘차’가 나란한 데에서 둘 중 하나를 누락한 것임을 짐작할 수 있다.

(6) 목판본 권4: 김안국(金安國)의 〈차최용인광윤촌거벽상운(次崔龍仁光閏村居壁上韻)〉은 원본 계열에서 〈차최용인광윤촌거벽상운(次崔龍仁光潤村居壁上韻)〉로 되어 있다. 최 용인의 이름을 밝힌 원주(原註)가 목판본은 ‘光閏’으로 되어 있으나, 원본은 ‘光潤’ 이다. 실제 최광윤(崔光潤)이라는 인물이 있기 때문에 분명히 목판본의 오각임을 알 수 있는 것이다.

비어의 경우 이 밖에도 무수한 오각이 있으나, 본고에서는 연구 대상 원본을 확정하였기 때문에 목판본의 여러 문제적인 상황에 대해서는 몇 가지 사례만 제시하였다.

### ③ 비와 평의 명명(命名)과 위치의 문제

허균은 『국조시산』에 비어를 덧붙여서 시에 대한 부연 설명과 품평, 감상 등을 드러내었다. 원본 계열의 비어는 ‘비(批)’와 ‘평(評)’이 구분되지 않고, 소자(小字)로 해당 시구 옆에 평문(評文)이나 평어(評語)를 달았을 뿐이다. 이러한 허균의 작업은 목판본에서 ‘비(批)’와 ‘평(評)’으로 분류되었다. 그동안 원본을 확인 못한 연구에서는 이 구분을 허균이 의도적으로 한 것으로 읽을 수밖에 없었다. 그러나 이 분류 작업은 목

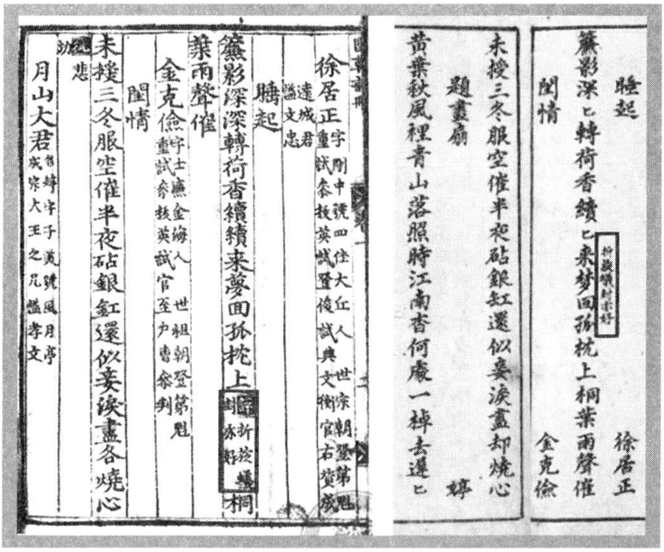

〈그림 22〉 비어의 위치

판본에만 보이는 특징으로 허균의 작업으로 논할 수 없는 것이다.

마지막으로 살필 것은 비어의 위치에 대한 것이다. 〈그림 22〉를 보면 원본 계열에서 비어의 위치는 시구의 오른 쪽에 주로 기록되었고, 시 제목의 아래, 시가 끝나는 부분에도 비어가 달려있다. 원본에서 시구 옆에 배치되었던 비어가 판본에서는 계선(界線) 내로 편입되면서 해당 시구가 끝나는 부분에 위치한다. 책의 형태 문제로 인하여 비어의 배치 방식이 달라진 것이다.[113] 그러나 대개의 비어가 어느 시구에 해당하는 지는 목판본에서도 살필 수 있어서 박태순이 비평 작업에 공을 들였다는 것을 알 수 있다. 다만 몇몇 위치가 다르게 배치된 비평을 살펴보면, 변중량의 칠언절구 〈철관도중(鐵關道中)〉의 시 제목 바로 아

113) 목판본 계열의 필사본은 계선이 없어도 목판본의 비평 위치를 그대로 따랐다.

래에 붙은 "逼唐"이라는 비평이, 원본 계열에는 모두 시가 끝나는 부분에 기록되어 있다. 강희맹의 칠언절구인 〈次金太守宗直咏田家韻〉의 경우도 목판본에는 시 제목 아래에 "姿媚橫生"이라는 비평이 있는데, 원본은 시구의 말미에 붙어있다. 이와 같이 원본에는 해당 시가 끝나는 부분에 배치된 비어가 이 목판본에는 제목 아래로 이동된 모습이 자주 확인된다. 비어의 내용에 따라서 자리가 바뀌어도 문제가 안 되는 것도 있으나 예시로 든 두 경우는 원본을 따르는 것이 맞다. 그러나 원본 계열의 경우도 시의 전체적인 미감에 대해 간혹 시 제목 아래에 기록한 것도 보이기 때문에, 내용에 따라 엄격하게 비어의 위치를 한정했던 것은 아니었다. 비어의 위치 문제에 대해서는 제4장에서 다시 정리해보기로 한다.

지금까지 『국조시산』의 두 계열을 대비하여 목판본의 재편집 양상과 오류를 확인해보았다. 먼저 두 계열의 시 제목과 시구의 차이가 대부분 목판본의 문제임을 밝혔고, 이러한 문제들이 그동안 『국조시산』의 완성도에 대한 불필요한 오해를 일으켰음을 알 수 있었다. 또 시구의 대비를 통하여 목판본과 달리 원본 계열의 시구가 『속동문선』과 『기아』와 거의 동일한 모습이라는 점에서 전후 시선집과 『국조시산』의 관계에 대한 연구가 원본 계열로 가능하리라는 것을 짐작할 수 있었다.

이어서 비어가 어떻게 달라졌는지도 살펴보았다. 원본 계열에 비해 목판본에서 많은 오류가 발견되기는 하지만, 목판본에서 추가적으로 한 작업들을 고려한다면 이제는 두 계열의 비어는 별도의 장에서 논해야 할 것이다. 원본 계열의 비어는 허균의 글이라는 점에서 '허균'의 『국조시산』, 허균의 선시관, 허균의 비평 양상 등을 살필 때에 활용되어야 하며,[114] 목판본 계열의 비어는 원본의 편집 이후 약 1세기 동안의 추가된 논의를 보여준다는 점, 목판 간행이라는 특수한 상황에서의 다수의 독자를 고려한 설명이 보완되었다는 점, 당대 문인들의 『국조시산』에 대한 인식과 기대를 보여준다는 점을 고려한 새로운 접근이 필요해 보인다.

본고는 『국조시산』의 문헌 검토를 통한 결론으로, 이대본·동국대본·단국대본을 기본 자료로 한 원본 계열을 통해 '허균의 『국조시산』'을 논하고자 한다. 구체적으로 선본 한 종을 지목하지 않은 이유는 가장 완성도가 높고 편찬 시기가 앞선 이대본이 결질이기 때문이며, 완질인 동국대본은 19세기에 필사된 후대본이고 사소하지만 비어와 작가의 오류도 확인되기 때문이다. 따라서 『국조시산』 이본의 현 상황은 특정 이본 한 종을 중심으로 살피기보다는 여러 종을 취합한 '원본 계열'로 연구를 진행해야 한다. 연구에 앞서 이본 간의 대비, 개인의 문집과 전후 시선집을 교감하는 『국조시산』의 정본(定本) 작업이 이루어졌어야 하지만, 본고에서는 이 연구에서 활용할 대상 자료를 검토하는 목적에서 문헌 분석을 진행하였기에 정본 작업은 후일을 기약한다.

마지막으로 본고가 주장했던, 『국조시산』을 두 계열로 분리하여 연구하고자 하는 방향의 당위에 대해 연구 방향과 관련하여 부언하고자 한다. 홍만종(洪萬宗)은 『시화총림(詩話叢林)』의 말미에 붙인 「증정(證正)」에서, 박태순이 『국조시산』을 간행하면서 저자를 누락시켜 앞 사람의 시로 오인하게 한 사실 등을 거론하며 책을 만드는 편찬자의 부주의함을 책망한 바 있다.[115] 홍만종이 이러한 논변을 할 수 있었던 것은

114) 원본을 확인하지 못했던 선행 연구 중에서도 특히 재론해야 될 부분도 목판본의 비평을 허균의 작업으로 보았던 결과물이 될 것이다.

115) 洪萬宗, 『詩話叢林』, 「證正」. "凡纂書者, 必考據精實, 勿之有疎, 然後可以傳信. 而朴汝厚泰淳, 尹廣州也, 刊行許筠所纂國朝詩刪. 其中 酒泉縣七律, 乃申企齋光漢詩, 而係於奇服齋遵. 蓋詩刪元本, 服齋詩次, 在企齋之上. 想汝厚, 誤錄企齋名於其第二作, 故此詩自爾上係服齋之作矣. 企齋此詩, 旣昭載於本集, 且釘板於縣壁, 而其謬如此. 且七絶

원본 계열『국조시산』을 소장한 상황에서 목판본을 접했기 때문이다. 홍만종은 허균의『국조시산』을 목판본과 대비하여 '시산원본(詩刪元本)', '시산구본(詩刪舊本)'이라고 칭하였다. 목판 간행 이후, 허균이 편찬했던『국조시산』을 '원본', 혹은 '구본'이라고 칭하면서 두 사람의 작업을 별개로 인식한 것은 홍만종 만이 아니었을 것이다. 이는 동국대본과 같이 원본 계열『국조시산』이 19세기까지도 온전히 유전되는 상황, 후대 시선집에서 원본 계열을 수록하는 양상, 목판본의 오류가 수정된 새로운 시선집이 만들어지는 상황[116] 등에서 짐작해 볼 수 있다.

또한 계열 구분이 중요한 이유는 문헌에 기록된 '국조시산'이 어느 계열을 지칭하는지를 판별해야 하기 때문이다. 예컨대 남용익은『기아』의 서문에서『국조시산』을 수용한 사실을 밝히고 있는데,『기아』의 편찬 과정에서 참조한『국조시산』은 원본 계열이다.『기아』는 1688년에, 목판본『국조시산』은 1695년에 간행되었기 때문이다.『국조시산』의 두 계열에 대해 인지하지 못한다면,『기아』의 교감에 당시 존재하지도 않았던 목판본『국조시산』을 활용하게 될 것이다.[117] 이는 시화나 잡록에서 인용된『국조시산』을 논할 때에도 적용되는 문제이다.[118] 두 계열에 대한 명확한 구분은『국조시산』에 대한 연구는 물론,

---

中題僧軸詩, '踈雲山口草萋萋, 夜逐香煙到水西. 醉後高歌答明月, 江花落盡子規啼'之詩, 首係於權石洲, 而考之石洲集中, 而無有, 余家有詩刪舊本, 此乃李嶸詩, 而次在石洲之上. 此亦汝厚, 誤漏李嶸名, 故通係於石洲, 踈率甚矣. 且其所稱栗谷初出山詩, 乃許筠贋作, 自註曰'本集不載, 似爲三四諱之', 其意不難知, 而汝厚刊正而不刪此詩, 兼錄其註, 敢有訕謗, 自朝家, 竟命毁板, 纂書者, 宜戒之."

116) 국립중앙도서관에 소장『동문시선전집』(古3643-410)의 편집 양상에 대해서는 각주 76) 참조.

117) 조계,『기아교주(箕雅校注)』(남용익 편, 조계 교주,『기아교주』上·下, 중화서국, 2008.)에서 참조한『국조시산』은 목판본 계열이다. 따라서 이 책에 수록된『국조시산』의 비평은 박태순의 비평과 목판본의 오각을 그대로 반영한 문제가 있다.

『국조시산』 수용의 문제, 『국조시산』에 대한 기록을 남기고 있는 문헌들을 살필 때에 우선적으로 고려되어야 한다.

118) 특히 『종남총지』, 『서포만필』, 『소화시평』 등 17세기의 시화들은 모두 목판본이 간행되기 전에 출현한 것들이어서 원본 계열 『국조시산』을 보고 그에 대한 기록을 남긴 것이다. 목판본이 간행된 이후 출현한 시화집은 시기를 따져볼 수 없기 때문에 두 계열 간의 특징이나 오류 양상 등을 통해 점검하는 것도 필요하다.

제3장

# 『국조시산』의 저작 배경

『국조시산』 이전의 조선시선집은 대개가 중국에서 조선의 한시를 보고자 하는 요청에 응하여 제작되었다. 왕명에 의해 시선집 편찬이 기획되고, 홍문관에서 대제학을 중심으로 하는 찬집관이 구성되면서 국가의 주도하에 조선의 대표적인 작가와 시가 뽑혔던 것이다. 그러나 『국조시산』은 이러한 조선시선집 제작의 전통적인 맥락에서 벗어나 있다. 국가가 아닌 허균이라는 한 개인 편찬자에 의해 만들어졌다는 점에서 『국조시산』의 저작 배경은 기존 시선집과는 다른 방식으로 접근할 필요가 있다.

본고는 『국조시산』이라는 저작을 가능케 한 요건으로 크게 두 가지 부면에서 배경을 살펴보고자 한다. 먼저 『국조시산』과 같은 '대작'의 편찬에는 허균 개인의 문학적 능력이 중요하게 작용하였다고 보고, 허균의 한시 비평 작업과 성과들을 검토하여 『국조시산』에 어떤 방식으로 연관되고 적용되었는지를 고찰해볼 것이다. 또 다른 면으로는 『국조시산』의 편찬이 중국 문인을 만난 이듬해에 편찬된 것과 조선시선집의 출현이 전통적으로 중국의 요청과 관련된 점을 고려하여, 허균의 중국인과의 만남과 교유 과정을 살펴서 이 만남과 『국조시산』의 편찬

사이의 관계를 살펴보고자 한다.

## 1. 한시 비평 활동의 맥락

### 1) 시화집 『학산초담』 저술

허균은 1607년에 『국조시산』을 편찬하면서 조선 초중기 작가의 시를 뽑아 각체(各體)별로 편집하였는데, 이 과정에서 시만 수록한 것이 아니라 대부분의 시에 '비어(批語)'를 붙여서 시에 대한 설명과 감상, 품평을 보여주었다. 곧 허균이 『국조시산』에서 시 선발뿐 아니라, 비어를 통한 구체적이며 직접적인 비평 활동까지 겸했음을 알 수 있다. 그런데 허균이 이와 같이 조선 한시에 대해 비평 작업을 한 것은 『국조시산』이 처음은 아니다. 허균은 그의 나이 25세 때인 1593년에 임란으로 인해 피난 차 강릉에 머물면서 『학산초담』을 저술하였는데, 이것이 그의 본격적인 한시 비평의 시발점이었다.

지금까지 『학산초담』은 『성수시화』의 존재로 인해 크게 조명 받지 못하였다.[119] 선행 연구에서는 허균이 이 『학산초담』을 바탕으로 『성수시화』를 저술하면서 『학산초담』을 문집 편집 과정에서 제했다[120]고

119) 『학산초담』에 대한 연구는 이가원이 『한국한문학사』에서 처음 존재를 밝힌 이후로, 허경진의 석사논문(「『학산초담』 연구」, 연세대학교 국문과 석사학위논문, 1975)에서 최초로 조명되었다. 이후로도 단독 연구로는 「『학산초담』의 이본 연구」(허경진, 『남명학연구』 23, 2007)가 유일하며, 「허균의 시화비평 연구-『학산초담』과 『성수시화』의 비교-」(박수천, 『한국한시연구』 3, 한국한시학회, 1995)에서처럼 주로 『성수시화』와 함께 허균의 비평의식을 탐색하는 과정에서 논의되었다.

120) 박수천, 「허균의 『성수시화』」, 『조선 중후기 한시와 비평문학의 탐색』, 태학사, 2013, 14면.

설명하고 있다.[121] 이러한 추론이 가능했던 것은 『학산초담』이 문십에 실리지 않은데다가 『성수시화』에 비해 비평적 역량이 성숙되지 않은 젊은 시절에 집필된 것으로 인식되었기 때문이다. 그러나 『학산초담』을 접한 조선 문인의 평가는 달랐다. 김려(金鑢, 1766~1821)는 야사총서인 『한고관외사(寒皐觀外史)』를 편찬하면서 『학산초담』을 수록하였는데, 그가 『학산초담』에 대해 평가한 글을 읽어 보자.

> 옛 사람은 그 사람됨 때문에 그 말을 버리지는 않았다. …(중략)… 지금 그 지은 바 『학산초담』 한 책을 보니 곧 시화와 야사를 겸한 것이다. 평론이 정민하고 품평이 공명하여, 명확하게 하나도 맞지 않는 말이 없으니 소인이 헤아리기 어려운 것이 이와 같도다. 고인이 그 말은 버리지 않은 뜻이 이것으로서 증명된다.[122]

조선에서 허균은 끝내 신원(伸冤)되지 못했다. 따라서 후인들이 허균의 이름과 저작을 논하는 것은 쉽지 않은 일이었다. 그럼에도 김려가 굳이 허균의 『학산초담』을 자신의 총서에 포함한 것은 그의 표현대로

121) 허균은 『국조시산』을 편찬할 당시에 『학산초담』을 가지고 있지 않았고, 『성수시화』를 집필할 시점에도 참조하지 않았던 것으로 추정된다. 그 근거로는 같은 대상인 시의 작자가 바뀌어 있거나 두 시화에서 같은 시에 대한 설명이 전혀 다른 것 등으로 확인할 수 있다. 일례로, 『학산초담』에서 양사언의 시를 소개하고 이어 허봉이 이에 차운한 시를 소개하였으나, 『성수시화』에서 허봉이 아닌 송경이 차운한 것으로 되어 있다. 또 『학산초담』에서 이달의 시로 소개된 것이 『성소부부고(惺所覆瓿藁)』에는 허균의 시로 되어있기도 하다. 허균은 일찍이 그의 「교산억기시(蛟山臆記詩)」에서 젊은 시절의 저작은 임란을 겪으면서 유실되었고, 또 빌려주었다가 돌려받지 못한 경우도 많았다고 하였다. 『학산초담』도 허균이 분실한 책으로 여겨지며 이와 관련된 구체적인 사실관계는 별고에서 밝히기로 한다.

122) 金鑢, 『藫庭遺藁』 卷11, 「寒皐觀外史題後」(『韓國文集叢刊』 289輯). “古之人, 不以人廢其言焉. ……(中略)……今見其所著鶴山樵談一書, 卽詩話而兼野史者也. 評論精敏, 品藻公明. 鑿鑿無一不中窾者, 小人之難測如是哉. 玆效古人不廢其言之義.”

라면 '평론이 자세하고 민첩하며 품평이 공정하고 밝아서 다 맞는 말'이었기 때문이다. 선행 연구에서의 판단과는 다르게 『학산초담』의 비평 수준이 상당했음을 짐작케 한다. 물론 『학산초담』은 『성수시화』만큼 시사(詩史)를 정리하는 목적에서 기술된 것이 아니어서 통시적 관점의 혜안을 보여주고 있지는 않다. 허균은 『학산초담』에서 자신의 견문을 중심으로 한 공시적 관점의 서술을 보여주고 있고, 또 허균의 한시 비평 저술로서는 가장 먼저 저술된 것이기도 해서, 이 시화는 16세기 한시 비평 자료로서도, 허균의 문학 활동 궤적이나 비평관의 변화 양상을 고찰하기 위해서도 중요하다. 또한 허균의 문집에는 그의 25세 이전의 작품을 거의 찾아볼 수가 없는 만큼, 『학산초담』을 통해 허균의 학시(學詩) 과정과 교유 관계의 일단을 살필 수도 있다. 무엇보다도 이 시화는 『국조시산』에 선행(先行)하는 저술로서 허균의 조선 한시에 대한 비평관의 형성 과정과 추이에 대한 조망에 있어서 중요하게 논의될 수 있다. 본고에서 『학산초담』에 주목하는 이유는 여기에 있다.

### ① 조선 한시에 대한 소개

『학산초담』의 기사는 주로 허균이 듣고 본 16세기 작가와 시에 대한 소개가 중심이다. 소개된 작가와 시는 허균과 주변 인물들의 입에서 회자되던 것들이다. 따라서 『학산초담』의 시 목록을 살펴보면서 『국조시산』과의 관계를 논해본다.

> ① 최전이 신동이란 이름이 있었다. 어려서 금강산에 노닌 적이 있었는데 그 길로 영동 산천을 구경하고 경포대에 이르러 다음과 같은 시를 지었다.

봉래산 한 번 들어가 삼천 년을 지내니 蓬壺一入三千年
은빛 바다 아득하고 물은 맑고 얕구나 銀海茫茫水淸淺
난새 타고 피리 불며 오늘 홀로 날아오니 鸞笙今日獨飛來
벽도화 꽃 그늘에 사람은 아니 보이네 碧桃花下無人見

중형이 그 시를 매우 칭찬하고 그 운자에 이어 읊기까지 하였는데, 그는 불행히도 일찍 죽었다.[123)]

② 백대붕은 천한 종으로 궁궐에서 사약(司鑰) 일을 맡았다. 시를 잘 하여 우리 중형과 승지 심희수가 대등한 벗으로 사귀었는데,

가을 하늘에 엷은 그늘 생겨나니 秋天生薄陰
화악의 모습이 흐릿해지네 華岳影沈沈

라고 한 시를 우리 중형이 칭찬해 마지않았다. 큰 형을 따라 일본에 다녀왔으며 아름다운 시가 매우 많다.[124)]

허균이 그의 둘째 형 허봉(許篈, 1551~1588)에게 시를 배웠다는 사실은 잘 알려져 있다.[125)] 허균이 젊은 시절에 지은 『학산초담』에는 허봉과 관련된 일화, 허봉이 가르쳐 준 시, 허봉의 시가 큰 비중을 차지하고 있다. ①은 허균이 허봉에게 들었던 최전(崔澱, 1567~1588)의 시를 『학산초담』에 기록한 것이다. 허균은 이 시의 장처(長處)에 대해 특별히

---

123) 許筠, 『鶴山樵談』. "崔澱彦沈, 有神童名. 早歲嘗遊金剛, 因覽嶺東山川, 至鏡浦題詩曰: '蓬壺一入三千年, 銀海茫茫水淸淺. 鸞笙今日獨飛來, 碧桃花下無人見.', 仲氏亟稱之, 賡其韻焉, 不幸而夭."

124) 許筠, 『鶴山樵談』, "白大鵬者, 賤隷也, 補黑衣之列. 工詩, 仲兄與沈承旨喜壽, 皆與之平交. '秋天生薄陰, 華岳影沈沈.'之詩, 仲兄嘗稱贊不置, 從伯兄往返日本, 甚多佳什."

125) 許筠, 『惺所覆瓿稿』 卷25, 「惺叟詩話引」.(『韓國文集叢刊』 74輯). "不佞少習聞兄師之言, 稍長任以文事, 于今三十年矣. 其所記覽, 不可謂不富, 而亦嘗妄有涇渭乎中."

설명을 붙이지 않았지만, 허봉이 칭찬하고 차운한 사실을 기록하는 것으로 이 시에 대한 평가를 대신하였다.

이 작품은 허봉이 품평한 이후로 후인에게 계속 회자되었는데, 그 첫 기록이 허균의 『학산초담』이다.[126] 이 시는 14년 후에 『국조시산』에 〈경포대(鏡浦臺)〉(권10)라는 제목으로 등재되며, 허균은 이 시에 "맑고 깨끗하여 구름 너머에서 피리를 부는 듯하다[泠泠如吹笙雲表]"라는 구체적인 비어를 붙였다. 이와 같이 허봉이 알려준 작품과 평가에 동의하면서 허균이 자신의 시화에 소개하고, 또 『국조시산』에까지 수록하는 장면을 통해서 『국조시산』을 구성하는 시의 출처를 짐작할 수 있다.

② 또한 허봉이 알려준 작품이다. 백대붕(白大鵬, ?~1592)의 시로, ①의 시와 마찬가지로 허균이 작자에 대한 설명을 더하고 있음을 볼 수 있다. 허균의 소개에 의하면 백대붕은 천한 신분이지만 시를 잘 지어서 허봉과 심희수(沈喜壽, 1548~1622)가 시우(詩友)로 대우하였고, 만형 허엽(許曄, 1517~1580)과 함께 일본에 다녀왔다고도 한다. 허균이 백대붕의 시를 접할 수 있었던 것은 이러한 가문적 배경에서 기인한 것임을 알 수 있다.[127] 이 시도 역시 『국조시산』에 〈추회(秋懷)〉(권5)라는 제목으로 수록된다. 『학산초담』은 ②에서 확인되듯 제1, 2구만을 소개하였는데, 『국조시산』에는 온전한 율시로 수록되면서 이 시의 제1, 2구 옆

126) 최전이 경포대에서 지은 이 시대에 대해서는, 『학산초담』 이후 이익의 『星湖僿說』, 정경세의 〈跋楊浦詩稿〉, 이유원의 『林下筆記』, 이덕무 『清脾錄』, 채팽윤의 「瀛洲錄」 등에서 지속적으로 칭송되고 있다.

127) 『학산초담』에는 백대붕을 비롯한 송익필(宋翼弼), 이달(李達), 양대박(梁大樸)과 같은 서얼 시인, 허봉이 교유했던 유정(惟政), 행사(行思)와 같은 승려, 누이 허난설헌을 비롯한 여류 시인의 시도 확인된다. 신분을 가리지 않는 교유는 허봉의 영향이 컸고, 이러한 경향은 『국조시산』까지도 이어진다. 『국조시산』에는 『학산초담』에서 거론된 서얼 작가들이 다 수용되었고, 이밖에도 박지화(朴枝華), 어숙권(魚叔權), 조신(曺伸), 권응인(權應仁)등의 서얼 작가와 승려, 규수 시인들의 시도 다수 확인되고 있다.

에 "기련이 매우 기이하다.[起甚奇]"라고 붙이고 있어서 『학산초담』에서의 평가가 여전히 유효하게 수용됨을 확인할 수 있다.

이밖에도 『학산초담』에서 허봉이 품평한 시가 『국조시산』까지 이어지는 정황은 다수 포착된다. 일례로 허봉이 『학산초담』에서 성당(盛唐)에 못지않다고 극찬하고[128] 소개했던 정용(鄭鎔)의 오언절구 5수에서 이 중 4수가 『국조시산』에 그대로 수록되었다. 이러한 장면은 『국조시산』이라는 저술을 가능하게 한 이전 저술로서의 『학산초담』의 존재와 성격, 『학산초담』 저술에 관계된 허균의 가문적 배경에 주목하게 한다.

또 허봉은 이달(李達, 1539~1612)을 허균에게 소개하면서 허균의 학시 과정에 적극적으로 가담하였는데,[129] 허균이 이달에게 시를 배웠던 모습은 허봉의 경우와 마찬가지로 『학산초담』에 비중 있게 드러나 있다.

> ③ 장음정 나식의 웅장한 글과 곧은 절개는 천세에 빛난다. '孤舟宜早泊, 風浪夜應多'라는 구절은 선배들이 이미 칭찬하였던 것이고, 원숭이 그림에 대해 지은 절구 두 편을 손곡은 치켜서 '그림 속에 그림이 있다.' 하였으니 그 시는 다음과 같다.
>
> 산 원숭이 포도를 움켜쥐고선 　　山猿擁馬乳
> 긴긴 가지를 발로 밟는구나 　　脚踏長長枝
> 떨어진 낟알을 줍는데 　　收拾落來顆
> 그 누가 암수를 분간하리오 　　誰分雄與雌

128) 許筠, 『鶴山樵談』. "鄭鎔字百鍊.……(中略)……仲氏愛其五言絶句, 以爲不減盛唐.……(下略)……"

129) 許筠, 『惺所覆瓿藁』「蓀谷集序」(『韓國文集叢刊』 74輯). "不佞少日以仲兄命, 問詩於翁, 賴識塗向."

또 이런 시도 있다.

늙은 원숭이 그 무리를 잃고 老猿失其群
저물녘 마른 등걸 위에서 落日枯査上
꼿꼿이 앉아 고개도 돌리지 않고 兀坐首不回
온 산의 소리를 듣는 듯하네 想聽千峯響

아래 시가 더욱 기발하다.[130]

④ 또 감회를 읊은 절구 두 편은 다음과 같다.

성궐은 들쑥날쑥 고대광실 늘어섰는데 城闕參差甲第連
권세가 풍악소리 하늘 높이 울리네 五侯歌管沸雲煙
파릉교 위 나귀 탄 나그네 灞陵橋上騎驢客
양양 땅 맹호연 만은 아니라오 不獨襄陽孟浩然

두 번째 수는 다음과 같다.

벼슬 높은 고관들 곳곳마다 만나고 好爵高官處處逢
수레는 물 흐르듯 말은 용 같네 車如流水馬如龍
장안 거리에서 부질없이 고개 돌리니 長安陌上空回首
지척인 대궐문 아홉 겹이 가렸구나[131] 咫尺君門隔九重

③의 시는 이달이 칭찬한 나식(羅湜, 1498~1546)의 오언절구 두 수로,

130) 許筠, 『鶴山樵談』. "長吟亭羅公湜, 雄文直節彪炳千載. '孤舟宜早泊, 風浪夜應多'之句, 前輩固已稱道之, 其題畫猿詩二絶, 蓀谷推之, 以爲畫中有畫, 詩曰; '山猿擁馬乳, 脚踏長長枝. 收拾落來顆, 誰分雄與雌.' 又曰: '老猿失其群, 落日枯査上. 兀坐首不回, 想聽千峯響.', 下詩尤奇."

131) 許筠, 『鶴山樵談』. "又賦感懷二絶曰, '城闕參差甲第連, 五侯歌管沸雲煙. 灞陵橋上騎驢客, 不獨襄陽孟浩然.' ; '好爵高官處處逢, 車如流水馬如龍. 長安陌上空回首, 咫尺君門隔九重.'

허균이 이달에게 전해 듣고 『학산초담』에 기록한 것이다. 나식에게는 이미 '외로운 배 일찍이 정박하였으니 풍랑이 밤에 응당 거세지리니.[孤舟宜早泊, 風浪夜應多.]'와 같은 모두가 칭찬하는 구절이 있었지만, 이달은 정사룡(鄭士龍)·신광한(申光漢)·나식이 함께 한 자리에서 지어진 나식의 제화시(題畵詩)를 허균에게 알려주었다.[132] 허균은 『학산초담』에 나식의 시 두 수를 모두 수록하면서 이 중에서도 제2수가 뛰어나다고 자신의 평가를 덧붙였고, 『국조시산』에도 〈제화원(題畵猿)〉이라는 제목으로 제2수만 수록하고는 이달의 칭찬을 비어로 붙이고 있다.[133]

이 『학산초담』에는 이달이 허균에게 가르쳐 준 시뿐 아니라 이달이 지은 시도 많이 소개되고 있다. 이달은 허균의 시 스승이면서 그가 생각하는 최고의 시인 중 한 명이었기 때문이다.[134] ④는 이달의 시로 허균이 별도로 품평을 남기고 있지는 않지만, 이미 그의 안목으로 시를 고른 후에 이 『학산초담』에 소개하고 있는 것이다. 이 시도 『국조시산』에 〈낙중유감(洛中有感)〉(권10)의 제목으로 수록되었고, 제1수에는 "혼탁한 세상에서 벗어난 듯하다.[翩翩濁世]"라고, 제2수에는 "소매가 길면 춤을 잘 춘다.[長袖善舞]"라고 비평하면서 이달의 불우한 처지와 높은 시의 경지를 연결하고 있다. 그러나 허균은 허봉과 이달의 시평

132) 『鶴山樵談』에는 이달이 그림 속에 다시 그림이 있다고 칭찬한 것만 평해놓았지만, 『國朝詩刪』에서는 이 시가 만들어진 배경이 좀 더 자세하게 드러나 있다. "此申鄭所閣筆, 而蓀老所嘆服, 乃伊州遺格, 所謂截一句不得. 唯盛唐人能之."

133) 許筠, 『國朝詩刪』 卷8, 〈題畵猿〉. "此申鄭所閣筆, 而蓀老所嘆服, 乃伊州遺格, 所謂截一句不得, 唯盛唐人能之."

134) 허균은 이달의 문집에 서문을 붙이면서, "옹의 시는 우리나라 여러 이름난 작가를 넘어섰으니, (중략) 위아래 수백 년에 이르러 여러 노대가를 평하고서 옹을 언급한다는 것이 너무나도 참월하여 한 시대의 사람들을 놀라게 하는 것임을 알고 있으나 오래되면 의논은 정해질 것이니 어찌 한 사람도 말을 아는 자가 없겠는가.[夫翁之詩, 度越國家諸名家……(中略)……至於上下數百年, 評隲諸老, 以及乎翁者, 極知僭越而駴一時之人, 要之久則論定也, 夫豈無一人知言哉]"라고 하였다.

에 대해 일부는 다른 시각을 드러내었다.

⑤ 어촌(漁村)의 시는 혼후하고 부염하기가 호음(湖陰)에 못지않은데, 송계(松溪)가 중종 이래 대가를 평한 것에 선발되지 않았으니 도대체 무슨 까닭인지 모르겠다. 내가 북변의 누제(樓題)를 보다가, 공의 시를 읽고는, 눈을 씻고 장단을 치지 않은 적이 없었다. …(중략)… 이와 같은 작품들이 어찌 호음 무리만 못하겠는가?[135]

⑥ 나의 중형은 논평하기를, 국초 이래 문은 경렴당(景濂堂)을 제일로 치고, 지정(止亭)을 다음으로 치며, 시는 충암(冲庵)의 높음과 용재(容齋)의 난숙함을 모두 미칠 수 없다고 여겼다. 나의 망령된 생각으로는 충암은 세련되지 않은 것 같고 용재는 너무 진부하니, 시 또한 경렴을 으뜸으로 치는 것이 옳다.[136]

⑤의 경우, 허균의 안목으로는 심언광(沈彦光, 1487~1540)의 시가 정사룡에 필적하는데, 권응인(權應仁, 1517~?)이 『송계만록(松溪漫錄)』을 저술하면서 그를 대가로 꼽지 않았던 사실을 지적한 것이다.[137] ⑥의 경우도 허봉이 김정(金淨, 1486~1521)과 이행(李荇, 1478~1534)을 조선조 시의 대가로 꼽았지만, 허균은 그들보다는 김종직이 낫다고 주장하

135) 許筠, 『鶴山樵談』. "漁村詩渾厚富艶, 不讓湖陰, 而松溪評, 中廟朝以來大家, 不在選中, 抑不知何意歟, 余閱北邊樓題讀公之詩, 未嘗不揩眼而擊節也.……(中略)……如此等作豈下於湖陰輩邪."

136) 許筠, 『鶴山樵談』. "仲氏論國初以來, 文以景濂堂爲弁, 而止亭次之. 詩則冲庵之高, 容齋之熟, 皆不可及. 余之妄見, 冲庵似生, 容齋太腐, 詩亦當以景濂爲首."

137) 權應仁, 『松溪漫錄』(『국역대동야승』 14, 민족문화추진회, 1982.). "我國在成廟以前, 英才輩出, 不可遽以一二數, 至於中廟朝, 如南止亭金冲菴李容齋金慕齋金保樂申企齋朴訥齋鄭湖陰蘇退休曺適菴, 皆巨擘也, 自後文章之士漸不如古, 人才之盛衰隨世而降殺耶, 抑不培養而勸勵耶, 善書者工畫者醫藥者音律者卜商者, 雖雜技之類, 亦不如古人, 可怪之甚也,"

였다.

허균은 젊은 시절부터 시에 대해 남다른 감식안이 있었던 것으로 보인다. 『학산초담』에는 중론(衆論)에 대한 허균의 의문이 도처에서 확인되고 있기 때문이다. 이달의 시를 평가하면서 '사람들이 대개 칭찬을 하지만, 흠으로 꼽는 것들이 있는데 읽어보니 대우가 절묘하다. 아마 사람들이 이 대우를 미처 생각하지 못하는 것이 아닐까'라고 의문을 제기하거나,[138] 허봉이 칭찬한 이달의 작품이 홍적(洪迪, 1549~1591)의 시구만큼은 절실하지 않다며 홍적에 대해 주목하기도 하였다.[139]

이러한 맥락에서 허균이 주변 인물들의 시평을 듣고 기록한 것이 아닌 자신의 판단으로 뽑은 시를 보기로 한다.

⑦ 송익필이라는 자도 시를 잘 한다. 그의 〈산설(山雪)〉시는 다음과 같다.

| | |
|---|---|
| 밤새 내린 차가운 눈 층대를 누르고 있는데 | 連宵寒雪壓層臺 |
| 스님은 다른 산에서 자고 돌아오지 않았네 | 僧在他山宿未廻 |
| 작은 절집 아스라한 등잔불에 바람은 고요하고 | 小閣殘燈靈籟靜 |
| 밝은 달만이 솔 숲 지나온 것을 볼 뿐이라네 | 獨看明月過松來 |

구격이 맑고 뛰어나니, 어찌 사람 때문에 말을 버릴 수 있으랴.[140]

138) 許筠, 『鶴山樵談』. "…(上略)…等句, 對偶天成, 沈著頓挫, 世或以風花病之, 抑未之思歟."

139) 許筠, 『鶴山樵談』. "仲氏嘗稱蓀谷遊松京詩'宮前輦路生秋草, 臺下毬庭放夕牛'之句. 然不若洪舍人迪'臺空猶半月, 閣廢舊瞻星'之切近也."

140) 許筠, 『鶴山樵談』. "宋翼弼者, 亦能詩. 山雪詩曰: '連宵寒雪壓層臺, 僧在他山宿未廻. 小閣殘燈靈籟靜, 獨看明月過松來.', 句格清絶, 烏可以人廢言哉."

⑧ 신광한의 〈동산(洞山)〉시는 다음과 같다.

봉래도 아득하고 지는 해 시름겨운데 蓬島茫茫落日愁
흰 갈매기 해당화 핀 물가로 다 날아갔네 白鷗飛盡海棠洲
지금명사십리 백사장길 밟노라니 如今蹈踏鳴沙路
이십 년 전 옛 꿈에서 놀던 곳일세 二十年前舊夢游

나는 그곳에 가 본 뒤에야 이 시의 절묘함을 알게 되었다.[141]

⑦과 ⑧은 견문의 출처에 대한 별다른 기록 없이 소개된 시이다. 따라서 표면적으로는 형이나 스승에게서 배웠던 시로 보이지 않아서 허균이 자신의 감식안으로 시를 선발한 것으로 여겨지는 것들이다. 그러나 ⑦의 작가인 송익필(宋翼弼, 1534~1599)은 서얼이지만 시에 뛰어나 허봉이나 이이(李珥) 등이 시우(詩友)로 교유했던 인물이다. 허균이 송익필에 대한 정보를 허봉을 통해 접했을 가능성이 높다. 곧 『학산초담』에 수록된 시들은 허균이 견문의 출처에 대해 밝혀놓지 않았어도, 젊은 시절 수학 과정에서 기술된 시화이기에 특히나 주변인들과의 논평 과정에서 거론되던 시의 목록이기도 하다. 허균은 이 시를 『국조시산』에 〈증승(贈僧)〉(권10)이라는 제목으로 수록하면서, "곧 이 한 편의 시는 작은 구슬이라 칭할 만 한 것이다.[卽此一篇可稱寸璧]"라고 높이 평가하였다. 또 허균은 송익필의 시집인 『비선구봉선생시집(批選龜峯先生詩集)』의 간행 과정에서 그의 시에 비어(批語)를 붙임으로서 작가로서의 송익필의 성취를 크게 인정하기도 하였다.[142]

---

141) 許筠, 『鶴山樵談』. "申企齋洞山詩曰: '蓬島茫茫落日愁, 白鷗飛盡海棠洲. 如今始踏鳴沙路, 二十年前舊夢遊.', 余踐其境, 而後知此詩之絶妙."

142) 黃胤錫, 『頤齋續稿』 卷4(『頤齋先生遺稿』, 朝鮮春秋社, 1943.). "況筠嘗評宋龜峰翼弼詩集, 尤庵固欲去之, 而莫之去也."; 宋時烈, 『宋子大全』 卷72, 「答李擇之」(『韓國文集

⑧의 작가인 신광한도 이달이 익히 칭찬하던 인물이다. 허균이 이달을 통해 이 시를 일찍이 접했으리라는 추정이 가능하다. 허균은 이 시에 대해 처음에는 특별한 감상을 느끼지 못하다가, 나중에 시의 배경인 동산역(洞山驛)에 가 본 후에야 작품의 진면목을 깨닫고 그 감상과 함께 시의 전문을 『학산초담』에 소개하였다. 이 시도 역시 『국조시산』에서 확인된다. 『국조시산』에는 〈동산역(洞山驛)〉(권9)이라는 제목으로 수록되어 있으며 제1구의 "茫茫" 옆에는 "曠懷", 제4구의 말미에는 "何等淸思"라는 비어를 붙였다. 『학산초담』에서 '절묘'하다고 표현한 것에 비해 좀 더 시의 이해를 돕는 목적에서 구체적인 평어를 사용하고 있음이 확인된다. 허균은 ⑧과 같은 신광한의 칠언절구를 특히 애호하여 그의 『국조시산』에는 19수를 수록하기도 하였다.

이상으로 『학산초담』의 몇 조목을 통해 허균의 시화 저술 방향의 일면을 살펴보았다. 허균은 『학산초담』에서 시에 대한 소개와 품평을 하나의 서술방식을 채택하였고, 이렇게 소개된 시들은 그의 시선집 『국조시산』에 대부분 수록되었다. 또 『학산초담』과 『국조시산』이 허균의 시관에 의해 저술된 한시 비평서라는 점에서, 두 저술 간 연속성의 포착을 통해 허균이 젊은 시절부터 지녔던 시관이나 감식안이 이미 정립된 상태에서 그가 생각하는 뛰어난 시 목록이 『국조시산』의 편찬 시기까지 공고하게 지속됨을 확인할 수 있었다.

이와 관련하여 특히 주목할 점은 『학산초담』에서 제시된 작가나 소개된 시의 대부분이 허균 단독으로 선별한 것이 아니라, 허균의 스승이었던 허봉·이달과 같은 주변 인물들이 비평한 작품이거나, 혹은 그들의 작품이 주를 이루고 있다는 것이다. 『학산초담』을 저술할 시점

叢刊』 110輯). "龜峰詩評, 常以爲對也, 果是筠則去之似可."

의 허균은 25세의 젊은 나이였고, 문과에 급제하기 한 해 전이었기에 교유 관계도 그리 넓지 못하였다. 따라서 가문과 스승이라는 제한된 관계망 속에서 그가 보고 배운 것들을 토대로 『학산초담』을 저술한 것은 지극히 자연스러워 보인다. 이러한 배경에서 『학산초담』에 수록된 작품들이 시선집 『국조시산』에 다수 계승된다는 것은, 바꾸어 말하면 『국조시산』 또한 오로지 허균만의 감식안으로 편찬된 시선집이 아니라 허봉을 중심으로 하는 16세기 중후반 대가(大家)들의 중론(衆論)이 반영된 시선집이라는 점을 알 수가 있다.

은둔의 삶을 선택한 소수를 제외하고 대다수 조선의 문인들은 가문이나 시대·사회와 대응하면서 자신의 삶을 문학 활동에 반영하였다. 따라서 조선 작가의 문학 작품 분석에는 이러한 배경적 요소에 대한 검토가 반드시 병행되어야 한다. 그런데 허균에 대한 기존 논의에서는 이러한 면이 간과된 경향이 있다. 앞서 허균이 정적(政敵)에게도 인정받을 만큼 뛰어난 문인임을 언급한 바 있다. 이렇듯 허균의 뛰어난 문학적 자질 때문에 그의 문학 활동에 대한 연구에 있어서도 문학적 성취를 개인적인 역량과 관계 지어 이해할 뿐, 그가 외부로부터 받은 영향에 대해서는 진지하게 고려하지 않은 면이 있다. 따라서 지금까지 『국조시산』에 대한 인식도 작가 허균과 관련하여 '천재적·진보적·개혁적'이라는 특질로 이해되면서, 허균의 '뛰어난 감식안'에 의한 결과물로 쉽게 진단했던 것이 사실이다. 이러한 맥락에서 아래의 인용문은 이 글의 논점과 관련하여 주요한 시사점을 던져준다.

> 허균은 평소 문사로 자부하였고, 그의 부친과 여러 형들도 모두 한 시대에 명성을 떨쳤다. 또 그가 교유한 사람들은 문단의 거장과 재주 있는 선비가 아닌 자가 없었으니, 조선조 이래 여러 작가의 시의 장단

> 점에 대해 자신의 감식안으로 판별하지 않았어도 평소 강론하던 것에서 얻은 것이 또한 이미 많았다. '소매가 길면 춤을 잘 추고 돈이 많으면 장사를 잘한다.'더니, 참으로 그렇다.[143]

허균 사후(死後)에 『국조시산』의 목판본을 간행했던 박태순(朴泰淳, 1653~1704)은 『국조시산』의 수록 시와 비평들은 이미 허균이 평소 주변 인물들과 논하던 것이라고 서문에서 지적한 바 있다. 이러한 견해는 허균의 감식안이나 시선집 편찬의 공을 폄하한 것이라기보다는, 허균이 속했던 가문과 교유했던 인물이 『학산초담』과 같은 시화집은 물론, 『국조시산』과 같은 '대작'을 편찬할 수 있는 배경으로서 기능했음을 논한 것이다. 또 위의 인용문을 통해 허균이 단기간에 그의 감식안만으로 『국조시산』의 시를 선발한 것이 아니라, 수학 과정에서 허봉과 이달에게 듣거나 그들과 토론하던 내용을 『국조시산』에 반영했다는 것도 알 수 있다. 이러한 박태순의 의견은 앞서 이 글에서 『학산초담』의 분석을 통해 얻은 결론과 다르지 않다. 박태순은 목판을 간행하면서 『국조시산』의 여러 필사본들을 수집하고, 당시 전해지던 시화와 잡록들을 모두 참조하여 『국조시산』의 비어를 보완하는 작업을 하였다. 『국조시산』에 대해 가장 깊이 이해하고 있었던 인물임이 분명하기에 그의 이러한 견해는 신뢰할 만하다고 판단된다.

### ② 조선 한시에 대한 비평

『학산초담』에는 앞서 살핀 바와 같이 허균이 소개한 조선의 시가

---

143) 朴泰淳, 『東溪集』, 「國朝詩刪序」(『韓國文集叢刊』 續51輯). "蓋筠素以詞翰自任, 其父若諸兄皆有名一世, 又其所與交遊, 無非鉅公才士, 則國朝以來諸家詩長短精粗, 不待其藻鑑之自識, 得之於平所講論者, 亦已多矣, 長袖善舞, 多錢善賈, 信夫."

주를 이루지만, 한편으로는 시에 대한 품평, 조선 시학에 대한 반성적 논의, 중국 시단에 대한 논평과 같은 비평적 서술도 확인된다. 따라서 이 시화를 통해 허균의 조선 한시에 대한 생각과 그의 한시 비평의 준거에 대해서도 살필 수 있다. 『학산초담』에 나타나는 허균의 비평관을 알아보고 이러한 관점이 『국조시산』에는 어떻게 구현됐는지를 알아본다.

> ① 우리나라의 시학은 소식과 황정견을 위주로 하였으니 비록 경렴과 같은 큰 선비라도 역시 그 과구에서 벗어나지 못했고 그 나머지 세상에 알려진 자는 그 찌꺼기를 먹고 비위를 썩게 하는 촌스러운 말이나 만들 따름이니, 읽을수록 염증이 난다. 성당(盛唐)의 소리는 없어져 들을 수가 없다.[144]

> ② 요즘 중국인은 문은 전한을 배우고 시는 두보를 숭상하기 때문에 두보의 경지에까지는 이르지 못하더라도 이른바 고니를 깎다가 집오리라도 된다. 그런데 우리나라 사람은 문은 삼소(三蘇)를, 시는 황정견·진사도를 배우므로 저속하여 취할 게 없다.[145]

> ③ 나의 중형은 언젠가, '내가 평생에 번천을 익히 읽은 탓으로 문장이 높지 못하다'라고 한탄하였고, 이달 또한 '소동파·황산곡의 시가 내 폐부에 달라붙은 지가 이미 오래인지라 시어를 만듦에 성당의 품격이 없다' 하였다.[146]

---

144) 이하 『학산초담』과 『성소부부고』의 번역은 한국고전번역원 DB를 주로 참조하였고, 번역의 오류는 눈에 띄는 대로 수정하였다. 許筠, 『鶴山樵談』. "本朝詩學以蘇黃爲主, 雖景濂大儒, 亦墮其窠臼, 其餘鳴于世者, 率啜其糟粕, 以造腐牌坊語, 讀之可厭. 盛唐之音, 泯泯無聞."

145) 許筠, 『鶴山樵談』. "近日中朝人, 文學西京詩祖老杜, 故雖不能臻其閫閾, 所謂刻鵠類鶩者也. 本朝人, 文則三蘇, 詩學黃陳, 故卑野無取."

위의 예시들은 당시 조선의 시풍에 대해 허균이 쓴 글이다. 허균은 두보를 숭상하는 중국과 달리, 조선의 시학은 소식(蘇軾)·황정견(黃庭堅)·진사도(陳師道)를 전범으로 하는 송풍(宋風)에 경도되어 있다고 지적하였고, 이 때문에 조선의 시는 송풍 일색이어서 저속하여 취할 것이 없다고 비판하고 있다.

허균이 논한 바와 같이 조선 중기의 시학은 송풍이 주류였으며, 심지어 허균에게 당풍(唐風)을 알려주었던 허봉과 이달도 ③에서 확인되듯 젊은 시절에는 그때의 전범인 송을 배웠다. 허균이 『학산초담』을 저술하던 시기의 문단의 주된 흐름도 여전히 송풍이어서, 허균은 송시를 묶은 시선집을 편찬하면서 '시세의 치장법', '세무'를 들어서 송시가 시도(詩道)는 아니지만 그 유행하는 흐름이나 편리함을 버릴 수 없다고 논하기도 하였다.[147)]

그럼에도 불구하고 허균이 위의 예시와 같이 송시의 폐단을 지적하고, 또 송시를 배운 허봉이나 이달이 ③과 같은 자성의 목소리를 낼 수 있었던 것은, 이들이 시학(詩學)을 주도하는 입장이면서 또 시풍(詩風)이 전환되던 시점에 위치했기 때문이다. 허균은 ①에서 송풍이 주도하고 있던 조선 문단을 비판하면서 성당의 소리가 다 없어졌다고 평가했는데, 이를 통해 그가 젊은 시절부터 시학의 전범으로 '성당(盛唐)'을 상정하였음을 알 수 있다.

시학의 전범으로 성당을 내세운 것은 '시필성당(詩必盛唐)'을 구호로 했던 명의 전후칠자(前後七子)를 떠올릴 수 있다. 허균의 『학산초담』에도 이들에 대한 허균의 인식과 반응이 확인되는데, 위 인용문에서의

---

146) 許筠, 『鶴山樵談』. "仲氏嘗恨曰: '我平生坐熟讀樊川之罪, 文章不高'. 李益之亦曰: '蘇黃之詩, 著肺腑中已久, 故造語無盛唐氣格'."

147) 許筠, 『惺所覆瓿藁』 卷4, 「宋五家詩鈔序」(『韓國文集叢刊』 74輯).

조선 문단에 대한 평가와 반성도 동시기 명 문단을 학습하고 의식하는 과정에서 이루어진 것으로 생각된다. 관련 내용을 『학산초담』의 기사를 통해 더 살펴보자.

> ④ 명나라 사람의 시를 이 손곡은 하중묵을 첫째로, 나의 중형은 이헌길을 최고로 여겼고, 윤월정은 이우린을 그 두 사람보다 뛰어났다고 여겼으니, 정론(定論)을 내릴 수 없다. 봉주(鳳洲)는 '율시의 경우 헌길은 높고 중묵은 통창하며 우린은 크다.' 하였으니, 그도 또한 누가 첫째요, 누가 다음이라고 말하지 않았다.[148]

> ⑤ 명나라 사람으로서 시로 이름난 이로는 대복 하경명·공동 이몽양이 있어 사람들이 이백·두보에 비긴다. 한 시대에 잘 한다고 칭도된 자는 화천 변공과 박사 서정경·태백 손일원·검토 왕구사이다. 하경명·이몽양의 장편 칠률은 근·고체를 다 잘 쓴다. 이우린·왕원미 역시 이 대가(大家)라 일컬어지며, 오국륜·서중행·장가윤·왕세무·이세방·사진·여민표·장구일 등이 모두 나란히 달려 앞을 다투었다.[149]

허균은 ⑤에서 확인되듯 명 문단과 그들의 문학에 대해 상론하기보다는, 명의 전후칠자를 이끌던 하경명(何景明)·이몽양(李夢陽)·이반룡(李攀龍)·왕세정(王世貞)에 대해 주로 관심을 보이고 있다. 이들에 대해서는 허균이 『명사가시선(明四家詩選)』[150]이라는 시선집을 편찬한 적도

---

148) 許筠, 『鶴山樵談』. "明人詩, 蓀谷以何仲默爲首, 仲兄以李獻吉居最, 尹月汀以李于鱗度越前二子, 論莫之定. 鳳洲之言曰: '律至獻吉而高, 仲默而暢, 于鱗而大', 亦不以某爲首而某次之也."

149) 許筠, 『鶴山樵談』. "明人以詩鳴者, 何大復景明李崆峒夢陽, 人比之李杜. 一時稱能者, 邊華泉貢徐博士禎卿孫太白一元王檢討九思. 何李之長篇七律俱善, 近古李于鱗王元美, 亦稱二大家, 而吳國倫徐中行張佳胤王世懋 李世芳謝榛黎民表張九一等, 皆幷軀爭先."

150) 許筠, 『惺所覆瓿稿』 卷4, 「明四家詩選序」(『韓國文集叢刊』 74輯).

있어서, 허균이 동시기 명 문인들의 문학을 빈첩하게 접하고 이미 대표적인 문인들에 대해서는 일정 수준 이상의 이해가 있었음을 짐작할 수 있다.

허균은 젊은 시절부터 조선에서 중국 전문가로 통하였다.[151] 이는 중국 문단에 대한 독서와 이해는 물론이거니와 그의 뛰어난 문학적 재능 때문이었다. 문과 급제 이후 중국 사신 접대는 허균이 도맡았다. 그리고 허균 가까이에 있었던 이달과 허봉, 윤근수(尹根壽, 1537~1616)들은 모두 중국 전문가였다. 이들은 이미 동시대 명 문인의 서적을 탐독하고 의작(擬作)을 시도하면서 명의 시인에 대한 평가가 가능한 상황이었다. 『학산초담』에는 이달이 하경명의 구법을 따라 시를 짓고는 하경명의 문집에 누락된 시라고 속여서 윤근수에게 보냈다는 기록이 있다.[152] 이와 같이 이달·허봉·윤근수가 중심이 되어 명 문학을 일찍이 접하면서 활발하게 논단한 정황이 확인되기에, 허균 역시 이들을 통해 명 문단에 대한 정보와 문학에 대해 일찍이 눈을 떴던 것이다.

특히 『학산초담』에는 허균이 명 문인 중에서 왕세정에게 특별한 관심을 보이고 있음이 포착된다. ④의 인용문에는 허균 주변의 문인들이 각자 생각하는 최고의 명 문인을 꼽고 있는데, 허균은 이 과정에서 자신의 견해를 왕세정의 평가[153]를 빌려 표현하고 있다. 이는 허균이 '세

151) 『宣祖實錄』 34年 11月 17日. "廷龜曰: "年少人中, 海運判官許筠, 非徒能詩, 性且聰敏, 多識典故及中朝事."

152) 이달이 지은 시는 〈上月汀亞相〉으로, 『鶴山樵談』에는 "間架句語酷似大復. 具眼者, 亦未易辨也. 詩乃上月汀相公之作也."라고 하였다.

153) 허균이 『학산초담』에서 왕세정의 말로 인용한 "鳳洲之言曰: '至獻吉而高, 仲默而暢, 于鱗而大.'"는 『弇州四部稿』 卷149, 「說部」 〈藝苑巵言〉6에서 보이는 문장으로, 허균이 주어인 '五七言律'을 빠뜨린 채 각 시인에 대한 평가만 뽑아놓은 것을 확인할 수 있다. 왕세정의 원문은 이렇다. "五七言律, 至仲默而暢, 至獻吉而大, 至于鱗而高."

문인에 대해 각자의 장점을 논할 수는 있지만 우열을 가리기에는 어렵다'는 왕세정의 견해에 동조하는 것이자, 그가 하경명·이몽양·이반룡보다는 왕세정을 최고의 문인으로 생각함을 드러내는 것이기도 하다. 『학산초담』에서 확인되는 왕세정에 대한 기록을 좀 더 찾아보자.

> ⑥ 경인년(1590)에 병부주사 왕사기는 봉주의 아들로서 공물을 검열하러 회동관에 왔다. 통역을 통하여 우리나라 문장을 보기 원하자 어떤 이가 소재가 지은 정암 비문을 보였다. 주사가 소매에 넣고 가며, "우리 아버지께 보여드리고 싶습니다." 하였다.[154)]

위의 인용문은 왕세정의 아들인 왕사기(王士驥)가 노수신의 문장에 대해 극찬하면서 아버지 왕세정에게 보여드리겠다고 한 일화를 기록한 기사이다. 이 글은 중국 문인에게 인정받은 노수신의 문장에 대한 칭찬이기도 하지만, 역시 왕세정이라는 대가에 대한 허균의 추존도 담겨있다고 할 수 있다. 또 『학산초담』에는 '최경창의 시가 중국에 전해져서 왕세정이 보고 크게 칭찬하였다.'[155)]는 기록도 확인된다.

이러한 몇 가지 기록만으로도 허균이 왕세정에 대해 동시대 중국의 최고 작가로서 주시하고 있음을 알 수 있다. 잘 알려진 바, 허균은 자신의 문집을 생전에 직접 편집하면서 '사부부부고(四部覆瓿藁)'라고 이름을 붙이고 부(賦)·시(詩)·문(文)·설(說)의 4부로 나누었다. 조선 문집의 체재로서는 전례가 없는 특이한 편집방식을 보여주고 있으나, 이것은 왕세정의 『엄주사부고(弇州四部稿)』의 제목과 체재를 그대로 모방

---

154) 許筠, 『鶴山樵談』. "庚寅歲, 兵部主事王士騏, 鳳洲之子. 檢閱卜物來會同館, 因通事求見東國文章, 有以蘇齋所撰, 靜庵碑示之, 主事裒去曰: '欲進於家君也.'"

155) 許筠, 『鶴山樵談』. "……(상략)……此詩傳播中原, 王鳳洲先生, 甚加推賞."

한 것이다.[156] 허균이 문십을 편찬하던 때가 1611년이니, 1593년『학산초담』의 저술 시점부터 확인되는 왕세정에 대한 추존이 오랜 기간 이어지면서 또 문학 활동으로 실현되는 양상을 읽을 수 있다.

이상의 사례에서 살펴보았듯 허균은『학산초담』에서 왕세정을 비롯한 명 문단에 대해 지대한 관심을 가지고 있었다. 결국 허균은 동시기 명 문단의 문학론에 동조하면서 '당'을 시의 기준으로 삼고, 조선 시단에 대한 비평의 준거로서 '당'을 적용한 것도 이러한 배경에서 나온 것이라고 생각된다. 허균이『학산초담』에서 소위 '삼당파' 시인의 존재에 주목하고 있는 것도 같은 맥락에서 논할 수 있다.

> ⑦ 융경·만력 연간에 최가운·백창경·이익지 등이 비로소 개원 시대의 공부를 전공하여 정화를 이루기에 힘써서 고인에게 미치고자 하였으나, 골격이 온전치 못하고 너무 아름답기만 하였다. 당(唐)의 허혼·이교의 사이에 놓더라도 바로 촌뜨기의 꼴을 깨닫게 되는데, 도리어 이백·왕유의 위치를 앗으려고 한단 말인가? 비록 그러나 이로 말미암아 학자는 당풍(唐風)이 있다는 것을 알게 되었으니 세 사람의 공을 또한 덮어버릴 수는 없다 하겠다.[157]

> ⑧ 최경창·백광훈·이달 3인의 시는 모두 순정한 음을 본받았는데 최씨의 청경과 백씨의 고담은 귀히 여길 만하나 기력이 미치지 못하여 약간 혼후함을 잃었다. 이달의 부염함은 그 두 사람에 비하면 범위가 약간 크긴 하나 모두 맹교와 가도의 테두리를 벗어나지는 못했다. 최경창·백광훈은 일찍 죽었고 이달은 늙어서야 문장이 크게 진보하여 자기

156) 허경진,『허균 시 연구』, 평민사, 1984, 29면.

157) 許筠,『鶴山樵談』. "隆慶萬曆間, 崔嘉運白彰卿李益之輩, 始功開元之學, 黽勉精華, 欲逮古人, 然骨格不完, 綺靡太甚, 置諸許李間, 便覺傖夫面目, 乃欲使之奪李白摩詰位邪. 雖然由是學者, 知有唐風, 則三人之功, 亦不可掩矣."

나름대로 일가를 이루어 그 기려를 거두고 평실로 돌아갔다.[158]

⑦와 ⑧은 삼당시인에 대한 허균의 평가로 허균은 최경창·백광훈·이달이 모두 당시를 배워 조선 시단에 당풍을 알린 공이 있다며 칭찬하였다. 그러나 이들이 보여준 당시의 수준은 당의 시인들에 견줄만한 경지는 아니었고, 삼당파 시인 중에서는 그래도 이달의 시가 말년에 진보하여 일가를 이루었다고 평가하였다. 허균이 『학산초담』에서 삼당파 각 시인의 장단처와 특징에 대해 날카롭게 지적하고 있는 것을 보면, 이미 젊은 시절부터 당시(唐詩)에 대한 이해는 물론 높은 수준의 비평까지 가능했음을 알 수 있다.[159]

지금까지 허균이 『학산초담』에서 조선의 시단에 대해 비평하면서 자신의 시론(詩論)을 드러낸 기사를 몇 조목 살펴보았다. 이를 통해 허균이 명 문단에 대한 독서와 이해를 기반으로 조선 시단을 평가하고 있다고 추론해보았다. 이러한 조선 한시에 대한 허균의 관점은 『학산초담』에 수록된 개별 한시에 적용되기보다는, 시단이나 작가의 경향성과 관련하여 서술되고 있는 점도 확인하였다.

이렇게 『학산초담』에서 논의되고 있는 '당'이라는 비평의 한 준거는 이후 『국조시산』의 '비어(批語)'와 조응하면서 품평의 기준으로 『국조시산』에서도 여전히 유효하게 작동된다. 『국조시산』에서의 비어는 허균이 수록 시에 대해 설명이나 품평을 하기 위한 목적에서 기술된 것인데, 『학산초담』의 저술 방향과도 비슷하여서 허균의 시관을 살피고 두

158) 許筠, 『鶴山樵談』. "崔白李三人詩, 皆法正音. 崔之淸勁, 白之枯淡, 皆可貴重, 然氣力不逮, 稍失渾厚. 李晚年文章大進, 自成一家, 斂其綺麗, 歸於平實."

159) 이밖에도 『학산초담』에서 "此詩不減唐人高處, 宜乎見賞於中原也." ; "以爲不減唐人." ; "數詩不減唐人." ; "惟政山人, 學唐九僧之流, 詩甚淸苦."라고 하여 평어로서 '당인'을 이미 활용한 바가 있다.

저술의 상관성을 논하기에 적절하다.

그러나 허균의 시학인 '당'은 허균의 시대에 이르러 부각된 것이어서 공시적(共時的) 비평을 보여주고 있는 『학산초담』에서는 중요하게 논의될 수 있지만, 조선 초중기 시를 포괄하고 있는 『국조시산』에서는 16세기에 부상한 '당'만을 기준으로 시를 평가하고 수록하는 것은 적절치 않다. 허균 역시도 『국조시산』에서 '당'만을 고수하지 않았으며, 작품 선정의 '하나의 기준'으로서 적용하였다. 허균이 『국조시산』에서 당을 준거로 뽑은 시들은 부기된 비어를 통해 짐작할 수 있다.

〈표 8〉 당을 기준으로 비평한 『국조시산』의 비어

| 『국조시산』의 비어 | 대상 작가와 제목 | | |
|---|---|---|---|
| 당인의 아름다운 작품이다. (唐人佳品.) | 이정(李婷), 〈有所思〉 | 권1 | 五古 |
| 성당과 중당의 사이에서, 절로 그윽한 생각을 이루었다.(盛李中李之間, 自成幽思.) | 김정(金淨), 〈感懷〉 | | |
| 국초 사람들은 모두 소식을 숭상하였는데 오직 이 분만이 성당의 법을 알아서 이같이 지었다. 비록 왕유나 잠삼에는 비할 바는 아니지만 또한 장적과 왕건의 악부에는 부끄럽지 않다.(國初諸人, 俱尙蘇長公, 獨此君知法盛唐, 如此作. 雖非王岑之比, 亦無愧張王樂府.) | 성간(成侃), 〈老人行〉 | 권2 | 七古 |
| 네 편은 모두 당인의 악부에 가깝다.(四篇皆逼唐人樂府.) | 권필(權韠), 〈四禽言〉 | 권3 | 雜體 |
| 아주 좋은 구로 성당인의 말이다.(極好句, 是盛唐人吻.) | 이첨(李詹), 〈舟行至沐陽潼陽驛〉 | 권4 | 五律 |
| 어찌 당인의 높은 경지에 모자라겠는가.(何減唐人高處.) | 김종직(金宗直), 〈差祭宿江上〉 | | |
| 편마다 모두 왕유, 맹호연, 전기, 유장경의 고아한 운치가 있다.(篇篇俱是王孟錢劉雅韻.) | 최경창(崔慶昌), 〈閭陽驛〉 | 권5 | |
| 심전기 송지문과 매우 비슷하다.(太逼沈宋.) ; 초당의 아름다운 운치이다.(初唐穠韻.) | 하응림(河應臨), 〈禁林應製〉 | | |

| | | | |
|---|---|---|---|
| 어찌 성당보다 모자라겠는가.(何減盛唐耶.) | 김시습(金時習), 〈題細香院南窓〉 | 권6 | 七律 |
| 성당의 뛰어난 작품이다.(盛唐能品.) | 이주(李冑), 〈次安邊樓題〉 | | |
| 약간 만당의 풍격이 있다.(稍有晩李風格.) | 최숙생(崔淑生), 〈稍有晩李風格〉 | | |
| 성당의 아름다운 운치이다.(盛唐穠韻.) | 정사룡(鄭士龍), 〈臘月卄一日夜……戱足成之〉 | 권7 | |
| 이 편은 힘써 강서시풍을 씻어내고 당으로 들어가고자 하니 자못 유려하고 청원하다.(此篇力洗江西欲入李唐, 故頗流麗淸遠.) | 고경명(高敬命), 〈百祥樓〉 | | |
| 세 편은 당인의 악부와 매우 비슷하다.(三篇極似唐人樂府.) | 성간(成侃), 〈囉嗊曲〉 | 권8 | 五絶 |
| 당의 운치를 잃지 않았다.(不失唐韻.) | 백광훈(白光勳), 〈有贈〉 | | |
| 당인의 고아한 격이 있다.(有唐人雅格.) | 이첨(李詹), 〈夜過寒碧樓聞彈琴〉 | 권9 | 七絶 |
| 오직 이 절구만이 당과 비슷하다.(獨此絶似唐.) | 김종직(金宗直), 〈寶泉灘卽事〉 | | |
| 당인의 풍격이 있다.(有唐人風格.) | 임억령(林億齡), 〈示友人〉 | 권10 | |
| 이 사람의 절구는 편편이 다 청절하여 당의 시대에 두더라도 소백 제공에게 뒤지지 않을 것이다.(此君絶句, 篇篇皆淸絶, 置之唐世, 無讓少伯諸公.) | 최경창(崔慶昌), 〈映月樓〉 | | |

위의 표는 허균이 작품 선발의 기준으로서 '당(唐)'을 하나의 준거로 적용한 예이다. 구체적으로는 '당의 운치이다.' '당의 풍격이다.' '성당의 뛰어난 작품이다.'와 같이 '당시(唐詩)'에 직접 견주거나 '당의 작가'인 왕유나 맹호연 등을 거론하면서 그들의 성취에 빗대는 방식을 보여주고 있다.

특히 허균이 『학산초담』에서 당을 준거로 품평했던 대상은 주로 삼당파 시인이었다. 따라서 이들 시인에 대한 『학산초담』과 『국조시산』의 평가를 대비한다면 두 저작에서의 허균 시관의 연속성에 대해 보다 구체적으로 설명할 수 있을 것이다.

허균은 『학산초담』에서 삼당시인의 성취를 상세하게 기술하였다.

〈표 9〉『학산초담』의 기사와 『국조시산』의 비어 대조

<table>
<tr><th>作家</th><th colspan="2">『鶴山樵談』(1593)</th><th>『國朝詩刪』(1607)</th></tr>
<tr><td>崔慶昌</td><td rowspan="3">최·백·이 삼인의 시는 모두 당시정음을 본받았다. (崔白李三人詩, 皆法正音.)</td><td rowspan="2">최의 맑고 굳셈과 백의 고담함은 모두 귀중하다. 그러나 기력이 미치지 못하여 약간 혼후함은 잃었다.(崔之淸勁, 白之枯淡, 皆可貴重, 然氣力不逮, 稍失渾厚.)</td><td>모든 편이 선체에서 출발하여 당체로 귀결되니 귀하다. 그러나 비교하자면 기력이 약하여 미치지 못한다.(諸篇出選入唐可貴, 而較弱氣不逮. 권1, 五古)</td></tr>
<tr><td>白光勳</td><td>담박한 말로 맛이 있다.(淡語有味. 권8, 五絶)<br>당인의 아취이다.(唐人雅趣. 권5, 五律)</td></tr>
<tr><td>李達</td><td>명인의 시에 대해서 손곡은 하중묵을 첫째로 꼽았다. 구어의 구성이 대복과 흡사하니 구안자라도 쉬이 분별하지 못할 것이다.(明人詩蓀谷以何仲默爲首. 間架句語, 酷似大復, 眼者亦未易辨也.)</td><td>석주가 말하길, '태백집에 놓더라도 쉬이 분별하지 못할 것이니 왕유와 맹호연의 신선 운치가 있다.'(石洲云: '置之太白集不易辨, 王孟仙韻'. 권1, 五古)<br>중묵과 흡사하다.(酷似仲默. 권7, 七律)</td></tr>
</table>

〈표 9〉에서도 확인되듯이 이들 시에 대한 평가는 추후 『국조시산』 저술에서도 평어가 거의 교체되지 않은 채 여전히 유효하게 이어지고 있다. 이렇듯 『학산초담』에서의 조선 시에 대한 소개나 비평의 방향이 『국조시산』으로 계승되는 것을 통해서, 『학산초담』이 『국조시산』 편찬 이전의 저술로서 『국조시산』의 출현에 관계되어 있음을 분명하게 알 수 있다.

요약하자면 허균은 『학산초담』에서 조선 초 시풍의 한 흐름인 송풍에 대해 비판하면서, 당시에 중국에서 대두된 당풍에 주목하였다. 이렇게 당에 대해 허균이 관심을 가졌던 것은 동시기 명 문단에 대한 이해와 수용에서 비롯한 것이었는데, 이는 허봉을 비롯한 허균 주변 문인들의 공통된 경향이었으며 이들은 이미 명 문단에 대해 활발히 토론하면서 조선 시학의 노선을 명 문단을 좇아 성당(盛唐)으로 수정하고자 하였다. 이렇게 허균의 젊은 시절부터 형성된 시학의 전범으로

서의 '당'은 추후 『국조시산』에서 비평의 한 준거로 이어짐을 알 수 있다.

## 2) 중국시선집 편찬 작업

허균의 『학산초담』 저술을 통해서 살펴보았던 『국조시산』과의 관계 규명은 『국조시산』을 이해하는 한 방편일 뿐이어서, 이 시선집의 편찬을 가능하게 했던 여러 요인들에 대해서 추가적으로 검토하여 보완할 필요가 있다. 따라서 허균이 『국조시산』 편찬 이전에 이미 다수의 중국 시선집 제작을 했던 사실에 주목하여, 허균이 편찬한 중국시선집의 내용과 방향에 대해 탐색하고 이러한 작업이 조선시선집 편찬과 어떠한 관련이 있는지 알아보고자 한다.

허균이 편찬한 중국시선집은 그의 문집 『성소부부고』의 서발(序跋)을 토대로 8종을 확인할 수 있으며, 문집 편집 이후에 제작한 『형공이체시초(荊公二體詩鈔)』 1종까지 포함하면 모두 9종이다.[160]

〈표 10〉 허균이 편찬한 중국시선집

| | 서명 | 편찬시기 | 현전여부 | 편수 | 편찬 방식과 수록 시 | 형식 |
|---|---|---|---|---|---|---|
| 1 | 『古詩選』 | 『唐詩選』 以後[161] | × | 300편 | 漢·魏·晉·宋·梁·陳의 古詩를 선발 | 고시 |
| 2 | 『唐詩選』 | | × | 60권 2600수 | 『唐詩品彙』(高棅)의 반을 뽑고 『唐音』(楊士弘)을 참고하고 『唐詩刪』(李攀龍)[162]으로 이어서 편집 | 당시 |
| 3 | 『宋五家詩鈔』 | | × | | 王安石·蘇軾·黃庭堅·陳師道·陳與義의 小篇과 近體詩 선발 | 송시 |

160) 부유섭, 「허균이 뽑은 중국시(1) -'당절선산'」, 『문헌과해석』 27, 2004년; 부유섭, 『허균이 뽑은 중국시(2)-'荊公二體詩鈔', 『문헌과해석』 28, 2004.

| | | | | | | |
|---|---|---|---|---|---|---|
| 4 | 『明四家詩選』 | | × | 26권<br>1300수 | 이몽양·하경명·이반룡·왕세정의 시 1300편 선발 | 명시 |
| 5 | 『四體盛唐』 | 『唐絶選刪』以前 | × | | 성당의 七言歌·行, 五言律詩, 七言律詩를 선발 | 당시 |
| 6 | 『唐絶選刪』 | | ○<br>국립중도 | 10권<br>2책 | 『古今詩刪』·『百家選』·『唐音』·『唐詩品彙』의 絶句 선발 | 당<br>절구 |
| 7 | 『明詩刪補』 | | × | 624수 | 『古今詩刪』의 明詩 부분을 산삭·증보 | 명시 |
| 8 | 『溫李艶體』 | 1604년<br>전후 | × | 1책<br>39수 | 온정균과 이욱의 詞曲 선발 | 사곡 |
| 9 | 『荊公二體詩鈔』[163] | 1617년 | ○<br>성균관대 | 6권<br>6책 | 왕안석의 칠언율시와 칠언절구 선발 | 송시 |

위의 시선집들은 대개가 현전하지 않고 서발문에도 편찬년도가 기재되어 있지 않아서 모두 『국조시산』 이전의 시선집 작업으로 볼 근거는 없다. 여기서 편찬 시기를 짐작할 수 있는 시선집으로는 『온이염체(溫李艶體)』로, 허균이 수안군수 시절 한가한 여름에 편집하고 한호(韓濩, 1543~1605)에게 필사를 부탁하였다고 기록한 것으로 보아 1604년 즈음에 완성된 사실을 확인할 수 있다.[164] 그러나 문집 편찬 이후에

161) 「古詩選序」에 "其李唐作者雖衆, 自有唐詩選, 故不爲混錄云"라고 하였기에 『당시선』 이후 『고시선』을 편찬하였음을 알 수 있다.

162) 『성소부부고』에는 이반룡의 '당시산'을 참고하였다고 한 것은, 『고금시산』에서 당시만을 별도로 묶은 『당시선』을 칭한 것이다. 『고금시산』의 당시는 편찬자 이반룡의 의도와는 달리 별도로 『당시선』이라는 제명으로 간행되어 널리 유통되었는데 허균은 이 책을 '당시산'으로 지칭하였던 것이다. 陳岸峰, 「≪唐詩別裁集≫與≪古今詩刪≫中「唐詩選」的比較硏究」, 『漢學硏究』 第19 卷第2期, 399~416면 참조.

163) 이 책은 1611년 엮은 허균의 문집에는 보이지 않는다. 부유섭의 논문(부유섭, 『허균이 뽑은 중국시(2)-'荊公二體詩鈔', 『문헌과해석』 28, 2004.」에서 허균의 저작으로 소개하였기에 목록에 넣는다. 현전하는 필사본 1종에는 『宋王荊公二體詩鈔』로 되어 있다.

164) 〈題溫李艶體後〉에 "내가 지방관으로 요산(수안)에 있을 때 여름이라서 민사가 한가한 틈을 타서 두 사람의 사곡을 채취, 39수를 모아 한 질을 만들고 한석봉에게 이를 베껴쓰도록 하여 상자 속에 깊이 간직하였다.[余在遼山, 夏月民事簡, 輒採二家詞, 合三

만들어진 『형공이체시초』을 제외하고는, 이 중국시선집들의 서발문이 1611년에 편찬된 허균의 문집에 포함되어 있고, 또 『국조시산』이 1607년 겨울에 편찬된 사실을 고려하면 대개의 시선 작업이 『국조시산』 편찬 이전이나 비슷한 시기일 것으로 짐작된다. 따라서 본고에서는 편찬 시점에 대한 논의보다는, 허균이 시선집 편찬 작업을 꾸준히 해왔다는 점에서 편찬 의도와 방향에 주목해보고자 한다.

허균이 뽑은 중국시선집은 대개 일실되어서 선집의 실상과 성과를 면밀하게 살필 수는 없지만, 서(序)나 제후(題後)를 통해 허균의 의도와 체재는 추정이 가능하다. 〈표 10〉을 보면, 9종의 중국시선집은 형식과 시대에 있어서 다양한 모습을 보여주고 있다. 또한 특정 시체(詩體)만을 선별하여 시선집의 전문화를 시도한 선집도 확인된다. 그리고 시선집 편찬 과정에서 여러 번 참조된 선행 시선집도 있어서 허균이 전범으로 삼고자했던 시선집에 대한 논의도 가능해보인다. 중국시선집에서 확인되는 여러 양상들을 몇 가지로 정리해보았다.

첫째, 허균은 자신이 학시의 모범으로 삼았던 당시(唐詩)는 물론, 당시와는 다른 미감을 보여주는 송시(宋詩), 중국의 지금 시라고 할 수 있는 명시(明詩) 선집까지 여러 시대를 포괄하는 선집 편찬을 보여주었다. 대상 작품과 방향이 특정 시대에 치우치지 않은 점도 특기할 만하지만, 허균이 각 시대 마다의 시를 이해하고 이를 선집 제작으로 연결시키고 있다는 점을 통해 그의 시재(詩才)와 시를 보는 안목이 뛰어남을 알 수 있다. 특히 허균은 각 시대에 대한 보편적인 인식과 포폄을 수용하되, 그 성과는 대해서는 인정하고자 하는 모습을 보여주고 있기

---

十九首爲一帙, 倩石峯書之, 藏巾衍中.]" 하였는데, 허균의 수안군수 시절과 석봉 한호(1543~1605)의 생몰년을 고려한다면 이 책은 1604년 정도에 편찬된 것으로 보인다.

때문에 선집 편찬자로서 편향된 시각을 가지고 있지 않다는 점도 돋보인다.

또한 허균이 편찬한 중국시선집의 목록을 통해 허균의 시관(詩觀)도 확인할 수 있다. 허균은 송시 편찬 작업을 통해서 "송시가 시의 원리에서는 멀어졌지만 세무(世務)에 응하지 않을 수도 없는 일이며, 또 송시 중에서도 잘된 것은 당시보다 뛰어날 수도 있어서 송시라고해서 다 버릴 수는 없다"[165] 하면서 송시 선집을 계획하였고, 대표적인 작가 5인–왕안석, 소식, 황정견, 진사도, 진여의–의 시를 선발하는 방식으로 『송오가시선』을 편찬하여 송시의 성과를 정리하고자 하였다.

> 문장이란 제가기 나름대로의 맛이 있는 법이니, 가령 어떤 사람이 대궐 푸줏간의 좋은 음식을 다 먹었다고 생각하여 마침내 기장과 피, 회와 고기를 그만두고 먹지 않는다면 굶어 죽지 않을 사람이 드물 것이다. 이것이 어찌 선진과 성한을 으뜸으로 삼고 구양수와 소식을 가볍게 보는 사람과 다르겠는가. 왕세정이 만년에 소식의 글을 즐겨 읽었고, 녹문 모곤은 평생 동안 구양수를 한유보다 뛰어나다고 추앙하였는데, 이들 두 사람은 남을 속이는 인물이 아니다.[166]

---

165) 許筠, 『惺所覆瓿稿』 卷4, 「宋五家詩鈔序」(『韓國文集叢刊』 74輯). "나는 세무(世務)에 응수하였을 뿐이니 어찌 시도(詩道)를 상할 수 있겠소. 하물며 개보(介甫 왕안석의 자)의 정핵(精核)함과 자첨(子瞻)의 능려(淩厲)함과 노직(魯直)의 연굴(淵倔)함과 무기(無己 진사도)의 침착하고 간명함과 거비(去非 진여의의 자)의 부드럽고 밝음은 당인의 열에 놓아도 명가일 수 있는데, 어찌 송인이라 하여 전부 버릴 것인가.[吾以酬世務而已, 何詩道之足傷也. 況介甫之精核, 子瞻之淩踔, 魯直之淵倔, 無己之沈簡, 去非之婉亮, 寘之唐人之列, 亦可名家, 又豈以宋人而盡廢之耶.]"

166) 許筠, 『惺所覆瓿稿』 卷13, 〈歐蘇文略跋〉(『韓國文集叢刊』 74輯). "文章各有其味, 人有嘗內廚禁臠豹胎熊蹯, 自以爲盡天下之味, 遂癈黍稷膾炙而不之食, 如此則不餓死者幾希矣, 此奚異宗先秦盛漢而薄歐蘇之人耶. 元美晚年喜讀長公文, 茅鹿門坤, 平生推永叔爲過昌黎, 此二子非欺人者也."

허균은 송의 작가인 구양수와 소식이 당에 비해 격이 낮다는 평가에는 동의하고 있었다. 다만 음식도 산해진미가 있지만 일상으로 먹는 것들이 있듯이, 문학 역시도 뛰어난 작품은 당연히 배워야 하는 것이고, 그렇지 않은 작품에서도 또 제 각각의 성취가 있기 때문에 다양한 작품들을 받아들일 것을 주장하고 있다. 허균이 송을 옹호하는 배경에는 왕세정이 만년에 소식의 문장을 즐겨 읽었다는 사실과, 모곤이 구양수를 한유보다 높게 평가한 것에 큰 영향을 받았다. 이것이 허균이 구양수와 소식의 선집을 만든 이유였다. 어쨌든 허균이 명 문단의 문학관을 흡수한 바탕위에서 '송'에 대해 무조건적인 배격을 하지 않는다는 점은 분명히 할 필요가 있다.

나아가 허균이 명 문단의 문학적 방향에만 동의한 것이 아니라, 그들의 문학적 성취까지 인정하고 있음을 『명사가시선』 편찬을 통해 짐작할 수 있다. 허균은 명시(明詩)가 성당(盛唐)·이두(李杜)·육조(六朝) 등을 표절하는 '모의(模擬)'를 주로 보여주고 있긴 하지만, 모두 그러한 것은 아니며 4인-이반룡·하경명·이몽양·왕세정-의 시만 보아도 명시의 경지를 알 수 있다고 하면서 명시 선집을 제작했다. 요컨대 허균이 명 문단의 문학적 성취를 인정하는 바탕 위에서 그들의 문학적 방향까지 긍정했었고, 그 결과는 허균이 당시 선집뿐 아니라 송시와 명시 선집도 편찬하는 성과로 이어졌다.

둘째, 허균이 시의 형식별로 전문화된 시선집을 제작한다는 점도 특기할 수 있다. 허균은 고시(古詩), 사곡(詞曲), 절구(絶句), 칠언 가행(七言歌行)과 율시(律詩) 등 다양한 시 형식을 시선집으로 제작하였다. 각체별 선집은 시대별 시선집에 비해 보다 구체적인 의도와 방향성을 띠고 만들어진다. 허균은 고시 선집의 편찬 과정에서 고시의 원형에 충실한 시들을 뽑고자 근체시에 가까운 고시들은 모두 배제하였고, 한

·위 시대 위주로 선발하여서 그가 생각하는 고시의 원 모습을 '모범'으로 제시하였다.[167] 『사체성당』과 같은 시선집은 성당 시기에 가장 성과가 있었던 칠언의 가와 행, 오언율시, 칠언율시를 뽑은 것이다. 이를 통해 성당의 성취를 확인하면서 또 각 형식의 정수를 접할 수 있게 선발했던 것이다. 또 『당절선산』은 당의 절구만 뽑은 것으로, 허균은 당시(唐詩)를 시대로 재단했을 때, 성당(盛唐)에 비해서는 중당(中唐), 만당(晩唐)이 떨어지나, 오직 절구만은 당의 전 시기에서 뛰어났다고 평가하면서 당을 대표하는 시 형식으로 절구를 지목하고 시선집으로 만들었다.

시의 형식별 시선집을 제작한 사실과 그의 중국시선집 편찬 목록을 보면, 허균이 시대와 시 형식을 아우르는 시재(詩才)와 인목이 있음을 짐작할 수 있다. 중국시선집 편찬 과정에서 드러난 허균의 시에 대한 생각은 조선의 시를 선발할 때에도 유효하게 적용되었다. 그가 『국조시산』에 붙인 비어는 시의 장처를 알려주고 설명도 겸하고 있는데, 이를 통해 허균이 생각하는 각 형식마다의 시의 지향점과 선시의 이유를 확인할 수 있다. 이 비어의 방향은 허균이 중국시선집 편찬에서 보여준 시관과 일치하고 있다. 이 부분은 제4장에서 다시 논할 것이다.[168]

셋째, 허균의 중국시선집 편찬에서 주목할 점은 허균이 참조했던 서

---

167) 許筠, 『惺所覆瓿稿』 卷4, 〈古詩選序〉(『韓國文集叢刊』 74輯). "詩之旨者, 不必在多, 蓋作者代不數人, 人亦不數篇, 則後之誦法者, 奚用多爲." ; 〈題唐絶選刪序〉. "唐之諸家, 盛而盛, 至中晩而漸漓, 獨絶句則毋論盛晩, 具得詩人之逸韻, 悉可諷誦, 雖閭巷婦人, 方外仙怪之什, 亦皆超然, 唐之詩到此, 可謂極備矣."; 〈題四體盛唐序〉. "七言歌行及五七言律, 至盛唐大備, 故余所取止是."

168) 예를 들자면, 고시선집을 편찬하면서 그가 기준으로 했던 고시의 전범인 '漢과 魏'는 『국조시산』에서 조선의 고시를 선발하고 붙인 "入魏晉" "極似魏晉人語" "結尤似魏晉格"의 비어에서 구체화되고 있음을 볼 수 있다.

적의 목록과 편찬 방식이다. 위의 〈표 10〉에서도 살필 수 있듯, 허균은 선집 제작 과정에서 명대에 편찬된 시선집을 적극적으로 참조하였다. 특히 특별히 공을 들였던 당시 선집의 경우는, 허균 당시 전하던 당시 선집 수십 종 중에서 고병(高棅)의 『당시품휘(唐詩品彙)』와 양사홍(楊士弘)의 『당음(唐音)』, 이반룡(李攀龍)의 『당시산(唐詩刪)』까지 3종의 당시 선집을 골랐고, 『당시품휘』의 반을 뽑은 후 『당음』을 참조하여 산삭하고, 여기에 『당시산』을 합하여 모두 60권 2600여 수의 거질 『당시선』을 편찬하였다.[169] 또 당시의 절구만을 수록한 『당절선산(唐絶選刪)』의 편찬에 있어서도 『고금시산(古今詩刪)』, 『백가선(百家選)』, 『당음』, 『당시품휘』의 절구(絶句)를 뽑아 10권으로 만들었다.[170] 그리고 『명시산보(明詩刪補)』의 경우도 이반룡의 『고금시산』에서 명시 부분을 산삭하고 증보한 것이어서 허균이 기간(旣刊)된 선집을 활용하여 시선집 편찬을 하고 있음을 알 수 있다. 그러나 작가의 문집에서 직접 시를 뽑지 않고 선행 시선집을 토대로 편집하는 방식은 후대 시선집의 보편적인 현상이어서 허균의 중국시선집 편찬의 방향과 의도를 파악하기 위해서는 편집 방식보다는 편찬 과정에서 참조했던 중국 서적도 검토해야 한다.

허균이 참조했던 중국시선집은 허균이 밝힌 것만 정리하면 고병의 『당시품휘』와 양사홍의 『당음』, 이반룡의 『고금시산』, 서충[171]의 『백

169) 許筠, 『惺所覆瓿藁』 卷4, 〈唐詩選序〉 (『韓國文集叢刊』 74輯). “余諷而硏求, 閱有年紀, 怳然如有所悟, 遂取高氏所彙, 先芟其蕪, 存十之五, 而參之以楊氏, 繼之以李氏, 所湔拔者合爲一書, 分以各體, 而代以隷人, 苟妙則雖晩亦詳, 而或纇或俗, 則亦不盛唐存之, 凡爲卷六十, 而篇凡二千六百有奇, 唐詩盡於是矣.”

170) 국립중앙도서관에 소장되어 있는 실본을 통해서 각권이 다음과 같이 구성되었음을 알 수 있다. 卷1, (明)李攀體 選-卷2, (明)徐充子 選.- 卷3, (元)楊士弘 選. - 卷4, (元) 楊士弘 選. - 卷5, (明)高棅 選. - 卷6, (明)李攀體 選. - 卷7, (明)徐充子 選. - 卷8, (元) 楊士弘 選. - 卷9, (元)楊士弘 選. - 卷10, (明) 高棅 選

171) 이 글의 원문에는 『백가선』의 편자를 “徐子充”이라 하였고, 실제 『唐絶選刪』에는

가선(百家選)』이다. 이 중 이반룡의 『고금시산』은 허균의 『당시선』, 『당절선산』, 『명시산보』 편찬에 활용되면서 허균이 가장 적극적으로 선집 편찬 과정에서 자료로 활용했던 시선집이다. 허균이 이들 중국시선집에 대해 어떻게 소개하고 있는지를 알아보자.

> 당나라 3백 년 동안에 작자가 1천이 넘는 수효에 달했으니 시도(詩道)의 성함이 전후에 짝이 없었다. 그것을 종합하여 뽑아 놓은 것이 또한 수십 가(家)였으니, 그 중에서 특히 줄여서 알맹이만 고른 것은 양사홍(楊士弘)이 초집한 『당음』이며, 상세하고 많이 뽑아 놓은 것은 고병(高棅)의 『당시품휘』이며, 독자적인 지혜로 마음을 써서 고투(古套)를 답습하지 않고 스스로 운용(運用)하는 것을 높은 것으로 삼은 것은 이반룡(李攀龍)의 『당시산』이다. 이 세 책이 나오자 천하의 당시를 뽑은 것들은 모두 폐기되고 행하지 못했으니, 아, 훌륭하도다.
>
> 내가 일찍이 세 사람이 뽑은 것을 가져다 읽어 보니 다소 이의(異議)가 없지 않았다. 양씨(楊氏)는 비록 정(精)하기를 힘썼다지만 정음(正音)과 유향(遺響)을 분변함이 너무도 혜경(蹊逕)이 없고 웅준(雄俊)하고 고로(古魯)한 음을 채택하지 않은 것도 있어서 아는 자로 하여금 구슬을 빠뜨린 개탄을 하게 하며, 정례(廷禮)가 모은 것은 매우 풍부하기는 하나 시대 별로 사람을 늘어놓고 작가 별로 작품을 늘어놓아 곱고 추한 것을 함께 나아가게 하고 아(雅)와 속(俗)을 모두 몰아넣어 식자(識者)들이 '물고기 눈깔을 구슬과 섞어 놓았다' 나무랐으니, 그 말이 혹 가까운 것도 같다. 우린(于鱗) 씨가 가린 데 이르러서는 다만 경한(勁悍)하고 기걸(奇杰)한 것만을 택하여 자기 법도에 합하면 싣고 맞지 않으면 척벽(尺璧)과 경촌(徑寸)의 구슬을 던져버리고도 아깝게 여기

---

"明江陰徐充子撰選"으로 되어 있다. 허균이 서충의 이름을 몰랐을 리는 없고, 문집이 후대에 필사되어 전해지면서 생긴 오사로 보여진다. 자광 서충에 대해서는 부유섭이 『당절선산』을 발굴하고 소개할 때 고증한 바 있다. 부유섭, 「허균이 뽑은 중국시(1) –'당절선산'」, 『문헌과해석』 27, 2004년. 265면 각주 24) 참조.

> 지 않았으니, 영웅(英雄)이 사람을 속인 것이라 전부 믿을 바는 못 된다. 그 유편(遺篇)과 일운(逸韻)이 여러 작품들 사이에 묻혀 오랜 세월이 지나도록 탄상을 받지 못한 것을 우린 씨가 능히 뽑아내어 상렬(上列)에 올린 것은 이는 확실히 말 밖의 독자적인 이해로, 세속적인 견해로는 헤아릴 만한 것이 아닌 점이 있다.[172)]

허균은 양사홍의 『당음』에 대해서는 정밀하긴 하나 구슬을 빠뜨린 과오가 있다 하였고, 고병의 『당시품휘』에 대해선 풍부하게 뽑긴 하였지만 구슬과 물고기 눈알이 섞여있다고 지적하였다. 모두 수록 시의 분량과 관련된 평가이다. 그러나 이반룡의 작업에 대해서는 그만의 독자적인 기준이 있어서 구슬을 버리고도 아까워하지 않은 것은 독자로서 아쉬움이 있지만, 특별한 안목으로 남들이 선발하지 못했던 시를 발굴하였다고 높이 평가하였다. 이러한 허균의 입장은 당시와 명시 선집 편찬 과정에서 적극적으로 이반룡의 『고금시산』을 통해 산삭을 한 사실과도 이어진다. 허균의 이반룡에 개인에 대한 인정과 추숭은 앞서 살핀 허균의 『명사가시선』에서도 확인되는 바였다.

요컨대 허균의 중국시선집 편찬은 다양한 시대와 형식을 포괄하는 방향으로 진행되었고, 이러한 그의 작업에 대한 탐색은 결국 허균의 시재(詩才)와 감식안(鑑識眼)을 재확인하는 것에서 의의를 찾을 수 있을

172) 許筠, 『惺所覆瓿藁』 卷4, 「唐詩選序」(『韓國文集叢刊』 74輯). “有唐三百年, 作者千餘家, 詩道之盛, 前後無兩, 其合而選之者, 亦數十家, 而就其中略而精核者, 曰楊士弘所抄唐音, 其詳而敷縟者, 曰高棅唐詩品彙, 其匠心獨智, 不襲故不涉套, 以自運爲高者, 曰李攀龍唐詩刪, 此三書者出, 而天下之選唐詩者, 皆廢而不行, 吁其盛哉, 余嘗取三氏所選而讀之, 可異焉, 楊氏雖務精, 而正音遺響之分, 無甚蹊逕, 其聲俊古魯之音, 亦或不採, 使知者有遺珠之嘅焉, 廷禮所裒, 雖極其富, 而以代累人, 以人累篇, 俾姸蚩竝進, 韶濮畢御, 識者以魚目混璣誚之, 似或近焉, 至於于鱗氏所揀, 只擇勁悍奇傑者, 合於己度則登之, 否則尺璧經寸之珠, 棄擲之不惜, 英雄欺人, 不可盡信也, 其遺篇逸韻, 埋於衆作之間, 歷千古不見賞者, 于鱗氏能拔置上列, 是固言外獨解, 有非俗見所可測度也.”

것이나. 그러나 허균의 중국시선집 편찬 활동을 단순히 '시선집 편찬 능력'으로 정리하여 『국조시산』과 연결 짓는 것은 당연한 것이기도 해서 새삼스럽게 강조할 필요는 없을 것 같다. 본고에서 주목하고자 하는 것은 허균이 중국시선집 편찬에 가장 적극적으로 활용했던 이반룡의 『고금시산』이 그의 시선집 『국조시산』과 관련이 있다는 점이다.

『국조시산』은 제명부터 선행 조선시선집의 명명 방식과 다르다. '국조(國朝)'라는 선발 대상, '시산(詩刪)'이라는 선발 방식을 표방하는 제명으로서, '조선의 시선집'을 나타내는 데에는 무리가 없지만, 『국조시산』 이전 조선시선집의 전형에서 벗어난 것은 사실이다. 시문선집인 『동문선』(1478), 『속동문선』(1518)을 포함하여, 『대동시림』(1542), 『청구풍아』(1475), 『속청구풍아』(1606년경), 『해동시부선』(1605), 『속해동시부선』(1606) 등은 대개 중국을 기준으로 조선의 위치를 나타내는 '東' '大東' '青丘' '海東'을 사용하고 있다. 그러나 『국조시산』만이 '국조'라는 허균을 기준으로 한 '본조(本朝)'의 의미에다 '시산'이라는 다소 낯선 단어를 제목으로 붙인 것이다.

> ① '시산'이라 한 것은 감히 선한 것이 아니라, 바로 제가의 선을 산하였기 때문이다. 허자는 산을 맡은 사람이지 선을 맡은 사람이 아니다. 선하는 사람의 공은 매우 크지만 다만 쉬운 일이고, 산하는 사람은 정신이 매우 수고로운 법이다. 대체로 제가의 글을 채취하되 척도의 장단은 고려하지 않고 화사한 것만 모두 주워 엮는 것은 선하는 자의 쉬운 점이며, 제가의 선을 한데 모아 장단과 후박을 바로잡고 화사한 빛깔은 따지지 않고 반드시 순수하게 법도에 부합된 것만 책에 올리는 것은 산하는 자의 수고로움이다.[173]

173) 許筠, 『惺所覆瓿藁』 卷13, 「題詩刪後」(『韓國文集叢刊』 74輯). "詩刪者, 非敢選也,

② 공의 대부(大父)의 시는 호탕하여 선발할 만하나 애석하게도 옥에 티 같은 흠이 있었습니다. 우린(于鱗)이 산삭하여 간행한 일을 본받고자 하여서 감히 취하지 못했습니다. 감히 아룁니다.[174]

① 허균이 『국조시산』을 편찬한 후에 쓴 〈제시산후(題詩刪後)〉라는 글이다. 이를 통해 '시산(詩刪)'이 선행 시선집을 대상으로 편자의 기준에 맞지 않는 시를 제하는 '산삭의 방식'임을 알 수 있다. 허균 역시도 '선(選)'과 '산(刪)'을 구분하면서 '선(選)'은 화사한 것만 취하는 쉬운 작업이지만, '산(刪)'에는 법도에 맞는 것만 취하는 보다 엄격한 비평 과정이 개입되었음을 설명하고 있다. 실제로 『국조시산』의 작업은 한 번 '선'의 과정을 거친 선행 시선집을 자료로 허균이 '재선(再選)'한 것이어서 선발의 실상에 맞는 이름을 붙였음을 알 수 있다.

또한 ②를 보면 '시산'이 선발 방식 이외의 다른 의미도 가지고 있음을 볼 수 있다. ②는 1607년 겨울, 허균이 『국조시산』을 편찬하는 중에 조위한에게 보낸 편지이다. 그에게 조부의 시를 선발하지 못했다는 미안한 마음을 전하면서 '산삭(刪削)'이라는 단어를 사용하였는데, 허균이 이때 사용한 '산삭'은 '이반룡이 산삭한 일'이었다. 곧 이반룡의 시선집인 '고금시산(古今詩刪)'을 떠올릴 수 있을 것이다. 이 책은 허균이 중국시선집 편찬에 적극 참고한 자료였기 때문에 허균이 이 책의 제명을 모방하여 자신의 시선집을 '『국조시산』'으로 붙였음을 알 수 있다.[175]

---

乃刪諸家選也. 許子任刪者, 非主選者也. 選者之功甚鉅而顧易, 刪者則心甚勞焉. 蓋採取諸家, 不問尺度之長短, 悉掇其華者, 選者之易也. 合諸選而投其長短厚薄, 不問其華色, 必令粹然合乎度, 然後乃登諸策者, 刪者之勞也."

174) 許筠, 『惺所覆瓿藁』 卷21, 「與趙持世丁未十月」(韓國文集叢刊 74輯). "公之大父, 豪宕可入選, 惜有尺璧之微纇. 欲效于鱗刊刪之擧, 惶恐未敢, 敢稟."

그렇다면, 『국조시산』에서 '시산'의 의미는 더 확상되어야 한다. 이반룡의 『고금시산』을 따른 것이니 이반룡이 『고금시산』이라는 이름을 붙일 때에 의도한 '시산'의 뜻도 계승한 것이기 때문이다. 이반룡이 쓴 '시산'은 기본적으로 자신의 법도에 맞는 시를 엄정하게 선발한다는 엄격한 시 선발 방식을 뜻하기도 하고, '관지(觀止)'의 뜻으로도 사용한 것이다.[176] 곧 '고금의 볼 만한 시는 이 책에 다 있다'라는 의미로, 이반룡이 자신의 선시 작업에 대해 자부하고 이름을 붙인 결과였던 것이다. 따라서 『국조시산』에서도 '시산'의 또 다른 의미 역시 '조선의 시산'으로서 '조선의 볼 만한 시는 이 책에 다 있다'라는 뜻으로 사용한 것이 되며, 더불어 허균이 자신의 작업에 대해 자신감을 표방한 제명법임을 짐작할 수 있다.[177]

허균이 참조한 이반룡의 『고금시산』은 모두 34권인 거질로, 권1에서 권9까지는 '고일(古逸)'부터 한(漢)·위(魏)·진(晉)·송(宋)의 악부, 한(漢)·위(魏)·송(宋)·양(梁)의 시이며, 권10부터 권22까지는 모두 당시(唐詩)로 각체(各體)별로 편집하여 수록하였고, 권23부터 권34까지는 명시(明

175) 허균이 칭한 이반룡의 '시산(詩刪)'은 제명만 고려하면 『고금시산』뿐이나, 각주 162번에서도 설명하였지만 허균이 『고금시산』에서 당시 부분만 따로 유통된 『당시선』이라는 책을 보았고 그 책에 대해 허균이 '당시산(唐詩刪)'으로 명명했던 사실을 상기할 때, 허균이 『국조시산』에서 쓴 '시산'은 반드시 『고금시산』이 아닌 『당시산』과 같은 특정 시대에 대한 시선집을 표방하여 붙인 제목일 수도 있다. 어쨌든 『국조시산』의 제명이 이반룡의 『고금시산』과 관계있는 것은 자명한 사실이기 때문에 본고에서는 여기까지만 논하기로 한다.

176) 朱易安 著, 『中國詩學史 (明代卷)』, 鷺江出版社, 2002, 128~129면 참조.

177) 허균의 『국조시산』에 대한 자부심은 그의 〈제시산후〉에서 추가로 드러나기도 한다. "법도에 부합되지 않는 것을 올려놓은 것은 없으니, 물고기 눈알과 진주가 섞였다는 책망은 면할 것이다. 산삭한 분량도 적다고 할 수는 없다. 모두 10권에 1000편이나 되니 조선의 시는 여기에 다 있다고 하겠다.[至於不合度而進之者, 則無有焉, 庶免魚目相混之誚也. 刪之毋曰狹焉. 爲卷凡十, 而篇凡千, 足以盡之也.]"

詩)의 각체(各體)를 수록하고 있는 시선집이다. 특히 송(宋)과 원(元)의 시는 배제한 채 당시(唐詩)와 명시(明詩)을 중심으로 편찬한 독특한 관점의 시선집이다.[178] 이에 비해 허균의 『국조시산』은 10권 2책의 규모로 여러 시대를 포괄하지 않고 조선의 시만 뽑아놓았다. 또한 특정 시대나 시체를 배제시키는 편자의 의식이 확인되지 않고 고른 선발을 위주로 하였기 때문에 체재상 『고금시산』을 따랐다고는 할 수 없다. 오히려 『국조시산』은 『고금시산』의 당시(唐詩) 부분만 묶여 유통된 『당시선』을 전범으로 삼았을 가능성이 더 높다. 이 책에 대해 허균은 '당시산'으로 명명하고 있기 때문이다.[179] 허균은 이반룡의 작업에 대해 "독자적인 지혜로 마음을 써서 고투(古套)를 답습하지 않고 스스로 운용(運用)하는 것을 높은 것으로 삼은 것은 이반룡(李攀龍)의 『당시산』[180]이다."라고 평가했다. 허균이 『고금시산』에서 모방하고자 했던 것은 선집 편찬 과정에서 적용된 '기존과는 다른 새로운 법도'였을 것이며, 자신만의 기준으로 뽑았던 시에 '선자(選者)의 자부심'을 드러내는 방식으로 '시산'이라는 제명을 지었음을 짐작할 수 있다.

결국 허균의 중국시선집 편찬은 그가 당시 명 문단의 동향에 촉각을 세우며, 후칠자(後七子)를 대표하는 왕세정과 이반룡에 대한 경도를 드러낸 방식이었다. 허균은 이미 『학산초담』에서부터 명의 문인들에 대

---

178) 왕세정은 이반룡의 『고금시산』에 서문을 쓰면서 그의 작업에 대해 칭찬하였는데, 허균이 왕세정에 대해 일찍이 흠모했던 것을 생각해보면 허균이 『고금시산』에 대해 주목한 것이 왕세정의 평가와도 관련이 있을지도 모른다. 허균이 이반룡의 『고금시산』에 대해 "영웅이 사람을 속이니 다 믿을 것은 아니다.[英雄欺人, 不可盡信也.]라고 한 것도 왕세정이 그의 문집에서 이반룡에게 한 평가를 그대로 허균이 인용한 것이다. (王世貞, 『弇州四部稿』 卷149, 「藝苑卮言」6, "所謂英雄斯人, 不可盡信耶.")

179) 許筠, 『惺所覆瓿藁』 卷4, 〈唐詩選序〉(『韓國文集叢刊』 74輯).

180) 허균이 '당시산(唐詩删)'이라고 기록한 것은 정확하게는 '당시선(唐詩選)'이며 이 『당시선』은 『고금시산』에서 당시 부분만 별도로 간행되어 유통된 것을 가리킨다.

한 관심과 이해를 나타낸 바 있다. 그의 동시기 중국 쪽에 대한 관심과 민첩한 반응은 시선집 편찬에 있어 이반룡의 시선집인 『고금시산』을 자신의 중국시선집 편찬에 활용하고, 또 조선시선집 편찬에까지 그 제명을 모방하면서 '조선의 고금시산'을 기획한 것에서 선명하게 드러났다고 하겠다.[181)]

이제 추가적으로 더 살필 것은 『국조시산』 편찬의 직접적인 동기이다. 허균의 『학산초담』 저술이나 중국시선집 편찬 활동을 보았을 때 그의 한시 비평에 대한 수준과 역량은 일찍이 응축되어 있었던 것으로 판단된다. 허균의 『국조시산』 편찬에서 이러한 이전 작업과의 관련성은 전술한 바 확인할 수 있있지만, 허균이 『국조시산』 편찬을 했던 직접적인 동기에 대해서는 별도의 탐색이 필요하다. 조선시선집은 조선 중기까지만 하여도 개인적으로 편찬하던 문학물이 아니었다. 중국의 한시는 학시의 전범이었기 때문에 편자의 목적과 의도에 맞는 선집을 개인적으로 저술할 수 있었지만, 조선 한시는 사정이 달랐다. 선행 조선시선집은 선대의 문학 성과를 집대성하는 목적에서 제작되거나 조선의 한시를 보고자하는 중국의 요청에 의해 편찬되었다. 따라서 조선시선집의 출현 배경은 개인적인 문학 활동 이상으로 고려될 부분들이 있으며, 『국조시산』 역시 편찬자 허균의 외부 활동에 주시하여 중국 문인과의 만남과 교유를 자세히 검토하는 작업이 필요하다. 더욱이 『국

---

181) 허균의 명 문학에 대한 관심은 시선집은 아니지만 선집 작업으로서 양신과 왕세정의 척독 편찬의 취지를 이은 『명척독』의 편찬, 왕세정이 만년에 즐겨 읽었다는 소식의 문장과 모곤이 평생 추앙하였다는 구양수의 문장을 뽑아서 『구소문략』이라는 문선집을 편찬하고, 왕세정의 『세설산보』에 주해를 붙인 『세설산보주해』가 있다. 모두 허균의 문집에 서문만 남아서 전한다.

조시산』은 허균이 중국 사신 주지번을 만난 이듬해에 편찬되었다. 다음 절에서는 이러한 부분들에 대해 논의해볼 것이다.

## 2. 중국 문인과의 만남과 조선시선집 제작

중국에서는 예전부터 같은 문자를 사용하는 동방의 문학 성과에 큰 관심을 보여 왔고, 특히 한시의 수준을 높게 평가하고 주시하였다. 이에 중국 사신에 대한 조선의 접반 과정이나 조선 문인의 사행 과정에서, 중국은 조선시선집을 공식적으로 요청하였고, 조선의 조정에서는 중국의 조선 한시에 대한 관심과 요구에 응하면서 조선시선집을 편찬하였다. 이러한 조선시선집 편찬의 전통적인 맥락을 고려한다면 『국조시산』의 편찬 배경도 중국과 관련하여 검토될 필요가 있다.

앞서 살핀 바와 같이 허균은 일찍이 한시 비평 활동을 문학적 성과로 정리한 바 있었지만, 개인적인 시화 저술이나 중국시의 학습과정에서, 여러 중국 시문의 성과를 제시하고 학습을 독려하기 위해 중국시선집을 편찬하는 정도에서 그쳤던 것이 사실이다. 조선시선집의 편찬은 시선집 편찬의 역량이 충분하다고 하더라도 허균의 문단에서의 위치를 고려한다면 수록 작가에 대한 시비 문제 등 고려해야할 부분들이 많기 때문에 쉽사리 편찬할 책이 아니었다.[182] 따라서 본고에서는 허균이 어떤 계기로 조선시선집 편찬을 실행에 옮기게 되었는지를 그의 중국

182) 『국조시산』 이전 대표적인 사찬 조선시선집으로 김종직의 『청구풍아』와 유희령의 『대동시림』 등이 있다. 이 시선집들은 모두 부친의 시를 수록한 일로 공평한 선발이 되지 못했다는 평가를 받았고, 이 밖에도 특히 유희령의 경우는 박은 시를 뽑지 않았다는 등, 여러 논자의 불평을 받은 바 있다.

관련 활동과 중국인과의 만남을 통해 살펴보고자 한다.

### 1) 오명제의 『조선시선』 편찬 참여

허균은 문장가의 집안에서 태어나 일찍이 중국, 중국인, 중국 문학에 관심이 컸고 아는 바도 많았다. 『학산초담』의 기사만 살펴보아도, 허균이 중국 문학이나 문단에 대해 큰 관심을 가지고 있으면서 중국을 기준으로 조선의 문학을 논하는 수준인 것도 확인이 가능하다.[183] 그러나 허균은 서적이나 주변에서의 중국 관련 견문을 기록하였을 뿐, 직접 중국 문인을 만날 기회를 얻지는 못하였다. 이는 명의 폐쇄적인 외교 정책으로 인하여 1582년 이후 중국 사신이 조선에 파견되지 않았기 때문이다.[184] 따라서 허균이 중국인과 처음 접촉한 것은 1591년(23세), 중국 상인이 제주도에 표류되었다가 서울로 압송되었다는 소식을 듣고 일부러 그들을 찾아가서 만난 것이 최초의 일이다. 허균이 그 당시 중국 상인을 찾아가 질문하고 대화한 것을 보면 그가 일찍이 중국의

183) 『학산초담』에는 중국을 기준으로 한 시평이나 중국과 관련된 일화가 여러 번 기록되어 있다. "이 시가 중국에 전파되어 왕봉주(王鳳洲) 선생이 대단히 칭찬하였다." ; "이 시는 당인(唐人)의 수준에 못지 않으니 중원(中原)에서 사랑을 받는 것이 당연하다." ; "중국인이 인재를 아끼기가 대개 이와 같다."; "중국 사람은 시의 공정을 아는 것이 이러하다." ; " 중국인이 그를 중히 여기는 것이 또한 이와 같았다." ; "우리나라 인재는 중국에 미치지 못하는 것을 또한 알 만하다." ; "중국에서 팔을 휘두르고 뽐낼 수 없음이 안타깝다." ; "칠자(七子)로 더불어 중국에서 서로 겨루지 못함이 한스럽다." ; "요즘 중국인의 문학은 서경(西京)의 시조(詩祖)인 두보(杜甫)를 숭상하여서" ; "중국 근래 명사로 글 잘하는 이 중에" ; "조선조에는 신시행(申時行)·허국(許國)의 무리를 바라볼 만한 사람도 없거든, 하물며 중국의 칠자(七子)와 재주를 겨룰 수 있겠는가."

184) 문관 출신 명 사신이 조선에 방문한 것은 명초의 외교 관계 정립을 위한 파견 이후, 16세기부터 허균 생전까지의 파견 연도를 보면, 1506, 1521, 1537, 1539, 1545, 1556, 1567, 1568(2회), 1582, 1602, 1606, 1609년이다.(신태영, 『황화집 연구』, 다운샘, 2005, 31면 참조.)

풍속, 지명, 인물에 굉장히 해박했음을 알 수 있으며, 또한 중국인에게 자신의 지식이나 재능을 평가받고자 한 사실도 확인된다.[185)]

이 당시 중국인과의 접촉이 극히 제한적으로 이루어진 상황에서 임진왜란을 기점으로 중국의 장수들이 조선에 파견되고 그들이 조선에 체류하게 되는 환경이 마련되었다. 특히 1592년의 일본의 1차 침략 때보다, 1597년 정유재란을 기점으로 많은 명의 장수가 유입되었는데, 이 장수들은 조선을 경험하면서 여러 전쟁 관련 여러 견문기를 남겼고, 특히 조선시선집도 제작하기에 이르렀다.[186)] 이러한 배경에서 중국인 오명제가 임란시기 조선에 와서 시를 수집하고 편찬한 『조선시선』(1559)[187)]이 등장하였다. 그러나 조선에서의 견문을 기록하는 일과는 달리 조선의 시선집 편찬은 조선 문인의 도움 없이는 불가능한 작업인데, 이 시선집에 허균이 오명제에게 시를 수집하여 준 사실이 확인되고 있다.

따라서 본고는 허균이 참여했던 『조선시선』에 대해, 『국조시산』 이전의 허균의 활동과 경험이라는 측면에서 바라보고자 한다. 곧 허균의

---

185) 許筠, 『鶴山樵談』. “辛卯冬, 唐商二十餘人, 賣砂糖漂泊于我國濟州地, 刷到王京, 余與友生往見之, 歷問蘇杭風俗, 一人曰: ‘秀才何以外國人歷知中原風土邪?’. 其中有莊德吾者, 自言福建漳浦人, 余問莊侍郎國禎朱侍郎天球是君隣里不, 德吾驚曰: ‘侍郎僕之堂叔, 朱公同閈居也.’. 余又曰: ‘然則莊太史履豊御史履明, 亦與君堂兄弟也.’. 德吾首肯之與其輩相吃吃語大笑. 通事言其相語‘秀才年少而通曉上國事’云矣. 有王信民者問余曰: ‘何官’, 余曰: ‘戊子擧人爲國子生.’, 王曰: ‘幾日聽選.’ 盖中原則國子生例, 聽選於吏部, 故其言如此.”

186) 韓致奫, 『海東繹史』 卷45, 「藝文志」 4에는 오명제의 『조선시선』, 초횡의 『조선시선』, 남방위의 『조선시선』이 만들어졌다고 하며, 이 밖에도 『서씨정화(徐氏精華)』에는 왕세종이 편찬한 조선시선집 4권이 있었다고 에서 기록하고 있으나 이 중에서 현전하는 것은 오명제와 남방위의 시선집 2종이다.

187) 『조선시선』의 편찬 시점은 정확하게 밝혀져 있지 않다. 우선 편자 오명제의 서문에는 1599년 4월로 되어있고, 한초명이 쓴 서문과 허균이 쓴 후서가 1600년으로 되어 있다. 본고에서는 오명제의 서문을 기준으로 1599년으로 하였다.

『조선시신』 편찬 참여의 경험이 『국조시산』의 편찬에 어떤 방식으로든 작용하였다고 본 것이다. 다만 이 『조선시선』은 허균이 알려준 시가 기초가 되었다는 사실만 명확할 뿐, 허균이 편찬 과정에서 구체적으로 어떤 작업을 했는지는 알 수가 없다. 이 때문에 『조선시선』에 대한 설명에는 허균이 늘 언급되지만, 허균의 활동으로 『조선시선』을 통해 구체적 사실을 논하기에는 쉽지 않은 것이다. 또한 『조선시선』의 현전 판본도 조선 문인들이 기록하고 있는 『조선시선』과는 많이 다른 모습이어서[188] 본고는 『조선시선』에 대한 심도 있는 분석보다는 편찬자 오명제와 허균의 만남과 행적에 초점을 맞추어 살펴보고자 한다.

먼저 『조선시선』의 편찬자인 오명제의 서문부터 보자.

> 정유년(1597, 선조 30)에 서 사마공이 동쪽으로 조선을 구원하러 가는데 나도 빈객으로 종사하였다. 다음해 무술년 봄에 압록강을 건너 의주에 주둔하였다. 초여름에 사마공을 따라 성 남쪽 20리 떨어진 곳에서 사냥하다가 험난한 곳에 이르러 말은 지치고 비를 만나 촌가에서 쉬고 있다가 조선의 이문학이라는 자를 만났다. 시를 잘했고 중국어를 알았다. 앉아서 오래 대화하며 인하여 시를 읊고 서로 주었다. 다음날 용만의 관에 방문해야 해서 술을 차려놓고 다음에 만나기로 하였다. 과연 약속과 같이 마침내 살구나무 아래에서 다시 시를 지으면서 서로 주었다. 이에 문학의 무리들이 점차 늘어났고 날마다 더욱 풍성해졌다. 그 사람들이 예의 갖추고 물러나니 그 문장이 모두 아담하여 볼만하였다. 내가 인하여 동해의 명사들을 방문하여 최치원 등 여러 문집들을 보고 싶었으나 모두 말하길 '없습니다. 작은 나라가 난리를 당하여 군

188) 조선 문인의 기록을 통해 볼 때에 윤근수나 양경우의 시 등이 있어야 하나 북경대학교 소장본에는 이들의 시가 다 빠져있다. 현전 북경대학교 소장 『조선시선』은 축약본이거나 결본으로 보여지며 오류도 많이 확인되고 있다.

신들이 풀숲처럼 누추한 곳에서 보낸 지가 거의 7년입니다. 목도 제대로 보전하지 못하는 판에 하물며 그런 것들이 있을 리가 없지요.'라고 하였다. 그러나 기억하는 자가 있어서 문득 써서 준 것이 점점 일이백 편에 이르렀다. 서울에 이르자 문학하는 선비가 많은 것을 알게 되었다. 그래서 사마공에게 서너 번 청하여 "잠시 군문 바깥에 머물면서 (문학하는 선비들과) 사귀고 찾아다니다가, 다시 상공 처소로 돌아오고 싶습니다."라고 하였다. 그랬더니 (사마공이) 허락하였다. 나는 곧 관을 나와 허씨네로 갔다. 허씨 삼형제는 봉과 성과 균이었는데 문장으로 동해에 이름이 났다. 봉과 균은 모두 과거에서 장원을 했고 균은 더욱 민첩하여서 한번 보면 잊어버리지 않아 조선의 시 수백 편을 외워주었다. 이에 내가 모은 시는 날로 늘어났고, 그 누이의 시 200편도 얻게 되었다. 이에 판서 윤근수와 여러 문학하는 선비의 집에서 남은 편을 모두 수습하여 마침내 상자에 가득 찼다. 얼마 안 있어 사마공이 부친상으로 돌아가게 되자 나도 역시 장안으로 돌아갔다. 장안에서 여러 선생들에게 들르니 모두 동해 시인의 시와 허 매씨의 유선시 여러 편을 보기 원하였다. 보는 사람들이 모두 기뻐하며 말하길, "좋구나. 오 백자가 동방에서 돌아와 보따리 속에서 신기한 것들을 가져왔도다." 하였다. 얼마 지나지 않아 내가 다시 조선으로 원정 가서 이 씨의 집에 머물렀다. 이 씨는 조선 의정 덕형이다. 시문을 잘하는 우아한 선비였는데, 내가 더욱 여러 명인의 문집을 찾기를 청하여 전후로 얻은 것이 신라부터 조선에 이르기까지 모두 백 여가에 이르렀다. 펼쳐서 보다보니 모두 두 달 동안이나 문지방을 넘지 않게 되었다. 좋은 시 약간씩을 뽑아서 각체별로 썼는데, 세가와 연보가 약간 구비되지 못하고 그 전질이 불에 타서 두 세 문인의 경우는 참조하지 못하여 혹 구슬을 빠뜨린 아쉬움이 없진 않을 것이다. …(下略)… 명 만력 27년 기해(1599) 여름 4월, 임오일 보름에 현초산인 오명제가 조선 이덕형의 집에서 쓰다.[189]

---

189) 吳明濟, 「朝鮮詩選序」(吳明濟 編, 祁慶富 校註, 『朝選詩選校註』, 遼寧民族出版社. 1999.). "丁酉之歲, 徐司馬公以贊畫出軍東援朝鮮, 濟以客從. 次歲戊戌季春, 涉鴨綠,

오명제의 「자서(自序)」에는 그가 『조선시선』을 편찬하게 된 이유와 과정 등이 자세하게 소개되어 있다. 오명제는 임진왜란 때 조선에 온 명나라 장군으로 시문에 대한 개인적인 관심에서 조선의 시를 수집하고 다녔다. 그 과정에서 조선의 문인들을 만나 시를 받았고, 수집한 시가 중국에서 반응이 있자 다시 조선에 와서 추가로 시를 모으고 정리하여 『조선시선』이라는 시선집을 본격적으로 편찬하였다. 오명제가 서문에서 밝힌 사실을 시간 순으로 간략하게 정리하면 다음과 같다.

① 1597년 가을, 오명제가 서 사마공을 따라 빈객으로 조선에 왔고, 실제로는 1598년 압록강을 넘어 의주에 주둔하였다.

② 1598년 여름, 오명제가 조선 문사 이 문학을 만나게 되고 그의 무리들과 시를 수창하게 되었다. 이 과정에서 최치원을 비롯한 동방 시인의 시를 수소문하게 되었고 이 문학과 주변 문우들이 외워준 조선 시 일이백 편을 모았다.

---

軍於義州. 孟夏, 司馬公獵於城南二十里, 濟并轡而馳. 及坎馬敗, 遂辭歸, 值雨, 休於村舍. 有朝鮮李文學者, 能詩, 解華語, 坐語久之, 因賦詩相贈. 次日, 期訪我于龍灣之館, 且治漿待之. 果如約, 遂與醉於杏花之下, 復賦詩相贈. 於是文學輩稍稍引見, 日益盛. 其人率謙退揖讓, 其文章皆雅淡可觀. 濟因訪東海名士, 崔致遠諸君集. 皆辭'無有. 小國喪亂, 君臣越在草莽間幾七載, 首領且不保, 況於此乎.'然有能憶者, 輒書以進, 漸至一二百篇. 及抵王京, 聞多文學士. 乃數四請司馬公, '願暫館于外, 得與交尋, 更入蓮花幕也.'許之. 濟乃出, 館於許氏. 許氏伯仲三人曰篈, 曰筬, 曰筠, 以文鳴東海間. 篈筠皆擧狀元, 筠更敏甚, 一覽不忘, 能誦東詩數百篇, 于是濟所績日富, 復得其妹氏詩二百篇. 而尹判書根壽, 及諸文學, 亦多搜殘編, 遂盈篋. 頃之, 司馬公以外艱歸豫章, 濟亦西還長安. 長安縉紳先生, 聞之皆願見東海詩人詠. 及許妹氏遊仙諸篇, 見者皆喜曰, 善哉吳伯子, 自東方還, 囊中裝與衆異. 乃纍纍琳琅乎. 居無何, 濟復征朝鮮館于李氏. 李氏朝鮮議政德馨也. 雅善詩文, 濟益請搜諸名人集. 前後所得自新羅及今朝鮮, 共百餘家. 披覽之, 凡兩月不越戶限, 得佳篇若干篇, 類而書之. 然未聞其世家年譜, 稍有未次, 而所得率燼餘其全帙不二三家, 或不能無遺珠之歎. (下略) 明萬曆二十七年己亥四月壬午之望玄圃山人吳明濟書於朝鮮王京李氏議政堂." 참고로 기경부의 『조선시선교주』 영인본의 사진 배치가 잘못되어있고 누락된 면도 확인된다. 책을 기준으로 올바른 면수는 '55-60-61-58-59-56-57-누락-62면'이다.

③ 서울에 도착하여 적극적으로 문사를 찾았고, 허균의 집을 방문하였다. 허균은 임란 직후여서 남은 서적이 없다하고, 기억하고 있던 시 수백 편과 누이의 시 이백 편을 주었다.

④ 판서 윤근수의 집과 주변 여러 문학하는 선비의 집을 방문하여, 잔편을 많이 찾아 보완하였다.

⑤ 장안에 갔다. 중국 문인들이 동방의 시, 특히 허난설헌의 여러 시를 보고자 하는 것을 알았다. 1599년, 다시 조선으로 와서 이덕형의 집에 머물렀다.

⑥ 이덕형에게 유명한 문사의 문집을 구해줄 것을 요청하였고, 신라부터 조선까지 100여 명의 문집을 얻었다.

⑦ 1599년 여름, 이덕형의 집에서 지금까지 얻은 문집들을 읽고, 좋은 시들을 골라 종류별로 모아서 『조선시선』 편집을 마무리하였다.

오명제는 임진왜란 시기에 조선에 온 장군이다. 그에 대해서 잘 알려진 바는 없지만 『조선시선』을 편찬한 사실이나 여러 조선 문인의 문집에 기록된 모습을 보면, 문인은 아니지만 문학적 조예가 깊었던 인물인 듯하다. 그는 위의 서문에서와 같이 조선에 방문하여 시를 수집하였고, 주로 이 문학(미상), 허균, 윤근수, 이덕형 등의 도움을 받아 『조선시선』을 편찬하였다. 그리고 오명제는 이 과정에서 조선의 여러 문인들과도 만났다. 오명제의 서문에는 밝혀져 있지 않지만, 최립의 문집에는 〈同吳參軍明濟子魚吳人賦卽事形愧謝之意〉가 조위한의 문집에는 〈與天朝吳相公明濟會龍山〉이라는 시가 있어서 오명제가 최립이나 조위한과 같은 문인들을 만나 시를 주고받았음을 알 수 있다. 최립이 오명제와 관련하여 남긴 글을 보자.

나는 원래 동파(東坡)의 시에 익숙한 사람이 아니다. 그저 갑오년(1594)에 서울에 갔을 때 우리나라의 서책들이 병화(兵火)로 모두 없어

> 졌기 때문에, 동파의 시집 한 권을 간신히 구입해서 보았을 따름이었다. 그런데 뒤에 해평공(海平公 윤근수)이 전하는 말을 들어 보건대, 소주(蘇州) 사람인 오명제를 만나서는 우연히 행록(行錄) 중의 내 졸작(拙作)을 그에게 보여 주었더니, 소 장공(蘇長公)의 기품과 격식이 크게 느껴진다고 했다 한다. 내가 감히 그런 말을 듣고서 일희일비(一喜一悲)할 입장도 아니지만, 중국 사람들이 시를 보는 안목은 우리나라 사람들이 등한하게 보는 것과는 같지 않다는 것을 알 수가 있었다.[190]

윤근수는 최립의 「갑오행록」을 오명제에게 보여주었고, 오명제는 "크게 소식(蘇軾)의 기격(氣格)이 있다.[大有蘇長公氣格]"라고 평가하였다. 이를 최립이 전해 듣고는 위의 인용문을 「갑오행록」의 「후서」로 기록한 것이다. 오명제의 서문에는 오명제가 윤근수를 찾아간 사실이 확인되는데 이때 윤근수가 최립의 시를 보여줬던 것 같다. 위의 인용문을 보면 그가 조선 문인을 만나 단순히 시만 수집했던 것이 아니라 시를 얻는 과정에서 시에 대한 감상을 나누며 토론을 겸했음을 알 수 있다. 오명제와 창수했던 문인들은 위에서 제시한 최립과 조위한만이 아니라, 『조선시선』을 통해서도 여러 문인과 수창한 사실을 확인할 수 있다.[191]

오명제는 조선의 시를 수집하는 과정에서 많은 조선 문인을 만나 활발하게 교유했다. 이 만남은 오명제에게 있어서는 조선의 시를 얻는 목적, 조선 문인은 중국인과의 문학 토론의 기회라는 점에서 이해관계

190) 崔岦, 『簡易集』 卷7, 「甲午行錄後序」(『韓國文集叢刊』 49輯). "余非熟東坡詩, 甲午如京, 爲本國書亡於兵火, 僅購看蘇律一本. 及後海平公遇蘇州人吳明濟, 偶示行錄鄙作則曰, '大有蘇長公氣格', 余不敢以欣以沮, 而可見華人看詩不似我人等閑也."

191) 오명제가 조선 문인에게 받은 시는 위작의 논란도 있지만, 그가 서문에서 거론하고 만났던 인물들이 『조선시선』 본문에 모두 등장한다는 점에서 실제로 시를 주고받으며 문학적으로 교유한 사실은 분명해 보인다.

가 맞았다. 앞서 언급하였지만, 조선에는 1582년 이후 중국 사신이 전혀 방문하지 않았기에 1597~8년의 조선 문단에서 중국인을 직접 만나 시를 주고받는 것은 특별한 경험이었다. 이 당시 조선 문인들은 한동안 단절된 교류의 탓인지 중국인에 대한 막연한 동경의 분위기도 있었던 것 같다. 인용문에서 보듯 소식의 시를 거의 접하지 않았던 최립에게 오명제가 소식과 흡사하다는 평가를 내리자, 최립은 이에 의문을 가지고 반박하기보다는 중국인의 남다른 안목으로 인정하고자 하는 태도를 보이고 있다.

허균과 오명제와의 만남도 이러한 배경에서 논의될 수 있다.

> …(상략)… 회계 사람 자어는 박식하고 우아한 선비이다. 군대를 따라 조선에 들어오셔서 나한테 각별히 깊고 두터운 우정을 주었다. 나한테 말하기를 '당신 나라는 문학이 흥성하니 최치원 등 많은 분들의 시가들을 나한테 취해다 주시오. 내가 가서 널리 전해주겠소.' 하였다. 이때는 전쟁 직후라 남은 것이 거의 없어서 고사하였으나 받아들여지지 않아서 내가 기억하는 수백 편을 드렸다. 이덕형 또한 단편적인 작품을 수습해서 도왔다. 그렇게 모은 것을 합하니 7권이 되었다. …(중략)… 천 년 전에 벌써 잊혀진 작품들이 천 년 후에 다시 대접을 받게 되었다. 작은 나라의 시가들이 선생님 덕분에 널리 알려지게 되니 이것은 하늘의 뜻이 아니겠는가? 선생님의 공로가 매우 크다. …(하략)… 명 만력 28년 경자 계춘 상한 조선의 허균이 머리를 조아리고 재배하며 쓰다.[192]

192) 許筠, 「朝鮮詩選後序」(吳明濟 編, 祁慶富 校註, 『朝選詩選校註』, 遼寧民族出版社, 1999.). "……(上略)……會稽子魚, 博雅士也. 從戎東土, 筠獲私良厚, 謂筠 '爾東方文學甚盛, 若崔致遠諸君詩歌, 爲我取來, 我將傳之.' 時以兵燹之餘, 所存無幾, 固辭不得, 以筠所憶數百篇進. 李議政亦拾斷簡佐之. 所取若干爲編者七.……(中略)……夫遺於千載前而遇於千載後, 小國之音, 以先生始與成周齒, 豈非天耶? 先生之功盛矣哉.……(下略)……皇明萬歷廿八年庚子季春上澣朝鮮許筠頓首再拜書."

허균이 쓴『조선시선』후서이다. 오명제와 허균의 만남이 성사된 것은 오명제가 허균을 찾아서였다. 오명제는 조선의 시를 수집하기 위해 문장가의 집을 수소문했고 가장 먼저 허균을 찾았다.[193] 허균은 당대 최고 문장가 집안 출신에다 문과에 장원한 조선을 대표하는 문장가였기 때문이다.[194] 허균은 조선의 시를 보고 이를 중국에 알리고자 하는 오명제에게 최치원부터 허균 당대까지 자신이 외우고 있던 시 수백 편을 알려주었다. 그리고 이 과정에서 누이 난설헌의 시 200편을 전하

---

193) 吳明濟,「朝鮮詩選序」(吳明濟 編, 祁慶富 校註,『朝選詩選校註』, 遼寧民族出版社. 1999.). "濟乃出, 館於許氏. 許氏伯仲三人曰篈, 曰筬, 曰筠, 以文鳴東海間. 篈筠皆擧狀元, 筠更敏甚, 一覽不忘, 能誦東詩數百篇."이 무렵 허균의 문재에 대한 평가는 실록에서도 찾아볼 수 있다.("許筠[賦性聰慧, 博通群書, 長於詞章. 但爲人輕妄, 無足觀者.]爲兵曹佐郞.")

194) "허씨는 고려조의 야당 이후부터 문장가가 번성하였다. 봉사를 지낸 허한이 허엽을 낳았는데 이 분이 바로 초당이다. 초당은 자식 셋을 두었는데 두 아들은 허봉과 허균이고, 막내딸은 난설헌이다. 허한의 종숙부는 지중추를 지낸 허집이요, 재종형은 충정공 허종, 문정공 허침인데 이분들은 모두 문장으로 명성을 떨쳤다.[許氏自麗朝埜堂以後, 文章益盛. 奉事澣生曄, 是爲草堂. 草堂生三子, 其二篈筠. 季女號蘭雪軒. 澣之從叔知中樞輯. 再從兄忠貞公琮, 文貞公琛, 皆以文章鳴.]"(안대회,『對校譯註 小華詩評』(下), 국학자료원, 1995, 277면.) ; "전한 하곡 허봉이 시에 능한 것으로 크게 이름이 있었는데 불행하게 일찍 세상을 떠났다. 그의 시가 사람들에게 알려진 것이 매우 적어 나도 여러 편을 얻어보지 못했다. 최근에 기와 정홍명이 나에게 말하기를 '일찍이 들으니 내한 장유가 우리나라 문인들의 시를 논하면서 근래 문인으로서 재주있는 사람 가운데 허봉의 시가 으뜸이 된다고 한다' 했다. 나는 장 내한이 반드시 본 바가 있었을 것으로 생각하고『하곡유고』한 권을 구해 항상 손에 잡고 탐독했는데 참으로 한 세대에 뛰어난 시재였다. 격조가 높은 것은 경번당과 같으나 공허하고 허탄한 병이 없으며 그의 동생 허균은 섬부하고 여유는 있었으나 격이 매우 낮아 같이 말할 것이 못된다.[荷谷許典翰篈以能詩大有名, 不幸而夭. 其詩播在人口者絶少, 余不得見其累篇. 近鄭畸翁弘溟謂余曰 :'曾聞張內翰維論東方詩人, 邇來文人才子中, 荷谷之詩爲最云', 余以爲張內翰必有所見, 求得荷谷遺稿一卷, 常手把貪玩, 眞絶代詩才也, 調格之高, 同景樊堂, 而無虛誕之病. 厥弟筠雖贍裕不竭, 格律甚卑, 不可同日道也.]" (「霽湖詩話」『詩話叢林』) ; "계곡 장유는 우리나라 시인 중에서 하곡 허봉을 가장 뛰어난 시인이라 칭송하였고, 제호 양경우도 하곡을 절대 시재라고 말했다.…(中略)… 이 시 한 수만 읽어봐도 두 분이 한 말을 믿게 된다.[谿谷稱東國詩人中荷谷爲最, 霽湖亦言絶代詩才. 余嘗見其吉城秋懷詩…(中略)… 讀此一詩, 方信二人所言.]"

였다.

그러나 현재로서는 『조선시선』의 시 중에서 허균이 알려준 시가 무엇인지 실증할 방법이 없다. 일단 오명제는 허균에게만 시를 얻었던 것이 아니고 가장 먼저 만난 조선 문인 '이 문학'과 그 주변 인물들에게 일이백 편을 얻었고, 허균이 알려준 수백 편, 누이의 시 이백 편, 윤근수와 주변인들에서 수습한 시에다, 마지막으로 이덕형에게 부탁한 100여가의 문집을 자료로 하여 시를 뽑았기 때문이다. 물론 이 과정에서 허균이 알려준 시의 편수가 『조선시선』에 비중 있게 수록되었으리라는 점은 짐작할 수 있지만 『조선시선』의 시를 모두 허균이 알려준 것이라고 할 수는 없다. 허균 일가의 시와 허난설헌의 시는 허균이 준 자료로 선발했겠지만, 다른 시의 경우는 시의 수집 경과를 보았을 때 허균이 외워서 준 시를 기초로 하면서 이후 윤근수나 이덕형이 준 시로 보완을 했으리란 정도로 추정할 수 있을 뿐이다.

다만 허균이 오명제와의 만남과 관련하여 남긴 기록을 참조하여 몇 가지 사실 확인은 가능하다.

> ① 절강(浙江)의 오명제(吳明濟)가 이 시(정사룡의 〈黃山驛〉)를 보고 비평하기를, "그대의 재주는 용을 잡을 만한데 도리어 개를 잡고 있으니 애석하다."고 했는데 아마도 당시(唐詩)를 배우지 않아서 한말이다. 그러나 어찌 정사룡을 작게 평가할 수 있겠는가.[195]
>
> ② 절강 사람 오명제가 말하길, "태백과 흡사하다."하였다.[196]

195) 許筠, 『惺所覆瓿藁』 卷25, 「惺叟詩話」(『韓國文集叢刊』 74輯). "浙人吳明濟見之, 批曰: '爾才屠龍, 乃反屠狗, 惜哉.', 蓋以不學唐也. 然亦何可少之."

196) 『國朝詩删』 卷2, 〈漫浪舞歌〉 "浙人吳明濟云, '酷似太白'."

③설상 사람 오명제가 말하길, "왕소백의 운치이다."하였다.[197]

①에서 보듯 허균은 오명제에게 호음 정사룡의 〈황산역(黃山驛)〉시를 보여주었는데, 오명제는 이 시에 대해 '재주는 용을 잡을 만한데 개를 잡고 있다'는 안타까움을 표하였다. 허균이 알려준 호음의 이 시는 위와 같은 품평이 오간 후 『조선시선』에는 수록되지 않았고, 허균의 『국조시산』에도 보이지 않는다. 허균이 오명제를 만나지 않았다면 이 시는 『국조시산』에 등재되었을 것이지만, 허균은 오명제의 품평을 적극적으로 받아들였다. 이러한 허균의 태도나 위의 ①②③에서 확인되는 오명제의 품평을 본다면 오명제가 무관이지만 문학의 수준이 상당했다는 추정이 가능하다.

또한 이들이 시를 놓고 벌인 토론의 내용은 『국조시산』에도 확인되고 있다. 허균은 이달의 칠언고시인 〈만랑무가(漫浪舞歌)〉의 끝에 ②의 평을 붙여놓았다. 또 ③은 허난설헌의 시에 붙은 비어로, 오명제는 허난설헌의 시에 대해 왕창령의 운치가 보인다고 평가하였다. 이렇듯 단편적으로 남아있는 오명제의 시평을 통해, 허균이 오명제와의 만남의 과정에서 그와 시에 대해 토론하면서 오명제의 감식안을 인정하고 있음을 알 수 있다. 그와의 만남은 허균의 조선시 목록에 영향을 미쳤고, 품평도 『국조시산』에서 비어로 확인되고 있다.

허균이 오명제를 만나고 『조선시선』 편찬에 참여한 사실을 통해서 논할 수 있는 것은 다음과 같은 것들이다. 먼저 오명제와의 만남에서 찾을 수 있는 의의부터 생각해보자. 허균이 조선의 문장가로서 가장 궁금했던 것은 조선의 문학에 대한 중국의 평가였다. 이러한 입장에서

197) 『國朝詩刪』 附錄 〈塞下曲〉 "浙人吳明濟云, '王少伯遺韻'."

허균이 오명제라는 중국 장수를 만난 것은 문학에 대한 심도 있는 논의까지는 아니더라도, 어느 정도 중국인의 보통의 시각을 엿볼 수 있는 좋은 기회였다. 실제로 오명제는 시에 대한 상당한 수준을 보여주었고, 허균은 그와 만나고 시를 토론하면서 기존 지식의 바탕 위에서 분명 새롭게 깨친 바가 있었을 것이다.

한편 허균은 오명제를 만나 중국에서의 조선 시에 대한 관심과 수요도 확인하였다. 전술한 바 있지만, 허균이 오명제를 만날 때까지 조선 문인은 중국인을 거의 만나지 못했다. 오명제를 통해 허균은 중국 문단의 분위기와 조선 시에 대한 관심을 확인하였고, 더불어 『조선시선』에 등재된다는 것이 어떤 의미를 지니는지도 알 수 있었다. 자신의 숙원인 '조선에 허균이라는 자가 있다는 것을 중국에 알리기'[198]에 더없이 좋은 기회였던 것이다. 허균은 적극적으로 오명제의 시 수집에 협조하였고, 이 과정에서 허난설헌의 시 200여 편을 건넸다. 중국에 허난설헌의 시를 알리는 것은 단순히 한 시인의 명성과 관련된 일이 아니었다. 허균은 자신의 가문을 드러내고, 여류 시인을 통해 조선 시의 수준을 보여주는 방식으로 허난설헌을 조선의 작가로 부각시켰다. 결과적으로 『조선시선』에서 가장 많은 시가 수록된 작가는 허난설헌이었으며, 이 특별한 여성 시인에 대해 중국 문단은 크게 반응하였다. 조선의 시가 중국에 전해짐과 동시에 허씨 일가의 시명은 같이 높아졌던 것이다. 결국 허균의 의도는 아래 인용문과 같이 주효했던 것으로 보인다.

198) 許筠, 『惺所覆瓿藁』 卷13, 「使東方錄跋」(『韓國文集叢刊』 74輯). "以鄙俚之言, 托此而傳耀於天下, 使海內操觚談藝者, 知海外有許筠端甫者, 豈非至幸歟."

본국 삼백 년에 문장에 뛰어난 자들이 많았는데 중국에 드러난 자는 별로 없었다. 오직 허균과 봉, 성 그리고 누이 난설헌의 명성이 가장 드러나서 천하의 선비들이 동국의 재예를 논할 때에는 반드시 허씨로 수위를 삼으니 어찌 냉소거리가 아니겠는가. 참으로 이광과 옹치의 행 불행이라 하겠다.[199)]

균과 봉은 글로 동해에서 이름을 날렸는데 모두 장원 출신이다. 재녀 경번은 그의 누이이다. 균은 『조선시선』이 있어 중국에 전해졌다.[200)]

전목재 『황명열조시집』에는 동방의 시를 수록한 것이 자못 많은데, 읍취나 소재와 같은 본조의 대가는 태반이 누락되어 모두 수록되지 않았고, 허씨의 시가 가장 많이 수록되었다. 이는 곧 난우 주 조사가 왔을 때에 허균이 준 것에서 얻은 것인데, 허균은 그 당시 가장 난우와 가까이 지냈으며 난우 역시 일찍이 동방의 시를 균에게서 구하였으니 그것은 사실상 하나의 기회였다. 허균이 외워서 전한 바는 대부분 자기 기준에 맞는 화려한 작품들이었고 여러 공들의 맑고 굳건하고 웅장한 글들이 중국에 도달하지 않게 하였으니 그 책임을 모면할 수 없다.[201)]

명인들이 우리 동방의 시를 매우 좋아하였는데 허경번의 시를 가장 칭찬하였다. (중국에서) 시를 뽑은 자들 중에 경번의 시를 싣지 않은 사람이 없었는데 청인 송락이 경번이 지었다는 〈백옥루상량문〉이 있다

---

199) 陸次雲, 『譯史紀餘』 卷2, 「朝鮮國詩」. "然本國三百年, 鴻詞巨匠磊落相望, 而其能表見于中土者, 指不多屈, 獨筠與兄篈, 筬及其妹蘭雪軒聲名最著, 天下之士談東國才藝, 必以許氏爲冠, 豈不齒冷, 眞李廣雍齒之幸不幸也."

200) 陸次雲, 『譯史紀餘』 卷2, 「朝鮮國詩」

201) 任適, 『屯菴集』, 「詩話」(『韓國文集叢刊』 續66輯). "錢牧齋皇明列朝詩集, 錄東方詩頗多, 而本朝大家太半見漏, 如挹翠穌齋, 皆不得入錄. 錄許氏詩最多, 此則朱蘭嵎頒詔時, 許筠錄付而得與者也. 筠於其時, 最見知蘭嵎, 蘭嵎亦曾求東詩於筠, 則此實一機會. 而筠之所誦傳, 率以與己相合者, 綺羅油膩之作, 而使諸公淸俊雄放之辭, 不達於中華, 其責有不可逃者."

> 는 것을 듣고는 보지 못한 것이 한이 되어 그 글을 의작하여 문집 속에 수록하였으니 그 사모하는 것을 알 만하다. 명 만력 중에 남방위라는 자가 대사마를 따라 동방에 와서 동시를 채집하였는데 모은 것이 6편(編)에 이르렀다. 이름하기를 『조선시선전집』이라 하니 기자의 맥수가부터 시작하여 경번의 시까지 이르러 모두 600수나 되었다.[202]

또한 이 만남을 통해 추가로 논할 수 있는 사실은 허균의 조선시선집 편찬 참여의 경험이다. 허균은 오명제의 『조선시선』 편찬에 중요한 역할을 담당하면서 신라 때부터 허균까지의 동방의 시사(詩史)를 정리할 수 있었다. 허균은 이미 『학산초담』 저술을 통해 선조 대를 중심으로 조선 한시에 대해 비평을 한 바가 있지만, 본격적으로 신라부터 허균까지의 시를 선발하고 정리한 것은 『조선시선』 편찬에 가담하면서부터였다. 이러한 경험들이 허균의 조선시선집 편찬에 한 동기로 작용한 것은 분명해 보인다.

### 2) 주지번과의 만남과 조선 한시의 정리

앞서 허균이 명의 장수 오명제를 만나 조선시선집 편찬에 참여하면서 자신의 비평 능력을 제고시키고 조선시선집의 효용에 대해 확인한 사실을 살펴보았다. 허균과 오명제와의 만남은 오명제가 조선 최고의 문장가인 허균을 방문하여 성사된 것이었다. 『학산초담』에서도 잘 드러나지만, 허균은 가문의 영향으로 조선 문단의 현 동향은 물론 역대

202) 李宜顯, 『陶谷集』 卷28, 「陶峽叢說」(『韓國文集叢刊』 181輯). "明人絶喜我東之詩, 尤獎許景樊詩, 選詩者無不載景樊詩, 淸人宋犖聞景樊作白玉樓上樑文, 而恨未得見, 擬作其文, 錄在集中, 其慕尙可知矣. 明萬曆中, 有藍芳威者, 隨大司馬東來, 採東詩, 裒成六編, 名曰: '朝鮮詩選全集', 起自箕子麥秀歌, 止於景樊詩凡六百."

시사(詩史), 중국 문단과 인물까지 논할 수 있었다. 오명제가 조선의 시선집을 기획하면서 가장 먼저 허균의 집을 방문한 것은 당연한 수순이었다.

그러나 허균은 오명제를 만나기 전만 하더라도 특기할 만한 외부 활동이 없었다. 문과에 급제할 때까지는 중국 문인을 접하거나 중국을 방문하지는 못했던 것이다.[203] 1594년에야 허균은 문과에 급제하면서 중국 사행길에 나서게 되었지만, 그가 급제한 1594년은 임진왜란 중이기도 했고 또 모친상까지 겹쳐서 허균의 외부 활동은 몇 년간 제약적으로 이루어졌다.

이후 허균이 본격적으로 중국 문인과 문학적 교유라고 할 만한 활동을 한 것은 1606년 주지번을 접반하면서부터이다. 허균은 주지번을 만나 조선의 문학이나 중국 문단에 대한 토론은 물론, 조선과 명의 서적을 서로 주고받기도 하였다. 이 만남이 있고 이듬해에 『국조시산』이 만들어졌으니 『국조시산』의 편찬 배경으로 중국 사신과의 만남, 특히 주지번과의 교유를 주시하지 않을 수 없는 것이다. 주지번을 만나기 전 1606년까지의 허균의 사행과 접반 활동부터 살펴보자.[204]

> 1594년(선조 27, 허균26세) : 2월 29일 문과에 급제하였고, 승문원 사관에 임명되었다. 자문재진관으로 요동에 갔다가 돌아오는 길에 원접사 윤선각의 추천으로 그의 종사관이 되어 의주에 40일간 머물렀다.

---

203) 노경희는 『학산초담』의 기록을 통해 왕세정의 아들인 왕사기와 허균이 만났다고 기록하였으나(노경희, 「허균의 중국 문단과의 접촉과 시선집 편찬 연구」, 『한국한시연구』 14, 2006, 271면 참조), 이는 『학산초담』 국역본의 오역 때문이다. '會同館'은 북경에서 사신을 접견하던 장소이지, '한 집에 모인 것'은 아니기에 허균이 『학산초담』 저술 시점에 중국 문인을 만났던 것은 사실이 아니라고 보아야 한다.

204) 허균의 연도별 행적에 대한 기록은 주로 『허균연보』(허경진 지음, 보고사, 2013.)를 참조하였다.

6월 16일 여름에 사관(史官)으로 천거되었으나 모친상을 당하여 강릉으로 돌아갔다.

> 종사관은 전부터 재능과 인망이 있는 선비를 엄선하여 왔었는데, 이번에 오는 사신은 관계되는 바가 더욱 중대합니다. (중략) 또 재주와 문장을 취하여 허균을 데리고 갈 것을 계청하였다고 합니다. 허균은 연소하여 아직 일을 경험하지 못했고, 조정지도 근래 사정의 곡절을 모르기 때문에 신흠을 데리고 가게 해 줄 것을 계청했던 것인데……(하략)…….[205]

> 나는 갑오년에 자문재진관으로 요동에 갔다가 돌아오는 길에 허 급사의 접반사인 윤국형 공의 종사관이 되어 의주에 40여일이나 머물렀다. 그래서 시 가운데 (3년전이라고) 언급한 것이다.[206]

여러 기록을 통해서 허균이 문과 급제 전까지는 중국 사행을 한 적이 없었지만, 문재(文才)가 뛰어나 중국 사신과의 수창을 담당할 만한 인재라는 평가를 받고 있었음을 알 수 있다. 그리고 실제로 1594년부터 사행을 담당했으나, 이 당시 명나라에서는 사행원의 사적인 무역이나 외출을 금하였고 오직 문서를 통해서만 외교적인 현안을 처리하였기에 허균이 중국에 방문한다하더라도 제한된 범위 내에서만 중국 문인

---

205) 『宣祖實錄』 宣祖 27年 5月 3日. "遠接使尹先覺啓曰: '臣與柳永吉, 備達危悶之情, 得蒙令備邊司議啓之命, 謂必改授他人, 而畢竟猶夫前也, 終必悞事, 不占可知, 且念從事官, 自前極選才望之士, 今此天使, 所關尤重, 聞趙庭芝, 方以判校, 從事文書, 啓請帶行, 而又取才華, 追請許筠, 筠則年少未經事, 趙庭芝, 亦不知近事曲折, 故曾請申欽, 而政院以問事郎廳, 啓遞, 卽今朝議以爲, 此人久在備邊司, 往復中朝, 大小事, 知之甚悉, 求之名流, 鮮有其比, 況今獄事垂畢, 請趙庭芝遞差, 申欽帶去.' 傳曰: '雖非申欽, 亦可爲也, 不允.' 先覺, 以禮曹正郎申光弼, 啓請帶……(下略)……."

206) 許筠, 『惺所覆瓿稿』 卷1, 「丁酉朝天錄」, 〈登箭門嶺〉 小註(『韓國文集叢刊』 74輯). "僕, 甲午年, 以咨文齎進官赴遼. 回爲許給事接伴使. 尹公國馨從事官. 留義州凡四朔, 故詩中及之云."

과 접촉할 수 있었나.[207] 따라서 허균 역시도 이 시기의 사행에 대해 개인적인 기록은 남기지 않고 있으며, 또 모친상을 당하기도 해서 3년간 외부 활동도 하지 않았다.

1597년(선조 30, 허균29세) : 3월 1일 문과 중시를 보았고 장원급제하였다. 예조좌랑으로 승진하였다. 8월에 원군을 청하는 사신의 수행원으로 중국에 갔으나, 산해관에 이르러서 승전 소식 듣고 다시 서울로 돌아왔다.[208] 이때의 일은 「정유조천록(丁酉朝天錄)」에 보인다.

산해관까지 승전 소식이 전해지니 　　 楡關傳月捷
이번 행차 허사라 우습도다 　　 可笑此行虛[209]

허균은 문과 중시에서 장원급제를 하면서 다시 관직을 얻었으나, 여전히 중국 사행길에서 중국 문사와 개인적으로 교유하지는 못하였다.

1598년(선조 31, 허균 30세) : 명나라의 장군 오명제가 허균의 집에 머물며, 허균과 함께 『조선시선』을 엮었다. 이때 조선의 시 수백 편과 난설헌의 시 200편을 오명제에게 주었다. 10월 13일에 병조좌랑이 되어 평안도를 다녀왔다. 이 해에 의주를 두 번 다녀왔고 이때의 일은 「무술서행록(戊戌西行錄)」에 보인다.

나는 곧 관을 나와 허씨의 집으로 갔다. 허씨 삼형제는 봉과 성과 균이었는데 문장으로 동해에 이름이 났다. 봉과 균은 모두 과거에서

207) 노경희, 『17세기 전반기 한중 문학교류』, 태학사, 2015, 31면 참조.
208) 『宣祖修正實錄』 宣祖 30年 3月 1日; 『宣祖實錄』 宣祖 30年 4月 9日.
209) 許筠, 『惺所覆瓿稿』 卷1, 「丁酉朝天錄」 〈到山海關, 聞楊經理直到京城, 賊到稷山敗回.〉 (『韓國文集叢刊』 74輯).

장원을 했고 균은 더욱 민첩하여서 한번 보면 잊어버리지 않아 조선의 시 수백 편을 외워주었다.[210)]

| | |
|---|---|
| 한 해에 두 번이나 여길 오다니 | 一歲重來此 |
| 마중하는 아전 보기 부끄럽구려 | 慙看候吏迎[211)] |

| | |
|---|---|
| 수고로운 내 인생을 선옹은 웃을테지 | 勞生却被仙翁笑 |
| 개성을 세 번 와서 시 한편 없는 것을... | 三過開城不賦詩[212)] |

허균은 1594년과 1597년 수 차례 중국 사신 접대의 임무를 맡았으나 여전히 중국 문인과 만나지 못했다. 이 당시 중국 장군 오명제가 허균을 찾아와 조선의 시를 수집해갔고 활발한 토론을 펼쳤다. 허균은 오명제와 만나 『조선시선』 편찬을 도우면서 조선의 시사(詩史)를 한 번 정리하였다. 이 해에 중국 사신 접대 차 의주에 두 번 다녀왔다.

1600년(선조 32, 허균 31세) : 3월 초에 「『조선시선』후서(朝鮮詩選後序)」를 지어서 중국에 보냈다.

오명제는 1599년 4월 이덕형의 집에서 『조선시선』의 편찬을 완료하고 서문을 작성하였는데, 허균이 후서를 쓴 시점은 1600년 3월이다.

---

210) 吳明濟, 「朝鮮詩選序」(吳明濟 編, 祁慶富 校註, 『朝選詩選校註』, 遼寧民族出版社. 1999.). "濟乃出, 館於許氏. 許氏伯仲三人曰篈, 曰筬, 曰筠, 以文鳴東海間. 篈筠皆擧狀元, 筠更敏甚, 一覽不忘, 能誦東詩數百篇."

211) 許筠, 『惺所覆瓿稿』 卷1, 「戊戌西行錄」, 〈義州〉 (『韓國文集叢刊』 74輯). "一歲重來此, 慙看候吏迎. 憑高聊暇日, 眺遠且詩情. 波外中原大, 樽前渤澥平. 留連待初月, 衣袖露華淸."

212) 許筠, 『惺所覆瓿稿』 卷1, 「戊戌西行錄」, 〈松京謝四耐〉 (『韓國文集叢刊』 74輯). "逆旅相逢斜日時, 古都風物入秋悲. 勞生却被仙翁笑, 三過開城不賦詩."

오명제는 시선십 편찬을 끝내고 허균에게 후서를 요청하였고, 허균은 후서를 통해 조선의 시선집을 편찬한 오명제의 공을 칭송하였다.

1602년(선조 35, 허균 33세) : 한림원 시강 고천준이 명나라 신종황제가 큰아들을 태자로 봉했다는 조칙을 가지고 사신으로 오게 되자 접반사 이정귀의 천거로 종사관이 되어 사신을 접대하였다. 이때의 일은 『성소부부고』 「서행기(西行紀)」와 「임인서행록(壬寅西行錄)」에 보인다.

이정귀가 아뢰길, 연소한 사람 중에 해운판관 허균은 시에 능할 뿐만 아니라 성품이 총민하며 전고 및 중국일을 많이 압니다.[213)]

이 해(1602, 선조 35) 2월 6일 원접사(遠接使) 이정귀(李廷龜)는 종사관(從事官) 박동열(朴東說)이 병 때문에 뒤처져 따라가지 못하게 되었으므로 나를 대신 그의 종사관으로 삼아 보내 주기를 재촉하는 급한 보고서를 올렸다. 주상(主上)께서는 도감(都監)에 명하여 날짜를 정해 놓고 따라 가기를 재촉하였다.[214)]

2월 13일 서행길 떠남[215)]

2월 25일 처음으로 반송(蟠松)의 시를 내놓아 원접사가 이에 차운(次韻)하고 부사(副使)의 시에는 내가 차운하였다. 상사(上使)는 사(使)의 시를 고쳐서 내어 보였다.[216)]

---

213) 『宣祖實錄』 宣祖 34年 11月 17日.

214) 許筠, 『惺所覆瓿稿』 卷15, 「西行紀」(『韓國文集叢刊』 74輯). “是年二月初六日, 遠接使李廷龜馳啓, 從事官朴東說因病落後不得從, 其代以余爲從事官, 促令入送. 上令都監刻日催從.”

215) 許筠, 『惺所覆瓿稿』 卷15, 「西行紀」(『韓國文集叢刊』 74輯).

216) 許筠, 『惺所覆瓿稿』 卷15, 「西行紀」(『韓國文集叢刊』 74輯). “二十五日. 中火納淸亭,

내가 5년 동안에 4번이나 이곳에 왔기 때문에 말한 것이다.[217)]

이 해에 이루어진 중국 사신의 방문은 1582년 이후 20년만의 일이었다. 허균은 20년만에 조선을 방문하는 문관 출신 중국 사신 접대에서 문재를 인정받아 원접사 이정귀의 신임으로 종사관이 되었다. 이때 허균은 실제로 부사의 시에 차운하였지만, 날짜별로 이 사행의 기록을 정리한 「서행기」에는 공식적인 일정만이 나열되어 있을 뿐 중국 사신과의 만남에 대한 기록은 거의 보이지 않는다. 허균이 중국 사신 고천준(顧天峻)과 최정건(崔廷健)을 접대한 경험은 얻었지만, 개인적으로 대화를 나누지는 못했음을 알 수 있다.

이상 살펴본 바, 허균의 중국행은 문과에 급제한 26세부터 시작되었고, 수차례 사행을 떠나고 또 한 차례 사신 접반도 하였으나 공무만 처리하고 돌아온 듯 중국 사신과의 창수나 교유에 대한 기록은 찾아볼 수가 없다. 다만 이 시기 허균의 중국 관련 행적이나 활동을 통해 확인되는 것은 허균의 문재와 학문의 수준이 조선에서 최고로 인정을 받고, 이로 인해 중국 사신 접대에 허균이 늘 추천되고 있다는 사실이다.

"경의 종사관 허균(許筠)과 조희일(趙希逸)은 그 재주가 필시 넉넉할 것이다."하니, 유근이 아뢰기를, "허균은 시격(詩格)은 높지 않지만 총명하고 박식하여 중국 사신을 접대함에는 이 사람보다 나은 자가 없었습니다. 조희일은 재주가 많지만 제술(製述)이 미숙합니다. 이지완(李志完)도 재주가 있어 잘 합니다."하였다.[218)]

---

始出蟠松詩, 使次之, 副使詩則余次之. 上使改竄使詩以出示焉, 夕抵嘉平, 受定州宴."

217) 許筠, 『惺所覆瓿稿』 卷1, 「壬寅西行錄」, 〈平壤道中〉(『韓國文集叢刊』 74輯). "余五歲四來此, 故云然."

218) 『宣祖實錄』 39年 8月 6日. "上曰: "卿之從事官許筠·趙希逸, 其才必有餘矣." 根曰:

위의 글은 1606년 주지번을 만난 이후의 기록이지만, 주지번을 접대할 당시의 원접사였던 유근이 허균을 접반사로 추천한 이유를 밝히고 있어서 제시해 본 것이다. 유근의 "총명하고 박식하여 중국 사신을 접대함에는 이 사람보다 나은 자가 없다"라는 허균에 대한 평가는 이 당시 허균에 대한 공론이었을 것이다. 허균의 문학적 재능은 그가 중국 사신을 직접 만나는 기회를 얻을 수 있었던 초석이었다.

이제 본격적으로 1606년의 허균과 중국 사신 주지번과의 만남을 살펴보자. 1602년 20년만의 문관 사신 행차가 얼마 지나지 않아, 4년만인 1606년(선조 39)에 중국에서 황태자가 탄생하여 이 경사를 반포하기 위해 한림수찬 주지번과 형과도급사 양유년이 조서를 가지고 조선에 왔다. 대제학이었던 유근은 원접사로 사신 접대를 하였고 허균은 접반사가 되어 종사관으로 따라갔다. 이 만남에 대한 기록은 허균의 『성소부부고』「병오기행」편과 『선조실록』에서 확인되고 있다. 「병오기행」은 허균의 시각에서 쓴 허균과 중국 사신의 개인적인 대화가 집중적으로 서술되어 있고, 『선조실록』에는 이때에 조선을 방문한 사신에 대한 공식적인 일에 대해 기록하고 있어서, 원접사 유근의 보고와 선조의 지시가 위주이다.

본고에서는 허균의 『병오기행』을 중심으로 두 문인의 만남과 교유의 실제를 확인해보면서, 실록의 기록도 필요에 따라 함께 살펴보고자 한다. 이를 통해 허균과 주지번과의 만남과 교유가 이듬해 『국조시산』의 편찬과 어떻게 연결되는지를 모색해볼 것이다.

---

"許筠詩, 格不高. 然, 聰敏博覽, 待華使, 無愈此人. 趙希逸亦多才氣, 而但製作, 未熟底耳. 李志完亦有才氣能."

〈표 11〉 「병오기행」에서의 두 문인의 문학 관련 대화

| 날짜 | 주지번 | 허균 |
|---|---|---|
| 3월27일 | 허난설헌의 시에 대해서 질문하다. | 『난설헌집』을 주지번에게 주다. |
| | 허균 시의 출판 여부를 묻다. | |
| | 조선의 산천지리를 묻다. 주지번이 〈제산정시〉 써서 화답 요청하자 허균이 화답하니 칭찬하다. | |
| 3월28일 | 신라 때부터 지금까지의 시가 중에서 가장 좋은 것을 다 써서 가져오라고 하다. | |
| | 주지번이 허균의 과거시험 성적을 묻다.<br>이어 관직과 경력을 묻다. | |
| | 허균에게 『세설산보』, 『시준』, 『고척독』을 주다. | |
| 4월1일 | 주지번이 북경에서 이미 황화집 구본을 보고와서는 이행·정사룡·이이의 문집 유무를 묻다. | |
| | 조선 사람의 시를 빨리 베껴줄 것을 요청하다. | |
| 4월5일 | | 우리나라 사람의 시를 최고운 이하 124명의 시 830편을 써서 4권으로 두 본을 만들어 양사에게 올리다. |
| 4월6일 | 주지번이 허균이 뽑아준 시에 대해 평가하다. 최고운은 거칠고 힘이 약하며 이인로와 홍간은 매우 좋다. 이숭인의 〈오호도〉, 김종직의 〈금강일출〉, 어무적의 〈유민탄〉이 가장 좋고, 이달의 시의 여러 형태는 대복과 아주 비슷하나 풍격이 크지 않다. 노수신은 힘차고 깊어 왕세정에 비해 조금 고집스러우나, 오율은 두보의 법을 깊이 터득하고 있다. 이색의 시들은 모두 부벽루에서 지은 것만 못하다. 귀국의 시는 대체로 음향이 밝아 매우 좋다하고 이달의 〈만랑가〉를 소리 높여 읊조리면서 무릎 치며 칭찬하다. | |
| 4월9일 | 1593년에 만나 눈빛이 형형한 것 보았고 종일 술마시며 시를 지었음. 시문을 구하는 자가 있으면 시비에게 음악 연주와 노래를 시키고 종이 펴서 바로 완성하였다고 하다. | 왕세정을 만난 적이 있는지 묻다. |
| | 젊었을 적에는 왕수인과 육구연의 새로운 학설, 지금 보니 주자주의 사서가 제일이다. 문장은 모두 이우린이 될 수 없다. 선진·서경의 문과 한·위의 고시, 성당의 근체시 등도 반드시 읽어야 하나 소식의 시문은 가장 가깝고 배우기 쉽다. 나도 백거이와 소식의 시를 본보기로 하였다. | 주지번의 학문과 공부 과정을 묻다. |
| | 남사중(南師仲)·구대상(區大相)·고기원(顧起元)·사조제(謝肇淛)를 들었다. | 현재 중국에서 누가 시를 잘하는지 묻다. |

| | | |
|---|---|---|
| 4월20일 | 『양천세고』 서문과 『난설헌집』의 시인(詩引)을 지어주었다. | |
| 4월22일 | 우리나라에서 간행된 (중국의) 옛 책을 부탁하다. | 외조부에게 받았던 진사도의 시집 6권을 주다. |
| 4월26일 | | 부사에게 세고의 서문을 써 달라고 부탁하였더니 부사가 허락하였다. |
| 4월27일 | 부사 양유년이 「양천세고서」를 써주다. | |
| | 한호의 글씨를 구하다. | 허균이 〈옥루문〉 두 벌을 주었으나 진본을 요청하여 〈장문부〉를 주다. |

이상의 인용문은 허균의 「병오기행」에서 문학적 사건(대화)을 뽑아 정리해 본 것이다. 허균의 글은 공식적인 보고서나 국가 차원의 기록물이 아닌 허균이 중국 사신을 만난 경험을 쓴 개인의 기행문이다. 따라서 허균을 중심으로 한 당시 상황들이 서술되어 있어서 두 문인의 교유의 실상을 자세히 살필 수 있다. 허균이 주지번과 많은 개인적인 대화를 나눌 수 있었던 것은 주지번이 조선 문학에 관심이 많은 문인인데다가 호탕한 성격을 지녔기 때문이다.

> 을사년(1605, 선조 38) 겨울에 황제의 원손(元孫)이 탄생하자 천하에 널리 알렸다. 주지번(朱之蕃)이 정사(正使)가 되고, 양유년(梁有年)이 부사(副使)가 되어 병오년 4월에 비로소 우리나라에 이르렀다. 주지번은 술을 좋아하고 시를 즐겼으며, 또 현판 글씨도 잘 썼는데, 우리나라의 재상들과 연회할 적에 친구처럼 지내고, 심지어는 붙잡고 장난까지 하였다. 현판 글씨를 청하는 사람이 있으면 귀천을 막론하고 곧장 붓을 휘둘러 써주니, 그의 필적이 거의 중외 인가의 창이나 벽에 퍼지게 되었고, 비갈(碑碣)을 청하는 사람이 있어도 응하지 않는 일이 없었다.[219]

219) 尹國馨, 『甲辰漫錄』(『국역대동야승』 14, 민족문화추진회, 1984.). "乙巳冬, 皇元孫誕

위의 〈표 11〉를 보면, 두 문인의 대화가 처음에는 주지번의 일방적인 질문에 허균이 대답하는 양상이었으나, 날짜가 지날수록 허균이 화제를 주도하면서 적극적인 모습을 보인다. 주지번은 조선의 장원이면서 천재 여류시인 허난설헌의 동생을 만나 그녀의 시와 더불어 조선 문학에 대한 정보를 얻을 수 있는 입장이었고, 허균도 오랫동안 갈망하던 중국 문인과의 만남이어서 자신이 평소 궁금했던 중국 문인과 문학, 공부 방법에 대해 물어보았던 것이다.

주지번은 황태자 탄생의 조서를 반포하는 임무를 띠고 조선에 왔지만, 개인적 입장에서 중국의 한 문인으로서 동방의 문학에 관심을 드러내었다. 그의 주된 관심은 동방의 시와 시인들이었다. 주지번이 허균을 만나 개인적으로 한 첫 질문은 허난설헌의 시였다. 이미 허균은 1598년 오명제에게 누이의 시 200여 편을 중국에 전한 바 있었는데, 난설헌의 시는 이후 중국 문인에게 널리 회자된 듯하다. 주지번은 『난설헌집』을 허균에게 받고는 허균의 문집이 있는지도 물었다. 그리고 그는 조선 사신을 만나기 전 이미 『황화집』을 읽고 와서는 정사룡과 이행, 이이의 문집을 요청하기도 하였다.

그의 조선 문학에 대한 관심은 개인의 문집에 대한 질문뿐 아니라, 허균에게 신라 때부터 지금까지의 잘 된 시들을 모두 적어달라고 한 것에서도 구체적으로 드러났다. 주지번은 3월 28일에 조선의 시를 뽑아달라고 부탁하고는 4월 1일에 한 번 더 재촉하였다. 허균은 4월 5일, 주지번의 요청에 응하여 신라 최치원부터 지금까지의 시인 124명 830편의 시를 모두 4권으로 편집하여 두 벌로 베껴 주지번에게 주었는데,

---

生, 播告天下. 朱之蕃爲正使, 梁有年爲副使, 丙午四月, 始至我國. 朱嗜飮喜詩, 且能額字, 與我國宰樞遊宴, 有同儕輩, 至如戲拏. 人有請額, 則無論貴賤, 便卽揮灑, 筆迹幾遍於中外人家窓壁, 至有以碑碣請者, 無不應之."

주지번이 기다렸다는 듯이 이를 밤새워 읽고 나음 날 바로 시에 대해 품평을 한 것을 보면 조선 한시의 수준과 성취에 대해 큰 관심을 가지고 있던 문인임을 알 수 있다.

허균 역시도 주지번의 관심에 적극적으로 대응하면서, 자신이 평소 중국 문단에 대해 궁금했던 점을 물어보기도 하였다. 왕세정을 만나보았는지, 주지번의 학문 과정은 어떠했는지, 현재 중국에서 누가 시를 가장 잘 쓰는지 등, 허균의 질문은 중국 문단의 현 상황과 중국인의 학문 방법에 대한 것이었다. 허균은 또한 이 만남에서 가문의 현달을 위해 『양천세고』의 서문과 『난설헌집』의 인(引)을 요청하였다. 이 모든 교유의 매개는 문학이었다.

이때의 주지번과의 만남은 오명제의 경우와 같이 허균의 문헌에서도 확인되고 있다. 『국조시산』에서는 황정욱, 〈제허단보죽첩(題許端甫竹帖)〉(권7)의 제목 아래에 "석양정은 대나무를 그리고 주천사는 난을 그렸다.[石陽正寫竹而朱天使畵蘭]"[220]고 기록되어 있으며, 또한 정사 주지번과 부사 양유년 두 사신의 난설헌의 시에 대한 품평도 『국조시산』에서 확인된다. 〈유선사(遊仙詞)〉 시의 말미에는 "蘭嵎朱太史之蕃曰, 飄飄乎塵壒之外, 秀而不靡, 冲而有骨, 遊仙諸作, 更屬當家."라는 주지번의 평과 "惺田梁黃門有年曰, 渢渢乎古先, 飄飄乎物外, 誠匪人間世所恒有者."라는 부사 양유년의 평으로 끝나고 있다. 따라서 「병오기행」에서 밝힌 것 이상으로 실제 조선의 시를 놓고 토론하였음을 알 수 있고, 이때의 토론은 이듬해 『국조시산』에 그대로 반영되었다. 주지번 역시 허균의 문학적 성취를 인정하여, 중국에서 태어났더라면 8-9인

220) 황정욱의 문집에는 허균의 호가 제목에서 빠졌다. 黃廷彧, 『芝川集』 卷2에는 '題灘隱畵竹帖'이라 제목하였고, 제목 옆 원주에는 "帖中, 又有朱天使畵蘭."라고 하였다.

내에 손꼽힐 것이라고 극찬하기도 하였다.[221] 주지번은 이후 허균이 『성소부부고』를 만들어 중국에 보내자 서문을 이정기에게 부탁하기도 하였는데, 이 모든 문학적 교유는 허균의 문학적 성취를 인정한데에서 진행된 것이었다.

지금까지 주지번과의 만남과 교유의 양상을 문학 활동을 중심으로 허균의 기록을 통해 살펴보았다. 이제는 두 사람의 만남과 『국조시산』의 편찬을 어떻게 관련지을 수 있을지에 대해 고민해야 할 차례이다. 현 상황에서 명확한 사실은 1606년에 허균이 주지번을 만났고, 1607년에 『국조시산』을 편찬했다는 것이다. 「병오기행」에서 확인하였듯, 주지번이 허균에게 동방의 시선집을 요청하고 허균이 7일 만에 시선집을 만들어 주긴 했지만, 이 책은 주지번이 사신의 신분으로서 공식적으로 정사 유근에게 부탁한 것이 아니라 허균에게 개인적으로 부탁한 시선집이었다. 주지번은 당시 '신라부터 지금까지의 조선의 시'을 원했고 허균은 4권 124인 830편의 규모로 시선집을 급히 제작하였다. 이 시선집은 '10권 180인 953편'인 『국조시산』과는 다른 형태이며, 수록 시의 범위도 훨씬 넓다. 허균이 주지번을 접대할 당시에 뽑은 시선집은 최치원부터 시작된다. 주지번은 이때 허균이 뽑아준 시를 읽고 작가와 작품을 거론하며 자세한 평가를 내렸다.

> 최고운은 거칠고 힘이 약하며 이인로와 홍간은 매우 좋다. 이숭인의 〈오호도〉, 김종직의 〈금강일출〉, 어무적의 〈유민탄〉이 가장 좋고, 이달의 시의 여러 형태는 대복과 아주 비슷하나 풍격이 크지 않다. 노수신은 힘차고 깊어 왕세정에 비해 조금 고집스러우나, 오율은 두보의

221) 洪萬宗 原著, 安大會 譯註, 『小華詩評』, 국학자료원, 1995, 282면. "朱太史之藩常稱, '端甫雖在中朝, 亦居八九人中.' 端甫, 許筠字也, 第以刑死, 文集不行, 人罕知之."

> 법을 깊이 터득하고 있다. 이색의 시들은 모두 부벽루에서 지은 것만 못하다. 귀국의 시는 대체로 음향이 밝아 매우 좋다하고 이달의 〈만랑가〉를 소리 높여 읊조리면서 무릎 치며 칭찬하다."[222]

주지번이 논한 9인 중에서 5인이 『국조시산』의 범위에서 벗어난 최치원·이인로·홍간·이숭인·이색이다. 따라서 허균이 당시 만들어준 시선집은 수록 시대를 보자면 그가 『조선시선』의 편찬 때 오명제에게 알려주었던 수백편의 자료와 비슷할 것이다. 한편 주지번이 품평한 조선 4인의 시 –김종직의 〈금강일출〉, 어무적의 〈유민탄〉, 이달의 〈만랑가〉, 노수신의 오율– 는 모두 『국조시산』에서 확인된다. 이들 작가과 시는 이미 유명한 시인의 대표적인 작품이기도 해서, 이듬해 『국조시산』에도 수록한 것이겠지만 주지번에게 받은 호평도 고려했을 것이다.

이제 1606년 주지번 접대에 대한 『선조실록』의 기록을 살펴보자. 실록에는 이 병오년의 사신 접대와 관련하여 당시 원접사였던 대제학 유근의 보고와 조정에서의 공식적인 대응이 확인되고 있어서 추가로 몇 가지 사실을 확인할 수 있다.

> ① 정원이 대제학의 뜻으로 아뢰기를, "우리나라의 시문이 상하 수천 년 동안 대가가 없지 않은데, 근세에 한두 시구를 잘하는 사람까지 아울러 한 책 속에 넣어 논하니, 중국에서 본다면 필시 낮춰 볼 것입니다.

222) 許筠, 『惺所覆瓿稿』 卷18, 「丙午紀行」(『韓國文集叢刊』 74輯). "上使招余評本國人詩曰: '孤雲詩似粗弱, 李仁老洪侃最好矣. 李崇仁嗚呼島, 金宗直金剛日出, 魚無跡流民歎最好. 李達詩諸體, 酷似大復, 而家數不大也. 盧守愼强力宏蓄, 比弇州稍固執, 而五律深得杜法. 李穡諸詩, 皆不逮浮碧樓作也. 吾達夜燃燭看之, 貴國詩, 大槪響亮可貴矣. 因高詠李達漫浪歌, 擊節以賞."

뛰어난 대가들의 시문으로만 개찬(改撰)하도록 하는 것이 마땅합니다. 감히 아룁니다."하니, 전교하기를, "윤허한다. 나의 의견도 그러하다." 하였다.[223)]

② 홍문관이 아뢰기를, "중국 사신이 요구한 우리나라의 시문을 대제학 유근(柳根)이 다시 뽑았는데, 왕복하며 의견을 정하느라 날짜가 지연되었습니다. 17일부터 글씨 잘 쓰는 사람을 다수 모집하여 초책(草冊)을 쓰기 시작했는데, 초록한 시문이 전에 뽑은 것보다 배가 많기 때문에 오늘에야 비로소 쓰는 것을 완료하고서 곧바로 승문원에 보내 한창 정본(正本)을 쓰고 있습니다. 그런데 중국 사신이 출발하기 전까지는 다 써서 증정할 수 없는 형편이라 하니 지극히 염려스럽습니다. 승문원으로 하여금 하루 이틀 사이에 급히 다 쓰도록 하여 중로(中路)에 뒤쫓아 보내는 것이 어떻겠습니까?"하니, 윤허한다고 전교하였다.[224)]

③ 반송사 유근이 장계하기를, "정사가 홍문관에서 보낸 동인시문(東人詩文)을 보고는 이숭인·신광한·노수신 세 사람의 시편을 뽑아내어 각기 그 연대를 물으므로 신이 하나하나 대답해 주었습니다.[225)]

④ 정사가 연회를 베풀기 전에 신을 불러 만나보면서 친히 지난번 주었던 동인시집(東人詩集)을 주면서 말하기를, '각인의 명호(名號)와

---

223) 『宣祖實錄』 39年 4月 15日. "政院以大提學意啓曰: '東方詩文, 上下數千年間, 非無大家, 而乃以近世, 工於一二詩句者, 竝議於一卷之中, 天朝視之, 必輕之. 請令改選表表大家詩文爲當, 敢啓.' 傳曰: '允, 予見亦然.'"

224) 『宣祖實錄』 39年 4月 19日. "弘文館啓曰: '天使所求東人詩文, 大提學柳根改抄, 而往復議定之際, 遲延日字. 自十七日多聚能書之人, 始書草冊, 而所抄詩文, 倍多於前抄, 故今日始爲畢書, 卽送承文院, 方書正本. 而天使發行前, 勢未及書呈云, 極爲可慮. 令承文院, 一兩日內急急畢書, 追送於中路何如?' 傳曰: '允.'"

225) 『宣祖實錄』 39年 5月 3日. "伴送使柳根狀啓: '正使覽弘文館所送東人詩文, 拈出李崇仁及申光漢盧守愼三人詩篇, 各問其年代, 臣一一答之.'"

> 출처(出處)를 하나하나 써 달라.' 하므로 신이 별지에다 이름에 따라 기록하여 바쳤습니다."[226]

위의 실록 기록은 각각 ① 1606년 4월 15일 ② 4월 19일 ③ 5월 3일 ④ 5월 5일의 기사이다. 조선의 조정에서는 주지번의 요청으로 '동인시선'을 제작하는 움직임이 포착되고 있다. 허균의 기록에는 3월 28일에 주지번이 '신라 때부터 지금까지의 시가 중에서 가장 좋은 것을 다 써서 가져오라' 하였고 허균이 이에 응하여 4월 5일에 시를 뽑아 주고, 4월 6일에는 주지번이 이 시선을 읽고 주요 작가에 대해 품평한 적이 있다. 실록에서 주지번이 요청한 시선에 대해 처음 반응한 날짜가 4월 15일이니, 주지번이 허균에게 부탁하여 조선시선집을 받았지만, 이것과는 별도로 원접사에게 조선시선집을 요청했거나 허균에게 받은 시선집을 읽고 조선시에 대한 관심이 증폭된 결과로 공식적으로 시선집을 요청한 것일 수도 있다.

주지번의 요청에 응한 관찬 시선집의 편집 과정은 실록의 기사인 인용문 ①과 ②에서 확인된다. 이를 정리하면, 1606년 주지번에게 준 '동인시선'은 근래 편찬된 -한 두 시구를 잘 하는 사람까지 모두 포함했던- 시선집을, 유근이 대가 위주로 '개찬(改撰)'하였고, 분량은 개찬에 참조한 이전 시선집의 두 배라고 하였다. 이 시선집은 4월 15일에 개찬을 의논하고 17일에 초고를 쓰기 시작하여 19일에 초고를 승문원에 보내어 정본을 만들고 있었다. 주지번은 이를 받아 5월 3일과 5일에 이 시선집에 수록된 이숭인과 신광한, 노수신을 지목하였고, 추가로 각 시인의 명호와 출처를 부탁하여서 정사이자 대제학이었던 유근이

---

226) 『宣祖實錄』 39年 5月 5日. "正使設宴前, 招臣入見, 親授昨日所呈東人詩集, 曰: '各人名號出處, 一一書示,' 云, 臣於別紙, 逐名開錄以呈."

별지에 써주었다.

이 실록 기록을 통해, 1606년 황태자 탄생의 조서를 반포하러 온 중국 사신의 접대 과정에서 정사 주지번이 '동인시선'을 정식으로 원접사 유근에게 요청하였고, 이에 직전에 만든 시선집을 개찬하여 또 하나의 관찬 시선집이 만들어졌음을 알 수 있다. 이 시선집의 제명은 '속해동시부선'으로 추정된다. 위의 인용문에서 보듯, 이 시선집은 '근래 만들어진 시선집'을 개찬한 것으로 이틀 만에 급히 완성한 것이다. 1606년 4월을 기준으로 근래 편찬된 시선집은 1605년에 만든 '해동시부선'이 있다. 이 『해동시부선』 역시 선조의 명으로 유근이 주도하여 편찬한 것인데, 아녀자의 시까지 다 뽑아 수록한 것이어서 ①에서 보이는 직전 시선집의 설명인 '근세에 한두 시구를 잘하는 사람까지 아울러 한 책 속에 넣어 논하니'와도 들어맞는다.[227] 또 이 『해동시부선』은 중국의 요청에 선조가 대제학에게 편찬을 명한 것으로, 유근이 대제학을 맡자마자 찬집청을 꾸려서 만든 것이다. 따라서 유근이 작년에 자신이 주도하여 편찬한 『해동시부선』을 이번에 주지번의 요청으로 개찬하면서, 이틀 만에 대가 중심으로 재편했음을 알 수 있고, 제명은 『해동시부선』을 이은 '속해동시부선'으로 칭한 듯하다.

'속해동시부선'이라는 제명은 현재 허균의 기록에서만 확인되고 있다. ②에서 보듯, 이 시선집은 관찬이지만 급히 제작하느라 필사본의 상태로 중국에 보냈고, 이후 이 시선집을 간행했다는 기록이 없다.[228]

227) 『宣祖實錄』 39年 4月 15日. "東方詩文, 上下數千年間, 非無大家, 而乃以近世, 工於一二詩句者, 竝議於一卷之中, 天朝視之, 必輕之."

228) 유근의 『해동시부선』(1605)과 『속해동시부선』(1606)은 중국에 증정되었고, 이 두 시선집은 곧바로 『속청구풍아』(1606)로 제작되었다. 이 부분에 대한 설명은 다음 장에서 논하였다.

이 때문에 이 사행과 관련된 한정된 인물만이 『속해동시부선』을 열람하였을 가능성이 높다. 허균은 1607년 『국조시산』을 편찬하면서 선행 시선집 6종을 참조했다고 밝혔는데, 이때 시부선 2종을 보았다고 하였다.[229] 원 문구가 "前後文選風雅詩賦選"이어서 그가 본 시선집이 『동문선』-『속동문선』, 『청구풍아』-『속청구풍아』, 『해동시부선』-『속해동시부선』임을 짐작할 수 있다. 이미 허균은 『해동시부선』의 편찬 과정에서 허봉의 시가 수록되었는지에 대해 민감하게 반응하고 있었고,[230] 실제 『국조시산』의 편찬 때 참조했다고 밝히고 있기 때문에 그가 『해동시부선』을 본 것은 사실이다. 그리고 주지번의 요구로 만들어진 『속해동시부선』의 존재도 그가 접대를 담당했기에 모를 수가 없었다. 따라서 허균의 『국조시산』 서문에 기록된 바, 『해동시부선』(1605) 『속해동시부선』(1606)은 이듬해 허균이 편찬한 『국조시산』에 참고 자료로 이용될 수 있었던 것이다.

지금까지 1606년 허균이 접반사로서 중국 사신 주지번과 만나고 교유한 양상을 살펴보았다. 이 과정에서 허균은 주지번의 개인적인 요청으로 신라부터 허균 당시까지의 조선시선집을 만들었다. 주지번은 또 원접사 유근에게도 공식적으로 '동인시선'을 요청하였고, 이때 유근이 만든 시선집이 '속해동시부선'이었다. 주지번은 임란 시기 오명제의 경우와 같이 조선의 시에 관심을 가지고 적극적으로 수집하였다. 허균을 만나 시선집을 요청했을 때에도 〈표 11〉에서 확인할 수 있듯 삼일 만에

229) 許筠, 『惺所覆瓿藁』 卷13, 「題詩刪後」(『韓國文集叢刊』 74輯). "選東詩者六家, 卽前後風雅文選及詩賦選是已."

230) 許筠, 『惺所覆瓿藁』 卷20, 「乙巳九月」(『韓國文集叢刊』 74輯). "見南窓, 言亡兄詩則入選甚少, 而姊氏則稍多云. 昔容齋選東文, 濯纓之文挹翠之詩, 所取甚多, 至今爲藝林美談. 今不能然, 毋奪於他人議否. 亡兄七言歌行最妙, 而無一篇收入者, 此尤不可曉也. 幸惟更加衡尺, 俾勿令滄海遺珠也."

시선집 제작을 재촉하였고, 7일 만에 시선집이 완성되자마자 830편의 시를 밤새워 읽고 다음날 허균과 토론했던 것을 보면, 주지번이 단순한 수집 목적에서 시선집을 부탁한 것이 아니라, 당시 중국 문인의 입장에서 변방인 조선의 시에 대해 호기심과 관심을 동시에 가졌던 것으로 보인다.

이러한 배경에서 허균의 『국조시산』은 이듬해인 1607년에 편찬된다. 이 모든 정황을 종합하였을 때 『국조시산』이 만들어진 것은 몇 가지 동기가 종합적으로 작용한 결과로 판단된다.

첫째, 중국 문인과의 만남을 통한 조선 한시에 대한 관심과 수요를 확인했다는 점이다. 허균은 임란을 기점으로 중국인이 조선에 들어올 때에도 앞 선에서 오명제를 만났으며, 1602년 중국 사신이 20년 만에 조선에 왔을 때에도, 바로 다음 1606년의 중국 사신 행차에도 모두 접반사로 활동하였다. 특히 허균이 접촉했던 오명제와 주지번 모두 조선 문인인 허균에게 조선의 시선집 제작을 직간접적으로 부탁하고 허균은 이에 참여하였다. 이 과정에서 허균은 중국의 조선 시문에 대한 큰 관심을 잘 알 수 있었던 것이다.

둘째, 자신의 가문을 비롯한 조선 문단의 수준을 중국에 보이고자 했다는 점이다. 허균은 조선의 뛰어난 문인이 중국에서 중국 문인들과 대등하게 평가받지 못하는 현실을 늘 아쉬워하던 문인이었다. 이러한 생각의 저변에는 자신을 비롯한 주변 문인들의 수준이 중국에 뒤처지지 않는다는 자부심이 깔려있었다. 그가 중국 문인과 접촉하면서 그들에게 조선 한시에 대한 여러 평가를 들었던 경험은 조선시선집 제작을 서두르는 데에 있어 긍정적으로 작용했을 것이다. 무엇보다 허균은 『국조시산』 편찬을 통해 허씨 가문을 중국에 알리고자 하였다. 『국조시산』에서 부록으로 배치한 「허문세고」는 이미 오명제를 통해 이름이 알려진 허난설헌을 비롯하여 자신의 가문을 부각시키기에 적합한 방식이었다.

셋째, 조선시선집 편찬의 역량이 단계적으로 축적되었다는 점이다. 허균은 이미 『학산초담』을 저술을 통해 조선 한시에 대한 품평을 하면서 비평의 수준을 일찍이 보여주었고, 또 10여종의 중국시선집 제작을 통해 한시의 형식과 시대를 종횡무진하는 높은 안목을 과시하기도 하면서, 특히 이반룡의 『고금시산』을 재편하는 방식으로 중국시선집을 여러 번 제작하면서 자신의 조선시선집 제작의 전범을 설정하였다. 한편, 허균은 오명제를 만나 외우고 있던 조선의 한시 수백 편을 건네고, 이 한시에 대해 오명제와 토론하면서 중국인의 한시에 대한 시각을 학습하였다. 또 중국 사신 주지번을 만나 그의 요청으로 다시 조선시선집을 7일 만에 만들어 전달하면서, 허균은 단계적으로 조선 한시에 대한 역량을 축적하였던 것이다. 이러한 배경에서 『국조시산』이라는 조선의 시선집이 1607년 편찬되었다.

# 제4장
# 『국조시산』의 성책 과정과 비선(批選) 양상

## 1. 성책 과정

### 1) 선시 방식

『국조시산』(1607)은 조선 시인의 시만 수록한 '조선시선집'으로서, 이전의 조선시선집인 『청구풍아(青丘風雅)』(1473), 『동문선(東文選)』(1478), 『속동문선(續東文選)』(1518), 『당송연주시격부록(唐宋聯珠詩格附錄)』(1525), 『대동시림』(大東詩林)』(1542), 『대동연주시격(大同聯珠詩格)』(1542), 『해동시부선(海東詩賦選)』(1605), 『속해동시부선(續海東詩賦選)』(1606), 『속청구풍아(續青丘風雅)』(1606년경)까지의 풍성한 성과를 이은 조선 중기에 등장한 시선집이다. 앞에서 열거한 시선집들은 모두 선행 시선집의 성과를 의식하면서 선시 범위나 편찬 방향을 결정하였는데, 허균의 『국조시산』도 마찬가지였다.

허균은 『국조시산』의 편찬을 완료하고 쓴 〈제시산후(題詩刪後)〉라는 글을 통해서 『국조시산』의 선시 과정을 밝혔다.[231] 허균의 설명에 의하

231) 각주 33) 참조.

년, 『국조시산』은 기존에 만들어졌던 조선시선집 6종-『청구풍아』 『속청구풍아』 『동문선』 『속동문선』 『해동시부선』 『속해동시부선』-을 바탕으로 하여, "중설을 모으고 취사하였다.[會衆說而去就之]" 한다. 허균이 『국조시산』 이전에 만들어진 조선시선집 중에서 유희령의 시선집 3종만 제외하고 모두 자료로 활용했음을 알 수 있다.[232)]

본고에서는 이러한 선시의 실제를 실증하여서 『국조시산』의 선시 과정과 방식에 대해 논하고자 한다. 『국조시산』이 선행 시선집을 참조했다는 사실은 제시된 인용문만 보아도 잘 알 수 있지만, 지금까지 선행 시선집의 활용 여부가 검증되거나 허균이 얼마나 참조하였는지는 밝혀진 바가 없다. 『국조시산』의 성격을 이해하고 나아가 이 책을 제대로 분석하기 위해서는 『국조시산』의 성책 과정부터 단계적으로 고찰할 필요가 있다. 본고에서는 이러한 기본적인 작업을 통해서 『국조시산』이 어떤 책인지에 대한 답을 찾아보고자 한다.

### ① 선행 조선시선집의 산삭

허균이 『국조시산』의 선시 과정에서 참조한 조선시선집 6종부터 살

---

232) 허균이 『국조시산』의 선시 과정에서 참조하지 않은 조선시선집은 유희령의 『당송연주시격부록(唐宋聯珠詩格附錄)』(1525), 『대동시림(大東詩林)』(1542), 『대동연주시격(大同聯珠詩格)』(1542)이다. 허균은 『학산초담』에 "제왕의 문장은 반드시 범인(凡人)을 초월하게 마련이다. 우리 역대 임금의 작품들이 대개는 『대동시림』에 보이는데 그 밖에는 전하는 것이 없다."라고 기록하고 있어서 『대동시림』을 읽었음을 알 수 있으나 선집 편찬 때는 참조하지 않았다. 허균이 이 세 시선집을 제외시킨 것은 유희령의 작업이 『동문선』 『청구풍아』와 같은 시기이기도 하고, 권응인이 『송계만록』에서 『대동시림』의 여러 문제점에 대해서 지적한 사실도 있어서 허균 역시 유희령의 선시 결과에 신중하게 접근했던 것으로 추정된다. 유희령의 시선집에 대해서는 황위주의 논문(황위주, 「몽암 유희령의 한시선집 편찬」, 『한국한문학연구』 19권, 한국한문학회, 1996.)에서 자세하게 설명하고 있다.

펴보자.

〈표 12〉 허균이 『국조시산』 편찬에 활용한 선행 조선시선집

| | 시선집 | 편찬년도 | 편찬자 | 수록범위 | 체재 |
|---|---|---|---|---|---|
| 1 | 『청구풍아』 | 1473년[233] | 김종직 | 신라~조선 초<br>(최치원·이승소~<br>고려~권우·조수) | *7권 1책<br>오언고시(권1)-칠언고시(권2)-오언율시/배율(권3)-칠언율시/배율(권4,5)-오언절구(권6)-칠언절구(권6,7) |
| 2 | 『동문선』 | 1478년 | 서거정 | 신라~조선초<br>(최치원·박인범~<br>고려~김수녕) | *권4~권22<br>오언고시(권4,5)-칠언고시(권6,7,8)-오언율시(권9,10)-오언배율(권11)-칠언율시(권12,13,14,15,16,17)-칠언배율(권18)-오언절구(권19)-칠언절구/육언(권19,20,21,22) |
| 3 | 『속동문선』 | 1518년 | 신용개<br>김전<br>남곤 | 『동문선』 이후<br>40년간<br>(서거정~박은) | *권3~권10<br>오언고시(권3)-칠언고시(권4,5)-오언율시/배율(권6)-칠언율시/배율(권7,8)-오언절구(권9)-칠언절구/육언/잡체(권9,10) |
| 4 | 『해동시부선』 | 1605년 | 유근 | 신라~16세기말 | 일실 |
| 5 | 『속해동시부선』 | 1606년 | 유근 | 신라~16세기말 | 일실 |
| 6 | 『속청구풍아』 | 1606년경 | 유근 | 조선 중기<br>(강혼~ 임제) | *7권1책<br>오언절구(권1)-칠언절구(권2)-오언율시(권3)-오언배율(권4)-칠언율시(권5)-오언고시(권6)-칠언고시(권7) |

허균은 『국조시산』 이전에 편찬된 조선시선집 9종 중에서 유희령이 편찬한 3종의 시선집은 제외하고, 나머지 6종의 시선집에서 시를 뽑았다. 이들 시선집은 김종직이 편찬한 『청구풍아(青丘風雅)』(1473)를 시작

233) 『청구풍아』의 편찬 시점은 김종직의 서문("成化九年龍集癸巳八月日嵩善金宗直季昷敍." 『青丘風雅序』)을 따라서 1473년이나 실제 간행은 김종직의 연보 弘治元年條에 "先生所纂 青丘風雅 東文粹 輿地勝覽 行於世"로 되어있어서 1488년에 간행된 것으로 보인다. 청구풍아의 저술 시점과 간행 시기에 대해서는 김영봉의 논문(「『청구풍아』 연구」, 『열상고전연구』 11집, 열상고전연구회, 1998.)에서 자세히 설명되어 있다.

으로, 대세학 서거정이 편찬을 주도했던 시문선집 『동문선(東文選)』(1478), 성종의 명령으로 찬집청 당상 신용개와 김전, 남곤이 『동문선』 이후 40년간의 시와 문을 뽑아 수록한 『속동문선(續東文選)』(1518), 선조의 명령으로 찬집청을 만들고 대제학 유근의 주도로 제작한 『해동시부선(海東詩賦選)』(1605)과 이듬해 중국 사신 주지번의 요청으로 유근이 이를 개찬(改撰)한 『속해동시부선(續海東詩賦選)』(1606), 『속해동시부선』 이후 바로 간행된 것으로 추정되는 유근의 『속청구풍아(續青丘風雅)』(1606년경)까지가 허균이 참조했던 조선시선집이다. 이들 시선집은 『청구풍아』를 제외하고는 모두 관찬(官撰)이면서, 또 대개가 조선의 시에 대해 관심을 보였던 중국의 요청으로 제작되었다. 이러한 선행 시선집의 편찬 배경이나 성과를 고려했을 때, 허균이 기간된 관찬 시선집의 성과를 수용하는 방식으로 '산삭'을 택한 것은 당연한 수순으로 보인다.

다만 『국조시산』은 정도전부터 권필까지 조선 초중기만을 대상으로 한 시선집이어서, 신라와 고려의 시부터 조선 초까지의 시를 수록하고 있는 『동문선』과 『청구풍아』는 일부만을 참조했고, 또 『동문선』을 계승한 『속동문선』은 『동문선』 이후의 작가인 서거정(1420~1488)부터 박은(1479~1504)까지, 『청구풍아』를 계승한 『속청구풍아』도 『속동문선』 이후 강혼(1464~1519)부터 시작하여 정작(1533~1603)의 시까지 수록하고 있어서 이 두 시선집은 『국조시산』의 범위 내에 위치하여, 수록 시 전체가 『국조시산』의 자료가 되었다.

문제는 허균이 선시 과정의 자료로 썼지만 현전여부가 확인되지 않는 『해동시부선』과 『속해동시부선』이다. 전하는 기록을 통해 『해동시부선』은 『동문선』을 초록한 것에다 『동문선』 이후로는 작가의 신분 고하를 막론하고 회자되던 유명한 시는 널리 수습했던 정황이 확인되며,[234] 『속해동시부선』 역시도 실록의 기록을 통해 『해동시부선』을

234) 『해동시부선』에 대한 실록의 기록이 비교적 자세하여 이 시선집의 수록 범위와 선시 과정을 알 수 있다. 관련 기록은 다음과 같으며 번역문은 『국역 조선왕조실록』을 따랐다. 『宣祖實錄』 宣祖 34年 12月 2日. “홍문관이 마침 중국 사신에게 주기 위해 우리나라 사람의 시문을 뽑고 있다. 내가 우리나라 사람의 시부(詩賦)를 보고자 하니, 사신에게 주는 것 이외에 부(賦)·장편 고시 및 오언과 칠언의 근체시로 『동문선』에 실린 것과 『동문선』에는 실리지 아니한 것이라도 근세의 좋은 작품은 별도로 정밀히 뽑아 5, 6권을 만들어 들이라.[弘文館, 適因天使贈給, 東人詩文抄出矣. 予欲見東人詩賦, 天使贈給外, 賦·長篇古詩·五言·七言近體, 『東文選』所載, 及雖非『東文選』, 近世善作, 別爲精抄, 作爲五六卷以入. 文則有『東文粹』, 姑勿竝抄事, 言于弘文館.]”; 『宣祖實錄』 宣祖 34年 12月 3日. “어제 우리나라 사람의 시부를 뽑는 일에 대하여 전교하였다. 옛사람이 뽑은 글에는 산인(山人)·규수(閨秀)의 글도 폐기하지 않았으니, 지금도 그 사례에 의해 뽑으라. 그런 글이 없으면 그만이지만 있으면 취하는 것이 좋다. 그리고 당세 사람이라도 사람들의 입에 회자되는 가작(佳作)이 있으면 또한 취하는 것이 좋다. 그 글은 모름지기 포서(鋪敍)가 잘 되어 묘사해 낸 정신이 웅건하고 혼후(渾厚)한 것이거나 혹은 청절(淸絶)하고 아름다운 것을 뽑을 것이요, 음험하고 간사한 궤변을 늘어놓는 것으로 기이함을 삼은 것은 뽑지 말아서, 지극히 정밀히 하도록 힘쓰라. 내가 우연히 책을 열람하다가 인출(印出)하는 문제에 생각이 미쳤다. 이는 나의 좁은 견해에서 나온 주의(主意)이니 마땅히 알아서 참작하여 하라.[昨日傳教, 東人詩賦抄出事, 古人選書, 山人閨秀之文, 亦不廢. 今亦依其例, 無則已, 有則亦可取. 且雖當世時人, 如有佳作, 膾炙人口者, 則亦可取, 其取之, 須善於鋪敍, 寫出精神, 雄健渾厚, 或淸絶艶麗, 勿取其詭辭險譎, 騁怪以爲奇者, 務使至精. 予偶閱, 或不無印出之慮矣. 此予管見主意, 宜知而斟酌爲之.]”; 『宣祖實錄』 宣祖 38年 1月 15日. “전에 중국 장수에게 증정하는 일로 인하여 우연히 동인 시부를 초선(抄選)하라는 명을 내렸는데, 이는 대체로 우리나라 행문(行文)의 체재는 별로 볼 만한 것이 못 될 듯하고 오직 시부만은 유려하여 볼 만하기 때문이었다. 중국 사람이 혹 대단치 않은 동국의 글이라고 기롱할지 모르나 모조리 가벼이 여길 수는 없는 것이다. 수백 년 동안에 걸작이 어찌 한정이 있겠는가마는 병란을 치른 뒤에 모두 흩어지고 유실되었으니, 어찌 애석하지 않은가. 이때를 놓치고 초선하지 않으면 인멸되어 남아 있지 않을 것이다. 전에 경연에서 산인(山人)과 규수(閨秀)의 작품도 아울러 초선할 일로 연릉(延陵)이 명을 받들었는데도 해를 넘긴 뒤에 여러 말을 늘어놓으며 경에게 그 책임을 넘긴 것은 온당치 못한 듯하나, 신중히 여겨 감히 가벼이 손을 대지 않은 뜻은 지극하다.[前因天將贈給, 偶下東人詩賦抄選之命, 蓋我國行文之體, 似不足觀, 惟詩賦流麗可愛. 中朝之人, 或以江左譏之, 然未可盡輕之. 數百年來, 中間傑作何限, 而兵火之餘, 零落散失, 豈非可惜? 失今不抄, 湮沒無存者矣. 前於經席, 山人·閨秀, 亦可竝抄事, 延陵承命, 而經年之後, 費辭讓于卿, 似爲未穩, 其愼重不敢輕易下手之意, 至矣盡矣.]”; 『宣祖實錄』 宣祖 38年 1月 16日. “전조(前朝)의 글은 『동문선』에 있으니 『동문선』을 초선하고, 그 이후의 글은, 여항인(閭巷人)의 입에 오르내리는 시는 문인이라면 반드시 모두 알 것이며 또한 개인 문집에서 뽑아 모은다면 이에 의거

대가(大家) 중심으로 재편하면서 시를 두 배로 증보한 모습임을 짐작할 수는 있다.[235] 그러나 두 일실된 조선시선집이 모두 당시 대제학이던 유근의 주도로 1605, 1606년에 연이어 제작되었다는 사실은, 같은 시기 유근이 편찬한 조선시선집 『속청구풍아』(1606년경)에 주목하게 한다. 이 세 시선집의 관계와 수록 시기에 대해 살핀다면, 두 일실본의 부재를 『속청구풍아』가 얼마나 보완할 수 있는지를 논할 수 있을 것이다.

현재 『속청구풍아』에 대한 설명은 일실된 『해동시부선』 2종과의 관계, 간행 시점 등에서 이견이 있다.[236] 허균은 『국조시산』(1607)을 편찬

하여 초선할 수 있을 것이다.[前朝之文, 則自有東文選, 可抄東文選; 以後之文, 則閭巷間膾炙人口之篇詞, 翰間人必無不知之. 且收聚私集, 可以就此抄選矣.]; 『宣祖修正實錄』 宣祖 38年 1月 1日. "전조(前朝)의 글은 『동문선』에서 뽑을 수 있다. 이밖에 여항에 회자되는 시문도 모르는 사람이 없다. 또 모름지기 개인의 초고를 거두어 모으면 이 일을 성취시킬 수 있을 것이다.[前朝之文, 則自有東文選可抄, 此外閭巷間膾炙篇翰, 則人無不知. 且須收聚私稿, 可以就此役矣.]"

235) 『宣祖實錄』 宣祖 39年 4月 15日. "우리나라의 시문이 상하 수천 년 동안 대가가 없지 않은데, 근세에 한두 시구를 잘하는 사람까지 아울러 한 책 속에 넣어 논하니, 중국에서 본다면 필시 낮춰 볼 것입니다. 뛰어난 대가들의 시문으로만 개찬하도록 하는 것이 마땅합니다. 감히 아뢰옵니다.[東方詩文, 上下數千年間, 非無大家, 而乃以近世, 工於一二詩句者, 竝議於一卷之中, 天朝視之, 必輕之. 請令改選表表大家詩文爲當, 敢啓.]"; 『宣祖實錄』 宣祖 39年 4月 19日. "중국 사신이 요구한 우리나라의 시문을 대제학 유근이 다시 뽑았는데, 왕복하며 의정(議定)하느라 날짜가 지연되었습니다. 17일부터 글씨 잘 쓰는 사람을 다수 모집하여 초책(草冊)을 쓰기 시작했는데, 초록한 시문이 전에 뽑은 것보다 배가 많기 때문에 오늘에야 비로소 쓰는 것을 완료하고서 곧바로 승문원에 보내 한창 정본을 쓰고 있습니다.[天使所求東人詩文, 大提學柳根改抄, 而往復議定之際, 遲延日字. 自十七日多聚能書之人, 始書草冊, 而所抄詩文, 倍多於前抄, 故今日始爲畢書, 卽送承文院, 方書正本.]"; 『宣祖實錄』 宣祖 39年 5月 3日. "정사(正使)가 홍문관에서 보낸 동인시문(東人詩文)을 보고는 이숭인·신광한·노수신 세 사람의 시편(詩篇)을 뽑아내어 각기 그 연대를 물으므로 신이 하나하나 대답해 주었습니다.[正使覽弘文館所送東人詩文, 拈出李崇仁及申光漢·盧守愼三人詩篇, 各問其年代, 臣一一答之.]"

236) 이종묵은 『속청구풍아』가 『해동시부선』에 앞서 간행되어 두 시부선에 영향을 끼쳤으리라 추론하였고, (이종묵, 「17세기 문화를 빛낸 인물 -서경 유근」, 『문헌과해석』 10호,

하면서 유근의 『해동시부선』 『속해동시부선』 『속청구풍아』를 보았다고 밝히고 있어, 세 책이 1607년 이전에 만들어진 것은 사실이다. 그러나 이 기록만으로는 일실본의 선후 관계를 가려낼 수가 없다. 이 시기 허균이 문집에 남기고 있는 기록을 더 살펴보자.

> 들리기에 요즘 우리나라 사람들의 시를 선(選)하신다지요. 돌아가신 우리 형님의 시도 그 안에 많이 실어주기를 바라는 마음에서 감히 각본(刻本) 한 질을 올리오니 양찰하시기 바랍니다.[237]

을사년(1605) 3월에 허균이 유근에게 보낸 편지이다. 당시 유근은 선조의 명을 받아 찬집청을 구성하여 1605년 1월부터 본격적으로 『해동시부선』 편찬에 착수하였다. 이 과정에서 허균은 허봉의 문집을 요청받고 유근에게 선시 자료로 쓸 허봉의 문집을 급히 간행하여 유근에게 보냈다. 유근은 같은 해 8월에 『해동시부선』 편찬을 완료하고는 시선집의 제명을 『해동시부선』으로 정하고 찬집청도 해산시켰다.[238] 이때 허균은 『해동시부선』 편찬에 참여했던 김현성[239]을 만나 책의 내용에 대해 듣고, 다시 유근에게 편지를 쓴다.

---

2000. 53면.) 노경희는 1606년 주지번의 요청으로 만들어진-본고에서 『속해동시부선』이라 칭한- 시선집이 『속청구풍아』라고 추정하였다.(노경희, 17세기 전반기 한중 문학교류』, 태학사, 2015. 206면.)

237) 許筠, 『惺所覆瓿稿』 卷20, 「上柳西坰乙巳三月」(『韓國文集叢刊』 74輯). "聞方選東詩云. 幸以亡兄之作, 多載之其中, 敢以刻本一帙呈上, 希台諒."

238) 『宣祖實錄』 宣祖 38年(1605年) 8月 8日 기사 참조.

239) 김현성은 『해동시부선』의 찬집에 참여했던 인물로, 월사 이정귀가 원접사로 1602년 중국 사신을 접대할 때에 허균과 김현성을 추천하여 함께 사신 접대를 한 인연이 있다. (『宣祖實錄』 34년 1월 17일.)

> 남창(南窓 김현성(金玄成)의 호)을 만났더니 돌아가신 형님의 시는 시선(詩選)에 들어간 것이 매우 적고, 누님의 것은 약간 많더라고 하였습니다. 옛날 용재가 동문(東文)을 선(選)하면서 탁영(濯纓)의 문(文)과 읍취(挹翠)의 시(詩)를 매우 많이 넣었기 때문에 지금까지도 예림의 미담으로 전해오고 있습니다. 그런데 이번에는 그렇지 않았으니 혹 남들의 의논에 못 이겨 그렇게 된 것은 아닙니까? 돌아가신 형님의 칠언가행은 가장 절묘한데 단 한 편도 들어간 것이 없다니 이야말로 더욱 이해할 수 없습니다. 바라건대 다시 잘 헤아려 선별해서 창해에 빠뜨린 구슬이 되지 않게 하소서.[240]

허균은 『해동시부선』의 편찬이 완료되자마자 유근에게 선시 결과에 대한 불만을 드러냈다. 허난설헌의 시가 많이 수록됐지만 허봉의 시가 적게 실린 것, 또 허봉이 가장 잘 지었던 칠언가행이 전혀 선발되지 않았기 때문이다. 허균은 유근에게 허봉의 칠언가행을 수습해줄 것을 요청하고 있으나 이미 찬집은 완료된 이후였다. 허균은 허봉의 시에 대해서 누구보다도 그 성취를 잘 알고 있었기에 칠언가행의 누락을 받아들일 수가 없었고, 구체적으로 '허봉의 칠언가행'을 지목하여 습유나 개찬 과정에서라도 수습해달라는 바람으로 편지를 보낸 것이다.

이 편지로 알 수 있는 것은 1605년에 편찬된 『해동시부선』에는 허봉의 칠언가행이 수록되지 않았다는 사실이다. 그러나 유근의 『속청구풍아』 권7 칠언고시에는 허봉의 가행 〈취가행증안백공(醉歌行贈安伯共)〉과 〈증진상인(贈眞上人)〉이 확인된다. 유근이 허균의 의견을 반영하여

240) 許筠, 『惺所覆瓿藁』 卷20, 「乙巳九月」(『韓國文集叢刊』 74輯). "見南窓, 言亡兄詩則入選甚少, 而姊氏則稍多云. 昔容齋選東文, 濯纓之文挹翠之詩, 所取甚多, 至今爲藝林美談. 今不能然, 毋奪於他人議否. 亡兄七言歌行最妙, 而無一篇收入者, 此尤不可曉也. 幸惟更加衡尺, 俾勿令滄海遺珠也."

이후 시선집에는 허봉의 가행을 포함했던 것이다. 이 기록을 통해서 유근의 시선집인 『속청구풍아』가 『해동시부선』 이후에 편찬된 사실을 확정할 수 있다.

이상의 논의를 통해 유근의 세 시선집인 『해동시부선』 『속해동시부선』 『속청구풍아』의 수록 범위와 편찬 시기는 다음과 같이 정리할 수 있다.

*『해동시부선』 : 1605년 8월. 유근 주도로 찬집청에서 편찬. 『동문선』을 초록하였기에 신라 최치원의 시부터 하한은 허난설헌을 포함한 당대 작가까지 수록함. 산인(山人)과 규수의 시까지 포괄한 시선집.

*『속해동시부선』 : 1606년 4월. 유근이 『해동시부선』을 토대로 개찬함. 개찬의 방향은 대가 중심이며 『해동시부선』보다 두 대의 작품 수록. 주지번이 시선집을 받고 이숭인·신광한·노수신의 시를 칭찬하였기에 고려의 시도 포함하고 있어서 『해동시부선』과 수록 시기는 동일할 것으로 추정됨.

*『속청구풍아』 : 1606년경. 수록 시기는 『속동문선』 이후인 강혼부터 임제까지.

〈표 13〉 『국조시산』이 자료로 한 선행 조선시선집의 선시 범위

| 신라 | 고려 | 조선: 서거정 이전 | 서거정~박은 | 박은~16세기말 작가 |
|---|---|---|---|---|
| 『해동시부선』 『속해동시부선』 | | | | |
| 『동문선』 『청구풍아』 | | | 『속동문선』 | 『속청구풍아』 |

따라서 일실된 『해동시부선』 『속해동시부선』은 신라부터 유근 당대의 시인을 수록하고 있으면서 특히 앞 시대의 경우는 『동문선』에서 초록하였기에 조선 초까지의 시의 부재는 문제가 되지는 않는다. 그리고 조선 중기의 시는 『속청구풍아』와 거의 비슷한 모습으로 여겨지

기에 두 일실본의 공백은 『농분선』 이후인 '서거정'부터 『속청구풍아』의 직전 작가인 '박은'까지가 될 것이다. 그러나 이 공백기에는 허균이 『속동문선』을 통해 시 선발을 하였고, 이 『속동문선』이 선집(選集) 보다는 유집(類集)에 가까운 방식으로 많은 작가와 작품을 수록하고 있어서 『해동시부선』과 『속해동시부선』의 시가 『속동문선』의 범위 내에 있을 가능성이 높다.

이러한 상황에서 본고는 일실된 『해동시부선』과 『속해동시부선』을 제외하고, 허균이 참조했던 나머지 4종의 시선집을 『국조시산』과 대비하여 표로 정리해보았다.

〈표 14〉 『국조시산』 수록 시의 출처

| | 『國朝詩删』(1607년) | | 『靑丘風雅』(1473년) | 『東文選』(1478년) | 『續東文選』(1518년) | 『續靑丘風雅』(1606년경) |
|---|---|---|---|---|---|---|
| 卷6 | 七言律詩 | | | | | |
| | 鄭道傳 | 草舍 | ○ | | | |
| | 鄭道傳 | 原城同金若齋逢河廉使崙偰牧使長壽賦之 | ○ | | | |
| | 權近 | 航萊州海 | | ○ | | |
| | 成石璘 | 在固城寄舍弟 | ○ | ○ | | |
| | 偰長壽 | 漁翁 | ○ | ○ | | |
| | 姜淮伯 | 春日寄昆季 | ○ | ○ | | |
| | 李詹 | 寒食 | ○ | ○ | | |
| | 鄭以吾 | 次柳判事韻 | ○ | | | |
| | 卞季良 | 題惠上人院 | ○ | ○ | | |
| | 卞季良 | 村居卽事寄李先達 | | ○ | | |
| | 柳方善 | 卽事 | ○ | ○ | | |
| | 尹淮 | 正朝 | ○ | | | |
| | 朴致安 | 興海鄉校聞老妓彈琴 | ○ | ○ | | |
| | 徐居正 | 七月誕辰賀禮作 | | | ○ | |
| | 徐居正 | 夏日卽事 | | | ○ | |
| | 徐居正 | 次日休見寄韻 | | | ○ | |

| 『國朝詩刪』(1607년) | | 『靑丘風雅』(1473년) | 『東文選』(1478년) | 『續東文選』(1518년) | 『續靑丘風雅』(1606년경) |
|---|---|---|---|---|---|
| 徐居正 | 用贈子文詩韻寄李主簿 | | | ○ | |
| 徐居正 | 敍懷 | | | ○ | |
| 李承召 | 早朝 | | | | |
| 李承召 | 題丈人觀壁 | | | ○ | |
| 李承召 | 燕 | | | ○ | |
| 崔淑精 | 宿碧蹄驛 | | | | |
| 金宗直 | 將赴善山舟過驪州次淸心樓韻 | | | ○ | |
| 金宗直 | 泊報恩寺下贈住持牛師 | | | ○ | |
| 金宗直 | 次少游韻却寄 | | | ○ | |
| 金宗直 | 次綾城鳳棲樓韻 | | | ○ | |
| 金宗直 | 伏龍途中 | | | ○ | |
| 金宗直 | 宿直廬偶吟 | | | ○ | |
| 金宗直 | 曉赴安谷迎節度使有作 | | | ○ | |
| 金宗直 | 矗石樓雨後 | | | | |
| 金宗直 | 次李節度約東赴鎭韻 | | | ○ | |
| 金宗直 | 寒食村家 | | | ○ | |
| 金時習 | 山居贈道人 | | | ○ | |
| 金時習 | 獨木橋 | | | ○ | |
| 金時習 | 題細香院南窓 | | | ○ | |
| 金時習 | 無題 | | | ○ | |
| 成俔 | 大興隆寺 | | | ○ | |
| 成俔 | 端午如晦設壽席爲秋千戲比丘尼亦來叅 | | | ○ | |
| 深源 | 山水圖 | | | | |
| 金訢 | 常花釣魚應製次韻 | | | ○ | |
| 申從濩 | 正月望都中女子群渡玉河橋 | | | ○ | |
| 李黿 | 百祥樓次韻 | | | | |
| 鄭希良 | 讀宋史 | | | ○ | |
| 鄭希良 | 偶書 | | | ○ | |
| 鄭希良 | 寄慵齋居士 | | | ○ | |
| 鄭希良 | 鴨江春望 | | | ○ | |
| 鄭希良 | 次季文韻 | | | | |
| 李胄 | 次安邊樓題 | | | ○ | |
| 李胄 | 望海寺 | | | | |

| | 『國朝詩删』(1607년) | | 『靑丘風雅』(1473년) | 『東文選』(1478년) | 『續東文選』(1518년) | 『續靑丘風雅』(1606년경) |
|---|---|---|---|---|---|---|
| | 李胄 | 海印寺 | | | | |
| | 李胄 | 登高 | | | | |
| | 李胄 | 赴謫所次子厚越江別舍弟宗一韻贈別舍弟 | | | ○ | |
| | 李胄 | 偶成 | | | | |
| | 李胄 | 卽事拗體 | | | ○ | |
| | 朴誾 | 和擇之 | | | ○ | |
| | 朴誾 | 福靈寺 | | | ○ | |
| | 朴誾 | 案上有擇之詩諷誦之餘感而有和 | | | ○ | |
| | 朴誾 | 夜臥有懷士華承旨 | | | ○ | |
| | 朴誾 | 寄擇之 | | | ○ | |
| | 朴誾 | 五月廿八日贈擇之 | | | ○ | |
| | 朴誾 | 永保亭 | | | ○ | |
| | 姜渾 | 臨風樓 | | | | ○ |
| | 姜渾 | 海雲臺次韻 | | | | |
| | 姜渾 | 廢朝應製御題寒食園林三月近落花風雨五更寒 | | | | |
| | 崔淑生 | 義州聚勝亭次太虛韻 | | | | ○ |
| | 崔淑生 | 新秋 | | | | ○ |
| | 李荇 | 人日 | | | | ○ |
| | 李荇 | 鼇頭呼韻 | | | | |
| | 李荇 | 立春後有感 | | | | |
| | 李荇 | 礪山道中 | | | | |
| | 李荇 | 感懷用益齋韻 | | | | ○ |
| | 李荇 | 次止亭韻 | | | | |
| | 李荇 | 題畵 | | | | ○ |
| | 李荇 | 次東坡送春韻 | | | | ○ |
| | 李荇 | 次仲說靈通寺壁上韻 | | | | ○ |
| | 李荇 | 大興洞道中 | | | | ○ |
| | 金安國 | 七夕 | | | | |
| | 朴祥 | 酬鄭太史留別韻 | | | | ○ |
| | 朴祥 | 南海堂 | | | | |
| | 朴祥 | 太平館次使相韻 | | | | |

| | 『國朝詩刪』(1607년) | | 『靑丘風雅』(1473년) | 『東文選』(1478년) | 『續東文選』(1518년) | 『續靑丘風雅』(1606년경) |
|---|---|---|---|---|---|---|
| | 朴祥 | 法聖浦雨後 | | | | |
| | 朴祥 | 次嶺南樓韻 | | | | ○ |
| | 朴祥 | 次咸昌東軒韻 | | | | ○ |
| | 朴祥 | 彈琴臺 | | | | ○ |
| | 朴祥 | 再遊琴臺 | | | | ○ |
| | 朴祥 | 次使相韻贈悅上人 | | | | |
| | 朴祥 | 忠州南樓次李尹仁韻 | | | | ○ |
| | 金淨 | 叢石亭 | | | | ○ |
| | 柳雲 | 淸風寒碧樓 | | | | ○ |
| | 奇遵 | 禁直記夢 | | | | |
| | 奇遵 | 秋夜旅懷 | | | | ○ |
| | 申光漢 | 酒泉縣 | | | | ○ |
| | 申光漢 | 甲寅仲春因病久四辭文衡之任... | | | | ○ |
| | 申光漢 | 沃原驛 | | | | ○ |
| | 申光漢 | 保樂堂 | | | | ○ |
| | 申光漢 | 三月初八日月溪峽中作 | | | | ○ |
| | 申光漢 | 三月三日寄茅洞朴大丘 | | | | ○ |
| | 蘇世讓 | 燕京卽事 | | | | |
| | 蘇世讓 | 題承政院契軸 | | | | ○ |
| | 趙仁奎 | 上元觀燈應製 | | | | |
| | 曺伸 | 偶吟 | | | | |
| 卷7 | 鄭士龍 | 荒山戰場 | | | | ○ |
| | 鄭士龍 | 奉天門見朝 | | | | ○ |
| | 鄭士龍 | 朝謁 | | | | ○ |
| | 鄭士龍 | 寒食書懷 | | | | ○ |
| | 鄭士龍 | 次興德培風軒韻 | | | | ○ |
| | 鄭士龍 | 玉笛 | | | | ○ |
| | 鄭士龍 | 洛山寺 | | | | ○ |
| | 鄭士龍 | 後臺夜坐 | | | | ○ |
| | 鄭士龍 | 步月 | | | | ○ |
| | 鄭士龍 | 臘月廿一日夜夢得句云... | | | | ○ |
| | 鄭士龍 | 初夏用張宛丘詩韻 | | | | |
| | 鄭士龍 | 中元夜月蝕 | | | | ○ |

| | 『國朝詩刪』(1607년) | | 『靑丘風雅』(1473년) | 『東文選』(1478년) | 『續東文選』(1518년) | 『續靑丘風雅』(1606년경) |
|---|---|---|---|---|---|---|
| | 鄭士龍 | 楊根夜坐卽事示同事 | | | | ○ |
| | 鄭士龍 | 餞塘晩望 | | | | ○ |
| | 鄭士龍 | 八月初吉宿中隱堂 | | | | ○ |
| | 鄭士龍 | 內集示兩兒 | | | | ○ |
| | 鄭士龍 | 紀懷 | | | | ○ |
| | 鄭士龍 | 題上林春琴妓詩卷 | | | | |
| | 沈彦光 | 鍾城館遇雨 | | | | ○ |
| | 沈彦光 | 高城道中 | | | | |
| | 沈彦光 | 朱村驛有感 | | | | |
| | 沈彦光 | 獨樂亭遊春 | | | | |
| | 閔齊仁 | 夜坐有感 | | | | |
| | 徐敬德 | 謝慕齋金相國惠扇 | | | | ○ |
| | 徐敬德 | 贈葆眞菴趙昱 | | | | |
| | 宋麟壽 | 題喚仙亭 | | | | |
| | 林億齡 | 送成聽松守琛還山用企齋韻 | | | | ○ |
| | 林億齡 | 次湖陰韻 | | | | ○ |
| | 朴光佑 | 月精寺 | | | | |
| | 洪暹 | 題朴僉使啓賢受降亭詩卷 | | | | ○ |
| | 李滉 | 題林士遂關西行錄後 | | | | |
| | 金麟厚 | 次玉堂失鶴韻 | | | | ○ |
| | 金麟厚 | 竹雨堂 | | | | ○ |
| | 林亨秀 | 寄答退溪 | | | | |
| | 鄭惟吉 | 送柳質正根赴京 | | | | |
| | 李洪男 | 小寒食用杜韻 | | | | |
| | 金質忠 | 病後出湖堂 | | | | |
| | 尹潔 | 題忠州樓軒 | | | | |
| | 盧守愼 | 寄尹李二故人 | | | | ○ |
| | 盧守愼 | 彈琴臺用訥齋韻 | | | | ○ |
| | 盧守愼 | 用朴之欂韻 | | | | ○ |
| | 盧守愼 | 一訓軸中懷退溪大谷次其韻 | | | | ○ |
| | 盧守愼 | 洪政丞暹賜几杖宴席作 | | | | ○ |
| | 盧守愼 | 題鶴林守遊金剛軸 | | | | ○ |
| | 盧守愼 | 次兪杞城泓江亭韻 | | | | ○ |

| | 『國朝詩刪』(1607년) | | 『青丘風雅』(1473년) | 『東文選』(1478년) | 『續東文選』(1518년) | 『續青丘風雅』(1606년경) |
|---|---|---|---|---|---|---|
| | 盧守愼 | 親祭康陵扈駕有吟 | | | | ○ |
| | 盧守愼 | 東湖送別 | | | | ○ |
| | 盧守愼 | 送盧子平赴東萊 | | | | |
| | 朴淳 | 自龍山歸漢江舟中口號 | | | | ○ |
| | 沈守慶 | 訪釋王寺 | | | | |
| | 權擘 | 誕日早朝 | | | | |
| | 權擘 | 元日早朝是日頒赦 | | | | |
| | 權擘 | 報漏閣 | | | | |
| | 權擘 | 故左相柳公灌遷葬挽章 | | | | |
| | 梁應鼎 | 聖節朝賀 | | | | |
| | 楊士彦 | 萬景臺 | | | | |
| | 李珥 | 初出山贈沈景混長源 | | | | |
| | 朴枝華 | 烏洞 | | | | |
| | 權應仁 | 次梁大樸韻 | | | | |
| | 楊士俊 | 乙卯幕中作 | | | | |
| | 高敬命 | 百祥樓 | | | | ○ |
| | 高敬命 | 道中望十三山 | | | | ○ |
| | 高敬命 | 玉泉郡雪後 | | | | |
| | 高敬命 | 食錦鱗魚有感 | | | | ○ |
| | 高敬命 | 謝林正字復送酒 | | | | ○ |
| | 黃廷彧 | 官罷向芝川坐樓院 | | | | |
| | 黃廷彧 | 送崔復初興源自洪陽再按湖西 | | | | |
| | 黃廷彧 | 戲寄李宜仲永平水洞新亭 | | | | |
| | 黃廷彧 | 送別金應順命元赴咸興 | | | | |
| | 黃廷彧 | 贈梧陰次韻 | | | | |
| | 黃廷彧 | 送沈公直赴春川 | | | | |
| | 黃廷彧 | 海 | | | | |
| | 黃廷彧 | 山 | | | | |
| | 黃廷彧 | 吉州砥柱臺 | | | | |
| | 黃廷彧 | 穿島 | | | | |
| | 黃廷彧 | 壬辰之亂余罹千萬不測之禍及被讁來配吉州州老朴僉知士豪時來相見一日.... | | | | |
| | 黃廷彧 | 贈柳希聃憶鷺梁亭 | | | | |

| 『國朝詩删』(1607년) | | 『青丘風雅』(1473년) | 『東文選』(1478년) | 『續東文選』(1518년) | 『續青丘風雅』(1606년경) |
|---|---|---|---|---|---|
| 黃廷彧 | 抱月亭 | | | | |
| 黃廷彧 | 一眉島 | | | | |
| 黃廷彧 | 詠朴淵 | | | | |
| 黃廷彧 | 贈申江陵湜之任 | | | | |
| 黃廷彧 | 題許端甫竹帖 | | | | |
| 鄭碏 | 檜岩道中 | | | | |
| 鄭碏 | 送琴師李壽鍾之平壤 | | | | ○ |
| 辛應時 | 奉祀康陵有感 | | | | |
| 崔慶昌 | 朝天 | | | | ○ |
| 白光勳 | 奉恩寺次李伯生見寄之韻 | | | | ○ |
| 李達 | 上月汀亞相 | | | | |
| 李達 | 龜城贈林明府植 | | | | |
| 李達 | 鳥嶺聞杜鵑 | | | | |
| 李達 | 湖寺僧卷次韻 | | | | |
| 李達 | 題湖寺僧卷 | | | | |
| 李達 | 挽孫明府汝誠 | | | | |
| 李達 | 無題 | | | | |
| 梁大撲 | 在北原送李益之向南原 | | | | |
| 梁大撲 | 青溪 | | | | |
| 梁大撲 | 奉送高苔軒之任東萊 | | | | |
| 梁大撲 | 歸鴈 | | | | |
| 林悌 | 海南寄許美叔 | | | | |
| 鄭之升 | 呈叔父 | | | | ○ |
| 李春英 | 永保亭 | | | | |
| 權韠 | 題林子中權陣中 | | | | |
| 權韠 | 解職後戲題 | | | | |
| 權韠 | 早渡碧瀾 | | | | |
| 權韠 | 暮歸 | | | | |
| 梁慶遇 | 夕 | | | | |
| 伽倻仙女 | 題嶺南樓 | | | | |
| 李顯郁 | 次許渾贈僧韻 | | | | |
| 失名氏 | 題琵琶背 | | | | |

위의 〈표 14〉는 『국조시산』 권6과 권7에 해당하는 칠언율시 부분을 선행 조선시선집 4종과 대비한 것이다.[241] 이를 통해 『국조시산』의 수록 시가 선행 시선집의 시를 뽑은 산삭의 결과임을 확인하면서, 허균이 밝힌 선시 방식이 사실임을 실증해보았다. 선행 시선집과의 대비를 통해서 드러난 몇 가지 양상은 다음과 같다.

(1) 허균이 참조했던 선행 시선집들은 각각 수록 범위가 달라서 허균이 이를 고려한 선발을 했음을 알 수 있다. 『동문선』과 『청구풍아』는 수록 작품이 신라와 고려부터 조선 초까지 이어지기 때문에 조선 초의 시는 이 두 시선집에서 주로 뽑았고, 서거정부터의 시는 『속동문선』에서 산삭하고, 마지막으로 『속청구풍아』로 뒤를 잇고 있음을 확인할 수 있다. 특히 『속청구풍아』는 『청구풍아』 이후의 작가부터 수록한 것이 아니라, 선행 시선집인 『속동문선』과의 중복 게재를 피하여 시선집의 범위를 결정하였기에 『속동문선』과 『속청구풍아』의 작가와 작품은 공유되지 않는다.

(2) 『속동문선』은 『동문선』을 계승한 선집이어서 『동문선』과 같은 '자료의 집대성'이라는 목적에서 지난 40여 년간의 시문을 모은 특징이 있다. 따라서 짧은 시기이지만 해당 시기의 작가와 작품을 가능한 한 많이 반영하고 있어서, 허균이 『속동문선』에 해당하는 시기는 주로 이 선집만을 참조하여 시를 선발했음을 알 수 있다.

(3) 『속청구풍아』에 해당하는 시기는 이전 『속동문선』을 참조한 방식과는 달리 허균이 『속청구풍아』 밖에서 별도로 시를 뽑고 있음이 확인된다. 이에 대해서는 성급한 판단에 앞서 『속청구풍아』의 특징을 먼

241) 수록 시 전체에 대한 대조표는 본 책의 부록으로 수록하였다.

서 고려할 필요가 있다. 『속청구풍아』는 『국조시산』과 거의 비슷한 시기에 편찬되었지만 수록 작가의 범위와 기준이 다르다. 박은 이후 유근 당대까지 수록하여서 작가의 하한은 『국조시산』과 비슷하나, 『국조시산』과 달리 생존 작가의 시는 포함하지 않았다. 따라서 1606년경에 생존했던 황정욱과 이달의 시는 『속청구풍아』에서 배제된 것이 아니라 『속청구풍아』의 범위 밖에 있다고 보아야 한다. 또 『속청구풍아』는 대가(大家) 위주로 구성된 편이나 허균은 실명씨, 승려, 규수, 서얼의 시까지 고루 수습하여 군소 작가의 작품을 다수 수록하였다. 따라서 허균이 『속청구풍아』를 충실하게 반영하였지만, 『속청구풍아』가 포괄하지 못한 작가와 작품이 많았기에 이 부분은 허균이 추가로 보완했다고 정리할 수 있다.

(4) 『국조시산』 편찬 당시의 생존 작가인 최립·이달·권필 등의 작품을 비롯하여 선행 시선집에서 수록하지 않은 황정욱 등의 시는 허균이 선행 시선집을 자료로 하지 않고 다른 방식으로 뽑은 것이다. 이 부분은 선행 시선집과의 대비가 아닌 별도의 고찰이 필요하다.

(5) 선행 시선집에 수록된 작가와 작품은 개인 문집이 별도로 전하는 작가라 하더라도 허균은 문집이 아닌 시선집을 통해서 선발하였다. 우선 『국조시산』을 편찬할 당시는 임란이 끝난 지 오래되지 않았기 때문에 다수의 문집을 보유하기가 쉽지 않았고,[242] 또 빠른 시일 내에 혼자서 편찬을 한 것으로 추정되기 때문이다. 특히 허균이 자료로 삼은 시선집은 『청구풍아』를 제외하고는 관찬 시선집이다. 국가의 주도로 시선집을 만들 때에는 개인의 문집을 미리 확보하고 이를 기본 자료로

242) 1598년 오명제가 허균을 방문한 당시, 허균이 소장한 개인 문집이 임란으로 전소되고 분실하여 기억에 의존하여 조선의 한시를 기록하여 오명제에게 준 사실이 있다.

하였기 때문에, 허균은 문집과 거의 동일한 모습인 선행 시선집을 산삭하면서 별도로 문집과 대조하지는 않았다. 더불어 『국조시산』은 선행 시선집에서 뽑은 시는 시제를 저본과는 다르게 축약하는 특징도 보이고 있다. 아래 〈표 15〉는 박은의 시 제목에 대해서 문집인 『읍취헌유고』와 박은 시를 수록하고 있는 『속동문선』, 그리고 『속동문선』을 산삭한 결과로서의 『국조시산』을 대비한 것이다.

〈표 15〉 『국조시산』의 제목 축약 양상

| 『국조시산』(1607) | 『속동문선』(1518) 『읍취헌유고』(1514) |
|---|---|
| 和擇之 | <u>再</u>和擇之(『속동문선』)(『읍취헌유고』) |
| 福靈寺 | 同 |
| 案上有擇之詩諷誦之餘感而有和 | 邇來絶不作文字案上有擇之詩時時諷誦之餘有感而和(『속동문선』)<br>爾來絶不作文字案上有擇之詩時時諷誦之餘有感於心和成三首(『읍취헌유고』) |
| 夜臥有懷士華承旨 | 同 |
| 寄擇之 | 十月四日與擇之約携酒叩仁老擇之忽以病報不果獨坐有感於心終南故人偶以菊花見寄對之自慰妻輒呼小鐵鐺煮酒且酌且勸飮之不計巡醺然醉夜已再鼓矣取紙筆書數句爲詩待明寄擇之發病中一笑醉中書頗有所謂沓拖風氣末句聊以戱之(『속동문선』)<br>十月四日與擇之約携酒叩仁老擇之忽以病報不果獨坐有感於心終南故人偶以菊花見寄對之自慰妻輒呼小鐵鐺煮酒且酌且勸飮之不計巡醺然醉夜已再鼓矣取紙筆書數句爲詩待明寄擇之發病中一笑醉中書頗有所謂沓拖風氣末句聊以戲之耳(『읍취헌유고』) |
| 五月卄八日贈擇之 | 僕一二年來頭有白毛始生之髮屢見素莖室婦嘗鑷以視我付之戱笑盖偶然耳自經憂患種種見之眼昏復甚於曩日嗟乎在世者能幾何久而士華且箴以節飮乎風雨襲人獨坐長歎之餘情發爲詩吟罷有感於殘生故書以示君其謂何五月二十有八日閭再拜擇之先生(『속동문선』) (『읍취헌유고』) |
| 永保亭 | 同 |

박은의 『읍취헌유고』는 『속동문선』의 편찬 이전에 간행이 된 문집

이다. 『속동문선』의 간행 당시 선행 시선집의 하한은 서거정 이전이었기 때문에, 박은의 시는 『속동문선』에서 최초 선발을 하였고, 시는 기간된 개인 문집에서 뽑았다. 위의 표를 보면 『속동문선』은 문집을 충실하게 반영한 결과로, 시 제목이 문집과 거의 동일하다. 이에 반해 『국조시산』은 『속동문선』에서 시를 뽑으면서 긴 제목에 대해서는 간명하게 처리하며 일정 편집을 가하였다. 이는 『국조시산』이 통행되는 기존 선집을 재선(再選)하는 방식을 취하되, 자료 보전과 집성보다는 시 선발 자체에 집중했기 때문이다.

(6) 『국조시산』과 선행 시선집을 대비한 결과, 시 형식별로 선행 시선집을 참조한 시의 비율은 다음과 같다.

〈표 16〉 『국조시산』의 각체별 선행 시선집 참조 비율

| 오언고시 | 칠언고시 | 잡체시 | 오언율시 | 오언배율 | 칠언율시 | 칠언배율 | 오언절구 | 육언절구 | 칠언절구 | 합계 |
|---|---|---|---|---|---|---|---|---|---|---|
| 23/56 | 16/36 | 20/42 | 76/151 | 3/6 | 126/226 | 0/3 | 17/49 | 1/2 | 131/318 | 413/889 |
| 41.07% | 44.44% | 47.62% | 50.33% | 50% | 55.75% | 0 | 34.69% | 50% | 41.19% | 46.46% |

부록 「허문세고」는 허균이 선발한 것이 아니기에 제외하였고, 부록을 제외한 전체 889수 가운데 413수, 모두 46.46%가 선행 시선집을 산삭한 결과였다. 물론 이 통계에는 『해동시부선』과 『속해동시부선』은 빠져있다. 다만 2종의 『해동시부선』 수록 범위가 4종의 현전 시선집에 포괄되는 만큼, 두 시선집이 발굴되더라도 이 결과는 크게 달라지지 않을 것이다. 또한 이 통계는 허균이 보완한 시가 얼마나 되는지도 보여준다. 허균이 선행 시선집에서 다수 참조했던 시 형식은 율시였고, 절구의 경우는 허균이 뽑은 비율이 더 높다. 다만, 허균이 보완한 시들이 황정욱 이후의 16세기 작가에 집중된 것을 고려한다면 각

시대별 시 형식의 유행이나 성과를 반영한 결과일 수도 있어서 여러 각도로 살필 필요가 있다. 위와 같은 선시의 결과와 양상은 다음 절에서 좀 더 자세히 논해볼 것이다.

이상의 논의는 『국조시산』의 성책 과정을 살피는 목적에서, 허균의 선시 방식부터 알아본 것이다. 우선 허균의 기록에 근거하여 허균이 선행 시선집을 토대로 산삭한 사실을 확인하고 이를 검증해 보았다. 다만 이 방식은 『국조시산』 전체에 적용된 것은 아니었고 절반의 시에 해당하는 것이었다. 이어서 나머지 절반의 시는 어떤 방식으로 선발되었는지 논해본다.

### ② 문집을 통한 선시

『국조시산』의 편찬하던 1607년 가을, 허균의 문집에는 아래와 같은 편지가 확인된다.

> 공의 대부(大父)의 시는 호탕하여 선발할 만하나 애석하게도 옥에 티 같은 흠이 있었습니다. 우린(于鱗)이 산삭하여 간행한 일을 본받고자 하나 감히 하지 못하고 이처럼 감히 의견을 묻습니다.[243]

이 편지는 허균이 1607년 10월 조위한(趙緯韓, 1567~1649)에게 보낸 것이다. 조위한은 허균의 〈전오자시(前五子詩)〉에서 꼽은 5인의 벗 중에 한 명으로, 허체, 권필, 이안눌, 이재영과 함께 허균과 교분이 깊었던 인물이다.[244] 그는 허균이 조선의 시를 선발하는 것을 알고 조부인

243) 許筠, 『惺所覆瓿藁』 卷21, 「與趙持世丁未十月」(『韓國文集叢刊』 74輯). “公之大父, 豪宕可入選, 惜有尺璧之微纇. 欲效于鱗刊刪之擧, 惶恐未敢, 敢稟.”

조옥(趙玉)의 시를 허균에게 보냈다. 그러나 허균은 조옥의 시가 호탕한 면은 있지만 시선에 들 만큼의 수준을 보여주지 못하여 선발하지 않았고, 자신의 엄정한 선발 작업에 대해 이해해줄 것을 부탁하는 편지를 썼다.

이 짧은 글을 통해서, 선행 시선집의 선시 범위에 포함되지 않은 허균 당대나 한 세대 위의 작품은 허균이 문집을 통해 직접 선발을 하였고, 그 과정에서 주변 인물들이 문집을 보내며 선시를 부탁했던 정황을 짐작할 수 있다. 특히 조위한의 조부 조옥은 시명(詩名)이 높지 않았던 인물이어서, 조위한은 조옥의 시를 허균의 안목으로 재평가 받고 또 시선에도 등재되길 바라는 목적에서 시집을 보냈던 것 같다. 그러나 허균은 친분을 의식한 선발은 하지 않았고 또 자신의 기준에 합당하지 않은 시는 뽑지 않았기 때문에 조옥의 시는 『국조시산』에 포함되지 못했다.

허균에게는 『국조시산』을 편찬하기 전부터 자신만의 목록이 있었을 것이다. 따라서 허균은 조선시선집을 편찬하면서 회자되는 시는 물론, 자신이 판단하기에 뛰어난 작가의 시에 대해서는 추가로 문집을 후손에게 부탁했을 가능성이 높다. 이는 기록이 남아있지 않아 실증할 수는 없지만, 1607년 『국조시산』 편찬에 즈음하여 만들어진 몇 종의 개인 문집들을 통해 허균의 또 다른 선시 과정을 짐작해볼 수는 있다.

관찬 시선집을 간행할 때에 자료 수집 과정에서 후손가에 문집을 부탁하는 일은 일반적인 과정이었던 것 같다. 앞서 논한 바 있지만 1605년 유근이 『해동시부선』을 편집할 당시에도 허균은 왜란 때 잃어버린 허봉의 시를 복기하고 간행하여 유근에게 보낸바가 있다. 이는

244) 許筠, 『惺所覆瓿藁』 卷2, 「病閑雜述」, 〈前五子詩〉(『韓國文集叢刊』 74輯).

홍문관에서 시선집 편찬 때 자료로 쓸 시집을 허균에게 부탁하면서 일이 진척된 것이었는데, 비슷한 정황이 『국조시산』 편찬 때에도 포착된다.

허균이 한창 『국조시산』의 시를 선발하던 1607년 가을, 양경우(梁慶遇, 1568~1638)가 부친 양대박(梁大撲, 1544~1592)의 문집을 만들어 허균을 찾는다.

> 자점(子漸)은 내 집에 찾아와 선친의 원고를 맡기며,
> "아버님의 시는 족히 내세에 보일 만 하옵기에 바야흐로 판각을 꾀하여 썩지 않게 하려는데, 지금 세상에 재주를 아끼고 선비를 사랑하는 이가 그대 같은 사람이 없고, 우리 아버지를 알아주고 감탄하고 칭찬하던 이도 그대 같은 사람이 없으며, 풍아(風雅)를 드날려 뒷사람에게 믿음을 전함도 그대 같은 사람이 없으니, 원컨대 그대는 한 마디 말로써 서(序)하여 주시오."하였다.[245]

양대박은 만년에 1000여 편의 시를 직접 편차해서 정리하였는데, 1591년 전주 부윤 남언경(南彦經)이 빌려가서 임란 때 분실하였다. 이후 양대박은 의병에 참가했다가 과로로 죽었기에 그의 저술은 나중에 아들 양경우(梁慶遇)와 양형우(梁亨遇)가 평소 외우던 시 70여 편과 가장(家藏)되어 있던 난고(亂稿) 중 100여 편의 시를 찾아내어 겨우 시집 2권으로 만들었을 뿐이다.[246] 이렇게 시집이 완성되자 양경우는 허균을 찾아와 서문을 받으려고 하였다.

---

245) 許筠, 『惺所覆瓿藁』 卷4, 「淸溪集序」(『韓國文集叢刊』 74輯). "子漸訪于弊廬, 以先稿託曰: '先子之詩, 足示來玆, 方謀災木, 以詔不朽, 今之世憐才愛士者, 莫君若也, 知先子而嗟賞之者, 莫君若也, 揚扢風雅, 以傳信於後, 亦莫君若也. 願君以一言弁之.'"

246) 『한국문집총간해제』 「청계집」 참조.

> 돌아가신 그대의 부친은 문장이 매우 좋아서 참으로 작가(作家)입니다. 저는 글을 못하니 어떻게 그분을 빛나게 하겠습니까. 더구나 바쁘게 짓느라 하고 싶은 말을 다 하지도 못했으니 부처님의 머리를 더럽히지나 않았는지 모르겠습니다. 버리거나 취하는 것은 오직 그대에게 달려 있습니다.[247)]

허균은 양경우를 통해 양대박의 시집을 건네받고는 〈청계집서〉를 써서 양경우에게 보냈다. 그런데 공교롭게도 문집이 제작되고 편지가 오고간 시점이 『국조시산』을 편찬하던 때이다. 양대박의 시집이 제작된 배경은 기록에서 확인되지 않는데, 여러 정황상 『국조시산』의 자료로 활용할 목적에서 허균이 양경우에게 아버지 양대박의 시집을 부탁했을 가능성이 있다. 양대박은 선행 시선집에는 등재되지 않은 작가이지만 허균은 그의 성취를 일찍이 발견하여 오명제와 주지번을 만났을 때에도 이미 소개한 바 있었다.[248)] 허균은 『국조시산』을 편찬하던 시점에 양경우에게 『청계집』을 건네받았다. 이때 이 책을 통해 시를 선발하고, 또 서문도 작성하였음을 짐작할 수 있는 것이다. 결국 『국조시산』에는 양대박의 칠언율시 4수가 전해지고 있고, 이 시들은 『청계집』에도 동일한 모습으로 확인된다. 양대박의 칠언율시 4편은 〈在北原送李

---

247) 許筠, 『惺所覆瓿藁』 卷21, 「與梁子漸丁未十月」(『韓國文集叢刊』 74輯). "尊先公文章甚好, 誠作家也. 僕不文, 何以賁之. 悤結, 撰不能盡欲言, 其汚佛首乎. 去就之, 亦唯君也."

248) 양대박의 〈在北原送李益之向南原〉는 현재 남방위의 『조선시선전집』에 수록되어 있다. 이 책은 현전하는 불완전한 모습의 북경대본 오명제의 『조선시선』과 저본이 동일하다고 판단되고 있기에 남방위의 시선집에 전하더라도 이 시는 허균이 오명제에게 알려준 시로 보아야 할 것이다. 또 『청계집』의 〈청계〉시 원주(原註)에는 "사신 주지번이 향탕에 손을 씻고는 읽었다.[天使朱之蕃香湯盥手後讀之]"라는 원주(原註)가 확인되고 있고, 또 『학산초담』에도 소개하였기에 허균이 이미 양대박의 시를 자신이 만난 두 중국인에게 모두 전할 정도로 인정하고 있었음을 알 수 있다.

謚之向南原〉(『청계집』 권1), 〈青溪〉(『청계집』 권1), 〈送別苕軒赴任東萊〉(『청계집』 권1), 〈歸鴈〉(『청계집』 권1)이다.

한편 권필은 1608년 부친 권벽(權擘, 1520~1593)의 시를 공주(公州)에서 간행하였는데, 허균이 『습재집』의 후서를 썼기 때문에 이 책이 1608년 이전, 곧 『국조시산』을 편찬한 1607년 겨울 이전에 완성되었음을 알 수 있다. 허균은 권필과의 친분으로 권벽의 문집 편찬에 깊이 관여하여, 서문만 쓴 것이 아니라 초간본을 개판(開板)할 때에는 권필이 추린 시 중에서 다시 20여 편을 뽑아 「보유(補遺)」로 붙이는 편찬 과정에도 참여하였다. 주목되는 점은 역시 이 『습재집』의 간행 시점이다. 『국조시산』의 편찬과 맞물려 『습재집』이 기획된 것은 우연이 아닐 것이다. 『국조시산』에서 확인되는 권벽의 시는 칠언고시인 〈孝行〉(『習齋集』「習齋集補遺」〈曉行〉)과 칠언율시 4수–〈誕日早朝〉(『習齋集』 권3), 〈元日早朝是日頒赦〉(『習齋集』 권1), 〈報漏閣〉(『習齋集』 권3), 〈故左相柳公灌遷葬挽章〉(『習齋集』 권3)–가 있다. 이 중에서 〈曉行〉은 『속청구풍아』에서도 뽑았던 시이며, 나머지 칠언율시 4수는 허균이 『습재집』을 통해 뽑은 것이다.

마지막으로 임제(林悌, 1549~1587)의 경우를 살펴보자. 백호 임제의 시는 『국조시산』에 모두 7제 8수가 수록되어 있는데, 선행 시선집 『속청구풍아』에서는 1수가 확인된다. 나머지 6제 7수는 모두 허균이 임제의 문집을 통해 선발한 것이다. 허균이 선대 시선집 편찬자에 비해 임제의 시를 특별히 인정하고 그의 작품도 두루 뽑았음을 알 수 있다. 임제의 문집은 1607년 임제의 동생인 임환(林懽)이 최초로 수습하였다. 실제 간행은 1617년 저자의 사촌동생인 임서(林惰)가 함양 군수로 있을 때 이루어졌지만, 문집을 최초로 수습한 시점이 1607년이라는 점에서 『국조시산』과 문집 정리의 계기를 연결시켜 볼 수 있을 것이다.

그러나 『국조시산』에 수록된 임제의 시를 『임백호집(林白湖集)』과 대조해보면, 위의 양대박이나 권벽의 경우와는 달리 『국조시산』과 문집은 서로 영향을 주고받은 흔적이 확인되지 않는다. 『국조시산』에는 〈中和道上〉(권5, 오언율시)으로 된 제명이 문집에는 〈戲題生陽館〉으로, 〈送北評事李瑩〉(권5, 오언배율)은 문집에 〈送李評事〉으로, 〈海南奇許美叔〉(권7, 칠언율시)는 〈縣齋書事寄許美叔〉으로, 〈閨怨〉(권8, 오언절구)는 〈無語別〉로 〈高山驛〉(권10, 칠언절구)은 〈驛樓〉으로, 〈送鏡城黃判官〉(권10, 칠언율시)은 〈送黃景潤爲鏡城判官〉으로, 두 본은 제명은 물론 시구에 있어서도 친연성이 확인되지 않는다.

이 두 본의 거리에 대해서는 두 가지 상황을 추측할 수 있다. 임제의 초고가 우연히 1607년에 수습되었고 허균이 이를 접하지 못했거나 참조하지 않은 것, 또는 1607년에 최초 수습된 문집을 허균이 보고 『국조시산』에 반영하였으나 1617년에 간행된 현전 초간본이 초고본을 크게 재편하여 모습이 달라진 경우로 압축된다. 현재로서는 전자의 가설이 설득력 있어 보인다. 허균은 허씨 가문과 친분이 있었던 임제의 시에 대해 허봉에게 일찍이 듣고 배운 바가 있었다. 따라서 『국조시산』의 편찬 과정에서 자신이 외우고 있었던 시에 대해서는 기억에 의거한 집필을 했으리라 추정된다. 임제의 〈中和道上〉는 『명시종』에 기록되어서 전하는데, 『명시종』은 오명제의 『조선시선』을 자료로 한 전겸익의 『열조시집』을 옮긴 것이어서 『명시종』에서 확인되는 시의 최초 전파자는 허균일 가능성이 높다. 〈送北評事李瑩〉도 허균이 『학산초담』과 『성수시화』에서 허봉이 가르쳐준 시로 소개되고 있는 작품이다. 〈규원(閨怨)〉도 『학산초담』뿐 아니라 청인 우동(尤侗)의 『간재잡설(艮齋雜說)』에도 확인되고 있다. 허균이 일찍이 허봉을 통해서 임제의 시를 접하면서, 『국조시산』의 편찬 시점에는 문집이 수습되는 상황과는 별도로 익히 읊던 시를 『국조시산』에 반영했음을 알 수 있다.

『국조시산』의 선시 방식의 하나인 문집을 통해 시를 선발하던 방법은 선행 시선집에서 누락된 작가나, 허균 당대 작가의 시를 선발할 때에 주효한 방식이었을 것으로 짐작된다. 『국조시산』에는 선행 시선집에 확인되지 않는, 허균이 뽑은 시가 절반 정도였기 때문에 이러한 방식은 『국조시산』의 선시 과정에서 큰 비중을 차지했을 것이다. 허균은 선시 자료로 쓸 문집을 후손에게 부탁하여 시를 선발하였다. 허균의 부탁을 받은 개인이나 후손가의 입장에서는 시선집 편찬에 쓸 자료를 제공하면서 이를 계기로 시문을 정리하기도 한 것이다. 따라서 본고에서 논하고자 했던 문집을 통한 시 선발 방식은 이미 간행된 문집을 포함하여, 허균이 참조할 수 있었던 일차 자료를 확보하고 이를 통해 허균이 시를 선발하는 과정을 모두를 포괄하는 방식이 될 것이다.

그러나 임제의 경우에서 살폈듯, 허균이 추가로 보완했던 시들이 모두 문집을 기초 자료로 한 것은 아니었다. 제3장에서도 논하였지만, 허균은 『국조시산』 편찬 이전부터 조선 한시에 대한 비평 활동을 해왔고 이미 자신만의 목록을 가지고 있었다. 이 목록은 임제의 시 같이 『국조시산』 전반에 흡수되었을 것이다. 따라서 마지막 선시방식으로는 임제의 경우처럼 문집이나 자료를 기반으로 한 것이 아닌, 허균이 작성해놓은 목록에 대해 논한다.

### ③ 허균이 기억하고 있던 목록 반영

『국조시산』의 선시 방식 중에 마지막으로 논할 것은 『국조시산』의 저술 과정에서 반영된, 허균이 작성해놓은 시에 대한 것이다. 달리 표현하자면, 허균이 『국조시산』 편찬 시점에 기억하고 있었던, 그가 생각하는 조선의 대표적인 시의 목록이 『국조시산』에 반영되었다고 본 것이다. 이 목록은 『국조시산』 편찬 이전에도 허균이 여러 번 밝힌 바가 있다. 시화집 『학산초담』에서 조선 중기에 회자되던 시를 소개한 것과, 또 임진왜란 때 중국인 오명제가 찾아왔을 때 외워주었던 -『조선시선』의 기본 자료가 된- 수 백편의 시와, 또 1606년 중국 사신 주지번의 요청으로 7일 만에 필사해준 조선의 시 830수가 바로 허균이 평소 생각하던 뛰어난 시의 목록이었을 것이다.

본고에서는 이 허균의 목록들이 『국조시산』의 선시 과정에서 반영되었다고 보고, 이를 실증하여 『국조시산』의 한 선시 방식으로 논하고자 한다. 다만 상기한 목록 중에서 허균이 주지번에게 건넨 시선집은 현전 여부를 알 수 없고, 『학산초담』과 오명제의 『조선시선』만이 확인 가능하다. 더불어 오명제의 『조선시선』은 불완전한 이본이어서 남방위의 『조선시선전집』으로 오명제의 원 시선집을 재구해 보려고 해도 현재의 이본 상황에서는 쉽지가 않고, 『학산초담』의 경우는 허균이 일찍이 분실하여 『국조시산』을 편찬할 당시에는 그의 수중에 없었던 책이다. 이런 점을 두루 고려하여 본고는 허균의 시 목록이 『국조시산』에 '반영된 사실'을 밝히는 정도에서, 하나의 선시 방식으로서 논의하도자 한다. 먼저 『학산초담』에서 허균이 소개하고 품평했던 조선의 한시 중에서 『국조시산』에 반영된 것을 표로 정리해보았다.

〈표 17〉 『학산초담』과 『국조시산』의 수록 시 대비

| | | 『학산초담』 | 『국조시산』 |
|---|---|---|---|
| 1 | 崔慶昌 | 〈天壇〉 2수[249) | 권10 〈天壇〉 2수 |
| 2 | | | |
| 3 | | 〈朝天宮〉 | 권5 〈朝天宮〉 |
| 4 | 白光勳 | 〈弘慶寺〉 | 권8 〈弘慶寺〉 |

| | | 『학산초담』 | 『국조시산』 |
|---|---|---|---|
| 5 | 林悌 | 〈送李評事〉 | 권5 〈送北評事李瑩〉 |
| 6 | 許篈 | 〈壓胡亭〉 | 附錄 「許門世藁」 〈壓湖亭〉 |
| 7 | | 〈居山驛〉 | 附錄 「許門世藁」 〈居山驛〉 |
| 8 | 沈彦光 | 〈鏡城朱村驛感懷〉 | 권7 〈朱村驛有感〉 |
| 9 | 李玉峯<br>(李媛) | 五日長干三日越 / 哀歌唱斷魯陵雲<br>妾身亦是王孫女 / 此地鵑聲不忍聞 | 권10 〈寧越道中〉 |
| 10 | 姜渾 | 〈應製〉 | 권6 〈廢朝應製御題寒食園林三月近落花風雨五更寒〉 |
| 11 | 奇遵 | 日落天如墨 / 山深谷似雲<br>君臣千載意 / 惆悵一孤墳 | 권8 〈自挽〉 |
| 12 | 崔壽城 | 古殿殘僧在 / 林梢暮磬淸<br>曲通千里盡 / 墻壓衆山平<br>木老知何歲 / 禽呼自別聲<br>艱難憂世網 / 今日愧余生 | 권4 〈題萬義寺東浮屠〉 |
| 13 | 羅湜 | 〈詠畵猿〉 | 권8 〈題畵猿〉 |
| 14 | 李達 | 〈上月汀亞相〉 | 권7〈上月汀亞相〉 |
| 15 | 申櫓 | 先王此日棄群臣 / 末命丁寧托聖人<br>二十六年香火絶 / 白頭號哭只遺民 | 권10 〈壬辰六月二十八日作〉 |
| 16 | 盧守愼 | 〈宿三村社倉〉 | 권5 〈宿三社倉〉 |
| 17 | | 〈遞右相〉 | 권5 〈遞右相〉 |
| 18 | 失名氏 | 木梳梳了竹梳梳 / 梳却千廻蝨已除<br>安得大梳長萬丈 / 盡梳黔首蝨無餘 | 권10 〈梳〉 |
| 19 | 李胄 | 〈海島別友人〉 | 권4 〈贈辛德優〉 |
| 20 | 李顯郁 | 春山路僻問歸樵 / 爲指前峯石逕遙<br>僧與白雲還暝壑 / 月隨滄海上寒潮<br>世情老去渾無賴 / 遊興年來獨未銷<br>回首孤航又陳迹 / 疏鐘隔渚夜迢迢 | 권7 〈次許渾贈僧韻〉 |
| 21 | | 風驅驚雁落平沙 / 水態山光薄暮多<br>欲使龍眠移畵裏 / 其如漁艇笛聲何 | 권10 〈卽事〉 |
| 22 | 鄭鎔 | 萬里鯨波海日昏 / 碧桃花影照天門<br>鸞驂一息空千載 / 緱嶺靈笛半夜聞 | 권10 〈贈人〉 |

249) 허균이 『학산초담』에서 시 제목을 밝힌 경우는 이 표에서 제목만 기재하였고, 그렇지 않고 시 본문만 제시한 것은 『학산초담』에서의 시 본문을 그대로 제시하였다.

| | | 『학산초담』 | 『국조시산』 |
|---|---|---|---|
| 23 | 鄭碏 | 人度桃花岸 / 馬嘶楊柳風<br>夕陽山影裏 / 寥落魯王宮 | 권8 〈魯宮〉 |
| 24 | 鄭碏 | 二月燕辭海 / 千村花滿辰<br>每醉淸明節 / 至今三十春 | 권8 〈贈人〉 |
| 25 | 鄭碏 | 酒滴春眠後 / 花飛簾捲前<br>人生能幾何 / 悵望雨中天 | 권8 〈春晩〉 |
| 26 | 鄭碏 | 菊垂雨中花 / 秋驚庭上梧<br>今朝倍惆悵 / 昨夜夢江湖 | 권8 〈秋懷〉 |
| 27 | 金淨 | 〈贈釋道心〉 | 권8 〈贈釋道心〉 |
| 28 | 高敬命 | 平生睡足小江南 / 橘柚林中路飽諳<br>朱實宛然親不待 / 陸郎雖在意難堪 | 권10 〈食橘〉 |
| 29 | 崔溥 | 挑燈輟讀便長吁 / 天地間無一丈夫<br>三百年□中國土 / 如何付與老單于 | 권9 〈讀宋史〉 |
| 30 | 梁大撲 | 山鬼夜窺金井火 / 水禽秋宿石塘煙 | 권7 〈青溪〉 |
| 31 | 鄭之升 | 草入王孫恨 / 花添杜宇愁<br>汀洲人不見 / 風動木蘭舟 | 권8 〈傷春〉 |
| 32 | 宋翼弼 | 〈雲庵次友人韻〉 | 권10 〈贈僧〉 |
| 33 | 崔澱 | 蓬壺一入三千年 / 銀海茫茫水淸淺<br>鸞笙今日獨飛來 / 碧桃花下無人見 | 권10 〈鏡浦臺〉 |
| 34<br>35 | 李達 | 〈洛中有感〉 二首 | 권10 〈洛中有感〉 |
| 36 | 楊士彦 | 白玉京蓬萊島 / 浩浩煙波古<br>熙熙風日好 / 碧桃花下閒來往<br>笙鶴一聲天地老 | 권3 〈楓岳三五七言〉 |
| 37 | 楊士彦 | 金屋樓臺拂紫煙 / 躍龍雲路下群仙<br>青山亦厭人間世 / 飛入蒼溟萬里天 | 권10 〈國島〉 |
| 38 | 申光漢 | 〈書銅山驛亭〉 | 권9 〈洞山驛〉 |
| 39 | 南孝溫 | 〈西江寒食〉 | 권9 〈西江寒食〉 |
| 40 | 南孝溫 | 〈夢子挺述夢中所見〉 | 권9 〈夢安子挺〉 |
| 41 | 南孝溫 | 〈二月晦日登敦義門城〉 | 권9 〈上巳城南〉 |
| 42 | 黃衡 | 建節高臺起大風 / 海雲初捲日輪紅<br>倚天撫劍頻回首 / 馬島彈丸指顧中 | 권9 〈海雲臺〉 |
| 43 | 白大鵬 | 秋天生薄陰 / 華岳影沈沈 | 권5 〈秋懷〉 |

〈표 17〉에서 볼 수 있듯, 허균은 『국조시산』에 『학산초담』에서 논했

던 시들을 다수 수록하였다. 전술하였듯이 『학산초담』은 『국조시산』 편찬 시점에는 허균의 수중에 없었던 책이다. 따라서 『학산초담』의 시 목록이 『국조시산』에도 포함된 것은, 허균이 예전부터 기억하고 있던 목록이 반영된 결과로, 결국 『국조시산』을 구성하는 하나의 선시방식으로 논할 수 있는 것들이다.

다만 허균의 목록을 선행 조선시선집과 대비해볼 필요는 있다. 이 목록에 들어있는 시가 일반적으로 회자되던 시인지, 허균이 다른 경로로 접하거나 새롭게 가치를 발견하여 소개한 시인지는 검증되어야 하는 것이다. 아래의 표는 『국조시산』과 선행시선집 4종, 『학산초담』까지 포함하여 대조한 결과이며 지면상 『학산초담』과 관련 있는 부분만 편집하여 제시하였다. 전체를 대상으로 만든 표는 부록에서 확인할 수 있다.

〈표 18〉 『학산초담』과 조선시선집 4종과의 관계

| | 『國朝詩删』(1607년) | 『靑丘風雅』(1473년) | 『東文選』(1478년) | 『續東文選』(1518년) | 『續靑丘風雅』(1606년경) | 『鶴山樵談』(1592년) |
|---|---|---|---|---|---|---|
| 兪好仁 | 沙斤驛亭 | | | ○ | | |
| 兪好仁 | 登鳥嶺 | | | ○ | | |
| 曺偉 | 次韻答淳夫 | | | ○ | | |
| 李冑 | 通州 | | | ○ | | |
| 李冑 | 贈辛德優 | | | | | ○ |
| 朴誾 | 雨中懷擇之 | | | ○ | | |
| 朴誾 | 曉望 | | | ○ | | |
| 朴誾 | 癸丑移舟 | | | | | |
| 魚無迹 | 逢雪 | | | ○ | | |
| 李荇 | 題天磨錄後 | | | | ○ | |
| 李荇 | 次雲卿韻 | | | | ○ | |
| | | | | | | |
| 盧守愼 | 十六夜感歎成詩 | | | | ○ | |
| 盧守愼 | 別文白二生 | | | | ○ | |
| 盧守愼 | 路中吟 | | | | ○ | |

| | 『國朝詩刪』(1607년) | 『青丘風雅』(1473년) | 『東文選』(1478년) | 『續東文選』(1518년) | 『續青丘風雅』(1606년경) | 『鶴山樵談』(1592년) |
|---|---|---|---|---|---|---|
| 盧守愼 | 宿三社倉 | | | | | ○ |
| 盧守愼 | 十六夜喚仙亭 | | | | ○ | |
| 林億齡 | 題乙卯洗兵宴軸 | | | | ○ | |
| 金麟厚 | 次韻寄蘇齋 | | | | ○ | |
| 盧守愼 | 酬寄金河西 | | | | ○ | |
| 林悌 | 送北評事李瑩 | | | | | ○ |
| 朴誾 | 寄擇之 | | | ○ | | |
| 朴誾 | 五月卄八日贈擇之 | | | ○ | | |
| 朴誾 | 永保亭 | | | ○ | | |
| 姜渾 | 臨風樓 | | | | ○ | |
| 姜渾 | 海雲臺次韻 | | | | | |
| 姜渾 | 廢朝應製御題寒食園林三月近落花風雨五更寒 | | | | | ○ |
| 崔淑生 | 義州聚勝亭次太虛韻 | | | | ○ | |
| 崔淑生 | 新秋 | | | | ○ | |
| 李荇 | 人日 | | | | ○ | |
| 鄭磏 | 送琴師李壽鍾之平壤 | | | | ○ | |
| 辛應時 | 奉祀康陵有感 | | | | | |
| 崔慶昌 | 朝天 | | | | ○ | |
| 白光勳 | 奉恩寺次李伯生見寄之韻 | | | | ○ | |
| 李達 | 上月汀亞相 | | | | | ○ |
| 金淨 | 贈釋道心 | | | | ○ | ○ |
| 金淨 | 贈別 | | | | | |
| 奇遵 | 自挽 | | | | | ○ |
| 崔壽峸 | 輞川圖 | | | | | |
| 羅湜 | 題畵猿 | | | | | ○ |
| 羅湜 | 驪江 | | | | ○ | |
| 羅湜 | 道峯寺 | | | | | |
| 林億齡 | 送白彰卿還鄉 | | | | ○ | |

| | 『國朝詩刪』 (1607년) | 『靑丘風雅』 (1473년) | 『東文選』 (1478년) | 『續東文選』 (1518년) | 『續靑丘風雅』 (1606년경) | 『鶴山樵談』 (1592년) |
|---|---|---|---|---|---|---|
| 鄭之升 | 傷春 | | | | ○ | ○ |
| 鄭鎔 | 魯宮 | | | | | ○ |
| 鄭鎔 | 夜作 | | | | | |
| 鄭鎔 | 贈人 | | | | | ○ |
| 鄭鎔 | 秋懷 | | | | | ○ |
| 鄭鎔 | 春晩 | | | | | ○ |
| 楊士彦 | 國島 | | | | | ○ |
| 姜克誠 | 次友人韻 | | | | ○ | |
| 高敬命 | 食橘 | | | | | ○ |
| 高敬命 | 漁舟圖 | | | | ○ | |

표에서는 일부만 제시했지만, 허균이 『학산초담』에서 소개했던 시는 대부분 선행 시선집과 겹치지 않는다. 『학산초담』의 시가 『국조시산』까지 이어진 것은 모두 41제인데, 이 중에서 허문세고에 위치하는 허봉의 시 2수를 제외하면 39제이다. 이 39제 중에서 선행 시선집에 보이지 않는 시는 33수이다.

이 『학산초담』의 목록, 특히 선행 시선집에서도 확인되지 않는 시들은 앞 장에서도 논한 바 있지만, 대부분 허균이 젊은 시절에 허봉과 이달에게 듣고 배웠던 시였다. 이주(李胄)의 〈증신덕우(贈辛德優)〉는 허균이 허봉에게 듣고 기록한 시이며, 임제(林悌)의 〈송북평사이영(送北評事李瑩)〉은 허봉과 허성이 늘 칭찬하던 시였다. 나식(羅湜)의 〈제화원(題畵猿)〉도 이달이 허균에게 소개한 것이었으며, 양사언(楊士彦)의 〈국도(國島)〉는 양사언과 허엽이 교분이 깊었기 때문에 그의 시가 허씨 가문 내에서 회자되었다. 그러나 노수신(盧守愼)의 〈숙삼사창(宿三社倉)〉, 〈체우상(遞右相)〉과 같은 몇몇 시는 허균이 이 시의 성취를 찾아내고 극찬했던 것이어서 『국조시산』의 성격을 이해하기 위해서는 시의 출저에 대한 고민도 의미가 있을 것이다.

다음으로 살펴볼 허균의 목록은 허균이 중국인 오명제에게 준 조선의 시 수백수이다. 오명제는 허균이 준 시를 토대로 『조선시선』(1600)을 편찬하였고 이 책은 현재 중국 북경대학교 도서관에서 확인된다. 이 북경대본은 '朝鮮詩選 上'이라는 권수제로 시작하지만 이 책에서 '朝選詩選 下'라는 기록은 보이지 않는다. 결본인 만큼 많은 시가 누락되어 전하고 있어서 이 책만으로는 『국조시산』과 관련하여 유의미한 논의를 이끌어내기는 어려운 상황이다. 다만 남방위가 편찬한 『조선시선전집』(1604)이라는 비슷한 제명의 책이 중국 북경대학교와 미국 버클리대학에 소장되어 있는데, 이 책에는 북경대본에 수록된 시가 거의 그대로 확인되며, 오명제가 조선 문인에게 받았던 시들도 수록되어 있어서 남방위의 『조선시선전집』이 오명제의 완질 『조선시선』과 관계가 있음을 알 수 있다.

본고에서는 이 『조선시선』이 허균이 오명제에게 써 준 시를 기초로 만들어졌다는 점에서 허균이 생각하고 있던 조선시의 목록이 반영된 결과로 보고, 이 책과 『국조시산』을 대비하여 두 저술의 상관성을 탐색하고자 한다. 현재 『조선시선』은 온전한 이본이 없고 결질이기도 하여서 남방위의 『조선시선전집』과 함께 살펴보았다.

〈표 19〉 『조선시선』과 『국조시산』의 수록 시 대비

| 『朝鮮詩選』上(1600년) | 『朝鮮詩選全集』(1604년) | | 『國朝詩删(1607년) | |
|---|---|---|---|---|
| | 感興 | 권1 | 卞季良 | 感興 |
| | 淮陽道中 | | 李達 | 淮陽寄安邊楊明府 |
| | 田父行 | 권2 | 成俔 | 老人行 |
| | 古意 | | 徐居正 | 古意 |
| | 流民嘆 | | 魚無迹 | 流民嘆 |

| 『朝鮮詩選』上(1600년) | 『朝鮮詩選全集』(1604년) | | 『國朝詩刪』(1607년) | |
|---|---|---|---|---|
| | 閨怨 | | 金淨 | 四時詞 |
| | 李少婦詞 | | 崔慶昌 | 李少婦挽詞 |
| | 會蘇曲, 黃昌郎 | 권3 | 金宗直 | 東都樂府 |
| 山中 | 山中 | 권4 | 鄭道傳 | 山中 |
| 潼陽驛 | 潼陽驛 | | 李詹 | 舟行至沐陽潼陽驛 |
| | 寄副令 | | 卞仲良 | 寄金副令九客 |
| | 晨興　　　-卞仲良 | | 卞季良 | 晨興 |
| | 春事 | | 卞季良 | 春事 |
| | 登萬義浮屠 | | 崔壽峸 | 題萬義寺東浮屠 |
| 偶吟 | 偶吟 | | 林億齡 | 秋村雜題 |
| 佳月 | 佳月 | 권8 | 金淨 | 佳月 |
| | 弘慶感懷 | | 白光勳 | 弘慶寺 |
| 卽事 | 卽事 | 권9 | 趙云仡 | 卽事 |
| 遊南城 | 遊南城 | | 成侃 | 遊城南 |
| 春日 | | | 徐居正 | 春日 |
| 卽事 | | | 徐居正 | 卽事 |
| 次金太守田家 | 次金太守田家 | | 姜希孟 | 次金太守宗直咏田家韻 |
| | 對馬島舟中夜坐 | | 金訢 | 馬島舟中夜坐 |
| 古寺尋花 | 古寺尋花　　　-李婷 | | 婷 | 尋花古寺 |
| 西江寒食 | 西江寒食 | | 南孝溫 | 西江寒食 |
| | 秋晩 | | 安應世 | 秋晩 |
| | 曉起 | | 昌壽 | 曉起呈强哉 |
| 船上望見三角山有感 | | | 申光漢 | 船上望見三角山有感 |
| | 落花巖懷古 | 권10 | 洪春卿 | 扶餘落花巖 |
| | 邊思 | | 崔慶昌 | 邊思 |
| | 題僧軸 | | 崔慶昌 | 題僧軸 |
| 登樓 | 登樓 | | 李媛 | 樓上 |
| 謾興贈郎 | 謾興贈郎 | | 李媛 | 卽事 |
| | 上元夫人 | 附 | 許篈 | 上元夫人 |
| | 贈元叅學 | | 許篈 | 贈元叅學 |
| 望仙謠 | 望仙謠 | | 許氏 | 望仙謠 |
| 湘絃曲 | 湘絃曲 | | 許氏 | 湘絃謠 |
| 效李義山 | 效李義山 | | 許氏 | 效李義山 |
| 次仲氏望高臺 | 次仲氏高原望高臺韻 | | 許氏 | 次仲氏高原望高臺韻 |

| 『朝鮮詩選』上(1600년) | 『朝鮮詩選全集』(1604년) | | 『國朝詩刪(1607년) | |
|---|---|---|---|---|
| 效崔國輔 | 效崔國輔 | | 許氏 | 效崔國輔體 |
| 江南曲 | 江南曲 | | 許氏 | 江南曲 |
| | 塞下曲 | | 許筠 | 塞下曲 |
| | 塞上曲 | | 許氏 | 塞下曲 |
| | 入塞曲 | | 許氏 | 入塞曲 |
| 遊仙曲 | 遊仙曲十六首 | | 許氏 | 遊仙詞十六首 |

『조선시선』은 기자(箕子)부터 시작하여 허균까지 이르는 방대한 시기를 포괄하는 책이어서, 『국조시산』과의 대비는 『조선시선』의 전체가 아닌 조선 초중기 시기에 한정하여 시도해보았다. 〈표 19〉를 보면, 『조선시선』과 『조선시선전집』의 제목이 동일한 양상이어서, 두 책이 동일 계열의 저본으로 만들어진 책임을 쉽게 알 수 있다. 이 책은 『학산초담』과 마찬가지로 『국조시산』 편찬 당시에는 직접적으로 참조하지 못했으리라 여겨진다. 『조선시선』은 허균 조차도 못 보았을 가능성이 있다. 『조선시선』의 시가 『국조시산』에도 확인되는 모습은 허균이 예전부터 기억하고 있던 조선 시의 목록이 『조선시선』에 기록되고, 또 『국조시산』의 편찬 때에도 평소 생각하던 목록이 반영된 것으로 정리할 수 있을 것이다.

위의 표를 통해 확인할 수 있는 사실은 다음과 같다. 먼저 『조선시선』과 『국조시산』에 공통적으로 수록된 위의 시들은 선행 조선시선집에도 보이는 시들이다. 허균이 오명제에게 이미 조선에서 회자되던 유명한 시들을 중심으로 전한 사실을 알 수 있으며, 이는 앞서 살핀 시선집을 통한 선시 과정이, 사실은 허균이 이미 알던 시들을 재차 정밀하게 읽고 선발한 방식이었음을 보여준다. 또한 눈여겨볼 부분은 『조선시선』에 허씨 일가의 시가 다수 수록된 사실이다. 이를 보아서는 오명제가 허균이 알려준 시들을 정선하여 수록했기보다는, 조선의 시를 가능한 많이 수집하는 목적에서 『조선시선』을 편찬하였음을 알 수 있다. 그리고 허균의 기억이 반영된 결과로서 위의 목록을 재차 점검한다면, 안응세와 최수성, 이달의 시는 선행 시선집이나 『학산초담』에는 없고, 『조선시선』에서만 보이고 또 『국조시산』에 보이기 때문에 『학산초담』 집필 이후 허균이 가치를 재발견한 시라고 볼 수 있을 것이다.

지금까지 논한 '허균의 목록'은 허균이 예전부터 생각하고 있던 조선의 대표적인 시라고 할 수 있다. 이 목록을 재구하는 것은 현재 주지번에게 준 시선집이 발굴되거나 오명제의 『조선시선』이 온전하게 소개되지 않고서는 불가능한 일이지만, 재구한다 하더라도 대개가 선행 시선집에서나 주변 인물들의 시화집에서 소개되던 시와 크게 다르지 않을 것이다. 본고에서는 이러한 허균의 목록을 통해, 허균이 『국조시산』 편찬 당시 선행 시선집이나 문집 등의 자료로 시를 선발한 것 이외의 또 다른 방식으로 『국조시산』의 시를 구성했다는, 하나의 선시 방식을 밝히는 정도로 논하고자 하였다.

상기한 세 가지의 선시 방식을 다시 정리해보면, 『국조시산』의 선시 과정에서 높은 비중으로 안배된 시의 수집 방식은 허균도 『국조시산』의 서문에서 밝혔듯 이미 편찬된 조선시선집에서 시를 뽑는 것이었다. 이 방식은 이미 한 차례 비평을 거친 결과물인 시선집을 재선(再選)하는 작업이어서, 이 작업을 통한 시는 『국조시산』 절반의 시를 구성하는 기본 자료로서의 위치를 점하면서 중론을 수용한 객관적인 선시 태도로 평가될만한 성격을 지니고 있다. 물론 이 작품들은 기본적으로 허균의 취사선택을 거친 결과물이긴 하지만, 선집을 재차 검토하고 선발했다는 점에서, 편찬자의 개성적인 면을 발휘하기에는 자료상 근본적인 한계가 있다. 허균은 선행 시선집을 산삭하는 방식으로 『국조시산』의 절반을 채웠지만, 그 나머지는 직접 시를 선발하였다. 『국조시산』

의 선시 방식은 시선집으로서 납득할 만한 객관성을 최대한 확보한 바탕 위에서 허균만의 예술적 취향과 감식안을 드러내기에도 적합하게 고안되었던 것이다.

### 2) 비어[250] 부기

『국조시산』 이대본의 권수제 면에는 "陽川許筠端甫批選"이라 하여, 『국조시산』의 시를 뽑은 편찬자 허균의 성명과 허균의 작업 내용이 기록되어 있다. 허균은 자신의 작업에 대해 '선(選)' '편(編)' '찬(纂)'이 아닌 '비선(批選)'이라는 흔치 않은 명명을 하고 있다. 이는 허균이 『국조시산』에서 시 선발과 비어를 부기하는 작업을 직접 수행했음을 알려주며, '비(批)'와 '선(選)'이 『국조시산』의 작업을 한데 이르는 표현임을 알 수 있는 것이다. 실제로 『국조시산』에는 거의 대부분의 시에 비어가 붙어있어서, 허균이 선발한 시와 함께 그의 비어를 함께 접하게 구성되어 있다.

다음 〈그림 23, 24〉에서 볼 수 있듯이 『국조시산』의 비어는 시제의 아래에 위치한 '제하비(題下批)', 시의 본문 끝의 '미비(尾批)', 자(字)와 구(句)의 옆에 위치한 '방비(旁批)'까지 위치에 따른 세 가지 모습의 비어가 확인된다.[251] 이렇게 시선집에 비어가 붙어있는 형태는 『국조시

250) 대상 작품에 직접 붙인 짧은 비평 글을 '비(批)'라고 한다. 중국이나 한국에서 이 방면의 연구는 대개 '평어(評語)' '평점(評點)' 연구에서 논의되면서 주로 '평(評)'이라는 용어가 사용되고 있다. 본고에서는 허균이 직접 이름 붙인 '비(批)'를 '비어(批語)'라고 표현하였는데, 이는 허균이 고린의 『당음』에 붙은 평어를 '비어(批語)'라고 지칭한 데에서 가져온 것이다.(許筠, 『惺所覆瓿藁』 卷13, 「批點唐音跋」(『韓國文集叢刊』 74輯).

251) 현재 『국조시산』의 모든 이본은 〈그림 23, 24〉와 위와 같은 비어만 확인이 되고 있는데, 이대본의 권2 칠언고시 부분에 한해서 권점이 보이고 있어 이 부분은 추후에 상론이 필요하다. 이 권점은 비어와 함께 가해진 형태여서 후대 유전과정에서 첨입된

산』에만 보이는 특징은 아니다. 따라서 『국조시산』의 비어를 정확하게 읽어내기 위해서는 이 '비어'에 대한 조선 내외부적인 사적(史的) 개괄부터 이루어져야 할 것이며, 그 속에서 『국조시산』을 위치시켜야 허균이 비어를 붙인 맥락과 의도를 논할 수 있을 것이다.

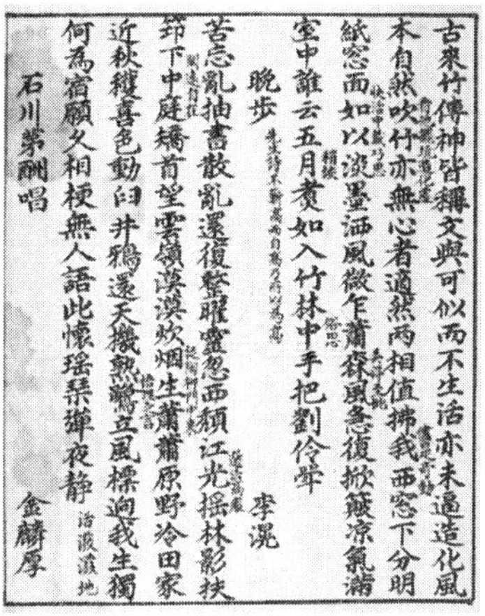

古來竹傳神皆釋文與可似而不生活亦未逼造化風
本自然吹竹亦無心者適然兩相值拂我西窓下分明
紙窓而如以淡墨洒風微乍蕭森風急復掀簸凉氣滿
室中誰云五月煑如入竹林中手把劉伶觶
晩步 李滉
苦忌亂抽書散亂還復整曜靈忽西頹江光搖林影扶
筇下中庭矯首望雲嶺漠漠炊烟生蕭蕭原野冷田家
近秋穫喜色動臼井鴉還天機熟鸛立風標迥我生獨
何爲宿願久相梗無人語此懷瑤琴彈夜靜
石川第酬唱 金麟厚

〈그림 23〉 『국조시산』의 비어①

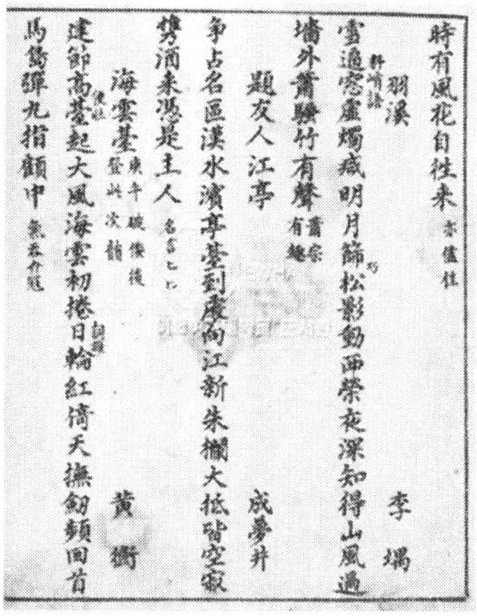

時有風花自性來
羽溪 李塙
雲過窓虛燭燄明月篩松影動西榮夜深知得山風過
墻外蕭騷竹有聲
題友人江亭 成夢井
爭占名區漢水濱亭臺到處向江新朱欄大抵皆空寂
携酒來憑是主人
海雲臺 黃衡
建節高臺起大風海雲初捲日輪紅倚天撫劍頻回首
馬島彈丸指顧中

〈그림 24〉 『국조시산』의 비어②

우선 중국의 경우, '비'는 평점서가 등장하기 이전에 서화(書畵)에 가해진 것으로, 작품에 미시적으로 직접 개입하는 예술 비평 방식으로 이미 오래전부터 폭넓게 활용되어 왔다.[252] 이 평점법은 전국 시대의 춘추삼전(春秋三傳)에서 글 뜻을 소통시키기 위하여 우연히 문장 작법에 관하여 설명한 것에 맹아가 있었으나, 실제로 시문집이나 선집에

---

것이 아닌, 이대본의 필사과정에서 처음부터 존재했던 것으로 보인다. 권점에 대한 논의는 『국조시산』의 하나의 이본인 이대본에 한한 것이며, 또한 모든 권이 아닌 권2에 한해 부분적으로 이루어진 작업이어서 본고에서는 비어에 한해서만 살펴볼 것이다.

252) 김대중, 「『풍석고협집』의 평어 연구」, 서울대학교 국어국문학과 석사학위논문, 2005, 4면을 참조하여 본고에서 요약하였다.

청묵과 주묵의 비점을 사용하는 평점법이 흥기한 것은 남송 때 과거에 응시하는 사람들의 췌마용(揣摩用) 서적이 나오면서다.[253] 남송 말기에는 유신옹(劉辰翁)이 『노자(老子)』·『장자(莊子)』·『세설신어(世說新語)』·『왕마힐시집(王摩詰詩集)』·『두공부시집(杜工部詩集)』·『맹호연집(孟浩然集)』·『육방옹집(陸方翁集)』·『도연명시집(陶淵明詩集)』·『위소주집(韋蘇洲集)』 등에 평점을 붙인 것으로 알려졌으며, 이것들은 원나라 때 간행되어 널리 유포되었다. 또한 송말(宋末)의 방회(方回)도 『영규율수(瀛奎律髓)』에 평점을 붙였다.[254]

평점본이 가장 성행하고 발전한 시기는 명청(明淸) 시기라 할 수 있다. 특히 가정(嘉靖, 1522~1566)–만력(萬曆, 1573~1620) 연간에는 모곤(茅坤)의 『당송팔대가문초(唐宋八大家文鈔)』, 이와 비슷한 모습의 귀유광(歸有光)의 『당송사대가(唐宋四大家)』가 만들어져서 여러 형태의 평점과 비어들이 확인되고 있다. 또한 능치륭(凌稚隆)의 『사기평림(史記評林)』과 같이 한 텍스트에 대해 여러 사람의 평을 수록한 형태도 나타났다.[255] 그리고 이 시기에는 전대의 『영규율수』를 잇는 시선집에서의 평점본도 성행하고 있음을 포착할 수 있다. 대표적인 서적으로 명말 이반룡(李攀龍)의 『고금시산(古今詩刪)』이라는 시선집의 당시(唐詩) 부분만 편집한 '『당시선(唐詩選)』'이 방각본으로 유통되면서, 이에 평주를 붙여 간행된 『당시광선(唐詩廣選)』과 같은 책이 만들어졌다. 또한 고린(顧璘)이 비점을 붙인 『비점당음(批點唐音)』도 가정 20년(1541), 가

253) 심경호, 『한문산문의 미학』, 고려대학교 출판부, 1998, 121면.

254) 이상 유신옹의 평점 작업에 대한 논의는 심경호(1998), 위의 책, 121면과 심경호, 『한국 한문기초학사』 3, 태학사, 2012, 299면을 참조하여 요약하고, 譚帆, 『中國小說評點硏究』, 上海:華東師範大學出版社, 2001.을 보았다.

255) 심경호(1998), 앞의 책, 121면 ; 김대중, 앞의 논문, 10~12면 참조.

정 40년(1561) 등 여러 번 간행되었다. 이 고린의 비점본에는 제하비(題下批)와 미비(尾批), 방비(旁批)와 권점(圈點)까지 모두 확인되는 특징이 있다. 비슷한 평주본 시선집으로 매정조(梅鼎祚)의 『당이가시초(唐二家詩鈔)』는 매정조의 비어가, 고병(高棅)의 『당시품휘(唐詩品彙)』에는 유신옹(劉辰翁)·범덕기(范德機)·사방득(謝枋得) 등의 평어가 수록되어 전하고 있다.

중국의 평점본 서적은 조선에도 전래되고 수용 과정을 거쳐 평점이 가해지거나 비어만 붙어있는 서적들이 만들어지게 되었다. 이에 대해서는 허균 개인의 작업과 관련 있는 부분에 한정하여 살펴보기로 한다. 우선 본고의 주제인 『국조시산』과 관련하여서 '시선집'에서의 비어의 연원과 전개 과정에 대한 사적 탐색이 선결되어야 할 것이며, 다른 한편으로는 허균의 비어 부기 작업이 『국조시산』뿐 아니라 개인의 문집에까지 확장된 사실을 고려하여 이를 두루 검토하고자 한다.

우리나라에서 평점 비평이라는 개념이 정립된 것은 고려 말이라고 할 수 있다. 고려 말의 문인들은 송대(宋代) 시학의 성과를 폭넓게 받아들였다. 이색(李穡)의 시에는 수계(須溪, 유신옹의 호)의 비점을 읽은 흔적을 찾아볼 수 있는데,[256] 고려 말에서부터 확인되는 유신옹의 작업에 대한 독서 기록들은 조선에 이르러 더욱 확대되었다. 세종 때에 집현전 학자들이 편찬한 『찬주분류두공부시(纂註分類杜工部詩)』에는 수계의 비점이 첨입되어 있고, 이 밖의 '수계비점(須溪批點)'으로 『수계교본도연명시집(須溪校本陶淵明詩集)』·『수계선생교본위소주집(須溪先生校本韋蘇州集)』·『수계선생평점간재시집(須溪先生評點簡齋詩集)』 등이

256) 고려 말 평점본의 성립 배경에 대해서는 김대중, 「『삼한시귀감』 소재 최해의 평점비평 연구」, 『한국문화』 61, 2013, 38~39면을 참조.

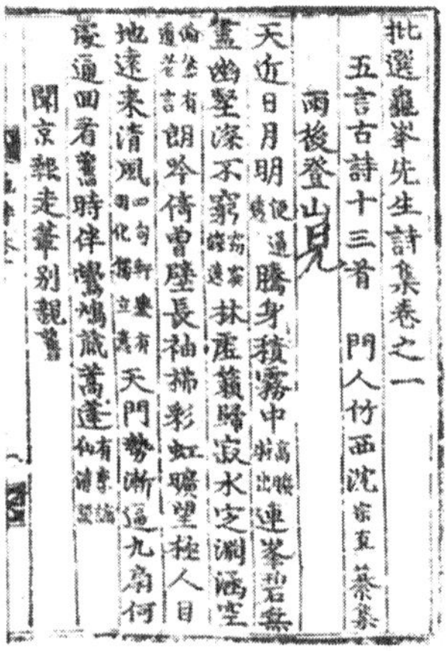

〈그림 25〉『비선구봉선생시집』의 비어

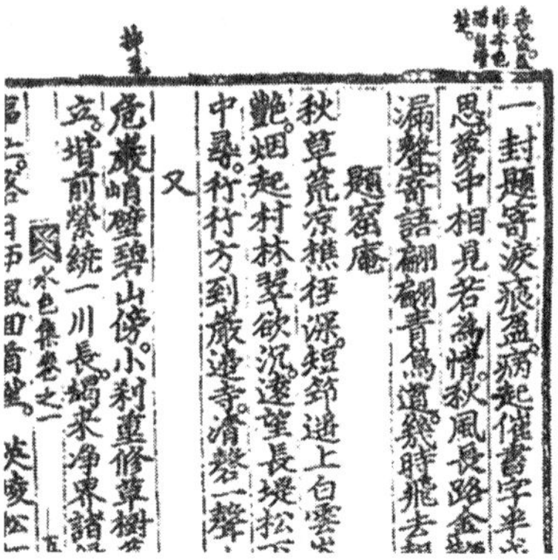

〈그림 26〉『수색집』의 비어

조선에서 간행되었다. 이러한 분위기 속에서 조선 내에서도 시선집이나 문집에 비점이 확인되면서 비어를 부기하는 방식이 문학 비평 양식으로 자리 잡게 됨을 알 수 있다.[257)]

조선 문인의 문집에 비어가 함께 확인되는 예로는 정도전(鄭道傳)의 『삼봉집(三峯集)』(1397년 초간본) 권1,2에 권근(權近)의 비점과 기타 후인의 평석이 함께 판각된 것이 그 사례이다.[258)] 그 이후에는 허균의 비어가 문집과 시선집에 고루 전해지고 있어서 주목되고 있다. 먼저 그의 작업은 송익필의 시집에서 포착된다.

송익필 시집은 『비선구봉선생시집』이란 제명으로 1622년 죽서(竹西) 심종직(沈宗直)이 목판본으로 간행한 것이 전해지는데, 이 목판본에는 〈그림 25〉와 같은 비어가 부기되어 있다. 이 비어에 대해 선행

257) 심경호(1998), 앞의 책, 122~123면.

258) 『삼봉집』의 평점에 대해서는 김대중(2005), 위의 논문, 17면과 심경호(2012), 위의 책, 300면을 참조하여 서술하였다.

연구에서는 허균이라는 결론을 유보하고 있지만,[259] 황윤석이나 송시열이 이 비어를 붙인 당사자로 허균을 지목하고 있고,[260] 필자의 판단으로도 비어의 구법이 『국조시산』과 동일하기 때문에 허균의 글로 생각하고 있다. 게다가 허균은 송익필의 서손녀(庶孫女)을 첩으로 맞을 정도로[261] 송익필과의 인연이 남달랐다. 이를 통해 본다면 허균이 송익필의 시집을 편찬하는 과정에 깊이 관여하여 비어를 부기했음을 짐작할 수 있는 것이다.

허균의 비어는 또 허균의 재종형인 수색 허적(許禃, 1563~1640)의 문집에서도 확인된다. 허적의 『수색집』에도 서미(書眉)에 비어가 부기되어 있는데, 이 비어의 일부가 허균의 글로 밝혀져 있다.[262] 이 비어들은 현재 김세렴의 비어가 혼입되었다고 논의되고 있으나[263] 전체적으로 『국조시산』의 비어 양상과 동일하기 때문에 좀 더 살펴볼 필요가 있다. 다만 『수색집』에서는 송익필의 시집과는 달리 위의 〈그림 26〉과

---

259) 이향배는 이 시선집에 붙은 비어를 허균이 쓴 것으로 추정하였다가(「『비선구봉선생시집』의 비주 체례와 저자」, 『한문학논집』 29, 근역한문학회, 2009.) 다소 유보하는 태도를 보이고 있다.(이향배 「『비선구봉선생시집』에 나타난 비평에 대하여」, 『어문연구』 72, 어문연구학회, 2012.)

260) 黃胤錫, 『頤齋續稿』 卷4(『頤齋先生遺稿』, 朝鮮春秋社, 1943.) "況筠嘗評宋龜峰翼弼詩集, 尤庵固欲去之, 而莫之去也."; 宋時烈, 『宋子大全』 卷72, 「答李擇之」(『韓國文集叢刊』 110輯). "龜峰詩評, 常以爲筠也, 果是筠則去之似可."

261) 허균이 현주(玄洲) 조찬한(趙纘韓, 1572~1631)에게 1613년에 보낸 개인소장 친필 편지를 허경진 선생님을 통해 이미지파일을 열람하였다. 이 편지에서 "僕以乏血屬, 謀卜小妾, 定姻於龜峰庶孫女."라고 하여 허균이 송익필의 서손녀와 정혼하여 그와의 인연을 이어가고 있음을 알 수 있다.

262) 장유승, 「水色 許禃의 古風詩 小考」, 『한국한시연구』 9, 한국한시학회, 2001; 윤호진, 「『水色集』의 頭評에 대하여」, 『한문교육연구』 19, 한국한문교육학회, 2002.

263) 선행 연구에서는 권1까지는 허균이, 권2부터는 김세렴의 비어로 대개 보고 있지만, 이 부분은 좀 더 구체적으로 살필 필요가 있다. 권2에서 6까지의 비어도 『국조시산』과 동일한 구법이 많이 확인되기 때문이다. 이 부분은 후고에서 밝히기로 한다.

같이 허균의 비어를 서미(書眉)에 위치시킨 것이 특징이다. 그러나 비어의 내용을 살펴보고 『국조시산』과도 대비해보면, 허균이 비어를 썼을 당시에는 시제 아래나 시의 끝에 위치했으리라고 여겨진다. 현재의 위치는 허균이 의도한 것은 아니라고 여겨지며, 문집 간행 때에 간행의 편의를 위해 일괄적으로 서미로 위치시켰을 가능성이 커 보인다. 그리고 허균의 비어는 아니지만, 허균의 문집인 『성소부부고』에도 이달과 권필이 허균의 시에 붙인 비어가 함께 전해지고 있다. 허균의 비어 작업과 허균 주변의 인물들이 문집을 회람하고 비평을 나눈 흔적들은 허균이 동시기 명의 활발했던 평점본 간행의 분위기와 여러 평점본 서적들을 일찍이 접하면서 자신의 문학 비평 방식으로 흡수하고, 이를 주변 인물들과 적극적으로 공유했음을 알 수 있는 것이다.

동일한 맥락에서 허균의 작업으로서 주목할 서적이 있다. 허균이 당시(唐詩)의 절구만을 가려 뽑은 『당절선산(唐絶選刪)』에는 비어가 부기되어 있는데, 이 『당절선산』에 대해서 지금까지는 허균의 수택본이라는 사실까지 추정되었지만, 이 필사본에 붙은 비어를 붙인 인물에 대해서는 고구되지 못하였다.[264)]

허균의 수택본으로 알려진 『당절선산』과 이대본 『국조시산』에는 공교롭게도 동일한 필적이 확인된다. 〈그림 27〉의 시에 부기되어 있는 미비(尾批)와 〈그림 28〉의 부전지에 쓴 교정자의 작은 글씨는 필적이나[265)] 내용상 허균의 글로 추정된다. 이 『당절선산』의 비어는 붉은 글씨로 시제의 아래나 시의 말미에 평을 달고 있는데,[266)] 상당 부분이

---

264) 부유섭, 「허균이 뽑은 중국시(1) –'당절선산'」, 『문헌과해석』 27, 2004년.

265) 현재 허균의 친필은 몇 편의 편지를 통해 확인할 수 있는데, 필자가 정밀하게 대조한 결과 동일 인물의 필적으로 확신하고 있다. 이 부분은 추가로 점검을 받아야 할 것이다.

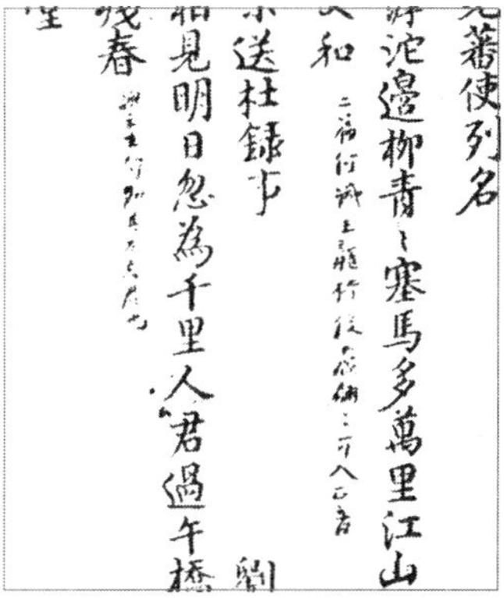

〈그림 27〉 『당절선산』의 비어

〈그림 28〉 이대본 『국조시산』의 필적

고린(顧璘, 1476~1545)의 『비점당음(批點唐音)』의 시와 평을 전재(轉載)하고 있다. 또한 매정조(梅鼎祚, 1549~1615)의 『당이가시초(唐二家詩鈔)』의 비어와 『당시품휘(唐詩品彙)』에 실려 있는 유신옹(劉辰翁)과 범덕기(范德機)와 사방득(謝枋得)의 비어도 참조한 흔적이 있다.[267] 허균 당시에 조선에서 복간되거나 바로 수입된 중국시선집들의 비어는 허균이 편찬한 중국시선집에도 그대로 이어졌고, 이러한 방식은 결국 『국조시산』에도 영향을 미쳐서 허균이 시 선발과 동시에 비어를 붙이는 작업을 했다는 것을 알 수 있다.

> 내가 임오년(1582)에 이 책을 얻었는데, 그 당시 나이가 어려 잘되었는지의 여부를 분변하지 못하였다. 그를 손에서 놓지 않고 읊조린 것이

266) "顧云, 劉云, 梅云, 徐禎卿云, 王世貞"으로 시작하는 비어들이 붙어있어서 허균이 중국시선집이나 문헌을 두루 참조하여 그들의 평가를 이 시선집에서 옮겨 적었음을 알 수 있다.

267) 허균이 『당절선산』에서의 참조한 중국시선집에 대해서는 부유섭의 논문에서(「허균이 뽑은 중국시(1) -'당절선산'」, 『문헌과해석』 27, 2004.) 밝힌 자료를 참고하였다.

> 거의 10년이 넘었는데 전란에 잃어버렸다. 늘 그 책을 생각하였지만 얻을 수가 없던 차, 지난해에 어떤 사람이 중국 시장에서 구입해 와 나에게 주었다. 펴놓고 음미해 보니 어릴 적의 친한 친구를 보는 듯하여, 매우 기뻐서 차마 놓아버리지 못하였다. 다만『유향』까지 얻지 못한 것이 서운할 뿐이다. 그 비어(批語)는 혹은 시원하게 뚫린 곳도 있고, 혹은 엉겨 붙어 통하지 못하는 곳도 있으며, 혹은 분명하게 파헤치기도 하고, 혹은 어둡기도 하지만, 버리고 취하는 면에 있어서는 대체로 올바른 체제를 잃지 않았으니, 노력을 게을리하지 않았다는 것을 대강 알 수 있다.[268]

허균은 고린의『비점당음』의「정음」편에 붙은 비어를 접하고 비어의 효용에 대해 자신만의 생각을 밝힌 바가 있다. 허균은 중국의 평점본을 일찍이 접하면서 자신의 문학 활동에 적용하였고, 그 결과는 허적의『수색집』이나 송익필의『비선구봉선생시집』에서 확인되고 있다. 다만『당절선산』은 허균의 언어보다 중국 문인들의 비어를 전재한 것이 대부분이어서 허균이 중국시선집을 편찬하면서 시의 이해를 돕기 위해 참조한 서적의 비어까지 그대로 옮겼음을 알 수 있다. 이밖에 현전하지는 않지만 허균이 편찬한 고시 선집인『고시선(古詩選)』에도 비어가 부기되어 있음을 짐작할 수 있다.[269]

지금까지 허균이 중국 평점본의 영향을 받아 자신이 편찬한 중국시

---

268) 許筠,『惺所覆瓿藁』卷13,「批點唐音跋」(『韓國文集叢刊』74輯). "余壬午歲得此本, 時年幼不辨得失. 手而說者殆十年餘, 失於兵燹. 每思之而不可得. 客歲有人購自燕市遺余. 展玩則如見少日親交面, 意甚懽不忍釋去. 特以未及遺響爲恨耳. 其批語或透竅處, 或凝不通處, 或明概或晦, 而去就頗不失體, 其用功之不怠, 槪可見矣."

269) 許筠,『惺所覆瓿藁』卷4,「古詩選序」(『韓國文集叢刊』74輯). "간혹 고루한 소견으로 그 한 둘을 논평했으나 세상에 전하고자 해서가 아니라 애오라지 나의 독자적으로 얻은 바를 나타내어 때로 외우고 법을 취하고자 함이다.[間以陋見, 商摧其一二, 非欲以傳世, 聊表余所獨得, 而時誦以取法焉.]"

선집에 비어를 부기하고, 타인의 문집에 자신의 문학 비평의 결과를 비어로 적시한 사실을 살펴보았다. 또한 최종적으로는 자신의 문집에도 이달과 권필의 평가를 부기하여서 주변 문인들과 함께 이와 같은 문학 비평 활동을 적극적으로 실행하고 또 그 결과를 문집에 남기고 있음을 알 수 있다.

마지막으로는 『국조시산』에 붙은 비어의 성격을 좀 더 명확하게 파악하기 위해서 조선시선집에서의 비어 부기는 어떻게 이루어지고 있었는지 살펴보기로 하자. 고려 때에 조운흘(趙云仡)이 편찬한 『삼한시귀감(三韓詩龜鑑)』에는 현재 평점이 남아 전하고 있다. 다만 『삼한시귀감』은 최해(崔瀣)의 『동인지문(東人之文)』을 정선한 것으로 알려져 있는데, 『동인지문』의 전모는 현재 확인되지 않고 있어서, 『삼한시귀감』의 평점은 최해가 『동인지문』 편찬 당시에 붙였다고 볼 수 있다.[270] 또한 『협주명현십초시(夾註名賢十抄詩)』에도 비어가 전하고 있다. 이 시선집은 고려 초 만들어진 중·만당 시기 중국 문인과 고려의 문인의 시를 10편씩 뽑아 만든 『십초시(十抄詩)』에, 고려 말 승려 자산(子山)이 후진 학자들에게 도움을 주고자 협주를 붙인 것이다. 이 책은 현재 조선 초 문종 2년(1452)에 중간(重刊)된 판본이 전해지고 있는데,[271] 중간본 서문에 의하면 '진사과(進士科)'에 대비하기 위해 간행한다고 되어 있어서 협주가 붙은 이 시선집은 문예를 진흥하기 위한 사업의 일환으로 과거

270) 김건곤, 「『삼한시귀감』 연구」, 『정신문화연구』 겨울호, 1986; 김대중(2013), 위의 논문, 35면.

271) 芳村弘道著·沈慶昊譯, 「朝鮮本 夾注名賢十抄詩의 基礎的考察」, 한자한문연구 1, 고려대학교 한자한문연구소, 2005에서 십초시의 텍스트 문제와 기본적인 설명이 제출되어서 참조할 수 있다. 본고의 『협주명현십초시』에 대한 개괄은 김은정, 「『夾注名賢十抄詩』 협주인용문헌 및 전고활용 연구」, 『한문고전연구』 29권, 한국한문고전학회, 2014, 312~314면 참조하여 서술하였다.

제와 관련되어 편찬되었음을 알 수 있다.

조선에 이르러서는 엄밀하게는 '비어'라고 할 수 없지만, 김종직(金宗直)이 『청구풍아』를 서술하면서 주석을 단 적이 있다.[272] 김종직에 의하면, "용사가 어렵고 까다로운 곳은 그 아래에 원래의 사실을 간략하게 주소를 달고 간혹 의심나고 알기 어려운 곳이 있으면 주관적 생각으로 평석을 하였다."[273]라고 하고 있어서 시를 설명하기 위해 주석을 달고 있음을 알 수 있다. 이 주석은 고려 말부터 꾸준히 전해지던 중국 시선집의 경향을 따르는 방식으로도 이해될 수 있지만,[274] 김종직의 설명은 자신의 아들과 조카의 학시(學詩) 과정에서 길잡이 구실을 하고자 시선집을 편찬했다고 한다.[275] 『청구풍아』의 모습은 당시 중국시선집의 형태를 의식한 것이기는 하나, 중국의 평점본이나 『국조시산』과 같이 본격적인 비평을 위해 비어를 부기했다고 보기는 어렵다. 그의 표현대로 『청구풍아』는 학시 과정에 있는 사람들에게 도움이 될 자료를 제공하기 위한 목적에서 시를 선발하고 주석을 부기했다고 보면 될 것이다.

『청구풍아』 이후 조선시선집에 비어가 부기된 것은 허균의 『국조시산』이다. 이 두 시선집의 사이에는 국초에 만들어진 전조(前朝)의 시문을 망라한 방대한 분량의 『동문선』, 동문선 이후 40년간의 성과를 정리한 『속동문선』, 대제학 유근의 주도로 중국에 증정할 목적에서 편찬

272) 『청구풍아』의 주석에 대해서는 황위주, 「조선 전기의 한시선집」, 『정신문화연구』 68호, 1997, 58면; 김영봉, 「『청구풍아』 연구」, 『열상고전연구』 11집, 235~238면/에서 논의한 바 있고, 본고에서도 이 두 논문을 참조하여 서술하였다.

273) 金宗直, 『佔畢齋先生全書』 卷5, 「青丘風雅序」(계명한문학연구회, 학민문화사, 1996, 296면.) "用事之險僻者, 略疏本實于下, 間有疑難, 竊以臆見評釋之."

274) 황위주, 위의 논문, 58면 참조.

275) 김영봉, 위의 논문, 236면 참조.

했던 『해동시부선』과 『속해동시부선』 등이 있다. 이들 시선집에는 전혀 비어가 부기되어있지 않고, 허균의 『국조시산』에 이르러서야 비어가 확인된다. 물론 허균이 당시 명의 평주본 간행의 분위기를 적극적으로 받아들인 것도 고려할 수 있지만, 조선시선집 내에서 『청구풍아』와 『국조시산』에만 비어가 부기된 것은 두 책 모두 뛰어난 개인이 만든 '사찬(私撰)' 시선집이라는 성격도 지적할 만한 것이다. 관찬 시선집의 경우는 찬집청에서 시선집 편찬의 업무를 여러 명이 담당하기 때문에 시 선발 이상의 작업이 진행되기 힘들다. 더군다나 시를 평가하는 문제는 관점을 조율하고 합의해야하는 문제가 있기 때문에 시 선발 이상으로 지난한 작업이다.[276] 따라서 『국조시산』에 붙은 비어는 사찬 시선집이 지니는 특징적인 면으로 이해해 볼 수 있다. 허균 개인적으로는 비어를 통해 자신의 안목을 과시할 수 있었고, 시선의 이유를 설명하여 자신의 선발 결과를 설득시키는 데에도 주효한 방식으로 활용할 수 있었던 것이다.

이상으로 『국조시산』에 비어가 부기된 양상에 대해 중국 쪽의 평점본 유행과 조선에의 전파, 이를 적극적으로 흡수한 허균의 작업이라는 맥락에서 『국조시산』 비어의 좌표를 확인해 보았다. 이를 통해 『국조시산』의 형태는 조선시선집 내에서는 일반적이지 않으나, 허균의 독서기록과 그의 중국시선집 『당절선산』의 비어 부기 양상을 통해 허균이

276) 정조는 시선집 편찬 중에서도 조선시선집 편찬의 고충을 토로한 바 있다. "훌륭한 문장가가 되기도 어렵지만 좋은 문장을 뽑는 것도 어렵다. 호곡 남용익이 『기아』를 편찬한 당시에도 시끄럽게 많이들 다투었다고 한다. 남겨 두고 빼고 쓰고 삭제하는 것도 또한 우열(優劣)과 장단(長短)을 따지는 일에 관계되니, 내가 일찍이 정무를 보는 틈틈이 여기에 마음을 두었으면서도 오래도록 실행에 옮기지 못한 것은 이 때문이다.[作家難, 選家亦難. 南壺谷箕雅當時, 亦多有爭鬧云. 槩存拔筆削之際, 亦係是軒輊長短, 予嘗於萬幾之餘, 留意於此, 而久猶未果者以此]"(正祖, 『弘齋全書』 卷163, 「日得錄」3)

원·명대에 간행된 평주본 시선집을 적극 참조하고 수용한 결과라는 점을 알 수 있었다. 또한 허균은 시선집에만 국한하여 비어를 서술한 것이 아니라, 송익필의 『비선구봉선생시집(批選龜峯先生詩集)』, 허적의 『수색집(水色集)』에도 평을 남기고 있어서 허균의 비어는 그가 적극적으로 시도했던 하나의 문학 비평 방식으로서 별도로 논의할 만한 의미가 있다.

『국조시산』에 기록된 비어는 아래 〈표 20〉에 정리하였다. 이 비어들은 앞에서 제시한 〈그림 23, 24〉에서 볼 수 있듯이 비어마다 위치가 다르기 때문에 제하비(題下批)와 미비(尾批)로 구분하여 정리하였고, 세로로 된 행간 사이, 곧 시의 옆에 위치한 방비(旁批)는 시 형식별로 나누어 보았다. 본 절에서는 비어를 제시하여 그 실상을 확인하였고, 비어의 분석 결과는 다음 절에서 구체적으로 살펴보고자 한다.

〈표 20〉『국조시산』에 보이는 허균의 비어

| 제하비(題下批) | |
|---|---|
| 권1<br>오고 | 極力躡踪亦有逕廷/ 昭帝上官后/ 平帝王后/ 卽古三婦艶之遺也/ 諸篇從黃陳中來殊蒼古/ 入俗離途中作/ 從韓蘇來得大篇宏放法/ 先生詩不蘄高而自高, 乃所以爲高/ 石洲云置之太白集不易辨/ 三篇俱自陶陳中點化來, 容齋之後, 僅見平韻 |
| 권2<br>칠고 | 鏗鏘幽眇, 足使長公作衙官/ 規模長公, 而出入于唐季自穠自艶/ 浙人吳明濟云, 酷似太白 |
| 권3<br>잡체 | 創格爲之, 詞極理達, 公之所作, 無逾於此/ 非古樂府, 故錄之于此/ 出杜而雅潔/ 自創變格/ 四篇皆逼唐人樂府, 蘇秦非其配也 |
| 권4,5<br>오율 | 出香山而自超遠/ 筆力淩厲宏放, 氣盖一世/ 通篇筆端敲舞/ 二篇俱以和平淡雅爲勝/ 篇篇俱是王孟錢劉雅韻/ 此君五律最佳而此尤絶倡 |
| 권6,7<br>칠율 | 寺舊名神勒, 又云甓寺/ 流易淡雅, 自是無上上品/ 諺云禳災/ 四篇皆惝怳突兀, 極詩人之雄, 殆千古希音/ 諸篇無蹊徑可尋無言說可讚/ 我康獻王, 破倭之地/ 二篇俱豊麗渾重/ 春容奇重說盡一部西湖志於五十六字中/ 此篇力洗江西, 欲入李唐, 故頗流麗淸遠/ 序文亦高古有氣力/ 石陽正寫竹, 而朱天使畵蘭/ 子億先卒/ 四篇極力摹擬挹翠, 而韻調終讓一頭地, 然豪縱自肆則有之 |

| | |
|---|---|
| 권8 오절 | 三篇極似唐人樂府 |
| 권 9,10 칠절 | 溫公事/ 江陵/ 四篇俱是當行, 而較之蓀谷, 相去奚啻萬由旬/ 摩尼山/ 三絶俱香奩本色語/ 庚午破倭後, 登此次韻/ 雖其人可怒可唾, 而詩自好/ 已下次南嶽唱酬集者/ 亦好/ 權松溪以爲得香奩體/ 雛翼春深, 望浦亭八咏中一絶/ 王仲初舊格/ 源出賓客而覺愈穠莊/ 何減王龍耶, 仲初以下不論矣/ 調和格亮彩絢肉俱均, 眞盛唐能品/ 篇篇皆法杜絶, 而脫去頓滯處, 自成一家語, 高妙難摸捉/ 秋江冷語/ 尹斯文勉奉使湖南, 見逸士, 書贈此詩, 問其姓名, 不對而去/ 仲兄奉使北道, 見之於驛壁, 郵卒言有兵營軍官孫萬戶者書之云矣/ 林子順於僧軸見之, 每稱道不已 |
| **미비(尾批)** | |
| 권1 오고 | 滔滔洪遠, 當是國初大手/ 此次孟參謀韻者, 亦自悲切/ 頗得古詩遺法/ 二篇俱是選體, 不意東方有此作也/ 殊快人意/ 寓意深切/ 托諷亦妙/ 有鮑家氣格可貴/ 稍有樂府故態故存之/ 殊非古選家法, 故只取此云/ 如入宗廟但見禮樂器/ 渾金璞玉, 莫知名其器/ 通篇如寫水着地, 正自縱橫流漫略無正方圓者/ 語到會心處, 自覺理竅通/ 盛李中李之間, 自成幽思/ 藉可咏/ 浩然遺韻/ 敍事頓挫, 文氣激揚, 當與此境同壯/ 活潑潑地/ 氣自豪放/ 昌黎家遺法, 氣自渾昌/ 擬議以成變化/ 諸篇出選入唐可貴, 而較弱氣不逮/ 未乾薦補墨, 已彎射羿弓/ 張王雅韻/ 白地明光錦, 酷無截製/ 闖韋柳者/ 出儲入韋/ 短語亦紆餘/ 冲淡爲貴 |
| 권2 칠고 | 豪逸宏肆, 足爲壓卷/ 國初諸人, 俱尙蘇長公, 獨此君知法盛唐. 如此作, 雖非王岑之比, 亦無愧張王樂府/ 溫李遺韻/ 亦是流艶/ 亦自淸麗/ 悲切/ 深得大篇法/ 誠唐宋作家佳品/ 出長公而穠/ 當爲司牧者之鑑砥, 不特詩工而已/ 敍事鴻麗大篇神品/ 强硬勝前篇/ 晦顯幽儵, 眇冥惝恍出神入鬼, 極瓌盡詭, 理勝於協律, 事實於玉泉/ 本色描就/ 最警絶/ 雖涉元格, 而宕可咏/ 韻調逼東坡, 自是淸健雅婉/ 非唯理學爲東方祖, 而詩亦壓倒諸公/ 是獨得盛唐歌行法/ 銓古爲貴, 而氣或不逮且涉萎/ 題甚難而出之容易, 是爲甚工/ 通篇一氣, 直下雄渾奇倔, 公亦不知其所至也/ 歷劫讚歎不盡, 聊用諸禪話脚/ 極力效唐人, 且深曉長篇法, 殊非東人只事排比者之流, 但格墜於張王樂府/ 詞古意淵 |
| 권3 잡체 | 頗有漢樂府遺法/ 四用提鋤, 不覺複巧/ 吁爲國者其可不辨賢邪否/ 讀之爽然自失/ 描出十分好/ 委曲有態/ 恰好/ 公在宣廟朝主文柄, 其詩不多見, 獨立體詩, 稍可此二篇錄之, 以備一體, 非爲其詩可觀/ 雖非古樂府, 而自是蒼雅/ 情穠語切/ 慷慨激烈千古希聲/ 出入古樂府古詩, 而自成機軸甚佳佳/ 曲折生姿/ 壯浪稱人/ 篇篇俱佳/ 歔欷欲絶/ 慷慨自邛/ 嗚咽不勝/ 沈痛難雪/ 激烈無涯/ 情思俱悄絶/ 豪宕可人/ 憭慄/ 泬寥/ 仙標拔俗 |
| 권4,5 오율 | 結惱/ 斤重姿掜/ 融渾/ 公詩篇篇, 百雅沈厚, 歷劫讚揚, 所不能盡/ 超邁/ 通篇無雕繢, 而語自高妙/ 俱盛唐/ 首尾均稱/ 公有大東詩林一部裒次, 雖有議者, 而有功於詩家甚大, 此作亦不凡/ 腴艶可誦/ 悽慨有情/ 磊砢脫俗/ 金悍玉剛/ 初唐穠韻/ 錢郎遺韻/ 雖復雍容, 終輸蘇老一着/ 氣豪語俊 |
| 권6,7 칠율 | 純熟可貴/ 大抵國初諸詩雖俚, 自渾厚故存之/ 此篇獨可而三峯厚城之什次之/ 獨有唐韻/ 氣萎/ 冠冕條達有他富貴氣/ 諸篇槪是深厚富健/ 思之爛熟/ 自是春容/ 次放翁而殊勝/ 雖工緻而未脫俚/ 斤兩均稱/ 浩蕩春容/ 雄麗滔滔/ 鴻麗嚴重不覺爲演雅所拘/ 流丸脫於區臾/ 何減盛唐耶/ 悟入眞如/ 雖無警絶, 亦自鴻麗, 國朝大槪如是/ 三四絶佳/ 三四極 |

| | |
|---|---|
| 권6,7 칠율 | 佳, 結稍不揚/ 悲壯頓挫, 盛唐能品/ 通篇如商彝周鼎, 奇氣逼人/ 亦自不凡/ 本國人咏九日者, 此爲第一/ 聲氣俱盡/ 通篇矯然龍翔/ 當使黃太史却步/ 拔俗/ 極有佳致/ 悦惚儵儻, 不可羈捉/ 藻艶可咏/ 穠媚可博笑, 而名檢掃地/ 下四句甚麗/ 稍有晩李風格/ 雖欠緊要, 望之眇冥/ 世所稱絶佳者/ 下聯八面照妖鏡/ 淸壯類其爲人/ 翩翩造微之語, 無愧唐人/ 雖曰晩李, 亦自淸麗/ 何等含蓄/ 雄奇不逮湖老, 而淸警過之/ 行中第一/ 富艶, 亦是應製高手/ 雍容爛熟/ 盛唐穠韻/ 盛唐穠韻/ 均稱, 未見次押之牽/ 看他鑪錘妙處/ 稍涉矜持/ 丘壑風流/ 公之七言律, 爲國朝以來第一/ 豐腴/ 跌宕可誦/ 看擊壤一部, 有如次篇否/ 殊好, 但未免生剝少陵/ 通篇若神龍不受羈絆/ 斤兩骨肉俱均稱/ 二聯俱均適/ 亦自脫俗/ 其人異也, 淸亦淸邵/ 館閣中上上品/ 五六得意/ 亦多斤兩/ 蒼然鏗然, 有韻有骨/ 別調/ 晩李佳品/ 和易富麗, 正自難得/ 春容富艶/ 亦早朝之亞/ 引事琢辭, 俱甚工緻/ 以矜莊爲貴也/ 字字烟霞, 仙家神品/ 本集不載似爲三四諱之, 然絶佳詩/ 爛熟入妙, 何害晩宋/ 雖無骨幹, 亦自膚立/ 語意俱豪宕/ 結亦婉切/ 通篇腴警圜轉, 行中第一/ 湖蘇之外, 公當登壇/ 此老結皆有力, 而此結最優/ 矯矯騰踔/ 自作一家, 非杜非黃/ 鎔範造話來/ 壯麗可人/ 三四神對, 結亦超然/ 鑪錘甚巧/ 深厚莊重/ 不可易得/ 亦有佳處/ 酷似仲默/ 絶佳之作/ 三四峭麗, 六七渾融/ 情思入妙/ 諸篇大槪, 如水月鏡花/ 自有斤兩/ 以雲日疊字誚之癡人前說夢/ 世所稱絶唱, 然墮江西/ 聲俊/ 上四句極豪壯, 下四句較均適/ 氣矯肯受人拘/ 爲千古曉行絶調/ 亦暮行絶唱/ 別是一種超然/ 鼓吹能品/ 雄辭傑句, 滔滔莽莽, 眞千載奇作/ 嚴悍宏麗, 無一歇語, 如構凌雲臺, 稱量材木, 不偏不重, 眞詞家老匠 |
| 권8 오절 | 家兄得於氈城者讀之黯慘/ 此申鄭所閣筆, 而蓀老所歎服, 乃伊州遺格, 所謂截一句, 不得有盛唐人能之/ 其人異也, 詩亦淸遠/ 公詩不多見, 此自超凡/ 枯淡/ 樝梨橘柚, 各有其味/ 絶唱/ 若截一句, 篇不能成 亦伊州遺格/ 疑虛菴作云/ 云是猿老之作與前篇姑存之 |
| 권8 육절 | 淸麗可喜/ 穠艶 |
| 권 9,10 칠절 | 富麗溫重/ 自負甚重/ 珍隴圓轉, 優入唐域/ 有旄仗下形/ 儘緊要/ 甚佳/ 四佳老以爲絶好/ 語葩思淵/ 盧白所嘆賞/ 閑思可掬, 香山遺韻/ 閑遠有韻/ 有唐人雅格/ 酷似杜紫薇/ 逼唐/ 無限感慨, 千載想之, 猶當淚下, 況親覩之者乎/ 亦自楚楚/ 中唐高品/ 當爲國初絶句第一/ 想其抱窮然詩自好/ 最優/ 奇拔/ 意甚有指/ 儘好/ 篇篇氣自淋漓, 近代則稍萎矣/ 意好/ 豪宕/ 渾重富麗, 自是大家氣格/ 可愛/ 結意極好/ 姿媚橫生/ 雖欠仙骨, 亦稍脫俗/ 亦自可兒/ 艶體中稍嘗一臠/ 氣度弘厚/ 獨此絶似唐/ 阿龍故自超/ 眞得塞曲豪壯之音, 宜蒙文忠之激賞也/ 雖詼而意自好/ 芳蘭竟體/ 無縹緲之音, 而自穠厚有味/ 麗而婉/ 調越/ 晩李佳品/ 得蘇之穠/ 風流不減/ 泬寥/ 峭麗深至/ 神情散朗, 自有林下風/ 自別/ 翛然有味/ 論議得好/ 悲壯頓挫, 令人改觀/ 潛夫所閣筆者/ 悲切/ 格高語超, 極似鬼語/ 情思隱約/ 有情/ 情景宛然/ 意新語警/ 亦儘佳/ 蕭宗有趣/ 名言名言/ 氣呑卉寇/ 亹亹不厭/ 最好/ 和厚典則, 詞家上乘/ 較前篇尤勝/ 開口輒好/ 無限感慨, 讀之愴然/ 不減唐人高處/ 是得意友, 故詩輒得意/ 穠遠有韻/ 鄭重/ 婉切/ 偶然到唐人境/ 極是得意/ 思淵/ 詩自好而貽誚則大/ 亦自奇峭/ 長歌之衰, 甚於慟哭/ 仙語/ 淡雅而情穠/ 終當爲情死/ 曲暢/ 鏗爾有韻/ 令人心醉/ 此世所稱者/ 說到此無欠/ 亦好/ 唐人正格/ 練達之言, 亦自老成/ 有都亭之感/ 極好思/ 大議論/ 殊有企美之思/ 如嘗大胾, 咀爵愈佳/ 二絶俱有味/ 悟道之言/ 自在超邁, 不下當家/ 森邃/ 此駱老所推服者/ 譏切甚至/ 有唐人風格/ 氣麤語猛/ 此是絶筆, 尤覺動人/ 淸遠有韻/ 甚是遒壯/ 亦超凡/ 踈爽可人/ 狹氣翩翩/ 腴艶/ 曲警情態/ 千古確論/ 亦從杜絶來, 故姑存之/ 雖以欺世自嘲之, 亦自淸楚/ 凄切, 有去國 |

| | |
|---|---|
| 권 9,10 칠절 | 之感/ 晩李/ 儘佳/ 嗚呼士大夫就不欲易退耶, 畢竟不得如志願負愧多矣/ 頗婉曲/ 亦淸切/ 愴然風樹之懷, 千古絶唱/ 淵古有味/ 極好極好/ 超邁不可及/ 逸家故態/ 無限感愴, 而寫得自在/ 挽思菴當止是若看黃閣事業便不稱/ 是豈隨衆看場者耶/ 安排得好/ 試看此老之作, 嚴重渾融非等閑詞客可比肩/ 擲地有金石聲/ 字字皆出古套, 而整整自妙/ 惻恒可以諷/ 河詩甚淸絶, 恨不多見/ 格超思淵/ 世所稱絶佳者/ 惻愴傷心/ 二篇俱寬綾乏藻少思/ 此君絶句, 篇篇皆淸絶, 置之唐世, 無讓少伯諸公/ 二篇俱無愧遊仙/ 無愧王龍標李君虞/ 何愧王常耶/ 風刺入髓/ 風流不墮, 正在斯人/ 甚淸峭/ 寒儉/ 降涉晩李/ 情事到頭/ 感慨勝前篇/ 崔白李三君, 有復古之功, 但十首以後較易猒/ 淸亮/ 懷氷暑月, 亦有霜氣/ 如顯處視月/ 風流文采, 照映千古/ 王少伯常徵君淸韻/ 勝孤竹/ 殊有鳳毛/ 初發芙蓉, 自然可愛/ 千人亦見, 萬人亦見/ 故自濯濯/ 如入輞川畵中/ 淸勁拔俗/ 穠艶稱情/ 寒曲悲忼之韻/ 翩翩濁世/ 長袖善舞/ 不勝感涕/ 理亦應阿睹上/ 卽此一篇, 可稱寸璧/ 羚羊掛角/ 羅羅淸韻/ 豪氣/ 氣槪洋洋/ 從郎君冑送王司直詩點出來/ 此荷谷所稱嘆者/ 無一字不緊, 要情事可涕, 況親睹之者否/ 鄭有短歌道死後墳土無一盃相勸之意, 故詩中及之/ 逼唐/ 最好/ 情鍾正在此/ 李嘗有夜雨殘燈夢具容之句/ 具是君得意友, 故三篇俱得意/ 情眞語切/ 泠泠如吹笙雲表/ 亦佳/ 石洲推以爲絶唱/ 直下轉寫, 且有曲折/ 寫情十分/ 朴遂菴以爲近代無此作/ 似鬼語/ 脂粉常調/ 悲憤慷慨/ 奇拔壯浪, 一洗脂紛/ 九宵笙鶴, 聽之泠泠/ 風韻瀏脩/ 田君有異術, 世傳仙去, 至今人或有遇之者, 詩率淺, 而此作最高/ 超然有悟想/ 稍雅而萎/ 世固有此等人, 特未之知也, 詩亦佳矣哉/ 感慨/ 淸峭 |
| **방비(旁批)** | |
| 권1 오고 | 便古/ 入魏晉/ 雄渾春容, 彼纖麗者可猒/ 卒章奇傑/ 激烈/ 終謝子安累塵/ 令上/ 入選/ 持論破窾/ 思造之語/ 大逼延之口氣/ 雕績雖切, 已墮李唐/ 富艶得稱/ 鋪得甚洪麗/ 轉換如彈丸脫手/ 結尤似魏晉格/ 便是俊逸/ 極似魏晉人語/ 如是/ 婉麗可喜/ 入別思尤好/ 又似陸長公口氣/ 曲曲得體/ 名言破的/ 嗚咽欲絶/ 便覺凄切/ 兩句逼孟參謀/ 思別/ 稍脆/ 至此方造古體/ 詞采傑然/ 氣槪雄迅/ 蒼古/ 凌厲宇宙/ 擬語逼古/ 唐人佳品/ 從迢迢牽牛星出來/ 自托於子輿意甚警/ 放浪語亦稱人/ 淡語淸冷/ 入微/ 冷語收拾/ 磊磊不凡/ 奮發激烈/ 似指淳夫沈江事/ 滄海橫流處不安也/ 安排處得意語/ 委曲/ 紆餘不盡/ 常有新意, 不覺爲煩/ 奇而襯/ 辭條豊蔚, 動心駭聽/ 情曲深至/ 何等風流/ 正在有意, 無意之問/ 達見峽潰何決/ 媚嫵/ 翛然有味/ 聲色臭味俱好/ 達見達見/ 透玄關/ 可與知道者言/ 一往奔詣, 故復自佳/ 玲瓏不可湊泊/ 閑澹冲融, 酷似淵明/ 名言名言/ 便奇/ 富貴無能, 磨滅誰記/ 輞川高韻/ 意好/ 蘇州艶處/ 淸冷有韻/ 何淸王適六朝正韻/ 便覺突兀/ 汪洋自恣, 巉絶難攀/ 何等氣魄/ 變轉頃刻得好/ 鉅麗奇觀不猒/ 雄猛奔放/ 壯浪駭目/ 狀景深至/ 烟波萬里/ 眩晃恍惚, 不可羈束/ 淋漓鼓舞/ 極其麗之觀以冷語結局/ 看他擺玩造化處/ 儘是奇動/ 快活中藏巧思/ 弄得至此/ 稍詼/ 俗思/ 選法高處/ 閑遠自在/ 從陶柳門中來/ 悟理之言/ 澹語造奇/ 意景俱佳/ 倏忽到底/ 得杜夔後之音/ 意好/ 理當/ 便是名訓/ 一團洒落/ 陶翁口吻氣/ 看他許多閑適之意/ 冷軟動人/ 古雅/ 泓崢蕭瑟咏此覺神超形越/ 渟泫幽深/ 較萎/ 古雅/ 有味其言/ 淸冷入幽/ 簡澹/ 望美人於瀟湘洞庭之間, 輒有騎氣之思/ 胸中無宿物/ 王孟仙韻/ 超然自得/ 無點綴艱辛而自有情調/ 閑口便眞/ 洒然可人/ 寓意/ 達道之言, 聊托於酒耳/ 宏放恣肆直外形骸/ 極妙極妙/ 便不俗/ 六朝聲氣 |
| 권2 칠고 | 滾滾如飜三峽波濤/ 冷語/ 宛轉有力/ 浩蕩可喜/ 思佳/ 恍惚似鬼語/ 自肆/ 冷然/ 興也/ 語奇/ 意有所指/ 殊富/ 便是崔崒/ 凌厲翩然/ 狀得惝恍/ 令人愕眩/ 奏雅/ 腴艶啓達, 足嗣溫李本色/ 彩繪如組/ 稍墜宋人壘中/ 又入當行/ 結局亦好/ 鋪得雄麗/ 何等宏放/ |

| | |
|---|---|
| 권2 칠고 | 冷語箢鎖/ 此句法於科臼則切而於古法則千里, 思子疲兵之不入選, 皆坐于此/ 氣自滔滔/ 不了語結局/ 又奏一着好/ 眇冥儵儻/ 宏麗/ 幽遐之觀/ 非溫非李, 自成偉艷/ 始入宮體/ 何等鋪麗/ 擺弄到此地頭/ 曲終奏雅/ 可人可人/ 愉怡酣適何等風味/ 淋漓鼓舞/ 男兒到此, 方可稱不凡/ 條達/ 曲盡情曲/ 至今通患/ 堂陛千里/ 刺骨之談/ 櫜聲一擊, 萬騎寂然/ 陟然峻整/ 鋪得宏達/ 質而不俚/ 雄麗滔滔/ 鼓舞恣肆/ 何等氣概/ 奇傑磊砢, 疊疊無厭/ 癡語收拾/ 不了語結住/ 突兀起去/ 奇傑/ 造語甚悍/ 卓詭不群/ 巧而不刻/ 過文儵儻/ 倔奇語/ 妥帖/ 婀娜/ 語如許大/ 通篇以顯晦起伏/ 晦/ 顯/ 又晦/ 又顯/ 晦而顯/ 顯而晦/ 極有遐詭怪之觀/ 晦而又顯/ 已下皆入晦/ 如凄風苦雨, 四面而至, 而毛髮森竪/ 極入幽晦之中/ 引事繳得甚委曲/ 幽陰鬼語/ 方入自已語結局/ 溫之雅/ 當行家語/ 嬌恣媚嫵/ 尖細/ 高着/ 藻績滿眼/ 蕭瑟/ 三句收拾, 盡無欠/ 裊娜可愛/ 有許多情/ 達人所見到底/ 便是長公口吻語/ 有情/ 嬌艷動人/ 蕭瑟悽惋/ 有味/ 蒼古/ 極有雅致/ 切近有趣/ 幽情動人/ 恨情可掬/ 繳得的當/ 結以別思/ 終篇以奇思奇語寫入神境/ 鄭君宗滎封君/ 山名/ 凄切/ 寫得曉景便眞/ 入妙/ 古雅/ 閑遠有味/ 意便佳/ 從李青蓮門中來/ 雙關說來, 承上生下, 恰好/ 奇變渾渾/ 出之不窮/ 滔滔洪遠/ 調古/ 古意蒼淵/ 痴語反高/ 何等峭麗/ 從少陵門中來/ 便渾渾/ 妥帖承接得好/ 敍事典則/ 李君固奇而敍得亦奇/ 古朴倔岰, 眞得杜法/ 氣自淋漓/ 何等風骨/ 滔滔不窮/ 雄厲激昂/ 渢渢乎大國風/ 筆端恣肆, 不猒其冗/ 空生大覺中如海一漚發/ 普佛世界六種震動/ 雲駃月運/ 南方成佛一刹那頃/ 山河及大地, 全露法王身/ 拈花微笑其音如雷/ 倒却門前刹竿着/ 廓然無聖/ 風幡非動/ 響逐聲來/ 毋以須彌納於芥子/ 淸淨摩尼珠映於五色, 隨方各現/ 淨躶躶赤灑灑, 沒可把/ 庭前栢樹子/ 水中之月, 鏡中之形/ 色卽是空/ 一口吸盡西江水/ 打動關南鼓/ 放汝三頓棒/ 應無所住而生其心/ 二句殊好/ 較粘皮骨/ 脫洒有仙韻/ 便有唐韻/ 平典有法/ 寫得十分明槪終謝王岑一格/ 得意濃時/ 切近淋漓, 而終墜惡道 |
| 권3 잡체 | 便得體/ 意佳/ 善諧淋漓/ 名言名言/ 辛苦到頭/ 可傷/ 牽强語, 然亦是當行/ 形容得襯/ 壯哉壯哉/ 何等氣概/ 磊落自肆/ 意甚忠厚/ 善謔 |
| 권4, 5 오율 | 권4: 閑談有味/ 唐人穠韻/ 極好句, 是盛唐人吻/ 冷軟可喜/ 可卜其終任端揆/ 冷語/ 愁思可掬/ 淸渠/ 極有雅趣/ 賈長江淸韻/ 境淸/ 寒苦稱家/ 從兩陳中來, 亦自沈鷙/ 勁悍極好/ 春容穠厚, 自是大家/ 思佳/ 苦而不儉/ 俱棄/ 淡而不寒/ 有情語/ 舒徐涵遠, 亦是大家手段/ 逼唐/ 晩俚/ 聲調俱暢/ 壯景甚巧/ 可矜/ 有耿拾遺遺韻/ 欠古意/ 切當/ 士夫勵志, 當若是耳/ 何減唐人高處/ 通篇渾融奇治, 自是行中第一/ 奇/ 逼唐/ 自覺曠遠/ 閑適自在/ 篇無雕琢, 字無推敲, 而自古雅自平遠, 乃是無上上乘諸詩槪同/ 甚好/ 切當宜動/ 宸心/ 穩的/ 好/ 老杜淸韻/ 沈倔/ 鬱律可愴/ 雄拔/ 接襯/ 渾渾有味/ 奇拔/ 何等氣宇/ 壯語稱境/ 壯景入神/ 景奇思佳/ 擺弄/ 沈着/ 胸次亦豁/ 閑適自在/ 豪放自恣/ 不用意不費力, 語自淸逸/ 直接孟王高派/ 悲慨/ 語苦意悲/ 寫遠/ 淡而有力/ 忽忽道好/ 幽沈/ 高岑奇思/ 巧而不纖/ 鍊洗得好/ 抑知其終不免否/ 此不拘偶爲勝/ 唐人雅格/ 自適/ 通篇淸新婉切, 眞韋孟高韻/ 何處得來/ 語有神助/ 岑寂語/ 巧思/ 亦自楚楚/ 極巧而雄/ 亦自嚴縝/ 寫景嚴重者, 是爲甚難/ 甚傑甚重而景自佳/ 狀景如許險巧/ 工緻/ 可破千古恨涕/ 忠厚藹然/ 此老平生行止/ 淡語有味/ 起邁/ 雄放/ 跌宕可兒/ 音節諧捷, 神氣豪上/ 氣超語/ 句麗/ 知道之言/ 氣概超然/ 盛唐高韻/ 沈着/ 泓淨閑澹/ 字巧/ 亦自可咏/ 巧/ 亦奇/ 此極力模唐人者/ 入妙/ 幽邃窈窕/ 巧思/ 如此等作何愧古人/ 舒徐中有嚴重/ 淡中有氣/ 流麗/ 淸概/ 婉切/ 蕭瑟/<br>권5: 磊落軒騰/ 壯浪語/ 蕭瑟語/ 慘然/ 奇對/ 少陵淸處/ 一篇奇峭渾融/ 突兀/ 情景入神 |

| | |
|---|---|
| 권4,5 오율 | / 引事工緻/ 況大谷/ 以自況/ 指大谷/ 自道/ 絶勝用意之作/ 變俗作雅/ 何等胞次/ 幽峭/ 偶然便眞/ 奇甚/ 眞丹在手, 點鐵成金/ 大膽語/ 降格爲王孟亦自明慨/ 此老善於用俗作雅/ 偶然語亦破的/ 費奇反滯/ 儘是的語/ 情極哀語極切諷之令人破涕/ 語好/ 語迺思幽, 非等閑作者可肩/ 極好/ 好/ 極巧/ 響亮/ 清麗/ 峭麗/ 鏗鏘金石/ 太逼沈宋/ 婉語猶是韋錢遺意/ 如畫/ 正自爾馨/ 珠玉在側覺我形穢/ 光芒閃閃逼人/ 好/ 居然自勝/ 苦語/ 唐人雅趣/ 最好/ 酷有佳致/ 望之知其本色/ 引事切而不粘/ 儘好/ 高而切/ 道情刺骨/ 刺心裂肚/ 矯矯不受束/ 枯淡中有藻思/ 讀之堪涕/ 是蓀谷嫡傳者韻格亦爾不凡/ 極古雅/ 起甚奇/ 較弱/ 清刻/ 絶無筍蔬氣, 酷似大家語, 可貴可貴/ 何等超洒 |
| 권5 오배 | 均適華美, 但少遜二弟/ 清拔/ 意好/ 壯猛/ 凌厲/ 淋漓鼓舞/ 句好 |
| 권6,7 칠율 | 思佳/ 澹宕縱肆/ 悲慨可涕/ 琢巧/ 簡重/ 恨思入骨/ 穠厚紆餘/ 世所稱妙/ 凝重不震/ 點鐵成金/ 何等超邁/ 俳而旨/ 任誕不拘/ 結得忼慨/ 山震海盪/ 可悲/ 入神/ 有如許氣力/ 奇思壯語/ 出杜/ 起便奇/ 接得甚妙/ 信手拈來物物眞/ 得玄珠於赤水/ 有神助/ 曠懷掃翳/ 突兀/ 陟然淩厲/ 接得襯着/ 極佳思/ 練洗不苛/ 不羈/ 咄咄曠達/ 蕭瑟/ 起得渾渾無涯/ 奇思入微, 啄句亦妙/ 結得眇冥/ 描景逼眞/ 筆力扛百斛龍文/ 架出空中蜃樓/ 驅駕氣勢/ 又入妙境/ 若鞭風霆沃, 日月見之愕眙/ 舒爲媚語/ 湖老所裝/ 晩李佳品/ 好/ 清麗/ 婉切/ 運思極幽而巧/ 入神/ 軒然氣擧/ 句傑事帖/ 勁悍奇傑/ 何等氣槪/ 亦快活/ 雄放自恣/ 緊重/ 何等氣宇/ 追蠡極備/ 便如許馨/ 倏眩開闔, 不可有二/ 極微/ 沈着卓詭/ 闢闔有力/ 奇拔/ 有鄧艾入蜀勢/ 掉尾/ 險絶語譬得幽邃/ 盤硬語描得奇峭/ 泠泠然出塵/ 狀巧/ 劇似鬼語/ 高妙/ 尤警/ 清切可咏/ 儘奇/ 有諷/ 極奇/ 句句皆新/ 婉切有味/ 扇巧思新/ 渠自得意處/ 琢字法/ 毛竦神顫/ 何等氣槪/ 麗而不靡, 重而不滯, 誠詞家三昧/ 絶好/ 雍容冠冕/ 使臣班在僧道後/ 琢妙/ 賁育扛鼎舒徐自若/ 巖巖淸峙, 壁立千仞/ 此老此聯, 當壓此卷/ 亦奇/ 何等風骨/ 無一字懈, 無一字俗, 公亦不自知其所至/ 嚴重/ 尤好/ 開口便奇/ 幽妙極巧思/ 脩然造平/ 琢句嚴重/ 寫得緊要/ 古人道不到者/ 極好/ 豪宕得稱/ 闊大氣魄/ 悔心之萌而吁已晩矣/ 可悲/ 寫得塞上歸思動人/ 非覰洞道竅者, 安得說到此耶/ 濂洛諸賢, 所不能道者/ 已到十分地位/ 奇拔語/ 清警語/ 軒軒若霞擧空中/ 宕而婉/ 奇氣逼人/ 通篇氣自突兀/ 語語皆仙/ 飄飄然, 羽化九皐/ 切實/ 流艶/ 超然翩然/ 清麗絶世/ 刺骨恨語, 直是杜陵/ 詞雄氣傑, 少陵勍敵/ 撑拄宇宙/ 豁達/ 閑遠中有奇思/ 奇思寄語相稱/ 容易得來, 句自破的/ 勝宗少文壁畫/ 想有鵝翁詩/ 突兀/ 接得好/ 琢句流便/ 扇妙思巧, 而句自嚴重/ 神邑意妙/ 矯然龍跳/ 起便雄奇/ 渾渾不窮/ 何等感慨/ 換杜之胎/ 自出機杼/ 情至黯然/ 清楚/ 佳致/ 意好/ 猶是龍象語/ 亦有悟意/ 雖復江西峭詭淵深, 自是當行家第一/ 氣槪洋洋然/ 直戰捷語/ 有東山之戀/ 眉目逈別/ 許出十三山便好/ 亦有味其言/ 儘好/ 淡語有味/ 說得便眞/ 深厚/ 意/ 殷鋻之音/ 溫厚/ 何處得來/ 感慨之言/ 極好/ 奇哉/ 便好/ 湖蘇無此奇/ 倔而不拘/ 昌大得稱/ 古今有道得麽/ 透得化竅/ 極重極悍, 筆力扛鼎/ 引事亦工/ 雄盪渾涵, 足洗千古孅靡/ 屹屹巖巖/ 氣壯語激, 令人駭視/ 極好句/ 渾渾注之不竭/ 借對亦斐然/ 悽斷動人/ 渾思直下, 雍容自得/ 如是如是/ 如神鼉噴氣/ 矯矯有奇思/ 橫放自恣/ 森邃可怖/ 雄放宏悍/ 倏忽/ 此老胸次, 喜用八九/ 清而巧/ 帖妥不凡/ 語有神助/ 意識獨醒好/ 悲憤可憐/ 松溪所稱/ 觸目見琳琅珠玉/ 秀色飛動/ 對巧/ 極佳句/ 唐人妙處/ 極其突兀/ 接得雍重/ 何等哀感/ 文彩葩流/ 晩唐佳品/ 極力造微/ 軒豁氣擧/ 極好/ 氣槪洋溢/ 自負/ 超然自高/ 神語/ 泠然靈籟入耳/ 恣筆馳頓/ 寫得森砢/ 極其豪思/ 何讓古人/ 儘是快活/ 氣勢遒壯/ 極好句/ 自在/ 便幽眇/ 何等風神/ 非人非鬼自是超絶 |

| | |
|---|---|
| 권7 칠배 | 直說便朴/ 便爾不凡/ 委曲/ 突兀磊砢/ 麗而不靡, 鑪錘嚴重/ 出之不厭/ 鋪得有體/ 富艶/ 奇/ 渾渾不渴/ 翩翩豪擧/ 矯然遐想/ 矜莊不怠/ 不了語/ 起便渾重/ 接得好/ 入意便眞/ 看他鎔範之工/ 春容鉅麗/ 曲折生姿/ 筆端恣肆不覺誤引亦魯連書之不檢也/ 襯切不粘/ 看他强力押闔處/ 指滕王/ 指子安/ 兩事作關鎖/ 極弄丸之妙/ 方用本色折證/ 入事不漏/ 種種具載/ 引事收了處好/ 便爾奇拔/ 宏悍卓詭非脂粉家可及亦一異事/ 看他雄放/ 折証甚妙/ 極好句/ 冷語結了 |
| 권8 오절 | 看他負遠到氣象/ 閑適然未免儉/ 有情/ 足稱三絶/ 孟參謀遺意/ 折旋蟻封亦好/ 翛翛有味/ 改以猶字者亦好/ 非涉此境安知此妙/ 郗家怒有意/ 有憂時保身之意/ 逼唐/ 頗造微/ 近於自挽/ 了得北里公案/ 不可無一不可有二/ 淡語有味/ 陡奇/ 不失唐韻/ 孤情絶照/ 有情/ 無限感歎/ 令人頭髮竦竪/ 琢妙/ 極好/ 亦非常調/ 未卷而花已落云/ 字字珠璣/ 非常之也貴之也 |
| 권 9,10 칠절 | 권9: 如畵/ 此字對處故是常格/ 氣槪/ 雖功而格自卑/ 何等淸切/ 可想/ 極好/ 似悟/ 好/ 甚新/ 尖/ 稍俚/ 淸冷有姿/ 作入/ 作平/ 閑澹/ 點綴縹渺/ 矯健入古/ 引人着勝地/ 穠遠/ 淡雅/ 好/ 俚弱/ 何減右丞/ 巧/ 一往有深情/ 新/ 淸思可掬/ 胸次脫然/ 豪/ 恨情可掬/ 旨而俚/ 甚閑/ 少有味/ 料峭語/ 便壯/ 詞雄/ 引事甚的/ 信手拈來物物眞/ 愴語/ 冷語/ 曲盡/ 破的/ 切而不俚/ 多情/ 不妨喚作此君/ 指何耶未曉/ 破涕不禁/ 婉切/ 淸思逼人/ 穠而練洗/ 曠懷/ 何等淸思/ 變幻得好/<br>권10: 憭慄/ 有力/ 殊富/ 風致/ 構思入微/ 引譬好/ 極其豪宕/ 安排得好/ 思好/ 超然浩然/ 俚/ 突兀壯猛得稱其人/ 下字好/ 一體便情切/ 暗中摸索亦可/ 穠艶/ 感愴/ 泠然秦簫於絳霄之上/ 太自在/ 用意破的/ 無限傷情/ 扇好/ 雅致/ 暗淡語好/ 不可及/ 枯淡/ 怨情/ 一作映/ 玄圃積玉無非夜光/ 使人不衣自煖/ 爛若披錦無處不鮮/ 意好/ 空中布景覽之泠然/ 情事欲絶/ 容易語動人/ 仙耶鬼耶自是動人/ 音響幽翛/ 奇哉/ 直是語/ 邃菴極稱此句/ 脂粉常調/ 絶絶/ 非鬼莫逮 |

### 3) 편집 방법

『국조시산』은 수록 시의 선발이 우선적으로 이루어지고, 이어서 시를 설명하거나 평가하는 목적에서 허균의 비어가 수록 시마다 부기되었다. 『국조시산』의 마지막 과정은 뽑은 시를 어떻게 배치하느냐의 문제인 편집 방법이 될 것이다. 이를 살펴보기 위해서 먼저 『국조시산』이 각 권별로 어떻게 구성되었는지부터 살펴보자.

〈표 21〉 『국조시산』의 권차별 시 형식

| 권차 | 권1 | 권2 | 권3 | 권4 | 권5 | 권6 | 권7 | 권8 | 권9 | 권10 | 부록 |
|---|---|---|---|---|---|---|---|---|---|---|---|
| 형식 | 오고 | 칠고 | 잡체 | 오율 | 오율<br>오배 | 칠율 | 칠율<br>칠배 | 오절<br>육절 | 칠절 | 칠절 | 허문세고 |

허균은 『국조시산』을 각체별로 분리하여 배치하면서 각체의 순서는 '고시-율시-절구'의 순으로 하였다. 고시부터 율시와 절구로 이어지는 것은 시의 발전 순서와도 맥을 같이 하는 것으로[277] 허균이 보았던 시선집이나 시집들은 아래 〈표 22〉과 같이 대개 이 순서를 따르고 있다.

〈표 22〉 허균이 참조한 주요시선집과 허균이 편집한 문헌의 각체별 순서

| | |
|---|---|
| 『국조시산』 | 오언고시-칠언고시-잡체-오언율시-오언배율-칠언율시-칠언배율-오언절구-육언절구-칠언절구-허문세고 |
| 『난설헌시집』 | 오언고시-칠언고시-오언율시-칠언율시-오언절구-칠언절구 |
| 『손곡집』 | 고풍-가-오언율-칠언사운-오언절구-육언절구-칠언절구 |
| 『청구풍아』 | 오언고시-칠언고시-오언율시-칠언율시-오언절구-칠언절구 |
| 『동문선』 | 오언고시-칠언고시-오언율시-오언배율-칠언율시-칠언배율-오언절구-칠언절구-육언 |
| 『속동문선』 | 오언고시-칠언고시-오언율시-오언배율-칠언율시-칠언배율-오언절구-칠언절구-육언절구- 잡체 |
| 『고금시산』 | 오언고시-칠언고시-오언율시-오언배율-칠언율시-칠언배율-오언절구-칠언절구 |

허균이 시를 배치한 순서는 특별한 의도에 의한 결과가 아니며 『국

277) 절구의 기원 문제와 관련하여 율시와 절구의 선후 관계에 대해 이견이 있긴 하지만, 대체로 우리가 일반적으로 알고 있는 절구(근체절구)는 율시 보다 나중에 생겼다고 보는 견해가 우세하다. 왕력 지음, 송용준 옮김, 『중국시율학』 1, 소명출판, 2005, 102면 참조.

조시산』이 편찬된 17세기 조반의 일반적인 흐름이었다. 허균이 편찬한 개인 문집도 모두 『국조시산』과 같은 순서로 되어있으며, 허균이 참조했던 선행 조선시선집이나 이반룡의 『고금시산』까지 모두 '고시–율시–절구'의 순서였다.

각체 내에서의 시의 순서는 작가의 생몰년을 기준으로 하였는데, 이 순서는 『국조시산』 내에서 견고하게 유지되고 있다. 그러나 허균이 정리했던 작가의 생몰년 순서는 생년이나 몰년을 하나의 기준으로 한 결과는 아니었기에 비슷한 시기의 작가들은 선후가 뒤섞여 있기도 하다.

| | | |
|---|---|---|
| 鄭道傳(1342~1398) | 權近(1352~1409) | 趙云仡(1332~1404) |
| 成石璘(1338~1423) | 偰長壽(1341~1399) | 姜淮伯(1357~1402) |
| 朴宜中(1337~1403) | 李詹(1345~1405) | 曺庶(?~?) |
| 鄭摠(1358~1397) | 卞仲良(1345~1398) | 李稷(1362~1431) |
| 權遇(1363~1419) | 鄭以吾(1347~1434) | 卞季良(1369~1430) |
| 申叔舟(1417~1475) | 柳方善(1388~1443) | 尹淮(1380~1436) |
| 朴致安(?~?) | 趙須(?~?) | 姜碩德(1395~1459) |
| 崔恒(1409~1474) | 成三問(1418~1456) | 金守溫(1410~1481) |
| 姜希顔(1418~1465) | 成侃(1427~1456) | 徐居正(1420~1488) |
| 成任(1421~1484) | 姜希孟(1424~1483) | 魚世謙(1430~1500) |
| 洪貴達(1438~1504) | 金克儉(1439~1499) | 李承召(1422~1484) |
| 崔淑精(1432~1479) | 金宗直(1431~1492) | 李瓊仝(?~?) |
| 金時習(1435~1493) | 朴撝謙(?~?) | 成俔(1439~1504) |
| 金訢(1448~1492) | 婷(1454~1488) | 深源(1454~1504) |
| 楊熙止(1439~1504) | 兪好仁(1445~1494) | 曺偉(1454~1503) |
| 申從濩(1456~1497) | 李黿(?~1504) | 南孝溫(1454~1492) |
| 賢孫(?~?) | 安應世(1455~1480) | 金宏弼(1454~1504) |

| | | |
|---|---|---|
| 鄭汝昌(1450~1504) | 金千齡(1469~1503) | 昌壽(1453~1514) |
| 柳洵(1441~1517) | 崔溥(1454~1504) | 李孝則(1476~1544) |
| 鄭希良(1469~?) | 申沆(1477~1507) | 朴繼姜(?~?) |
| 李胄(1468~1504) | 朴誾(1479~1504) | 魚無迹(?~?) |
| 李鼈(?~?) | 辛永禧(1442~1511) | 姜渾(1464~1519) |
| 崔淑生(1457~1520) | 李瑀(1542~1609) | 成夢井(1471~1517) |
| 黃衡(1459~1520) | 南袞(1471~1527) | 李荇(1478~1534) |
| 金安國(1478~1543) | 李希輔(1473~1548) | 朴祥(1474~1530) |
| 金淨(1486~1521) | 柳雲(1485~1528) | 奇遵(1492~1521) |
| 崔壽峸(1487~1521) | 申光漢(1484~1555) | 洪彦弼(1476~1549) |
| 成世昌(1481~1548) | 申潛(1491~1554) | 蘇世讓(1486~1562) |
| 趙仁奎(?~?) | 曺伸(?~?) | 鄭士龍(1491~1570) |
| 黃汝獻(1486~?) | 沈彦光(1487~1540) | 成運(1535~1598) |
| 閔齊仁(1493~1549) | 李彦迪(1491~1553) | 徐敬德(1489~1546) |
| 宋麟壽(1499~1547) | 深思順(1496~1531) | 羅湜(1498~1546) |
| 趙昱(1498~1557) | 林億齡(1496~1568) | 朴光佑(1495~1545) |
| 嚴昕(1508~1553) | 洪暹(1504~1585) | 鄭磏(?~?) |
| 洪春卿(1497~1548) | 李滉(1501~1570) | 柳希齡(1480~1552) |
| 金麟厚(1510~1560) | 林亨秀(1514~1547) | 鄭惟吉(1515~1588) |
| 李洪男(1515~?) | 尹鉉(1514~1578) | 金質忠(?~?) |
| 尹潔(1517~1548) | 盧守愼(1515~1590) | 沈守慶(1516~1599) |
| 權擘(1520~1593) | 奇大升(1527~1572) | 金貴榮(1520~1593) |
| 朴淳(1523~1589) | 楊應鼎(1519~1581) | 宋寅(1517~1584) |
| 鄭礥(1526~?) | 楊士彦(1517~1584) | 姜克誠(1526~1576) |
| 李珥(1537~1584) | 李後白(1520~1578) | 朴枝華(1513~1592) |
| 權應仁(1517~?) | 梁士俊(?~?) | 高敬命(1533~1592) |
| 丁胤禧(1531~1589) | 成渾(1535~1598) | 尹斗壽(1533~1601) |
| 黃廷彧(1532~1607) | 柳永吉(1538~1601) | 河應臨(1536~1567) |

| | | |
|---|---|---|
| 鄭澈(1536~1593) | 李純仁(1533~1592) | 李誠中(1539~1593) |
| 鄭碏(1533~1603) | 辛應時(1532~1585) | 崔慶昌(1539~1583) |
| 崔岦(1539~1612) | 白光勳(1537~1582) | 李達(1539~1612) |
| 宋翰弼(?~?) | 梁大樸(1544~1592) | 宋翼弼(1534~1599) |
| 徐益(1542~1587) | 洪迪(1549~1591) | 林悌(1549~1587) |
| 鄭之升(1550~1589) | 李春英(1563~1606) | 棣(?~?) |
| 申櫓(1546~1593) | 李嶸(1560~1582) | 權韠(1569~1612) |
| 誠胤(1570~1620) | 鄭鎔(?~?) | 崔澱(1567~1588) |
| 具容(1569~1601) | 尹忠源(?~?) | 白大鵬(?~?) |
| 梁慶遇(1568~1638) | | |

무엇보다도 『국조시산』의 편집 방법 중에 주목되는 것은 부록 「허문세고」의 존재이다. 허균은 허씨 일가의 시를 본문에 배치하지 않고, 본문과 분리하여 별도로 모아 부록으로 만들었다. 또 시 선발과 비어도 자신이 아닌 권필에게 부탁하였다. 허균이 이렇게 허씨 일가의 시를 본문에서 제외하고, 권필에게 비선(批選)을 맡긴 것은 공평한 선발의 원칙을 고수하기 위한 방법이었다.

> 점필재 선생은 『동문선』이 사사로움을 좇아 공정하지 못하고 채택한 것도 정밀하지 못하다고 여겨 모래를 일어 금을 가려내고 다시 그중 뛰어난 것을 뽑아서 문은 『동문수』라 하고, 시는 『청구풍아』라고 하였으니 지극히 정밀하다 할 수 있다. 그러나 그의 선대부의 작품은 뛰어난 작품이 아닌 데도 선발해 놓았으니 공을 사사로움이 없는 자라고 하겠는가.[278]

278) 權應仁, 『松溪漫錄』(『국역 대동야승』 14, 1982.). "佔畢齋先生, 以東文選徇私不公, 擇焉而不精, 淘沙揀金, 更拔其尤文曰東文粹, 詩曰青邱風雅. 可謂極精矣, 然其先大夫之作, 非超群拔萃而亦在選中, 可謂公無私者乎."

> 몽와 유희령이 일찍이 우리나라 사람의 시를 가려 뽑아 『대동시림』이라 이름 짓고, 그 서문에 우리나라의 시를 가려 뽑는 사람의 잘못을 일일이 비난하고, 또 "시는 짓기도 쉽지 않고 가려 뽑기도 쉽지 않다." 하였는데, 이는 자기가 뽑은 것이 흠이 없다는 것을 대체로 인증한 것이다. 그러나 내가 보기에는 『대동시림』에도 이해하지 못할 것이 매우 많다. …(중략)… 유 수재(柳睡齋)의 작품은 맹랑하고 재미가 없는데, 그의 선친이라 하여 지나치게 많이 뽑았으니 그 잘못의 둘째이다. …(중략)… 이것은 그 중에서 큰 것들이고, 그 밖에 버리고 뽑은 잘못은 이루 다 적을 수가 없다. 참으로 시는 뽑기가 쉽지 않구나.[279]

> 또 점필재가 『청구풍아』를 편찬하였는데, 선대부의 시에서는 오직 절구 한 편만을 실었으니, 사람들의 마음에 조금 들만 한 것을 취하여 그 이름을 전하는데 그친 것이다. 근래 몽와 유희령이 『대동시림』을 편찬했는데, 그의 선친 수재의 시를 7·80편, 아우 인첨의 시도 수십 편을 실었으니, 아, 많기도 하구나.[280]

선행하는 조선시선집 중에서 선시의 공정성 문제를 지적 받은 것은 『청구풍아』와 『대동시림』으로 이들은 사찬 시선집이라는 성격을 공유하고 있다. 허균이 조선시선집을 기획하고 편찬하는 과정에서, 선행 조선시선집의 공과(功過)를 의식하지 않았을 리 없다. 그러나 허씨 가문의 시는 이미 선행 조선시선집에 수록되어 전하고 있고,[281] 근래의

---

279) 魚叔權, 『稗官雜記』 2(『국역 대동야승』 1, 민족문화추진회, 1985). "柳夢窩希齡嘗選東人詩, 名曰大東詩林, 其序引歷詆吾東選詩者之失, 且曰: '詩不易作, 亦不易選.' 蓋以所選之無瑕, 類自許矣. 以余觀之, 詩林之不可曉者甚多.……(中略)……柳睡齋之作, 孟浪無味, 以其先人, 而選之太多, 其失二也.……(中略)……此其大者, 其餘去取之失, 不可勝紀, 信乎詩不易選也."

280) 魚叔權, 『稗官雜記』 2(『국역 대동야승』 1, 민족문화추진회, 1985). "佔畢齋撰青丘風雅, 載其先大夫詩只絶句一篇, 取其稍可人意者, 以傳名而已. 近有柳夢窩希齡, 編大東詩林, 載其先人睡齋詩, 至七八十篇, 弟仁瞻詩亦數十篇, 噫多矣哉!"

허봉과 허난설헌의 성과는 특기할 만한 수준이었다. 『국조시산』에서 일가의 시문이라 하여 이들을 시선집에서 누락시킨다면, 오히려 조선 한시의 실상을 제대로 보여주지 못하는 작업이 되는 것이다. 따라서 허균은 「허문세고」라는 별고를 기획하기에 이르렀고, 부록으로 허씨 일가의 시를 별도로 묶는 방식을 선택한 것이다.

그러나 한편 「허문세고」를 통해 허균의 양가적 태도도 짐작 가능하다. 허균은 오명제를 만났을 때 난설헌의 시 200여 편을 전달하였는데, 8년 후 사신으로 왔던 주지번을 통해 이때 건넨 시가 중국에 널리 알려진 사실을 확인한 바 있었다. 주지번을 만난 다음 해에 『국조시산』을 서둘러 편찬한 사실을 보았을 때, 허균은 『국조시산』의 독자를 중국인까지 생각했을 것이다. 「허문세고」를 조선 독자의 입장에서 본다면 자신의 가문에 대해 의식한 조심스런 시선 방식이겠지만, 허균이 중국 독자를 고려했다면 오히려 허씨 가문을 부각시키는 목적에 부합한다고 볼 수도 있다. 허봉이나 허난설헌의 시가 본문에 각체별로 생몰년 순으로 분산되어 수록되었다면, 조선 문인과는 달리 중국인은 허균 가문의 시를 별도로 인지할 수 없었을 것이기 때문이다.

## 2. 비선(批選) 양상

이 절에서는 『국조시산』의 선시 양상을 살펴보고, 이어서 허균이 붙인 비어의 모습을 자세하게 고찰해볼 것이다. 선발된 시는 개별 시의

281) 허종과 허침의 시는 『속동문선』에, 허봉과 허난설헌의 시는 『속청구풍아』에서 확인할 수 있다.

분석보다는 『국조시산』의 전체적인 모습과 경향을 검토하는 방향에서 논의될 것이며, 비어의 경우도 비어의 실상을 정리하는 목적에서 서술하고자 한다. 이러한 비선 양상의 탐색 과정은 허균이 이 시선집을 통해 의도했던 바를 유추하는 과정이 될 것이다.

### 1) 선시의 양상

〈표 23〉 『국조시산』 작가별 시수

| | | 五古 | 七古 | 雜體 | 五律 | 五排 | 七律 | 七排 | 五絶 | 六絶 | 七絶 | 合計 |
|---|---|---|---|---|---|---|---|---|---|---|---|---|
| 1 | 鄭道傳 | 2 | 1 | | 1 | | 2 | | | | 4 | 10 |
| 2 | 權近 | 1 | | | | | 1 | | | | 2 | 4 |
| 3 | 趙云仡 | | | | | | | | | | 3 | 3 |
| 4 | 成石璘 | | | | | | 1 | | 1 | | 2 | 4 |
| 5 | 偰長壽 | | | | | | 1 | | | | | 1 |
| 6 | 姜淮伯 | | | | | | 1 | | | | 1 | 2 |
| 7 | 朴宜中 | | | | 2 | | | | | | 1 | 3 |
| 8 | 李詹 | | 1 | | | | 1 | | | | 4 | 6 |
| 9 | 曺庶 | | | | | | | | | | 1 | 1 |
| 10 | 鄭摠 | | | | | | | | | | 1 | 1 |
| 11 | 卞仲良 | 1 | | | 1 | | | | | | 2 | 4 |
| 12 | 李稷 | | | | 1 | | | | | | | 1 |
| 13 | 權遇 | | | | 1 | | | | | | 1 | 2 |
| 14 | 鄭以吾 | | | | | | 1 | | | | 2 | 3 |
| 15 | 卞季良 | 1 | | | 2 | | 2 | | | | | 5 |
| 16 | 申叔舟 | 1 | | | | | | | | | | 1 |
| 17 | 柳方善 | | | | 2 | | 1 | | 1 | | 1 | 5 |
| 18 | 尹淮 | | | | | | 1 | | | | | 1 |
| 19 | 朴致安 | | | | | | 1 | | | | | 1 |
| 20 | 趙須 | | | | 1 | | | | | | | 1 |
| 21 | 姜碩德 | | | | | | | | | | 1 | 1 |
| 22 | 崔恒 | | | | | | | | | | 1 | 1 |

| | | 五古 | 七古 | 雜體 | 五律 | 五排 | 七律 | 七排 | 五絶 | 六絶 | 七絶 | 合計 |
|---|---|---|---|---|---|---|---|---|---|---|---|---|
| 23 | 成三問 | | | | | | | | 1 | | | **1** |
| 24 | 金守溫 | | | | | | | | 1 | | | **1** |
| 25 | 姜希顔 | | | | | | | | 1 | | | **1** |
| 26 | 成侃 | 2 | 1 | | | | | | 1제3수 | | 6제10수 | **10제16수** |
| 27 | 徐居正 | | 3 | | 5 | | 5 | | 1 | | 6 | **20** |
| 28 | 成任 | | | | | 1 | | | | | | **1** |
| 29 | 姜希孟 | | | 1제14수 | 1 | | | | | 1 | 4 | **7제20수** |
| 30 | 魚世謙 | | | 2 | | | | | | | | **2** |
| 31 | 洪貴達 | | | | 1 | | | | | | | **1** |
| 32 | 金克儉 | | | | 1 | | | | 1 | | | **2** |
| 33 | 李承召 | | | | | | 3 | | | | 2 | **5** |
| 34 | 崔淑精 | | | | | | 1 | | | | | **1** |
| 35 | 金宗直 | 2 | 1 | 2제12수 | 6 | | 10 | | | | 2 | **23제33제** |
| 36 | 李瓊仝 | 1 | | | | | | | | | | **1** |
| 37 | 金時習 | | | 3제9수 | 5제6수 | | 4제6수 | | | | 1 | **13제22수** |
| 38 | 朴撝謙 | | | | | | | | | | 2 | **2** |
| 39 | 成俔 | 1 | 3 | | | | 2 | | | | 1 | **7** |
| 40 | 金訢 | | | | | | 1 | | | | 2 | **3** |
| 41 | 婷 | 2 | | | | | | | 2 | | 2 | **6** |
| 42 | 深源 | 1제2수 | | | | | 1 | | | | 2 | **4제5수** |
| 43 | 楊熙止 | | | | | | | | | | 1 | **1** |
| 44 | 兪好仁 | | | | 2 | | | | | | 2 | **4** |
| 45 | 曺偉 | | | | 1 | | | | | | 2 | **3** |
| 46 | 申從濩 | | 2 | | | | 1 | | | | 2제3수 | **5제6수** |
| 47 | 李黿 | | | | | | 1 | | | | | **1** |
| 48 | 南孝溫 | 1 | | | | | | | | | 4 | **5** |
| 49 | 賢孫 | 1 | | | | | | | | | | **1** |
| 50 | 安應世 | | | | | | | | | | 2 | **2** |
| 51 | 金宏弼 | | | | | | | | | | 1 | **1** |
| 52 | 鄭汝昌 | | | | | | | | | | 1 | **1** |
| 53 | 金千岭 | | | | | | | | | | 1 | **1** |
| 54 | 昌壽 | | | | | | | | | | 1 | **1** |
| 55 | 柳洵 | | | | | | | | | | 1 | **1** |

| | | 五古 | 七古 | 雜體 | 五律 | 五排 | 七律 | 七排 | 五絕 | 六絕 | 七絕 | 合計 |
|---|---|---|---|---|---|---|---|---|---|---|---|---|
| 56 | 崔溥 | | | | | | | | | | 1 | **1** |
| 57 | 李孝則 | | | | | | | | | | 1 | **1** |
| 58 | 鄭希良 | | 1 | | | | 5 | | | | | **6** |
| 59 | 申沆 | | | | | | | | 1 | | | **1** |
| 60 | 朴繼姜 | | | | | | | | 1 | | | **1** |
| 61 | 李胄 | | | | 2 | | 7 | | | | 5 | **14** |
| 62 | 朴誾 | 1 | | | 3 | | 7제10수 | | | | | **11제14수** |
| 63 | 魚無迹 | | 1 | | 1 | | | | | | 1 | **3** |
| 64 | 李鰲 | 1 | | | | | | | | | | **1** |
| 65 | 辛永禧 | 1 | | | | | | | | | | **1** |
| 66 | 姜渾 | | | | | | 3 | | | | 3제5수 | **6제8수** |
| 67 | 崔淑生 | | | | | | 2 | | | | 1제3수 | **3제5수** |
| 68 | 李瑀 | | | | | | | | | | 1 | **1** |
| 69 | 成夢井 | | | | | | | | | | 1 | **1** |
| 70 | 黃衡 | | | | | | | | | | 1 | **1** |
| 71 | 南袞 | | | | | | | | | | 1제6수 | **1제6수** |
| 72 | 李荇 | 9 | | | 7 | | 10 | | | | 12 | **38** |
| 73 | 金安國 | 2 | | | 2 | | 1 | | | | 5 | **10** |
| 74 | 李希輔 | | | | | | | | | | 2 | **2** |
| 75 | 朴祥 | | 2 | | | | 10제11수 | 1 | | | 2 | **15제16수** |
| 76 | 金淨 | 1 | 2제5수 | | 6 | | 1제4수 | | 4 | | 1 | **16제21수** |
| 77 | 柳雲 | | | | | | 1 | | | | | **1** |
| 78 | 奇遵 | 2 | | | 3 | | 2 | | 1 | | 1 | **9** |
| 79 | 崔壽峸 | | | | 2 | | | | 1 | | | **3** |
| 80 | 申光漢 | | | | 3 | 1 | 6 | | | | 18제19수 | **28제29수** |
| 81 | 洪彦弼 | | | | 1 | | | | | | | **1** |
| 82 | 成世昌 | | | | 1 | | | | | | | **1** |
| 83 | 申潛 | | | | | | | | | | 1 | **1** |
| 84 | 蘇世讓 | | | | 1 | | 2 | | | | 3 | **6** |
| 85 | 趙仁奎 | | | | | | 1 | | | | | **1** |
| 86 | 曺伸 | | | | | | 1 | | | | | **1** |
| 87 | 鄭士龍 | | | | 5 | | 18제19수 | 1 | | | 3 | **27제28수** |
| 88 | 黃汝獻 | | 1 | | 1 | | | | | | 1 | **3** |

| | | 五古 | 七古 | 雜體 | 五律 | 五排 | 七律 | 七排 | 五絕 | 六絕 | 七絕 | 合計 |
|---|---|---|---|---|---|---|---|---|---|---|---|---|
| 89 | 沈彦光 | | | | 1 | | 4 | | | | 2 | 7 |
| 90 | 成運 | | | | 1 | | | | | | | 1 |
| 91 | 閔齊仁 | | | | | | 1 | | | | | 1 |
| 92 | 李彦迪 | | | | | | | | | | 1 | 1 |
| 93 | 徐敬德 | | | | | | 2 | | | | 1 | 3 |
| 94 | 宋麟壽 | | | | | | 1 | | | | | 1 |
| 95 | 深思順 | | | | | | | | | | 1 | 1 |
| 96 | 羅湜 | | | | | | | | 3 | | | 3 |
| 97 | 趙昱 | | | | | | | | | | 2 | 2 |
| 98 | 林億齡 | 2 | | | 3 | 1 | 2 | | 1 | | 3 | 12 |
| 99 | 朴光佑 | | | | | | 1 | | | | | 1 |
| 100 | 嚴昕 | | | | 1 | | | | | | | 1 |
| 101 | 洪暹 | | | | 1 | | 1 | | | | | 2 |
| 102 | 鄭磏 | | | | | | | | 1 | | 1 | 2 |
| 103 | 洪春卿 | | | | | | | | | | 1 | 1 |
| 104 | 李浻 | 1 | 2 | | 1 | | 1제2수 | | | | 1 | 6제7수 |
| 105 | 柳希齡 | | | | 1 | | | | | | | 1 |
| 106 | 金麟厚 | 1 | | | 4 | 1 | 2 | | | | 1 | 9 |
| 107 | 林亨秀 | | | | | | 1 | | | | 2 | 3 |
| 108 | 鄭惟吉 | | | | 1 | | 1 | | | | 3 | 5 |
| 109 | 李洪男 | | | | 1 | | 1 | | | | | 2 |
| 110 | 尹鉉 | | | | 2 | | | | | | | 2 |
| 111 | 金質忠 | | | | | | 1 | | | | 1 | 2 |
| 112 | 尹潔 | | 1 | | 2 | | 1 | | 1 | | 2 | 7 |
| 113 | 盧守愼 | 1 | 1 | | 22 | 1 | 10 | | | | 1 | 36 |
| 114 | 沈守慶 | | | | 2 | | 1 | | | | | 3 |
| 115 | 權擘 | | 1 | | | | 4 | | | | | 5 |
| 116 | 奇大升 | 1 | | | | | | | | | | 1 |
| 117 | 金貴榮 | | | | | | | | | | 1 | 1 |
| 118 | 朴淳 | | 1 | | | | 1 | | | | 8 | 10 |
| 119 | 楊應鼎 | | | | | | 1 | | | | 3 | 4 |
| 120 | 宋寅 | | | | | | | | | | 1 | 1 |
| 121 | 鄭礥 | | | | | | | | | | 1 | 1 |

| | | 五古 | 七古 | 雜體 | 五律 | 五排 | 七律 | 七排 | 五絕 | 六絕 | 七絕 | 合計 |
|---|---|---|---|---|---|---|---|---|---|---|---|---|
| 122 | 楊士彦 | | 1 | 1 | | | 1 | | 1 | | 1 | **5** |
| 123 | 姜克誠 | | | | | | | | 1 | | 1 | **2** |
| 124 | 李珥 | | | | | | 1 | | | | | **1** |
| 125 | 李後白 | | | | | | | | 1 | | | **1** |
| 126 | 朴枝華 | | | | 1 | | 1 | | | | 2 | **4** |
| 127 | 權應仁 | | | | 1 | | 1 | | | | | **2** |
| 128 | 梁士俊 | | | | | | 1 | | | | | **1** |
| 129 | 高敬命 | | | | 1 | | 5 | | | | 2 | **8** |
| 130 | 丁胤禧 | | | | 1 | | | | | | | **1** |
| 131 | 成渾 | | | | | | | | | | 4 | **4** |
| 132 | 尹斗壽 | | | | | | | | | | 1 | **1** |
| 133 | 黃廷彧 | | | | | | 17제18수 | | | | 3 | **20제21수** |
| 134 | 柳永吉 | | | | 2 | | | | | | 5 | **7** |
| 135 | 河應臨 | | | | 1 | | | | 1 | | 2 | **4** |
| 136 | 鄭澈 | | | | | | | | | | 2 | **2** |
| 137 | 李純仁 | | | | | | | | 1 | | 1 | **2** |
| 138 | 李誠中 | | | | | | | | 1 | | | **1** |
| 139 | 鄭碏 | | | | | | 2 | | | | 3 | **5** |
| 140 | 辛應時 | | | | | | 1 | | | | 2 | **3** |
| 141 | 崔慶昌 | 5 | 2 | | 8 | | 1제2수 | | 1 | | 16제17수 | **33제35수** |
| 142 | 崔岦 | | 1 | | | | | | | | | **1** |
| 143 | 白光勳 | 2 | | | 5 | | 1 | | 4 | | 9 | **21** |
| 144 | 李達 | 4 | 1 | | 6 | | 7 | | 1 | 1 | 18제27수 | **38제47수** |
| 145 | 宋翰弼 | | | | | | | | 1 | | | **1** |
| 146 | 梁大樸 | | | | | | 4 | | | | | **4** |
| 147 | 宋翼弼 | | | | | | | | | | 1 | **1** |
| 148 | 徐益 | | | | | | | | | | 1 | **1** |
| 149 | 洪迪 | | | | | | | | | | 1 | **1** |
| 150 | 林悌 | | | | 1 | 1 | 1 | | 1 | | 3제4수 | **7제8수** |
| 151 | 鄭之升 | | 1 | | | | 1 | | 1 | | 1 | **4** |
| 152 | 李春英 | | | | | | 1제4수 | | | | | **1제4수** |
| 153 | 棣 | | | | | | | | | | 1 | **1** |
| 154 | 申櫓 | | | | | | | | | | 1 | **1** |

| | | 五古 | 七古 | 雜體 | 五律 | 五排 | 七律 | 七排 | 五絕 | 六絕 | 七絕 | 合計 |
|---|---|---|---|---|---|---|---|---|---|---|---|---|
| 155 | 李嶸 | | | | | | | | | | 1 | 1 |
| 156 | 權韠 | 1제3수 | 2 | 1제4수 | 5 | | 4 | | | | 9제12수 | **22제30수** |
| 157 | 誠徹 | 1 | | | | | | | | | | **1** |
| 158 | 鄭鎔 | | | | | | | | 5 | | 1 | **6** |
| 159 | 崔澱 | | | | | | | | | | 2 | **2** |
| 160 | 具容 | | | | | | | | | | 1 | **1** |
| 161 | 尹忠源 | | | | 2 | | | | | | 1 | **3** |
| 162 | 白大鵬 | | | | 1 | | | | | | | **1** |
| 163 | 梁慶遇 | | | | | | 1 | | | | 1 | **2** |
| 164 | 金氏 | | | | | | | | 1 | | | **1** |
| 165 | 無名氏 | | | | | | | | 2 | | | **2** |
| 166 | 曺氏 | | | | | | | | | | 1 | **1** |
| 167 | 楊士奇妾 | | | | | | | | | | 1 | **1** |
| 168 | 李媛 | | | | | | | 1 | | | 4 | **5** |
| 169 | 田禹治 | | | | | | | | | | 1 | **1** |
| 170 | 釋 參廖 | | | | | | | | | | 1 | **1** |
| 171 | 釋 行思 | | | | | | | | | | 1 | **1** |
| 172 | 釋 慶雲 | | | | | | | | | | 1 | **1** |
| 173 | 釋 卍雨 | | | | 1 | | | | | | | **1** |
| 174 | 伽倻仙女 | | | | | | 1 | | | | | **1** |
| 175 | 李顯郁 | | | | | | 1 | | | | 1 | **2** |
| 176~180 | 失名氏 | | | | | | 1 | | | | 4 | **5** |
| | 합계 | 53제<br>56수 | 33제<br>36수 | 10제<br>42수 | 150제<br>151수 | 6제<br>6수 | 210제<br>226수 | 3제<br>3수 | 47제<br>49수 | 2제<br>2수 | 289제<br>318수 | **803제<br>889수** |

〈표 23〉은 허균이 정했던 작가의 순서를 기준으로, 『국조시산』에 수록된 각 작가의 시제수를 권별로 정리해본 것이다. 이를 통해서 『국조시산』의 작자 수와 전체 시수, 그리고 작가별 시수를 알 수 있으며, 각 권별 시수나 시 형식별 시수도 알 수 있어서 여러 목적에서 이 표는 활용될 수 있다.

### ① 수록 작가

『국조시산』은 조선 초·중기를 범위로 한 시선집으로, 조선 초의 정도전부터 당시 생존 작가인 권필, 양경우까지의 시를 수록하고 있다. 이 시선집에서 확인되는 작가는 모두 180인이며, 이들의 시는 시 형식별로 분류한 각 권에 고루 배치되어 있다. 수록 작가의 면모를 살펴보면, 먼저 문인 작가에 한정하지 않고 규수나 승려, 서얼, 실명씨의 시까지 포괄하는 특징이 확인된다. 누구나 알고 있는 대가(大家)나 시명(詩名)이 익히 있었던 인물들은 당연히 성명이 시선집에 오르겠지만, 허균은 이밖에도 무명 시인들의 뛰어난 작품을 시선집에 실었다. 다만 이러한 경향은 『국조시산』에만 보이는 것은 아니다. 이미 고병(高棅)은 『당시품휘(唐詩品彙)』를 편찬하면서 〈서목(敍目)〉에서 "당나라 때 시학이 번성하여 산인이나 규수들까지 모두 시를 지었다."[282] 하면서 이들의 시를 『당시품휘』에 부재(附載)하였고, 이를 통해 당의 시학 성과를 가시적으로 보이고자 하였다.

> 우리나라 아낙네로서 시 잘하는 사람이 드문 까닭은, 이른바 '술 빚고 밥 짓기만 일삼아야지, 그 밖에 시문을 힘써서는 안 된다.' 해서인가? 그러나 당인(唐人)의 경우는 규수로서 시로 이름난 이가 20여 인이나 되고 문헌 또한 증빙할 만하다. 요즘 와서 제법 규수 시인이 있게 되어 경번(景樊)은 천선(天仙)의 재주가 있고 옥봉(玉峯) 또한 대가임은 더 말할 나위가 없다. ……(中略)…… 이런 작품은 이루 다 손으로 꼽을 수가 없다. 문풍의 성함이 당 나라 사람에게도 부끄럽지 않으니

282) 高棅, 『唐詩品彙』 1, 「敍目」. "唐世詩學之盛, 上自帝王公卿, 下至山林韋布以及乎方外異人, 閭閻女子, 莫不願學焉. 其篇什之多, 不可勝紀. 若夫大方名家, 騷人墨客, 各以世次收品從彙. 他若諸集附載道人, 衲子, 宮閨, 仙怪及有姓氏, 無世次可考者, 往往有述, 多非全集所得, 故不收入類."

또한 국가의 한 성사(盛事)이다.[283]

허균은 『학산초담』에서 일찍이 조선 규수의 시를 소개하면서, 시 짓기를 본업으로 하지 않는 이들이 뛰어난 시를 지을 수 있었던 배경으로 '문풍의 번성'을 지목하였다. 고병이 『당시품휘』에서 다양한 신분 작가를 포괄한 이유도 여기에 있었다. 허균은 『국조시산』에서 작품만 뛰어나다면 신분과 관계없이 시를 뽑았고, 각체의 말미에 서얼이나 규수, 승려, 무명씨의 시를 배치하였다. 이러한 편제는 고병의 『당시품휘』에서부터 보이는 것으로, 허균이 『당시품휘』의 영향[284]을 받은 사실을 보여주는 것이다. 따라서 『국조시산』에 수록된 다양한 신분의 작가들은 '공평한 선발' 이상으로 해석할 여지가 있다. 허균은 시 짓기를 본업으로 하지 않았던 인물들의 작품을 시선집에 수록하여 조선의 시학 수준을 과시하고자 했던 것이다.

한편 선행 조선시선집에서는 작가의 사후에 문학의 성과를 평가하고 선집에 시를 등재하였으나, 『국조시산』에서는 최립, 이달, 권필, 윤충원, 양경우 등의 생존 인물의 시를 다수 수록하고 있다. 허균이 시선집의 통념을 깨고 생존 작가까지 범위를 확대한 것은 이달이나 권필과 같은 작가를 배제할 수 없었기 때문이다. 이 일반적이지 않은 작가 구성은 허균 생존 당시에 서얼(이달)의 시를 수록하기 위한 수단

---

283) 許筠, 『鶴山樵談』. "東方婦人能詩者鮮. 所謂惟酒食是議, 不當外求詞華者邪. 然唐人詩以閨秀稱者二十餘家, 文獻足可徵也已. 近來頗有之景樊天仙之才, 玉峯亦大家不足議……(中略)……此等作不可摟指, 文風之盛不媿唐人, 亦國家之一盛事也."

284) 허균은 개인적으로 중국시선집 『당시선』을 편찬하면서 『당시품휘』를 읽은 사실을 서문에서 기록한 바 있다. 許筠, 『惺所覆瓿藁』 卷4, 〈唐詩選序〉(『韓國文集叢刊』 74輯). "余諷而研求, 閱有年紀, 恍然如有所悟, 遂取高氏所彙, 先芟其蕪, 存十之五, 而參之以楊氏, 繼之以李氏, 所湔拔者合爲一書, 分以各體, 而代以隸人, 苟妙則雖晚亦詳, 而或類或俗, 則亦不盛唐存之, 凡爲卷六十, 而篇凡二千六百有奇, 唐詩盡於是矣."

으로 지적받은 적이 있었다.[285] 실제로 『국조시산』에서 가장 많은 시가 확인되는 작가는 이달이다. 허균은 이달의 시 '47수'를 통해 『국조시산』의 선시 방향을 보여주고, 자신이 생각하는 이상적인 시의 모습을 제안할 수 있었기 때문에, 생존 작가인 이달을 시선집에 선발하지 않을 수 없었다.

또한 허균은 이달 외에도 친분이 있었던 인물들의 시를 다수 수록하고 있다. 종실인 금산수(錦山守) 성윤(誠胤)은 허봉에게 시를 배웠고,[286] 앞서 3장에서도 살폈듯이 송익필, 백대붕, 양대박, 『국조시산』에 실린 승려들의 시도 모두 허봉과 교유가 있었던 인물들이었다. 또 이춘영, 양경우, 권필 등은 허균과 친했던 인물로, 『국조시산』에는 이렇게 허균과 개인적으로 관계있는 인물들의 시가 다수 확인된다. 그러나 작가 선발과 관련하여 후대 비평가들에 의해 지적받지 않았던 것은, 주변 인물들의 작품 수준이 시선집에 수록될 만했기 때문이다. 게다가 허균은 선대 인물들에 대해서도 정치적으로 적대 관계에 있더라도 이를 의식하여 의도적으로 작가를 배제하지 않았다. 작가 선발과 관련하여서는 허균이 작가의 이름이 아닌, 오직 시만을 보고 선발했기 때문에 『국조시산』의 수록 인물이나 선시 범위 등은 논란이 되지 않았던 것이다.

그리고 『국조시산』의 수록 작가로 허씨 일가를 논하지 않을 수 없다. 앞서 『국조시산』의 편집 특징으로 허균이 부록으로 「허문세고」를 마련

---

285) 『光海君日記』 光海 10年 5月 3日. "생존자로는 최립과 이달을 제외하고는 또한 많이 뽑지 않았으니, 어찌 얼족을 위해 그들의 졸렬한 시를 뽑아주려 했겠습니까.[生存者, 除崔岦、李達外, 亦多不抄, 肯爲孽族, 選其拙詩乎?]"

286) 『학산초담』 32 종실(宗室)인 금산수(錦山守) 성윤(誠胤)은 자가 경실(景實)인데 우리 중형에게 글을 배웠다. 그의 시는 온정균(溫庭筠)과 이상은(李商隱)을 숭상하여 그들의 시풍을 터득하였다.

하여 일가의 시를 부록으로 묶어놓은 사실을 논한 바 있었다. 허씨 일가의 시는 허균이 권필에게 선발을 맡긴 결과이며, 생몰년 순으로 허종(許琮)·허침(許琛)·허집(許輯)·허한(許澣)·허엽(許曄)·허봉(許篈)·허씨(許氏)까지 7인의 시 41제 64수로 구성되었는데, 아래 표에서 정리하였듯 주로 '허봉'의 시와 '허씨'라고 기록한 허난설헌의 시가 중심이 되어 있다.

〈표 24〉『허문세고』 작가별 시수

| | | 五古 | 七古 | 五律 | 七律 | 五絕 | 七絕 | 合計 |
|---|---|---|---|---|---|---|---|---|
| 1 | 許琮 | | | | | | 1 | 1 |
| 2 | 許琛 | | 1 | | 4 | | 1 | 6 |
| 3 | 許輯 | | | | | | 2 | 2 |
| 4 | 許澣 | | | | | | 1 | 1 |
| 5 | 許曄 | 1 | | | | | 1 | 2 |
| 6 | 許篈 | 2 | 5 | 2 | 2 | | 4 | 15 |
| 7 | 許氏 | | 2 | 3 | 1 | 4제8수 | 4제23수 | 14제37수 |
| | | 3 | 8 | 5 | 7 | 4제8수 | 14제33수 | 41제64수 |

허균이 일가의 시를 『국조시산』에 수록한 것은 가문의 성취를 드러내려는 목적이 분명 있었지만, 이들은 이미 선행시선집에서도 확인되는 조선의 작가였다. 허종의 경우는 『국조시산』에 칠언절구 1수가 수록되어있지만, 『속동문선』에는 허종의 시가 오언율시 〈차부사왕공도림진강운(次副使王公渡臨津江韻)〉(권6), 칠언율시 〈매정(梅亭)〉 〈남원동헌운(南原東軒韻)〉 〈차안변동헌운영설(次安邊東軒韻詠雪)〉(권7) 칠언절구 〈야좌즉사(夜坐卽事)〉 〈다경루우부(多景樓又賦)〉 〈임별록정동왕양사(臨別錄呈董王兩使)〉(권9)까지 모두 7수가 확인된다. 허종의 이름은 허균에

의해 중국에까지 알려져서 『명시종』에, “허종은 자가 종경(宗卿)이고 안흥인(安興人)이다. 진사시를 거쳐 이조 판서가 되었으며, 여러 차례 승진하여 관직이 의정부 의정에 이르렀다.”[287]라고 기록되었고 이를 한치윤이 『해동역사』 「인물고」에 재수록하고 있는 것이 보인다.

허침의 경우는 「허문세고」에서 6수나 확인되고 있는데, 그의 시는 『속동문선』에도 칠언고시 〈송로선성출진영안도용신차소운(送盧宣城出鎭永安道用申次韶韻)〉 〈박연여경숙기지대허자진동부(朴淵與磬叔耆之大虛子珍同賦)〉 〈관음굴전계야음(觀音窟前溪夜飮)〉(권5), 오언율시 〈차운극기견증삼수(次韻克己見贈三首)〉(권6), 칠언율시 〈제권관찰사윤소요정시권(題權觀察使綸逍遙亭詩卷)〉 〈송임만호훈부지세포(送任萬戶訓赴知世浦)〉 〈화원(花園)〉 〈송도본관고기(松都本闕古基)〉 〈도창궁(壽昌宮)〉 〈자부아절정하중흥사동차운사수(自負兒絶頂下中興寺洞次韻四首)〉 〈아방궁화병아수봉교제진(阿房宮畵屛二首奉敎製進)〉 〈무제(無題)〉 〈송조응교출지함양(送曹應敎出知咸陽)〉(권8) 칠언절구 〈춘한차대허운(春寒次大虛韻)〉(권10)까지 모두 14수가 수록된 작가였다.

허봉의 시도 『속청구풍아』에 칠언절구 〈란하(灤河)〉 〈희제연당벽(戱題蓮塘壁)〉 〈이산이절(夷山二絶)〉 〈사후도함원역(赦後到咸原驛)〉 〈송찬공귀수종(送贊公歸水鍾)〉 〈제천안군연정(題天安郡蓮亭)〉 〈증산인(贈山人)〉(권2) 오언율시 〈어면보(魚面堡)〉 〈정포성루(井浦城樓)〉 〈이어사도온성조기복재선생(以御史到穩城弔奇服齋先生)〉(권3) 칠언율시 〈길성추회(吉城秋懷)〉 〈거산역(居山驛)〉 〈송정립부출진개북(送鄭立夫出鎭開北)〉(권5) 칠언고시 〈취가행증안백공(醉歌行贈安伯共)〉(권7) 모두 15수

---

287) 韓致奫, 『海東繹史』 권69, 「人物考」3(『국역해동역사』 6, 민족문화추진회, 2002.). “許琮, 字宗卿, 安興人, 由進士爲吏曺判書. 積官至參政府議政.”

가 보이지만, 이 중에서 2수만 『국소시산』에 수록되었다. 「허문세고」에 보이는 허봉의 시가 15수인 것은 권필이 「허문세고」를 편찬할 때에 13수를 새롭게 뽑았기 때문이다.

허난설헌의 시는 『속청구풍아』에 칠언절구 〈궁사(宮詞)〉와 〈유선사(遊仙詞)〉 2수(권2), 칠언율시로 〈몽작(夢作)〉 〈차중씨고원당고대운(次仲氏高原堂高臺韻)〉 〈황제유사천단(皇帝有事天壇)〉(권5)까지 6수가 확인되고, 이중 4수가 「허문세고」에 보이며 나머지 14제 37수는 권필이 다시 뽑은 것이다. 이밖에는 선행 시선집에는 보이지 않지만, 허집(許輯), 허한(許澣)의 시도 추가로 뽑히면서 '세고(世藁)'의 구색을 갖추었다. 『국조시산』에서 확인되는 허씨 일가들은 허균이 임의로 가문의 위상을 높이기 위해 선발한 작가가 아니었다. 이미 선행 시선집에서도 허종, 허침, 허엽, 허봉, 허난설헌의 이름을 찾아볼 수 있다. 허균이 허씨 일가를 『국조시산』에 수록하긴 했지만, 이 경우도 실제 시명(詩名)을 고려한 선발 결과였음을 알 수 있다.

마지막으로 수록 작가와 관련하여 허균이 『국조시산』에서 조선의 대표 작가로 부각시킨 인물들을 살펴보자.

〈표 25〉 『국조시산』 수록 시 상위 작가

| | 작가 | 시제수 | 각 시체별 시수 |
|---|---|---|---|
| 1 | 이달(李達,1539~1612) | 38제 47수 | 七絶(27)七律(7)五律(6)五古(4) |
| 2 | 이행(李荇,1478~1534) | 38제 38수 | 七絶(12)七律(10)五古(9)五律(7) |
| 3 | 노수신(盧守愼,1515~1590) | 36제 36수 | 五律(22)七律(10) |
| 4 | 최경창(崔慶昌,1539~1583) | 33제 35수 | 七絶(17)五律(8)五古(5)七古(2) |
| 5 | 신광한(申光漢,1484~1555) | 28제 29수 | 七絶(19)七律(6)五律(3) |
| 6 | 정사룡(鄭士龍,1491~1570) | 27제 28수 | 七律(19)五律(5)七絶(3) |
| 7 | 김종직(金宗直,1431~1492) | 23제 33수 | 七律(10)五律(6)五古(2)七絶(2) |

| | | | |
|---|---|---|---|
| 8 | 권필(權韠,1431~1492) | 22제 30수 | 七絶(12)五律(5)七律(5)雜體(4)五古(3) |
| 9 | 백광훈(白光勳,1537~1582) | 21제 21수 | 七絶(9)五律(5)五絶(4)五古(2) |
| 10 | 황정욱(黃廷彧,1532~1607) | 20제 21수 | 七律(18)七絶(3) |
| 11 | 서거정(徐居正,1420~1488) | 20제 20수 | 七絶(6)五律(5)七律(5) |

『국조시산』에서 가장 많은 시가 수록된 작가는 손곡 이달이었다. 이달은 허균의 『국조시산』 편찬 당시에도 생존하고 있어서 선행하는 조선시선집의 범위에는 포함되지 못해서, 『국조시산』에서 처음 뽑힌 작가이다. 이달과 같이 『국조시산』에 많은 시가 수록된 작가로서, 기존 시선집에 없는 작가는 위의 〈표 25〉에서 확인되듯 권필이 있다. 권필 역시 1607년 『국조시산』 편찬 때에는 생존하고 있던 시인으로 이미 시명이 높던 작가였다. 또한 황정욱의 경우도 허균 보다 선배였지만 1605~6년에 집중적으로 시선집 -『해동시부선』 『속해동시부선』 『속청구풍아』-이 편찬할 당시에는 살아있다는 이유로 선행 시선집에 편입되지 못하였다. 그의 시가 최초로 수록된 시선집은 『국조시산』에서였다. 이 세 시인은 『국조시산』부터 조선시선집에 등장하면서 16세기 조선 시단의 성과를 대표하는 작가로서 자리매김하게 된다. 『국조시산』의 상위 작가 중에서 이들을 제외하면 선행조선집에서부터 거론된 '대가(大家)'들을 확인할 수 있다.

먼저 소개한 황정욱을 포함하여, 이행·노수신·신광한·정사룡·서거정은 대제학을 역임한 인물로, 나라에서도 문장으로 인정받았던 작가였다. 그 밖의 김종직 역시 허균이 국초를 대표하는 작가로 꼽았던 인물이며,[288] 최경창과 백광훈은 조선에 당풍을 소개한 성과가 있

---

288) "나의 중형은 논평하기를, 국초 이래 문은 경렴당(景濂堂)을 제일로 치고, 지정(止亭)을 다음으로 치며, 시는 충암(冲庵)의 높음과 용재(容齋)의 난숙함을 모두 미칠 수 없다

다.[289] 〈표 25〉에는 정리하지 않았지만 이 밖의 『국조시산』에 시가 많이 수록된 작가로, 정도전 10제 10수, 성간 10제 16수, 김시습 13제 22수, 이주 14제 14수, 박은 11제 14수, 박상 15제 16수, 김정 16제 21수, 임억령 12제 12수, 박순 10수 10수, 허봉 15제 15수, 허씨 14제 37수를 꼽을 수 있다.

이들 작가 중에서 허균이 조선 제일의 시인으로 평가했던 인물은 용재 이행이다.[290] 『국조시산』에 이행의 시는 모두 38수가 수록되었는데, 이달의 47수에는 못 미치지만, 제수(題首)는 두 시인이 모두 38수로 동일하다. 허균이 평소 최고의 시인으로 꼽은 인물의 시를 『국조시산』에 많이 수록한 양상을 통해, 그가 수록 시의 편수로 작가의 능력과 성취를 방증하고 있음을 알 수 있다. 허균은 이달의 시로는 칠언절구를 집중적으로 선발하여 당풍의 성과를 잘 부각시켰고, 반면 이행의 시는 칠언절구 12수, 칠언율시 10수, 오언고시 9수, 오언율시 7수 등 시 형식마다 고루 선발하여서, 각체에 두루 능한 조선 제일의 작가로서의 입지를 확인하게 하고 있다.

또한 허균은 『국조시산』에 이어 『성수시화』를 저술하면서 조선 시

---

고 여겼다. 나의 망령된 생각으로는 충암은 세련되지 않은 것 같고 용재는 너무 진부하니, 시 또한 경렴을 으뜸으로 치는 것이 옳다.[仲氏論國初以來, 文以景濂堂爲弁, 而止亭次之. 詩則冲庵之容, 高齋之熟, 皆不可及. 余之妄見, 冲庵似生, 容齋太腐, 詩亦當以景濂爲首]"(許筠, 『鶴山樵談』)

289) "고죽(孤竹)의 시는 편편이 다 아름다우니 반드시 갈고 닦아 마음에 걸림이 없은 다음에야 내놓기 때문이다. 이가(二家 최경창과 백광훈)의 시를 나는 골라서 『국조시산(國朝詩刪)』에 넣은 것이 각기 수십 편인데 이 시들은 음절이 정음(正音)에 들어맞을 만하다.[孤竹詩, 篇篇皆佳, 必鍊琢之, 無歉於意, 然後乃出故耳. 二家詩, 余選入於詩刪者各數十篇, 音節可入正音]"(許筠, 『鶴山樵談』)

290) 許筠, 『惺所覆瓿藁』 卷25, 「惺叟詩話」(『韓國文集叢刊』 74輯). "我國詩, 當以李容齋爲第一." ; 洪萬宗, 『小華詩評』. "李容齋荇爲詩, 和平純熟, 又入神境. 許筠稱爲國朝第一."

단을 정리한 적이 있는데, 『국조시산』에 많은 시가 수록된 상위 작가와 그의 시화 저술에서 조선 시단을 대표한다고 평가된 인물들은 일치한다.

> 국조의 시는 중종조(中宗朝)에 이르러 크게 성취되었다. 용재(容齋) 상공(相公)이 시작을 열어 눌재(訥齋) 박상(朴祥)·기재(企齋) 신광한(申光漢)·충암(沖庵) 김정(金淨)·호음(湖陰) 정사룡(鄭士龍)이 일세(一世)에 나와 휘황하게 빛을 내고 금옥(金玉)을 울리니 족히 천고(千古)에 칭할 만하게 되었다. 국조의 시는 선조조(宣祖朝)에 이르러서 크게 갖추어지게 되었다. 노소재(盧蘇齋)는 두보(杜甫)의 법을 깨쳤는데 황지천(黃芝川)이 뒤를 이어 일어났고, 최경창(崔慶昌)·백광훈(白光勳)은 당(唐)을 본받았는데 이익지(李益之)가 그 흐름을 밝혔다. 우리 망형(亡兄)의 가행(歌行)은 이태백(李太白)과 같고 누님의 시는 성당(盛唐)의 경지에 접근하였다. 그 후에 권여장(權汝章)이 뒤늦게 나와 힘껏 전현(前賢)을 좇아 용재와 더불어 어깨를 나란히 할 만하니 아, 성하도다.[291]

> 삼가 생각건대 우리나라는 문운(文運)이 아름답고 밝아서 학사 대부가 시로써 울린 자가 거의 수십 수백가로, 모두가 저마다 영사(靈蛇)의 보주(寶珠)를 쥐었다 여기니 많기도 하고 성하기도 하구나. 대개 헤아려 보면 길이 셋이 있었으니 그 화평 담아하고 원만하고 적의한 것이 고루 맞아서 혼연히 일가의 말을 이룬 것으로는 용재(容齋) 정승을 추대하는데 낙봉(駱峯 신광한) 및 영가(永嘉) 부자는 그 화려함

291) 許筠, 『惺所覆瓿藁』 卷25, 「惺叟詩話」(『韓國文集叢刊』 74輯). "我朝詩, 至中廟朝大成, 以容齋相倡始, 而朴訥齋祥, 申企齋光漢, 金冲庵淨, 鄭湖陰士龍, 竝生一世, 炳烺鏗鏘, 足稱千古也. 我朝詩, 至宣廟朝大備, 盧蘇齋得杜法, 而黃芝川代興, 崔白法唐而李益之闡其流. 吾亡兄歌行似太白, 姊氏詩恰入盛唐. 其後權汝章晚出, 力追前賢, 可與容齋相肩隨之, 猗歟盛哉."

> 을 차지하였고, 그 다음은 창대(昌大)하고 망망하고 정축이 풍부하고 재료가 엄박하여 한 시대의 대방가(大方家)가 된 이는 사가(四佳)·점필(佔畢)·허백(虛白) 같은 무리로 그 웅대함을 치달렸고, 또 그 다음은 뾰족하고 우뚝하여 생각이 치밀하고 기교가 섬세하며 괴위(瓌瑋)와 험절(險絶)로써 귀함을 삼은 이는 눌재(訥齋)·호음(湖陰)·소상(蘇相)·지천(芝川) 같은 여러 거공인데 모두 그 걸출함을 자랑하였으니 위대하다.[292]

허균이 거론한 작가는 중종 때의 이행과 박상, 신광한, 김정, 정사룡이었으며, 선조 때에는 노수신, 황정욱, 최경창, 백광훈, 이달, 권필의 성취와 허봉, 허난설헌이다. 이들이 『국조시산』에 그대로 확인되고, 또 높은 비중으로 시가 수록된 것을 보면, 『국조시산』의 작가별 시수의 배분에 있어서 허균이 조선 문단의 흐름과 실상을 고려했음을 알 수 있다. 그리고 〈표 25〉에는 각 작가의 각체별 수록 시수도 밝혀놓았는데, 허균이 특정 작가에 대해 특정 시 형식을 선발한 정황을 알 수 있다. 허균은 이달의 칠언절구, 노수신의 오언율시, 정사룡과 황정욱의 칠언율시를 집중적으로 뽑았다. 각 작가별 성취를 고려하여 각 형식의 정수를 보여주고자 했음을 짐작할 수 있다. 이어서 시 형식에 대해 허균이 어떠한 선발을 했는지 살펴보도록 한다.

292) 許筠, 『惺所覆瓿藁』 卷5, 「蓀谷集序」(『韓國文集叢刊』 74輯). "恭惟我國家, 文運休明, 學士大夫, 以詩鳴者, 殆數十百家, 咸自謂人握靈蛇之寶, 林然盛哉, 慨而揆之, 則途有三焉, 其和平淡雅, 圓適均稱, 渾然成一家言者, 推容齋相, 而駱峯及永嘉父子擅其華, 其次則昌大莽莽, 富蓄博材, 爲一代大方家者, 如四佳, 佔畢, 虛白輩騁其雄, 又其次則峭崒峻峭, 締思緻巧, 以瑰瑋險絶爲貴者, 如訥齋, 湖陰, 蘇相, 芝川諸鉅公衒其杰, 玆俱韙矣."

### ② 수록 형식

〈표 26〉 각체별 상위 작가 시수

| 五古 | 七古 | 雜體 | 五律 | 七律 | 五絕 | 七絕 |
|---|---|---|---|---|---|---|
| 이행(9) | 서거정(3) | 김시습(3) | 노수신(22) | 정사룡(19) | 정용(5) | 이달(27) |
| 최경창(5) | 성현(3) | 김종직(2) | 최경창(8) | 황정욱(18) | 김정(4) | 신광한(19) |
| 이달(4) | 김정·이황·최경창·권필·박상(2) | 어세겸(2) | 이행(7)<br>김종직·김정·이달(6) | 이행·박상(11)·노수신·김종직(10) | 백광훈(4)<br>나식(3) | 최경창(17)<br>이행(12) |

허균은 시 형식마다 뛰어난 시를 선발하였고 그 결과 자연스레 특정 시 형식에 장기가 있는 작가가 부각되게 되었다. 먼저 〈표 26〉를 보면 허균은 오언고시에서 이행의 시를 가장 많이 선발해놓았다.

> 우리나라 시로는 이용재(李容齋)를 첫째로 함이 마땅하다. 그의 시풍은 침착하고 화평하며 아담하고 순숙(純熟)하다. 오언고시(五言古詩)는 두보(杜甫)와 진후산(陳後山 진사도)의 품격과 비슷하여 고고(高古)·간절(簡切)하여 글이나 말로는 찬양할 수가 없다.[293]

허균은 『성수시화』에서 이행을 조선 제일의 작가로 칭하면서, 특히 이행의 오언고시를 칭찬하였다. 허균은 이행의 오언고시를 두보와 진사도에 견주면서 성취를 적극적으로 드러내었는데, 이러한 허균의 태도는 시화나 시를 수록한 비중에서 뿐 아니라 『국조시산』에도 그의 오언고시에 대해 "諸篇從黃陳中來殊蒼古."라고 비어를 붙인 것에서도 드러나고 있다.

---

293) 許筠, 『惺所覆瓿藁』 卷25, 「惺叟詩話」(『韓國文集叢刊』 74輯). "我國詩, 當以李容齋爲第一. 沈厚和平, 澹雅純熟. 其五言古詩, 入杜出陳, 高古簡切, 有非筆舌所可讚揚."

이러한 방향에서 노수신의 오언율시도 주목해볼만 하다. 〈표 26〉에서 볼 수 있듯 오언율시의 경우는, 노수신의 시가 다른 시인에 비해 압도적으로 많이 수록되어 있다.

> 노수신은 힘차고 깊어 엄주(弇州)에 비해 조금 고집스러우나 오율은 두보의 법을 깊이 터득하고 있습니다.[294]

> 노소재의 오언율시는 두보의 법과 아주 닮아서 한 글자 한 마디가 모두 두보의 시에서 나왔다.[295]

> 우리나라에서 두보의 법은 오직 소재 선생의 시 뿐이다.[296]

> 소재가 스스로를 말하길 '칠율은 호음만 못하나 오율은 호음보다 낫다'하니 이 말은 아주 공정하다.[297]

노수신의 오언율시는 모두가 인정하는 조선 제일의 수준이었으며, 그 성취는 두보에 닿아있었다. 위의 기록에서도 확인할 수 있듯, 주지번도 허균을 통해 노수신의 시를 두루 접하고 총평을 내리면서, 노수신의 오율에서 두보를 연상하고 칭찬하였다. 오언율시는 칠언율시에 비해 소박하고 예스러운 심경을 담아내는데 주로 이용되었다.[298] 따라서 허균이 『국조시산』에서 노수신의 오율에 붙인 비어에도, "少陵清

294) 許筠, 『惺所覆瓿稿』 卷18, 「丙午紀行」(『韓國文集叢刊』 74輯). "盧守愼强力宏蓄, 比弇州稍固執, 而五律深得杜法."

295) 梁慶遇, 『霽湖集』 卷9, 「詩話」(『韓國文集叢刊』 73輯). "盧蘇齋五言律, 酷類杜法, 一字一語, 皆從杜出."

296) 成涉, 『筆苑散語』. "我國詩杜法者, 惟蘇齋先生詩耳."

297) 金萬重, 『西浦漫筆』. "蘇齋自謂七律不如湖陰而五律勝之, 此言甚公."

298) 심경호, 『한시의 이해』, 문학동네, 2006, 166면.

處" "絶勝用意之作" "變俗作雅" "此老善於用俗作雅"와 같이 두보의 법이라든가, 속어를 사용하지만 시격은 결코 떨어지지 않는 시의 성취를 지목하고 있는 것이다. 노수신의 오언율시는 조선에서 학시의 전범처럼 인정되었고, 이러한 일반적인 평가는 『국조시산』에서도 선명하게 확인되고 있다.

한편 칠언율시는 정사룡이 19수, 황정욱은 18수가 수록되어 있다. 허균은 정사룡의 칠언율시에 대해서 "公之七言律, 爲國朝以來第一."로 명시하여서, 조선에서 칠언율시에 가장 뛰어났던 작가로 평가하고 있다. 이에 비례하여 시수도 칠언율시에 한해서는 정사룡의 시를 가장 많이 수록하여서 실제 성과를 시의 편수로 반영하고자 하였다. 황정욱의 칠언율시에 대해서도 "湖蘇之外, 公當登壇."이라 하여, 그의 칠언율시 수준을 통해 정사룡과 노수신에 이어 황정욱이 국수(國手)로 인정받고 있음을 부각시켰다.

> 정호음의 칠언율시는 세상에서 많이들 칭송하였고, 〈전당만망(錢塘晩望)〉같은 시는 더욱 회자되었다.[299]

> 우리 동국의 문인은 매번 중국 사신과 창수를 할 때에 모두 율시를 지었기 때문에 호음과 같은 대가라도 고시 장편을 잘 하지 못한다.[300]

> 소재가 말하길, 호음은 칠율이 가장 높아서 우리나라 시인들이 미칠 수 없다. 다만 그 밖의 고시나 행문은 모두 좋지 않다. 오언율시 또한 칠언에 미치지 못한다. 대개 칠언율시는 침착해야 하고 오언율시는 준

299) 李晬光, 『芝峯類說』. "鄭湖陰七言律, 世多稱誦, 如錢塘晩望詩, 尤所膾炙."
300) 金得臣, 『終南叢志』. "我東文人, 每與華使唱酬, 皆用律詩. 故如湖陰大手, 至於古詩長篇不能工."

> 쾌하니 그 체가 절로 다르기 때문이나. 호음은 칠율과 오율이 모두 침착하기 때문에 오율이 칠율에 미치지 못한다.[301)]

정사룡의 칠언율시는 여러 문헌에서 공통적으로 그 성과를 기록하고 있는데, 이는 정사룡의 문형으로서의 활약상과 공적인 시 형식으로서 활용된 칠언율시가 함께 부각되었기 때문이다. 또 칠언율시는 송풍과 관련된 중국 강서시파의 특기이기도 한데, 칠언율시를 잘 썼다고 인정받고 있는 정사룡과 황정욱 등은 해동의 강서시파로 지목되면서 이들의 시풍은 송시와도 연결지어 논의되고 있다.[302)] 특정 시 형식이 특정 시풍과 밀접한 관련을 맺고 시에 대한 평가에서도 함께 거론됨을 알 수 있다. 황정욱의 칠언율시는 『국조시산』에 처음 수록되어서 허균이 황정욱의 성취를 지목한 것이 나중에는 정론이 되었다. 허균은 『성수시화』에서 황정욱의 칠언율시 성과를 다시 한 번 강조하고 있다.

> 노소재(盧蘇齋)·황지천(黃芝川)은 근대의 대가로서 둘 다 근체시에 솜씨가 뛰어나다. 노의 오언율시와 황의 칠언율시는 모두 1천년 이래의 절조이다.[303)]

마지막으로 칠언절구의 주요 작가인 이달과 최경창에 대한 담론을 살펴본다.

---

301) 尹根壽, 『月汀漫筆』(『국역대동야승』 14, 민족문화추진회, 1975.). "蘇齋謂湖陰七言律甚高, 我國詩人無可及者. 但其他古詩行文, 皆不好. 五言律亦不及七言. 蓋七律當沈着, 五律當俊快, 其體自異. 湖陰則七律五律皆主沈着, 故五律不及七律."

302) 칠언율시에 특히 장기가 있었던 조선의 몇몇 작가들은 해동의 강서시파로 불렸다. 이들에 대한 자세한 설명은, 이종묵, 『해동강서시파 연구』, 태학사, 1995 참조.

303) 許筠, 『惺所覆瓿藁』 卷25, 「惺叟詩話」(『韓國文集叢刊』 74輯). "盧蘇齋, 黃芝川, 近代大家, 俱工近體, 盧之五律, 黃之七律, 俱千年以來絶調. 然大篇不及此, 未知其故也."

> 근래에 당시를 배운 자로 모두 최경창과 이달을 일컫는다. 우선 그 중에서 크게 알려진 것을 취해서 기록하였다.[304)]

> 손곡 이달은 서얼 출신이나 시로 세상에 이름났고, 칠언절구를 특히 잘 지어서 거의 당조(唐調)에 가까웠다.[305)]

칠언절구에 장기가 있었던 이달과 최경창에 대해서는 특히 '당시'와 관련한 성과가 주시되고 있음을 알 수 있다. 이는 칠언절구가 당시의 특징을 가장 절실하게 드러내는 시 형식이었기 때문이다. 허균은 최경창의 칠언절구에 대해 "此君絶句, 篇篇皆淸絶, 置之唐世, 無讓少伯諸公."이라고 비어를 붙여서 당의 왕창령에도 견줄 수 있는 수준으로 평가하고 있으며, 이달에 대해서도 최경창과 백광훈에 이어 조선에 당풍을 확산시킨 공을 칭찬하였다.[306)] 허균은 『국조시산』에 최경창과 이달의 칠언절구를 집중적으로 수록하여 이들의 시가 당풍에 가깝다는 사실을 부각시켰다.

이상 『국조시산』의 선시 결과 분석의 일환으로, 허균이 시 형식별로 무엇을 어떻게 의도하고 배치했는지를 생각해보았다. 허균은 시 형식마다 작가의 특장이나 성취를 살리는 방향에서, 특정 시 형식에 특정 작가의 비중을 높여서 작가의 성향과 시 형식의 선택을 확인할 수 있도록 배치하였다. 허균은 『국조시산』의 편찬을 통해 각 시 형식마다의 모범적인 작품의 제시라는 시선집의 소극적인 목적에 한정하지 않고, 형식마다의 특정 작가의 성취를 부각시키면서 이를 시풍의 선택과도

---

304) 柳夢寅, 『於于野譚』. "近來學唐詩者, 皆稱崔慶昌, 李達, 姑取其善鳴者而錄之."

305) 具樹勳, 『二旬錄』. "蓀谷李達出於庶孼, 以詩鳴世, 尤長於七絶, 殆逼唐調."

306) 許筠, 『惺所覆瓿藁』 卷25, 「惺叟詩話」(『韓國文集叢刊』 74輯). "崔白法唐而李益之闡其流."

연결시킨 특성이 있다.

북헌 김춘택(金春澤, 1670~1717)은 "용재의 오언고시, 소재의 오언율시, 지천의 칠언율시, 고죽과 손곡의 율시와 절구는 또한 각기 장점이 있다."[307)]라고 하여 조선 작가의 성취에 대해 특정 시체와 관련하여 간명하게 제시하고 있다. 허균이 『국조시산』의 선시 결과로 보여준 조선 작가에 대한 품평이 후대에 정론이 되어 있는 상황을 볼 수 있는 것이다.

시 형식은 특정 시풍/시대와 관련을 맺고 있어서, 『국조시산』에 비중 있게 수록된 시를 통해서 허균이 어떤 시 형식을 선호했는지와, 조선 초중기 시풍의 경향까지 짐작할 수 있는 것이다. 『국조시산』의 선시 양상에 대한 마지막 고찰로서 시 형식에 대해 살펴보기로 하자.

### ③ 시 형식

〈표 27〉『국조시산』 각체별 비중

| 五古 | 七古 | 雜體 | 五律 | 五排 | 七律 | 七排 | 五絕 | 六絕 | 七絕 | 合計 |
|---|---|---|---|---|---|---|---|---|---|---|
| 53제<br>56수 | 33제<br>36수 | 10제<br>42수 | 150제<br>151수 | 6제<br>6수 | 210제<br>226수 | 3제<br>3수 | 47제<br>49수 | 2제<br>2수 | 289제<br>318수 | **803제<br>889수** |
| 6.3 | 4.0 | 4.7 | 17.0 | 0.7 | 25.4 | 0.3 | 5.5 | 2.2 | 35.8 | |

〈표 27〉은 『국조시산』의 각체별 시제수를 제시한 것이다. 이를 통해서 허균이 칠언절구를 가장 비중 있게 선발했으며, 다음은 칠언율시, 오언율시, 오언고시의 순임을 볼 수 있다. 이는 앞서 논했던 각 시 형식

307) 金春澤, 『北軒居士集』 卷18, 〈東文問答〉(『韓國文集叢刊』 185輯). "如容齋之五古, 蘇齋之五律, 芝川五峰之七律, 孤竹蓀谷之律絕, 亦宜各存其所長."

별로 부각되던 특정 작가와도 일치하는 것이다. 시 형식은 특정 시대와 시풍과 관계되기 마련이다. 관련 인용문부터 읽어보자.

> 한위진은 오언고시에 뛰어났고 당은 칠언고시에 뛰어났고, 중당은 오언율시에 뛰어났고 송은 칠언율시에 뛰어났다. 명 이하로는 칠언절구에 뛰어났다. 대개 모든 시 형식을 겸비하기는 거의 드문 일이며, 세상의 상론하는 선비들이 능히 시인이 본뜻을 얻었다고 하는 일도 또한 거의 드문 것이다.[308)]

『국조시산』에서 35.8%라는 비중을 차지하는 시 형식은 칠언절구이다. 이 시 형식은 당 시기에 이르러 본격적으로 발전한 것이어서, 성당 이전의 칠언절구는 작품의 수도 적을 뿐 아니라 그 성과도 주시할 만한 것이 거의 없다. 따라서 칠언절구는 곧 성당을 대표하는 시 형식이라고 할 수 있다. 또한 위의 인용문에서 보듯, 당 이후 칠언절구를 주로 지었던 시대는 명으로, 명 문단은 곧 전후칠자(前後七者)의 문학으로 대표된다. 이들의 문학 방향은 '시필성당(詩必盛唐)'이었기 때문에 '칠언절구'와 '성당'과 '명'은 긴밀하게 연결되고 있다.

이러한 배경에서 『국조시산』에서 확인되는 칠언절구를 중심으로 한 선시 방향은 곧 허균이 동시기 명 문단의 문학론을 수용하여 당시를 전범으로 선호했던 결과로 이해할 수 있다. 『국조시산』이 포괄한 조선 초중기 시의 '주류'는 칠언율시였고, 또 고려 말부터 허균 당시까지는 여전히 송조(宋調)의 시풍이 만연하였다. 칠언절구가 주로 당조(唐調)

308) 李晦淵, 「醉霞詩集序」(趙秉鉉, 『成齋集』, 『韓國文集叢刊』 301集). "漢魏晉長於五古, 唐之初長於七古, 中晩長於五律, 宋長於七律, 明以下長於七絶, 盖能兼盡之者幾希矣, 而世之尙論之士, 能得乎詩人本旨者, 亦甚尠焉."

와 연결되는 점을 생각한다면 『국조시산』의 선시 결과는 실제 많이 지어진 시 형식을 비중있게 반영했다기보다는 허균이 생각하는 바람직한 시의 방향에 맞추어진 것으로 볼 수 있다. 비슷한 시기에 편찬된 유근의 『속청구풍아』를 보자.

〈표 28〉『속청구풍아』 각체별 비중

| 五絕 | 七絕 | 五律 | 五排 | 七律 | 五古 | 七古 | 合計 |
|---|---|---|---|---|---|---|---|
| 19제 | 157제 | 114제 | 5제 | 202제 | 21제 | 27제 | **545제** |
| 3.5% | 29% | 21% | 1% | 37% | 3.9% | 5% | |

『속청구풍아』의 수록 시 형식은 『국조시산』과는 다른 양상이다. 비슷한 시기에 편찬되었지만 유근의 시선집은 칠언절구보다는 칠언율시의 비중이 높다. 두 시선집의 선시 결과는 두 편찬자의 시에 대한 생각이나, 시선의 목적이 다름을 보여준다.

*『속청구풍아』(1606년경 편찬) : 칠율(37%)-칠절(29%)-오율(21%)
*『국조시산』(1607년경 편찬) : 칠절(36%)-칠율(25%)-오율(17%)

『속청구풍아』는 편찬자 유근이 대제학의 위치에 있을 때 편찬한 조선시선집이다. 칠언율시가 다수를 점하고 있다는 점은 대제학으로서 공식적인 시문에 대한 학시를 권면하는 입장도 있을 것이며,[309] 실제

309) 칠언율시는 중국 사신 접대와 같은 공식적인 업무에 쓰인 시 형식이었기 때문에 관료 문인으로서는 반드시 능숙해야 하는 기본적인 형식이라고 할 수 있다. "또 중국 사신이 나오면 우리나라를 문헌의 나라라 하여 반드시 시문(詩文)으로 서로 접대하였고, 중국이 우리나라를 중히 여김도 이 때문이었습니다. 『운부군옥』은 시를 짓는 데에 가장 요긴하니 신증(新增)을 합하여 국(局)을 설치하고 글에 능한 당상관과 낭관으로 하여금 주관하게 하소서. 그리하여 큰 글자로 간행하고 칠률(七律)과 오율(五律)을 운

17세기 초의 시선집이 결산할 수 있었던 15-16세기의 시의 유행과 실제 시의 양상이 송풍이 주류였기 때문에 칠언율시에서 좋은 작품이 다수 배출된 결과를 그대로 반영했기 때문일 수도 있다.

이러한 점들을 두루 고려한다면, 허균의 『국조시산』은 사찬 시선집으로서 편찬자 개인의 문학적 취향을 유감없이 발휘한 결과로 이해될 수 있다. 특히 그가 비중을 두고 선발한 칠언절구에 가장 많은 시가 수록된 작가가 이달이고, 이달의 시가 결국 『국조시산』에서도 시수로 수위를 점한다는 사실을 생각해본다면, 『국조시산』의 선시 방향은 명확한 것이다.

> 옹의 시는 우리나라 여러 이름난 작가를 넘어섰으니, 어찌 나의 글을 기다려 썩지 않는 것이 되랴. 그러나 남긴 시들을 주워 모아 천 년 뒤에까지 전하자는 것이 나의 마음인데 부처님의 머리를 더럽혔다는 나무람을 회피하겠는가? 위아래 수백 년에 이르러 여러 노대가를 평하고서 옹을 언급한다는 것이 너무나도 참월하여 한 시대의 사람들을 놀라게 하는 것임을 알고 있으나 오래 되면 의논은 정해질 것이니, 어찌 한 사람도 말을 아는 자가 없겠는가?[310]

---

(韻)에 따라 유별로 모아 간행하소서. 『아음회편』도 국을 설치하여 간행하소서. 그러면 문사들이 보는 데에 편리함은 물론이고 오늘날의 급함을 구원하는 데에 절실한 것이 될 것입니다.[且天使若出來, 則以我國爲文獻之邦, 必以詩文相接也. 中朝之重我國, 亦以此也. 韻府群玉, 最要於述詩, 合新增而設局, 令能文堂上郎官主之, 以大字刊出七律·五律, 以韻類聚, 如雅音會編, 亦設局刊出, 則便於文士之見, 而切於救時之急也." 傳曰: "啓意知道. 漢·吏之科, 雖非祖宗之法, 關於事大之事, 則尙可設也, 而況祖宗立舊章乎? 韻府群玉·雅音會編印出事, 皆依啓.]"(『中宗實錄』 中宗 35年 11月 28日.)

310) 許筠, 『惺所覆瓿藁』 卷13, 「蓀谷集序」(韓國文集叢刊 74輯). "夫翁之詩, 度越國家諸名家, 豈待鄙文爲不朽哉. 雖然, 掇拾遺詩, 期以傳千載者, 不佞心也, 其可避汚佛首之誚乎. 至於上下數百年, 評隲諸老, 以及乎翁者, 極知僭越而駴一時之人, 要之久則論定也, 夫豈無一人知言哉."

허균은 이달의 시를 모으고 그의 시집에 서문을 쓰면서, 이달의 성취는 여러 대가들의 위에 있다고 보았다. 허균도 이달의 신분을 고려하여 이러한 평가가 참람되고 황당한 논의로 보인다는 사실을 알고 있었지만, 이달에 대한 자신의 평가가 나중에는 정론이 될 것으로 의심치 않았다.

『국조시산』의 선시 양상은 작가의 명성 보다는 시 자체의 예술성에 비중이 있었고, 또 허균이 추구하던 당풍의 시가 다수 배치되면서 허균 개인의 시에 대한 특정 관점이 드러났다고 할 수 있다. 다만 그의 시에 대한 안목은 정확했기 때문에,『국조시산』에 수록된 시와 작가는 실제로 두루 인정을 받고 있던 시문의 대가도 작품 수에 있어서 수위를 점하고 있다. 그리고 허균이 특별히 주목한 이달이나 권필과 같은 허균 당대의 인물은『국조시산』에서 처음 시를 수록하였는데, 허균에 의해 부각되면서 이들의 시문은 조선 중기의 성과로 지속적으로 언급되었다.『국조시산』은 중론을 수용한 바탕에 허균이 제안하는 새로운 시의 방향을 반영한 결과라고 정리할 수 있다.

## 2) 비어의 양상

『국조시산』의 비어(批語)는 허균이 자신이 뽑은 시에 설명을 더하고 선시(選詩)의 의도를 이해시키는 한편, 작가와 시의 성취를 판단하여 후학에게 학시(學詩)의 지침을 제시하는 목적에서 붙인 것이다. 특히『국조시산』에 부기된 비어는 '시선(詩選)'이라는 한 차례 비평 과정을 거친 결과물과 나란히 위치하고 있어서, 선시 과정에 적용된 비평의 준거를 직접적으로 확인시킨다는 점에서 중요하다. 그러나 지금까지의『국조시산』에 대한 연구나, 비어/평점/평비/평어 연구에서『국조시산』의 비어를 조명한 적은 없다. 이는 평점본 연구가 아직 개별 작품을 중심으로 논의되고 있는 단계이기 때문이다. 또한 『국조시산』의 연구사를 탐색해보아도, 비어에 대한 조명은 제대로 이루어지지 않았다. 그동안 『국조시산』의 비어는 '목판본'만을 대상으로 연구되었는데, 제2장에서 검토하였듯이 비어의 경우 원본과 목판본의 편차가 가장 두드러지는 부분이다. 목판본에서 시화를 통해 추가된 비평이나, '비'와 '평'으로 이분화 된 비어의 형태는 허균이 의도한 분류 작업이 아니다. 그럼에도 목판본을 통해 살핀 기존 연구는 목판본 간행자인 박태순이 분류했던 비와 평의 구분에 대해 허균 만의 독특한 비평 방식으로 논의되어왔고, 심지어 비평사에서 의미 있게 보고자하는 시도도 있었다. 또한 원본에서 세로로 된 행간 사이에 위치하여 특정 연(聯)이나 구(句), 혹은 자(字)를 가리켜 행해졌던 방비(旁批)가 목판본에는 협비(夾批)로 교체되면서, 비어가 지시하는 대상이 모호해졌다. 이렇듯 『국조시산』의 비어는 근본적인 문헌 문제로 인한 연구의 착오도 재고되어야 하지만, 이 문제를 차치하더라도, 그동안 『국조시산』 비어는 실상도 제대로 소개되지 못하였다. 오랜 기간 『국조시산』의 비어들은 허균의 시관(詩觀)과 관련하여 '당(唐)'을 기준으로 한 비평 위주로 선별되고 이해되어왔다. 그러나 앞서 성책 과정에서 비어의 전모를 제시하였듯 『국조시산』의 많은 비어들은 허균의 비평 방향과 목적에 따라 다기한 면모를 보이고 있다.

'비어(批語)'는 대상 한시에 붙어 직접 평가하는 비평 방식의 하나로,[311] 대개가 시/시구/시어와 조응한다. 따라서 시의 기본적 틀의 문

---

311) 심경호는 '비(批)'에 대하여 기존의 학설을 소개하면서 "본문에 덧붙이는 '짧은 평문'"이라고 정의한 바 있고, 담범(譚帆)의 책을 인용하여 "'批'는 특히 자구나 작품의 어느 한 대목에 대한 정밀한 분석을 가할 때 사용되는 경향이 있다."고 하였다.(심경호 지음,

세인 양식이나 작풍의 방향에 대해 설명하거나, 작법이나 품격에 대한 평가 위주로 되어 있다. 또한 단순한 감상평이나 시에 대한 부가적인 설명도 확인되고 있어서, 비어 자체의 성격을 두고 일정한 방향성을 포착하기가 쉽지 않은 일이다. 예를 들어 '당(唐)'을 비어로 쓴다면, 이는 시대에 대한 작풍 용어이면서 동시에 시 양식과 관계되기도 한다. 이를 특정 방향으로 단순화하여 의미를 부여하기란 쉽지 않다. 비평 용어로 활용되는 시품(詩品) 용어들도 위치에 따라 대상에 따라 다양한 함의를 지니는 것은 마찬가지이다. 시구와 비어가 나란하더라도 이것이 단순한 감상평인지, 의도된 품격 용어인지의 구분도 쉽지 않은 것이다. 이러한 비어의 모호성은 『국조시산』의 수많은 비어를 일관된 분류 기준으로 나누어 방향성을 논하는 작업이 거의 불가능하다는 사실을 대변한다. 본고에서는 이 비어의 여러 양상에 대해서 정치한 해석보다는 『국조시산』 소재 비어의 방향을 두루 탐색하여 정리하고, 비평 방식 상의 특징을 알아보는 선에서 논의하고자 한다.

### ① 비어의 방향

『국조시산』 비어의 방향은 크게 세 가지로 나누어볼 수 있다. 첫 번째는 작풍에 대한 것으로 시에서 드러나는 작품/작가의 특징을 밝힌 것이다. 두 번째는 형식/구조에 대한 것으로 수사법이나 자구의 운용 방식 등에 대해 지적한 것이 있다. 세 번째는 허균의 감상이다. 여기서 논하고자 하는 감상평은 작품의 특정한 면모를 지목하거나 설명하지 않고 허균이 작품의 안팎을 넘나들며 개인적인 감상을 밝힌 것을 정리

『한국한문기초학사』 3, 태학사, 2012, 297~9면 참조.)

해 보았다.

㉠ 작풍에 대한 비평

작풍(作風)은 시 작품 속에 드러나는 작가만의 특징으로 정의될 수 있을 것이다. 허균은 특히 자신이 생각하는 특정 시풍에 대한 선호가 뚜렷했고, 이를 시 선발의 한 기준으로 설정하기도 하였다. 따라서 허균이 시의 표준으로 '당(唐)'을 상정하고 이를 준거로 시를 뽑고 비평을 한 사실은 수많은 비어를 통해 확인되는 사실이다.

〈표 29〉 시대와 관련된 비어

| 魏晉 | 宋 | 唐 |
|---|---|---|
| 入魏晉/<br>結尤似魏晉格/<br>極似魏晉人語/ | 爛熟入妙何害晩宋/<br>稍墜宋人壘中/ | 四篇皆逼唐人樂府/ 此篇力洗江西欲入李唐/ 三篇極似唐人樂府/眞盛唐能品/ 諸篇出選入唐可貴/ 獨此君知法盛唐如此作/ 誠唐宋作家佳品/ 是獨得盛唐歌行法/ 倶盛唐/ 初唐穠韻/ 獨有唐韻/ 何減盛唐耶/ 盛唐佳品/ 無愧唐人/ 盛唐穠韻/ 不得有盛唐人能之/ 入唐域/ 有唐人雅格/ 逼唐/ 中唐高品/ 獨此絶似唐/ 不減唐人高處/ 偶然到唐人境/ 唐人正格/ 有唐人風格/ 置之唐世無讓少伯諸公/ 逼唐/ 品唐人佳/ 便有唐韻/ 極力效唐人/ 唐人穠韻/ 極好句是盛唐人吻/ 何減唐人高處/ 唐人雅格/ 盛唐高韻/ 此極力模唐人者/ 唐人妙處/ 晩唐佳品/ 唐人雅趣/ 唐人妙處/ |

위의 〈표 29〉를 통해 허균이 시대를 기준으로 수록 시에 비평을 가했음을 알 수 있으며, 다른 시대에 비해 유독 '당'에 견주는 비어가 많이 확인됨을 알 수 있다. 이는 허균이 시를 평가하는 기준의 하나로 '당'을 중요하게 설정하고 있기 때문이다. 다만, 고시에 한해서는 '위진(魏晉)'에 견주어서 시의 성취를 평가하였다. 허균은 각 시형식별로 특정 시대의 시를 지목하고 있는데, 허균이 생각하는 고시의 전범은 '위

신'이며, 근체시의 경우는 '당'을 기준으로 하고 있음을 알 수 있다.

한편, '송(宋)'이 『국조시산』의 비어에서 시의 표준으로 논의되지 않은 사실은 주목할 만한 일이다. "난숙하여 묘한 경지에 들었으니 만송이 무슨 해가되랴.[爛熟入妙, 何害晚宋]"나 "약간 송인의 진속에 떨어졌다.[稍墜宋人壘中]"에서와 같이 『국조시산』의 비어에서 '송'은 기준에서 벗어났다는 부정적인 뜻으로 사용되었다. 허균은 송시 선집을 편찬하면서 '송'이 시도(詩道)가 아니라고 밝힌 바가 있었지만, 개별 작품으로서의 송시는 인정할만한 것이 분명 있다고 하였다.[312] 그의 평소 담론과 『국조시산』의 비어를 보았을 때 허균은 '송'을 시가 지향해야 하는 표준으로는 설정하지 않고 있음을 알 수 있고, 『국조시산』에서 확인되는 다수의 송조(宋調)의 칠언율시들에 대해서는 시대(송)에 견주는 비어를 붙이지 않고, 별도의 성취를 인정하여 구법 상의 묘처나 자구의 특징을 논하는 방식으로 품평을 하였다.

작풍과 관련한 또 다른 비어로, 허균이 특정 인물에 견주는 양상도 다수 확인되고 있다. 허균이 시의 성취를 지목하면서 견준 인물들은 다음과 같다.

---

312) 許筠, 『惺所覆瓿稿』 卷4, 「宋五家詩鈔序」(『韓國文集叢刊』 74輯). "나는 세무(世務)에 응수하였을 뿐이니 어찌 시도(詩道)를 상할 수 있겠소. 하물며 개보(介甫 왕안석의 자)의 정핵(精核)함과 자첨(子瞻)의 능려(凌厲)함과 노직(魯直)의 연굴(淵倔)함과 무기(無己 진사도)의 침착하고 간명함과 거비(去非 진여의의 자)의 부드럽고 밝음은 당인의 열에 놓아도 명가일 수 있는데, 어찌 송인이라 하여 전부 버릴 것인가.[吾以酬世務而已, 何詩道之足傷也. 況介甫之精核, 子瞻之凌踔, 魯直之淵倔, 無己之沈簡, 去非之婉亮, 寘之唐人之列, 亦可名家, 又豈以宋人而盡廢之耶.]"

〈표 30〉 인물과 관련된 비어

| 조선 | 중국 | |
|---|---|---|
| | 송 | 당 |
| 湖蘇之外公當登壇/<br>湖蘇無此奇/<br>(정사룡, 노수신)<br>雄奇不逮湖老(정사룡)<br>勝孤竹(최경창)<br>來容齋之後僅見平韻(이행) | 得蘇之穠/<br>國初諸人俱尙蘇長公,<br>獨此君知法盛唐如此作/<br>鏗鏘幽眇足使長公作衙官/<br>規模長公/<br>出長公而穠/<br>便是長公口吻語<br>(소식) | 賈長江淸韻(가도)<br>此次孟參謀韻者亦自悲切/ 兩句逼孟參謀/<br>孟參謀遺意(맹교)<br>王孟仙韻/ 直接孟王高派/ 降格爲王孟/<br>王孟仙韻/ 直接孟王高派/ 篇篇俱是王孟餞<br>劉雅韻(왕유, 맹호연)<br>溫李遺韻/ 足嗣溫李本色/ 溫之雅<br>(온정균, 이상은)<br>出杜而雅潔/ 亦從杜絶來/ 得杜夔後之音/<br>眞得杜法/ 老杜淸韻/ 篇篇皆法杜絶(두보)<br>張王雅韻/ 亦無愧張王樂府(장적, 왕건)<br>石洲云置之太白集不易辨/<br>浙人吳明濟云 酷似太白(이백) |

인물과 관련된 비어는 〈표 30〉에서와 같이 당(唐) 때에 활동했던 인물이 절대 다수를 점하고 있다. 허균이 비어로 호출한 인물들은 초당(初唐), 중당(中唐), 성당(盛唐), 만당(晩唐)의 전 시대에 걸쳐 있다. 한편, 허균이 앞서 시대로서 송은 시도(詩道)로 인정하지 않았지만, 송의 인물로 소식(蘇軾)의 성과는 특기하고 있음을 위의 표를 통해 확인할 수 있다. 소식을 견준 비어는 소식의 성과를 '규모(規模)'나 '농(穠)'으로 표현하고 있다.

그리고 이 인물을 통한 비평에서 주시할 것은 조선 시인을 비평 기준으로 설정하고 있다는 사실이다. "호음과 소재 외에는 공이 마땅히 등단할 것이다.[湖蘇之外, 公當登壇]" "호음과 소재도 이 같은 기이한 구가 없었다.[湖蘇無此奇]" "웅장하고 기이하니 호음 노인도 못 미칠 것이다.[雄奇不逮湖老]" "고죽보다 낫다.[勝孤竹]" "용재 이후로 겨우 평운을 볼 수 있다.[來容齋之後僅見平韻]"와 같이 허균은 조선 시인을 비평의 준거로 삼고 있다. 허균이 인정한 인물은 정사룡, 노수신, 이행, 최경창이며 이들은 『국조시산』에 많은 시가 수록된 대표적인 작가이기도 하다. 허균은 『국조시산』을 통해 '정사룡-칠언율시, 노수신-오언율시, 이행-오언고시, 최경창-칠언절구'와 같은 도식을 선시 결과를 통해 정론화한 바 있었다. 허균은 선시뿐 아니라, 실제 비어에서도 이들을 시의 기준으로 삼아서 특정 시 형식이나 작풍에서의 성취를 인정하고 있음을 확인할 수 있다.

### ㉡ 형식/구조에 대한 비평

다음으로 살펴볼 『국조시산』 비어의 한 방향은 시의 형식/구조에 대한 비평이다. 여기에는 전체적으로 시 형식을 포괄적으로 논한 비어를 비롯, 수사법이나 자구(字句)의 운용 방식을 지목하고 있는 비어까지 함께 다룰 수 있다. 먼저 허균은 시의 작법이 특정 형식에 닿아있을 경우 이를 명시적으로 설명하고 있는데, 권7 칠언율시 박지화(朴枝華)의 〈오동(烏洞)〉시에 대해서 "비록 강서시파에 빠져 험궤하고 속이는 것이 매우 심하나, 요즘 시인 중의 제일이다.[雖復江西峭詭淵深, 自是當行家第一]"하여 시가 중국 강서시파의 작법임을 지적하고 있다. 또한 허균은 권9 칠언절구에서 강혼의 〈기성산기(寄星山妓)〉에서 "세 편 모두 향렴체의 본색어이다.[三絶俱香奩本色語.]"라고 하여 이 1제 3수의 시를 포괄적으로 총평하면서 여성의 아름다움을 묘사한 시의 특징을 개념어로 밝혀놓았다. 개별 시에 대해서도 "정경이 완연하다.[情景宛然]" "한스러운 정이 잡힐 듯하다.[恨情可掬]"라는 평가와 감상을 통해 화려한 표현으로 미인에 대해 읊는 향렴체의 본색에 대해 보다 구체적인 평가를 내리고 있다.

이 밖에도 허균은 비어를 통해 수록 시의 작법을 시 양식과 관련지어 구체적으로 설명하고 있기도 하다.

> "자못 고시의 유법을 얻었다.[頗得古詩遺法]"
> "자못 한나라 악부의 유법을 얻었다.[頗有漢樂府遺法]"
> "네 편 모두 당인의 악부에 가깝다.[四篇皆逼唐人樂府]"
> "세 편은 당인의 악부와 매우 유사하다.[三篇極似唐人樂府]"
> "이것만이 성당의 가행법을 얻었다.[是獨得盛唐歌行法)]"
> "두 편은 모두 문선체이니 동방에 이러한 작품이 있으리라곤 생각지도 못했다.[二篇俱是選體, 不意東方有此作也]"

허균은 수록 시의 형식을 특정 시대/형식과 관계 지어 설명하는 특징을 보여주고 있다. 이러한 비어는 시에 대한 설명과 평가가 동시에 적용된 것으로 시의 작풍에 대해 구체적인 시대와 형식을 명시한 의미가 있다. 이러한 방향에서 "비록 고악부는 아니지만 저절로 창아하다.[雖非古樂府, 而自是蒼雅]"와 같은 비어는 고악부로 오인하지 않도록 하면서 그 풍격을 별도로 지적하여 시를 수록한 이유를 밝히고 있으며, "제편은 선체에서 나와 당체로 들어가서 귀하지만, 비교하자면 약하여서 기운이 미치지 못한다.[諸篇出選入唐可貴, 而較弱氣不逮]"라고 한 비평은 오언고시에서 선체(選體)와 당체(唐體)를 구분하는 안목을 과시하면서, 그 격이 약함을 논하여 수록 시의 장단처를 구체적으로 제시한 것이다.

한편, 허균은 시의 구조에 대해서도 다양한 관점에서 미시적인 비평잣대를 가하였다. 권2 양사언의 칠언고시인 〈미인곡(美人曲)〉에 대해서 "쌍관으로 말을 하여, 위를 받아서 아래가 생겨나니 적당하다.[雙關說來, 承上生下, 恰好]"라고 하였는데, 이 비어가 붙은 시구를 살펴보자.

곡조가 고아하여 천년에도 알아주는 이 드물고　調高千載少知音
뛰어난 미인은 광세에도 다시 보기 어렵도다　秀色曠世難再得

장단구로 이루어진 〈미인곡〉의 제5, 6구에 대해서 이 구조는 제5구가 있어서 이를 받아서 제6구가 서술된 것이라고 했으며, 고시에서의 쌍관법을 이 시를 통해 설명하고자 하였다. 실제 시를 보면 '조고(調高)-수색(秀色)', '천재(千載)-광세(曠世)', '소지음(少知音)-난재득(難再得)'의 상하가 긴밀하게 연결되어 있음을 알 수 있다.

이와 같이 허균은 특히 시의 구조 면에서 작법을 섬세하게 관찰하고 있는데, 율시에서는 함련과 경련을 집중적으로 살폈고, 절구에서는 '결구(結句)'에 주목하고 있음이 비어로 확인된다. 결구에 대한 비평은 아래와 같이 시격을 논하거나 마지막구의 내용에 주목하기도 하였고, 시어의 특징을 포착해내기도 하였다.

"결구는 더욱 위진의 격과 비슷하다.[結尤似魏晉格]"
"차가운 말로 끝을 맺었다.[冷語結局] ; [冷語結了]"
"결말이 또한 좋다.[結局亦好]"
"바야흐로 자기의 말로 끝을 맺었다.[方入自已語結局]"
"결구에서 심오함을 얻었다.[結得眇冥]"

이 밖의 시의 구조에 대한 논의로는 칠언율시에 붙은 방비(旁批)를 통해 설명되고 있다.

"3, 4구가 가장 좋으나 결구는 조금 못 미친다.[三四極佳, 結稍不揚]"
"3, 4구는 신묘한 대장법이며 결구에서는 또한 초연하다.[三四神對, 結亦超然]"

"점철한 것이 아스라하다.[點綴縹渺]"
"기구가 크고 장중하다.[起便渾重]"
"3, 4구는 초려하고 6, 7구는 혼융하다.[三四峭麗, 六七渾融]"
"5, 6구가 뜻을 얻었다.[五六得意]"
"위의 네 구는 극히 호방하고, 아래 네 구는 비교하자면 고루 적합하다.[上四句極豪壯, 下四句較均適]"
"아래 4구는 매우 아름답다.[下四句甚麗]"
"아래 연은 팔면조요경이다.[下聯八面照妖鏡]"

허균이 구체적으로 지목한 시의 구조 -기구나 결구, 또한 대장을 이루는 함련과 경련, 상하구- 에 대한 비어들은, 허균이 시를 전방위적으로 평가하고 있음을 방증한다. 이밖에도 "안배가 좋다.[安排得好]" "펼쳐놓은 것이 체격이 있다.[鋪得有體]"와 같은 비어도 시의 구조와 관련된 허균의 평가들이다. 이밖에도 허균은 시의 성률이나 특정 시의 분위기에 대해서까지 비평어로 활용하고 있다. "두보 기주시의 음을 얻었다.[得杜夔後之音]"와 같은 것은 허균이 성당 시인 두보의 기주시에 경도되어 있다는 사실을 보여준 것으로, 이러한 미시적 비평을 통해 자신의 시적 취향을 드러내기도 하였으며, "음향이 밝다.[響亮]" "음향이 그윽하다.[幽脩]" "골짜기 울리는 소리이다.[殷壑之音]"와 같이 시의 소리에 주목한 비평도 확인할 수 있다.

### ⓒ 시에 대한 부연 설명과 감상

마지막으로 살펴볼 비어의 방향은 시에 대해 부연 설명하는 방식, 허균의 시에 대한 감상이다. 이러한 비어들은 해당 시만이 아닌 시 밖의 정보를 통합한 결론이라는 특징이 있다. 『국조시산』에서 시에 대한 부연 설명은 보통 시 제목 아래에 붙은 '제하비(題下批)'를 통해 시가 시어신 배경이나 고유 명사가 해석되고 있으며, 시에 대한 감상평이나 총평은 대개 시의 말미에 붙은 '미비(尾批)'를 통해 이루어지고 있는 것이 일반적인 경향이다.

잠시 설명과 감상이라는 비어의 방향과 관련하여, 비어의 위치와 비어의 방향에 대해 살펴보기로 하자. 『국조시산』의 시제 아래에 붙은 비어는 「허문세고」를 제외한[313] 전체 803제의 시 중에서 52제에만 보인다. 미비가 모두 389개, 방비가 864개인 것에 비해 그 비중이 현저히 낮으며, 비어의 방향도 한정된 특징이 있다. 바로 시에 대해 부연 설명하는 '원주(原註)'가 비어로 혼입된 모습을 보인다는 것이다.

예를 들자면, 『국조시산』 권6의 김종직의 칠언율시인 〈박보은사하증주지우사(泊報恩寺下贈住持牛師)〉에 이어지는 "절의 옛 이름은 신륵이며 또한 벽사라고도 한다.[寺舊名神勒, 又云甓寺.]"는 『국조시산』만 보면 허균이 시제의 '보은사'에 대해 부가 설명을 하는 것으로 보이지만, 김종직의 문집에는 제목이 '밤에 보은사 아래에 배를 대 놓고 주지 우사에게 주다. 절의 옛 이름은 신륵이고 혹은 벽사라고도 하는데, 예종 때에 절을 고쳐지어서 극히 크고 화려하여 지금의 편액을 하사하였다.[夜泊報恩寺下贈住持牛師. 寺舊名神勒, 或云甓寺, 睿宗朝改創, 極宏麗賜今額.]'로 되어 있다.

또한 "온공의 일이다.[溫公事]", "이하는 남악창수집에서 차운한 것이다.[以下次南嶽唱酬集者]" "우리 강헌왕 때에 왜구를 무찌르던 곳이다.[我康獻王, 破倭之地]"와 같이 시제를 부연 설명하는 비어도 제하비에서 확인된다. 이와 같이 시에 대한 설명을 목적으로 하는 비어들은

313) 『허문세고』의 비어는 허균의 작업이 아닌, 권필이 허균의 부탁으로 붙인 것이다. 따라서 본고에서는 허균의 비어를 대상으로 『국조시산』 비어의 특징을 논할 것이다. 허문세고에 부기된 권필의 비어는 참고용으로 부록에서 별도로 제시해놓았다.

허균이 『국조시산』을 편찬하면서 붙인 것이 아니라, 원 문집에 있었던 시제에 붙은 원주를 그대로 옮긴 것이 대부분이다. 사실상 몇몇 제하비는 엄밀하게는 '허균의 비어'라고는 할 수 없지만, 본고에서는 이러한 성격의 제하비가 허균이 붙인 비어와 구분되어 배치되어 있지 않고, 허균이 원 문집의 주석을 그대로 옮긴 것도 자신이 뽑고 수록한 시에 대해 설명하는 하나의 방식으로 채택하는 선택의 과정을 거쳤다고 판단하였기에 이러한 '원주'들도 『국조시산』의 비어로 광범위하게 포함하였다.

이 밖의 시의 창작 배경이라든지 부가 정보도 비어를 통해 드러나고 있는데, 허균은 권10의 칠언절구 실명씨의 〈제풍산역(題豊山驛)〉이라는 시를 수록하면서, 실명씨의 시를 책에 수록하게 된 경로를 밝히고 있다. 이 시의 비어로 "중형께서 북도에 사명을 받들고 가다가 풍산역의 벽에서 본 시이다. 우졸이 말하길, '병영 군관 손만호라는 자가 쓴 것입니다.'라고 말했다고 한다.[仲兄奉使北道, 見之於驛壁. 郵卒言, '有兵營軍官孫萬戶者書之'云矣]"라고 붙어있어서 허균이 실명씨의 시를 허봉을 통해 입수했음을 알려준다. 비슷한 경우로 이 시와 나란히 실린 권10의 〈소(梳)〉라는 제목의 시의 아래에도 "사문 윤면이 사명을 받들고 호남에 가다가 한 숨은 선비를 만났는데 시 하나를 써서 주었다. 그 성명을 물으니 대답하지 않고 가버렸다.[尹斯文勉奉使湖南, 見逸士, 書贈此詩, 問其姓名, 不對而去.]"와 같은 시의 출처를 설명하는 비어가 확인된다.

이 밖에도 허균은 김종직의 〈동도악부(東都樂府)〉 7수를 권3 잡체시에 배치하면서 "고악부가 아니어서 여기에 수록한다.[非古樂府, 故錄之于此.]"라고 설명을 붙이기도 하였는데, 이는 김종직의 〈동도악부〉가 선행 시선집인 『속동문선』에는 '악부(樂府)'로 진단되어 '칠언고시(七言

古詩)'에 배지되었기 때문이다. 그러나 허균은 이 악부시가 고악부(古樂府)의 형식에 부합하지 않는 점을 확인하고 '잡체시' 부분에 수록하면서 설명을 붙였다. 이러한 평가는 허균의 정밀한 시안(詩眼)에 의해 분별된 결과였기에 독자를 위해 시에 부연 설명을 하지 않을 수 없었던 것이다. 허균은 이뿐 아니라 〈동도악부〉의 말미에도 비어를 붙여서 시 형식에 대한 설명 –"비록 고악부는 아니지만 절로 창아하다.[雖非古樂府, 而自是蒼雅]"(會蘇曲의 尾批)/ "고악부와 고시사이를 출입하고 있으나 절로 기축을 이루어서 매우 아름답다.[出入古樂府古詩, 而自成機軸, 甚佳佳]"(陽山歌의 尾批)–와 같은 비어를 추가로 붙여 시 형식에 대한 이해를 돕고자 하였다.

다음으로는 허균의 비어 중에서 인물과 시의 풍격을 관계 짓고 있는 비어를 살펴보자.

* 유희령: "공은 『대동시림』 한 부를 편찬하였는데, 비록 의론하는 자들이 있지만 시가(詩家)에 있어 큰 공이 있으며, 이 작품 역시 범상하지 않다.[公有大東詩林一部裒次, 雖有議者, 而有功於詩家甚大, 此作亦不凡]"
* 이후백: "공의 시는 많이 보이지 않은데 이 작품은 절로 범인을 초월한다.[公詩不多見, 此自超凡]"
* 이황: "동방 성리학의 비조일 뿐 아니라, 시 역시 제공을 압도한다.[非唯理學爲東方祖, 而詩亦壓倒諸公]"
* 신광한: "맑은 생각이 그 사람과 닮았다.[淸思逼人]"
* 남곤: "비록 그 사람에 대해서는 성내고 비난할 만하나 시는 절로 좋다.[雖其人可怒可唾, 而詩自好]"

허균이 유희령에 대해 내린 평가는 『대동시림(大東詩林)』의 편찬자로서의 공적을 인정하는 방향에서 그의 시재를 언급하는 것이었다. 실제 허균은 『국조시산』에 『대동시림』을 참조하지 않았다. 그러나 시선집 편찬이라는 유희령의 작업은 쉬운 일이 아니었기에, 그의 시 한 수를 『국조시산』에 소개하면서 위와 같은 비어를 붙였던 것이다. 이 밖에 주목해볼 평가는 이황에 대한 것이다. 허균은 이황의 시를 소개하면서 도학자로서의 이황의 면모를 지적하기는 했지만, 시에 대한 평가는 도학과 관련짓기 보다는 별도의 성취가 있음을 보여주려고 했다. 허균은 이황을 『국조시산』에서는 도학자가 아닌 한 명의 시인으로서 인정하였기 때문에 유희령과는 달리 이황의 시를 『국조시산』에 6제 7수나 수록하였다. 또한 인물과 관련하여 남곤의 시를 선발한 것도 주목할 수 있다. 그는 기묘사화를 일으켜 사림파인 조광조를 숙청하여 후대에 큰 비난을 받고 있는 인물로, 그의 행적을 고려한다면 『국조시산』에 수록할 수 없겠지만, 허균은 남곤의 사람됨과는 관계없이 시 자체의 성취만을 기준으로 하였기 때문에 그의 시를 선발했던 것이다. 이 밖의 감상평으로는 정사룡에 대해서 "공의 칠언율시는 국조의 제일이다.[公之七言律, 爲國朝以來第一]" 황정욱의 시에는 "호음과 소재 외에는 공이 마땅히 등단할 것이다.[湖蘇之外, 公當登壇]" 와 같은 비어를 붙여서 해당 시와는 직접적인 관련이 없는, 기존에 알고 있던 정보를 집약한 총평을 가하고 있는 특징이 있다.

### ② 비어의 방식

마지막으로 『국조시산』의 비어에 대한 분석으로 비어의 방식을 탐색하고자 한다. 허균의 비어는 다양한 방식으로 나타나고 있는데, 본고에서 포착한 방식은 세 가지로 압축된다. 비유를 통한 방식, 타인의 평을 인증하는 방식, 풍격 비평을 포함하는 대가 비평의 방식으로 나누어 살펴보도록 하겠다.

㉠ 비유의 방식

허균은 비어를 조직하면서 비유의 방식을 다수 사용하고 있는데, 위와 같은 비유의 방식은 평을 간단하면서도 적실하게 할 수 있고, 눈에 보이듯이 내용에 구상성을 부여하여 이해가 쉽도록 하는 효과가 있다.[314]

> 暗中摸索亦可/ 信手拈來物物眞/ 得玄珠於赤水/ 如嘗大胾咀爵愈佳/ 泠泠如吹笙雲表/ 滾滾如飜三峽波濤/ 拈花微笑其音如雷/ 折旋蟻封亦好/ 非涉此境安知此妙/ 字字珠璣/ 令人頭髮竦竪/ 麗而不靡, 鑪錘嚴重/ 極弄丸之妙/ 若鞭風霆沃, 日月見之愕眙 / 泠泠然出塵/ 非覰洞道竅者, 安得說到此耶/ 軒軒若霞擧空中/ 嚴悍宏麗, 無一歇語, 如構凌雲臺, 稱量材木, 不偏不重, 眞詞家老匠

허균이 비유의 방식으로 비어를 붙인 시 한 수를 보자. 『국조시산』 권6 칠언율시에 수록된 박은의 〈화택지(和擇之)〉이다.

| | |
|---|---|
| 가을 깊어 낙엽 떨어져 문까지 파고들고 | 深秋木落葉侵關 |
| 창밖은 온통 한 면 산이 다 보이네 | 戶牖全輸一面山 |
| 비록 술이 있은들 누구와 마시리오 | 縱有杯尊誰共對 |
| 비바람이 추위를 재촉할까 벌써 근심이네 | 已愁風雨欲催寒 |

314) 윤호진, 「『水色集』의 頭評에 대하여」, 『한문교육연구』 19, 한국한문교육학회, 2002, 414면 참조.

| | |
|---|---|
| 하늘이 응당 나에게 궁상을 주어 | 天應於我賦窮相 |
| 국화조차도 사람과 더불어 좋은 낯빛이 없어라 | 菊亦與人無好顔 |
| 근심을 떨쳐 버려야 참으로 도사이니 | 撥棄憂懷眞達士 |
| 병든 눈에 부질없이 오래 울지 마시라 | 莫教病眼謾長濟 |

이 시는 『속동문선』에 〈재화택지(再和擇之)〉라는 제목으로 수록되어 있던 것으로, 허균도 이 시를 『국조시산』에 선발하면서 시의 말미에 "마땅히 황 태사도 뒷걸음질 칠 것이다.[當黃太史却步.]"라고 하여 황정견 이상의 수준을 보여주는 수작으로 평가하였다. 이 시에서 추가로 살필 것은 허균이 시구에 붙인 비어이다. 허균은 제3,4구 "縱有杯尊誰共對, 已愁風雨欲催寒."의 옆에 "참으로 손닿는 대로 집어도 물건마다 참되다.[信手拈來物物眞.]"라고 한 것이 확인된다. 실제 이 시구는 어조사도 많고 시어도 진부하다 싶을 정도로 평범하다. 그러나 허균은 이 글자 하나하나가 적절하게 위치하여 박은의 처지를 적실하게 그려냈다고 평가한 것이다.

제5,6구인 "天應於我賦窮相, 菊亦與人無好顔."은 계절도 깊은 가을이라 쓸쓸한 시절인데, 친구도 없는 궁상한 자신의 처지와 같이 국화도 예쁘게 피지 않았다고 토로한 구절이다. 허균은 이 경련의 옆에 "적수에서 현주를 찾았다.[得玄珠於赤水.]"고 하였는데, 이는 『장자(莊子)』 「천지」에 "황제(黃帝)가 적수(赤水)의 북쪽을 유람하고 곤륜산(崑崙山)에 올라가 남쪽을 바라보다가 돌아오는 길에 현주(玄珠)를 분실하자, 상망(象罔)을 보내어 찾아오게 하였다." 한 것에서 따온 것이다. 허균이 이를 비어로 쓴 것은 시에서 확인할 수 있듯 박은이 일상적인 쉬운 단어를 사용하였으나 그 조합의 결과인 내용은 범상하지가 않다는 뜻이다.[315] 특히 이 구절에는 실사(實辭)가 아닌 '應' '於' '亦' '與'를 사용한

데다가 '窮相' '好顔'도 시어로서는 세련된 표현이 아니다.[316] 그럼에도 이 구절은 구법상 상하구가 완벽한 대장을 이루는데다가 내용상으로도 박은의 쓸쓸한 처지를 국화의 모습에 빗대어 참신하게 그려냈다. 여기에서 허균이 비유적 표현을 사용한 것은 평범한 시어를 통해 높은 경지를 보여준 시구에 대해 그 성취를 보다 효과적으로 드러내는 방법이었음을 알 수 있다.

또한 허균은 『국조시산』 권7 칠언배율 정사룡의 〈등왕각응제(滕王閣應製)〉의 말미에 "굳세고 세차며 크고 화려하여 한 자도 허튼 글자가 없으니, 마치 능운대를 만드는데 재목을 재고 헤아림에 치우침도 겹침도 없는 것 같으니 참으로 문장가로서 노련한 거장이다.[嚴悍宏麗, 無一歇語, 如構凌雲臺, 稱量材木, 不偏不重, 眞詞家老匠.]"라고 하였다. 허균은 정사룡의 칠언율시에 대해 이미 "공의 칠언율시는 국조 이래 제일이다.[公之七言律爲國朝以來第一.]"[317]라고 극찬한 바가 있었는데, 여기에서는 정사룡의 시가 한 글자도 허투루 배치된 것이 없다는 칭찬을 능운대를 건축하는 것에 비유하여 재목을 측량하고 사용하는데 지나치거나 모자람이 없는 노련한 장인의 솜씨에 빗대어 문장가로서의 높은 수준을 칭찬하고 있는 것이다. 이러한 비유적인 표현은 압축적으로 서술된 시 형식에 대해 다시 수사적인 비평을 가하여 극적인 효과를 더하고 있다. 비유의 방식을 보여주고 있는 비어들은 이 자체만으로도 허

---

315) 이종묵은 허균의 이 비어에 대해 "비속한 표현을 이용해 우아한 품격을 만들어 내었음을 의미한다." "일반 시인들이 쓰지 않는 표현을 통해 좋은 효과를 거두고 있다는 뜻을 비유한 것으로 추정된다."라고 설명한 바가 있다. (이종묵, 『해동강서시파연구』, 태학사, 1995, 74~75면.)

316) 이종묵은 "窮相"과 "好顔"에 대해 시어로 잘 쓰이지 않는 속된 표현이라고 지적한 바가 있다.(이종묵, 위의 논문, 74면 참조)

317) 『國朝詩刪』 卷7 七言律詩 〈題上林春琴妓詩卷〉

균의 한 비평 방식으로 주목되지만, 이들 비어는 대개 출전이 있기 때문에 허균의 독서 경험이나 특정 서적에 대한 경도로도 논할 수 있어서 중요하다.

*珠玉在側覺我形穢: "驃騎王武子, 是衛玠之舅, 俊爽有風姿見玠輒歎曰 : '珠玉在側, 覺我形穢.'"
*觸目見琳琅珠玉: "今日之行, 触目見琳琅珠玉."
*玄圃積玉無非夜光: "葛稚川目陸平原之文: "如玄圃積玉, 無非夜光."
*渾金璞玉莫知名其器: "王戎目山巨源如璞玉渾金, 人皆欽其宝, 莫知名其器."
*白地明光錦酷無截製: "孫興公道曹輔佐才如白地明光錦, 裁爲負版褲, 非無文采, 酷無裁製."
*如顯處視月: "聖賢固所忘言. 自中人以還, 北人看書, 如顯處視月."
*如寫水着地正自縱橫流漫略無正方圓者: "劉尹答曰 : '譬如寫水着地, 正自縱橫流漫, 略无正方圓者.'"
*巖巖淸峙 壁立千仞 : "王公目太尉, 巖巖淸峙, 壁立千仞."

위의 비어들은 모두 『세설산보(世說刪補)』[318]에서 확인되는 문형이다. 제2장 〈표 11〉에서 확인할 수 있듯, 허균은 1606년 조선에 온 중국

318) 허균이 『성소부부고』에서 기록한 『세설산보(世說刪補)』는 정확한 제명이 아니며, 실제로 『세설신어보(世說新語補)』를 칭한 것이다. 『세설산보』라는 책명은 허균의 기록 외에는 확인되지 않는다. 허균은 「세설산보주해서(世說刪補注解序)」를 쓰면서 왕세정의 작업을 『세설산보』라고 적시하고 있는데, 실제로 왕세정이 산보(刪補)한 『세설신어』의 제명은 『세설신어보』이다. 본고에서는 허균의 기록을 따라서 일단 『세설산보』로 표기하였다. 허균은 이전에도 이반룡의 『唐詩選』을 『唐詩刪』이라고 칭한 바가 있다. 『당시선』의 제명에 대해서는 앞의 각주 162 참조.

사신 주지번에게 왕세정이 재편한 『세설산보』를 선물 받았다. 허균은 이 책에 주해를 붙여 『세설산보주해(世說刪補注解)』와 『한정록(閑情錄)』을 편찬하였는데, 『국조시산』의 비어에도 이 서적을 활용하고 있음이 확인된다. 이를 통해 허균이 1606년 주지번에게 왕세정의 『세설산보』를 받고, 1607년 『국조시산』의 편찬에서 이를 적극적으로 수용하여 자신의 저작에 반영했음을 알 수 있다. 『국조시산』의 비어는 허균의 중국 서적 탐독과 명 문단의 영향을 받았음을 명확하게 보여주고 있다. 이 부분은 허균의 문학관과 관련하여 심도 있게 분석될 필요가 있다.

비유적 표현을 구사하고 있는 비어의 출전은 『세설산보』뿐 아니라, 명 문인 사진(謝榛)의 『사명시화(四溟詩話)』, 소식의 시, 『능엄경(楞嚴經)』, 『춘추좌씨록(春秋左氏傳)』, 『전등록(傳燈錄)』, 『금강경(金剛經)』, 『장자』 등으로 허균이 이들 서적의 표현을 적절히 차용하여 비평하고 있음을 알 수 있다.

* 眞丹在手點鐵成金: "還丹一粒, 點鐵成金, 至理一言, 點凡成聖."(『傳燈錄』)
* 轉換如彈丸脫手: "新詩如彈丸, 脫手不移晷."(蘇軾, 〈次韻王定國謝韓子華飮〉)
* 諸篇大概如水月鏡花: "詩有可解, 不可解, 不必解, 如水月鏡花, 勿泥其跡可也.(謝榛, 『四溟詩話』)
* 如凄風苦雨四面: "其藏之也周, 其用之也徧, 則冬無愆陽, 夏無伏陰, 春無凄風, 秋無苦雨, 雷出不震, 無菑霜雹, 癘疾不降, 民不夭札."(『春秋左氏傳』)
* 空生大覺中如海一漚發: "空生大覺中, 如海一漚發."(『楞嚴經』)
* 淨躶躶, 赤灑灑, 沒可把: "釋法薰: '靈山這裏, 淨躶躶, 赤灑灑, 沒可把.'"(『金剛經』)

*庭前栢樹子: "有人問趙州禪師, '什么是祖師西來意?'. 趙州回答. '庭前柏樹子.'(『金剛經』)
*打動關南鼓: "有時云:'打動關南鼓, 唱起德山歌.'(『傳燈錄』)

이들 비어의 출전 확인을 통해 또 한 가지 주목할 수 있는 것은 허균이 단순히 화려한 비유적 표현과 수사에 공을 들인 것이 아니라, 비어를 통해 자신의 세계관을 드러냈다는 것에 있다. 『능엄경』이나 『금강경』이라는 불경을 비어로 활용한 것은 『세설산보』와는 다른 방면으로 해석할 여지가 있는 것이다. 이는 불경을 단순 독서한 것이 아니라, 불가의 언어를 흡수하고 다시 비평어로 사용한 것이기 때문이다. 『국조시산』 비어의 비유적 표현 방식들은 표면적으로 드러나는 수사 기법 이상으로, 그 출전과 허균의 의도를 고려해 섬세하게 고찰되어야 할 것이다.

Ⓛ 타인 평의 인증

허균은 '世所稱' '石洲云' '荷谷所稱' '松溪所稱'과 같은 다른 사람이 칭찬하거나 당시 주변에서 회자되던 시를 『국조시산』에 수록하면서 이와 같은 타인의 비어를 인증하는 비어를 붙여놓았다. 이러한 방식은 비어를 통해 비평을 한다기보다는 사실상 선시의 이유와 견문의 출처를 밝히는 것이기도 하며, 자신의 선시 결과가 중론을 반영한 것임을 나타내는 방식이기도 하였다. 따라서 별도로 항목을 두어 허균의 비평 방식으로 논해보았다.

"석주가 말하길, '태백집에 두더라도 쉽게 가려내지 못할 것이다.[石洲云置之太白集不易辨]"

"절강 사람 오명제가 말하길, '태백과 흡사하다.'[浙人吳明濟云酷似太白]
"세상에서 매우 아름답다 칭하는 것이다.[世所稱絶佳者]"
"세상에서 절창이라고는 하나 강서의 격으로 떨어졌다.[世所稱絶唱, 然墮江西]
"호음 노인이 장려한 것이다.[湖老所裝]"
"이 시는 하곡이 칭찬한 것이다.[此荷谷所稱嘆者]"
"송계가 칭찬하였다.[松溪所稱.]"
"권 송계가 향렴체라고 하였다.[權松溪以爲得香奩體]"

이와 같은 비평이 붙은 시들은 허균이 기본적으로 이들의 비평에 동의했기 때문에 시를 수록한 것이다. 이들 비어는 『국조시산』의 시가 허균 만의 안목으로만 선발되지 않았음을 확인시켜주는 것이다. 일례로 허균이 『국조시산』 권7 칠언율시 부분에 정작의 시 〈송금사이수종지평양(送琴師李壽鍾之平壤)〉의 제3,4구인 "故人千里有行色, 老子一春無好懷."의 옆에 "松溪所稱."이라는 비어를 붙였다. 권응인의 『송계만록』을 보면, 허균이 언급한 것과 같이 제3,4구만 소개되어 만당과 가깝다고 평가되고 있는 것이다.

상사(上舍) 정작(鄭碏)이 친구를 보내는 시에,

친구는 천 리 떠나는 행색 있으니　　故人千里有行色
늙은이는 봄 한 철에 좋은 마음 없으리　　老子一春無好懷

하였으니, 깊이 만당의 체를 얻었다.[319)]

---

319) 權應仁, 『松溪漫錄』(『국역대동야승』 14, 민족문화추진회, 1982.). "鄭上舍碏, 送友人, '故人千里有行色, 老子一春無好懷.' 深得晩唐體."

앞서 허균이 주변 인물들의 시에 대한 논평들을 『국조시산』에 반영했다고 하였는데, 위의 인용문도 그러한 예가 된다. 허균이 이 시를 『송계만록』을 참조하여 뽑았는지는 알 수 없으나, 선발 후 비어를 붙이면서 권응인의 기록을 덧붙인 것은, 허균도 이 시의 3,4구에 주목했다는 뜻이면서 먼저 비평을 한 권응인의 평가에 동의한다는 의미도 있는 것이다. 당연한 논의이기도 하지만, 선시 과정에서 확인했던 허균의 시 수집 과정은 비어에서도 허균이 시의 출처나 다른 사람의 평가를 인증함으로써 선시 결과와 비어가 조응하는 장면을 알 수 있다.

ⓒ 대가 비평의 방식

지금까지 살펴본 비어들은 허균이 참조했던 중국시선집인 고병의 『당시품휘』나 이반룡의 『당시선』, 양사홍의 『비점당음』에서 보이는 비어와 거의 유사한 구법을 보여주고 있다. 이미 허균은 중국 평주본을 참조하여 『당절선산』을 편찬하고 비어도 그대로 인용한 적이 있으며, 『고시선』 편찬 때도 비어를 부기한 경험이 있다. 허균이 선시와 비어 부기를 함께 했던 작업 방식은 중국 서적을 통해 흡수한 방법이어서 『국조시산』에서 확인되는 비어의 구법이나 비평 방향은 중국의 그것과 닮을 수밖에 없다. 다만 허균의 비어에는 기존 문헌에서 확인되지 않는 상당히 특징적인 면이 포착된다. 허균이 시의 자구에 붙인 방비 중에는 단자(單字)나 2~3자 정도의 짧은 평문으로 '묘처(妙處)'를 지목한 것이 많은데, 이러한 짧은 평문은 허균이 독서했던 기존 평주본의 일반적인 모습이 아니다. 단자로 된 평문 자체는 대개가 시품(詩品) 용어여서 이 자체는 특수하다고 볼 수 없지만, 중국과 조선의 평주본들이 대개 문장으로 비어를 붙인 것에 비해 허균이 단자, 혹은 2~3자로 붙인 이른바 '대가 비평(大家批評)'[320]의 방식은 중국 평주본의 전통적인 흐름에서 벗어나 있다고 볼 수 있다.

먼저 허균이 『국조시산』에서 사용한 '단자 비어'는 '奇' '巧' '尖' '好' '新' '豪' '俚' '妙'이다. 이 단자 비평은 '칠언절구'에 집중적으로 나타나고 있는데, 이를 통해서 허균이 가장 비중 있게 선발했던 시 형식이면서 성당의 시풍을 이상적으로 드러낼 수 있었던 칠언절구가, 허균이 묘처를 잘 판별할 수 있고 그가 자신 있게 비평할 수 있었던 시 형식임을 짐작할 수 있다. 단자 비어는 시의 특정 글자나 단어에 한하고 있어서 작자의 시안(詩眼)을 가려내고 지목할 수 있어야 가능한 작업이기 때문이다. 『국조시산』에서의 실제 용례를 살펴보자.

| | |
|---|---|
| 한들거리는 주렴 사이로 제비는 번갈아 나는데 | 依依簾幕燕交飛 |
| 맑은 창에 햇빛이 비치도록 잠에서 더디 일어나네 | 日射晴窓睡起遲 |
| 급히 어린 계집종 불러 세숫물 바치게 하고는 | 急喚小娃供頮水 |
| 해당화 아래서 봄옷을 입어 보네 | 海棠花下試春衣 |

성간(成侃)의 〈궁사(宮詞)〉 사시(四時) 중에서 첫 수인 봄을 읊은 시이다. 허균은 이 시를 뽑고 제4구 '해당화(海棠花)' 옆에 '호(好)'라는 비어를 붙였다. 이 시는 따뜻한 봄의 정경을 따뜻한 햇살 아래 늦잠 자는 궁녀를 통해 묘사하고 있는데, 특히 마지막 4구에서는 봄을 맞는 설렘을 새로이 봄옷을 입어보는 것으로 대신 설명하고 있는 것이다. 허균이 묘처로 지목한 것은 '해당화'라는 단어였다. 이 시에서 해당화는 이

---

320) 허균이 『국조시산』에서 대가 비평을 한 사실에 대해서는 심경호의 논문에서 지적한 바 있다.(심경호, 「연민선생의 문학연구방법론에 관한 규견」, 『연민학지』 제17집, 연민학회, 2012, 233면.)

미 봄이 한창 시작되었음을 알려주는 계절적 배경이면서, 아름다운 여인의 모습을 비유하여 시적 자아의 모습을 대리하는 중의적 의미, 그리고 마지막 구에서 읽을 수 있듯 옷을 입어보는 장소로서 겨우내 갇힌 공간에서 트인 공간으로 시선을 환기시키는 역할도 하고 있다. 자칫 단조로울 수 있는 한가로운 봄날 여인을 둘러싼 정경을 해당화를 통해 여성/봄/화려함/공간을 두루 표현하게 되었기 때문에 허균은 이 시에서 '해당화'라는 시어에 주목할 것을 '好'라는 비어로 제안한 것이다.

| | |
|---|---|
| 바람 탄 부들은 나풀나풀 가벼이 노니는데 | 風蒲獵獵弄輕柔 |
| 사월의 화개는 보리 이미 가을이네 | 四月花開麥已秋 |
| 두류산 천만 겹을 남김없이 다 구경하고 | 看盡頭流千萬疊 |
| 한 척 배로 또 큰 강 따라 내려왔네 | 孤舟又下大江流 |

정여창(鄭汝昌)의 〈유두류산도화개현작(遊頭流山到花開縣作)〉이라는 시를 보자. 허균은 이 시의 마지막 구에 '호(豪)'라고 비어를 붙여 그 기개가 넓고 큰 것에 주목하였다. 또한 이 시의 제3구에도, '가슴 속이 시원해진다[胸次脫然]'라고 비어를 붙이기도 하였는데, 제1, 2구가 두류산을 떠나 화개현에 이르기까지의 배경을 섬세하고 여린 정경으로 묘사했다면, 3, 4구는 시적 화자의 심정을 전구와는 대조적으로 호방하게 그려내었다. 특히 이 시는 '화개'와 '두류'라는 지명을 시에 사용하여 꽃 피는 계절적 감각과 강이라는 배경을 설정한 특징까지 보인다. 허균이 장처로 지목한 곳은 특히 제4구로, 홀로 떠나는 여정에서 큰 강물을 거침없이 가르는 모습을 '호방하다'고 평가하였다. 이 시는 조선의 지명을 소재로 활용하되, '천만(千萬)' '대(大)' 등의 수식어를 사용하여 오히려 활달하고 트인 기운을 느낄 수 있도록 조직한 특징이 확인

된다. 성호 이익도 "끝 글귀의 맺음이 매우 좋으니 이야말로 백달보검(白獺補臉)의 솜씨라.[收殺得完好, 是白獺補臉手.]"[321] 하여 허균과 같이 3, 4구의 성취와 기상을 특기하고 있다.

지금까지 살핀 '단자(單字) 비어'는 상당히 특징적이며 주목되기는 하나 『국조시산』 비어의 주류는 아니다. 실제로 비어로 많이 활용되면서 위에서 살핀 단자 비어의 특징을 보여주는 것으로 두 자로 된 비어가 있다. 이 두 자로 된 비평 중에서 단자와 거의 동일한 비평 방향을 보이는 것으로 '奇哉/ 亦奇/ 便奇/ 極奇/ 奇甚/ 甚好/ 儘好/ 最好/ 便好/ 極好/ 尤好/ 絶好/ 可悲/ 稍俚/ 甚閑/ 極微/ 極巧/ 甚新/ 尤警' 등이 있다. 이들 비어는 두 자로 되었지만, 한 자는 수식어여서 글자 하나의 뜻만 강조되는 특징이 있다. 예를 들면, '奇哉/ 亦奇/ 便奇/ 極奇/ 奇甚'은 단자인 '기(奇)'와 같은 성격의 비어이다. 이들 역시 '기이하다'라는 하나의 뜻으로 귀결되며 비평 대상도 비어만으로는 규정되지 않는다. 시의 구성/ 내용/ 자구 모두 기이하다고 평가될 수 있기 때문이다. 이러한 단문으로 된 비어들 중에서도 특히 위와 같은 하나의 의미만 지니는 것들은 '호(好)' '비(悲)' '신(新)'와 같은 풍격 용어 위주이기 때문에 시에 대한 인상 평가로 표현된 비어일 가능성이 크다. 이는 시에 대한 자세한 설명은 아니지만, 대가가 지목한 묘처를 확인한다는 측면에서 독자로서는 시 감상과 해석에 도움을 받을 수 있다.

이 밖의 2자로 된 비어 중에서 주목되는 것은 자구의 옆에서 특정 시어나 시구의 성취를 명시하고 있는 비어들이다. '愴語/ 冷語/ 語奇/ 語好/ 神語/ 琢妙/ 苦語/ 詞雄'와 같은 비어는 시어의 특징을 명료하게 비어로 제시하고 있어서 해당 비어를 통해 시의 구조나 조어 상의

---

321) 李瀷, 〈정일두 시(鄭一蠹詩)〉, 『국역 성호사설 11』 제28권, 민족문화추진회, 1977.

감각을 익히게 한다. '句好/ 句麗/ 工緻'도 시구가 좋거나, 화려하거나, 공교롭고 치밀한 조직임을 구체적으로 제시하고 있는 비어들이다. 이러한 단문으로 된 직평들은 『국조시산』의 시를 뽑고 비어를 붙였던 허균이 이 시들에 대해 장악하고 있음을 방증한다. 앞서 살펴보았듯이, 『국조시산』의 목록은 허균이 수차례의 시선 작업을 통해 익히 선발했던 것들이며, 허균 주변의 문인들과 함께 오랜 기간 비평하던 시이기도 하다. 그리고 허균은 중국인 오명제와 중국 사신 주지번과도 조선의 시를 나누고 토론을 한 경험이 있다. 여러 차례의 비평과 토론 과정을 거쳐 수록된 『국조시산』의 시들은 허균에게는 익숙한 비평의 대상이었고, 비평의 경험도 풍부하였다. 이러한 허균의 방비에서 확인되는 자구에 대한 섬세한 비평 잣대는 또한 학시/작시 과정의 지침이 되기에도 충분했기에,[322] 『국조시산』이 여타 시선집에 비해 널리 읽혔던 것은 허균의 촌철살인격의 '단자 비어'의 힘이 크게 작용했으리라 여겨진다.

비어를 시에 부기하는 방식은 앞서 살핀 바, 허균이 그의 저술 활동에서 익히 보여주었던 비평 작업의 하나였다. 이 비어가 가장 풍성하게 전하는 문헌은 『국조시산』이다. 그러나 선행 연구에서 다루어진 『국조시산』의 비어는 주로 허균의 '당(唐)'에 대한 시관을 확인하는 차원이었다. 실제로 허균이 보여준 비어의 양상은 허균 문학의 편폭과 사상을 두루 재점검하고 보완할 만큼의 의의가 있었다. 본고에서는 비어의 정

322) 목판본에서는 방비는 모두 협비로 처리되면서 구간이나 구말에 위치하게 되었다. 그리고 방비가 미비의 자리에 위치되거나, 미비가 방비로 배치되는 등, 원본과는 달리 시 본문과 비어가 제대로 연결되지 않는 경우가 많다. 이는 미비와 방비가 비어의 내용이나 구법이 큰 차이가 없기 때문에 생긴 혼란이기도 하지만, 목판본의 현 상황은 비어가 지시하는 본문의 시어나 시구를 제대로 찾아내기 어렵다는 한계가 크게 작용하고 있다.

밀한 분석보다는 양상을 살피는 차원에서 비어를 있는 그대로 소개해 보았다.

우선 비어의 방향을 작풍과 형식과 감상의 세 방향에서 조명하였으며, 비어의 방식에도 주목하여 허균이 비유의 방식, 타인 평의 인증, 대가 비평의 방식 등을 사용하고 있음을 제시하였다. 작풍과 관련된 비어를 일괄하여 허균이 '당'을 시의 전범으로 하면서 비어에 적극적으로 활용한 사실을 실증적으로 드러내고자 하였고, 또한 이 과정에서 허균이 중국뿐 아니라 조선의 시인도 비평의 준거로 활용한 양상을 확인하였다. 또한 비어의 방식에서는 비유적 표현과 그 출전의 확인을 통해 허균이 『국조시산』에서 여러 방식으로 드러낸 중국 문단에의 영향을 재확인하였고, 마지막으로 대가 비평의 방식을 논하였다. 이는 허균이 『국조시산』에서 보여준 풍격비평이기도 했는데, 이러한 단자/단문의 대가 비평은 전통적인 평주본의 방향에서 탈피한 특징적인 면이라고 할 수 있다. 『국조시산』의 비어는 시의 출처와 허균의 의식, 독서의 범위, 학시 과정, 허균의 시관 등을 다방면에서 확인시켜 주고 있다.

## 第5장
# 『국조시산』이 문단에 끼친 영향

『국조시산』은 1607년 겨울에 편찬이 완료되었다. 이 책은 허균이 개인적으로 편찬했기 때문에 여타 관찬 시선집처럼 공식적으로 중국에 증정되거나, 또 간행되어 조선에 널리 유포되지는 않았다. 『국조시산』은 편찬 직후 허균 주변 문인들에 의해 필사되면서[323] 퍼져나갔다. 더군다나 허균은 『국조시산』을 편찬하고 10여년이 지난 1618년에 역모를 모의했다는 죄명으로 처형되었기 때문에, 『국조시산』은 암암리에 유전될 수밖에 없었다. 따라서 『국조시산』을 비롯한 허균의 저작들은 조선 문인들이 남긴 문집 등에서 관련 기록이 거의 확인되지 않고 있다.[324] 그러나 현전하는 『국조시산』 필사본의 수량을 감안한다면 『국조시산』을 보았던 문인들의 수는 상당했으리라 짐작된다. 또한 단

---

323) 許筠, 『惺所覆瓿藁』 卷20, 「與尹次野己酉十月」(『韓國文集叢刊』 74輯). "詩删想已熟覽矣, 可付權生回否."

324) 목판본 간행자인 박태순도 『국조시산』에 서문을 쓰면서 이와 같은 사실을 지적한 바가 있다. "허균이 죽임을 당하자 이 책을 포함하여 그가 저술한 것이 거의 인몰되어 없어졌다. 호사가 사이에 혹 거두어진 것이 있어도 그것이 허균에게서 나온 것이라 하여 드러내어 칭찬하는 이가 없었으니, 이는 또 우리나라 습속에 편협한 마음이 있기 때문이다.[筠既誅死, 是集與其所著述, 殆至湮亡, 好事者, 間或收錄, 而以其出於筠也, 莫肯有表章之者, 此又東俗之迫隘也.]"

편적으로 남아있는 몇몇 기록을 통해 이 책이 시선집으로서 중요한 위치에 있으며 한시 비평서로서도 설득력 있는 지침서였음을 보여주고 있다. 다만 이러한 사실들은 지금까지 허균의 문학적 재능과 관련지어 피상적으로 추정되었을 뿐, 실증적으로 고구된 결과로 논의된 것은 아니었다. 이 장에서는 『국조시산』의 조선 문단 내에서의 영향과 실제 수용된 모습들을 가지고, 『국조시산』을 둘러싼 여러 반응과 수용의 결과들을 여러 방면에서 논하고자 한다.

## 1. 조선 문단의 반응과 『국조시산』의 목판본 간행

『국조시산』은 앞서 편찬된 『동문선』이나 『청구풍아』와 같이 활발하게 인용되거나 평가되지 못하였다. 특히 허균이 죽은 1618년을 기점으로, 한동안 이 『국조시산』에 대한 기록은 확인되지 않고 있다. 그러나 홍만종의 "오직 허균의 『국조시산』은 택당 이식과 여러 사람들이 모두 잘 선발했다고 칭찬했기 때문에 『국조시산』이 세상에 많이 유행했다. [惟許筠國朝詩删, 澤堂諸公皆稱善揀, 詩删之盛行於世, 盖以此也.]"는 말을 참조할 때, 『국조시산』은 남겨진 기록 이상으로 활발히 수용되고 읽혔던 책임을 짐작할 수 있다.

『국조시산』과 관련된 기록들은 문집 보다는 좀 더 자유로운 서술이 가능했던 시화나 잡록 등에서 주로 확인되고 있다. 특히 김득신(金得臣, 1604~1684)의 경우는 시화서 『종남총지』에서 『국조시산』을 중요하게 참조하고 있어서 주목된다.

① 명종이 안장을 말에 얹어 정원에 세워두고는 신하들에게 명하여

시를 짓게 하면서 말하기를, "장원한 사람에게 이 말을 주겠다!"라고 하였다. 호음이 드디어 바로 시 한 수를 지어 올렸다.

영은사에 저녁 종소리 울리는데 靈隱寺中鳴暮鍾
용금문 밖에는 석양이 비껴 있네 湧金門外夕陽春
지금은 개미집 둑을 봉한 것 같지만 至今蟻垤封猶合
여전히 오자서의 영혼은 노하여 물결을 일으키네 依舊靈胥怒尙洶
호수에 배 돌아가는데 꽃 핀 섬 어둑어둑하고 湖舫客歸花嶼暝
소제에 꾀꼬리 나는데 버들 숲 우거졌네 蘇堤鶯擲柳陰濃
전씨의 집터 조씨의 마을 찾을 곳 없으니 錢墟趙社俱無所
고산의 처사 자취나 물어볼까나 欲問孤山處士蹤

명종이 보고 칭찬을 하자, 여러 신하들은 붓을 놓았다. 왕은 드디어 말을 주었다. 허균은 평하기를, '조용하면서도 기발하고 무게가 있어 56자 속에 서호지 한 권이 다 들어있다'라고 했다.[325]

② 고옥 정작이 산사에 놀면서 지은 시 한 연에 말하기를,

산은 그림 속의 흰 구름 밖에 있는 것 같은데 山如圖畵白雲外
길은 절 안의 단풍 숲 속으로 들어가네 路入招提紅樹中

라 했는데, 허균이 칭찬하며 '시어에 신의 도움이 있다'고 말했다.[326]

---

325) 金得臣, 『終南叢志』(洪萬宗, 『詩話叢林』). "明廟以鞍具馬, 立于庭, 仍命侍臣作詩曰, '有居魁者, 以此鞍馬贈之.' 湖陰遂卽賦進一律詩曰, '靈隱寺中鳴暮鍾, 湧金門外夕陽春. 至今蟻垤封猶合, 倚舊靈胥怒尙洶. 湖舫客歸花嶼暝, 蘇堤鶯擲柳陰濃. 錢墟趙社俱無所, 欲問孤山處士蹤.' 明廟覽而稱賞, 諸臣閣筆, 遂賜鞍馬. 許筠評爲春容奇重, 說盡一部西湖志於五十六字中."

326) 金得臣, 『終南叢志』(洪萬宗, 『詩話叢林』). "古玉鄭碏, 遊山寺詩一聯曰, '山如圖畵白雲外, 路入招提紅樹中.' 許筠賞稱, 語有神助."

③ 지봉 이수광의 『지봉유설』에서 호음 정사룡의 〈후대야좌(後臺夜坐)〉시의 한 연에

| | |
|---|---|
| 산목이 같이 울고 바람도 잠깐 부는데 | 山木俱鳴風乍起 |
| 강물소리 홀연 세차고 달만 홀로 떠 있다 | 江聲忽厲月孤懸 |

한 것에서 '월고현(月孤懸)'과 '강성홀려(江聲忽厲)'가 서로 연결이 되지 않는다고 했으나 허균이 편찬한 『국조시산』에 이 시가 뽑혀 있고 이 시를 평하기를, "이 늙은이의 이 연은 이 권에서 가장 잘 지은 것이다" 했다. 허균은 시에 대한 안목이 높은 것으로 유명하기 때문에 마땅히 깊게 이해하는 바가 있을 것으로 생각되는데 이수광이 이와 같이 깎아 말한 것은 아마 자세히 살펴보지 못했기 때문이었으리라. 내가 일찍이 청풍을 지나다가 황강역에 도착해 자게 되었는데 밤중에 여울 소리가 매우 요란한 것을 듣고 문을 열고 바라보니 지는 달이 외롭게 떠 있었다. 이내 정호음의 '강성홀려월고현(江聲忽厲月孤懸)'이란 한 구를 생각하며 읊고 여러 번 감탄했으며 옛 사람이 사실에 가깝게 경치를 묘사하였고 그 시의 가치가 경치를 대하고서야 더욱 높은 것임을 비로소 깨닫게 되었다.[327]

①과 ②는 김득신이 자신의 시화에 『국조시산』을 그대로 인용하고 있는 것이다. 김득신의 문인으로서의 성취도 시화 저술을 통해 전후 문단을 평가할 만한 위치에 있었지만, 자신이 소개하는 시가 『국조시산』에 수록되고 또 허균의 비어가 붙어있는 경우는 허균의 비어를 그

327) 金得臣, 『終南叢志』(洪萬宗, 『詩話叢林』). "李芝峯所著類說, 評鄭湖陰後臺夜坐詩一聯, '山木俱鳴風乍起, 江聲忽厲月孤懸.' 以'月孤懸'三字, 與'江聲忽厲'不相屬云. 許筠所撰國朝詩刪中, 選入此詩, 而評之曰, '此老此聯, 當壓此卷.' 許筠以藻鑑名世, 則宜有所深解, 芝峯之有此貶論者, 豈未嘗細究而然耶? 余曾過淸風, 抵宿黃江驛, 夜半聞灘聲甚駛, 開戶視之, 落月孤懸矣. 因憶湖陰'江聲忽厲月孤懸'之句, 一咏三歎, 始覺古人寫景逼眞, 其詩價對景益高."

대로 전재하여서 평가에 설득력을 더했다. ①은 정사룡의 칠언율시 〈전당만망(錢塘晩望)〉을 소개하면서 『국조시산』의 제목 아래에 허균이 붙인 비어를 인용했으며, ②에서도 같은 방식으로 정작의 시에 허균의 평가를 더하였다. 김득신이 이와 같이 시의 말미에 허균의 비어를 덧붙인 것은 무엇보다도 허균의 비평에 동의했기 때문이다. 결국 허균이 『국조시산』에서 보여준 선시 결과와 비어들은 김득신과 같은 문인들이 그대로 전재할 정도로 인정받고 있었음을 알 수 있다. 이는 ③에서처럼 같은 시에 대한 허균과 이수광의 상반된 평가에 대해서, 김득신이 자신의 경험을 붙여 허균의 의견에 동조하고 있는 사실을 통해 선명하게 드러나고 있다.

그러나 김득신과 같이 허균의 성명과 비평을 적극적으로 기록하고 있는 예는 드문 경우이다. 추가로 논할 수 있는 문인은 홍만종(洪萬宗, 1643~1725) 정도이다.

> 오음 윤두수의 〈증승(贈僧)〉시에
>
> 변방의 나그네 시름을 어쩌지 못하여　　關外羈懷不自載
> 한 봄의 시흥을 관아의 매화에 부치네　　一春詩興賴官梅
> 해가 긴 관청에는 문서 만질 일 없는데　　日長公館文書靜
> 마침 고승이 있어 자주 왕래하네　　時有高僧數往來
>
> 시 중에 '시(時)'와 '삭(數)'은 상반되는 뜻인데 허균이 『국조시산』에 이 시를 선입시켰으니 어찌된 것일까.[328]

328) 洪萬宗, 『小華詩評』. "尹梧陰斗壽贈僧詩, '關外羈懷不自載, 一春詩興賴官梅. 日長公館文書靜, 時有高僧數往來.' 其時數二字, 語意相反, 許筠之選入詩刪, 何哉?

홍만종이 소화시평에서 '국조시산'을 직접 언급한 것은 위의 인용분한 조목인데, 이것만으로도 홍만종이 허균과 『국조시산』에 대해 어떻게 생각하는지를 짐작할 수 있다. 그는 윤두수의 시 마지막 구에서 '시(時)'와 '삭(數)'의 뜻이 한 구 안에서 의미가 충돌하여 시가 매끄럽지 않음을 지적하면서, 왜 이 시가 허균의 『국조시산』에 실려 있는지 모르겠다고 하였다. 〈증승(贈僧)〉은 『국조시산』에 실린 윤두수의 유일한 시로인데, 허균은 이 시를 뽑아놓고 어떠한 비어도 부기하지 않았다. 이 때문에 홍만종은 허균의 선시 의도를 파악할 수가 없어서 위와 같은 지적을 하였고, 그 저의는 허균의 안목은 이 시에서 어떠한 미감을 포착했느냐였고, 『국조시산』에 수록된 시는 허균의 비평을 거친 엄선된 결과로 보고 있는 것이다. 그의 허균과 『국조시산』에 대한 인식은 조선 시선집에 대한 사적 개괄에서 오직 『국조시산』만을 높이는 데에서 잘 드러난다.

> 시를 아는 것은 시를 짓는 것보다 어렵기 때문에 예부터 시에 능한 자들이 모두 시를 선발하는 것이 어렵다고 했다. 내가 선배들에게 들으니 석간 조운흘이 선집한 『삼한귀감』은 빠지고 간략한 바가 많고 몽와 유희령의 『대동시림』은 주관을 고집한 것을 면하지 못했고 서거정의 『동문선』은 바로 하나의 유취이지 선법이 아니며 양곡 소세양의 『속동문선』은 취하고 버린 것이 공정하지 못해 자못 좋아하고 싫어한 것에 의지했으며 점필재 김종직의 『청구풍아』는 단지 정밀하고 간략한 것만을 취하고 기상이 뛰어난 것은 버렸으며 서경 유근의 『속청구풍아』는 취하고 버린 것이 분명하지 않아 그 요령을 얻지 못했다. 오직 허균의 『국조시산』은 택당 이식 등 여러 사람들이 모두 잘 선발했다고 칭찬했기 때문에 시산이 세상에 많이 유행했다.[329)]

329) 洪萬宗, 『詩話叢林』, 附「證正」. "知詩難於作詩, 自古能詩者, 咸以選詩爲難. 余聞之

홍만종은 『시화총림』에서 시선집인 『삼한귀감』 『대동시림』 『동문선』 『청구풍아』 『속동문선』 『속청구풍아』의 성격과 특징을 개괄하면서 단점만을 지적하고 있지만, 『국조시산』만큼은 그 성취를 인정하고 있다. 이는 인용문에서도 확인되듯 홍만종 만의 의견이 아니라 선배 문인인 택당 이식을 비롯한 여러 문인들의 평가를 기록한 것이지만, 그 역시도 『국조시산』에 대해 같은 생각을 가지고 있었다. 그는 당시 전하던 시화를 엄선하여 집대성했던 『시화총림』(1712) 저술을 마치고 부록으로 붙인 「증정(證正)」에서 역대 조선시선집을 논하며 허균의 『국조시산』을 최고의 시선집으로 인정했던 것이다.

그의 『국조시산』에 대한 평가는 이미 『소화시평』(1675)에서부터 확인된다. 홍만종은 기본적으로 허균의 안목에 대해 신뢰하는 가운데, 허균의 문집과 『성수시화』, 『국조시산』 등 그의 저술을 다수 참조하여 시화 저술을 하였다.[330] 일례로 『국조시산』의 수록 범위가 아닌 고려조 시인 홍간(洪侃)에 대해서는 허균의 문집인 『사부고(四部藁)』의 「병오기행(丙午紀行)」에서의 주지번이 허균이 뽑아준 시들을 읽고 홍간의 시를 높이 보았던 기록을 인용하고 있으며,[331] 또한 홍간의 〈고안행(孤雁

先輩, 趙石磵所選, 三韓龜鑑, 多所缺畧, 柳夢窩, 大東詩林, 未免固詖, 徐四佳, 東文選, 卽一類聚, 亦非選法. 蘇陽谷, 續東文選, 取舍不公, 頗因愛憎, 金佔畢, 青丘風雅, 只取精簡, 遺其發越, 柳西坰, 續青丘風雅, 與奪不明, 不得其要領. 惟許筠國朝詩刪, 澤堂諸公皆稱善揀, 詩刪之盛行於世, 盖以此也."

330) 김선기의 논문(「『소화시평』의 『국조시산』 수용고」, 『학산조종업박사 화갑기념논총』, 태학사, 1990.)에서는 작가와 작품, 비평을 실제 대비한 결과를 들어 두 저술 간의 상이점을 부각시켰지만, 소화시평 저술에서 『국조시산』의 작가와 시는 중요한 참조자료였음이 분명해 보인다. 결국 소화시평은 『국조시산』의 장점은 받아들이고, 이달을 앞세운 『국조시산』 시 선발의 기준에 대해서는 다수의 인물을 고루 부각시키는 방향으로 시화집 서술을 하였다고 보아진다. 두 저술의 차이는 결국 시선집과 시화집의 차이일 뿐, 홍만종은 허균의 『국조시산』을 적극 옹호했던 것으로 볼 수 있다.

331) 안대회 역, 『소화시평』, 103~104면.

行)〉을 소개하면서 허균이 『성수시화』에서 이 시를 '성당 시인의 작품과 비슷하다.'라고 평가한 것[332]을 부기하고 있는 것이다. 홍만종은 허균의 여러 기록이나 그의 작품에도 관심을 두어 시화를 서술하였는데, 특히 허씨 일가의 시에 이르러서는 『국조시산』의 부록인 「허문세고(許門世藁)」에 전적으로 의거하였다.

> 허씨는 고려조의 야당 이후부터 문장가가 번성하였다. 봉사를 지낸 허한이 허엽을 낳았는데 이 분이 바로 초당이다. 초당은 자식 셋을 두었는데 둘은 허봉과 허균이고, 막내 딸은 호가 난설헌이다. 허한의 종숙부는 지중추를 지낸 허집이요, 재종형은 충정공 허종·문정공 허침인데 이분들은 모두 문장으로 명성을 떨쳤다.[333]

이와 같은 허씨 문장가의 계보는 이미 『국조시산』 편찬 때 허균과 권필이 선발했던 「허문세고」에서 확인된다. 「허문세고」는 허종(許琮)·허침(許琛)·허집(許輯)·허한(許澣)·허엽(許曄)·허봉(許篈)·허씨(許氏)까지 7인의 시 41제 64수로 구성되었는데, 이는 인용문에서 홍만종이 논했던 허씨 문장가의 목록과 동일하다. 또한 홍만종이 이어서 언급한 허집의 〈실성사(實性寺)〉, 허종의 〈야좌즉사(夜坐卽事)〉, 허침의 〈춘한차태허운(春寒次太虛韻)〉, 허엽의 〈기성희제(箕城戱題)〉, 허봉의 〈이산(夷山)〉, 허균 〈의창저만영(義昌邸晩詠)〉, 난설헌 〈야좌(夜坐)〉 시도 허균의 시만 제외하면 모두 「허문세고」에서 찾아볼 수 있는 시이다. 요컨대, 홍만종은 『국조시산』을 조선시선집 중에서 가장 그 성취를 인정하

---

332) 안대회 역, 『소화시평』, 104~105면.

333) 홍만종, 『소화시평』 "許氏自麗朝野堂以後, 文章益盛. 奉事澣生曄, 是爲草堂. 草堂生三子, 其二篈筠. 季女號蘭雪軒. 澣之從叔知中樞輯, 再從兄忠貞公琮·文貞公琛. 皆以文章鳴."

고 있지만, 『국조시산』이라는 특정 저술에 경도된 것이 아니라 문인 허균에 대한 인정에서 허균의 다양한 저술을 수용하고, 그의 선시관이라든지 비평관을 자신의 시화 저술에서 적극 활용하고 있었던 것이다.

이밖에도 김만중(金萬重, 1637~1692)도 그의 『서포만필(西浦漫筆)』에서 "그러나 그 감식안은 근대 제일이어서 택당과 그 자제들이 매번 허균이 시를 잘 안다고 말했었다."[然其識鑑當爲近代第一, 澤堂與其子弟言每稱許筠爲知詩云]"라는 기술을 하여 허균의 시에 대한 조감(藻鑑)을 칭찬한 바 있으며, 남용익(南龍翼, 1628~1692)은 『기아』의 서문에서 선행 조선시선집의 장단점을 지적하면서 "『동문선』은 넓으나 정밀하지 못하고 『속동문선』은 수록한 것이 많지 않다. 『청구풍아』는 정밀하나 넓지 못하며 『속청구풍아』는 수록한 바가 명확하지 못하다. 근래의 『국조시산』은 자못 자세하게 검토한 듯하다.[東文選, 博而不精, 續則所載無多. 靑丘風雅, 精而不博, 續則所取不明. 近代國朝詩刪, 頗似詳核]"라고 하여, 전하는 조선시선집을 두루 평가하면서 유일하게 『국조시산』의 성취만을 인정하고 있는 것이다. 후술하겠지만 그가 편찬한 조선시선집 『기아』는 그의 『국조시산』에 대한 칭송에 걸맞게 『국조시산』을 전재하다시피 수용한 모습을 보여주고 있다.

『국조시산』에 대한 조선 문단의 인식은 많은 자료를 통해 살필 수는 없었지만, 대체로 선행 시선집의 여러 단점을 극복한 '잘 가려 뽑은 시선집'이라는 데에는 이견이 없는 듯하다. 특히 후대 시화집의 『국조시산』에 대한 인용 양상을 통해 『국조시산』이 시화 저술에서 중요한 한시 비평서로 참조되고 수용되고 있다는 사실을 알 수 있었다. 『국조시산』에 대한 평가는 결국 허균의 학식과 문재(文才)에 대한 조선 문단의 긍정적인 평가가 반영된 결과였다.

『국조시산』에 대한 문단의 반응은 『국조시산』의 수요를 의식한 목판본 간행에서 가시적으로 드러났다고 생각된다.

> 허균이 우리나라의 시를 모았는데, 삼봉 정도전에서 시작하여 아래로 권필까지 이르렀다. 각체의 시를 뽑고 스스로 비와 평을 달아 이름을 『국조시산』이라 하였다. 우리나라 시를 뽑은 이가 몇 사람 있지만 논자들은 모두 이 책이 가장 우수하다고 말한다. 허균은 평소 문장가로 자부하였고 그의 아버지와 여러 형들도 모두 일세에 이름을 떨쳤다. 또 그가 더불어 교유한 사람들이 큰 인물이나 재사 아닌 자가 없었다. 그러므로 우리나라가 선 이래 제가의 시에서 잘 되고 못 된 것 정묘하고 거친 것이 그의 조감을 기다리기 전에 평소의 담론 중에서 얻어진 것이 또한 이미 많았을 것이다. 긴 소매의 옷을 입은 이가 춤을 잘 추고 돈이 많은 이가 장사를 잘 한다고 하는 말을 믿을 만하도다. 다만 그 취한 바가 대체로 성률이 정묘한 것과 빛깔이 현란한 것을 주로 했기 때문에 가볍거나 무른 작품이 분수에 넘친 자리를 차지하기도 하고, 심오하거나 평원한 것이 빠진 경우도 없지 않게 있다. 비나 평에 이르면 더욱 부화하고 과장되어 실상에 넘치는 것이 많아 독자가 이를 병통으로 여기기도 한다. 송나라의 여러 사람들이 모두 두보를 높였지만, 양억은 따로 이상은을 높이 여겼고 명나라의 문사들이 모두 이몽양을 존숭했지만 모곤 만은 당순지를 추대하였다. 당시를 뽑은 것들 중에 『당음』 『당시품휘』 『당시고취』 『삼체시』와 같은 책도 각각 치우친 데가 있으니 사람의 견해가 같지 않는 것이 본래 이와 같다. 이 때문에 공자께서도 '무슨 관계가 있으랴 각각 제 뜻을 말하면 되느니라'고 하셨고, 또한 '내가 좋아하는 바를 따른다'고 하신 것이다. 하물며 아래위로 수백 년 사이에 제가의 시를 수집하고 방류의 글을 모아서 버리고 선택할 때 어찌 하나 둘 빠뜨리는 것이 없겠는가. 이제 만약 그 하나 둘의 허물을 들추어내어 마침내는 책 전체를 비난하려 한다면 이는 바로 소식이 역사를 찬술하지 않겠다던 구실과 같을 것이다. 허균이 죽임을 당하자 이 책을 포함하여 그가 저술한 것이 거의 인몰되어 없어졌다. 호사가 사이에 혹 거두어진 것이 있어도 그것이 허균에게서 나온 것이라 하여

드러내어 칭찬하는 이가 없었으니, 이는 또 우리나라 습속에 편협한 마음이 있기 때문이다. 대저 여불위는 진나라를 훔쳤지만 「월령」 편이 『예기』 속에 들어있고 식부궁이 한나라를 어지럽혔지만 그의 사부가 『초사』에 편입되어 있다. 유안이 지은 책은 『장자』 『열자』와 함께 칭해지고 허경종의 시는 심전기 두심언과 함께 나란하다. 범엽이 미친 짓을 했지만 반고를 이어서 후한의 역사를 편찬했고 심약이 번복이 심했지만 그의 송서가 배자야의 송력을 넘어섰다. 그러니 사람은 버리더라도 그 말은 오히려 버릴 수 없다. 하물며 그가 만든 책이 그의 말이 아니고 제현의 말이 아닌가. 우리나라의 시를 모은 책이 이미 많지 않고 이 책이 가장 훌륭하다고 칭해지니 이 책을 전하지 않을 수 없음은 마땅하다. 이에 널리 여러 본을 구하여 제법 많이 고증하고 확정하였다. 또 제가의 시화를 모아 분류하여 보충하고 잘 베껴 몇 권의 책을 만들었다. 『시경』에 이르기를 "순무를 캐고 무를 캐니, 뿌리만 보지마소."라 하였으니 보는 이가 그 사람됨을 잊고 선정한 바를 취하며, 그 단점은 버리고 장점만을 얻는다면 훌륭한 시대의 문명을 진작시키는 데 하나의 도움이 될 수 있으리라. 을해년(1695) 4월 반남 여후 박태순이 쓰다.[334]

---

334) 朴泰淳, 『東溪集』 卷6, 「國朝詩刪序」(『韓國文集叢刊』 續51輯). "許筠取國朝詩, 斷自鄭三峯道傳, 下至權石洲韠, 選各體, 自加批評, 名之曰: 國朝詩刪. 選東詩有數家, 而論者咸稱是集爲最優. 盖筠素以詞翰自任, 其父若諸兄, 皆有名一世, 又其所與交遊, 無非鉅公才士, 則國朝以來諸家詩長短精粗, 不待其藻鑑之自識, 得之於平素講論者, 亦已多矣. 長袖善舞, 多錢善賈, 信夫. 第其所取者, 多主於聲律之淸色澤之絢, 故輕靡脆弱之作, 或有濫竽, 沉深平遠之什, 不免遺珠. 至其批評之語, 尤多浮誇過實, 讀者或以是病焉, 雖然有宋諸人, 咸宗少陵, 而大年別主西崑, 皇明文士, 皆尊空同, 而鹿門獨推荊川. 如鈔選唐詩者, 唐音品彙鼓吹三體詩等書, 各有所偏主, 人見之不同, 本自如此. 故曰何傷乎, 亦各從其志也. 又曰從吾所好. 況上下數百載, 蒐羅諸家, 採掇旁流, 去取之際, 安能無一二得失哉, 今若指摘其一二紕繆, 而遂欲訾其全集, 則此正蘇文忠不欲撰史之說也. 筠旣誅死, 是集與其所著述, 殆至湮亡, 好事者, 間或收錄, 而以其出於筠也, 莫肯有表章之者, 此又東俗之迫隘也. 夫不韋盜秦, 月令列於禮經, 息夫亂漢, 詞賦編於楚辭, 劉安著書, 莊列同稱, 敬宗有詩, 沈杜並齒, 范曄猖狂, 而漢史繼於孟堅, 沈約反覆, 而宋書掩乎子野, 其人廢, 其言尙不可廢, 況其所集, 非其言而諸賢之言者哉. 東詩選集, 旣未多有, 而此爲稱最, 則其不可不傳也, 審矣. 於是廣求諸本, 頗加證定, 又取諸家詩話, 以類補綴, 繕寫爲幾卷. 詩云: '采葑采菲, 無以下體.' 觀者若忘其人而取其選, 略其短而得其

『국조시산』은 1695년 당시 광주부윤으로 재직하고 있었던 동계 박태순에 의해 목판본으로 간행되었다. 박태순이 『국조시산』을 목판본으로 찍어 널리 전하고자 한 것은 이 책이 조선의 시선집 중에서 가장 뛰어난 저술이었기 때문이다. 이 당시 『국조시산』은 허균이 편찬했다는 이유로 드러내놓고 논의되지는 못했지만, 조선 문인들에게 널리 알려진 책이었다. 이러한 배경에서 박태순은 『국조시산』이 문명(文明)을 고취하는 데에 도움이 될 것이라 생각하여 목판본 간행을 실행에 옮겼던 것이다.

『국조시산』의 목판본 간행은 『국조시산』의 위상과 관련하여 시사하는 점이 많다. 우선 『국조시산』은 간행에 이르기까지 17세기 내내 조선 시선집을 대표하는 일정 역할을 담당했음이 확인된다. 목판본이 간행된 1695년까지, 조선시선집은 『국조시산』의 출현 이후 공식적으로 제작되지 않았다. 『국조시산』을 이은 조선시선집이라고 할 만한 것으로는 1688년에 간행된 『기아』가 있는데, 두 시선집의 거리는 81년이나 된다. 『국조시산』이 관찬도 아니며 17세기 당시에 공개적으로 논할만한 저술이 아님에도, 조선 문단에서 『국조시산』이 조선 중기를 대표하는 시선집으로 인정받고 있었음을 알 수 있다.

또한 『국조시산』의 간행과 관련지어 주목할 것은 박태순이 거론한 '문명(文明)'에 대한 것이다. 박태순이 시학을 고취하는 방편으로 『국조시산』의 간행을 거행한 것은 『국조시산』의 시뿐 아니라 허균이 붙인 비어의 효용에 관심을 가졌기 때문이다. 이는 『기아』의 간행이 『국조시산』의 목판본 간행에 앞서 이루어진 사실에서 짐작 가능하다. 조

---

長, 則其鼓吹盛朝之文明, 庶幾爲一助云. 時乙亥淸和, 潘南朴泰淳汝厚甫敍." (번역은 강석중 외, 『허균이 가려뽑은 조선시대의 한시』 1 참조.)

선 초중기의 시를 수록한 『국조시산』의 시는 『기아』에 거의 흡수되었다. 그러나 『기아』의 간행 이후에 『국조시산』 목판본이 간행된 것은 『국조시산』이 단순한 시선집으로 인지되지 않았음을 보여주는 것이다. 이와 관련하여 박태순이 목판본을 기획하면서 비어 부분에 중점을 두고 여러 시화 등에서 관련 내용을 추가한 작업은 『국조시산』의 효용이나 『국조시산』에 대한 당대 문단의 인식을 파악하는 데에 있어 주목해볼만 하다. 박태순이 『국조시산』의 간행 과정에서 추가한 작업들은 당시 조선 문단에서의 『국조시산』에 대한 인식과 기대를 반영한 결과로 볼 수 있기 때문이다.

박태순이 시화를 통해 추가한 부분은 크게 작가와 시로 대별할 수 있다. 우선 목판본에서는 원본 『국조시산』에는 확인되지 않는 작가에 대한 설명이 추가되었다.

> *成石璘：字自修, 號獨谷, 昌寧人. 高麗共愍時, 登第入我朝, 官至領議政, 昌寧府院君, 謚文景.
> *柳方善：字子繼, 號泰齋, 瑞州人. 進士, 蔭主簿. 遭家禍, 禁錮不第, 居原州, 訓誨後進, 一時公卿, 多其門人.
> *成三問：字謹甫, 昌寧人. 世宗朝登第, 選湖堂, 登重試, 官至承旨. 世祖朝, 與李塏等, 謀復魯山事, 覺被誅. 後有六臣祠.
> *金守溫：字文良, 號乖崖, 永同人. 世宗朝,登第, 選湖堂. 登重試, 魁拔英試, 登俊試, 官至領中樞, 永山府院君.
> *姜希顔：字景愚, 號仁齋. 世宗朝登第, 官至仁壽府尹. 書畵俱絶.

이상은 목판본 권1에 수록된 몇몇 작가의 예만을 제시해본 것이다. 작가의 가장 기본적인 정보라 할 수 있는 자와 호, 관직에 대한 정보가 간략하게 정리되어 있다. 박태순은 목판본을 간행하면서 이와 같은 설명을 대다수의 작가에게 덧붙였고, 다만 귀신으로 소개된 '이현욱(李顯郁)'이나 승려 '행사(行思)'나 '경운(慶雲)' 등과 여성 시인인 '조씨(曺氏)' '이씨(李氏)'에 대해서는 자호나 관직에 대한 설명을 할 수 없었기 때문에 별도의 부가 정보를 이름 아래 붙이지 못하였다. 또한 자호나 관력이 아니더라도 작가의 성명이 후대 시화에 거론되고 있다면, 시화에서 관련 부분을 인용하여 부기하기도 하였다.

그러나 목판본에서의 추가 편집 작업은 위의 작가에 대한 기본적 소개보다는 특히 비어 부분에 집중되었다. 박태순이 목판본에서 보완한 작업은 모두 아래와 같다.

〈표 31〉 목판본에서 추가된 비어의 양상

| | 작가 | 제목 | 출처 | 목판본에서 추가된 내용 | 비고 |
|---|---|---|---|---|---|
| 권1 오언절구 | | | | | |
| 1 | 奇遵 | 自挽 | 己卯錄 | 金大司成湜, 亡命到居昌顯高梯院, 題一絶於巖上曰: '日暮天舍黑, 山空寺入雲. 君臣千載義, 何處有孤墳.' 此其絶命之詞也. 與此詩畧有不同, 而明是一作也. 是集編於眼齋詩, 未詳孰是. | 작가와 시 설명 |
| 2 | 崔壽峸 | 輞川圖 | 己卯錄 | 南袞以山水圖寄冲庵, 求題詩. 猿亭題其上云云. 袞見而御之. | 시 설명 |
| 3 | 崔壽峸 | | 己卯錄 | 斷橋兩幅巾: 作'幅巾三四人' | 시구 교감 |
| 4 | 羅湜 | 驪江 | | 或云'鄭虛菴'作 | 고증 |
| 5 | 羅湜 | 驪江 | 芝峯類說 | 崔壽峸, 江陵人, 號猿亭. 性磊落不羈, 己卯士禍後, 其叔父崔世節爲承旨, 公寄書與詩, 勸乞補外. 世節以其書上告, 遂被訊死, 其詩云云. | 작가와 시 설명 |
| 6 | 羅湜 | 驪江 | | 卽是詩也, 此以爲長吟亭所作, 未詳孰是. | 고증 |
| 7 | 河應臨 | | 於于野談 | 河應臨, 年甫十歲, 以奇童稱. 有長者指竹笋爲題呼韻, 應聲而荅曰: '平地忽生黃犢角, 岩間初展蟄龍要. 安能折爾爲長箋, 吹作太平行樂調.' 及其少年登第, 一時言才者, 以應臨爲首. 常送客西郊有詩云云. 當時以'山中相送罷'竝稱, 而識者或知其年命不延, 未幾沒. | 작가와 시 설명 |

| | 작가 | 제목 | 출처 | 목판본에서 추가된 내용 | 비고 |
|---|---|---|---|---|---|
| 8 | 河應臨 | 送人 | 芝峯類說 | 曰: "李純仁'送人'詩曰: '一尊今夕會, 何處最相思. 古驛逢明月, 江南有子規.' 河應臨詩云云. 此二作俱佳, 而李尤近唐. | 시 설명 |
| 9 | 李純仁 | 雪後偶吟 | 芝峯類說 | 古郭人聲絶 寒鴉凍不飜: 作'市郭人聲絶, 蒼茫凍樹昏.' | 시구 교감 |
| 10 | 鄭之升 | 傷春 | 芝峯類說 | 此詩混書唐詩集中, 以示崔慶昌諸人, 皆不能辨云, 而細味之, 有不似唐者矣. | 시 설명 |
| 11 | 鄭之升 | 傷春 | 霽湖詩話 | 林白湖誦此絶句爲近世絶昌. 自以爲不可及, 是則果然矣. | 시 설명 |
| 12 | 無名氏 | 題院壁 | 芝峯類說 | 鄭處庵希良, 被士禍, 逃而爲髡. 或自稱李千年, 浮遊山水, 老不知所終. 嘗'題院壁'曰: '風雨驚前日, 文明負此時. 孤節遊宇宙, 嫌鬧並休詩.' 又云云. 其所爲推命之書, 今行於世, 有奇驗云. | 시 설명 |
| | | | | **권2 칠언절구** | |
| 13 | 趙云仡 | 卽事 | 芝峯類說 | 麗季趙云仡, 退居于廣州夢村, 一日見被罪謫去者, 有詩云云. | 시 설명 |
| 14 | 成石璘 | 訪騎牛子不遇 | 東人詩話 | 詞語豪宕俊逸, 可想襟度. | 시 품평 |
| 15 | 成石璘 | 賀趙侍中邀座主開讌 | 東人詩話 | 趙文忠公浚, 邀座主李文靖公開筵, 簪纓滿座. 時方小雨, 桃花亂落. 獨谷成文景公石磷, 先成賀詩一絶云云, 滿座閣筆. 家君昌寧府院君汝完盛怒曰: '文章當自損示屈於人. 誇才昡能, 取禍之道也.' 心譴之, 獨谷悔謝. | 시 설명 |
| 16 | 鄭以吾 | 竹長寺 | 東人詩話 | 鄭郊隱, 守一善郡. 春日西郊詩云云. 雅麗淸便, 雖置之唐詩無媿. | 시 설명 |
| 17 | 朴撝謙 | | 芝峯類說 | 朴撝謙, 世祖朝人. 以生員登武科, 爲部將. 從北征, 有功不言, 退居天安. 有'老將'詩曰: '白馬嘶風繫柳條, 將軍無事劍藏鞘. 國恩未報身先老, 夢踏關山雪未消.' | 작가 설명 추가 시 설명 |
| 18 | 朴撝謙 | | 芝峯類說 | 又嘗以軍官赴京, 有詩云: '三月三日天氣新, 澗邊楊柳綠初勻. 踏靑佳會家山事, 應向尊前憶遠人.' | 추가 시 설명 |
| 19 | 申從濩 | 無題 | 芝峯類說 | 三魁堂過妓上林春家, 口占云云. 從濩在當時號學唐, 而所作未知果近唐否. 上林春善琴, 時稱第一, 居廣通橋云. | 시 설명 |
| 20 | 金千齡 | 永濟道中 | 淸江詩話 | 金直學千齡, 兒時抱在乃祖膝上, 客得句曰: '雲收天際高輪月', 使其祖公對, 未及, 金乃拍祖公肩曰: '何不曰, 風定江心一葉舟乎.' 金後果以文名云. | 작가 설명 |

| | 작가 | 제목 | 출처 | 목판본에서 추가된 내용 | 비고 |
|---|---|---|---|---|---|
| 21 | 昌壽 | 曉起呈强哉 | 東文選 | 東文選以此詩爲宗室昌壽作, 而以李强哉時世考之, 非是. | 고증 |
| 22 | 李胄 | 傷別 | 西厓雜著 | 詩當以淸遠冲澹寄意於言外爲貴, 不然則只是陳腐語耳. 吾東人詩, 氣象局促, 難可議此, 惟李胄'題忠州自警堂'詩云云. 語頗自然, 而有遠致, 非他人學詩所及也. | 시 설명 |
| 23 | 姜渾 | 題舍人司蓮亭 | 芝峯類說 | 舍人所蓮亭, 舊有姜渾詩云云. 許篈詩曰: '前度劉郎又獨來, 亂蟬深樹奮池臺. 主人正抱相如病, 閑却當年白玉杯.' 二詩似有優劣. | 시 설명 |
| 24 | 成夢井 | 題友人江亭 | 芝峯類說 | 可謂達者之詞. | 품평 |
| 25 | 李希輔 | | 於于野談 | 李希輔, 讀書萬卷. 自少至老, 手不釋卷. 少時, 長老集親友, 設供帳山上, 遣騎邀希輔. 希輔方讀書, 無意赴邀, 强之來, 則袖出蠹簡於座中注目. 時放鷹搏雉於席邊, 而希輔不一睨, 其淫於書, 可想. 爲遠接使李荇從事官, 送天使于碧蹄, 天使有一句曰: '寄語于于諸顯相.' 鄭士龍·蘇世讓等, 皆未曉, 希輔一見冷笑曰: "諸公讀書不多, 故昧此也. 詩云: '飮餞于于', 謂諸公出餞此也." 兩人有慚色. 燕山有愛姬死, 使朝中文士詩之, 希輔有詩云云. 燕山見之垂淚, 以此時議薄之, 官多滯. 至年老, 醉中泣下連如, 子弟驚訝之, 問其由, 希輔曰: "吾嘗讀書萬卷, 凡所著人未易曉. 今世人讀不博, 忽我文章, 擧世貿貿, 孰知余詩高出陳簡齋上耶." 死無後, 有安分堂集十二策未梓者, 傳之外孫, 今經亂離, 未知能保不失也無. | 시 설명 |
| | | | | 권3 칠언절구 | |
| 26 | 申潛 | | 己卯錄 | 申潛, 字元亮, 能文章, 善書畫, 人謂之三絶. 進士壯元, 登薦科爲翰林. 罷科, 收紅牌, 又失白牌, 吟一絶曰: '紅牌已收白牌失, 翰林進士捴虛名. 從此峨嵯山下住, 山人二字孰能爭.' 後授泰仁縣監, 累轉牧使, 陞通政. 號靈川子. | 작가 설명 |
| 27 | 李彦迪 | 無爲 | 芝峯類說 | 語意甚高, 非區區作詩者, 所能及. | 품평 |
| 28 | 鄭惟吉 | 夢賚亭春帖 | 於于野談 | 余少時遊漢江夢賚亭, 卽相國鄭惟吉亭子也. 時相國多散居江湖, 窓戶皆有春帖子, 其一曰: '官閑身漫世誰嗔, 夢賚亭中白髮人. 賴是朝家無一事, 扁舟來釣漢江春.' 其二曰: '梅欲粧梢柳欲顰, 淸江氷泮綠粼粼. 老臣無與安危事, 唯向楓宸祝萬春.' 其三云云. 余少時常記誦, 抵老不忘, 每一詠來可想相國之風致也. | 시 설명 |

| | 작가 | 제목 | 출처 | 목판본에서 추가된 내용 | 비고 |
|---|---|---|---|---|---|
| 29 | 鄭惟吉 | 夢賚亭春帖 | 於于野談 | 未到花時'進'鱖魚: 作'薦'. | 교감 |
| 30 | 朴淳 | 訪曺處士山居 | 芝峯類說 | 朴思菴, 白雲洞詩云云. 時人爲之'朴宿鳥'. | 시 설명 |
| 31 | 鄭磏 | 海州芙蓉堂 | 於于野談 | 鄭磏爲海州牧使, 見芙蓉堂懸板, 盡取之, 付客舍帮子曰: '斫而爲薪, 以煖淨後之水.' 自作一絶, 傳之梁上云云. 其詩膾炙當時, 而或深惡其驕也. 後壬辰之亂, 倭寇入海州, 盡破芙蓉堂板上之題, 獨留鄭磏·金誠一兩詩. 誠一雖不能詩, 爲日本信使時, 以强直取重日本, 故留其詩. 鄭詩則倭亦知其絶唱, 故留之. 倭入江陵, 見官府懸板, 獨取林億齡詩長篇, 載船而歸, 倭亦知詩乎哉! | 시 설명 |
| 32 | 姜克誠 | 次友人韻 | 芝峯類說 | 姜克誠以弘文修撰, 在罷散中, 有詩云云. 明廟聞而賞歎, 特命收敍. | 시 설명 |
| 33 | 朴枝華 | 題宋礪城家歌兒石介詩軸 | 芝峯類說 | 人間'猶'得錦纏頭: 作'羸' | 교감 |
| 34 | 朴枝華 | 題宋礪城家歌兒石介詩軸 | 芝峯類說 | 石娥者, 礪城尉家婢, 以善歌名, 水月亭詞所謂絶唱佳兒者也. 朴枝華詩云云. 林悌詩曰: '秦樓公子風流盡, 檀板佳人翠黛殘. 唯有當時歌舞處, 春江水月映朱欄.' 礪城亭名水月, 故二詩云爾. | 시 설명 |
| 35 | 鄭礦 | 重陽 | 於于野談 | 鄭北窓礦, 九月念後, 咏晩菊曰: '十九卄九皆是九, 九月九日無定時. 多少世人皆不識, 滿階惟有菊花知.' 其弟碏和之云云. 向者朝廷開局, 選東方詩. 是時, 有以礦·碏此詩. 言大提學柳根, 取碏詩而舍礦詩, 以爲無律. 吁, 礦識音律之人, 曾謂不如根之知音乎. 所以自古得知音者難矣. | 시 설명 |
| 36 | 崔慶昌 | 天壇 | 芝峯類說 | 李達詩, '風泉響落秋山空, 石門月出疎鐘後. 道入讀罷黃庭經, 夜掃天壇拜北斗.' 崔慶昌詩云云. 此二作俱佳, 而崔詩末句押旁韻, 可惜. | 시 설명 |
| 37 | 崔慶昌 | 寄楊州成使君 | 芝峯類說 | 成斯文某爲楊州牧使, 畜一娼名梅花, 沈惑廢衙, 崔贈詩云云. | 시 설명 |
| 38 | 林悌 | 高山驛 | 五山說林 | 胡虜曾窺'二'十州: 作'數' | 교감 |
| 39 | 林悌 | 高山驛 | 五山說林 | 如今絶塞'無征戰': 作'烟塵靜' | 교감 |
| 40 | 林悌 | 壯士閑眠古驛樓 | 五山說林 | 曰: '崔公慶昌改'將軍躍馬'爲'當時躍馬' | 시 설명 |
| 41 | 楊士奇妾 | | 芝峯類說 | 楊斯文士奇妾, 能屬詞, 士奇以豊川府使往安岳, 未還. 其妾寄詩曰: '悵望長途不奄扉, 夜深風露濕羅 衣. 楊山館理花千樹, 日日看花歸未歸.' 楊山, 安岳別名. | 작가 설명 |

| | 작가 | 제목 | 출처 | 목판본에서 추가된 내용 | 비고 |
|---|---|---|---|---|---|
| 42 | 李氏 | | 芝峯類說 | 趙僉知瑗妾李氏, 號玉峯. '送人往驪江'詩曰: '神勒烟波寺, 淸心雪月樓.' '謝人來訪'曰: '飮水文君宅, 青山謝眺廬. 庭痕雨裡屐, 門到雪中驢.' 飮水卽其所居也. 又'閨情'詩曰: '有約郎何晩, 庭梅欲謝時. 忽聞枝上鵲, 虛畫鏡中眉.' 佳矣. | 작가 설명 |
| 43 | 李氏 | 寧越道中 | 西厓雜著 | '千里'長關三日越: 作'五日' | 교감 |
| 44 | 李氏 | 寧越道中 | 西厓雜著 | '哀歌唱斷'魯陵雲: 作'東風立馬' | 교감 |
| 45 | 李氏 | 寧越道中 | 西厓雜著 | 魯山遜于寧越, 聞杜鵑聲有詩云: '蜀魄啼, 山月低. 相思憶, 倚樓頭. 爾啼苦, 我聞苦. 非爾啼, 無我愁. 爲報天下苦勞人, 愼莫登春三月子規啼山月樓.' 此事載於'秋江冷話'. 近歲有三陟府使趙瑗妾李氏, 乃宗室之裔. 隨瑗往三陟, 過寧越, 有一絶云云. | 시 설명 |
| 46 | 失名氏 | 贈人 | 芝峯類說 | 有老父, 乞米於村野, 遇讀書生曰: '措大讀書太苦, 僕平生丐乞足矣.' 仍示一絶云云. 語意甚奇, 盖隱者也. | 시 설명 |
| 47 | 失名氏 | 贈人 | 芝峯類說 | 扣角'狂'歌誰得知: 作'謳' | 교감 |
| | | | | 권4 오언율시 | |
| 48 | 兪好仁 | 登鳥嶺 | 芝峯類說 | 曰: "兪㵢溪好仁, 成廟朝學士. 最被殊遇, 及歸覲嶺南. 上命中使趕於中路, 搜其詩槖以來, 其登鳥嶺詩曰: '北望君臣隔, 南來母子同.' 上稱歎曰: '此人忠孝俱備." | 시 설명 |
| 49 | 李胄 | 通州 | 於于野談 | 李胄以書狀赴中原, 登通州門樓題詩云云. 中國之士 揭懸板稱之曰: '獨鶴暮歸遼先生' | 시 설명 |
| 50 | 成渾 | 書座壁 | 遣閑雜錄 | 成徵君運, 報恩鍾谷人也. 行義甚高, 文章亦妙. 詩曰: '一入鍾山裡, 松筠臥草廬. 天高頭肯俛, 地窄膝猶舒.' 名下何人在, 林間此老餘. 柴門客自絶, 無日罷栞書. 乙巳衛社罷勳詩云云. 兩作皆極佳, 徵君無意於世, 不求人知, 眞處士也. | 시 설명 |
| 51 | 成渾 | 書座壁 | 芝峯類說 | 成大谷詩, 地下忘恩怨. 人間說是非, 盖悼乙巳諸人也. 下聯能說道諸賢心事, 可爲痛哭. | 작가 설명 |
| 52 | 盧守愼 | 端午祭 孝陵 | 芝峯類說 | 盧蘇齋於仁廟在東宮時, 爲右司書. 晩年祭孝陵詩云云. 可謂一字一淚矣. | 시 설명 |
| 53 | 朴枝華 | 青鶴洞 | 芝峯類說 | 林石川雙溪寺詩曰: '致遠仙人也, 飄然謝世氛. 短碑猶有字, 深洞本無墳. 濁世身如寄, 青天鶴不群. 高山安可仰, 徒此揖淸芬.' 俗傳孤雲得仙, 故石川之詩如此, 而守庵以爲不然. | 작가 설명 |

| | 작가 | 제목 | 출처 | 목판본에서 추가된 내용 | 비고 |
|---|---|---|---|---|---|
| 54 | 李達 | 寧越道中 | 芝峯類說 | 李達與崔慶昌諸人遊寧越, 同題魯山墓詩, 達先占一句云云. 諸人遂閣筆云. | 시 설명 |
| 55 | 白大鵬 | | 芝峯類說 | 白大鵬典艦司奴也. 頗能詩, 嘗醉臥路, 傍人有問之者, 大鵬以詩答之曰: '醉挿茱萸獨自娛, 滿山明月枕空壺. 傍人莫問何爲者, 白首風塵典艦奴.' | 작가 설명 |
| | | | | 권5 칠언율시 | |
| 56 | 朴致安 | 興海鄕校聞老妓彈琴 | 東人詩話 | 朴生致安, 早有詩聲, 屢擧不中, 居常怏怏. 薄遊寧海郡, 聞老妓月下彈琴, 聲甚悽咽, 有詩云云. 語意雄深, 眞傑作也. 鄭圓齋老妓詩, '寒燈孤枕淚無窮, 錦帳銀屛昨夢中. 以色事人終見棄, 莫將紈扇怨西風.', 前輩稱爲精麗, 然當避生一頭地. 又云鄭郊隱, 早春與耆英會城南聯句, 同里子弟多在座. 郊隱先唱云, '眠牛壟上草初綠' 朴生致安屬對曰: '啼鳥枝頭花政紅', 滿座稱賞. 詩名自比大振, 然終蹇躓不霑一命. | 시 설명 |
| 57 | 奇遵 | 禁直記夢 | 己卯錄 | 奇遵直玉堂, 夢羈旅關外艱難跋涉吟成一首云云. 覺書于壁後謫穩城行到吉州途中所見皆是夢中景色控馬諷咏怳然省悟士林傳誦莫不嗟惋云 □潮聲作頑雲木葉作古木 | 시 설명 |
| 58 | 申光漢 | 保樂堂 | 於于野談 | 金安老, 構新亭于東湖扁曰: '保樂堂'. 求申企齋光漢詩, 企齋辭不獲贈詩, □含譏諷. 其曰: '聞說者', 明其不自往見也, 其曰: '風光亦入陶甄手者', 明其朝家無政, 及江山里土, 皆入陶甄之手. 其曰: '月笛還宜錦綉人者', 明其繁華之事, 不宜於風月, 宜於富貴人也. 其曰: '進退有憂公保樂者', 明其古人進退, 皆有憂, 安老獨保其樂, 不與民共之也. 其曰: '行藏無意, 我全眞者', 明其無意進取於此時, 自全其節也. 其曰: '更使何人作上賓者', 明其我不願作上賓於其堂, 更有何人附勢者, 爲渠賓客乎. 此詩句句有深意, 千載之下, 可以暴白君子之心也. 安老亦深於文章, 豈不知其意. 而終不害者, 恐爲時賢口實, 而不欲露其隱也. | 시 설명 |
| | | | | 권6 칠언율시 | |
| 59 | 鄭士龍 | 後臺夜坐 | 霽湖詩話 | 或者, '以月孤'懸三字, 爲不承上語, 可謂癡人前說夢 | 시 설명 |
| 60 | 鄭士龍 | 楊根夜坐卽事示同事 | 霽湖詩話 | 趙竹陰希逸, 每誦湖陰'星搖禽動'之句, 三復歎美, 皆曉起卽景也. | 시 설명 |

| | 작가 | 제목 | 출처 | 목판본에서 추가된 내용 | 비고 |
|---|---|---|---|---|---|
| 61 | 鄭士龍 | 題上林春詩卷 | 遣閑雜錄 | 中廟朝名妓上林春善琴. 三魁申參判從濩眷之, 其家在鍾樓傍. 一日三魁, 過去口占曰: '細簾十二人如玉, 靑鎖詞臣信馬過.' 好事者畵之. 題其詩於畵尾, 其後鄭判府事士龍, 作七言律詩贈之. 鄭右相順朋, 洪領相彦弼, 成右相世昌, 金二相安國, 申二相光漢, 諸公連和遂成巨軸. | 시 설명 |
| 62 | 沈彦光 | 朱村驛有感 | 惺叟詩話 | 漁村晩與安老有隙, 出爲北伯, 有詩云云. 蓋悔心之萌乎. | 시 설명 |
| 63 | 徐敬德 | 贈葆眞菴 | 芝峯類說 | 徐花潭詩云云. 趙龍門和之, '至人心迹本同天, 小智區區滯一邊. 謾說軒裳爲桎梏, 從來城市卽林泉. 舟逢急水難回棹, 馬在長途合受鞭. 誠敬固非容易事, 誦君佳句問其然.' 蓋花潭詩, 頗有自許之意, 故以勸勉之語答之. | 시 설명 |
| 64 | 盧守愼 | 送盧子平赴東萊 | 芝峯類說 | 盧蘇齋, 因送客醉後作一詩未成, 有蟬爲驟雨所驅墜於席前. 公卽次續之云云. 似有神助. 杜詩'秋燕已如客' 乃用此也. | 시 설명 |
| 65 | 李顯郁 | 次許渾贈僧韻 | | 此詩見陽明集, 編次時失考. | 고증 |
| 66 335) | 鄭士龍 | 登王閣圖應製 | 於于野談 | 退溪讀此句, 擊節歎賞, 不呈試卷而出. | 시 설명 |
| | | | | **권7 오언고시** | |
| 67 | 鳴陽正 | | 芝峯類說 | 鳴陽正賢孫, 與南秋江爲友, 有詩曰: '水衣緣礎上, 庭草過墻長. 水閣靑好冷, 巖田腐婢香. 溪禽帶雨全身濕, 山柿經霜半臉紅.' | 작가 소개 |
| 68 | 辛永禧 | | 芝峯類說 | 進士辛永禧號安亭, 與寒暄秋江友善, 知士禍將作, 隱居不仕. 文章行誼, 爲一世所推云. | 작가 소개 |
| | | | | **권9 잡체시** | |
| 69 | 金宗直 | 東都樂府 -會疏曲 | 佔畢齋集 | 儒理王九年, 定六部號, 中分爲二, 使王女二人, 各率部內女子分朋, 自七月望, 每日早集大部之庭績麻, 乙夜而罷, 至八月望, 考其功之多少, 負者置酒食, 以謝勝者, 於是, 歌舞百戱皆作, 謂之'嘉俳'. 是時, 負家一女子起舞, 嘆曰: '會穌會穌', 其音哀雅, 後人因其聲作歌, 名會穌曲. | 시 설명 (序) |

335) 원본에는 없는 시이다.

| | 작가 | 제목 | 출처 | 목판본에서 추가된 내용 | 비고 |
|---|---|---|---|---|---|
| 70 | 金宗直 | 東都樂府<br>-憂息曲 | 佔畢齋集 | 實聖王元年, 以柰勿王子未斯欣質於倭, 十一年, 又以末斯欣兄卜好, 質於高句麗, 及訥祗王卽位. 思見二弟, 欲得辨士往迎之. 象擧歃良郡太守朴堤上, 堤上受命, 入高句麗, 旣以卜好還, 又浮海到倭國, 紿倭王, 潛使末斯欣還. 王驚喜, 命六部遠迎之, 及見握手相泣, 會兄弟置酒極歡, 王自作歌以宣其志, 俗謂之憂息曲. | 시 설명(序) |
| 71 | 金宗直 | 東都樂府<br>-鵄述嶺 | 佔畢齋集 | 朴堤上自高句麗還, 不見妻子, 而徑向倭國, 其妻追至栗浦, 見其夫已在船上, 呼之大哭. 堤上但搖手而去. 堤上死後, 其妻不勝其慕, 率三娘子, 上鵄述嶺, 望倭國慟哭而死, 因爲鵄述嶺神母焉. | 시 설명(序) |
| 72 | 金宗直 | 東都樂府<br>-怛忉歌 | 佔畢齋集 | 照知王十年, 王遊天泉亭, 有老翁自池中出獻書, 外面題云, '開見二人死 不開一人死'. 王曰: '與其二人死, 莫若不開, 但一人死耳.' 日官云: '二人者, 庶民也. 一人者, 王也.' 王惧, 拆而見之, 書中云 '射琴匣'. 王入宮, 見琴匣, 倚壁射之而倒, 乃內殿焚修僧也. 王妃引與通, 因謀弑王也. 於是, 王妃伏誅, 自後國俗, 每正月上辰, 上亥, 上子, 上午, 忌百事, 不敢動作, 目之爲怛忉日. 必以四日者, 其時適有烏鼠豕之怪, 令騎士追,之 因遇龍也. 又以十六日, 爲烏忌之. | 시 설명(序) |
| 73 | 金宗直 | 東都樂府<br>-陽山歌 | 佔畢齋集 | 金歆運, 柰勿王八世孫, 小遊花郞文努之門. 永徽六年, 太宗武烈王, 以歆運爲郎幢大監, 伐百濟, 營陽山下. 百濟人覺之, 乘夜疾駈, 黎明緣壘而入, 我軍驚亂, 飛矢雨集. 歆運橫馬待敵, 從者握轡勸還, 歆運拔釰擊之, 遂與大監穢破, 少監狄得, 赴賊鬪, 格殺數人而死. 步騎幢主寶用那, 聞歆運死. 嘆曰: '彼骨貴勢榮, 猶守節以死.' 況寶用那, 生無益, 死無損乎. 遂赴敵而死. 時人作陽山歌以傷之. | 시 설명(序) |
| 74 | 金宗直 | 東都樂府<br>-碓樂 | 佔畢齋集 | 百結先生, 失其姓名. 居狼山下, 家極貧, 衣百結若懸鶉, 故以名之. 嘗慕榮啓期之爲人, 以琴自隨, 凡喜怒悲歡不平之事, 皆以琴宣之. 歲將暮, 隣里舂粟, 其妻聞杵聲曰: '人皆有粟, 我獨無. 何以卒歲. 先生仰天嘆曰:'夫死生有命, 富貴在天, 其來也不可拒, 其往也不可追, 汝何傷乎. 吾爲汝, 作杵聲以慰之.'乃皷琴作杵聲, 世傳爲碓樂. | 시 설명(序) |
| 75 | 金宗直 | 東都樂府<br>-黃昌郞 | 佔畢齋集 | 黃昌郞, 不知何代人, 諺相傳, '八歲童子, 爲新羅王謀釋憾於百濟, 往百濟市, 以釰舞, 市人觀者如堵墻. 百濟王聞之, 召入宮令舞, 昌郞於座, 揕王殺之.' 後世, 作假面以像之, 與處容舞並陳, 考之史傳, 絶無左驗. 雙梅堂云, '非淸郞, 乃官昌之訛也.' 作辨以辨之, 然亦臆說, 不可信. 今觀其舞, 周旋顧眄, 變轉倏忽, 至今凜凜猶有生氣, 且有其節, 而無其詞, 故幷賦云. | 시 설명(序) |

복판본에서 추가된 비어는 대개가 『국소시산』의 수록 시가 시화나 잡록에 수록되어 있을 경우, 해당 시화의 설명을 해당 시나 시구에 추가로 붙여놓은 것이다. 허균이 비어를 통해 시를 품평하고 자구(字句)의 의미를 설명하는 것을 목표로 하였다면, 목판본에서는 관련된 내용의 시화를 찾아 전재하는 방식을 통해 시의 배경에 대한 부가 정보나 다른 해석을 추가하고 있는 것이다. 박태순이 참조했던 서적들은 『기묘록』(1638), 『지봉유설』(1614, 1633년 간행), 『어우야담』(1621), 『제호시화』(1647), 『동인시화』(1474), 『청강시화』(1629), 『동문선』(1478), 『서애잡저』(1633), 『오산설림』(미상), 『견한잡록』(16세기말 추정), 『성수시화』(1611), 『점필재집』(1520)이다. 이 중 박태순이 주로 인용한 서적은 『지봉유설』이었다. 이수광의 『지봉유설(芝峯類說)』 권13, 「문장부(文章部)」 6에는 「동시(東詩)」라는 소제목으로 신라부터의 이수광의 시대인 17세기 초반까지의 작가와 시를 소개하고 있다. 「동시」 부분은 조선 초중기의 대표적인 작가와 시를 선발한 『국조시산』과 대조해보았을 때 서술 대상이 비슷하다. 이에 박태순은 『지봉유설』과 『국조시산』에 수록된 동일한 작가·작품에 대해서 『지봉유설』의 서술을 『국조시산』의 해당 작가와 시의 비어로 붙인 것이다.

한편, 위의 표에서 한 가지 언급해야 할 부분은 4번과 6번의 나식(羅湜)의 〈여강(驪江)〉 시에 붙은 "或云'鄭虛菴'作."과 "卽是詩也, 此以爲長吟亭所作, 未詳孰是."과 귀신 이현욱의 시에 붙은 65번 "此詩見陽明集, 編次時失考."가 그것이다. 이는 그가 참조했던 시화의 표현이 아닌, 박태순의 글로 추정된다. 특히 "未詳孰是" 같은 것은 글쓴이의 평가가 개입된 것으로, 박태순이 작자 논란이 있는 시에 대해서 어느 쪽으로도 결론을 내리지 못하자 판단을 유보한 서술을 한 것이다. 허균이 이현욱의 시라고 한 것은 허균의 착오로, 박태순은 이 시가 왕양명의 문집에 보이는 시라고 하면서 허균의 착오를 지적하고 있다.

요컨대 박태순은 기존 시화를 통해 시의 배경 설명을 보완하고, 시에 대한 여러 해석도 참조할 수 있게 하였으며, 자구에 대한 교감도 시도하였다. 여기에서 나아가 자신의 판단도 비어로 개진하였다. 이렇게 목판본은 원본에 비해 비어가 상당히 강화되어 있다. 이러한 목판본의 편집 방향은 당시 조선 문인들이 『국조시산』을 단순한 시선집 이상으로 인식하고 있었음을 방증하는 것이다. 조선 문인들이 『국조시산』에 주목했던 것은 허균이라는 뛰어난 문인이 선발한 시는 물론, 그의 품평과 설명을 함께 읽을 수 있는, 학시 과정에서의 중요한 참고서였기 때문이다.

앞서 제3장에서 허균이 중국시선집 편찬을 하면서 중국 평점본의 형식을 수용하여 자신의 시선집 편찬에도 반영한 사실을 확인한 바 있었다. 허균은 당시 중국의 동향을 최전선에서 흡수하는 위치에 있었는데, 그가 『당절선산』과 같은 비어가 부기된 시선집을 제작하면서 비어 부기의 방식을 연습했던 경험은 『국조시산』과 같은 조선시선집 제작에도 이전에는 없었던 형식을 소개하는 결과로 이어졌던 것이다. 이렇게 기존 시선집과는 차별화된 모습을 보인 『국조시산』만의 특징들은 조선 문인들의 수요를 끌어내었고, 결국에는 대량 제작을 위한 목판본 간행까지 이어졌다고 볼 수 있다. 따라서 〈표 31〉과 같이 목판본 간행 과정에서 추가된 많은 비어들은 조선 문단이 『국조시산』에 기대했던 방향과 인식이 반영된 결과로 이해해볼 수 있다.

## 2. 허균의 『국조시산』 이후 저술

허균은 일찍이 『학산초담』 저술과 10여종의 중국시선집 편찬 활동을 통해 한시 비평 활동을 해왔다. 이와 같은 허균의 문학 비평 활동에서 『국조시산』의 편찬은 허균에게 있어서 전기(轉機)가 될 만한 사건이었다. 젊은 시절 저술한 『학산초담』에서는 그가 경험했던 시대를 중심으로 조선 중기 시단을 논했고, 임란 이후 오명제를 만나고 또 중국 사신 주지번을 접대하면서는 그들의 요청으로 신라부터 허균 당시까지 시사(詩史)를 두 번 정리하면서 이 목록에 대해 토론한 경험을 얻었고, 이렇게 정리된 결과를 포함하여 허균은 『국조시산』을 완성하였다. 『국조시산』은 허균이 중국인과 교류한 후에 완성한 최초의 저술이라는 점에서 중국 문단에 대한 의식이 다소 강하게 표출되어 있기도 하다. 특히 『국조시산』의 비어 부기 방식이 중국의 유행과 흐름을 같이 한다는 점도 지적할 수 있겠고, 허균이 『국조시산』 편찬 직전에 만난 주지번에게 받았던 『세설산보』 등의 책을 비롯한 다양한 중국 서적 독서의 경험을 『국조시산』의 비어로 반영하는 모습들도 주목할 만한 것이다. 『국조시산』의 편찬은 중국인과의 접촉과 교류가 계기이기도 했지만, 그들과의 만남과 토론을 경험한 후 확대된 문학 비평의 시각도 『국조시산』에 드러났기 때문이다.

『국조시산』 편찬을 통한 허균의 한시 비평 작업은 이후 시화집 『성수시화』 저술로 이어졌다. 이 『성수시화』는 허균이 『국조시산』을 편찬한지 얼마 지나지 않은 1611년에 저술된 것인데, 같은 시기에 허균은 자신의 문집 편찬도 완료하였다. 허균이 『성수시화』를 저술하던 시기는 허균이 지금까지의 문학 활동을 결산하던 시점이었던 것이다. 허균이 『학산초담』을 통해 자신이 듣고 배웠던 한시에 대한 공시적인 서술을 하고, 『국조시산』에서는 조선에 한해 시 선발을 했던 것과는 달리, 『성수시화』는 신라부터 조선까지 시사(詩史)를 시화집이라는 형식을 통해 풀어냈다.

> 우리나라는 당나라 말기로부터 오늘에 이르기까지 붓을 쥐고 시를 지은 사람들이 거의 수천 명이 될 것이나 세대가 멀어져서 인몰되고 전하지 못하는 자 또한 그 반을 넘고 있다. 더구나 전란을 겪음으로써 서적이 거의 없어지고 말았으니 뒷날 공부하는 자가 무엇을 가지고 그 남긴 자취를 살필 수 있을지 깊이 개탄스러울 따름이다. 나는 어려서 형과 스승들의 말을 익히 듣고, 차츰 자라 문사(文事)로 자임(自任)하여 온 지 이제 30년이다. 기억하고 보아 온 바가 적다 할 수 없으며, 또한 일찍이 망령되나마 청탁(淸濁)의 구분을 마음속에 지니기도 했었다. 정미년(1607, 선조 40)에 동시(東詩)의 산정(刪定)을 마치고 또 시평(詩評)을 지었는데, 그 동인(東人)으로서 자못 시로써 전기(傳記)에 나타난 자와 일찍이 귀로 듣고 눈으로 본 자들을 다 함께 널리 채택하고 아울러 망라해서 모두 시비를 가리고 평론을 가한 것으로 무릇 두 권이었다. 그 골라 놓은 시구가 혹 대아(大雅)의 안목에 어그러질지는 모르나 찾아 본 자료의 풍부함은 충분히 한 시대의 문헌을 갖추었다 할 만하였다.
>
> 글이 이루어지자 그 원고를 다듬어 다만 두 벌을 써서, 하나는 낭주(浪州)에 두었는데 잃어버렸고 또 하나는 서울 집에 두었는데 없어지고 말았으니, 이는 아마 육정(六丁)이 내려와 가져간 것인가? 다시 기재하려 해도 감히 하늘의 꺼림을 범하지 못해 잠자코 있을 뿐이었다. 신해년(1611)에 함산(咸山 함열(咸悅))에 귀양 가게 되자 한가하여 일이 없으므로 일찍이 담화(談話)하던 것을 기술하여 종이에 옮겨 쓰고 나서 보니 또한 마음에 들어 이를 시화(詩話)라 이름하니 무릇 96관(款)이었다. 그 상하 8백 년 사이에 뽑은 것이 다만 이에 그치니 너무 간략한 것도 같지만 요컨대 이 역시 마음을 다 썼을 뿐이니 보는 자는 짐작이

있을 것이다. 이 해 4월 20일 교산(蛟山)은 쓴다.[336)]

허균은 『성수시화』를 저술하고 쓴 「성수시화인」에서 30년간을 문사로 지내오면서 보고 들은 바가 적지 않다고 했으며, 그 과정에서 청탁의 구분을 이미 해왔다고 밝혔다. 특히 정미년에 『국조시산』 저술과 동시에 자신이 직접 보고 들었던 동방의 사람들을 모두 망라하여 시비를 가리고 평론했다고 하였는데, 이 저술은 결국 분실하여 이를 대신하여 『성수시화』를 썼다고 한다. 허균이 밝힌 대로라면, 『성수시화』는 『국조시산』의 편찬과 동시에 이루어진 허균이 분실했던 어떤 시화를 복기하여 쓴 저술이며, 『국조시산』과는 시각이 크게 달라지지 않고 밀접하게 관련되어 있다고 할 수 있다.

이 『성수시화』를 살펴보면, 서술 대상으로 삼고 있는 작가는 신라 최치원부터 허균 당대의 권필과 이안눌까지 약 800여년의 시대를 포괄하고 있다. 조선 초중기에 한정한 『국조시산』과는 대상 범위가 다른 것이다. 『성수시화』에서 소개된 작가는 아래와 같다.

*신라: 최치원(857~?)
*고려: 정지상(?~1135), 이인로(1152~1220), 이규보(1168~1241),

---

336) 許筠, 『惺所覆瓿藁』 卷25, 「惺叟詩話引」(『韓國文集叢刊』 74輯). "我國自唐末以至今日, 操觚爲詩者, 殆數千家, 而世遠代邈, 堙沒不傳者, 亦過其半. 況經兵燹, 載籍略盡, 爲後學者, 何從考其遺跡乎. 深可慨已. 不佞少習聞兄師之言, 稍長任以文事, 于今三十年矣. 其所記覽, 不可謂不富, 而亦嘗妄有涇渭乎中. 丁未歲, 刪東詩訖, 又著詩評. 其於東人, 稍以詩見於傳記者, 及所嘗耳聞目見者, 悉博採幷羅, 無不雌黃而評騭之, 凡二卷. 其所品藻, 或乖大雅, 而搜訪之殷, 足備一代文獻也. 書成, 削其稿, 只書二件, 一在浪州失去, 一在京邸遺佚, 此殆六丁下取將否. 欲更記載, 而不敢犯天忌, 聊以縮手耳. 辛亥歲, 俟罪咸山, 閑無事, 因述所嘗談話者, 著之于牘, 旣而看之, 亦自可意, 命之曰詩話, 凡九十六款. 其上下八百餘年之間, 所蒐出者只此, 似涉太簡, 而要之亦盡之已, 觀者詳焉. 是歲四月之念日, 蛟山題.

진화(?~?), 이견간(?~1330), 김극기(?~?), 이제현(1287~1367), 이색(1328~1396), 정몽주(1337~1392), 김구용(1338~1384), 조서(?~?), 이숭인(1347~1392)

*조선: 정이오(1347~1434), 이첨(1345~1405), 조운흘(1332~1404), 서거정(1420~1488), 김수온(1410~1481), 강희맹(1424~1483), 이승소(1422~1484), 성간(1427~1456), 김종직(1431~1492), 김시습(1435~1493), 조위(1454~1503), 유호인(1445~1494), 정희량(1469~?), 이주(1468~1504), 박은(1479~1504), 강혼(1464~1519), 이희보(1473~1548), 이행(1478~1534), 박상(1474~1530), 정사룡(1491~1570), 김정(1486~1521), 김안국(1478~1543), 신광한(1484~1555), 나식(1498~1546), 소세양(1486~1562), 심언광(1487~1540), 임억령(1496~1568), 임형수(1514~1547), 김인후(1510~1560), 윤결(1517~1548), 권벽(1520~1593), 박지화(1513~1592), 양사언(1517~1584), 송경(?~?), 이달(1539~1612), 노수신(1515~1590), 박순(1523~1589), 어무적(?~?), 김윤(?~?), 황정욱(1532~1607), 성혼(1535~1598), 이춘영(1563~1606), 권필(1569~1612), 이안눌, 고경명(1533~1592), 유영길(1538~1601), 실명씨2인, 허봉(1551~1588), 임제(1549~1587), 신노(1546~1593), 이옥봉(?~?), 이원형(?~?), 유희경(1545~1636), 백대붕(?~?), 참료(?~?)

위의 작가는 『성수시화』의 서술 순서를 따라 기록한 것이다. 모두 69인이며, 이중 조선의 작가는 56인, 송경과 이원형을 제외한 54인은 『국조시산』에도 시가 수록된 작가이다. 이 『성수시화』는 허균이 자신의 문집에 편입시킨 유일한 한시 비평서로서 1593년의 『학산초담』, 1597년 오명제의 『조선시선』 편찬 참여, 1607년 『국조시산』 편찬에 이은 그의 한시 비평 활동의 최종 저술이라 할 수 있다. 『학산초담』이나

『국조시산』이 조선 초중기 특정 시기에 한정한 저작임에 비해 『성수시화』는 현전하는 허균의 한시 비평물 중에서 가장 대상 범위가 넓다.

허균은 『성수시화』 저술에서 역대의 시사를 축약하여 보여주고 있는데, 800년간의 시사를 수십 명의 작가와 시로 자신 있게 서술할 수 있었던 것은 그가 『성수시화』에 앞서, 『학산초담』이나 『국조시산』, 『조선시선』 등의 작업을 경험했기 때문이다. 실제로 『성수시화』에서 논의되는 고려조의 대표적인 작가와 시들은 『조선시선』에서 확인되고 있으며,[337] 조선의 작가와 시는 대부분 『국조시산』에서도 찾아볼 수 있다. 『성수시화』와 『국조시산』에 모두 확인되는 작가·작품은 아래와 같다.

〈표 32〉 『성수시화』와 『국조시산』의 대비

| | | 『성수시화』 | 『국조시산』 |
|---|---|---|---|
| 1 | 최경창 | 其後崔孤竹和之曰: 水岸悠悠楊柳多, 小船爭唱采菱歌. 紅衣落盡西風冷, 日暮芳洲生白波. | 권10 七言絶句 〈采蓮曲次鄭知常韻〉 '**無愧王龍標, 李君虞**.' |
| 2 | 이달 | 李益之和曰: 蓮葉參差蓮子多, 蓮花相間女郎歌. 歸時約伴橫塘口, 辛苦移船逆上波. 二詩殊好, **有王少伯, 李君虞餘韻.** | 권10 七言絶句 〈采蓮曲次鄭大諫韻〉 '勝孤竹' |
| 3 | 정이오 | 鄭之'二月將闌三月來, 一年春色夢中回. 千金尙未買佳節, 酒熟誰家花正開.'之作, 不減唐人情處. | 권9 七言絶句 〈次韻寄鄭伯容〉 '當爲國初絶句第一' |
| 4 | 이첨 | 李之'神仙腰佩玉摐摐, 束上高樓掛碧窓. 入夜更彈流水曲, 一輪明月下秋江'之作, 亦楚楚有趣. | 권9 七言絶句 〈夜過寒碧樓聞彈琴〉 '何等淸切' '有唐人雅格' |
| 5 | 이첨 | 雙梅聞鶯詩曰: '三十六宮春樹深, 蛾眉夢覺午窓陰. 玲瓏百囀凝愁聽, 盡是香閨望幸心.' **酷似杜舍人**. | 권9 七言絶句 〈聞鶯〉 '**酷似杜紫薇**' |
| 6 | 조운흘 | 柴門日午喚人開, 步出林亭坐石苔. 昨夜山中風雨惡, 滿溪流水泛花來. | 권9 七言絶句 〈卽事〉 |

337) 오명제의 『조선시선』과 남방위의 『조선시선전집』에는, 『성수시화』에서 논의된 신라와 고려조의 작가들의 시가 모두 수록되어 있다. 최치원은 8수, 정지상은 6수, 이인로는 7수, 이규보 6수, 진화 1수, 이견간 1수, 김극기 4수, 이제현 8수, 이색 5수, 정몽주 16수, 김구용 1수, 조서 1수, 이숭인 12수가 그것이다.

| | | | |
|---|---|---|---|
| 7 | 서거정 | 唯徐四佳雖曰: '漫衍飯緩, 而春容富艷', 時有好處. 如'游蜂飛不定, 閑鴨睡相依. 月色蛩音外, 河聲鵲影中.' | 권4 五言律詩 〈秋風〉 |
| 8 | 서거정 | '更欲乘鸞吹鐵笛, 夜深明月過江南'等句, 亦有佳趣. | 권9 七言絶句 〈晩山圖〉 |
| 9 | 강희맹 | 姜景醇養蕉賦極好, 其詩亦淸勁. 其病餘吟曰: '南窓終日坐忘機, 庭院無人鳥學飛. 細草暗香難覓處, 澹煙殘照雨霏霏'. | 권9 七言絶句 〈病餘吟成呈崔勢遠〉 '**閑澹**' '點綴縹渺' |
| 10 | 강희맹 | 詠梅曰: '黃昏籬落見橫枝, 緩步尋香到水湄. 千載羅浮一輪月, 至今來照夢回時.' 俱**閑雅**可見. | 권9 七言絶句 〈梅〉 '亦自可兒.' |
| 11 | 이승소 | 李陽城之燕詩, 有'綠楊門巷東風晩, 靑草池塘細雨迷'之句, 酷似唐人. | 권6 七言律詩 〈燕〉 '世所稱妙.' |
| 12 | 김종직 | 仲兄嘗言'鶴鳴淸露下, 月出大魚跳', **何減盛唐乎**. | 권4 五言律詩 〈差祭宿江上〉 '**何減唐人高處**' |
| 13 | 김종직 | 如'細雨僧縫衲, 寒江客棹舟.' 甚寒澹有味, 斯言蓋得之. | 권4 五言律詩 〈仙槎寺〉 '逼唐' |
| 14 | 김종직 | 前輩讚畢齋驪江所詠, '十年世事孤吟裏, 八月秋容亂樹間'之句. | 권6 七言律詩 〈將赴善山舟過驪州次淸心樓韻〉 |
| 15 | 김종직 | 然不若神勒寺所作, '上方鍾動驪龍舞, 萬竅風生鐵鳳翔'之句, 洪亮嚴重, 此眞撑柱宇宙句也. | 권6 七言律詩 〈泊報恩寺下贈住持牛師〉 '凝重不震' |
| 16 | 김종직 | 其寶泉灘卽事曰: '桃花浪高幾尺許, 銀石沒頂不知處. 兩兩鸕鶿失舊磯, 銜魚却入菰蒲去', 此最伉高. | 권9 七言絶句 〈寶天灘卽事〉 '矯健入古' '獨此絶似唐' |
| 17 | 김시습 | 其題細香院曰: '朝日將暾曙色分, 林霏開處鳥呼群. 遠峯浮翠排窓看, 隣寺鍾聲隔巘聞. 靑鳥信傳窺藥竈, 碧桃花下照苔紋. 定應羽客朝元返, 松下閑披小篆文.' | 권6 七言律詩 〈題細香院南窓〉 '何減盛唐耶' |
| 18 | 김시습 | 昭陽亭曰: '鳥外天將盡, 吟邊恨未休. 山多從北轉, 江自向西流. 雁下汀洲遠, 舟回古岸幽. 何時抛世網, 乘興此重遊.' | 권4 五言律詩 〈昭陽亭〉 |
| 19 | 김시습 | 山行曰: '兒捕蜻蜓翁補籬, 小溪春水浴鸕鶿. 靑山斷處歸程遠, 橫擔烏藤一個枝'. 俱脫去塵臼, 和平澹雅, 彼纖靡雕琢者, 當讓一頭也. | 권9 七言絶句 〈山行卽事〉 '阿龍故自超' |
| 20 | 정희량 | 如'片月照心臨故國, 殘星隨夢落邊城'之句, 極神逸. | 권6 七言律詩 〈寄慵齋居士〉 |
| 21 | 정희량 | 而'客裏偶逢寒食雨, 夢中猶憶故園春', 有中唐雅韻. | 권6 七言律詩 〈偶書〉 '三四極佳, 結稱不揚' |
| 22 | 정희량 | '春不見花唯見雪, 地無來雁況來人'. 雖傷雕琢, 亦自多情. | 권6 七言律詩 〈鴨江春望〉 |
| 23 | 이주 | 如'朝日噴紅跳渤澥, 晴雲挹白出巫閭'. 甚有力. | 권6 七言律詩 〈望海寺〉 '篇如商彝周鼎, 奇氣逼人'. |
| 24 | 이주 | 凍雨斜連千嶂雪, 飢烏驚叫一林風, 老蒼奇傑. | 권6 七言律詩 〈次安邊樓題〉 |

| | | | |
|---|---|---|---|
| 25 | 이주 | 其通州詩曰: '通州天下勝, 樓觀出雲霄. 市積金陵貨, 江通楊子潮. 寒煙秋落渚, 獨鶴暮歸遼. 鞍馬身千里, 登臨故國遙', 亦咄咄逼王·孟也. | 권6 七言律詩 〈通洲〉 |
| 26 | 박은 | 如'春陰欲雨鳥相語, 老樹無情風自哀'之句, 學唐纖麗者, 安敢劘其壘乎. | 권6 七言律詩 〈福靈寺〉 '有神助' |
| 27 | 강혼 | 詩曰: '淸明御柳鎖寒煙, 料峭東風曉更顚. 不禁落花紅襯地, 更敎飛絮白漫天. 高樓隔水褰珠箔, 細馬尋芳耀錦韉. 醉盡金樽歸別院, 綵繩搖曳畫欄邊.' | 권9 七言律詩 〈廢朝應製御題寒食園林三月近落花風雨五更寒〉 |
| 28 | 이희보 | 李伯益詩曰: '宮門深鎖月黃昏, 十二鍾聲到夜分. 何處靑山埋玉骨, 秋風落葉不堪聞', 主極稱贊, 遂自吏曹正郞, 擢直提學. | 권9 七言絶句 〈輓宮媛〉 '詩自好而貽誚則大' |
| 29 | 이행 | '平生交舊盡凋零, 白髮相看影與形. 正是高樓明月夜, 笛聲凄斷不堪聽'. 無限感慨, 讀之愴然. | 권9 七言絶句 〈八月十五夜〉 '無限感慨讀' |
| 30 | 박상 | 嘗書'西北二江流太古, 東南雙嶺鑿新羅' | 권6 七言律詩 〈忠州南樓次李尹仁韻〉 '奇拔' |
| 31 | 박상 | 及'彈琴人去鶴邊月, 吹笛客來松下風'之句於壁上, 自嘆以爲不可及. | 권6 七言律詩 〈彈琴臺〉 '倏眩開闔, 不可有二'. |
| 32 | 강혼 | 鄭湖陰少推伏, 只喜訥齋詩.……(中略)…… 又云許宗卿有'野路欲昏牛獨返, 江雲將雨燕低飛'之句, 可與姜木溪'紫燕交飛風拂柳, 靑蛙亂叫雨昏山'之語, 相當也. | 권6 七言律詩 〈臨風樓〉 '湖老所獎' |
| 33 | 정사룡 | '山木俱鳴風乍起, 江聲忽厲月孤懸', 人以爲峭麗. | 권7 七言律詩 〈後臺夜坐〉 '此老此聯, 當壓此卷' |
| 34 | 정사룡 | '峯頂星搖爭缺月, 樹顚禽動竄深叢', 亦巧思. | 권7 七言律詩 〈楊根夜坐卽事示同事〉 '幽妙極巧思' |
| 35 | 정사룡 | 而終不若'雨氣壓霞山忽瞑, 川華受月夜猶明', 似有神助也. | 권7 七言律詩 〈紀懷〉 '古人道不到者' |
| 36 | 김정 | 金冲庵詩, '落日臨荒野, 寒鴉下晩村. 空林煙火冷, 白屋掩柴門'. 酷似劉長卿. | 권8 五言絶句 〈感興〉 '隨州雅韻' |
| 37 | 신광한 | 中秋舟泊長灘曰: '孤舟一泊荻花灣, 兩道澄江四面山. 人世豈無今夜月, 百年難向此中看'. | 권9 七言絶句 〈夜分後雨霽月色如晝舟泊長灘荻花灣〉 '說到此無欠' |
| 38 | 신광한 | 船上望三角山曰: '孤舟一出廣陵津, 十五年來未死身. 我自有情如識面, 靑山能記舊時人'. | 권9 七言絶句 〈船上望見三角山有感〉 '有都亭之感' |
| 39 | 신광한 | 過金公碩舊居曰: '同時逐客幾人存, 立馬東風獨斷魂. 煙雨介山寒食路, 不堪聞笛夕陽村'. | 권9 七言絶句 〈過介峴金公碩世弼舊居有感. '終當爲情死' |

| | | | |
|---|---|---|---|
| 40 | 신광한 | 三月三日, 寄朴大丘曰: '三三九九年年會, 舊約猶存事獨違. 芳草踏靑今日是, 淸尊浮白故人非. 風前燕語聞初嫩, 雨後花枝看亦稀. 茅洞丈人多不俗, 可能無意典春衣'. 篇篇俱可誦, 雖雄奇不逮湖老, 而淸邕過之. | 권6 七言律詩<br>〈三月三日寄茅洞朴大丘〉 |
| 41 | 나식 | 羅長吟湜, 有詩趣. 往往逼盛唐, 申·鄭諸老會于人家, 方詠蒲桃畫簇, 沈吟未就. 長吟乘醉而至, 奪筆欲書簇上. 主人欲止之, 湖老曰: '置之'. 長吟作二絶, 其一曰: '老猿失其群, 落日枯楂上. 兀坐首不回, 想聽千峯響'. **湖老大加稱賞, 因閣筆不賦. 蓀谷亦云 '此盛唐伊州歌法, 所謂截一句不得成篇者也'.** | 권8 五言絶句 〈題畫猿〉<br>'**此申·鄭所閣筆, 而蓀老所歎服, 乃伊州遺格, 所謂截一句, 不得有盛唐人能之**'. |
| 42 | 소세양 | 休作一絶書送曰: '蕭蕭孤影暮江潯, 紅蓼花殘兩岸陰. 漫向西風呼舊侶, 不知雲水萬重深'. 含思深遠, 尙見而嗟悼之. | 권10 七言絶句 〈題尙左相 震畫鴈軸〉 |
| 43 | 심언광 | '洪河欲濟無舟子, 寒木將枯有寄生', 蓋悔心之萌乎. | 권7 七言律詩 〈朱村驛有感〉<br>'悔心之萌而吁已晩矣' |
| 44 | 임억령 | 其'心同流水世間出, 夢作白鷗江上飛', 矯矯神龍戲海意. | 권7 七言律詩 〈送成聽松守琛還山用企齋韻〉 |
| 45 | 김인후 | 其詩曰: '梁王歌舞地, 此日客登臨. 慷慨凌雲趣, 凄涼弔古心. 長風生遠野, 白日隱層岑. 當代繁華事, 茫茫何處尋.' **沈着**俊偉, 一洗纖靡, 寔可貴重也. | 권4 五言律詩 〈登吹臺〉<br>'盛唐高韻' '**沈着**' |
| 46 | 박지화 | 朴守庵遊靑鶴洞, 作詩曰: '孤雲唐進士, 初不學神仙. 蠻觸三韓日, 風塵四海天. 英雄那可測, 眞訣本無傳. 一入蓬山去, 淸芬八百年', 淵悍簡質, 有思致深. 得杜·陳之體. | 권5 五言律詩 〈靑鶴洞〉<br>'語道思幽, 非等閑作者可肩' |
| 47 | 양사언 | 楊蓬萊游楓岳, 刻詩石上曰: '白玉京, 蓬萊島. 浩浩煙波古, 熙熙風日好. 碧桃花下閑來往, 笙鶴一聲天地老.', 有游仙之興. | 권3 雜體 〈楓嶽三五七言〉 |
| 48 | 이달 | 公復曰: '桐花夜煙落, 梅樹春雲空'之李達, 設若疏待, 則何以異於陳王初喪應劉之日乎. | 권8 五言絶句 〈江陵別李禮長之京〉 '孤情絶照' |
| 49 | 이달 | 益之留詩以辭曰: '行子去留際, 主人眉睫間. 今朝失黃氣, 未久憶靑山.' | 권5 五言律詩 〈上江陵楊明府〉<br>'儘好' |
| 50 | 이달 | 仲兄亦言李之詩, 新羅以來法唐者, 無出其右. 嘗稱其'中天笙鶴下秋霄, 千載孤雲已寂寥. 明月洞門流水在, 不知何處武陵橋'之作, 以爲不可及已. | 권10 七言絶句 〈伽倻山〉 |
| 51 | 노수신 | 然盧相詩, '路盡平丘驛, 江深判事亭.' | 권5 五言律詩 〈愼氏江亭懷弟〉<br>'變俗作雅' |
| 52 | 노수신 | '柳暗靑坡晩, 天晴白嶽春', 亦殊好. 其在爐錘之妙而已, 何害點鐵成金乎. | 권5 五言律詩<br>〈會謁議政影幀移安于家〉 |

| | | | |
|---|---|---|---|
| 53 | 박순 | 朴思庵詩, '久沐恩波役此心, 曉鷄聲裏載朝簪. 江南野屋春蕪沒, 却倩山僧護竹林.' **嗚呼, 士大夫孰無欲退之志, 而低回寸祿, 負此心者多矣. 讀此詩, 足一興嘅.** | 권10 七言絶句 〈贈堅上人〉'**嗚呼, 士大夫就不欲易退耶, 畢竟不得如志願負愧多矣.**' |
| 54 | 황지천 | 余赴遂安日, 黃芝川送以詩曰: '詩才突兀行間出, 官況蹉跎分外奇. 摠是人生各有命, 悠悠餘外且安之', 殊甚感慨. | 권10 七言絶句 〈送許端甫作遂安郡〉 |
| 55 | 황지천 | 公和之曰: '無數宮花倚粉墻, 游蜂戲蝶趁餘香. 老翁不及春風看, 空有葵心向太陽', 含意深遠, 措辭奇悍, 爲詩不當若是耶. 綺麗風花, 返傷其厚. | 권10 七言絶句 〈次李伯生詠玉堂小桃〉'是豈隨衆看場者耶' |
| 56 | 성혼 | 思庵相捐舍, 輓歌殆數百篇, 獨成牛溪一絶爲絶倡. 其詩曰: '世外雲山深復深, 溪邊草屋已難尋. 拜鵑窩上三更月, 應照先生一片心. 無限感傷之意', 不露言表, 非相知之深, 則焉有是作乎. | 권10 七言絶句 〈挽朴思菴〉 |
| 57 | 권필 | 汝章過其墓, 作詩曰: '空山木落雨蕭蕭, 相國風流此寂寥. 惆悵一杯難更進, 昔年歌曲卽今朝.' | 권10 七言絶句 〈過松江墓有感〉<br>'鄭有短歌, 道死後墳土無一盃相勸之意, 故詩中及之.' |
| 58 | 유영길 | 又言柳參判永吉詩, 雖境狹有好處. 如'錦瑟消年急, 金屛買笑遲.' | 권5 五言律詩 〈次韻酬黃景文'鏗鏘金石' |
| 59 | 유영길 | '映箔山榴艶, 通池野水淸.'等句, 皦勁可喜. | 권5 五言律詩 〈風詠樓〉'淸麗' |
| 60 | 실명씨 | **尹斯文勉奉使湖南**, 造一山中有草屋. 一老翁樹下槃博, 几有一卷. 展看則就奪之曰: '鄙作不堪入眼.' 僅見首題詠梳詩曰: '木梳梳了竹梳梳, 梳却千回蝨已除. 安得大梳長萬丈, 盡梳黔首蝨無餘.', **問其名, 不對而遯去.** | 권10 七言絶句 〈梳〉<br>'**尹斯文勉奉使湖南**, 見逸士書, **贈此詩問其姓名, 不對而去.**' |
| 61 | 실명씨 | 林子順有詩名, 吾二兄嘗推許之, 其'朔雪龍荒道'一章, 可肩盛唐云. 嘗言往一寺有僧軸, 題詩曰: '竊食東華舊學官, 盆山雖好可盤桓. 十年夢繞毗盧頂, 一枕松風夜夜寒.'. 詞甚脫洒, 沒其名號, 不知爲何人作也. 固有遺才, 而人未識者. | 권10 七言絶句 〈贈僧〉<br>'林子順於僧輒見之, 每稱道不已.' |
| 62 | 허봉 | 仲兄奉使北方, 登壓胡亭作詩曰: '白屋經年病, 靑苗一夜霜'. 林子順極賞之. | 「許門世藁」 五言律詩<br>〈壓湖亭〉 |
| 63 | 임제 | 仲兄亦稱其'胡虜曾窺二十州, 將軍躍馬取封侯. 如今絶塞無征戰, 壯士閑眠古驛樓.' 以爲翩翩**俠氣**. | 권10 七言絶句 〈高山驛〉<br>'**豪氣**' |
| 64 | 신노 | 壬辰六月二十八日, 是明廟忌辰. 申濟而題詩於谷口驛曰: '先王此日棄群臣, 末命慇懃托聖人. 二十六年香火絶, 白頭號哭只遺民', 觀者無不下淚. | 권10 七言絶句 〈壬辰六月二十八日作〉 |

| | | | |
|---|---|---|---|
| 65 | 이옥봉 | 家姊蘭雪一時, 有李玉峯者, 卽趙伯玉之妾也. 詩亦淸壯, 無脂粉態. 寧越道中作詩曰: '五日長關三日越, 哀歌唱斷魯陵雲. 妾身亦是王孫女, 此地鵑聲不忍聞.', 含思悽怨. | 권10 七言絶句 〈寧越道中〉 '悲憤慷慨' |
| 66 | 이달 | 與李益之'東風蜀魄苦, 西日魯陵寒'之句, 同一**苦調**也. | 권5 五言律詩 〈寧越道中〉 '**刺心裂肚**' |
| 67 | 전우치 | 羽士田禹治, 人言仙去, 其詩甚淸越. 嘗游三日浦作詩曰: 秋晩瑤潭霜氣淸, 天風吹下紫簫聲. 靑鸞不至海天闊, 三十六峯明月明'. 讀之爽然. | 권5 七言絶句 〈三日浦〉 |
| 68 | 정용 | 少日, 見鄭百鍊. 自言病而遇鬼, 能作絶句. 其最警絶曰: '酒滴春眠後, 花飛簾捲前. 人生能幾許, 悵望雨中天.' | 권8 五言絶句 〈春晩〉 |
| 69 | 정용 | 又曰: '萬里鯨波海日昏, 碧桃花影照天門. 鸞驂一息空千載, 緱嶺靈簫半夜聞'. 其**音韻瀏幽**, 自非人間語. | 권10 七言絶句 〈贈人〉 '仙耶鬼耶, 自足動人.' '**音響幽脩**' |
| 70 | 참요 | 本朝僧人能詩者甚稀, 惟參寥爲最. 其贈人詩曰: '水雲蹤跡已多年, 針芥相投喜有緣. 盡日客軒春寂寞, 落花如雪雨餘天'. 俊潔有味. | 권10 七言絶句 〈贈成川倅〉 |

〈표 32〉를 통해서 『성수시화』의 서술 방향과 시각이 실제로 『국조시산』과 밀접한 관련을 맺고 있음을 알 수 있다. 특히 굵은 글씨로 강조한 부분은 『성수시화』의 시에 대한 평가와 『국조시산』의 비어 부분이 거의 동일한 문형으로 이루어진 것을 표시한 것이다. 물론 자주 거론되는 작가나 시가 우연히 겹쳤을 수도 있지만, 시에 대한 평가까지 그대로 이어지고 있다는 점은 허균이 『국조시산』을 편찬하고 『성수시화』를 저술할 때까지 시에 대한 생각이 크게 바뀌지 않았고, 『국조시산』에서의 비평 시각이 상당히 다듬어진 결과였음을 보여주는 것이기도 하다.

다만 『성수시화』와 『국조시산』이 '한시'라는 공통 대상을 놓고 논했다는 점에서는 관련이 있지만, 시와 관련된 가벼운 일화부터 시에 대한 품평까지 다양한 주제와 형식으로 논하는 시화와, 특정 시대와 특정 시 형식의 모범이 될 만한 시를 선발해놓은 시선집은 장르의 기본 성격에서 차이가 있다. 특히 허균이 두 저술에서 논하고 있는 시 형식을 살펴보면 『국조시산』과 『성수시화』 모두 '칠언절구–칠언율시–오언율시–오언절구'의 순서로 칠언절구와 칠언율시를 중심으로 한 것은 동일했다. 그러나 오언고시나 배율 등은 『성수시화』에서 완전히 배제되는 모습이 확인된다. 실제로 『성수시화』에는 『국조시산』과 같이 각 시체의 대표적인 작가가 전혀 부각되지 않고 있으며, 시간 순으로 주제나 일화 중심으로 서술이 전개되면서 '대가' 중심으로 시가 소개되거나 그들의 시와 관련된 흥미로운 사건이 소개되고 있는 것이다. 허균이 이렇게 시 형식의 비중을 고려하지 않고 자유롭게 시를 선발하여 논할 수 있었던 것은 이미 『국조시산』을 통해 시기별, 시 형식별로 조선 한시의 실상을 제시했기 때문이었다. 이러한 문제는 달리 생각해보면 『국조시산』이 지니는 한계일 수도 있다. 특정 시 형식의 경우 조선에서 내로라하는 작가가 없음에도, 굳이 각 형식의 대표적인 작품을 뽑아야 하는 문제도 있기 때문이다. 허균은 『국조시산』에서 조선에서 발달하지 않은, 즐겨 창작되지 않은 몇몇 형식들에 대해서는 모범적인 사례를 제시할 수 없어서 해당 시 형식에 대한 창작의 현주소를 그대로 노출시키는 선발을 할 수밖에 없었다. 실제 '고시(古詩)'의 경우는 그러한 현실이 비어로 확인되기도 한다.[338] 이러한 『국조시산』이 지니는 시선집으로서의 한계는 『성수시화』와 전혀 공유되지 않았다. 허균은 『성수시화』 서술에서는 적극적으로 고시를 배제시키고, 조선에서 가시적인 성과를 내었던 칠언절구와 칠언율시 중심의 시화 저술을 시도했던 것이다. 이 때문에 조선 한시의 성취는 『성수시화』에서 그 실상이 제대로 설명되고 있다고 생각된다.

---

338) "二篇俱是選體. 不意東方有此作也."(成侃, 「效顔特進」, 『國朝詩刪』 卷1, 五言古詩)

## 3. 『국조시산』 이후 조선시선집의 향방

『국조시산』이 등장한 1607년 이후, 1688년 남용익의 『기아(箕雅)』가 편찬될 때까지 조선에서는 시선집이 제작되지 않았다. 이는 『국조시산』이 17세기의 대표적인 조선시선집의 역할을 담당하면서 문단의 기대를 충족시킨 사실을 대변한다. 게다가 『국조시산』은 보통의 시선집이 생존 작가를 배제하고 전 시대를 정리한 것에 비해 조선 초 정도전부터, 허균 당시의 생존 작가인 이달과 권필까지 시선집에 포괄하였다. 이 때문에 17세기 초반에 편찬되었음에도 17세기 중반에 제작된 시선집이 보여줄 수 있는 범위이기도 해서, 오랜 기간 『국조시산』을 보완할 시선집이 등장하지 않았던 것 같다.

실제 『국조시산』의 편찬 이후 『기아』가 만들어지기까지 확인 가능한 조선시선집의 목록은 아래와 같다.

*차천로, 『악부신성(樂府新聲)』(1615년 이전)
*김석주, 『황종집(黃鐘集)』
*남용익, 『율가경구(律家驚句)』
*『육가잡영(六家雜詠)』(1658년)

17세기에 등장한 조선시선집은 『국조시산』 이전에 편찬된 선행시선집이 거의 모든 시 형식과 다수의 작가를 망라하는 방식으로 만들어진 것과는 달리 특정 시 형식이나 몇몇 작가에 집중하는 경향을 보여준다. 이들 시선집을 차례로 살펴보면, 먼저 차천로(車天輅, 1556~1615)가 교선(校選)하고 김현성(金玄成, 1542~1621)이 비열(批閱)했던 『악부신성』은 조선 문인 5인의 의고악부(擬古樂部)를 뽑아놓은 것이다. 최경창(崔慶昌, 1539~1583) 12수, 백광훈(白光勳, 1537~1582) 13수, 임제(林悌,

1549~1587) 36수, 이달(李達, 1539~1612) 50수, 이수광(李睟光, 1563~1628) 59수로, 모두 170수의 악부시가 수록되어 있다.[339]

> 당나라 사람들은 시를 지을 때 고악부시(古樂府詩)를 많이 모방하였다. 궁사(宮詞), 규원(閨怨), 소년행(少年行), 새하곡(塞下曲), 유선사(遊仙詞) 등은 제목이 모두 좋은데, 이들이 이른 바 옛날 사람들이 제목만 보아도 당시(唐詩)임을 알 수 있다는 것들이다. 송(宋) 이후로는 우리나라에 이르기까지 이런 시체(詩體)가 거의 없었다. 그러므로 이제 몇 사람의 작품을 모아 책 한 권을 만들고, 계속하여 (이런 시를) 지을 사람들이 나오기를 기대한다. 능력의 높고 낮음과 성률의 좋고 나쁨은 안목이 있는 사람이라면 능히 분별할 수 있을 것이다. 차천로(車天輅)가 말하다.[340]

이 시선집은 위와 같은 편찬 목적을 밝혀 놓아서 '악부'라는 특정 시 형식에 대한 학습을 위해서 차천로 자신이 생각하는 모범적인 '의고악부'를 선별하여 제시한 선집임을 알 수 있다.

그 밖의 시선집으로 김석주의 『황종집』도 있다. 현재 이 시선집은 일실되었지만, 서문이 문집에 남아 전하고 있어 이러한 시선집이 만들어졌다는 사실과 편제 정도만 짐작해볼 뿐이다. 이 시선집도 『악부

---

339) 『악부신성』의 총 시수에 대해서 황위주의 논문 (「『악부신성』에 대하여」, 『국어교육연구』 21)에서는 175수라고 하였으나, 필자가 열람할 수 있었던 동양문고 소장의 『악부신성』은 170수가 수록되어 있었다. 일단 황위주의 논문에서 참조했던 본과 본고에서 접근이 가능했던 판본이 상이할 가능성도 생각해볼 수 있다. 『악부신성』의 문헌에 대해서는 재고될 여지가 있다.

340) 車天輅, 『樂府新聲』(일본 동양문고 소장본). "唐人爲詩多倣古樂府, 如宮詞閨怨少年行塞下曲遊仙詞等題目儘好. 此古人所爲望其題目, 亦知爲唐者也. 宋以下至我東則鮮有此體, 故今取數家彙爲一帙. 夫繼而有作者, 若其格力之高下, 聲律之利病, 具眼者能辨之. 車天路云."

신성』과 같이 특정 시 형식 하나만을 전문적으로 선발한 조선시선집이다.

> 근래에 우연히 국조의 명가시를 뽑다보니 읍취부터 이하 동명에 이르기까지의 9인이 되었다. 매 집마다 약간 수를 뽑아 2책으로 만들고 제목하기를 '황종집'이라 하였다. …(중략)… 9인은 읍취와 동명 이외에 또 눌재, 석천, 호·소·지, 죽음, 택당 7인이다.[341]

김석주의 서문을 통해 『황종집』이 박은, 박상, 임억령, 정사룡, 노수신, 황정욱, 조희일, 이식, 정두경의 9인의 칠언율시만을 선발한 시선집임을 알 수 있다. 『황종집』에 수록된 작가는 모두 칠언율시에 뛰어났던 대표적 작가만을 선발한 것으로, 이들은 『국조시산』의 칠언율시 상위 작가인 정사룡(19수) 황정욱(18수) 박상(11수) 노수신(10수) 박은(10수)과도 작가의 목록이 일치한다. 김석주는 자신의 시선집에 허균이 많은 시를 선발하지 않았던 임억령을 추가하였고, 『국조시산』의 범위를 벗어난 작가로는 조선 중기의 이식, 조희일, 정두경이 있다.

이와 비슷한 성격의 시선집으로 남용익의 『율가경구』도 있다. 이 시선집 역시 일실된 것으로 서문만이 『호곡집』에 남아있는데, 남용익은 근체시의 작시에 도움을 줄 수 있는 참고서로서 이 책을 기획하면서 당·송·명과 조선 문인의 시구를 아울러 뽑아 편집하였다고 한다.[342]

---

341) 金錫胄, 『息庵先生遺稿』 卷8, 「黃鐘集序」(『韓國文集叢刊』 145輯). "近日偶取國朝名家詩, 自挹翠以下至東溟爲九人. 每集抄若干首爲二冊, 題之曰'黃鐘集'. …(중략)… 九家者, 挹翠東溟之外. 又訥齋, 石川, 蘇, 湖, 芝, 竹陰, 澤堂七家."

342) 南龍翼, 『壺谷集』 卷15, 「律家警句序」(韓國文集叢刊 131輯). "凡律家之法, 起最難, 聯稍易, 結尤難, 而五言又難於七言, 故古來作者雖衆, 工者亦不多得. 玆摘唐宋明及我東諸篇中, 警絶之句, 倂錄于左. 起句則或如衡嶽雲開, 祝融突起, 或如平明趙壁, 赤幟忽建, 或如黃州竹樓, 急雨初鳴, 或如靑瑣弱柳, 嬌鶯始囀. 聯句則或如延津風雨, 兩龍交

다만 이 책은 엄밀하게는 '시선(詩選)'이라기보다는 기구(起句), 연구(聯句), 결구(結句)의 명구(名句)를 '적구(摘句)'한 것이다. 이 밖에 최기남과 어울려 삼청동에서 시를 지었던 위항시인 여섯 명이 1658년에 161편의 작품을 모아 '육가잡영(六家雜詠)'이라는 시선집을 내기도 하였으나,[343] 특수한 신분 작가의 시선집이라는 성격이 있어 조선을 대표할 만한 시선집으로 논하기는 어렵다.

이상과 같은『국조시산』이후의 조선시선집을 양상을 볼 때, 17세기는 조선시선집이 전문화로 진행되는 시작점에 위치한다고 할 수 있다.[344] 17세기 이전까지의 조선시선집은 조선 내에서의 수요보다는 중국과의 교류 과정에서 그들의 조선시선집에 대한 관심에 응하는 방향에서 제작되었고, 학시 과정에서의 참고서는 아니었다. 시학의 지침이 될 수 있었던 것은 조선 문인의 시가 아닌, 중국 시인들의 문집이거나 그들의 시를 압축적으로 볼 수 있었던 다양한 형태의 중국시선집이었다. 요컨대 17세기 초『국조시산』이 편찬되기까지의 조선시선집은 중국 독자의 조선 시에 대한 관심과 관련되거나 조선 내부적으로 전조의 시를 집대성하는 문헌 정리의 목적에 있었지, 조선 문인의 학시 참고서로서 제작되지는 않았다.

『국조시산』이전의 시선집인『동문선』이나『청구풍아』는 서거정 이전 시기까지의 고려 중심의 시선집이며, 그 이후의『속동문선』과『속청구풍아』는 수록 시대가 상당히 짧으며, 나머지『해동시부선』과『속

---

臥, 或如伯牙鼓琴, 山水諧音, 或如七襄成章, 紅綠爭輝, 或如凌雲材木, 輕重相稱. 結句則或如簫韶初輟, 鳳凰猶舞, 或如陰山積雪, 獵騎纔收, 或如洛浦朝雲, 神女乍滅, 或如赤城秋月, 霞標新捲, 雖豪壯美麗, 淸和枯淡之不同, 至於各臻其妙, 則無非可誦而可法. 故俱收並採, 以爲近體之指南云."

343) 허경진,『조선의 르네상스인 중인』, 랜덤하우스, 2008, 63~67면 참조.

344) 17세기 조선시선집의 공시적 양상에 대해서는 최은주, 앞의 논문 참조.

해동시부선』은 제작 후 곧바로 중국에 필사본으로 증정되면서 조선 내에서는 파급 효과가 미미했던 것 같다. 이러한 상황에서 실제적으로 조선 문단에 가장 큰 영향력을 행사했던 것은 『국조시산』이었다. 앞서 살펴보았지만, 『국조시산』이 허균에 의해 제작된 지 88년이 지나서 목판본으로 간행되었다는 사실은 17세기 후반까지도 『국조시산』이 여전히 문인들에게는 독서물로서 가치가 있었음을 증명하는 것이다. 그리고 『국조시산』에 이어 출현한 17세기 조선시선집의 다기한 모습은 『국조시산』을 비롯한 조선시선집들이 학시 과정에서 참고서로 기능하기 시작함을 보여주고 있다.

또한 이 시기 『국조시산』과 특정 형식이나 특정 시기에 집중한 시선집의 공존을 상기해볼 때, 『국조시산』은 조선시선집으로서 시 선발의 결과나 분량 면에서 조선 문인의 기대를 충분히 충족시켰던 것 같다. 『국조시산』과 같은 완전한 모습의 조선시선집이 오랫동안 등장하지 않은 사실이 이를 증명하고 있으며, 비슷한 시기에 제작된 시선집들이 대개 특정 시 형식이나 작가, 다른 목적으로 기획된 전문화된 모습을 보여주고 있다는 사실도 이를 뒷받침한다. 전문화된 시선집은 종합 시선집처럼 다수의 독자를 상정하고 제작되지 않았고, 개인이 특정 목적에서 만들었기 때문에 유포가 제한적이었다. 그러나 이 과정에서 『국조시산』 이후의 작가인 조선 중기의 이수광, 이식, 정두경 등의 작가가 부각되고 있는 분위기도 읽을 수 있다.

17세기에 읽혔던 조선의 시선집은 『국조시산』이 중심이었을 것이다. 『속청구풍아』나 『속동문선』은 『국조시산』에 모두 포괄되었고, 『국조시산』에 수록된 1000여 편의 시는 조선의 다양한 작가, 여러 시 형식의 성과를 제대로 습득하기에 충분한 것이었다. 여기에 허균의 비어가 더해지면서 이 『국조시산』은 17세기부터 시작하여 이후로도 오랜 기간 조선 초중기의 시를 정리한 시선집으로서 인정받았던 것이다.

『국조시산』의 조선 문단에서의 위상은 『국조시산』에 이어 등장한 남용익의 『기아』을 통해 명백하게 확인되고 있다.

> 장고씨들이 각기 채집한 것들이 있는데 번다하거나 소략하여 똑같지는 않다. 『동문선』은 박이부정하고 『속동문선』은 실은 것이 많지 않다. 『청구풍아』는 정밀하나 넓지 못하고 속편은 취한 것이 명확하지 않다. 근래의 『국조시산』은 자못 자세하고 핵심이 있으나 국초에서부터 시작하여 선묘조에 그쳤으니 처음과 끝이 완비되지 못하였다. 내가 이것을 아쉽게 여겼다. 이에 세 선집 중 각체의 시를 번다한 것은 깎고 소략한 것은 보태었다.[345)]

남용익(南龍翼, 1628~1692)이 1688년 편찬한 조선의 한시선집 『기아』의 서문이다. 남용익은 서문에서 『기아』 이전의 주요 조선시선집을 열거하면서 각 시선집의 장단점을 지적하고 있는데, 『국조시산』의 선시 양상에 대해서는 자세하면서도 핵심만을 추렸다고 평가했으며 오직 수록 시대가 짧은 것을 단점으로 꼽았다. 실제로 『국조시산』이 편찬되고부터 『기아』에 이르기까지 80여 년 동안은 『국조시산』을 잇는 주목할 만한 시선집이 문단에 나오지 않았다. 『기아』 역시도 『국조시산』의 성과와 조선에서의 위치를 의식한 결과, 그 편집 방식은 물론 수록 시도 『국조시산』을 그대로 받아들였으며, 『국조시산』이 포괄하지 못한 조선 이전과 조선 중기에 대해서만 별도로 선행 시선집을 통해 뽑거나

345) 南龍翼, 『壺谷集』 卷15, 「箕雅序」(韓國文集叢刊 131輯). "掌故氏各有採輯, 而繁略不齊. 東文選, 博而不精, 續則所載無多. 青丘風雅, 精而不博, 續則所取不明. 近代國朝詩刪, 頗似詳核. 而起自國初, 迄于宣廟朝, 首尾亦欠完備, 余皆病之, 玆將三選中, 各體刋繁添略."

당시 회자되던 시를 추가하였다. 『기아』의 『국조시산』 수용 양상은 『국조시산』 이후의 조선시선집이 『국조시산』을 어떻게 보고 있는지를 확인할 수 있다는 점에서 조선 내에서의 『국조시산』의 영향력과 관련하여 의미 있게 해석할 수 있다. 다만 두 시선집의 대비 이전에 주의해야 할 사실 한 가지는 『기아』가 『국조시산』의 목판본 간행 이전에 만들어졌다는 점이다. 『기아』는 1688년에, 목판본 『국조시산』은 1695년에 간행되었다. 따라서 남용익이 『기아』 편찬 시에 참조한 『국조시산』은 목판본 이전에 유전되던 원본의 모습이다. 허균과 박태순에 의해 두 번 만들어진 『국조시산』의 유전 상황과 간행 시기에 대해서 늘 주의해야 할 것이다.

『기아』는 편찬자 남용익이 대제학으로서 운각(芸閣) 제조(提調)를 겸하고 있던 1688년 여름, 예각(藝閣)의 주자(鑄字)를 얻어 간행했고 이 활자는 『기아』 편찬 때에 처음으로 사용되었다. 『기아』는 남용익 개인이 편찬하였지만, 그가 대제학의 지위에 있었던 시기에 만들어졌기 때문에 관찬(官撰)으로 보아야 한다.[346] 수록 작가와 작품의 수는 신라 최치원(崔致遠, 857~?)부터 숙종 때의 김석주(金錫胄, 1634~1684)까지 모두 497인의 작가, 2253수로, 『국조시산』의 180인 953수에 비하면 작자와 작품 수가 많다. 이는 조선 초중기로 범위를 한정한 『국조시산』과 달리, 『기아』는 신라부터 17세기 후반까지 900년의 시대를 포괄하고 있기 때문이다. 이에 서문에서 논한 것처럼, 『동문선』 『청구풍아』를 통해 신라와 고려의 시를 선발하고, 또 『국조시산』에서 조선 초중기 시를 거의 전재하였다. 『국조시산』 이후의 시는 참조할 시선집이 없었기 때문에 남용익이 『기아』를 편찬하는 과정에서 새롭게 선발하였다.

346) 박우훈, 「호곡 남용익 문학연구 서설」, 『어문연구』 16집, 1987, 75면 참조.

〈표 33〉『기아』의 각권별 시제수

| | 권1 | 권2-4 | 권5-6 | 권7-10 | 권11 | | 권12 | 권13-14 | 부록 | 합 |
|---|---|---|---|---|---|---|---|---|---|---|
| 형식 | 오언절구 | 칠언절구 | 오언율시 | 칠언율시 | 오언배율 | 칠언배율 | 오언고시 | 칠언고시 | 不姓氏三人 | 2031제 2253수 |
| 제수 | 133제 | 578제 | 387제 | 620제 | 35제 | 18제 | 156제 | 147제 | 10제 | |

『기아』의 각 권별 시제수를 살펴보면, 칠언율시-칠언절구-오언율시-오언고시-칠언고시-오언절구의 순서임을 알 수 있다.『국조시산』과는 달리 칠언율시를 부각시킨 것이 특징이며, 오언절구에 비해 오언고시와 칠언고시의 비중을 높인 것이 주목된다. 남용익은『기아』에 수록한 시의 형식과 시대와 관련하여 자신의 견해를 밝힌 바가 있다.

> …(상략)… 위로는 고운부터 아래로 요즘에 이르기까지 모두 몇 권으로 만들어 '기아'라고 이름 지었는데, 대개 동방의 시는 '아(雅)'하고 '기자(箕子)'부터 시작되었기 때문이다. 고시와 배율이 율시와 절구보다 적은 것은 우리 동방의 고시가는 중국보다 크게 뒤떨어지고, 배율은 원래 지을 일이 없어서이며, 칠언이 오언보다 많은 것은 시가들이 공을 쏟은 것이 칠율에 지극해서이고 오절은 짓는 자가 거의 없어서 이다. 예전의 시는 소략하고 요즘의 시는 상세한 것은 대체로 전조(고려)의 시집은 전하는 것이 거의 없어서이다.[347)]

그가 논한 것과 같이『기아』에서는 고려보다 조선의 시를 비중 있게 선발하였고, 또 칠언, 그 중에서도 칠언율시의 시수가 가장 많다. 이는

347) 南龍翼,『壺谷集』卷13,「社稷宗廟北郊. 遣大臣祈雨祭文.」(『韓國文集叢刊』131輯). "…(上略)…上自孤雲, 下逮今時, 摠若干卷, 名之曰箕雅. 蓋以東方詩雅, 由箕而作也. 古排少於律絶者, 我東古詩, 大遜於中華, 排律則元非適用故也, 七言多於五言者, 詩家用功極於七字律, 而五字絶則工者絶無故也. 略於古而詳於今者, 蓋因前朝詩集, 存者無幾."

남용익이 설명한 바, 조선에서 칠언율시를 가장 많이 공부하고 지은 결과였으며, 『기아』는 조선 시를 선발하면서 시의 실상을 충실히 반영하고자 했음을 알 수 있다. 이에 비해 『국조시산』은 칠언절구의 비중이 압도적이었는데, 이는 허균이 시선집 편찬을 통해 작시의 현장을 그대로 담아내기 보다는 '성당'이라는 기준을 두고 자신이 생각하는 시의 표준을 제시하려는 목적이 분명했음을 알 수 있다. 칠언율시를 위주로 한 선발은 『국조시산』에 1년 앞서 편찬된 대제학 유근의 시선집인 『속청구풍아』에서도 확인되고 있다.

이제 『기아』가 『국조시산』을 얼마나 어떤 방식으로 반영하고 있는지를 알아보자. 먼저 두 시선집의 시제부터 대비해보았다.

〈표 34〉 『국조시산』과 『기아』의 시제 양상

| | 『國朝詩刪』(1607년) | | 『箕雅』(1688년) |
|---|---|---|---|
| 卷1 | 五言古詩 | | |
| 1 | 鄭道傳 | 遠遊歌 | 遠遊歌 |
| 2 | 鄭道傳 | 嗚呼島弔田橫 | 嗚呼島弔田橫 |
| 3 | 權近 | 效蘇州謝李舍人安注書見訪 | |
| 4 | 卞仲良 | 遊子吟 | 次孟郊遊子韻 |
| 5 | 卞季良 | 感興 | 感興 |
| 6 | 申叔舟 | 和太白紫極宮感秋詩韻書懷 | 和李太白紫極宮詩 |
| 7 | 成侃 | 效顔特進 | 效顔特進 |
| 8 | 成侃 | 效鮑叅軍 | 效鮑叅軍 |
| 9 | 金宗直 | 鳳臺曲 | 鳳臺曲 |
| 10 | 金宗直 | 古朗月子 | 古朗月子 |
| 11 | 李瓊仝 | 用鮑照東門行韻別安東亞判 | 用鮑照韻別安東判官 |
| 12 | 成俔 | 結客少年場行 | 結客少年場行 |
| 13 | 婷 | 有所思 | 有所思 |
| 14 | 婷 | 待月有懷 | 待月有懷 |

| | | | |
|---|---|---|---|
| 15 | 深源 | 三娘歌 | 三娘歌 |
| 16 | 南孝溫 | 曳履商歌 | 曳履商歌 |
| 17 | 賢孫 | 晩步 | 晩步 |
| 18 | 朴誾 | 投擇之求和 | 投擇之求和 |
| 19 | 李鷩 | 放言 | 放言 |
| 20 | 辛永禧 | 寓意 | 寓意 |
| 21 | 李荇 | 一室用祝融峯韻 | 一室用祝融峯韻 |
| 22 | 李荇 | 春雪用大雪韻 | |
| 23 | 李荇 | 與仲說士華遊北園 | 與仲說遊士華北園 |
| 24 | 李荇 | 感懷 | 感懷 |
| 25 | 李荇 | 無盡亭 | |
| 26 | 李荇 | 次韻 | 次韻 |
| 27 | 李荇 | 追憶壬戌七月蠶頭之遊用張湖南詩韻 | |
| 28 | 李荇 | 七月八日與洪彦弼曹伸二君會適庵分得鏡字 | 會適庵分韻 |
| 29 | 李荇 | 偶題 | 偶題 |
| 30 | 金淨 | 卽景 | 俗離途中作 |
| 31 | 金淨 | 感懷 | 感懷 |
| 32 | 金安國 | 古意次韻 | 古意次韻 |
| 33 | 奇遵 | 丁丑七月禁直詠懷 | 禁直詠懷示季雅 |
| 34 | 奇遵 | 禁直詠懷示元冲 | 示元冲 |
| 35 | 林億齡 | 題洛山寺 | 題洛山寺 |
| 36 | 林億齡 | 種竹西窓外以遮夕陽風吹影亂絶勝圖畵詩以狀之 | 竹影 |
| 37 | 李滉 | 晩步 | 晩步 |
| 38 | 金麟厚 | 石泉第酬唱 | 石川第酬唱 |
| 39 | 盧守愼 | 送許佐郎篈朝天 | 送許佐郎篈朝天 |
| 40 | 奇大升 | 天際雲送盧公 | 天際雲送盧公禛 |
| 41 | 崔慶昌 | 次陶穫稻韻 | 次陶穫稻韻 |
| 42 | 崔慶昌 | 晝憩大慈川山 | 晝憩大慈川上 |
| 43 | 崔慶昌 | 感遇 | 感遇寄季涵 |
| 44 | 崔慶昌 | 山中 | 山中 |
| 45 | 崔慶昌 | 古意 | 古意 |

| | | | |
|---|---|---|---|
| 46 | 白光勳 | 夜坐偶成寄楊應遇 | 夜坐偶成寄楊應遇 |
| 47 | 白光勳 | 齋居感懷寄孤竹 | 寄孤竹 |
| 48 | 李達 | 斑竹怨 | 班竹怨 |
| 49 | 李達 | 尋孤竹坡山庄 | 尋孤竹坡山庄 |
| 50 | 李達 | 淮陽寄安邊楊明府 | |
| 51 | 李達 | 降仙樓次泥丸李覺韻 | |
| 52 | 權韠 | 余閑居無事習懶成癖絶朋友過從之樂.. | 三友詩 |
| 53 | 誠胤 | 感興 | 感興 |

〈표 34〉에서는 『국조시산』의 권1을 두 시선집에서 살펴본 것이다. 이를 통해 『국조시산』과 『기아』의 시제가 거의 동일함을 확인할 수 있으며, 『국조시산』의 제목이 긴 경우에는 『기아』가 이를 축소하고 있음을 알 수 있다. 또 이 표를 통해 『국조시산』의 시 대부분이 『기아』에 수록되고 있다는 사실도 볼 수 있다. 『기아』는 수록 시의 순서까지 『국조시산』을 그대로 따르는 편이었다.

〈표 35〉 세 시선집의 시제와 시의 순서 대비

| | | 『속청구풍아』 | 『국조시산』 | | | 『기아』 |
|---|---|---|---|---|---|---|
| 1 | 沈彦光 | 鍾城館遇雨 | 沈彦光 | 鍾城館遇雨 | 沈彦光 | 鍾城館遇雨 |
| 2 | 趙仁奎 | 上元觀燈 | 沈彦光 | 高城道中 | 沈彦光 | 高城道中 |
| 3 | 徐敬德 | 述懷 | 沈彦光 | 朱村驛有感 | 沈彦光 | 朱村驛有感 |
| 4 | 徐敬德 | 謝金相國惠扇 | 沈彦光 | 獨樂亭遊春 | 沈彦光 | 獨樂亭遊春 |
| 5 | 成運 | 新居 | 閔齊仁 | 夜坐有感 | 閔齊仁 | 夜坐有感 |
| 6 | 成運 | 晩秋書事 | 徐敬德 | 謝慕齋金相國惠扇 | 徐敬德 | 謝慕齋金相國惠扇 |
| 7 | 成運 | 題村舍壁 | 徐敬德 | 贈葆眞菴趙昱 | 徐敬德 | 贈葆眞菴 |
| 8 | 趙昱 | 題長安寺 | 宋麟壽 | 題喚仙亭 | 宋麟壽 | 題喚仙亭 |
| 9 | 閔齊仁 | 夜坐有感 | 林億齡 | 送成聽松守琛還山用企齋韻 | 朴光佑 | 月精寺 |
| 10 | 林億齡 | 用企齋韻送聽松還山 | 林億齡 | 次湖陰韻 | 林億齡 | 用企齋韻送成聽松守琛還山 |
| 11 | 林億齡 | 次寄明彦韻 | 朴光佑 | 月精寺 | 林億齡 | 次湖陰韻 |

『국소시산』과 『기아』의 시제나 수록 시의 순서는 두 시선십뿐 아니라 같은 시기의 작가와 시를 수록하고 있는 『속청구풍아』와 대비했을 때 그 관련성이 명확해진다. 이 시기의 시는 유근의 『속청구풍아』도 선발하였기 때문에 나란히 살펴보았다. 『국조시산』의 편찬 과정을 상기한다면 허균이 〈표 35〉의 시를 편찬하면서 『속청구풍아』를 참조했으리란 걸 알 수 있다. 허균은 『속청구풍아』에 비해 심언광의 시를 3수나 추가하였고, 조인규와 성혼, 조욱의 시는 산삭하였고, 민제인의 시는 그대로 수록했지만 순서는 『속청구풍아』와 달리 서경덕의 앞으로 배치하였으며, 임억령의 시도 한 수만 따르고 있다. 허균이 『속청구풍아』를 『국조시산』 편찬 과정에서 참조하되, 그대로 반영하지는 않고 새롭게 선발하고 또 자신의 방식으로 배치하는 모습을 볼 수있다. 이에 비해 『기아』는 선행시선집인 『국조시산』의 시를 거의 전재하는 방법을 택하였다. 작가나 시만 옮긴 것이 아니라 그 순서도 그대로 따랐다. 그리고 시제도 『국조시산』의 모습을 거의 유지하고 있다. 『기아』 편찬 시에 『국조시산』과 『기아』 전체를 대비해보아도[348] 『기아』는 조선 초중기, 곧 『국조시산』이 포괄하는 시대에 한해서는 『국조시산』을 주로 참조하여 따랐음을 분명히 알 수 있다. 『국조시산』의 시가 『기아』에 반영된 편수는 아래 〈표 36〉로 정리해보았다.

〈표 36〉 『국조시산』 시체별 제수와 『기아』에 반영된 제수

| | 오고 | 칠고 | 오율 | 오율 | 칠율 | 칠배 | 오절 | 칠절 |
|---|---|---|---|---|---|---|---|---|
| 『국조시산』 | 53제 | 33제 | 150제 | 6제 | 210제 | 3제 | 47제 | 289제 |
| 『기아』 | 47제 | 30제 | 118제 | 4제 | 177제 | 2제 | 33제 | 199제 |

348) 두 시선집의 목차 대비는 본고의 부록에서 제시해놓았다.

〈표 36〉를 보면, 『기아』가 『국조시산』을 일정 비율 이상으로 각 형식별로 고르게 반영하고 있음을 알 수 있다. 그러나 칠언절구에서는 다른 시 형식에 비해 참조한 비율이 조금 떨어졌는데, 이는 『국조시산』 자체가 칠언절구가 부각된 개성적인 측면을 지니고 있기 때문이다. 누차 언급했지만, 『국조시산』에서 가장 많이 뽑은 시 형식은 칠언절구였고, 이는 동시기 『속청구풍아』나 후대 시선집인 『기아』에서 칠언율시가 부각되는 것과는 다른 양상이다. 이 부분은 편찬자 허균의 선시관과 관련되면서 조선 초중기에 부각된 당풍의 흐름을 보여줄 수 있는 방식이었던 것이다. 이는 또한 사찬 시선집이라는 『국조시산』의 성격과 연결 지어 이해해볼 수 있는 것으로, 『기아』는 대제학이 선발한 시선집이기 때문에 관각에서의 활용도를 고려하고, 또 실제 가장 많이 창작되고 있는 시 형식을 위주로 할 수밖에 없는 것이다. 따라서 『기아』는 『국조시산』의 칠언절구에 대해서는 각 시 형식의 고른 배치를 위해 이 부분의 비중은 줄였던 것으로 짐작된다.

1607년 『국조시산』의 출현 이후, 1688년 『기아』가 편찬되기까지 오랜 기간 『국조시산』을 잇는 시선집이 제작되지 않은 상황에서, 『기아』가 『국조시산』을 거의 전재하다시피 수용했다는 점은 주목할 만한 일이다. 『국조시산』은 조선 문인에게 인정받은 것 이상으로 공고한 위상을 지니고 있었다. 『기아』의 『국조시산』 수용 양상은 조선시선집사에서 『국조시산』의 위치와 관련하여 중요한 시사점을 제공할 것이다.

# 제6장 결론

본고는 『국조시산』이 '어떤 책'인지를 알아보기 위해 이 책의 전모(全貌)를 밝히는 것을 목적으로 하였다. 따라서 『국조시산』의 문헌을 고찰하고 저작 배경, 성책 과정과 비선(批選) 양상을 탐색하여 『국조시산』의 기본적인 이해를 도모하고, 이후 이 책에 대한 조선 문단의 반응과 수용 양상까지 점검해보았다.

먼저 텍스트 분석에 앞서 『국조시산』의 문헌부터 정리하였다. 지금까지 제출된 『국조시산』 관련 연구들은 모두 허균이 편찬했던 원본이 아닌, 허균 사후 오랜 시간이 지나 간행된 목판본을 대상으로 한 결과였다. 본고에서는 현전하는 『국조시산』의 문헌들을 가능한 한 모두 조사하였고, 이를 허균의 '원본'과 '목판본'의 두 계열로 나누어 살펴보았다. 이러한 이본 조사를 통해서 현전본으로도 원본의 전모(全貌)를 재구할 수 있었으며, 또한 목판본이 원본과 상당 부분 차이가 있음을 실증하였다. 문헌 고찰 결과, 지금까지 선본(善本)으로 인정되던 목판본은 원본에 여러 방식의 편집을 하고 가필을 한 이본이어서 '허균의 『국조시산』 연구'는 반드시 원본으로 논해야 함을 알 수 있었다. 더불어 목판본은 '허균의 작업'으로 볼 것이 아니라, 17세기 후반 조선 문단에서의 『국조시산』에 대한 인식과 수용 방식을 살피는 측면에서 활용할 것을 제안하였다.

『국조시산』을 이해하는 데에 있어 우선적으로 설명되어야 할 부분은 허균에 의해 저술된 사실이 갖는 의미와, 1607년이라는 특정 시점에 편찬된 저작 배경에 대한 부분이다. 따라서 본고에서는 『국조시산』을 허균의 이전 한시 비평서와의 관련성에 주목해보았으며, 허균의 행적을 탐색하여 중국인의 조선 한시에 대한 관심에서 이 책이 제작된 사실을 논증해보았다.

허균은 일찍이 『학산초담』 저술을 통해 조선 한시에 대한 품평을 시도하였고 이 과정에서 자신의 시관(詩觀)과 그가 생각하는 조선의 대표적인 한시 목록을 드러내었다. 그리고 허균에게는 10여 종의 중국시선집을 저술한 이력이 있어서 그가 선시(選詩) 작업을 익히 진행하면서 조선시선집의 전범을 설정하고 시선집 편찬의 역량을 제고했음을 알 수 있었다.

한편, 허균은 중국인 주지번과 오명제를 만나 이들의 부탁으로 조선시선집 제작 과정에 참여한 사실이 있다. 이 만남은 허균에게 있어 중국인의 조선 한시에 대한 관심과 수요를 확인하게 하였고, 『국조시산』 저술의 직접적인 동기로도 작용하였다. 결국 『국조시산』의 출현은 허균이 축적했던 한시 비평 능력을 바탕으로, 허씨 가문과 조선 한시의 수준을 중국에 드러내기 위한 목적에서 이루어진 작업이었음을 알 수 있었다.

허균은 선행 조선시선집의 성과를 계승하고, 16세기 말~17세기 초에 중국에서 편찬된 여러 시선집의 영향을 받아, 또 자신의 시관(詩觀)을 적용하여, 『국조시산』을 완성하였다. 선시 방식에 있어서는 기존 조선시선집의 목록을 충실하게 반영하였으며, 허균과 시대가 가까운 작가와 시에 대해서는 시선집 보다는 문집을 비롯한 별도의 자료를 통해 선발하였다. 허균은 이 과정에서 특정 작가와 특정 시 형식을 부각시키는 개성을 보여주었는데, 일례로 『국조시산』에 가장 많은 시가 수록된 손곡 이달은 허균의 선시관을 극명하게 보여주는 작가이다. 허균은 시를 뽑을 때 작가의 명성보다는 시 자체의 예술성에만 기준을 두었다. 그 결과 『국조시산』은 대가의 명편 위주로 채워진 시선집이 아니라, 다양한 신분, 여류 작가까지 등장하는 특징을 보이고 있다.

또한 『국조시산』에는 허균이 붙인 짧은 비평글인 '비어(批語)'가 있어서 주목된다. 이렇게 문학 작품에 비어가 함께 전하는 것은 이미 중국에서 활발하게 유행하던 형식이었다. 특히 허균이 접했던 중국시선집의 다수가 비어가 부기된 모습이라는 점에서 허균이 중국 문단의 유행을 수용하여 조선시선집 편찬에 반영했음을 알 수 있었다. 그리고 이러한 비어 부기의 형식은 『국조시산』뿐 아니라 허균이 편집했던 중국시선집이나 허균이 관여했던 송익필과 허적의 문집에도 확인된다. 이러한 점에서 『국조시산』에 비어가 부기된 현상은 허균이 자신의 문학 활동에 중국의 평점본을 적극적으로 실험한 일련의 결과물로도 해석할 수 있다.

사실상 『국조시산』의 비어(批語)는 허균이 자신이 뽑은 시에 설명을 더하거나 선시(選詩)의 의도를 이해시키고, 작가와 시의 성취를 판단하여 후학에게 학시(學詩)의 지침을 제시하는 목적에서 붙인 것이다. 본고에서는 비어의 방향을 작풍/형식/감상의 세 방향에서 조명하였으며, 비어의 방식에도 주목하여 허균이 비유와 타인 평의 인증, 대가 비평의 방식 등을 사용하고 있음을 제시하였다. 우선 작풍과 관련된 비어를 정리하여서 허균이 '당'을 시의 전범으로 하면서 비어에 적극적으로 활용한 사실을 실증하였고, 또한 이 과정에서 허균이 중국뿐 아니라 조선의 시인도 비평의 준거로 활용한 양상을 특기하였다. 또한 비어의 방식에서는 비유적 표현과 그 출전을 통해 허균이 『국조시산』에서 여러 방식으로 드러낸 중국 문단에의 영향을 재확인하였다. 마지막으로는 대가 비평의 방식을 논해보았다. 이는 허균이 『국조시산』에서 보여준 풍격 비평의 방법이기도 한데, 이러한 단자(單字)/단문(短文)으로 된 대가 비평은 전통적인 평점본의 방향에서 탈피한 허균의 개성적인 면모를 드러내는 지점이었다. 『국조시산』의 비어는 시의 출처와 허균의 의식, 독서의 범위, 학시 과정, 허균의 시관 등을 다방면에서 확인시켜 주고 있었다.

『국조시산』이 편찬된 후, 조선 문인들은 이 시선집에 대해 긍정적인 반응을 보여주었다. 이는 허균이 선행 시선집을 재선(再選)하는 방식으로 중론을 수용한 바탕에, 허균 당대에 도래한 새로운 시풍을 적극적으로 제안했기 때문이다. 또한 여기에 선시 이유를 설명하거나 시의 성취를 품평하는 비어가 더해지면서, 이 시선집의 선시 결과는 적극적으로 받아들여졌고 『국조시산』에 대한 인정과 수용도 다양한 방식으로 전개되었다.

『국조시산』이 편찬된 후 88년이 지나 간행된 목판본은 여러 시화에서 관련 내용을 뽑아 비어를 보완하였고, 작가에 대한 설명도 추가하면서 당시의 『국조시산』에 대한 인식과 기대를 담아내었다. 목판본 『국조시산』의 출현은 허균의 시선집이 결국은 시학서로서 유용한 참고서임을 증명하는 일이었다.

또한 『국조시산』은 허균 개인에게 있어 이후 저술에도 영향을 끼쳤다. 특히 『성수시화』는 『국조시산』과 같이 한시 비평서라는 점에서 두 저술의 관련성에 주목해볼 수 있는데, 같은 시에 대한 평가가 동일한 문형이나 비슷한 관점에서 이루어지고 있다는 점에서 허균의 시관이 『성수시화』까지 견고하게 유지되고 있음을 알 수 있었다. 다만 두 저술은 시선집과 시화집이라는 장르의 차이에서 기인하는 성격과 방향성 차이가 존재하는데, 『성수시화』는 『국조시산』과 달리 각 시 형식을 고루 선발해야하는 장르적 제약이 없는 관계로 허균이 선호했거나 조선에서 성취가 있었던 시 형식을 집중적으로 선택하고 기술한 특징을 보이고 있다.

마지막으로는 『국조시산』 출현 이후 조선시선집의 전개 양상과 『국조시산』의 시선집사에서의 위치를 점검했다. 『국조시산』을 이은 『기아』는 『국조시산』을 거의 전재하였고, 『국조시산』의 범위를 넘어서는 부분만 추가하는 방식으로 편찬되었다. 조선에서 대제학 남용익을 통해 공식적으로 제작하고 또 활자로 찍어낸 『기아』가 『국조시산』을 전적으로 수용한 사실은 『국조시산』의 목록이 조선을 대표하는 시로 확고해지고 『국조시산』이 조선시선집사에서 공고한 위상을 확보하고 있음을 짐작케 한다.

본고에서는 『국조시산』과 관련된 기본적인 사항을 정리하는 것을 일차적인 목표로 하였다. 따라서 『국조시산』의 내용 분석이 허균의 문학적 방향과 관련하여 깊게 논의되지 못한 한계가 있다. 특히 『국조시산』의 비어는 조선 중기 한시 비평 연구에서 주목해야 할 자료임에도 본고에서는 존재 양상을 소개하는 차원에서 그쳤다. 본고에서 고민했던 문제 의식들과 과제는 앞으로 심화하여 논의될 필요가 있다. 더불어 원본 계열을 중심으로 하는 『국조시산』의 정본(定本)을 제작하는 것도 『국조시산』 연구뿐 아니라, 조선 중기 비평 연구에 있어 중요한 작업이라고 생각한다. 미진했던 부분들은 후속 연구를 통해 보완할 것을 약속드린다.

# 부록

## 1. 『국조시산』과 선행 조선시선집 대비

| | 『國朝詩刪』(1607년) | | 『靑丘風雅』(1473년) | 『東文選』(1478년) | 『續東文選』(1518년) | 『續靑丘風雅』(1606년경) | 『鶴山樵談』(1592년) |
|---|---|---|---|---|---|---|---|
| 卷1 | 五言古詩 | | | | | | |
| | 鄭道傳 | 遠遊歌 | ○ | ○ | | | |
| | 鄭道傳 | 嗚呼島弔田橫 | ○ | ○ | | | |
| | 權近 | 效蘇州謝李舍人安注書見訪 | | | | | |
| | 卞仲良 | 遊子吟 | ○ | ○ | | | |
| | 卞季良 | 感興 | ○ | ○ | | | |
| | 申叔舟 | 和太白紫極宮感秋詩韻書懷 | | | | | |
| | 成侃 | 效顔特進 | | | | | |
| | 成侃 | 效鮑叅軍 | | | | | |
| | 金宗直 | 鳳臺曲 | | | ○ | | |
| | 金宗直 | 古朗月子 | | | ○ | | |
| | 李瓊仝 | 用鮑昭東門行韻別安東亞判 | | | ○ | | |
| | 成俔 | 結客少年場行 | | | ○ | | |
| | 婷 | 有所思 | | | ○ | | |
| | 婷 | 待月有懷 | | | ○ | | |
| | 深源 | 三娘歌 | | | | | |
| | 南孝溫 | 曳履商歌 | | | ○ | | |
| | 賢孫 | 晩步 | | | ○ | | |
| | 朴誾 | 投擇之求和 | | | | | |
| | 李鼇 | 放言 | | | ○ | | |
| | 辛永禧 | 寓意 | | | | | |
| | 李荇 | 一室用祝融峯韻 | | | | | |

| | 『國朝詩刪』(1607년) | | 『靑丘風雅』(1473년) | 『東文選』(1478년) | 『續東文選』(1518년) | 『續靑丘風雅』(1606년경) | 『鶴山樵談』(1592년) |
|---|---|---|---|---|---|---|---|
| | 李荇 | 春雪用大雪韻 | | | | | |
| | 李荇 | 與仲說士華遊北園 | | | | | |
| | 李荇 | 感懷 | | | | ○ | |
| | 李荇 | 無盡亭 | | | | | |
| | 李荇 | 次韻 | | | | | |
| | 李荇 | 追憶壬戌七月蠶頭之遊用張湖南詩韻 | | | | | |
| | 李荇 | 七月八日與洪彦弼曹伸二君會適庵分得鏡字 | | | | | |
| | 李荇 | 偶題 | | | | | |
| | 金淨 | 卽景 | | | | | |
| | 金淨 | 感懷 | | | | ○ | |
| | 金安國 | 古意次韻 | | | | ○ | |
| | 奇遵 | 丁丑七月禁直詠懷 | | | | ○ | |
| | 奇遵 | 禁直詠懷示元冲 | | | | ○ | |
| | 林億齡 | 題洛山寺 | | | | ○ | |
| | 林億齡 | 種竹西窓外以遮夕陽風吹影亂絶勝圖畵詩以狀之 | | | | ○ | |
| | 李滉 | 晩步 | | | | | |
| | 金麟厚 | 石泉第酬唱 | | | | ○ | |
| | 盧守愼 | 送許佐郎篈朝天 | | | | | |
| | 奇大升 | 天際雲送盧公 | | | | ○ | |
| | 崔慶昌 | 次陶穫稻韻 | | | | | |
| | 崔慶昌 | 晝憩大慈川山 | | | | | |
| | 崔慶昌 | 感遇 | | | | | |
| | 崔慶昌 | 山中 | | | | ○ | |
| | 崔慶昌 | 古意 | | | | | |
| | 白光勳 | 夜坐偶成寄楊應遇 | | | | | |
| | 白光勳 | 齋居感懷寄孤竹 | | | | | |
| | 李達 | 斑竹怨 | | | | | |
| | 李達 | 尋孤竹坡山庄 | | | | | |
| | 李達 | 淮陽寄安邊楊明府 | | | | | |
| | 李達 | 降仙樓次泥丸李覺韻 | | | | | |

| | 『國朝詩刪』(1607년) | | 『青丘風雅』(1473년) | 『東文選』(1478년) | 『續東文選』(1518년) | 『續青丘風雅』(1606년경) | 『鶴山樵談』(1592년) |
|---|---|---|---|---|---|---|---|
| | 權韠 | 余閑居無事習懶成癖絶朋友過從之樂..... | | | | | |
| | 誠甯 | 感興 | | | | | |
| 卷2 | 七言古詩 | | | | | | |
| | 鄭道傳 | 公州錦江樓 | ○ | ○ | | | |
| | 李詹 | 謫仙吟與李教授別 | | ○ | | | |
| | 成侃 | 老人行 | ○ | | | | |
| | 徐居正 | 古意 | | | ○ | | |
| | 徐居正 | 春閨怨 | | | | | |
| | 徐居正 | 青春曲 | | | | | |
| | 金宗直 | 登金剛山看日出 | | | ○ | | |
| | 成俔 | 曉仙謠 | | | | | |
| | 成俔 | 瀟湘曲 | | | | | |
| | 成俔 | 胡笳曲 | | | ○ | | |
| | 申從濩 | 家有一馬甚駿畜之幾十年一日忽無病而死余嗟惜者久作詩而記之 | | | ○ | | |
| | 申從濩 | 日出扶桑圖 | | | ○ | | |
| | 鄭希良 | 渾沌酒歌 | | | ○ | | |
| | 魚無迹 | 流民嘆 | | | ○ | | |
| | 朴祥 | 題李晉州兄弟圖 | | | | | |
| | 朴祥 | 宣川紫石硯歌 | | | | | |
| | 金淨 | 聞方生談牛島歌 | | | | | |
| | 金淨 | 四時詞 | | | | | |
| | 黃汝獻 | 竹枝歌 | | | | ○ | |
| | 李滉 | 湖堂曉起用東坡定惠院韻 | | | | | |
| | 李滉 | 湖堂春暮梅花始開用秦少遊詩韻 | | | | | |
| | 尹潔 | 飯筒投水詞 | | | | ○ | |
| | 盧守愼 | 耆老宴作 | | | | ○ | |
| | 權擘 | 曉行 | | | | ○ | |
| | 朴淳 | 漁父詞 | | | | ○ | |
| | 楊士彦 | 美人曲 | | | | ○ | |
| | 崔慶昌 | 李少婦挽詞 | | | | | |
| | 崔慶昌 | 鄭御史以周借裘題贈 | | | | | |

| | 『國朝詩刪』(1607년) | | 『青丘風雅』(1473년) | 『東文選』(1478년) | 『續東文選』(1518년) | 『續青丘風雅』(1606년경) | 『鶴山樵談』(1592년) |
|---|---|---|---|---|---|---|---|
| | 崔岦 | 送李楨從鄭亞判赴京 | | | | | |
| | 李達 | 漫浪舞歌 | | | | | |
| | 鄭之升 | 送成則優遊楓岳 | | | | | |
| | 權韠 | 古長安行 | | | | | |
| | 權韠 | 鬪狗行 | | | | | |
| 卷3 | 雜體詩 | | | | | | |
| | 姜希孟 | 農謳 | | | ○ | | |
| | 魚世謙 | 八音歌傷田家 | | | | | |
| | 魚世謙 | 次朱文公十二辰 | | | | | |
| | 金宗直 | 東都樂府 | | | | | |
| | 金宗直 | 古意五韻五篇 | | | | | |
| | 金時習 | 東峯六歌 | | | ○ | | |
| | 金時習 | 渤海 | | | | | |
| | 金時習 | 謾興 | | | | | |
| | 楊士彦 | 楓岳三五七言 | | | | | ○ |
| | 權韠 | 四禽言 | | | | | |
| 卷4 | 五言律詩 | | | | | | |
| | 鄭道傳 | 山中 | ○ | | | | |
| | 李詹 | 登州 | | ○ | | | |
| | 李詹 | 舟行至沐陽潼陽驛 | ○ | ○ | | | |
| | 卞仲良 | 寄金副令九客 | ○ | ○ | | | |
| | 李稷 | 病松 | ○ | | | | |
| | 權遇 | 宿東坡驛 | | | | | |
| | 卞季良 | 晨興 | ○ | | | | |
| | 卞季良 | 春事 | ○ | | | | |
| | 柳方善 | 曉過僧舍 | ○ | ○ | | | |
| | 柳方善 | 卽事 | ○ | ○ | | | |
| | 趙須 | 呈逸溪金相國 | ○ | | | | |
| | 徐居正 | 蓮堂月夜 | | | | | |
| | 徐居正 | 七夕 | | | ○ | | |
| | 徐居正 | 夜詠 | | | ○ | | |
| | 徐居正 | 秋風 | | | | | |

| | 『國朝詩删』(1607년) | | 『青丘風雅』(1473년) | 『東文選』(1478년) | 『續東文選』(1518년) | 『續靑丘風雅』(1606년경) | 『鶴山樵談』(1592년) |
|---|---|---|---|---|---|---|---|
| | 徐居正 | 三田渡 | | | ○ | | |
| | 姜希孟 | 向關東行在次金化板韻 | | | | | |
| | 洪貴達 | 廣津舟中早起 | | | | | |
| | 金克儉 | 入侍經筵 | | | | | |
| | 金宗直 | 二月三十日入京 | | | ○ | | |
| | 金宗直 | 洛東津 | | | ○ | | |
| | 金宗直 | 差祭宿江上 | | | | | |
| | 金宗直 | 寓興 | | | ○ | | |
| | 金宗直 | 佛國寺與世蕃金季昌話 | | | ○ | | |
| | 金宗直 | 仙槎寺 | | | ○ | | |
| | 金時習 | 途中 | | | ○ | | |
| | 金時習 | 有客 | | | ○ | | |
| | 金時習 | 登樓 | | | ○ | | |
| | 金時習 | 昭陽亭 | | | ○ | | |
| | 金時習 | 何處秋深好 | | | ○ | | |
| | 兪好仁 | 沙斤驛亭 | | | ○ | | |
| | 兪好仁 | 登鳥嶺 | | | ○ | | |
| | 曺偉 | 次韻答淳夫 | | | ○ | | |
| | 李胄 | 通州 | | | ○ | | |
| | 李胄 | 贈辛德優 | | | | | ○ |
| | 朴誾 | 雨中懷擇之 | | | ○ | | |
| | 朴誾 | 曉望 | | | ○ | | |
| | 朴誾 | 癸丑移舟 | | | | | |
| | 魚無迹 | 逢雪 | | | ○ | | |
| | 李荇 | 題天磨錄後 | | | | ○ | |
| | 李荇 | 次雲卿韻 | | | | ○ | |
| | 李荇 | 獨酌有感 | | | | | |
| | 李荇 | 新秋 | | | | ○ | |
| | 李荇 | 次洞口晚賦韻 | | | | | |
| | 李荇 | 風樹 | | | | | |
| | 李荇 | 有懷止亭用定王臺韻 | | | | | |
| | 金安國 | 遊龍門登絶頂 | | | | ○ | |

| 『國朝詩删』(1607년) | | | 『青丘風雅』(1473년) | 『東文選』(1478년) | 『續東文選』(1518년) | 『續青丘風雅』(1606년경) | 『鶴山樵談』(1592년) |
|---|---|---|---|---|---|---|---|
| | 金安國 | 次崔龍仁光潤村居壁上韻 | | | | ○ | |
| | 金淨 | 淸風寒碧樓 | | | | ○ | |
| | 金淨 | 送猿老歸溟洲 | | | | ○ | |
| | 金淨 | 春夜贈奉君朝瑞往松都因返故林 | | | | | |
| | 金淨 | 遣懷 | | | | ○ | |
| | 金淨 | 絶國 | | | | | |
| | 金淨 | 積水 | | | | | |
| | 奇遵 | 江上 | | | | ○ | |
| | 奇遵 | 日暮登城 | | | | ○ | |
| | 奇遵 | 秋日城頭 | | | | ○ | |
| | 崔壽峸 | 題萬義寺東浮屠 | | | | | ○ |
| | 崔壽峸 | 贈僧 | | | | | |
| | 申光漢 | 醮季女夜宿珍山村舍 | | | | | |
| | 申光漢 | 晩望 | | | | ○ | |
| | 申光漢 | 病裡山齋卽事寄趙士秀求和 | | | | ○ | |
| | 洪彥弼 | 奉和希樂亭見寄 | | | | | |
| | 成世昌 | 題麟蹄縣 | | | | | |
| | 蘇世讓 | 書扇面寄巴山兄 | | | | | |
| | 鄭士龍 | 岐江 | | | | ○ | |
| | 鄭士龍 | 納灝堂 | | | | ○ | |
| | 鄭士龍 | 沂臨津用紫陽唐皐韻 | | | | | |
| | 鄭士龍 | 釋悶縱筆 | | | | | |
| | 鄭士龍 | 大灘 | | | | | |
| | 黃汝獻 | 贈僧 | | | | | |
| | 沈彥光 | 病鶴 | | | | ○ | |
| | 成運 | 書座壁 | | | | ○ | |
| | 林億齡 | 秋村雜題 | | | | ○ | |
| | 林億齡 | 贈覺玄 | | | | ○ | |
| | 林億齡 | 竹西樓 | | | | ○ | |
| | 嚴昕 | 次石川韻 | | | | | |
| | 洪暹 | 次詠薔薇韻 | | | | ○ | |
| | 李滉 | 次友人寄詩求和韻 | | | | | |

| | 『國朝詩刪』(1607년) | | 『靑丘風雅』(1473년) | 『東文選』(1478년) | 『續東文選』(1518년) | 『續靑丘風雅』(1606년경) | 『鶴山樵談』(1592년) |
|---|---|---|---|---|---|---|---|
| | 柳希齡 | 宿十三山次板上韻 | | | | ○ | |
| | 金麟厚 | 秋晩作 | | | | ○ | |
| | 金麟厚 | 登吹臺 | | | | ○ | |
| | 金麟厚 | 華陽亭 | | | | | |
| | 金麟厚 | 盆菊 | | | | | |
| | 鄭惟吉 | 次韻贈柳宣川永吉 | | | | ○ | |
| | 李洪男 | 水月亭淸溪晩雨 | | | | | |
| | 尹鉉 | 次楊炯從軍行 | | | | | |
| | 尹鉉 | 次王勃三學寺 | | | | ○ | |
| | 尹潔 | 題忠州樓軒 | | | | ○ | |
| | 尹潔 | 次陰城東軒韻 | | | | ○ | |
| 卷5 | 盧守愼 | 十六夜感歎成詩 | | | | ○ | |
| | 盧守愼 | 別文白二生 | | | | ○ | |
| | 盧守愼 | 路中吟 | | | | ○ | |
| | 盧守愼 | 宿三社倉 | | | | | ○ |
| | 盧守愼 | 十六夜喚仙亭 | | | | ○ | |
| | 盧守愼 | 成世雲回憑寄家書 | | | | | |
| | 盧守愼 | 和龍灘先生韻 | | | | | |
| | 盧守愼 | 贈大谷成運 | | | | | |
| | 盧守愼 | 神勒寺次覺長老軸韻 | | | | ○ | |
| | 盧守愼 | 愼氏江亭懷弟 | | | | ○ | |
| | 盧守愼 | 幽谷驛 | | | | ○ | |
| | 盧守愼 | 葩溪 | | | | | |
| | 盧守愼 | 玉堂看李彦迪宋麟壽二先生詩次韻寓感 | | | | | |
| | 盧守愼 | 會謁議政影幀移安于家 | | | | | |
| | 盧守愼 | 月溪舟中 | | | | | |
| | 盧守愼 | 大灘次韻 | | | | | |
| | 盧守愼 | 送李欽哉憲國 | | | | | |
| | 盧守愼 | 遞右相 | | | | | ○ |
| | 盧守愼 | 題龍湫院樓 | | | | ○ | |
| | 盧守愼 | 端午祭孝陵 | | | | ○ | |
| | 盧守愼 | 挽李政丞鐸 | | | | | |

| | 『國朝詩刪』(1607년) | | 『青丘風雅』(1473년) | 『東文選』(1478년) | 『續東文選』(1518년) | 『續青丘風雅』(1606년경) | 『鶴山樵談』(1592년) |
|---|---|---|---|---|---|---|---|
| | 盧守愼 | 挽金大諫鸞祥 | | | | | |
| | 沈守慶 | 泗川伴月樓 | | | | | |
| | 沈守慶 | 鴻山潧淸樓次韻 | | | | | |
| | 朴枝華 | 靑鶴洞 | | | | ○ | |
| | 權應仁 | 山居卽事 | | | | | |
| | 高敬命 | 呈高峯寄大升 | | | | ○ | |
| | 丁胤禧 | 芙蓉抱香死應製作 | | | | | |
| | 柳永吉 | 風詠樓 | | | | | |
| | 柳永吉 | 次韻酬黃景文 | | | | | |
| | 河應臨 | 禁林應製 | | | | ○ | |
| | 崔慶昌 | 因李達北歸寄朴觀察民獻 | | | | ○ | |
| | 崔慶昌 | 閭陽驛 | | | | ○ | |
| | 崔慶昌 | 七家嶺逢立春 | | | | ○ | |
| | 崔慶昌 | 朝天宮 | | | | ○ | ○ |
| | 崔慶昌 | 擣執應製 | | | | | |
| | 崔慶昌 | 送趙伯玉瑗赴槐山 | | | | | |
| | 崔慶昌 | 送秦上舍好信 | | | | | |
| | 崔慶昌 | 惠全軸 | | | | | |
| | 白光勳 | 憶孤竹 | | | | | |
| | 白光勳 | 送沈公直赴任春川 | | | | ○ | |
| | 白光勳 | 送李擇可赴京 | | | | | |
| | 白光勳 | 閑居卽事 | | | | | |
| | 白光勳 | 縣津夜泊 | | | | | |
| | 李達 | 襄陽途中 | | | | | |
| | 李達 | 上江陵楊明府 | | | | | |
| | 李達 | 經廢寺 | | | | | |
| | 李達 | 別西京 | | | | | |
| | 李達 | 寧城道中 | | | | | |
| | 李達 | 端川九日 | | | | | |
| | 林悌 | 中和道上 | | | | | |
| | 權韠 | 旅懷 | | | | | |
| | 權韠 | 淸明 | | | | | |

| | 『國朝詩刪』(1607년) | | 『靑丘風雅』(1473년) | 『東文選』(1478년) | 『續東文選』(1518년) | 『續靑丘風雅』(1606년경) | 『鶴山樵談』(1592년) |
|---|---|---|---|---|---|---|---|
| | 權韠 | 初秋夜坐書懷 | | | | | |
| | 權韠 | 九日對酒作 | | | | | |
| | 權韠 | 有歎 | | | | | |
| | 尹忠源 | 留別洛中諸舊 | | | | | |
| | 尹忠源 | 東坡途中 | | | | | |
| | 白大鵬 | 秋懷 | | | | | ○ |
| | 釋卍雨 | 送日本僧文溪奉敎作 | ○ | | | | |
| | 五言排律 | | | | | | |
| | 成任 | 柳岾寺 | | | | | |
| | 申光漢 | 送趙甥士秀之任濟州 | | | | | |
| | 林億齡 | 題乙卯洗兵宴軸 | | | | ○ | |
| | 金麟厚 | 次韻寄蘇齋 | | | | ○ | |
| | 盧守愼 | 酬寄金河西 | | | | ○ | |
| | 林悌 | 送北評事李瑩 | | | | | ○ |
| 卷6 | 七言律詩 | | | | | | |
| | 鄭道傳 | 草舍 | ○ | | | | |
| | 鄭道傳 | 原城同金若齋逢河廉使崙偰牧使長壽賦之 | ○ | | | | |
| | 權近 | 航萊州海 | | ○ | | | |
| | 成石璘 | 在固城寄舍弟 | ○ | ○ | | | |
| | 偰長壽 | 漁翁 | ○ | ○ | | | |
| | 姜淮伯 | 春日寄昆季 | ○ | ○ | | | |
| | 李詹 | 寒食 | ○ | ○ | | | |
| | 鄭以吾 | 次柳判事韻 | ○ | | | | |
| | 卞季良 | 題惠上人院 | ○ | ○ | | | |
| | 卞季良 | 村居卽事寄李先達 | | ○ | | | |
| | 柳方善 | 卽事 | ○ | ○ | | | |
| | 尹淮 | 正朝 | ○ | | | | |
| | 朴致安 | 興海鄕校聞老妓彈琴 | ○ | ○ | | | |
| | 徐居正 | 七月誕辰賀禮作 | | | ○ | | |
| | 徐居正 | 夏日卽事 | | | ○ | | |
| | 徐居正 | 次日休見寄韻 | | | ○ | | |
| | 徐居正 | 用贈子文詩韻寄李主簿 | | | ○ | | |

| | 『國朝詩刪』(1607년) | | 『青丘風雅』(1473년) | 『東文選』(1478년) | 『續東文選』(1518년) | 『續靑丘風雅』(1606년경) | 『鶴山樵談』(1592년) |
|---|---|---|---|---|---|---|---|
| | 徐居正 | 敍懷 | | | ○ | | |
| | 李承召 | 早朝 | | | | | |
| | 李承召 | 題丈人觀壁 | | | ○ | | |
| | 李承召 | 燕 | | | ○ | | |
| | 崔淑精 | 宿碧蹄驛 | | | | | |
| | 金宗直 | 將赴善山舟過驪州次淸心樓韻 | | | ○ | | |
| | 金宗直 | 泊報恩寺下贈住持牛師 | | | ○ | | |
| | 金宗直 | 次少游韻却寄 | | | ○ | | |
| | 金宗直 | 次綾城鳳棲樓韻 | | | ○ | | |
| | 金宗直 | 伏龍途中 | | | ○ | | |
| | 金宗直 | 宿直廬偶吟 | | | ○ | | |
| | 金宗直 | 曉赴安谷迎節度使有作 | | | ○ | | |
| | 金宗直 | 矗石樓雨後 | | | | | |
| | 金宗直 | 次李節度約東赴鎭韻 | | | ○ | | |
| | 金宗直 | 寒食村家 | | | ○ | | |
| | 金時習 | 山居贈道人 | | | ○ | | |
| | 金時習 | 獨木橋 | | | ○ | | |
| | 金時習 | 題細香院南窓 | | | ○ | | |
| | 金時習 | 無題 | | | ○ | | |
| | 成俔 | 大興隆寺 | | | ○ | | |
| | 成俔 | 端午如晦設壽席爲秋千戱比丘尼亦來叅 | | | ○ | | |
| | 深源 | 山水圖 | | | | | |
| | 金訢 | 常花釣魚應製次韻 | | | ○ | | |
| | 申從濩 | 正月望都中女子群渡玉河橋 | | | ○ | | |
| | 李黿 | 百祥樓次韻 | | | | | |
| | 鄭希良 | 讀宋史 | | | ○ | | |
| | 鄭希良 | 偶書 | | | ○ | | |
| | 鄭希良 | 寄慵齋居士 | | | ○ | | |
| | 鄭希良 | 鴨江春望 | | | ○ | | |
| | 鄭希良 | 次季文韻 | | | | | |
| | 李胄 | 次安邊樓題 | | | ○ | | |
| | 李胄 | 望海寺 | | | | | |

| | 『國朝詩删』(1607년) | | 『靑丘風雅』(1473년) | 『東文選』(1478년) | 『續東文選』(1518년) | 『續靑丘風雅』(1606년경) | 『鶴山樵談』(1592년) |
|---|---|---|---|---|---|---|---|
| | 李胄 | 海印寺 | | | | | |
| | 李胄 | 登高 | | | | | |
| | 李胄 | 赴謫所次子厚越江別舍弟宗一韻贈別舍弟 | | | ○ | | |
| | 李胄 | 偶成 | | | | | |
| | 李胄 | 卽事拗體 | | | ○ | | |
| | 朴誾 | 和擇之 | | | ○ | | |
| | 朴誾 | 福靈寺 | | | ○ | | |
| | 朴誾 | 案上有擇之詩諷誦之餘感而有和 | | | ○ | | |
| | 朴誾 | 夜臥有懷士華承旨 | | | ○ | | |
| | 朴誾 | 寄擇之 | | | ○ | | |
| | 朴誾 | 五月廿八日贈擇之 | | | ○ | | |
| | 朴誾 | 永保亭 | | | ○ | | |
| | 姜渾 | 臨風樓 | | | | ○ | |
| | 姜渾 | 海雲臺次韻 | | | | | |
| | 姜渾 | 廢朝應製御題寒食園林三月近落花風雨五更寒 | | | | | ○ |
| | 崔淑生 | 義州聚勝亭次太虛韻 | | | | ○ | |
| | 崔淑生 | 新秋 | | | | ○ | |
| | 李荇 | 人日 | | | | ○ | |
| | 李荇 | 蠶頭呼韻 | | | | | |
| | 李荇 | 立春後有感 | | | | | |
| | 李荇 | 礪山道中 | | | | | |
| | 李荇 | 感懷用益齋韻 | | | | ○ | |
| | 李荇 | 次止亭韻 | | | | | |
| | 李荇 | 題畵 | | | | ○ | |
| | 李荇 | 次東坡送春韻 | | | | ○ | |
| | 李荇 | 次仲說靈通寺壁上韻 | | | | ○ | |
| | 李荇 | 大興洞道中 | | | | ○ | |
| | 金安國 | 七夕 | | | | | |
| | 朴祥 | 酬鄭太史留別韻 | | | | ○ | |
| | 朴祥 | 南海堂 | | | | | |
| | 朴祥 | 太平館次使相韻 | | | | | |

| | 『國朝詩删』(1607년) | | 『靑丘風雅』(1473년) | 『東文選』(1478년) | 『續東文選』(1518년) | 『續靑丘風雅』(1606년경) | 『鶴山樵談』(1592년) |
|---|---|---|---|---|---|---|---|
| | 朴祥 | 法聖浦雨後 | | | | | |
| | 朴祥 | 次嶺南樓韻 | | | | ○ | |
| | 朴祥 | 次咸昌東軒韻 | | | | ○ | |
| | 朴祥 | 彈琴臺 | | | | ○ | |
| | 朴祥 | 再遊琴臺 | | | | ○ | |
| | 朴祥 | 次使相韻贈悅上人 | | | | | |
| | 朴祥 | 忠州南樓次李尹仁韻 | | | | ○ | |
| | 金淨 | 叢石亭 | | | | ○ | |
| | 柳雲 | 淸風寒碧樓 | | | | ○ | |
| | 奇遵 | 禁直記夢 | | | | | |
| | 奇遵 | 秋夜旅懷 | | | | ○ | |
| | 申光漢 | 酒泉縣 | | | | ○ | |
| | 申光漢 | 甲寅仲春因病久四辭文衡之任… | | | | ○ | |
| | 申光漢 | 沃原驛 | | | | ○ | |
| | 申光漢 | 保樂堂 | | | | ○ | |
| | 申光漢 | 三月初八日月溪峽中作 | | | | ○ | |
| | 申光漢 | 三月三日寄茅洞朴大丘 | | | | ○ | |
| | 蘇世讓 | 燕京卽事 | | | | | |
| | 蘇世讓 | 題承政院契軸 | | | | ○ | |
| | 趙仁奎 | 上元觀燈應製 | | | | | |
| | 曺伸 | 偶吟 | | | | | |
| 卷7 | 鄭士龍 | 荒山戰場 | | | | ○ | |
| | 鄭士龍 | 奉天門見朝 | | | | ○ | |
| | 鄭士龍 | 朝謁 | | | | ○ | |
| | 鄭士龍 | 寒食書懷 | | | | ○ | |
| | 鄭士龍 | 次興德培風軒韻 | | | | ○ | |
| | 鄭士龍 | 玉笛 | | | | ○ | |
| | 鄭士龍 | 洛山寺 | | | | ○ | |
| | 鄭士龍 | 後臺夜坐 | | | | ○ | |
| | 鄭士龍 | 步月 | | | | ○ | |
| | 鄭士龍 | 臘月卄一日夜夢得句云… | | | | ○ | |
| | 鄭士龍 | 初夏用張宛丘詩韻 | | | | | |

| | 『國朝詩刪』(1607년) | | 『靑丘風雅』(1473년) | 『東文選』(1478년) | 『續東文選』(1518년) | 『續靑丘風雅』(1606년경) | 『鶴山樵談』(1592년) |
|---|---|---|---|---|---|---|---|
| | 鄭士龍 | 中元夜月蝕 | | | | ○ | |
| | 鄭士龍 | 楊根夜坐卽事示同事 | | | | ○ | |
| | 鄭士龍 | 餞塘晩望 | | | | ○ | |
| | 鄭士龍 | 八月初吉宿中隱堂 | | | | ○ | |
| | 鄭士龍 | 內集示兩兒 | | | | ○ | |
| | 鄭士龍 | 紀懷 | | | | ○ | |
| | 鄭士龍 | 題上林春琴妓詩卷 | | | | | |
| | 沈彦光 | 鍾城館遇雨 | | | | ○ | |
| | 沈彦光 | 高城道中 | | | | | |
| | 沈彦光 | 朱村驛有感 | | | | | ○ |
| | 沈彦光 | 獨樂亭遊春 | | | | | |
| | 閔齊仁 | 夜坐有感 | | | | | |
| | 徐敬德 | 謝慕齋金相國惠扇 | | | | ○ | |
| | 徐敬德 | 贈葆眞菴趙昱 | | | | | |
| | 宋麟壽 | 題喚仙亭 | | | | | |
| | 林億齡 | 送成聽松守琛還山用企齋韻 | | | | ○ | |
| | 林億齡 | 次湖陰韻 | | | | ○ | |
| | 朴光佑 | 月精寺 | | | | | |
| | 洪暹 | 題朴僉使啓賢受降亭詩卷 | | | | ○ | |
| | 李滉 | 題林士遂關西行錄後 | | | | | |
| | 金麟厚 | 次玉堂失鶴韻 | | | | ○ | |
| | 金麟厚 | 竹雨堂 | | | | ○ | |
| | 林亨秀 | 寄答退溪 | | | | | |
| | 鄭惟吉 | 送柳質正根赴京 | | | | | |
| | 李洪男 | 小寒食用杜韻 | | | | | |
| | 金質忠 | 病後出湖堂 | | | | | |
| | 尹潔 | 題忠州樓軒 | | | | | |
| | 盧守愼 | 寄尹李二故人 | | | | ○ | |
| | 盧守愼 | 彈琴臺用訥齋韻 | | | | ○ | |
| | 盧守愼 | 用朴之楞韻 | | | | ○ | |
| | 盧守愼 | 一訓軸中懷退溪大谷次其韻 | | | | ○ | |
| | 盧守愼 | 洪政丞暹賜几杖宴席作 | | | | ○ | |

| | 『國朝詩刪』(1607년) | | 『靑丘風雅』(1473년) | 『東文選』(1478년) | 『續東文選』(1518년) | 『續靑丘風雅』(1606년경) | 『鶴山樵談』(1592년) |
|---|---|---|---|---|---|---|---|
| | 盧守愼 | 題鶴林守遊金剛軸 | | | | ○ | |
| | 盧守愼 | 次兪杞城泓江亭韻 | | | | ○ | |
| | 盧守愼 | 親祭康陵扈駕有吟 | | | | ○ | |
| | 盧守愼 | 東湖送別 | | | | ○ | |
| | 盧守愼 | 送盧子平赴東萊 | | | | | |
| | 朴淳 | 自龍山歸漢江舟中口號 | | | | ○ | |
| | 沈守慶 | 訪釋王寺 | | | | | |
| | 權擘 | 誕日早朝 | | | | | |
| | 權擘 | 元日早朝是日頒赦 | | | | | |
| | 權擘 | 報漏閣 | | | | | |
| | 權擘 | 故左相柳公灌遷葬挽章 | | | | | |
| | 梁應鼎 | 聖節朝賀 | | | | | |
| | 楊士彦 | 萬景臺 | | | | | |
| | 李珥 | 初出山贈沈景混長源 | | | | | |
| | 朴枝華 | 烏洞 | | | | | |
| | 權應仁 | 次梁大樸韻 | | | | | |
| | 楊士俊 | 乙卯幕中作 | | | | | |
| | 高敬命 | 百祥樓 | | | | ○ | |
| | 高敬命 | 道中望十三山 | | | | ○ | |
| | 高敬命 | 玉泉郡雪後 | | | | | |
| | 高敬命 | 食錦鱗魚有感 | | | | ○ | |
| | 高敬命 | 謝林正字復送酒 | | | | ○ | |
| | 黃廷彧 | 官罷向芝川坐樓院 | | | | | |
| | 黃廷彧 | 送崔復初興源自洪陽再按湖西 | | | | | |
| | 黃廷彧 | 戲寄李宜仲永平水洞新亭 | | | | | |
| | 黃廷彧 | 送別金應順命元赴咸興 | | | | | |
| | 黃廷彧 | 贈梧陰次韻 | | | | | |
| | 黃廷彧 | 送沈公直赴春川 | | | | | |
| | 黃廷彧 | 海 | | | | | |
| | 黃廷彧 | 山 | | | | | |
| | 黃廷彧 | 吉州砥柱臺 | | | | | |
| | 黃廷彧 | 穿島 | | | | | |

| | 『國朝詩刪』(1607년) | | 『青丘風雅』(1473년) | 『東文選』(1478년) | 『續東文選』(1518년) | 『續靑丘風雅』(1606년경) | 『鶴山樵談』(1592년) |
|---|---|---|---|---|---|---|---|
| | 黃廷彧 | 壬辰之亂余罹千萬不測之禍及被讉來配吉州州老朴僉知士豪時來相見一日.... | | | | | |
| | 黃廷彧 | 贈柳希聃憶鷺梁亭 | | | | | |
| | 黃廷彧 | 抱月亭 | | | | | |
| | 黃廷彧 | 一眉島 | | | | | |
| | 黃廷彧 | 詠朴淵 | | | | | |
| | 黃廷彧 | 贈申江陵湜之任 | | | | | |
| | 黃廷彧 | 題許端甫竹帖 | | | | | |
| | 鄭碏 | 檜岩道中 | | | | | |
| | 鄭碏 | 送琴師李壽鍾之平壤 | | | | ○ | |
| | 辛應時 | 奉祀康陵有感 | | | | | |
| | 崔慶昌 | 朝天 | | | | ○ | |
| | 白光勳 | 奉恩寺次李伯生見寄之韻 | | | | ○ | |
| | 李達 | 上月汀亞相 | | | | | ○ |
| | 李達 | 龜城贈林明府植 | | | | | |
| | 李達 | 烏嶺聞杜鵑 | | | | | |
| | 李達 | 湖寺僧卷次韻 | | | | | |
| | 李達 | 題湖寺僧卷 | | | | | |
| | 李達 | 挽孫明府汝誠 | | | | | |
| | 李達 | 無題 | | | | | |
| | 梁大撲 | 在北原送李益之向南原 | | | | | |
| | 梁大撲 | 青溪 | | | | | ○ |
| | 梁大撲 | 奉送高苔軒之任東萊 | | | | | |
| | 梁大撲 | 歸鴈 | | | | | |
| | 林悌 | 海南寄許美叔 | | | | | |
| | 鄭之升 | 呈叔父 | | | | ○ | |
| | 李春英 | 永保亭 | | | | | |
| | 權韠 | 題林子中懽陣中 | | | | | |
| | 權韠 | 解職後戲題 | | | | | |
| | 權韠 | 早渡碧瀾 | | | | | |
| | 權韠 | 暮歸 | | | | | |
| | 梁慶遇 | 夕 | | | | | |

| | 『國朝詩刪』(1607년) | | 『靑丘風雅』(1473년) | 『東文選』(1478년) | 『續東文選』(1518년) | 『續靑丘風雅』(1606년경) | 『鶴山樵談』(1592년) |
|---|---|---|---|---|---|---|---|
| | 伽倻仙女 | 題嶺南樓 | | | | | |
| | 李顯郁 | 次許渾贈僧韻 | | | | | ○ |
| | 失名氏 | 題琵琶背 | | | | | |
| | 七言排律 | | | | | | |
| | 朴祥 | 嶺南樓觴席謝主人李公忠… | | | | | |
| | 鄭士龍 | 滕王閣圖應製 | | | | | |
| | 李媛 | 謝徐牧使益小室惠題額大字書 | | | | | |
| 卷8 | 五言絶句 | | | | | | |
| | 成石璘 | 楓嶽 | ○ | | | | |
| | 柳方善 | 偶題 | ○ | ○ | | | |
| | 成三問 | 紫薇花 | ○ | | | | |
| | 金守溫 | 述樂府辭 | | | | | |
| | 姜希顔 | 蔡子休求畫作靑山白雲圖一幅因題其上 | ○ | | | | |
| | 成侃 | 囉嗊曲 | | | | | |
| | 徐居正 | 睡起 | | | | | |
| | 金克儉 | 閨情 | | | ○ | | |
| | 婷 | 題畫扇 | | | ○ | | |
| | 婷 | 寄君實 | | | ○ | | |
| | 申沆 | 伯牙 | | | ○ | | |
| | 朴繼姜 | 贈人 | | | | | |
| | 金淨 | 佳月 | | | | ○ | |
| | 金淨 | 感興 | | | | | |
| | 金淨 | 贈釋道心 | | | | ○ | ○ |
| | 金淨 | 贈別 | | | | | |
| | 奇遵 | 自挽 | | | | | ○ |
| | 崔壽峸 | 輞川圖 | | | | | |
| | 羅湜 | 題畫猿 | | | | | ○ |
| | 羅湜 | 驪江 | | | | ○ | |
| | 羅湜 | 道峯寺 | | | | | |
| | 林億齡 | 送白彰卿還鄉 | | | | ○ | |
| | 鄭磏 | 舟過楮子島向奉恩寺 | | | | ○ | |
| | 尹潔 | 次忠州望京樓韻 | | | | | |

| | 『國朝詩刪』(1607년) | | 『靑丘風雅』(1473년) | 『東文選』(1478년) | 『續東文選』(1518년) | 『續靑丘風雅』(1606년경) | 『鶴山樵談』(1592년) |
|---|---|---|---|---|---|---|---|
| | 姜克誠 | 湖亭朝起偶吟 | | | | ○ | |
| | 楊士彦 | 秋思 | | | | | |
| | 李後白 | 絶句 | | | | | |
| | 河應臨 | 送人 | | | | ○ | |
| | 李純仁 | 雪後偶吟 | | | | | |
| | 李誠中 | 無題 | | | | | |
| | 崔慶昌 | 題高峯郡山亭 | | | | | |
| | 白光勳 | 弘慶寺 | | | | ○ | ○ |
| | 白光勳 | 龍江別成甫 | | | | | |
| | 白光勳 | 洛中別友 | | | | | |
| | 白光勳 | 有贈 | | | | | |
| | 李達 | 江陵別李禮長之京 | | | | | |
| | 宋翰弼 | 偶吟 | | | | | |
| | 林悌 | 閨怨 | | | | | |
| | 鄭之升 | 傷春 | | | | ○ | ○ |
| | 鄭碏 | 魯宮 | | | | | ○ |
| | 鄭碏 | 夜作 | | | | | |
| | 鄭碏 | 贈人 | | | | | ○ |
| | 鄭碏 | 秋懷 | | | | | ○ |
| | 鄭碏 | 春晩 | | | | | ○ |
| | 金氏 | 贈人 | | | | | |
| | 無名氏 | 題院壁 | | | | | |
| | 無名氏 | 題壁 | | | | | |
| | 六言絶句 | | | | | | |
| | 姜希孟 | 致齋昭格殿次東坡祭太乙韻 | | | ○ | | |
| | 李達 | 六言 | | | | | |
| 卷9 | 七言絶句 | | | | | | |
| | 鄭道傳 | 癸酉正朝奉天門口號 | ○ | ○ | | | |
| | 鄭道傳 | 自詠 | ○ | | | | |
| | 鄭道傳 | 訪金居士野居 | | ○ | | | |
| | 鄭道傳 | 鐵嶺 | | | | | |
| | 權近 | 擊襄圖 | ○ | ○ | | | |

| | 『國朝詩刪』(1607년) | | 『靑丘風雅』(1473년) | 『東文選』(1478년) | 『續東文選』(1518년) | 『續靑丘風雅』(1606년경) | 『鶴山樵談』(1592년) |
|---|---|---|---|---|---|---|---|
| | 權近 | 春日城南卽事 | | | | | |
| | 趙云仡 | 送春日別人 | | ○ | | | |
| | 趙云仡 | 卽事 | | ○ | | | |
| | 趙云仡 | 丘山驛 | | | | | |
| | 成石璘 | 訪騎牛子不遇 | | ○ | | | |
| | 成石璘 | 賀趙侍中邀座主開讌 | | ○ | | | |
| | 姜淮伯 | 寄燈明師 | ○ | | | | |
| | 朴宜中 | 次金若齋九容韻 | ○ | | | | |
| | 李詹 | 晉陽亂後謁聖 | ○ | ○ | | | |
| | 李詹 | 慵甚 | ○ | ○ | | | |
| | 李詹 | 夜過寒碧樓聞彈琴 | | ○ | | | |
| | 李詹 | 聞鶯 | | | | | |
| | 曺庶 | 慶安府 | | ○ | | | |
| | 鄭摠 | 除夜 | ○ | | | | |
| | 卞仲良 | 鐵關道中 | ○ | ○ | | | |
| | 卞仲良 | 松山 | ○ | | | | |
| | 權遇 | 秋日 | ○ | | | | |
| | 鄭以吾 | 竹長寺 | ○ | ○ | | | |
| | 鄭以吾 | 次韻寄鄭伯容 | ○ | ○ | | | |
| | 柳方善 | 書懷 | ○ | | | | |
| | 姜碩德 | 秀菴上人卷子 | ○ | | | | |
| | 崔恒 | 海雲臺 | | | | | |
| | 成侃 | 宮詞 | | ○ | | | |
| | 成侃 | 偶書 | ○ | ○ | | | |
| | 成侃 | 遊城南 | ○ | | | | |
| | 成侃 | 怕寒不出吟呈諸公 | ○ | | | | |
| | 成侃 | 道中 | ○ | | | | |
| | 成侃 | 漁父 | ○ | | | | |
| | 徐居正 | 讀荊公詩 | | | | | |
| | 徐居正 | 春日 | | | ○ | | |
| | 徐居正 | 晚山圖 | | | ○ | | |
| | 徐居正 | 菊花不開悵然有作 | | | ○ | | |

| | 『國朝詩刪』(1607년) | | 『靑丘風雅』(1473년) | 『東文選』(1478년) | 『續東文選』(1518년) | 『續靑丘風雅』(1606년경) | 『鶴山樵談』(1592년) |
|---|---|---|---|---|---|---|---|
| | 徐居正 | 題四皓圍碁圖 | | | ○ | | |
| | 徐居正 | 卽事 | | | ○ | | |
| | 姜希孟 | 次金太守宗直咏田家韻 | | | ○ | | |
| | 姜希孟 | 塹城壇 | | | ○ | | |
| | 姜希孟 | 病餘吟成呈崔勢遠灝元 | | | ○ | | |
| | 姜希孟 | 梅 | | | ○ | | |
| | 李承召 | 留義州次朴判書元亨韻 | | | ○ | | |
| | 李承召 | 美人圖 | | | ○ | | |
| | 金宗直 | 濟川亭次宋中樞處寬韻 | | | ○ | | |
| | 金宗直 | 寶泉灘卽事 | | | | | |
| | 金時習 | 山行卽事 | | | | | |
| | 朴撝謙 | 從軍 | | | ○ | | |
| | 朴撝謙 | 詠杜子美 | | | | | |
| | 成俔 | 帶雨題淸州東軒 | | | ○ | | |
| | 金訢 | 三月三日 | | | ○ | | |
| | 金訢 | 馬島舟中夜坐 | | | ○ | | |
| | 婷 | 尋花古寺 | | | ○ | | |
| | 婷 | 寒食 | | | ○ | | |
| | 深源 | 雲溪寺 | | | ○ | | |
| | 深源 | 卽事 | | | | | |
| | 楊熙止 | 次珍原客館韻 | | | ○ | | |
| | 兪好仁 | 濡溪竹枝曲 | | | ○ | | |
| | 兪好仁 | 君子寺 | | | ○ | | |
| | 曺偉 | 題紅梅畵簇 | | | | | |
| | 曺偉 | 聞子建卽眞赴洛作詩寄之 | | | | | |
| | 申從濩 | 傷春 | | | ○ | | |
| | 申從濩 | 無題 | | | | | |
| | 南孝溫 | 西江寒食 | | | ○ | | ○ |
| | 南孝溫 | 上巳城南 | | | | | ○ |
| | 南孝溫 | 月溪 | | | | | ○ |
| | 南孝溫 | 夢安子挺 | | | | | |
| | 安應世 | 秋晩 | | | | | |

| | 『國朝詩刪』(1607년) | | 『青丘風雅』(1473년) | 『東文選』(1478년) | 『續東文選』(1518년) | 『續青丘風雅』(1606년경) | 『鶴山樵談』(1592년) |
|---|---|---|---|---|---|---|---|
| | 安應世 | 無題 | | | | | |
| | 金宏弼 | 書懷 | | | | | |
| | 鄭汝昌 | 遊頭流山到花開縣作 | | | | | |
| | 金千岭 | 永濟道中 | | | ○ | | |
| | 昌壽 | 曉起呈强哉 | | | ○ | | |
| | 柳洵 | 書三體詩後 | | | ○ | | |
| | 崔溥 | 讀宋史 | | | | | ○ |
| | 李孝則 | 鳥嶺 | | | | | |
| | 魚無迹 | 美人圖 | | | | | |
| | 李胄 | 謾成 | | | ○ | | |
| | 李胄 | 夜坐 | | | ○ | | |
| | 李胄 | 懷人 | | | | | |
| | 李胄 | 寄僧 | | | | | |
| | 李胄 | 傷別 | | | | | |
| | 姜渾 | 題舍人司蓮亭 | | | | ○ | |
| | 姜渾 | 三嘉鄭使君求雙明軒詩記舊遊以寄 | | | | | |
| | 姜渾 | 寄星山妓 | | | | | |
| | 崔淑生 | 贈擇之 | | | | ○ | |
| | 李堣 | 羽溪 | | | | | |
| | 成夢井 | 題友人江亭 | | | | | |
| | 黃衡 | 海雲臺 | | | | | ○ |
| | 南袞 | 題神光寺 | | | | | |
| | 李荇 | 書朴誾題畵屏詩後 | | | | ○ | |
| | 李荇 | 四月十六日書東宮移御所直舍壁 | | | | ○ | |
| | 李荇 | 二十九日再直有感次前韻 | | | | | |
| | 李荇 | 陝川聞子規 | | | | ○ | |
| | 李荇 | 八月十五夜 | | | | | |
| | 李荇 | 霜月 | | | | ○ | |
| | 李荇 | 憶淳夫 | | | | ○ | |
| | 李荇 | 對竹 | | | | ○ | |
| | 李荇 | 讀仲說詩 | | | | ○ | |
| | 李荇 | 終南 | | | | ○ | |

| 『國朝詩刪』(1607년) | | | 『靑丘風雅』(1473년) | 『東文選』(1478년) | 『續東文選』(1518년) | 『續靑丘風雅』(1606년경) | 『鶴山樵談』(1592년) |
|---|---|---|---|---|---|---|---|
| | 李荇 | 溫酒擧白韻 | | | | | |
| | 李荇 | 花徑 | | | | | |
| | 金安國 | 益城贈別 | | | | ○ | |
| | 金安國 | 燕子樓次圃隱韻 | | | | ○ | |
| | 金安國 | 途中卽事 | | | | ○ | |
| | 金安國 | 朴太守稠見訪 | | | | ○ | |
| | 金安國 | 雨中詠葵 | | | | | |
| | 李希輔 | 輓宮媛 | | | | | |
| | 李希輔 | 病中書懷 | | | | | |
| | 朴祥 | 夏帖 | | | | | |
| | 朴祥 | 逢孝直喪 | | | | | |
| | 金淨 | 江南 | | | | | |
| | 奇遵 | 義相菴 | | | | ○ | |
| | 申光漢 | 獨直內曹聞夜雨 | | | | ○ | |
| | 申光漢 | 投宿山寺 | | | | ○ | |
| | 申光漢 | 過介峴金公碩世弼舊居有感 | | | | ○ | |
| | 申光漢 | 次安城郡板上韻 | | | | ○ | |
| | 申光漢 | 別親舊夜泊楮子島書事 | | | | ○ | |
| | 申光漢 | 陰城途中 | | | | | |
| | 申光漢 | 阻雨宿神勒寺 | | | | ○ | |
| | 申光漢 | 送堂姪元亮之任杆城 | | | | ○ | |
| | 申光漢 | 夜分後雨霽月色如晝舟泊長灘荻花灣 | | | | | |
| | 申光漢 | 有所思 | | | | ○ | |
| | 申光漢 | 洞山驛 | | | | ○ | ○ |
| | 申光漢 | 崔同年益岭鏡浦別野次昌邦朴耦韻 | | | | ○ | |
| | 申光漢 | 風雨過月溪峽 | | | | ○ | |
| | 申光漢 | 柳店漁火 | | | | ○ | |
| | 申光漢 | 船上望見三角山有感 | | | | ○ | |
| | 申光漢 | 呂望 | | | | ○ | |
| | 申光漢 | 項羽 | | | | ○ | |
| | 申光漢 | 韓信 | | | | ○ | |
| | 申潛 | 醉題梨花亭 | | | | ○ | |

| | 『國朝詩刪』(1607년) | | 『青丘風雅』(1473년) | 『東文選』(1478년) | 『續東文選』(1518년) | 『續青丘風雅』(1606년경) | 『鶴山樵談』(1592년) |
|---|---|---|---|---|---|---|---|
| 卷10 | 蘇世讓 | 題玉堂山水屛 | | | | | |
| | 蘇世讓 | 題尙左相震畫鴈軸 | | | | | |
| | 蘇世讓 | 邇兒得草亭之基于竹林西麓 | | | | | |
| | 鄭士龍 | 宿巴山館 | | | | | |
| | 鄭士龍 | 戱自遣 | | | | | |
| | 鄭士龍 | 春興 | | | | | |
| | 黃汝獻 | 李將軍西湖知足堂 | | | | ○ | |
| | 沈彦光 | 來禽花落 | | | | | |
| | 沈彦光 | 落花 | | | | | |
| | 李彦迪 | 無爲 | | | | | |
| | 徐敬德 | 題海州虛白堂 | | | | | |
| | 沈思順 | 叢祠 | | | | | |
| | 趙昱 | 詠唄音 | | | | | |
| | 趙昱 | 次駱峯韻贈鑑湖主人 | | | | | |
| | 林億齡 | 示友人 | | | | ○ | |
| | 林億齡 | 華山瀑布圖 | | | | ○ | |
| | 林億齡 | 次井邑東軒韻 | | | | | |
| | 鄭礦 | 登瓦峴望冠岳 | | | | ○ | |
| | 洪春卿 | 扶餘落花巖 | | | | ○ | |
| | 李滉 | 義州 | | | | | |
| | 金麟厚 | 抵友人家汲松根水以飮 | | | | | |
| | 林亨秀 | 侍中臺 | | | | | |
| | 林亨秀 | 受降亭 | | | | | |
| | 鄭惟吉 | 賜祭棘城 | | | | ○ | |
| | 鄭惟吉 | 永柔梨花亭 | | | | | |
| | 鄭惟吉 | 夢賚亭春帖 | | | | ○ | |
| | 金質忠 | 咏王昭君 | | | | | |
| | 尹潔 | 謝山人寄鞋 | | | | ○ | |
| | 尹潔 | 從兄惠石假山 | | | | ○ | |
| | 盧守愼 | 許太史篋家吟示諸人 | | | | | |
| | 金貴榮 | 重到湖堂次前韻 | | | | | |
| | 朴淳 | 訪曹處士山居 | | | | ○ | |

| | 『國朝詩刪』(1607년) | | 『青丘風雅』(1473년) | 『東文選』(1478년) | 『續東文選』(1518년) | 『續靑丘風雅』(1606년경) | 『鶴山樵談』(1592년) |
|---|---|---|---|---|---|---|---|
| | 朴淳 | 湖堂口號 | | | | ○ | |
| | 朴淳 | 謝恩後歸永平 | | | | | |
| | 朴淳 | 礪山郡別行思上人 | | | | ○ | |
| | 朴淳 | 送退溪先生南還 | | | | ○ | |
| | 朴淳 | 題楊摠兵照廟 | | | | ○ | |
| | 朴淳 | 清風寒碧樓 | | | | ○ | |
| | 朴淳 | 贈堅上人 | | | | ○ | |
| | 梁應鼎 | 過漁陽橋 | | | | ○ | |
| | 梁應鼎 | 謁夷齊廟 | | | | ○ | |
| | 梁應鼎 | 贈無爲僧天然 | | | | | |
| | 宋寅 | 西京贈妓 | | | | | |
| | 鄭礥 | 海州芙蓉堂 | | | | | |
| | 楊士彦 | 國島 | | | | | ○ |
| | 姜克誠 | 次友人韻 | | | | ○ | |
| | 高敬命 | 食橘 | | | | | ○ |
| | 高敬命 | 漁舟圖 | | | | ○ | |
| | 朴枝華 | 贈僧 | | | | | |
| | 朴枝華 | 題宋礪城家歌兒石介詩軸 | | | | | |
| | 成渾 | 贈紺坡山人安天瑞 | | | | | |
| | 成渾 | 偶吟 | | | | | |
| | 成渾 | 挽靑陽君 | | | | | |
| | 成渾 | 挽朴思菴 | | | | | |
| | 尹斗壽 | 贈僧 | | | | | |
| | 黃廷彧 | 次李伯生詠玉堂小桃 | | | | | |
| | 黃廷彧 | 送許端甫作遂安郡 | | | | | |
| | 黃廷彧 | 送鄭察訪泗 | | | | | |
| | 柳永吉 | 福泉寺 | | | | ○ | |
| | 柳永吉 | 南州東閣 | | | | | |
| | 柳永吉 | 贈洪長淵迪 | | | | | |
| | 柳永吉 | 次矗石樓韻 | | | | | |
| | 柳永吉 | 蠶 | | | | | |
| | 河應臨 | 春日山村 | | | | ○ | |

| | 『國朝詩刪』(1607년) | | 『靑丘風雅』(1473년) | 『東文選』(1478년) | 『續東文選』(1518년) | 『續靑丘風雅』(1606년경) | 『鶴山樵談』(1592년) |
|---|---|---|---|---|---|---|---|
| | 河應臨 | 金洞驛東崔長淵立之 | | | | ○ | |
| | 鄭澈 | 咸興十月看菊 | | | | | |
| | 鄭澈 | 書懷 | | | | | |
| | 李純仁 | 贈僧 | | | | | |
| | 鄭碏 | 重陽 | | | | ○ | |
| | 鄭碏 | 甲午中元 | | | | | |
| | 辛應時 | 題門巖瀑布 | | | | | |
| | 辛應時 | 詠衙中杏花 | | | | | |
| | 崔慶昌 | 映月樓 | | | | ○ | |
| | 崔慶昌 | 天壇 | | | | ○ | ○ |
| | 崔慶昌 | 練光亭 | | | | | |
| | 崔慶昌 | 采蓮曲次鄭知常韻 | | | | ○ | |
| | 崔慶昌 | 邊思 | | | | ○ | |
| | 崔慶昌 | 大隱巖南止亭故宅 | | | | | |
| | 崔慶昌 | 寄楊州成使君義國 | | | | | |
| | 崔慶昌 | 義州山亭贈韓使君準 | | | | | |
| | 崔慶昌 | 送鄭御史澈之北關 | | | | ○ | |
| | 崔慶昌 | 武陵溪 | | | | | |
| | 崔慶昌 | 寄性上人 | | | | ○ | |
| | 崔慶昌 | 題僧軸 | | | | ○ | |
| | 崔慶昌 | 贈僧 | | | | | |
| | 崔慶昌 | 贈寶雲上人 | | | | ○ | |
| | 崔慶昌 | 重贈 | | | | | |
| | 崔慶昌 | 無題 | | | | | |
| | 白光勳 | 宋高宗 | | | | ○ | |
| | 白光勳 | 寒川灘 | | | | | |
| | 白光勳 | 春後 | | | | | |
| | 白光勳 | 卽事贈僧 | | | | ○ | |
| | 白光勳 | 春望 | | | | | |
| | 白光勳 | 三叉松月 | | | | | |
| | 白光勳 | 徐君受弟 | | | | | |
| | 白光勳 | 介山 | | | | | |

| | 『國朝詩删』(1607년) | | 『靑丘風雅』(1473년) | 『東文選』(1478년) | 『續東文選』(1518년) | 『續靑丘風雅』(1606년경) | 『鶴山樵談』(1592년) |
|---|---|---|---|---|---|---|---|
| | 白光勳 | 綾陽北亭 | | | | | |
| | 李達 | 宮詞 | | | | | |
| | 李達 | 襄陽曲 | | | | | |
| | 李達 | 出塞曲 | | | | | |
| | 李達 | 步虛詞 | | | | | |
| | 李達 | 采蓮曲次鄭大諫韻 | | | | | |
| | 李達 | 長信四時宮詞 | | | | | |
| | 李達 | 四時詞閨情平調 | | | | | |
| | 李達 | 江陵書事 | | | | | |
| | 李達 | 山行 | | | | | |
| | 李達 | 松京 | | | | | |
| | 李達 | 靈谷尋春 | | | | | |
| | 李達 | 伽倻山 | | | | | |
| | 李達 | 題畵二首 | | | | | |
| | 李達 | 鍾城道中 | | | | | |
| | 李達 | 病中折花對酒 | | | | | |
| | 李達 | 洛中有感 | | | | | ○ |
| | 李達 | 坡山望孤竹庄 | | | | | |
| | 李達 | 挽南格庵 | | | | | |
| | 宋翼弼 | 贈僧 | | | | | ○ |
| | 徐益 | 題僧壁 | | | | | |
| | 洪迪 | 贈僧 | | | | | |
| | 林悌 | 高山驛 | | | | | |
| | 林悌 | 送鏡城黃判官瓅 | | | | ○ | |
| | 林悌 | 無題 | | | | | |
| | 鄭之升 | 留別 | | | | | |
| | 棣 | 夜登簡儀臺 | | | | | |
| | 申櫓 | 壬辰六月二十八日作 | | | | | ○ |
| | 李嶸 | 僧軸 | | | | | |
| | 權韠 | 過松江墓有感 | | | | | |
| | 權韠 | 林處士滄浪亭 | | | | | |
| | 權韠 | 寒食 | | | | | |

| | 『國朝詩刪』(1607년) | | 『青丘風雅』(1473년) | 『東文選』(1478년) | 『續東文選』(1518년) | 『續靑丘風雅』(1606년경) | 『鶴山樵談』(1592년) |
|---|---|---|---|---|---|---|---|
| | 權韠 | 幽居漫興 | | | | | |
| | 權韠 | 哭具大受喪于楊州留宿天明出山 | | | | | |
| | 權韠 | 悼亡寄示李正郎子敏 | | | | | |
| | 權韠 | 城山過具容故宅 | | | | | |
| | 權韠 | 贈秋娘 | | | | | |
| | 權韠 | 憶成川 | | | | | |
| | 鄭鎔 | 贈人 | | | | | ○ |
| | 崔澱 | 鏡浦臺 | | | | | ○ |
| | 崔澱 | 香浦 | | | | | |
| | 具容 | 題李提督碑閣 | | | | | |
| | 尹忠源 | 信川重陽題寄黃獨石 | | | | | |
| | 梁慶遇 | 新正寄舍第 | | | | | |
| | 鄭碏 | 過亡友故宅 | | | | | |
| | 曺氏 | 夜行 | | | | | |
| | 楊士奇妾 | 閨怨 | | | | | |
| | 李媛 | 寧越道中 | | | | | ○ |
| | 李媛 | 雨 | | | | | |
| | 李媛 | 樓上 | | | | | |
| | 李媛 | 卽事 | | | | | |
| | 田禹治 | 三日浦 | | | | | |
| | 李顯郁 | 卽事 | | | | | ○ |
| | 釋參寥 | 贈成川倅 | | | | | |
| | 釋行思 | 海南訪玉峯 | | | | | |
| | 釋慶雲 | 寂滅庵 | | | | | |
| | 失名氏 | 贈人 | | | | | |
| | 失名氏 | 梳 | | | | | ○ |
| | 失名氏 | 題豊山驛 | | | | | |
| | 失名氏 | 贈僧 | | | | | |
| | 許門世藁 | | | | | | |
| | 五言古詩 | | | | | | |
| | 許曄 | 贈志文上人 | | | | | |
| | 許篈 | 上元夫人 | | | | | |

| | 『國朝詩刪』(1607년) | | 『青丘風雅』(1473년) | 『東文選』(1478년) | 『續東文選』(1518년) | 『續青丘風雅』(1606년경) | 『鶴山樵談』(1592년) |
|---|---|---|---|---|---|---|---|
| | 許篈 | 贈熙上人 | | | | | |
| | 七言古詩 | | | | | | |
| | 許琛 | 觀音崛前溪夜飮 | | | ○ | | |
| | 許篈 | 淸平山迎送神曲贈闍上人 | | | | | |
| | 許篈 | 贈元叅學 | | | | | |
| | 許篈 | 山鷓鴣詞 | | | | | |
| | 許篈 | 靑陽亭子 | | | | | |
| | 許篈 | 江樓曉思 | | | | | |
| | 許氏 | 望仙謠 | | | | | |
| | 許氏 | 湘絃謠 | | | | | |
| | 五言律詩 | | | | | | |
| | 許篈 | 壓湖亭 | | | | | ○ |
| | 許篈 | 謫中送朴甥 | | | | | |
| | 許氏 | 出塞曲 | | | | | |
| | 許氏 | 效李義山 | | | | | |
| | 許氏 | 效沈下賢 | | | | | |
| | 七言律詩 | | | | | | |
| | 許琛 | 送任萬戶訓赴知世浦 | | | ○ | | |
| | 許琛 | 花園 | | | ○ | | |
| | 許琛 | 松都本闕舊基 | | | ○ | | |
| | 許琛 | 壽昌宮 | | | ○ | | |
| | 許篈 | 居山驛 | | | ○ | | ○ |
| | 許篈 | 杆城詠月樓 | | | | | |
| | 許氏 | 次仲氏高原望高臺韻 | | | ○ | | |
| | 五言絶句 | | | | | | |
| | 許氏 | 效崔國輔體 | | | | | |
| | 許氏 | 莫愁樂 | | | | | |
| | 許氏 | 江南曲 | | | | | |
| | 許氏 | 貧女吟 | | | | | |
| | 七言絶句 | | | | | | |
| | 許琮 | 夜坐卽事 | | | ○ | | |
| | 許琛 | 春寒次太虛韻 | | | ○ | | |

| | 『國朝詩刪』(1607년) | | 『靑丘風雅』(1473년) | 『東文選』(1478년) | 『續東文選』(1518년) | 『續靑丘風雅』(1606년경) | 『鶴山樵談』(1592년) |
|---|---|---|---|---|---|---|---|
| | 許輯 | 實性寺 | | | | | |
| | 許輯 | 興德寺法席 | | | | | |
| | 許瀚 | 村庄卽事 | | | | | |
| | 許曄 | 箕城戲題 | | | | | |
| | 許篈 | 塞下曲 | | | | | |
| | 許篈 | 夷山 | | | ○ | | |
| | 許篈 | 傷懷寄舍弟 | | | | | |
| | 許篈 | 蒙赦回題咸原驛 | | | ○ | | |
| | 許氏 | 塞下曲 | | | | | |
| | 許氏 | 入塞曲 | | | | | |
| | 許氏 | 宮詞 | | | ○ | | |
| | 許氏 | 遊仙詞十六首 | | | ○ | | |

## 2. 『국조시산』과 선행 조선시선집과의 시제 대비

| | 『國朝詩刪』(1607년) | | 『靑丘風雅』(1473년) | 『東文選』(1478년) | 『續東文選』(1518년) | 『續靑丘風雅』(1606년경) |
|---|---|---|---|---|---|---|
| 卷6 | 七言律詩 | | | | | |
| | 鄭道傳 | 草舍 | 同 | | | |
| | 鄭道傳 | 原城同金若齋逢河廉使崙偰牧使長壽賦之 | 原城同金若齋逢按河廉使公崙牧使偰長壽賦之(청) | | | |
| | 權近 | 航萊州海 | | 同 | | |
| | 成石璘 | 在固城寄舍弟 | 同 | 同 | | |
| | 偰長壽 | 漁翁 | 同 | 同 | | |
| | 姜淮伯 | 春日寄昆季 | 同 | 同 | | |
| | 李詹 | 寒食 | 同 | 同 | | |
| | 鄭以吾 | 次柳判事韻 | 同 | | | |
| | 卞季良 | 題惠上人院 | 登山題惠上人院(동)<br>同(청) | | | |
| | 卞季良 | 村居卽事寄李先達 | | 同 | | |

| | 『國朝詩删』(1607년) | | 『靑丘風雅』(1473년) | 『東文選』(1478년) | 『續東文選』(1518년) | 『續靑丘風雅』(1606년경) |
|---|---|---|---|---|---|---|
| | 柳方善 | 卽事 | 同 | 同 | | |
| | 尹淮 | 正朝 | 同 | | | |
| | 朴致安 | 興海鄕校聞老妓彈琴 | 興海鄕校月夜聞老妓彈琴(동)<br>興海鄕校月夜聞老妓彈琴(청) | | | |
| | 徐居正 | 七月誕辰賀禮作 | 七月二十九日誕辰賀禮後作(속동) | | | |
| | 徐居正 | 夏日卽事 | | | 同 | |
| | 徐居正 | 次日休見寄韻 | 次韻日休見寄(속동) | | | |
| | 徐居正 | 用贈子文詩韻寄李主簿 | 用贈鄭子文詩韻寄李主簿(속동) | | | |
| | 徐居正 | 敍懷 | | | 同 | |
| | 李承召 | 題丈人觀壁 | 題丈人觀道士壁(속동) | | | |
| | 李承召 | 燕 | | | 同 | |
| | 金宗直 | 將赴善山舟過驪州次淸心樓韻 | 病後將赴善山舟過驪州登淸心樓不與主人遇徑還舟中悤悤次稼亭韻(속동) | | | |
| | 金宗直 | 泊報恩寺下贈住持牛師 | 夜泊報恩寺下贈住持牛師寺舊名神勒或云甓寺睿宗朝改創極宏麗賜今額(속동) | | | |
| | 金宗直 | 次少游韻却寄 | | | 同 | |
| | 金宗直 | 次綾城鳳棲樓韻 | 次綾城鳳棲樓韻(속동) | | | |
| | 金宗直 | 伏龍途中 | | | 同 | |
| | 金宗直 | 宿直廬偶吟 | 閏八月十九日直廬偶吟(속동) | | | |
| | 金宗直 | 曉赴安谷迎節度使有作 | 九月十八日曉赴安谷驛迎節度使有作贈鄭剛叟(속동) | | | |
| | 金宗直 | 次李節度約東赴鎭韻 | 次李節度約東赴鎭韻演雅(속동) | | | |
| | 金宗直 | 寒食村家 | | | 同 | |
| | 金時習 | 山居贈道人 | 詠山居贈山中道人(속동) | | | |
| | 金時習 | 獨木橋 | | | 同 | |
| | 金時習 | 題細香院南窓 | 題淸平山細香院南窓(문집)<br>題細香南窓(속동) | | | |
| | 金時習 | 無題 | | | 同 | |
| | 成俔 | 大興隆寺 | | | 同 | |
| | 成俔 | 端午如晦設壽席爲秋千戱比丘尼亦來叅 | 端午日如晦設壽席于春暉亭令兒女隊爲鞦韆戱亦有比丘尼來參者(속동)<br>端午日如晦奉太夫人設酌于春暉亭令兒女隊爲鞦韆戱亦有比丘尼來參者(문집) | | | |
| | 金訢 | 常花釣魚應製次韻 | 常花釣魚次韻應製 | | | |

| 『國朝詩删』(1607년) | | 『青丘風雅』(1473년) | 『東文選』(1478년) | 『續東文選』(1518년) | 『續青丘風雅』(1606년경) |
|---|---|---|---|---|---|
| 申從濩 | 正月望都中女子群渡玉河橋 | 正月十六日三夜都中女子雖豪門貴族靚粧徒步千百爲群渡玉河橋問之今夜步過此橋有宜男之吉異哉(속동) | | | |
| 鄭希良 | 讀宋史 | | | 同 | |
| 鄭希良 | 偶書 | | | 同 | |
| 鄭希良 | 寄慵齋居士 | | | 同 | |
| 鄭希良 | 鴨江春望 | | | 同 | |
| 李胄 | 次安邊樓題 | | | 同 | |
| 李胄 | 赴謫所次子厚越江別舍弟宗一韻贈別舍弟 | | | 同 | |
| 李胄 | 卽事拗體 | 卽事效拗體 | | | |
| 朴誾 | 和擇之 | 再和擇之 | | | |
| 朴誾 | 福靈寺 | | | 同 | |
| 朴誾 | 案上有擇之詩諷誦之餘感而有和 | 邇來絶不作文字案上有擇之詩時時諷誦之餘有感而和(속동) / 爾來絶不作文字案上有擇之詩時時諷誦之餘有感於心和成三首(문집) | | | |
| 朴誾 | 夜臥有懷士華承旨 | | | 同 | |
| 朴誾 | 寄擇之 | 十月四日與擇之約携酒叩仁老擇之忽以病報不果獨坐有感於心終南故人偶以菊花見寄對之自慰妻輒呼小鐵鐺煮酒且酌且勸飮之不計巡醺然醉夜已再鼓矣取紙筆書數句爲詩待明寄擇之發病中一笑醉中書頗有所謂沓拖風氣末句聊以戲之耳(속동)<br>十月四日與擇之約携酒叩仁老擇之忽以病報不果獨坐有感於心終南故人偶以菊花見寄對之自慰妻輒呼小鐵鐺煮酒且酌且勸飮之不計巡醺然醉夜已再鼓矣取紙筆書數句爲詩待明寄擇之發病中一笑醉中書頗有所謂沓拖風氣末句聊以戱之耳(문집) | | | |
| 朴誾 | 五月卄八日贈擇之 | 僕一二年來頭有白毛始生之髮屢見素莖室婦嘗鑷以視我付之戲笑盖偶然耳自經憂患種種見之眼昏復甚於曩日嗟乎在世者能幾何久而士華且箴以節飮乎風雨襲人獨坐長歎之餘情發爲詩吟罷有感於殘生故書以示君其謂何五月二十有八日誾再拜擇之先生(속동)<br>僕一二年來頭有白毛始生之髮屢見素莖室婦嘗鑷以視我付之戲笑盖偶然耳自經憂患種種見之眼昏復甚於曩日嗟乎在世者能幾何久而士華且箴以節飮乎風雨襲人獨坐長歎之餘情發爲詩吟罷有感於殘生故書以示君其謂何五月二十有八日誾再拜擇之先生(문집) | | | |

| | 『國朝詩刪』(1607년) | | 『青丘風雅』(1473년) | 『東文選』(1478년) | 『續東文選』(1518년) | 『續青丘風雅』(1606년경) |
|---|---|---|---|---|---|---|
| | 朴誾 | 永保亭 | | | 同 | |
| | 姜渾 | 臨風樓 | 題臨風樓(속청)<br>星州臨風樓(문집)1910년간 | | | |
| | 崔淑生 | 義州聚勝亭次太虛韻 | 義州聚勝亭(속청) | | | |
| | 崔淑生 | 新秋 | | | | 同 |
| | 李荇 | 人日 | | | | 同 |
| | 李荇 | 感懷用益齋韻 | | | | 同 |
| | 李荇 | 題畫 | | | | 同 |
| | 李荇 | 次東坡送春韻 | 次東坡送春韻于青鶴洞(속청)<br>次東坡送春韻書于青鶴洞(문집) | | | |
| | 李荇 | 次仲說靈通寺壁上韻 | | | | 同 |
| | 李荇 | 大興洞道中 | 大興洞途中(속청)(문집) | | | |
| | 朴祥 | 酬鄭太史留別韻 | 酬鄭翰林留別韻(속청)(문집) | | | |
| | 朴祥 | 次嶺南樓韻 | | | | 同 |
| | 朴祥 | 次咸昌東軒韻 | | | | 同 |
| | 朴祥 | 彈琴臺 | | | | 同 |
| | 朴祥 | 再遊琴臺 | 再遊彈琴臺(속청)(문집) | | | |
| | 朴祥 | 忠州南樓次李尹仁韻 | | | | 同 |
| | 金淨 | 叢石亭 | 題叢石亭(속청)(문집) | | | |
| | 柳雲 | 清風寒碧樓 | 次夫餘江閣韻(속청) | | | |
| | 奇遵 | 秋夜旅懷 | 早秋初夜旅懷(속청)(문집) | | | |
| | 申光漢 | 酒泉縣 | | | | 同 |
| | 申光漢 | 甲寅仲春因病久四辭文衡之任.... | | | | 同 |
| | 申光漢 | 沃原驛 | 宿沃原驛(속청)(문집) | | | |
| | 申光漢 | 保樂堂 | | | | 同 |
| | 申光漢 | 三月初八日月溪峽中作 | | | | 同 |
| | 申光漢 | 三月三日寄茅洞朴大丘 | | | | 同 |
| | 蘇世讓 | 題承政院契軸 | | | | 同 |
| 卷7 | 鄭士龍 | 荒山戰場 | | | | 同 |
| | 鄭士龍 | 奉天門見朝 | 見朝是日晚朝(속청)<br>見朝是日免朝(문집) | | | |
| | 鄭士龍 | 朝謁 | | | | 同 |

| | 『國朝詩刪』(1607년) | | 『青丘風雅』(1473년) | 『東文選』(1478년) | 『續東文選』(1518년) | 『續青丘風雅』(1606년경) |
|---|---|---|---|---|---|---|
| | 鄭士龍 | 寒食書懷 | | | | 同 |
| | 鄭士龍 | 次興德培風軒韻 | | | | 同 |
| | 鄭士龍 | 玉笛 | | | | 同 |
| | 鄭士龍 | 洛山寺 | | | | 同 |
| | 鄭士龍 | 後臺夜坐 | | | | 同 |
| | 鄭士龍 | 步月 | | | | 同 |
| | 鄭士龍 | 臘月卄一日夜夢得句云... | 臘月卄一夜夢得句云...(속청)(문집) | | | |
| | 鄭士龍 | 中元夜月蝕 | | | | 同 |
| | 鄭士龍 | 楊根夜坐卽事示同事 | | | | 同 |
| | 鄭士龍 | 錢塘晩望 | | | | 同 |
| | 鄭士龍 | 八月初吉宿中隱堂 | | | | 同 |
| | 鄭士龍 | 內集示兩兒 | | | | 同 |
| | 鄭士龍 | 紀懷 | | | | 同 |
| | 沈彦光 | 鍾城館遇雨 | | | | 同 |
| | 徐敬德 | 謝慕齋金相國惠扇 | 謝金相國惠扇(속청)(문집) | | | |
| | 林億齡 | 送成聽松守琛還山用企齋韻 | | | | 同 |
| | 林億齡 | 次湖陰韻 | | | | 同 |
| | 洪暹 | 題朴僉使啓賢受降亭詩卷 | | | | 同 |
| | 金麟厚 | 次玉堂失鶴韻 | 玉堂失鶴韻(속청) | | | |
| | 金麟厚 | 竹雨堂 | | | | 同 |
| | 盧守愼 | 寄尹李二故人 | | | | 同 |
| | 盧守愼 | 彈琴臺用訥齋韻 | | | | 同 |
| | 盧守愼 | 用朴之樗韻 | 用朴之樗贈韻贈之(속청)(문집) | | | |
| | 盧守愼 | 一訓軸中懷退溪大谷次其韻 | 訓軸中懷退溪龜溪次其韻 | | | |
| | 盧守愼 | 洪政丞暹賜几杖宴席作 | 洪政丞暹賜几杖宴席 | | | |
| | 盧守愼 | 題鶴林守遊金剛軸 | | | | 同 |
| | 盧守愼 | 次兪杞城泓江亭韻 | | | | 同 |
| | 盧守愼 | 親祭康陵扈駕有吟 | 親祭康陵扈駕感吟(속청)(문집) | | | |
| | 盧守愼 | 東湖送別 | | | | 同 |
| | 朴淳 | 自龍山歸漢江舟中口號 | | | | 同 |
| | 高敬命 | 百祥樓 | | | | 同 |

| | 『國朝詩刪』(1607년) | | 『靑丘風雅』(1473년) | 『東文選』(1478년) | 『續東文選』(1518년) | 『續靑丘風雅』(1606년경) |
|---|---|---|---|---|---|---|
| | 高敬命 | 道中望十三山 | | | | 同 |
| | 高敬命 | 食錦鱗魚有感 | | | | 同 |
| | 高敬命 | 謝林正字復送酒 | | | | 同 |
| | 鄭碏 | 送琴師李壽鍾之平壤 | 送琴師李壽鍾遊平壤: 문집없음 | | | |
| | 崔慶昌 | 朝天 | | | | 同 |
| | 白光勳 | 奉恩寺次李伯生見寄之韻 | 奉恩寺蓮亭。次李校理伯生見示之作(문집)<br>奉恩寺蓮亭。次李學士伯生見示之作(속청) | | | |
| | 鄭之升 | 呈叔父 | | | | 同 |

## 3. 『국조시산』에 반영된 『학산초담』 수록 시

| | 『학산초담』 | | 『국조시산』 |
|---|---|---|---|
| | 작가 | 시 | 권차와 제목 |
| 1 | 崔慶昌 | 午夜瑤壇埽白雲 / 焚香遙禮玉宸君 / 月中拜影無人見 / 琪樹千重鎖殿門 | 권10 〈天壇〉 2수 |
| 2 | | 三淸露氣濕珠宮 / 鳳管褒迴月在空 / 苑路至今香輦絶 / 碧桃紅杏自春風 〈天壇〉 2수 | |
| 3 | | 碧宇標眞界 / 玄壇近太淸 / 鸞棲珠圃樹 / 霞繞紫微城 / 寶籙三元秘 / 金丹九轉成 / 芝車人不見 / 空外有簫聲 〈朝天宮〉 | 권5 〈朝天宮〉 |
| 4 | 白光勳 | 秋草前朝寺 / 殘碑學士文 / 千年有流水 / 落日見歸雲 〈弘慶寺〉 | 권8 〈弘慶寺〉 |
| 5 | 林悌 | 朔雪龍荒道 / 陰風渤澥涯 / 元戎掌書記 / 一代美男兒 / 匣有干星劍 / 囊留泣鬼詩 / 邊沙暗金甲 / 閨月照紅旗 / 玉塞行應遍 / 雲臺畫未遲 / 相看豎壯髮 / 不作遠遊悲 〈送李評事〉 | 권5 〈送北評事李瑩〉 |
| 6 | 許篈 | 塞國悲寒望 / 人煙接鬼方 / 山圍孤障外 / 水入毁陵傍 / 白屋經年病 / 靑苗半夜霜 / 登臨最蕭瑟 / 衰鬢葉俱黃 〈壓胡亭〉 | 附錄 「허문세고」 〈壓湖亭〉 |
| 7 | | 長路鼓角帶晨星 / 倦向靑州古驛亭 / 羅下洞深山簇簇 / 侍中臺廻海冥冥 / 千年折戟沈沙短 / 十里平蕪過雨腥 / 舊事微茫問無處 / 數聲橫笛不堪聽 〈居山驛〉 | 附錄 「허문세고」 〈居山驛〉 |
| 8 | 沈彦光 | 去國經秋滯塞城 / 異方雲物摠關情 / 洪河欲濟無舟子 / 寒木將枯有寄生 / 自笑謀身非直道 / 還慙欺世坐虛名 / 曉來拓戶臨靑海 / 旭日昭昭照膽明 〈鏡城朱村驛感懷〉 | 권7 〈朱村驛有感〉 |

| | 『학산초담』 | | 『국조시산』 |
|---|---|---|---|
| 9 | 李玉峯(李媛) | 五日長干三日越 / 哀歌唱斷魯陵雲 / 妾身亦是王孫女 / 此地鵑聲不忍聞 | 권10 〈寧越道中〉 |
| 10 | 姜渾 | 淸明御柳鎖寒煙 / 料峭東風曉更顚 / 不禁落花紅襯地 / 賸教飛絮白漫天 / 高樓隔水褰珠箔 / 細馬尋香耀錦韉 / 醉盡金樽歸別院 / 綵繩搖曳畫欄邊 〈應製〉 | 권6 〈廢朝應製御題寒食園林三月近落花風雨五更寒〉 |
| 11 | 奇遵 | 日落天如墨 / 山深谷似雲 / 君臣千載意 / 惆悵一孤墳 | 권8 〈自挽〉 |
| 12 | 崔壽峸 | 古殿殘僧在 / 林梢暮磬淸 / 曲通千里盡 / 墻壓衆山平 / 木老知何歲 / 禽呼自別聲 / 艱難憂世網 / 今日愧余生 | 권4 〈題萬義寺東浮屠〉 |
| 13 | 羅湜 | 老猿失其群 / 落日枯査上 / 兀坐首不回 / 想聽千峯響 〈詠畫猿〉 | 권8 〈題畫猿〉 |
| 14 | 李達 | 客衾秋氣夜迢迢 / 深屋疏螢度寂寥 / 明月滿庭凉露濕 / 碧天如水絳河遙 / 離人夢斷千重嶺 / 禁漏聲殘十二橋 / 咫尺更懷東閣老 / 貴門行馬隔雲霄 〈上月汀亞相〉 | 권7 〈上月汀亞相〉 |
| 15 | 申櫓 | 先王此日棄群臣 / 末命丁寧托聖人 / 二十六年香火絶 / 白頭號哭只遺民 | 권10 〈壬辰六月二十八日作〉 |
| 16 | 盧守愼 | 海月蟲音盡 山風露氣收 〈宿三村社倉〉 | 권5 〈宿三社倉〉 |
| 17 | | 初辭右議政 便就判中樞 〈遞右相〉 | 권5 〈遞右相〉 |
| 18 | 失名氏 | 木梳梳了竹梳梳 / 梳却千廻蝨已除 / 安得大梳長萬丈 / 盡梳黔首蝨無餘 | 권10 〈梳〉 |
| 19 | 李胄 | 海亭秋夜短 / 一別復何言 / 怪雨連鯨窟 / 頑雲接鬼門 / 素絲衰鬢色 / 危涕滿痕衫 / 更把離騷語 / 憑君欲細論 〈海島別友人〉 | 권4 〈贈辛德優〉 |
| 20 | 李顯郁 | 春山路僻問歸樵 / 爲指前峯石逕遙 / 僧與白雲還暝壑 / 月隨滄海上寒潮 / 世情老去渾無賴 / 遊興年來獨未銷 / 回首孤航又陳迹 / 疏鐘隔渚夜迢迢 | 권7 〈次許渾贈僧韻〉 |
| 21 | | 風驅驚雁落平沙 / 水態山光薄暮多 / 欲使龍眠移畫裏 / 其如漁艇笛聲何 | 권10 〈卽事〉 |
| 22 | 鄭碏 | 萬里鯨波海日昏 / 碧桃花影照天門 / 鸞驂一息空千載 / 緱嶺靈笛半夜聞 | 권10 〈贈人〉 |
| 23 | | 人度桃花岸 / 馬嘶楊柳風 / 夕陽山影裏 / 寥落魯王宮 | 권8 〈魯宮〉 |
| 24 | | 二月燕辭海 / 千村花滿辰 / 每醉淸明節 / 至今三十春 | 권8 〈贈人〉 |
| 25 | | 酒滴春眠後 / 花飛簾捲前 / 人生能幾何 / 悵望雨中天 | 권8 〈春晩〉 |
| 26 | | 菊垂雨中花 / 秋驚庭上梧 / 今朝倍惆悵 / 昨夜夢江湖 | 권8 〈秋懷〉 |
| 27 | 金淨 | 落日毗盧峯 / 東溟杳遠天 / 碧巖敲火宿 / 聯袂下蒼煙 〈贈釋道心〉 | 권8 〈贈釋道心〉 |
| 28 | 高敬命 | 平生睡足小江南 / 橘柚林中路飽諳 / 朱實宛然親不待 / 陸郎雖在意難堪 | 권10 〈食橘〉 |

| | 『학산초담』 | | 『국조시산』 |
|---|---|---|---|
| 29 | 崔溥 | 挑燈輟讀便長吁 / 天地間無一丈夫 / 三百年□中國土 / 如何付與老單于 | 권9 〈讀宋史〉 |
| 30 | 梁大撲 | 山鬼夜窺金井火 / 水禽秋宿石塘煙 | 권7 〈青溪〉 |
| 31 | 鄭之升 | 草入王孫恨 / 花添杜宇愁 / 汀洲人不見 / 風動木蘭舟 | 권8 〈傷春〉 |
| 32 | 宋翼弼 | 連宵寒雪壓層臺 / 僧在他山宿未廻 / 小閣殘燈靈籟靜 / 獨看明月過松來 〈雲庵次友人韻〉 | 권10 〈贈僧〉 |
| 33 | 崔澱 | 蓬壺一入三千年 / 銀海茫茫水淸淺 / 鸞笙今日獨飛來 / 碧桃花下無人見 | 권10 〈鏡浦臺〉 |
| 34 | 李達 | 城闕參差甲第連 / 五侯歌管沸雲煙 / 灞陵橋上騎驢客 / 不獨襄陽孟浩然 | 권10 〈洛中有感〉 |
| 35 | | 好爵高官處處逢 / 車如流水馬如龍 / 長安陌上空回首 / 咫尺君門隔九重 〈洛中有感〉 | |
| 36 | 楊士彦 | 白玉京蓬萊島 / 浩浩煙波古 / 熙熙風日好 / 碧桃花下閒來往 / 笙鶴一聲天地老 | 권3 〈楓岳三五七言〉 |
| 37 | | 金屋樓臺拂紫煙 / 躍龍雲路下群仙 / 青山亦厭人間世 / 飛入蒼溟萬里天 | 권10 〈國島〉 |
| 38 | 申光漢 | 蓬島茫茫落日愁 / 白鷗飛盡海棠洲 / 如今蹈踏鳴沙路 / 二十年前舊夢游 | 권9 〈洞山驛〉 |
| 39 | 南孝溫 | 天陰籬外夕陽生 / 寒食東風野水明 / 無限滿船商客語 / 柳花時節故鄕情 〈西江寒食〉 | 권9 〈西江寒食〉 |
| 40 | | 邯鄲一夢暮山前 / 魂與魂逢是偶然 / 細雨半庭春寂寞 / 杏花無數落紅錢 〈夢子挺, 述夢中所見〉 | 권9 〈夢安子挺〉 |
| 41 | | 城南城北杏花紅 / 日在花西花影東 / 匹馬病翁驚節候 / 斜風吹淚女墻中 〈二月晦日, 登敦義門城〉 | 권9 〈上巳日城南〉 |
| 42 | 黃衡 | 建節高臺起大風 / 海雲初捲日輪紅 / 倚天撫劍頻回首 / 馬島彈丸指顧中 | 권9 〈海雲臺〉 |
| 43 | 白大鵬 | 秋天生薄陰 / 華岳影沈沈 | 권5 〈秋懷〉 |

## 4. 『허문세고』의 비어

| | 허문세고 목차 | | 권필의 비어 |
|---|---|---|---|
| 五古 | 許曄 | 贈志文上人 | 戱語得體 |
| | 許篈 | 上元夫人 | |
| | 許篈 | 贈熙上人 | |
| 七古 | 許琛 | 觀音崛前溪夜飮 | 氣格自厚 |
| | 許篈 | 淸平山迎送神曲贈闍上人 | 李蓀谷云此篇曲折宛轉深得盛唐歌行法荷谷歌行中第最是 |
| | 許篈 | 贈元叅學 | 語脫俗 |
| | 許篈 | 山鷓鴣詞 | 寄作 |
| | 許篈 | 靑陽亭子 | 無限悲慨 |
| | 許篈 | 江樓曉思 | |
| | 許氏 | 望仙謠 | 長吉之後 僅得二篇 |
| | 許氏 | 湘絃謠 | 新都汪世種云 此作非我明以後諸人所可及 假使溫李澡翰亦未必遽過之 |
| 五律 | 許篈 | 壓湖亭 | 騷人語當如是 六七林子順亟稱之故 其詩曰白屋靑苗十字史 |
| | 許篈 | 謫中送朴甥 | |
| | 許氏 | 出塞曲 | |
| | 許氏 | 效李義山 | |
| | 許氏 | 效沈下賢 | |
| 七律 | 許琛 | 送任萬戶訓赴知世浦 | |
| | 許琛 | 花園 | 三篇皆是爲有國以諷 當國者之戒詩可如此盖 |
| | 許琛 | 松都本闕舊基 | |
| | 許琛 | 壽昌宮 | |
| | 許篈 | 居山驛 | |
| | 許篈 | 杆城詠月樓 | |
| | 許氏 | 次仲氏高原望高臺韻 | 一洗萬古脂紛態 |
| 五絶 | 許氏 | 效崔國輔體 | |
| | 許氏 | 莫愁樂 | |
| | 許氏 | 江南曲 | 咄咄逼唐 |
| | 許氏 | 貧女吟 | |
| 七絶 | 許琮 | 夜坐卽事 | |
| | 許琛 | 春寒次太虛韻 | 情境宛然 |

| | | | |
|---|---|---|---|
| | 許輯 | 實性寺 | 筠按公是護軍祖父子司諫葟之子少以詩名賜假湖當官至知中樞 |
| | 許輯 | 興德寺法席 | |
| | 許瀚 | 村庄卽事 | 羅長吟極稱之以爲不可及 |
| | 許曄 | 箕城戲題 | |
| | 許筠 | 塞下曲 | 鹿門云極其豪宕 |
| | 許筠 | 夷山 | 不忍再讀 |
| | 許筠 | 傷懷寄舍弟 | |
| | 許筠 | 蒙赦回題咸原驛 | |
| | 許氏 | 塞下曲 | 浙人吳明濟云王少伯遺韻 |
| | 許氏 | 入塞曲 | |
| | 許氏 | 宮詞 | |
| | 許氏 | 遊仙詞十六首 | 篇篇決非煙火食人語/ 蘭嵎朱太史之蕃日飄飄乎塵壒之外秀而不靡冲而有骨遊仙諸作更屬當家/ 惺田梁黃門有年日渢渢乎古先飄飄乎物外誠匪人間世所恒有者 |

## 5. 『국조시산』과 『기아』의 시제 대비

| | 『國朝詩刪』(1607년) | | 『箕雅』(1688년) |
|---|---|---|---|
| 卷1 | 五言古詩 | | |
| | 鄭道傳 | 遠遊歌 | 遠遊歌 |
| | 鄭道傳 | 嗚呼島弔田橫 | 嗚呼島弔田橫 |
| | 權近 | 效蘇州謝李舍人安注書見訪 | |
| | 卞仲良 | 遊子吟 | 次孟郊遊子韻 |
| | 卞季良 | 感興 | 感興 |
| | 申叔舟 | 和太白紫極宮感秋詩韻書懷 | 和李太白紫極宮詩 |
| | 成侃 | 效顔特進 | 效顔特進 |
| | 成侃 | 效鮑叅軍 | 效鮑叅軍 |
| | 金宗直 | 鳳臺曲 | 鳳臺曲 |
| | 金宗直 | 古朗月子 | 古朗月子 |
| | 李瓊仝 | 用鮑昭東門行韻別安東亞判 | 用鮑昭韻別安東判官 |
| | 成俔 | 結客少年場行 | 結客少年場行 |

| | 『國朝詩刪』(1607년) | | 『箕雅』(1688년) |
|---|---|---|---|
| | 婷 | 有所思 | 有所思 |
| | 婷 | 待月有懷 | 待月有懷 |
| | 深源 | 三娘歌 | 三娘歌 |
| | 南孝溫 | 曳履商歌 | 曳履商歌 |
| | 賢孫 | 晚步 | 晚步 |
| | 朴誾 | 投擇之求和 | 投擇之求和 |
| | 李鷩 | 放言 | 放言 |
| | 辛永禧 | 寓意 | 寓意 |
| | 李荇 | 一室用祝融峯韻 | 一室用祝融峯韻 |
| | 李荇 | 春雪用大雪韻 | |
| | 李荇 | 與仲說士華遊北園 | 與仲說遊士華北園 |
| | 李荇 | 感懷 | 感懷 |
| | 李荇 | 無盡亭 | |
| | 李荇 | 次韻 | 次韻 |
| | 李荇 | 追憶壬戌七月蠶頭之遊用張湖南詩韻 | |
| | 李荇 | 七月八日與洪彦弼曹伸二君會適庵分得鏡字 | 會適庵分韻 |
| | 李荇 | 偶題 | 偶題 |
| | 金淨 | 卽景 | 俗離途中作 |
| | 金淨 | 感懷 | 感懷 |
| | 金安國 | 古意次韻 | 古意次韻 |
| | 奇遵 | 丁丑七月禁直詠懷 | 禁直詠懷示季雅 |
| | 奇遵 | 禁直詠懷示元冲 | 示元冲 |
| | 林億齡 | 題洛山寺 | 題洛山寺 |
| | 林億齡 | 種竹西窓外以遮夕陽風吹影亂絶勝圖畵詩以狀之 | 竹影 |
| | 李滉 | 晚步 | 晚步 |
| | 金麟厚 | 石泉第酬唱 | 石川第酬唱 |
| | 盧守愼 | 送許佐郎篋朝天 | 送許佐郎篋朝天 |
| | 奇大升 | 天際雲送盧公 | 天際雲送盧公禛 |
| | 崔慶昌 | 次陶穫稻韻 | 次陶穫稻韻 |
| | 崔慶昌 | 晝憩大慈川山 | 晝憩大慈川上 |
| | 崔慶昌 | 感遇 | 感遇寄季涵 |
| | 崔慶昌 | 山中 | 山中 |

| | 『國朝詩刪』(1607년) | | 『箕雅』(1688년) |
|---|---|---|---|
| | 崔慶昌 | 古意 | 古意 |
| | 白光勳 | 夜坐偶成寄楊應遇 | 夜坐偶成寄楊應遇 |
| | 白光勳 | 齋居感懷寄孤竹 | 寄孤竹 |
| | 李達 | 斑竹怨 | 班竹怨 |
| | 李達 | 尋孤竹坡山庄 | 尋孤竹坡山庄 |
| | 李達 | 淮陽寄安邊楊明府 | |
| | 李達 | 降仙樓次泥丸李覺韻 | |
| | 權韠 | 余閑居無事習懶成癖絶朋友過從之樂.. | 三友詩 |
| | 誠胤 | 感興 | 感興 |
| 卷2 | 七言古詩 | | |
| | 鄭道傳 | 公州錦江樓 | 公州錦江樓 |
| | 李詹 | 謫仙吟與李教授別 | 謫仙吟別李教授 |
| | 成侃 | 老人行 | 老人行 |
| | 徐居正 | 古意 | 古意 |
| | 徐居正 | 春閨怨 | 青閨怨 |
| | 徐居正 | 青春曲 | 青春曲 |
| | 金宗直 | 登金剛山看日出 | 登金剛山看日出 |
| | 成俔 | 曉仙謠 | |
| | 成俔 | 瀟湘曲 | 瀟湘曲 |
| | 成俔 | 胡笳曲 | 胡笳曲 |
| | 申從濩 | 家有一馬甚駿畜之幾十年一日忽無病而死余嗟惜者久作詩而記之 | 惜駿馬忽死 |
| | 申從濩 | 日出扶桑圖 | 題日出扶桑圖 |
| | 鄭希良 | 渾沌酒歌 | 渾沌酒歌 |
| | 魚無迹 | 流民嘆 | 流民嘆 |
| | 朴祥 | 題李晉州兄弟圖 | 題李晉州兄弟榮親圖 |
| | 朴祥 | 宣川紫石硯歌 | 宣川紫石硯歌 |
| | 金淨 | 聞方生談牛島歌 | 聞方生談牛島歌 |
| | 金淨 | 四時詞 | 四時詞 |
| | 黃汝獻 | 竹枝歌 | 竹枝歌 |
| | 李滉 | 湖堂曉起用東坡定惠院韻 | 湖堂曉起用東坡定惠院韻 |
| | 李滉 | 湖堂春暮梅花始開用秦少遊詩韻 | 湖堂春暮梅花始開用秦少游韻 |

| | 『國朝詩刪』(1607년) | | 『箕雅』(1688년) |
|---|---|---|---|
| | 尹潔 | 飯筒投水詞 | 飯筒投水詞 |
| | 盧守愼 | 耆老宴作 | 耆老宴作 |
| | 權擘 | 曉行 | 曉行 |
| | 朴淳 | 漁父詞 | 漁父詞 |
| | 楊士彦 | 美人曲 | 美人曲 |
| | 崔慶昌 | 李少婦挽詞 | 李少婦挽 |
| | 崔慶昌 | 鄭御史以周借裘題贈 | |
| | 崔岦 | 送李楨從鄭亞判赴京 | 送李楨從鄭亞判赴京 |
| | 李達 | 漫浪舞歌 | 漫浪舞歌 |
| | 鄭之升 | 送成則優遊楓岳 | 送成則優遊楓嶽 |
| | 權韠 | 古長安行 | |
| | 權韠 | 鬪狗行 | 鬪狗行 |
| 卷3 | 雜體詩 | | |
| | 姜希孟 | 農謳 | |
| | 魚世謙 | 八音歌傷田家 | |
| | 魚世謙 | 次朱文公十二辰 | |
| | 金宗直 | 東都樂府 | 東都樂府 |
| | 金宗直 | 古意五韻五篇 | |
| | 金時習 | 東峯六歌 | |
| | 金時習 | 渤海 | |
| | 金時習 | 謾興 | |
| | 楊士彦 | 楓岳三五七言 | |
| | 權韠 | 四禽言 | |
| 卷4 | 五言律詩 | | |
| | 鄭道傳 | 山中 | 山中 |
| | 李詹 | 登州 | 登州 |
| | 李詹 | 舟行至沐陽潼陽驛 | 舟行至潼陽驛 |
| | 卞仲良 | 寄金副令九客 | 寄金副令 |
| | 李稷 | 病松 | 病松 |
| | 權遇 | 宿東坡驛 | 宿東坡驛 |
| | 卞季良 | 晨興 | 晨興 |
| | 卞季良 | 春事 | 春事 |

| | 『國朝詩删』(1607년) | | 『箕雅』(1688년) |
|---|---|---|---|
| | 柳方善 | 曉過僧舍 | 曉過僧舍 |
| | 柳方善 | 卽事 | 卽事 |
| | 趙須 | 呈逸溪金相國 | 呈金相國 |
| | 徐居正 | 蓮堂月夜 | 蓮堂月夜 |
| | 徐居正 | 七夕 | 七夕 |
| | 徐居正 | 夜詠 | |
| | 徐居正 | 秋風 | 秋風 |
| | 徐居正 | 三田渡 | 三田渡 |
| | 姜希孟 | 向關東行在次金化板韻 | 向關東行在次韻 |
| | 洪貴達 | 廣津舟中早起 | 廣津舟中早起 |
| | 金克儉 | 入侍經筵 | |
| | 金宗直 | 二月三十日入京 | 入京 |
| | 金宗直 | 洛東津 | 洛東驛 |
| | 金宗直 | 差祭宿江上 | 差祭宿江上 |
| | 金宗直 | 寓興 | 寓興 |
| | 金宗直 | 佛國寺與世蕃金季昌話 | 佛國寺 |
| | 金宗直 | 仙槎寺 | 仙槎寺 |
| | 金時習 | 途中 | 途中 |
| | 金時習 | 有客 | |
| | 金時習 | 登樓 | 登樓 |
| | 金時習 | 昭陽亭 | 昭陽亭 |
| | 金時習 | 何處秋深好 | 何處秋深好 |
| | 兪好仁 | 沙斤驛亭 | 沙斤驛亭 |
| | 兪好仁 | 登鳥嶺 | 登鳥嶺 |
| | 曺偉 | 次韻答淳夫 | 答淳夫 |
| | 李胄 | 通州 | 通州 |
| | 李胄 | 贈辛德優 | |
| | 朴誾 | 雨中懷擇之 | 雨中懷擇之 |
| | 朴誾 | 曉望 | 曉望 |
| | 朴誾 | 癸丑移舟 | |
| | 魚無迹 | 逢雪 | 逢雪 |
| | 李荇 | 題天磨錄後 | 題天磨錄後 |

| | 『國朝詩刪』(1607년) | | 『箕雅』(1688년) |
|---|---|---|---|
| | 李荇 | 次雲卿韻 | 次雲卿韻 |
| | 李荇 | 獨酌有感 | 獨酌有感 |
| | 李荇 | 新秋 | 新秋 |
| | 李荇 | 次洞口晩賦韻 | |
| | 李荇 | 風樹 | 風樹 |
| | 李荇 | 有懷止亭用定王臺韻 | |
| | 金安國 | 遊龍門登絶頂 | 遊龍門登絶頂 |
| | 金安國 | 次崔龍仁光潤村居壁上韻 | 次韻 |
| | 金淨 | 淸風寒碧樓 | 淸風寒碧樓 |
| | 金淨 | 送猿老歸溟洲 | 送人歸溟州 |
| | 金淨 | 春夜贈奉君朝瑞往松都因返故林 | |
| | 金淨 | 遣懷 | 遣懷 |
| | 金淨 | 絶國 | 絶國 |
| | 金淨 | 積水 | 積水 |
| | 奇遵 | 江上 | 江上 |
| | 奇遵 | 日暮登城 | 日暮登城 |
| | 奇遵 | 秋日城頭 | 秋日 |
| | 崔壽峸 | 題萬義寺東浮屠 | 題萬義寺 |
| | 崔壽峸 | 贈僧 | |
| | 申光漢 | 醮季女夜宿珍山村舍 | 夜宿村舍 |
| | 申光漢 | 晩望 | 晩望 |
| | 申光漢 | 病裡山齋卽事寄趙士秀求和 | 山齋卽事 |
| | 洪彦弼 | 奉和希樂亭見寄 | |
| | 成世昌 | 題麟蹄縣 | 題麟蹄縣 |
| | 蘇世讓 | 書扇面寄巴山兄 | 寄巴山兄 |
| | 鄭士龍 | 岐江 | 歧江 |
| | 鄭士龍 | 納灝堂 | |
| | 鄭士龍 | 沂臨津用紫陽唐皐韻 | 泝臨津用紫陽韻 |
| | 鄭士龍 | 釋悶縱筆 | 釋悶縱筆 |
| | 鄭士龍 | 大灘 | 大灘 |
| | 黃汝獻 | 贈僧 | |
| | 沈彦光 | 病鶴 | 病鶴 |

| | 『國朝詩刪』(1607년) | | 『箕雅』(1688년) |
|---|---|---|---|
| | 成運 | 書座壁 | 書座壁 |
| | 林億齡 | 秋村雜題 | 秋村雜題 |
| | 林億齡 | 贈覺玄 | |
| | 林億齡 | 竹西樓 | 竹西樓 |
| | 嚴昕 | 次石川韻 | 次石川韻 |
| | 洪暹 | 次詠薔薇韻 | 次詠薔薇韻 |
| | 李滉 | 次友人寄詩求和韻 | 次友人韻 |
| | 柳希齡 | 宿十三山次板上韻 | 宿十三山次韻 |
| | 金麟厚 | 秋晩作 | 秋晩 |
| | 金麟厚 | 登吹臺 | |
| | 金麟厚 | 華陽亭 | 華陽亭 |
| | 金麟厚 | 盆菊 | 盆菊 |
| | 鄭惟吉 | 次韻贈柳宣川永吉 | 次贈柳宣川 |
| | 李洪男 | 水月亭淸溪晩雨 | 水月亭淸溪晩雨 |
| | 尹鉉 | 次楊炯從軍行 | |
| | 尹鉉 | 次王勃三學寺 | |
| | 尹潔 | 題忠州樓軒 | 題忠州樓軒 |
| | 尹潔 | 次陰城東軒韻 | 次陰城東軒韻 |
| 卷5 | 盧守愼 | 十六夜感歎成詩 | 十六夜感歎 |
| | 盧守愼 | 別文白二生 | 別文白二生 |
| | 盧守愼 | 路中吟 | 喚仙亭 |
| | 盧守愼 | 宿三社倉 | 宿三杜倉 |
| | 盧守愼 | 十六夜喚仙亭 | 喚仙亭 |
| | 盧守愼 | 成世雲回憑寄家書 | |
| | 盧守愼 | 和龍灘先生韻 | |
| | 盧守愼 | 贈大谷成運 | 贈成大谷 |
| | 盧守愼 | 神勒寺次覺長老軸韻 | 神勒寺次僧軸韻 |
| | 盧守愼 | 愼氏江亭懷弟 | 江亭懷弟 |
| | 盧守愼 | 幽谷驛 | 題幽谷驛 |
| | 盧守愼 | 葩溪 | |
| | 盧守愼 | 玉堂看李彦迪宋麟壽二先生詩次韻寓感 | |
| | 盧守愼 | 會謁議政影幀移安于家 | |

| | 『國朝詩刪』(1607년) | | 『箕雅』(1688년) |
|---|---|---|---|
| | 盧守愼 | 月溪舟中 | 月溪舟中 |
| | 盧守愼 | 大灘次韻 | |
| | 盧守愼 | 送李欽哉憲國 | 送李欽哉 |
| | 盧守愼 | 遞右相 | 遞右相 |
| | 盧守愼 | 題龍湫院樓 | 題龍湫院樓 |
| | 盧守愼 | 端午祭孝陵 | 端午祭孝陵 |
| | 盧守愼 | 挽李政丞鐸 | 挽李相鐸 |
| | 盧守愼 | 挽金大諫鸞祥 | |
| | 沈守慶 | 沔川伴月樓 | |
| | 沈守慶 | 鴻山澹清樓次韻 | 澹清樓次韻 |
| | 朴枝華 | 青鶴洞 | 青鶴洞 |
| | 權應仁 | 山居卽事 | 山居卽事 |
| | 高敬命 | 呈高峯寄大升 | 呈高峯 |
| | 丁胤禧 | 芙蓉抱香死應製作 | |
| | 柳永吉 | 風詠樓 | |
| | 柳永吉 | 次韻酬黃景文 | 酬黃景文 |
| | 河應臨 | 禁林應製 | 禁林應製 |
| | 崔慶昌 | 因李達北歸寄朴觀察民獻 | 寄朴觀察 |
| | 崔慶昌 | 閭陽驛 | 閭陽驛 |
| | 崔慶昌 | 七家嶺逢立春 | 七家嶺逢立春 |
| | 崔慶昌 | 朝天宮 | 朝天宮 |
| | 崔慶昌 | 擣執應製 | |
| | 崔慶昌 | 送趙伯玉瑗赴槐山 | 送趙伯玉赴槐山 |
| | 崔慶昌 | 送秦上舍好信 | 送秦上舍 |
| | 崔慶昌 | 惠仝軸 | 惠仝軸 |
| | 白光勳 | 憶孤竹 | 憶孤竹 |
| | 白光勳 | 送沈公直赴任春川 | 送沈公直赴春川 |
| | 白光勳 | 送李擇可赴京 | 送李擇可赴京 |
| | 白光勳 | 閑居卽事 | 閑居卽事 |
| | 白光勳 | 縣津夜泊 | 懸津夜泊 |
| | 李達 | 襄陽途中 | 襄陽道中 |
| | 李達 | 上江陵楊明府 | 上江陵楊明府 |

| | 『國朝詩刪』(1607년) | | 『箕雅』(1688년) |
|---|---|---|---|
| | 李達 | 經廢寺 | 經廢寺 |
| | 李達 | 別西京 | 別西京 |
| | 李達 | 寧城道中 | 寧越道中 |
| | 李達 | 端川九日 | |
| | 林悌 | 中和道上 | 中和道上 |
| | 權韠 | 旅懷 | 旅懷 |
| | 權韠 | 淸明 | 淸明 |
| | 權韠 | 初秋夜坐書懷 | 初秋夜書懷 |
| | 權韠 | 九日對酒作 | 九日對酒作 |
| | 權韠 | 有歎 | |
| | 尹忠源 | 留別洛中諸舊 | |
| | 尹忠源 | 東坡途中 | |
| | 白大鵬 | 秋懷 | |
| | 釋卍雨 | 送日本僧文溪奉教作 | 送日本僧文溪奉教作 |
| | 五言排律 | | |
| | 成任 | 柳岾寺 | |
| | 申光漢 | 送趙甥士秀之任濟州 | 送趙甥士秀之任濟州十韻 |
| | 林億齡 | 題乙卯洗兵宴軸 | |
| | 金麟厚 | 次韻寄蘇齋 | 次寄蘇齋六韻 |
| | 盧守愼 | 酬寄金河西 | 酬寄金河西六韻 |
| | 林悌 | 送北評事李瑩 | 送北評事六韻 |
| 卷6 | 七言律詩 | | |
| | 鄭道傳 | 草舍 | 草舍 |
| | 鄭道傳 | 原城同金若齋逢河廉使崙偰牧使長壽賦之 | 原城逢金若齋 |
| | 權近 | 航萊州海 | |
| | 成石璘 | 在固城寄舍弟 | 在固城寄舍弟 |
| | 偰長壽 | 漁翁 | 漁翁 |
| | 姜淮伯 | 春日寄昆季 | 春日寄昆弟 |
| | 李詹 | 寒食 | 寒食 |
| | 鄭以吾 | 次柳判事韻 | 次柳判事韻 |
| | 卞季良 | 題惠上人院 | 題惠上人院 |
| | 卞季良 | 村居卽事寄李先達 | 村居卽事寄李先達 |

| 『國朝詩刪』(1607년) | | 『箕雅』(1688년) |
|---|---|---|
| 柳方善 | 即事 | 即事 |
| 尹淮 | 正朝 | 正朝 |
| 朴致安 | 興海鄕校聞老妓彈琴 | |
| 徐居正 | 七月誕辰賀禮作 | 誕辰賀禮作 |
| 徐居正 | 夏日即事 | 夏日即事 |
| 徐居正 | 次日休見寄韻 | 次日休見寄韻 |
| 徐居正 | 用贈子文詩韻寄李主簿 | |
| 徐居正 | 敍懷 | |
| 李承召 | 早朝 | 早朝 |
| 李承召 | 題丈人觀壁 | 題丈人觀壁 |
| 李承召 | 燕 | 鷰 |
| 崔淑精 | 宿碧蹄驛 | 宿碧蹄驛 |
| 金宗直 | 將赴善山舟過驪州次淸心樓韻 | 次淸心樓韻 |
| 金宗直 | 泊報恩寺下贈住持牛師 | 泊報恩寺下贈住持 |
| 金宗直 | 次少游韻却寄 | 次少游韻 |
| 金宗直 | 次綾城鳳棲樓韻 | 次綾城鳳棲樓韻 |
| 金宗直 | 伏龍途中 | 伏龍途中 |
| 金宗直 | 宿直廬偶吟 | 直廬偶吟 |
| 金宗直 | 曉赴安谷迎節度使有作 | 曉起安谷迎節度 |
| 金宗直 | 矗石樓雨後 | |
| 金宗直 | 次李節度約東赴鎭韻 | 次李節度 |
| 金宗直 | 寒食村家 | 寒食村家 |
| 金時習 | 山居贈道人 | 詠山居僧道人三首 |
| 金時習 | 獨木橋 | 獨木橋 |
| 金時習 | 題細香院南窓 | 題細香院南窗 |
| 金時習 | 無題 | 無題 |
| 成俔 | 大興隆寺 | 大興隆寺 |
| 成俔 | 端午如晦設壽席爲秋千戲比丘尼亦來叅 | |
| 深源 | 山水圖 | 山水圖 |
| 金訢 | 常花釣魚應製次韻 | 賞花釣魚宴次韻應製 |
| 申從濩 | 正月望都中女子群渡玉河橋 | 正月十六日都中女子群渡玉河橋 |
| 李黿 | 百祥樓次韻 | 百祥樓次韻 |

| | 『國朝詩刪』(1607년) | | 『箕雅』(1688년) |
|---|---|---|---|
| | 鄭希良 | 讀宋史 | 讀宋史 |
| | 鄭希良 | 偶書 | |
| | 鄭希良 | 寄慵齋居士 | 寄容齋 |
| | 鄭希良 | 鴨江春望 | 鴨江春望 |
| | 鄭希良 | 次季文韻 | 次季文韻 |
| | 李胄 | 次安邊樓題 | 次安邊樓題 |
| | 李胄 | 望海寺 | 望海寺 |
| | 李胄 | 海印寺 | 海印寺 |
| | 李胄 | 登高 | 登高 |
| | 李胄 | 赴謫所次子厚越江別舍弟宗一韻贈別舍弟 | 赴謫次柳州韻別舍弟 |
| | 李胄 | 偶成 | 偶成 |
| | 李胄 | 卽事拗體 | 卽事拗體 |
| | 朴誾 | 和擇之 | 和擇之 |
| | 朴誾 | 福靈寺 | 福靈寺 |
| | 朴誾 | 案上有擇之詩諷誦之餘感而有和 | 諷誦擇之詩感和 |
| | 朴誾 | 夜臥有懷士華承旨 | 夜臥有懷士華 |
| | 朴誾 | 寄擇之 | 寄擇之 |
| | 朴誾 | 五月卄八日贈擇之 | 贈擇之 |
| | 朴誾 | 永保亭 | 永保亭五首 |
| | 姜渾 | 臨風樓 | 臨風樓 |
| | 姜渾 | 海雲臺次韻 | |
| | 姜渾 | 廢朝應製御題寒食園林三月近落花風雨五更寒 | 廢朝應製 |
| | 崔淑生 | 義州聚勝亭次太虛韻 | 聚勝亭次太虛韻 |
| | 崔淑生 | 新秋 | 新秋 |
| | 李荇 | 人日 | 人日 |
| | 李荇 | 蠶頭呼韻 | |
| | 李荇 | 立春後有感 | 立春後有感 |
| | 李荇 | 礪山道中 | 礪山道中 |
| | 李荇 | 感懷用益齋韻 | 感懷用益齋韻 |
| | 李荇 | 次止亭韻 | 次止亭韻 |
| | 李荇 | 題畫 | |
| | 李荇 | 次東坡送春韻 | 次東坡送春韻 |

| | 『國朝詩刪』(1607년) | | 『箕雅』(1688년) |
|---|---|---|---|
| | 李荇 | 次仲說靈通寺壁上韻 | 次仲說靈通寺韻 |
| | 李荇 | 大興洞道中 | 大興洞道中 |
| | 金安國 | 七夕 | 七夕 |
| | 朴祥 | 酬鄭太史留別韻 | 酬鄭太史留別韻 |
| | 朴祥 | 南海堂 | 南海神堂 |
| | 朴祥 | 太平館次使相韻 | |
| | 朴祥 | 法聖浦雨後 | 法聖浦雨後 |
| | 朴祥 | 次嶺南樓韻 | 次嶺南樓韻二首 |
| | 朴祥 | 次咸昌東軒韻 | |
| | 朴祥 | 彈琴臺 | 彈琴臺 |
| | 朴祥 | 再遊琴臺 | 再遊彈琴坮 |
| | 朴祥 | 次使相韻贈悅上人 | |
| | 朴祥 | 忠州南樓次李尹仁韻 | 忠州南樓次韻 |
| | 金淨 | 叢石亭 | 叢石亭四首 |
| | 柳雲 | 淸風寒碧樓 | 寒碧樓 |
| | 奇遵 | 禁直記夢 | 禁直夢作 |
| | 奇遵 | 秋夜旅懷 | 穩城秋夜旅懷 |
| | 申光漢 | 酒泉縣 | 酒泉縣 |
| | 申光漢 | 甲寅仲春因病久四辭文衡之任.... | 晚聞簷溜書懷 |
| | 申光漢 | 沃原驛 | 沃原驛 |
| | 申光漢 | 保樂堂 | 保樂堂 |
| | 申光漢 | 三月初八日月溪峽中作 | 月溪峽中 |
| | 申光漢 | 三月三日寄茅洞朴大丘 | 三三寄朴大丘 |
| | 蘇世讓 | 燕京卽事 | 燕京卽事 |
| | 蘇世讓 | 題承政院契軸 | 承政院契軸 |
| | 趙仁奎 | 上元觀燈應製 | |
| | 曺伸 | 偶吟 | |
| 卷7 | 鄭士龍 | 荒山戰場 | 荒山戰場 |
| | 鄭士龍 | 奉天門見朝 | |
| | 鄭士龍 | 朝謁 | 朝謁 |
| | 鄭士龍 | 寒食書懷 | 寒食書懷 |
| | 鄭士龍 | 次興德培風軒韻 | 次培風軒韻 |

| | 『國朝詩删』(1607년) | | 『箕雅』(1688년) |
|---|---|---|---|
| | 鄭士龍 | 玉笛 | 玉笛 |
| | 鄭士龍 | 洛山寺 | 洛山寺 |
| | 鄭士龍 | 後臺夜坐 | 後臺夜坐 |
| | 鄭士龍 | 步月 | 步月 |
| | 鄭士龍 | 臘月卄一日夜夢得句云... | 夢得紅雲淸蹕之句足成之 |
| | 鄭士龍 | 初夏用張宛丘詩韻 | 初夏用張宛丘韻 |
| | 鄭士龍 | 中元夜月蝕 | 中元夜月蝕 |
| | 鄭士龍 | 楊根夜坐卽事示同事 | 楊根夜坐卽事 |
| | 鄭士龍 | 餞塘晩望 | 錢塘晩望 |
| | 鄭士龍 | 八月初吉宿中隱堂 | 宿中隱堂 |
| | 鄭士龍 | 內集示兩兒 | |
| | 鄭士龍 | 紀懷 | 記懷 |
| | 鄭士龍 | 題上林春琴妓詩卷 | 題上林春琴妓詩卷 |
| | 沈彦光 | 鍾城館遇雨 | 鍾城館遇雨 |
| | 沈彦光 | 高城道中 | 高城途中 |
| | 沈彦光 | 朱村驛有感 | 朱村驛有感 |
| | 沈彦光 | 獨樂亭遊春 | 獨樂亭遊春 |
| | 閔齊仁 | 夜坐有感 | 夜坐有感 |
| | 徐敬德 | 謝慕齋金相國惠扇 | 謝慕齋惠扇 |
| | 徐敬德 | 贈葆眞菴趙昱 | 贈葆眞庵 |
| | 宋麟壽 | 題喚仙亭 | 題喚仙亭 |
| | 林億齡 | 送成聽松守琛還山用企齋韻 | 用企齋韻送聽松還山 |
| | 林億齡 | 次湖陰韻 | 次湖陰韻 |
| | 朴光佑 | 月精寺 | 月精寺 |
| | 洪暹 | 題朴僉使啓賢受降亭詩卷 | 題受降亭 |
| | 李滉 | 題林士遂關西行錄後 | 題林士遂關西行錄後二首 |
| | 金麟厚 | 次玉堂失鶴韻 | 次玉堂失鶴韻 |
| | 金麟厚 | 竹雨堂 | 竹雨堂次韻 |
| | 林亨秀 | 寄答退溪 | 答退溪 |
| | 鄭惟吉 | 送柳質正根赴京 | |
| | 李洪男 | 小寒食用杜韻 | 小寒食用杜韻 |
| | 金質忠 | 病後出湖堂 | 病後出湖堂 |

| | 『國朝詩刪』(1607년) | | 『箕雅』(1688년) |
|---|---|---|---|
| | 尹潔 | 題忠州樓軒 | 題忠州樓軒 |
| | 盧守愼 | 寄尹李二故人 | 寄尹李二故人 |
| | 盧守愼 | 彈琴臺用訥齋韻 | 彈琴臺用訥齋韻 |
| | 盧守愼 | 用朴之樗韻 | 用朴之樗韻 |
| | 盧守愼 | 一訓軸中懷退溪大谷次其韻 | 一訓軸中懷退溪大谷 |
| | 盧守愼 | 洪政丞暹賜几杖宴席作 | 洪相暹賜几杖宴 |
| | 盧守愼 | 題鶴林守遊金剛軸 | 題鶴林守畵金剛山軸次鵝溪韻 |
| | 盧守愼 | 次兪杞城泓江亭韻 | 次兪杞城江亭韻 |
| | 盧守愼 | 親祭康陵扈駕有吟 | 親祭康陵扈駕有吟 |
| | 盧守愼 | 東湖送別 | 東湖送別 |
| | 盧守愼 | 送盧子平赴東萊 | 送盧子平赴東萊 |
| | 朴淳 | 自龍山歸漢江舟中口號 | 自龍山歸漢江舟中作 |
| | 沈守慶 | 訪釋王寺 | 訪釋王寺 |
| | 權擘 | 誕日早朝 | 誕日早朝 |
| | 權擘 | 元日早朝是日頒赦 | 元日早朝 |
| | 權擘 | 報漏閣 | |
| | 權擘 | 故左相柳公灌遷葬挽章 | 柳相灌遷葬挽 |
| | 梁應鼎 | 聖節朝賀 | |
| | 楊士彦 | 萬景臺 | 萬景臺 |
| | 李珥 | 初出山贈沈景混長源 | |
| | 朴枝華 | 烏洞 | 烏洞 |
| | 權應仁 | 次梁大樸韻 | 次梁大樸韻 |
| | 楊士俊 | 乙卯幕中作 | 乙卯幕中作 |
| | 高敬命 | 百祥樓 | 百祥樓 |
| | 高敬命 | 道中望十三山 | 途中望十三山 |
| | 高敬命 | 玉泉郡雪後 | |
| | 高敬命 | 食錦鱗魚有感 | 食錦鱗魚有感 |
| | 高敬命 | 謝林正字復送酒 | 謝林正字送酒 |
| | 黃廷彧 | 官罷向芝川坐樓院 | 官罷向芝川坐樓院 |
| | 黃廷彧 | 送崔復初興源自洪陽再按湖西 | 送崔復初自洪陽再按海西 |
| | 黃廷彧 | 戲寄李宜仲永平水洞新亭 | |
| | 黃廷彧 | 送別金應順命元赴咸興 | 別金應順赴北伯 |

| | 『國朝詩刪』(1607년) | | 『箕雅』(1688년) |
|---|---|---|---|
| | 黃廷彧 | 贈梧陰次韻 | |
| | 黃廷彧 | 送沈公直赴春川 | 送沈公直赴春川 |
| | 黃廷彧 | 海 | 海 |
| | 黃廷彧 | 山 | 山 |
| | 黃廷彧 | 吉州砥柱臺 | 吉州砥柱臺 |
| | 黃廷彧 | 穿島 | 穿島 |
| | 黃廷彧 | 壬辰之亂余罹千萬不測之禍及被讉來配吉州州老朴僉知士豪時來相見一日.... | 吉州配所感贈朴士豪朴少從慕齋者 |
| | 黃廷彧 | 贈柳希聃憶鷺梁亭 | |
| | 黃廷彧 | 抱月亭 | |
| | 黃廷彧 | 一眉島 | |
| | 黃廷彧 | 詠朴淵 | |
| | 黃廷彧 | 贈申江陵湜之任 | |
| | 黃廷彧 | 題許端甫竹帖 | |
| | 鄭碏 | 檜岩道中 | 檜岩道中 |
| | 鄭碏 | 送琴師李壽鍾之平壤 | 送琴師李壽鍾之平壤 |
| | 辛應時 | 奉祀康陵有感 | 奉祀康陵有感 |
| | 崔慶昌 | 朝天 | 朝天 |
| | 白光勳 | 奉恩寺次李伯生見寄之韻 | 奉恩寺次李伯生韻 |
| | 李達 | 上月汀亞相 | 上月汀亞相 |
| | 李達 | 龜城贈林明府植 | 龜城贈林明府 |
| | 李達 | 鳥嶺聞杜鵑 | 鳥嶺聞杜鵑 |
| | 李達 | 湖寺僧卷次韻 | 湖寺僧卷次韻 |
| | 李達 | 題湖寺僧卷 | 題僧卷 |
| | 李達 | 挽孫明府汝誠 | 挽孫明府 |
| | 李達 | 無題 | 無題 |
| | 梁大撲 | 在北原送李益之向南原 | 送李益之向南原 |
| | 梁大撲 | 青溪 | 青溪 |
| | 梁大撲 | 奉送高苔軒之任東萊 | |
| | 梁大撲 | 歸鴈 | |
| | 林悌 | 海南寄許美叔 | 海南寄許美叔 |
| | 鄭之升 | 呈叔父 | 呈叔父 |

| | 『國朝詩刪』(1607년) | | 『箕雅』(1688년) |
|---|---|---|---|
| | 李春英 | 永保亭 | 永保亭四韻 |
| | 權韠 | 題林子中權陣中 | 題林子中陣中 |
| | 權韠 | 解職後戲題 | |
| | 權韠 | 早渡碧瀾 | 早渡碧瀾 |
| | 權韠 | 暮歸 | 暮歸 |
| | 梁慶遇 | 夕 | 夕 |
| | 伽倻仙女 | 題嶺南樓 | 嶺南樓次韻 |
| | 李顯郁 | 次許渾贈僧韻 | 次許渾贈韻 |
| | 失名氏 | 題琵琶背 | 題琵琶背 |
| | 七言排律 | | |
| | 朴祥 | 嶺南樓觴席謝主人李公忠.... | 嶺南樓宴會贈諸公二十韻 |
| | 鄭士龍 | 滕王閣圖應製 | 滕王閣應製二十韻 |
| | 李媛 | 謝徐牧使益小室惠題額大字書 | |
| 卷8 | 五言絶句 | | |
| | 成石璘 | 楓嶽 | 送僧之楓岳 |
| | 柳方善 | 偶題 | 偶題 |
| | 成三問 | 紫薇花 | 紫薇花 |
| | 金守溫 | 述樂府辭 | 述樂府辭 |
| | 姜希顔 | 蔡子休求畵作青山白雲圖一幅因題其上 | 題青山白雲圖 |
| | 成俔 | 囉嗊曲 | 囉嗊曲三首 |
| | 徐居正 | 睡起 | 睡起 |
| | 金克儉 | 閨情 | 閨情 |
| | 婷 | 題畵扇 | |
| | 婷 | 寄君實 | 寄君實 |
| | 申沆 | 伯牙 | 伯牙 |
| | 朴繼姜 | 贈人 | |
| | 金淨 | 佳月 | 佳月 |
| | 金淨 | 感興 | 即事 |
| | 金淨 | 贈釋道心 | 贈釋道心 |
| | 金淨 | 贈別 | |
| | 奇遵 | 自挽 | 自挽 |
| | 崔壽峸 | 輞川圖 | 輞川圖 |

| | 『國朝詩刪』(1607년) | | 『箕雅』(1688년) |
|---|---|---|---|
| | 羅湜 | 題畵猿 | 題畵猿 |
| | 羅湜 | 驪江 | 驪江 |
| | 羅湜 | 道峯寺 | |
| | 林億齡 | 送白彰卿還鄕 | 送白光勳還鄕 |
| | 鄭礥 | 舟過楮子島向奉恩寺 | 舟過楮子島 |
| | 尹潔 | 次忠州望京樓韻 | |
| | 姜克誠 | 湖亭朝起偶吟 | 湖堂朝起 |
| | 楊士彦 | 秋思 | |
| | 李後白 | 絶句 | 絶句 |
| | 河應臨 | 送人 | 別友 |
| | 李純仁 | 雪後偶吟 | 雪後 |
| | 李誠中 | 無題 | |
| | 崔慶昌 | 題高峯郡山亭 | 題高峰郡山亭 |
| | 白光勳 | 弘慶寺 | 弘慶寺 |
| | 白光勳 | 龍江別成甫 | |
| | 白光勳 | 洛中別友 | |
| | 白光勳 | 有贈 | |
| | 李達 | 江陵別李禮長之京 | 別李禮長 |
| | 宋翰弼 | 偶吟 | 偶吟 |
| | 林悌 | 閨怨 | 閨怨 |
| | 鄭之升 | 傷春 | 傷春 |
| | 鄭碏 | 魯宮 | 魯宮 |
| | 鄭碏 | 夜作 | |
| | 鄭碏 | 贈人 | |
| | 鄭碏 | 秋懷 | |
| | 鄭碏 | 春晩 | 春晩 |
| | 金氏 | 贈人 | |
| | 無名氏 | 題院壁 | 題院壁 |
| | 無名氏 | 題壁 | 題壁 |
| | 六言絶句 | | |
| | 姜希孟 | 致齋昭格殿次東坡祭太乙韻 | |
| | 李達 | 六言 | |

| | 『國朝詩删』(1607년) | | 『箕雅』(1688년) |
|---|---|---|---|
| 卷9 | 七言絶句 | | |
| | 鄭道傳 | 癸酉正朝奉天門口號 | 正朝奉天門外口號 |
| | 鄭道傳 | 自詠 | |
| | 鄭道傳 | 訪金居士野居 | 訪金居士野居 |
| | 鄭道傳 | 鐵嶺 | |
| | 權近 | 擊蘘圖 | |
| | 權近 | 春日城南卽事 | 春日城南卽事 |
| | 趙云仡 | 送春日別人 | 送春日別人 |
| | 趙云仡 | 卽事 | 卽事 |
| | 趙云仡 | 丘山驛 | |
| | 成石璘 | 訪騎牛子不遇 | 訪騎牛子不遇 |
| | 成石璘 | 賀趙侍中邀座主開讌 | 賀趙侍中邀座主開宴 |
| | 姜淮伯 | 寄燈明師 | 寄證明師 |
| | 朴宜中 | 次金若齋九容韻 | 次韻 |
| | 李詹 | 晉陽亂後謁聖 | |
| | 李詹 | 慵甚 | 慵甚 |
| | 李詹 | 夜過寒碧樓聞彈琴 | 夜過寒碧樓聞彈琴 |
| | 李詹 | 聞鶯 | 聞鶯 |
| | 曺庶 | 慶安府 | 慶安府 |
| | 鄭摠 | 除夜 | 除夜 |
| | 卞仲良 | 鐵關道中 | 鐵關途中 |
| | 卞仲良 | 松山 | 松山 |
| | 權遇 | 秋日 | 秋日絶句 |
| | 鄭以吾 | 竹長寺 | 竹長寺 |
| | 鄭以吾 | 次韻寄鄭伯容 | 次寄鄭伯容 |
| | 柳方善 | 書懷 | 書懷 |
| | 姜碩德 | 秀菴上人卷子 | 秀菴卷子 |
| | 崔恒 | 海雲臺 | 海雲臺 |
| | 成侃 | 宮詞 | 四時宮詞 |
| | 成侃 | 偶書 | |
| | 成侃 | 遊城南 | |
| | 成侃 | 怕寒不出吟呈諸公 | |

| | 『國朝詩刪』(1607년) | | 『箕雅』(1688년) |
|---|---|---|---|
| | 成侃 | 道中 | 道中 |
| | 成侃 | 漁父 | 漁父 |
| | 徐居正 | 讀荊公詩 | 風雨夜用王荊公韻 |
| | 徐居正 | 春日 | 春日 |
| | 徐居正 | 晚山圖 | 晚山圖 |
| | 徐居正 | 菊花不開悵然有作 | 菊花不開悵然有作 |
| | 徐居正 | 題四皓圍碁圖 | |
| | 徐居正 | 卽事 | |
| | 姜希孟 | 次金太守宗直咏田家韻 | 次田家韻 |
| | 姜希孟 | 塹城壇 | 塹城壇 |
| | 姜希孟 | 病餘吟成呈崔勢遠灝元 | 病餘獨吟 |
| | 姜希孟 | 梅 | 梅 |
| | 李承召 | 留義州次朴判書元亨韻 | 次義州韻 |
| | 李承召 | 美人圖 | 美人圖 |
| | 金宗直 | 濟川亭次宋中樞處寬韻 | 次濟川亭韻 |
| | 金宗直 | 寶泉灘卽事 | 寶泉灘卽事 |
| | 金時習 | 山行卽事 | 山行卽事 |
| | 朴撝謙 | 從軍 | |
| | 朴撝謙 | 詠杜子美 | |
| | 成俔 | 帶雨題淸州東軒 | 題淸州東軒 |
| | 金訢 | 三月三日 | |
| | 金訢 | 馬島舟中夜坐 | 馬島舟中夜坐 |
| | 婷 | 尋花古寺 | |
| | 婷 | 寒食 | 寒食 |
| | 深源 | 雲溪寺 | 雲溪寺 |
| | 深源 | 卽事 | 卽事 |
| | 楊熙止 | 次珍原客館韻 | |
| | 兪好仁 | 灊溪竹枝曲 | 竹枝曲 |
| | 兪好仁 | 君子寺 | |
| | 曺偉 | 題紅梅畵簇 | 題紅梅畵簇 |
| | 曺偉 | 聞子建卽眞赴洛作詩寄之 | |
| | 申從濩 | 傷春 | 傷春 |

| | 『國朝詩刪』(1607년) | | 『箕雅』(1688년) |
|---|---|---|---|
| | 申從濩 | 無題 | 無題 |
| | 南孝溫 | 西江寒食 | 西江寒食 |
| | 南孝溫 | 上巳城南 | 上巳城南 |
| | 南孝溫 | 月溪 | |
| | 南孝溫 | 夢安子挺 | 夢安子挺 |
| | 安應世 | 秋晩 | 秋晩 |
| | 安應世 | 無題 | |
| | 金宏弼 | 書懷 | 書懷 |
| | 鄭汝昌 | 遊頭流山到花開縣作 | 遊頭流到花開縣 |
| | 金千岭 | 永濟道中 | 永濟道中 |
| | 昌壽 | 曉起呈强哉 | |
| | 柳洵 | 書三體詩後 | |
| | 崔溥 | 讀宋史 | 讀宋史 |
| | 李孝則 | 鳥嶺 | |
| | 魚無迹 | 美人圖 | 美人 |
| | 李胄 | 謾成 | 漫成 |
| | 李胄 | 夜坐 | 傷別 |
| | 李胄 | 懷人 | |
| | 李胄 | 寄僧 | 寄僧 |
| | 李胄 | 傷別 | 傷別 |
| | 姜渾 | 題舍人司蓮亭 | 題舍人司蓮亭 |
| | 姜渾 | 三嘉鄭使君求雙明軒詩記舊遊以寄 | 三嘉雙明軒 |
| | 姜渾 | 寄星山妓 | |
| | 崔淑生 | 贈擇之 | 贈擇之 |
| | 李堣 | 羽溪 | |
| | 成夢井 | 題友人江亭 | 題友人江亭 |
| | 黃衡 | 海雲臺 | |
| | 南袞 | 題神光寺 | |
| | 李荇 | 書朴誾題畫屛詩後 | 書朴誾題畫屛詩後 |
| | 李荇 | 四月十六日書東宮移御所直舍壁 | 書直舍壁 |
| | 李荇 | 二十九日再直有感次前韻 | 再直有感次前韻 |
| | 李荇 | 陜川聞子規 | 陜川聞子規 |

| | 『國朝詩刪』(1607년) | | 『箕雅』(1688년) |
|---|---|---|---|
| | 李荇 | 八月十五夜 | 八月十八夜 |
| | 李荇 | 霜月 | 霜月 |
| | 李荇 | 憶淳夫 | |
| | 李荇 | 對竹 | |
| | 李荇 | 讀仲說詩 | 讀仲說詩 |
| | 李荇 | 終南 | |
| | 李荇 | 溫酒擧白韻 | |
| | 李荇 | 花徑 | |
| | 金安國 | 盆城贈別 | 盆城贈別 |
| | 金安國 | 燕子樓次圃隱韻 | 燕子樓次圃隱韻 |
| | 金安國 | 途中卽事 | 途中卽事 |
| | 金安國 | 朴太守稠見訪 | 太守載酒見訪 |
| | 金安國 | 雨中詠葵 | 雨中詠葵 |
| | 李希輔 | 輓宮媛 | 挽宮媛 |
| | 李希輔 | 病中書懷 | 病中書懷 |
| | 朴祥 | 夏帖 | |
| | 朴祥 | 逢孝直喪 | 逢孝直喪 |
| | 金淨 | 江南 | 江南 |
| | 奇遵 | 義相菴 | 義相菴 |
| | 申光漢 | 獨直內曹聞夜雨 | 獨直內曹聞夜雨 |
| | 申光漢 | 投宿山寺 | 宿山寺 |
| | 申光漢 | 過介峴金公碩世弼舊居有感 | 過金公舊居有感 |
| | 申光漢 | 次安城郡板上韻 | 次安城郡板上韻 |
| | 申光漢 | 別親舊夜泊楮子島書事 | 夜泊楮子島 |
| | 申光漢 | 陰城途中 | 陰城道中 |
| | 申光漢 | 阻雨宿神勒寺 | 阻雨宿神勒寺 |
| | 申光漢 | 送堂姪元亮之任杆城 | 送堂姪之任杆城二首 |
| | 申光漢 | 夜分後雨霽月色如畫舟泊長灘荻花灣 | 舟泊長灘荻花灣 |
| | 申光漢 | 有所思 | 有所思 |
| | 申光漢 | 洞山驛 | 洞山驛 |
| | 申光漢 | 崔同年益岭鏡浦別野次昌邦朴耦韻 | 鏡浦別墅次韻 |
| | 申光漢 | 風雨過月溪峽 | 風雨過月溪峽 |

| | 『國朝詩刪』(1607년) | | 『箕雅』(1688년) |
|---|---|---|---|
| | 申光漢 | 柳店漁火 | |
| | 申光漢 | 船上望見三角山有感 | 船上望見三角山有感 |
| | 申光漢 | 呂望 | 呂望 |
| | 申光漢 | 項羽 | 項羽 |
| | 申光漢 | 韓信 | 韓信 |
| | 申潛 | 醉題梨花亭 | 醉題梨花亭 |
| 권10 | 蘇世讓 | 題玉堂山水屛 | |
| | 蘇世讓 | 題尙左相震畵鴈軸 | 題尙左相畵鴈軸 |
| | 蘇世讓 | 邇兒得草亭之基于竹林西麓 | |
| | 鄭士龍 | 宿巴山館 | |
| | 鄭士龍 | 戲自遣 | |
| | 鄭士龍 | 春興 | 春興 |
| | 黃汝獻 | 李將軍西湖知足堂 | 李將軍西湖知足堂 |
| | 沈彦光 | 來禽花落 | 來禽花落 |
| | 沈彦光 | 落花 | |
| | 李彦迪 | 無爲 | 無爲 |
| | 徐敬德 | 題海州虛白堂 | 海州虛白堂 |
| | 沈思順 | 叢祠 | 叢祠 |
| | 趙昱 | 詠唄音 | |
| | 趙昱 | 次駱峯韻贈鑑湖主人 | 次駱峯韻贈鏡湖主人 |
| | 林億齡 | 示友人 | 示友人 |
| | 林億齡 | 華山瀑布圖 | |
| | 林億齡 | 次井邑東軒韻 | |
| | 鄭磏 | 登瓦峴望冠岳 | 登瓦嶺望冠岳 |
| | 洪春卿 | 扶餘落花巖 | 落花巖 |
| | 李滉 | 義州 | 義州 |
| | 金麟厚 | 抵友人家汲松根水以飮 | 抵友人家汲飮松根水 |
| | 林亨秀 | 侍中臺 | 侍中臺 |
| | 林亨秀 | 受降亭 | 受降亭 |
| | 鄭惟吉 | 賜祭棘城 | 賜祭棘城 |
| | 鄭惟吉 | 永柔梨花亭 | 永柔梨花亭 |
| | 鄭惟吉 | 夢賚亭春帖 | 夢賚亭春帖 |

| | 『國朝詩删』(1607년) | | 『箕雅』(1688년) |
|---|---|---|---|
| | 金質忠 | 咏王昭君 | |
| | 尹潔 | 謝山人寄鞋 | 謝山人寄鞋 |
| | 尹潔 | 從兄惠石假山 | |
| | 盧守愼 | 許太史筬家吟示諸人 | |
| | 金貴榮 | 重到湖堂次前韻 | |
| | 朴淳 | 訪曹處士山居 | 訪曹處士山居 |
| | 朴淳 | 湖堂口號 | 湖堂雨後卽事 |
| | 朴淳 | 謝恩後歸永平 | 謝恩後歸永平 |
| | 朴淳 | 礪山郡別行思上人 | 礪山郡別行思上人 |
| | 朴淳 | 送退溪先生南還 | 送退溪先生南還 |
| | 朴淳 | 題楊摠兵照廟 | 題楊總兵照廟 |
| | 朴淳 | 淸風寒碧樓 | 淸風寒碧樓 |
| | 朴淳 | 贈堅上人 | 贈堅上人 |
| | 梁應鼎 | 過漁陽橋 | 過漁陽橋 |
| | 梁應鼎 | 謁夷齊廟 | |
| | 梁應鼎 | 贈無爲僧天然 | |
| | 宋寅 | 西京贈妓 | 西原贈妓 |
| | 鄭礥 | 海州芙蓉堂 | 海州芙蓉堂 |
| | 楊士彦 | 國島 | 國島 |
| | 姜克誠 | 次友人韻 | 次友人韻 |
| | 高敬命 | 食橘 | 食橘 |
| | 高敬命 | 漁舟圖 | 漁舟圖 |
| | 朴枝華 | 贈僧 | |
| | 朴枝華 | 題宋礪城家歌兒石介詩軸 | 題礪城家歌兒石介詩軸 |
| | 成渾 | 贈紺坡山人安天瑞 | |
| | 成渾 | 偶吟 | |
| | 成渾 | 挽靑陽君 | 挽靑陽君 |
| | 成渾 | 挽朴思菴 | 挽朴思庵 |
| | 尹斗壽 | 贈僧 | 贈僧 |
| | 黃廷彧 | 次李伯生詠玉堂小桃 | 次玉堂小桃韻 |
| | 黃廷彧 | 送許端甫作遂安郡 | |
| | 黃廷彧 | 送鄭察訪泗 | |

| 『國朝詩刪』(1607년) | | 『箕雅』(1688년) |
|---|---|---|
| 柳永吉 | 福泉寺 | 福泉寺 |
| 柳永吉 | 南州東閣 | |
| 柳永吉 | 贈洪長淵迪 | |
| 柳永吉 | 次矗石樓韻 | 次矗石樓 |
| 柳永吉 | 蠶 | |
| 河應臨 | 春日山村 | 春日山村 |
| 河應臨 | 金洞驛東崔長淵立之 | |
| 鄭澈 | 咸興十月看菊 | 咸興十月看菊 |
| 鄭澈 | 書懷 | 書懷 |
| 李純仁 | 贈僧 | |
| 鄭碏 | 重陽 | 重陽 |
| 鄭碏 | 甲午中元 | |
| 辛應時 | 題門巖瀑布 | |
| 辛應時 | 詠衙中杏花 | |
| 崔慶昌 | 映月樓 | 映月樓 |
| 崔慶昌 | 天壇 | 天壇 |
| 崔慶昌 | 練光亭 | |
| 崔慶昌 | 采蓮曲次鄭知常韻 | 次大同江韻 |
| 崔慶昌 | 邊思 | 邊思 |
| 崔慶昌 | 大隱巖南止亭故宅 | 大隱岩 |
| 崔慶昌 | 寄楊州成使君義國 | 寄楊州成使君 |
| 崔慶昌 | 義州山亭贈韓使君準 | |
| 崔慶昌 | 送鄭御史澈之北關 | 送鄭御史澈之北關 |
| 崔慶昌 | 武陵溪 | 武陵溪 |
| 崔慶昌 | 寄性上人 | 寄性上人 |
| 崔慶昌 | 題僧軸 | 題僧軸 |
| 崔慶昌 | 贈僧 | 贈僧 |
| 崔慶昌 | 贈寶雲上人 | |
| 崔慶昌 | 重贈 | 贈曇上人 |
| 崔慶昌 | 無題 | |
| 白光勳 | 宋高宗 | 宋高宗 |
| 白光勳 | 寒川灘 | 寒川灘 |

| | 『國朝詩刪』(1607년) | | 『箕雅』(1688년) |
|---|---|---|---|
| | 白光勳 | 春後 | 春後 |
| | 白光勳 | 卽事贈僧 | 卽事贈僧 |
| | 白光勳 | 春望 | 春望 |
| | 白光勳 | 三叉松月 | 松月 |
| | 白光勳 | 徐君受弟 | 徐君受第 |
| | 白光勳 | 介山 | |
| | 白光勳 | 綾陽北亭 | 綾陽北亭 |
| | 李達 | 宮詞 | 宮詞 |
| | 李達 | 襄陽曲 | 襄陽曲 |
| | 李達 | 出塞曲 | |
| | 李達 | 步虛詞 | 步虛詞 |
| | 李達 | 采蓮曲次鄭大諫韻 | 次大同江韻 |
| | 李達 | 長信四時宮詞 | |
| | 李達 | 四時詞閨情平調 | |
| | 李達 | 江陵書事 | 江陵書事 |
| | 李達 | 山行 | |
| | 李達 | 松京 | 松京 |
| | 李達 | 靈谷尋春 | |
| | 李達 | 伽倻山 | 伽倻山 |
| | 李達 | 題畵二首 | 題畵三首 |
| | 李達 | 鍾城道中 | |
| | 李達 | 病中折花對酒 | 病中折花對酒 |
| | 李達 | 洛中有感 | 洛中有感 |
| | 李達 | 坡山望孤竹庄 | |
| | 李達 | 挽南格庵 | 挽南格菴 |
| | 宋翼弼 | 贈僧 | |
| | 徐益 | 題僧壁 | 題僧壁 |
| | 洪迪 | 贈僧 | 贈僧 |
| | 林悌 | 高山驛 | |
| | 林悌 | 送鏡城黃判官瑔 | |
| | 林悌 | 無題 | 無題二首 |
| | 鄭之升 | 留別 | 留別 |

| | 『國朝詩删』(1607년) | | 『箕雅』(1688년) |
|---|---|---|---|
| | 棣 | 夜登簡儀臺 | |
| | 申櫓 | 壬辰六月二十八日作 | 避亂北路逢明廟忌辰 |
| | 李嶸 | 僧軸 | 僧軸 |
| | 權韠 | 過松江墓有感 | 過松江墓有感 |
| | 權韠 | 林處士滄浪亭 | 林處士滄浪亭 |
| | 權韠 | 寒食 | 寒食 |
| | 權韠 | 幽居漫興 | |
| | 權韠 | 哭具大受喪于楊州留宿天明出山 | 哭具金化喪子楊州天明出山 |
| | 權韠 | 悼亡寄示李正郎子敏 | |
| | 權韠 | 城山過具容故宅 | |
| | 權韠 | 贈秋娘 | |
| | 權韠 | 憶成川 | |
| | 鄭鎔 | 贈人 | |
| | 崔澱 | 鏡浦臺 | |
| | 崔澱 | 香浦 | |
| | 具容 | 題李提督碑閣 | 題李提督碑閣 |
| | 尹忠源 | 信川重陽題寄黃獨石 | 寄黃獨石 |
| | 梁慶遇 | 新正寄舍第 | |
| | 鄭碏 | 過亡友故宅 | |
| | 曺氏 | 夜行 | 夜行 |
| | 楊士奇妾 | 閨怨 | 閨怨 |
| | 李媛 | 寧越道中 | 寧城道中 |
| | 李媛 | 雨 | |
| | 李媛 | 樓上 | 樓上 |
| | 李媛 | 卽事 | |
| | 田禹治 | 三日浦 | 三日浦 |
| | 李顯郁 | 卽事 | 卽事 |
| | 釋參廖 | 贈成川倅 | |
| | 釋行思 | 海南訪玉峯 | 海南訪玉峯 |
| | 釋慶雲 | 寂滅庵 | 寂滅庵 |
| | 失名氏 | 贈人 | 贈人 |
| | 失名氏 | 梳 | 梳 |

| | 『國朝詩刪』(1607년) | | 『箕雅』(1688년) |
|---|---|---|---|
| | 失名氏 | 題豊山驛 | 題豊山驛 |
| | 失名氏 | 贈僧 | 贈僧 |
| | 許門世藁 | | |
| | 五言古詩 | | |
| | 許曄 | 贈志文上人 | |
| | 許篈 | 上元夫人 | |
| | 許篈 | 贈熙上人 | |
| | 七言古詩 | | |
| | 許琛 | 觀音崛前溪夜飮 | |
| | 許篈 | 清平山迎送神曲贈誾上人 | 清平山迎送神曲贈誾上人 |
| | 許篈 | 贈元祭學 | 贈元祭學 |
| | 許篈 | 山鷓鴣詞 | 山鷓鴣詞 |
| | 許篈 | 青陽亭子 | |
| | 許篈 | 江樓曉思 | |
| | 許氏 | 望仙謠 | 望仙謠 |
| | 許氏 | 湘絃謠 | 相絃謠 |
| | 五言律詩 | | |
| | 許篈 | 壓湖亭 | |
| | 許篈 | 謫中送朴甥 | |
| | 許氏 | 出塞曲 | 出塞曲 |
| | 許氏 | 效李義山 | 效李義山 |
| | 許氏 | 效沈下賢 | 效沈下賢 |
| | 七言律詩 | | |
| | 許琛 | 送任萬戶訓赴知世浦 | |
| | 許琛 | 花園 | |
| | 許琛 | 松都本闕舊基 | |
| | 許琛 | 壽昌宮 | |
| | 許篈 | 居山驛 | 居山驛 |
| | 許篈 | 杆城詠月樓 | 杆城詠月樓 |
| | 許氏 | 次仲氏高原望高臺韻 | 次仲氏高原望高臺韻 |
| | 五言絶句 | | |
| | 許氏 | 效崔國輔體 | |

| | 『國朝詩刪』(1607년) | | 『箕雅』(1688년) |
|---|---|---|---|
| | 許氏 | 莫愁樂 | |
| | 許氏 | 江南曲 | 江南曲 |
| | 許氏 | 貧女吟 | 江南曲 |
| | 七言絶句 | | |
| | 許琮 | 夜坐卽事 | 夜坐卽事 |
| | 許琛 | 春寒次太虛韻 | 次太虛韻 |
| | 許輯 | 實性寺 | |
| | 許輯 | 興德寺法席 | |
| | 許瀚 | 村庄卽事 | |
| | 許曄 | 箕城戲題 | |
| | 許篈 | 塞下曲 | |
| | 許篈 | 夷山 | |
| | 許篈 | 傷懷寄舍弟 | |
| | 許篈 | 蒙赦回題咸原驛 | |
| | 許氏 | 塞下曲 | 塞下曲三首 |
| | 許氏 | 入塞曲 | 入塞曲 |
| | 許氏 | 宮詞 | 宮詞二首 |
| | 許氏 | 遊仙詞十六首 | 遊仙詞六首 |

# 참고문헌

## 1. 원전 자료

### 1) 한국


許筠, 『國朝詩刪』(이화여자대학교 소장, 811.1085허 17a)

____, 『國朝詩刪』(동국대학교 소장, 811.9082 허17ㄱ 1-2)

____, 『國朝詩刪』(단국대학교 소장, 고 851.905 허509ㄱ)

____, 『國朝詩刪』(동경대학교 아천문고 소장, E45-1375 ; 국립중앙도서관 복제본, 古3643-529)

____, 『國朝詩刪』(계명대학교 소장, (고) 811.1 허균ㄱ)

____, 『國朝詩刪』(계명대학교 소장, (고) 811.1 국조시ㅅ-1-2)

____, 『國朝詩刪』(韓國學文獻硏究所 編, 『靑丘風雅 國朝詩刪』, 『韓國漢詩選集』 1, 아세아문화사, 1980.)

____, 『唐絶選刪』(국립중앙도서관 소장, 古貴3715-3)

____, 『惺所覆瓿藁』(『韓國文集叢刊』 74輯)

具樹勳, 『二旬錄』

郭說, 『西浦集』(『韓國文集叢刊』 續6輯)

權應仁, 『松溪漫錄』(『국역 대동야승』 14, 민족문화추진회, 1982.)

金鑢, 『藫庭遺藁』(『韓國文集叢刊』 289輯)

金萬重, 『西浦漫筆』(李鍾殷, 鄭珉 共編, 『韓國歷代詩話類編』, 아세아문화사, 1988.)

金宗直, 『佔畢齋先生全書』(계명한문학연구회, 학민문화사, 1996.)

金鎭圭, 『竹泉集』(『韓國文集叢刊』 174輯)

金春澤, 『北軒居士集』(『韓國文集叢刊』 185輯)

南龍翼, 『箕雅』(『韓國漢詩選集』 2, 아세아문화사, 1980; 국립중앙도서관 소장, 古3641-1)

______, 『壺谷集』(『韓國文集叢刊』 131輯)

朴泰淳, 『東溪集』(『韓國文集叢刊』 續51輯)
徐益, 『萬竹軒先生文集』(『韓國文集叢刊』 續5輯)
成孝基 外, 『古今詩選』(전남대 소장, OC 4A2 고18 v.1-5)
宋時烈, 『宋子大全』(『韓國文集叢刊』 110輯)
宋翼弼, 『批選龜峯先生詩集』(국립중앙도서관 소장, 古3644-1)
申用漑 外, 『續東文選』(『국역 동문선』, 민족문화추진회, 1982.)
徐居正, 『東文選』(『국역 동문선』, 민족문화추진회, 1982.)
成涉, 『筆苑散語』
申緯, 『警修堂全藁』(『韓國文集叢刊』 291輯)
梁慶遇, 『霽湖集』(『韓國文集叢刊』 73輯)
魚叔權, 『稗官雜記』 2 (『국역 대동야승』 1, 민족문화추진회, 1971.)
柳根, 『續青丘風雅』(연세대학교, 규장각 가람문고)
柳夢寅, 『於于野譚』
尹國馨, 『甲辰漫錄』 『국역 대동야승』 14, 민족문화추진회, 1975.)
尹根壽, 『月汀漫筆』 『국역 대동야승』 14, 민족문화추진회, 1975.)
李家源, 『玉溜山莊詩話』(『연세논총』 6집, 1969.)
李德懋, 『青莊館全書』(『韓國文集叢刊』 257~259輯)
李攀龍, 『李于麟唐詩廣選』(奎中 3800-v.1-5)
李商隱(唐) 原著; 朴泰淳 纂解, 『玉溪生集纂解』(D03C-0238)
李裕元, 『林下筆記』(『국역 임하필기』, 민족문화추진회, 1999.)
任適, 『屯菴集』(『韓國文集叢刊』 續66輯)
趙秉鉉, 『成齋集』(『韓國文集叢刊』 301集)
崔笠, 『簡易集』(『韓國文集叢刊』 49輯』)
韓致奫, 『海東繹史』(『국역 해동역사』 6, 민족문화추진회, 2002.)
洪萬宗, 『詩話叢林』(아세아문화사, 1973.)
洪迪, 『荷衣遺稿』(『韓國文集叢刊』 續6輯)
洪翰周, 『智水拈筆』(『19세기 견문지식의 축적과 지식의 탄생(하)-지수염필』, 소명출판, 2013.)
許蘭雪軒, 『蘭雪軒集』(『韓國文集叢刊』 67輯)
許穆, 『記言』(『韓國文集叢刊』 98, 99輯)
許示商, 『水色集』(『韓國文集叢刊』 69輯)
黃胤錫, 『頤齋續稿』(『頤齋先生遺稿』, 朝鮮春秋社, 1943.)

黃廷彧, 『芝川集』(『韓國文集叢刊』 41輯)
洪萬宗 原著, 安大會 譯註, 『小華詩評』, 국학자료원, 1995.
洪萬宗 原著, 許捲洙·尹浩鎭 교정, 『原文 詩話叢林』, 까치, 1993.
『重頂南漢誌』(국립중앙도서관, XG1-1996-91)
『東文詩選全集』(국립중앙도서관, 古3643-410)
『朝鮮王朝實錄』(한국고전번역원 DB)

2) 국외

高棅, 『唐詩品彙』
楊士弘, 『唐音』
陸次雲, 『譯史紀餘』
王世貞, 『弇州四部稿』
______, 『世說新語補』
李攀龍, 『古今詩刪』
______, 『唐詩選』
朱之蕃, 『陽川世稿』
______, 『使朝選錄』(殷夢霞, 于浩 選編, 北京圖書館出版社, 2003.)
錢謙益, 『列朝詩集小傳』, 古典文學出版社, 1957.

## 2. 연구논저

1) 한국

강석중·강혜선·안대회·이종묵, 『허균이 가려뽑은 조선시대의 한시』 1-3, 태학사, 1999.
강찬수·양은선, 「조선본(朝鮮本) ≪옥계생집찬해(玉溪生集纂解)≫와 그 가치」, 『중국어문논총』 46, 2010.
김대중, 「『풍석고협집』의 평어 연구」, 서울대학교 국어국문학과 석사학위논문, 2005.
______, 「『삼한시귀감』 소재 최해의 평점비평 연구」, 『한국문화』 61, 2013.
김연수, 「한시 풍격 연구: 허균의 『國朝詩刪』 비와 평에 근거하여」, 고려대 국어국문학과 석사학위논문, 1996.

김영봉, 「무자기재장서목록 해제」, 『이화여자대학교 고서해제』 1, 평민사, 2008.
_____, 「『청구풍아』 연구」, 『열상고전연구』 11집, 열상고전연구회, 1998.
김해명·이우정 옮김, 『창랑시화』, 소명출판, 2001.
노경희, 『17세기 전반기 한중 문학교류』, 태학사, 2015.
_____, 「허균의 중국 문단과의 접촉과 시선집 편찬 연구」, 『한국한시학회』 14, 2006.
류성준, 『중국 시화의 시론』, 푸른사상, 2003.
민병수, 「『國朝詩刪』 해제」, 『靑丘風雅 國朝詩刪』, 『韓國漢詩選集』 1, 아세아문화사, 1980.
_____, 「역대 한시선집의 문학사적 의미」, 『관악어문연구』 7, 서울대 국어국문학과, 1982.
_____, 『한국한문학개론』, 태학사, 1996.
_____, 『한국한시사』, 내학사, 1996.
박수천, 「『國朝詩刪』의 選詩觀 연구」, 서울대학교 석사학위논문, 1986.
_____, 「허균의 시화비평 연구 –『학산초담』과 『성수시화』의 비교–」, 『한국한시연구』 3, 한국한시학회, 1995.
_____, 『조선 중후기 한시와 비평문학의 탐색』, 태학사, 2013.
박철상, 「허균 수정고본 『국조시산』의 출현과 그 가치」, 『한국문화연구』 12, 2007.
부유섭, 「허균이 뽑은 중국시(1) –'唐絶選刪'」, 『문헌과해석』 27, 2004.
_____, 「허균이 뽑은 중국시(2) –'荊公二體詩鈔'」, 『문헌과해석』 28, 2004.
신태영, 『황화집 연구』, 다운샘, 2005.
심경호, 『한문산문의 미학』, 고려대학교 출판부, 1998.
_____, 『한국한시의 이해』, 태학사, 2000.
_____, 『한시의 이해』, 문학동네, 2006.
_____, 「연민선생의 문학연구방법론에 관한 규견」, 『연민학지』 제17집, 연민학회, 2012.
_____, 『한국한문기초학사』 3, 태학사, 2012.
왕력 지음, 송용준 옮김, 『중국시율학』 1, 소명출판, 2005.
柳暢·許敬震·趙季, 『韓國詩話人物資料集』 1~5, 보고사, 2012.
윤호진, 「『국조시산』의 간행과 그 반향」, 『한문학보』 1, 우리한문학회, 1999.

윤호진, 「『水色集』의 頭評에 대하여」, 『한문교육연구』 19, 한국한문교육학회, 2002.
_____, 『국조시산』에 보이는 신선시 비평의 두 층위, 『한문학보』 32권, 우리한문학회, 2015.
이가원, 『韓國漢文學史』, 민중서관, 1961.
이종묵, 「조선 중기의 한시선집」, 『정신문화연구』 20권 3호(통권 68호), 1997.
_____, 『해동강서시파 연구』, 태학사, 1995.
_____, 「17세기 문화를 빛낸 인물 -서경 유근」, 『문헌과해석』 10호, 2000.
_____, 「17-8세기 중국에 전해진 조선한시」, 『한국문화』 45, 2009.
이향배, 「『비선구봉선생시집』에 나타난 비평에 대하여」, 『어문연구』 72, 어문연구학회, 2012.
_____, 『비선구봉선생시집』의 비주 체례와 저자」, 『한문학논집』 29, 근역한문학회, 2009.
임규완, 「18세기 한중 통합 시선집에 대하여」, 『우리한문학회 하계학술대회 발표집』 2014년 8월 13일.
임미정, 「『국조시산』의 두 계열에 대하여」, 『남명학연구』 44집, 2014.
장유승, 「水色 許𥳑의 古風詩 小考」, 『한국한시연구』 9, 한국한시학회, 2001.
정민, 『목릉문단과 석주 권필』, 태학사, 1999.
정요일 외, 『고정비평용어연구』, 태학사, 1998.
최우영, 「허균의 시관과 비평 양상 연구」, 연세대학교 박사학위논문, 1997.
최웅, 『한국고전시학사』, 홍성사, 1979.
최은주, 「17세기 시선집 편찬에 대한 연구」, 경북대학교 국문과 박사학위논문, 2006.
허경진, 「『鶴山樵談』 연구」, 연세대학교 국문과 석사학위논문, 1975.
_____, 『허균 시 연구』, 평민사, 1984.
_____, 「『학산초담』의 이본연구」, 『남명학연구』 23, 경상대학교 남명학연구소, 2007.
_____, 『조선의 르네상스인 중인』, 랜덤하우스, 2008.
_____, 『허균 연보』, 보고사, 2013.
황위주, 「몽암 유희령의 한시선집 편찬」, 『한국한문학연구』 19권, 한국한문학회, 1996.
_____, 「조선 전기의 한시선집」, 『정신문화연구』 20권 3호(통권 68호), 1997.

芳村弘道著·沈慶昊譯,「朝鮮本 夾注名賢十抄詩의 基礎的考察」, 한자한문연구 1, 고려대학교 한자한문연구소, 2005.

2) 중국

郭紹虞,『中國古典文學理論批評史』, 人民文學出版社, 1959.
南龍翼 編, 趙季 校注,『箕雅校注』上·下, 中華書局, 2008.
譚帆,『中國小說評點研究』, 上海:華東師範大學出版社, 2001.
吳明濟 編, 祁慶富 校註,『朝選詩選校註』, 遼寧民族出版社. 1999.
朱易安 著,『中國詩學史(明代卷)』, 鷺江出版社, 2002.
丁福保 集,『歷代詩話續編』, 木鐸出版社, 1983.

# 찾아보기

ㅁ



ㅂ

**ㅊ**

**임미정** 林美貞

연세대학교 국어국문학과 졸업, 동 대학원 문학박사.
연세대학교 강사.

국조시산연구총서 1

**국조시산 연구**

2017년 5월 12일 초판 1쇄 펴냄

**지은이** 임미정
**펴낸이** 김흥국
**펴낸곳** 도서출판 보고사

**책임편집** 황효은
**표지디자인** 오동준

**등록** 1990년 12월 13일 제6-0429호
**주소** 경기도 파주시 회동길 337-15 보고사 2층
**전화** 031-955-9797(대표), 02-922-5120~1(편집), 02-922-2246(영업)
**팩스** 02-922-6990
**메일** kanapub3@naver.com / bogosabooks@naver.com
http://www.bogosabooks.co.kr

ISBN 979-11-5516-691-8 94810
979-11-5516-690-1 세트


정가 26,000원